안나 카레니나 2

이 도서의 국립중앙도서관 출판예정도서목록(CIP)은 서지정보유통지원시스템 홈페이지(http://seoji.nl.go.kr)와
국가자료공동목록시스템(http://www.nl.go.kr/kolisnet)에서 이용하실 수 있습니다.
(CIP제어번호: CIP2009003138)

세계문학전집
002

Лев Толстой : Анна Каренина

안나 카레니나 2

레프 톨스토이 장편소설

박형규 옮김

문학동네

일러두기

1. 번역 대본으로는 1978년에 모스크바 예술문학출판사에서 발간하기 시작한 톨스토이 저작집 전22권 중 1981~1982년에 발간된 8~9권을 사용했다. *Анна Каренина* (Л. Н. Толстой. Собрание сочинений. В 22-х т. Т. 8~9. М., Худож. лит., 1981~1982)

2. 주석은 모두 옮긴이의 것이다.

3. 각 권 서두의 '주요 등장인물'은 독자의 이해를 돕기 위해 옮긴이가 넣은 것이다.

4. 외래어의 표기는 국립국어원 외래어 표기법에 준했으나, 일부는 현지 발음이나 관용에 따랐다.

5. 원서의 프랑스어(또는 기타 언어) 부분은 이탤릭체로 처리했고, 강조 부분은 고딕체로 처리했다.

6. 성서의 인용은 공동번역 개정판에 따랐다. 단, 편명은 독자에게 익숙한 개역개정판에 따랐다.

차례 ▋

주요 등장인물

안나(아르카디예브나 카레니나) … 카레닌의 아내. 오블론스키의 여동생.
카레닌(알렉세이 알렉산드로비치) … 그녀의 남편. 페테르부르크의 고위 관료.
세료자(세르게이, 쿠티크) … 그녀의 외아들.

오블론스키(스테판 아르카디치, 스티바) … 안나의 오빠. 자유주의적 귀족.
돌리(다리야 알렉산드로브나, 돌린카, 다셴카) … 그의 아내. 셰르바츠키 공작의 맏딸.

셰르바츠키 노공작 부부 … 모스크바의 귀족.
키티(카테리나 알렉산드로브나, 카텐카, 카탸) … 셰르바츠키 공작의 막내딸.

레빈(콘스탄틴 드미트리치, 코스탸) … 부유한 귀족 지주. 실천적인 노동 연구가.
세르게이 이바노비치 코즈니셰프 … 그의 이부형(異父兄). 유명 저술가.
니콜라이 레빈(니콜렌카) … 그의 친형. 폐환자.
스비야시스키 … 그의 친구. 지방의 귀족.
아가피야 미하일로브나 … 그의 유모. 가정부.
마리야 니콜라예브나(마샤) … 니콜라이 레빈의 정부(情婦).

브론스키(알렉세이 키릴로비치, 알료샤) … 귀족 청년장교. 안나의 애인.
벳시 트베르스카야 공작부인 … 그의 사촌누이. 페테르부르크 사교계의 중심인물.
야시빈 … 그의 친구. 장교.

리디야 이바노브나 백작부인 … 사교계 부인. 카레닌의 정신적인 여자친구.
바르바라 공작영애 … 안나의 고모. 노처녀.
바렌카 … 마담 시탈의 양녀. 키티의 친구.

제3부

1

세르게이 이바노비치 코즈니셰프는 지친 머리를 식힐 양으로, 습관에 따라 외국으로 가는 대신 오월 말에 시골의 동생을 찾아갔다. 그의 지론에 의하면 최상의 생활은 전원생활에 있었다. 그는 이제 그 생활을 향유하기 위해 동생을 찾아온 것이다. 콘스탄틴 레빈은 이번 여름에는 니콜라이 형이 오지 않을 것으로 여기고 있던 참이었으므로 한층 더 기뻐했다. 그러나 세르게이 이바노비치에 대한 사랑과 존경에도 불구하고 콘스탄틴 레빈은 시골에서는 어쩐지 형과 지내는 것이 거북스러웠다. 그는 시골에 대한 형의 태도를 보는 것이 어쩐지 어색하고 불쾌하기까지 했다. 콘스탄틴 레빈에게 시골은 생활의 무대, 즉 기쁨과 슬픔과 노고의 무대였다. 그러나 세르게이 이바노비치에게 시골은 한편으론 노고 뒤의 휴식이었고, 다른 한편으론 그 효과를 믿고 기꺼이 복용하고 있는, 쇠약해진 몸에 효험이 있는 해독제였다. 콘스탄틴 레빈에게 시골은 의심의 여지 없이 유익한 노동의 무대라는 점에서 좋았다. 그러나 세르게이 이바노비치에게 시골은 아무것도 하지 않을 수 있고 또 아무것도 하지 않아도 된다는 점에서 특히 좋은 곳이었다. 이뿐만 아니라 세르게이 이바노비치의 민중에 대한 태도도 어쩐지 콘스탄틴의 눈에 거슬렸다. 세르게이 이바노비치는 민중을 사랑하고 또 이해하고 있다는 말을 입에 담았고, 자주 농부들과 이야기를 나누었는데, 그런 행동을 그는 가식을 떨거나 자만하지 않고 교묘하게 해치웠고, 그러한 담화 하나하나에서 민중에게 유리하고 우호적인 자료와, 자신의 민중에 대한 기존 지식을 뒷받침할 증거를 추출해냈다. 민중에 대한 이러한 태도가 콘스탄틴 레빈은 마음에 들지 않았다. 콘스탄틴에게 민중은 그저 공동 노동에서의 주요 참가자에 지나지 않았다. 그는 농부에 대해 온갖 존경과 나아가 자신이 직접 말한 것처럼 어쩌면 농부農婦였던 유모의 젖과 함께 그에게 흡수되었을지도 모를 일종의 혈족적인 애정을 품고 있었고, 공동 노동을 위한 동아리로서는 이따금 그들의 역량과 온후와 고결에 대해 굉장한 환희를 느낀 적도 있었다. 그럼에도 불구하고, 공동 노동에서 다른 자질들이 요구되는 경우에는 그들의 부정이며 방종이며 폭음이며 허언 때문에 빈번히 그들을 미워한 적도 있었다. 콘스탄틴 레빈은 만약 누군가가 그에게 민중을 사랑하느냐고 묻는다면 어떻게 대답해야 할지 몰랐을 것이다. 그는 민중을 다른 모든 사람들에 대해 그러하듯 사랑하기도 하고 미워하기도 했다. 물론, 선량한 그는 사람들을 미워하기보다는 사랑하는 편이 많았기 때문에 민중에 대해서도 그러했다. 그러나 민중을 뭔가 특수한 대상으로서 사랑하거나 사랑하지 않거나 할 수는 없었는데, 왜냐하면 그는 스스로 민중과 생활을 같이하고 있었을 뿐 아니라, 그의 모든 이해가 민중과 밀접한 관계를 가지고 있었으며, 그 자신도 민중의 일부라고 생각했고 자신에게서 그들과 완전히 다른 특수한 성질이나 결함을 발견하지 못했으므로 자기를 민중과 대립시켜 생각할 수가 없었던 것이다. 그는 주인으로서, 중재인으로서, 특히 조언자로서(농부들은 그를 신뢰하고 있었으므로 사십 베르스타 밖에서까지 그에게 의견을 구하러 왔다) 오랫동안 농부들과 가장 가까운 생활을 해왔지만, 그럼에도 민중에 대해서는 딱히 고정된 견해를 가지지 않았다. 그리고 그는 민중을 이해하고 있는가 하는 질문에 대해서도 민중을 사랑하고 있는가 하는 질문에 대해서와 마찬가지로 대답하기가 힘이 들었을 것이다. 민중을 이해한다는 것은 그에게는 인간을 이해한다는 것과 마찬가지였을 것이다. 그는 평소에 온갖 종류의 사람들을, 그가 선량하고 흥미 있는 사람들로 여기고 있던 농부들도 포함하여 모두를 관찰하고 이해하려 애쓰면서 그들에게서 부단히 새로운 특징을 찾고, 그에 따라 그들에 대한 이전의 견해를 변경하고 새로운 견해를 만들어가고 있었다. 그러나 세르게이 이바노비치는 반대였다. 그는 자기가 좋아하지 않는 생활과 대조해서 전원생활을 사랑하고 칭송하는 것과 거의 마찬가지로 민중들을 자기가 좋아하지 않는 계급과 대조해서 사랑하고, 또 그런 식으로 대부분의 사람들과는 상반된 존재로서 민중을 이해하고 있었다. 그의 체계적인 사고 속에서는 민중생활에 대한 일정한 견해가 명백히 형성되어 있었다. 그 견해의 일부분은 민중생활 그 자체에서 추출된 것이었지만, 대부분은 이러한 대조를 통해 추출된 것이었다. 따라서 그는 민중에 대한 자신의 견해와 그들에 대한 동정적인 태도를 결코 바꾸지 않았다.

　형제 사이에 민중에 대한 의견의 차이가 일어날 경우 세르게이 이바노비치가 언제나 동생을 이길 수 있었던 것은, 말하자면 세르게이 이바노비치는 민중의 성격, 특징, 취미 등에 관해 고정된 견해가 있는 데 반해 콘스탄틴 레빈에게는 일정불변한 견해라고 할 것이 없었기 때문이다. 그렇기 때문에 이런 논쟁에서 콘스탄틴은 언제나 자가당착에 빠져버리는 것이었다.

　세르게이 이바노비치에게 그의 막내동생은 호남이고 바탕이 고운(그는 프랑스어로 이렇게 표현했다) 마음씨를 지녔으나, 이성적인 면에서는 상당히 민활하기는 하지만 순간적인 인상에 붙들리기 쉽고 모순에 빠지기 쉬운 사람이었다. 형으로서의 친절한 마음으로 이따금 그는 동생에게 사물들의 의미를 설명해주었다. 그러나 동생이 너무나 쉽게 설복되곤 했으므로 그와 토론할 맛은 나지 않았다.

　콘스탄틴 레빈은 형을 해박한 지식과 교육을 겸비한, 고결이라는 말의 가장 높은 의미에 들어맞는, 모든 사람의 행복을 위한 활동력이 부여된 훌륭한 사람으로 보고 있었다. 그러나 나이를 먹으며 보다 가깝게 형을 알게 될수록 그의 마음 깊은 곳에서는 자기에게는 전혀 없다고 느껴왔던 이 만인의 행복에 이바지하는 활동력이라는 것이 실은 특출한 면모가 아니라 거꾸로 어떤 결함일지도 모른다는 생각이 들었다. 선량이나 정직이나 고상한 욕구와 취미의 결함은 아니지만 생명력의 결함, 마음이라고 불리는 것의 결함, 인간으로 하여금 헤아릴 수 없을 만큼 자주 맞닥뜨리는 인생 행로 가운데서 하나를 선택하여 거기에 전념하게 하는 갈망의 결함이 아닐까 하는 의문이 더욱더 자주 머리에 떠오르게 되었다. 이처럼 형에 대한 이해가 깊어짐에 따라 그는 세르게이 이바노비치를 비롯해서 만인의 행복을 위해 일하고 있는 많은 사람들이 마음이나 모든 사람에 대한 사랑으로 인도되어 있는 것이 아니라 그렇게 하는 것이 좋은 일임을 이성으로 판단하고, 그 판단 하나로 얽매여 있는 것에 지나지 않는다는 사실을 한층 더 분명히 깨닫게 되었다. 이러한 고찰에서 레빈의 깨달음을 더욱 확고히 한 것은, 그의 형이 만인의 행복이니 영혼의 불멸이니 하는 문제를 사고하는 태도가 장기의 승부라든가 새로운 기계의 치밀한 구조를 연구할 때와 조금도 다름이 없다는 사실을 알아차린 데 있었다.

콘스탄틴 레빈에게는 시골에서 형과 같이 지내는 것이 거북살스러운 이유가 그 밖에도 또 있었다. 시골에서는, 특히 여름철이면 레빈은 눈코 뜰 새 없이 농사에 쫓겼으므로 해야 할 일을 하는 데만도 여름의 긴긴 해가 모자랄 정도였는데, 세르게이 이바노비치는 유유자적했다. 그러나 그는 비록 유유자적하는, 말하자면 저술을 하고 있지 않은 때에도 지적인 활동이 몸에 밴 사람들 누구나 그렇듯이 머리에 떠오른 사상을 압축된 아름다운 문장에 담아 표현하고 그것을 누군가에게 들려주기를 좋아했다. 이러한 경우 대부분 자연스럽게 청취자는 동생이 되는 것이었다. 그래서 두 사람이 아무리 다정하고 허물없는 사이라고 해도 콘스탄틴은 형을 혼자 떼어놓는 것이 어쩐지 꺼림칙했다. 세르게이 이바노비치는 양지바른 풀밭에 누워 있는 것을, 그렇게 누워 햇볕을 쬐면서 한가하게 이야기하는 것을 즐겼다.

"넌 믿을 수 없을 거야." 그는 동생에게 말하곤 했다. "나에게는 이 소러시아적인 게으름이 얼마나 큰 즐거움인가를. 내 머릿속은 생각이라곤 하나 없이 텅 비어 있어."

그러나 콘스탄틴 레빈은 앉아서 그의 이야기를 듣는 것이 답답했다. 특히 자기가 없는 사이에 농부들이 갈지도 않은 밭에다 쇠두엄을 낼 뿐 아니라 지켜보지 않으면 어떻게 뿌려버릴지 모르고, 쟁기의 보습을 나사로 죄지 않고 내버려두었다가 나중에 가서 '이렇게 고안이 서툰 쟁기가 또 어디 있담, 안드레예브나식 쟁기*와 조금도 다를 게 없잖아' 하고 뒤돌아서서 욕지거리를 할 것이 뻔해서 더더욱 차분히 주저앉아 있을 수가 없었다.

"이 더위 속에 이제 그만 돌아다녀도 되잖아." 세르게이 이바노비치 는 그에게 말했다.

"아니, 잠깐 사무소에 뛰어갔다 오기만 하면 돼." 레빈은 이렇게 말을 내뱉고는 들로 뛰어나가곤 했다.

2

유월 초에는 그의 유모이자 가정부인 아가피야 미하일로브나가 손수 소금에 절인 버섯 항아리를 움으로 가지고 가다가 발을 헛디뎌 손목을 삐는 소동이 일어났다. 학교를 갓 졸업한 젊고 수다스러운 군의軍醫가 왔다. 그는 손을 진찰하고 나서 관절이 어긋난 것은 아니라며 습포를 대주고는 오찬에 남아, 저명한 세르게이 이바노비치 코즈니셰프와

---

* 러시아 농민들은 자기네 구식 쟁기를 가리켜 '안드레예브나 할머니'라는 애칭으로 부르기도 했다.

의 담소가 즐겁기라도 한 듯이 그에게 사물에 대한 자신의 교양 있는 견해를 자랑스러운 얼굴로 피력하고, 지방행정의 결함을 비난하면서 시골의 풍문을 있는 대로 끄집어내놓았다. 세르게이 이바노비치는 열심히 그의 말을 듣고 이것저것 묻기도 하며, 새로운 청취자가 생긴 것에 고무되어 자기도 대화에 열중하고 적확하고 요긴한 관찰을 서너 가지 발표해서 젊은 의사의 공손한 칭찬을 받았다. 그러고는 화려하고 열띤 대화 뒤엔 예외 없이 일어나는, 동생에게는 이미 익숙한 예의 그 흥분 상태에 빠졌다. 의사가 돌아가고 나서 그는 낚싯대를 들고 냇가로 가겠다고 우겼다. 세르게이 이바노비치는 낚시를 좋아했고, 자신이 그런 쓸데없는 일에도 흥미를 가질 수 있다는 것을 자랑스럽게 여기고 있는 듯한 눈치였다.

밭과 목초지를 둘러보러 나가야 했던 콘스탄틴 레빈은 형에게 이륜 경마차로 태워다주겠다고 했다.

마침 여름이 한풀 꺾인 시기였다. 금년의 수확이 이미 결정된 때, 이듬해의 파종에 대한 걱정이 시작되고 풀베기도 가까워진 때, 호밀은 모두 이삭을 내놓고는 있었지만 아직 여물지 않은 회녹색의 가벼운 이삭이 바람에 흔들리고 있는 때, 녹색의 귀리는 점점이 흩어져 있는 노랗고 다보록한 풀 덤불과 함께 늦갈이 밭에 어수선하게 모가지를 내놓고 있는 때, 올갈이 메밀은 벌써 싹이 터서 지면을 덮고 있는 때, 가축에 밟혀 돌처럼 굳어 있던 휴경지도 쟁기가 먹지 않는 길만 남기고 벌써 절반이나 갈아 일구어져 있는 때, 주위에는 거죽이 보송보송한 쇠두엄 더미가 꿀풀과 함께 저녁놀 아래 냄새를 풍기고 있고, 저지에는 여기저기 뽑힌 싱아 줄기의 거무끄름한 무더기가 보이는 강가의 목초지가 풀

낮을 기다리면서 끝없는 바다처럼 펼쳐져 있는 때였다.

또한 이맘때는 들일에서 해마다 되풀이되며 민중의 온 힘을 쥐어짜 내게 하는 수확이 시작되기 전의 짧은 휴식기이기도 했다. 금년 수확은 풍성할 것이었다. 말끔히 갠 무더운 여름날과 이슬이 흠뻑 내리는 짧은 밤이 계속되고 있었다.

목초지 쪽으로 가려면 형제는 숲을 빠져나가야만 했다. 세르게이 이 바노비치는 그늘진 쪽이 누런 턱잎으로 얼룩져 있으며 크림색 봉오리 가 벌써 꽃을 피우려 하는 해묵은 보리수를 동생한테 가리키기도 하고, 에메랄드처럼 번쩍이는 금년생 나무들의 새 잎을 가리키기도 하면서 무성하게 우거진 숲의 아름다움에 시종 지칠 줄 몰랐다. 콘스탄틴 레빈 은 자연의 아름다움에 대해 이야기하는 것도 듣는 것도 좋아하지 않았 다. 그에게 말이란 눈으로 본 것으로부터 그 아름다움을 빼앗는 것이었 다. 그래서 그는 형에게 동의를 표하면서도 어느 틈에 다른 것을 생각 하고 있었다. 그들이 숲을 빠져나왔을 때 그의 주의는 어떤 곳은 풀에 덮여 노랗고 어떤 곳은 방형方形으로 구획이 져 있고 어떤 곳은 두엄무 더기들이 쌓여 있고 또 어떤 곳은 갈아 일구어져 있는 언덕배기 휴경 지의 모습에 온통 쏠려버리고 말았다. 들에는 달구지가 줄을 지어 가고 있었다. 레빈은 달구지의 수를 세어보고, 필요한 것들이 모두 반출되고 있는 것에 만족했다. 그리고 그의 생각은 목초지를 보는 순간 풀베기라 는 문제로 옮겨갔다. 그는 언제나 건초를 수확하는 일에는 뭔가 특히 마음을 강하게 움직이는 것이 있다고 느꼈다. 목초지로 다가가자 레빈 은 말을 세웠다.

촘촘한 풀의 밑동 쪽에 아침이슬이 아직 남아 있었고, 세르게이 이바노비치는 발을 적시지 않기 위해 농어가 잡히는 버들숲 옆까지 마차로 목초지를 건네달라고 부탁했다. 콘스탄틴 레빈은 자신의 풀을 짓밟는 것이 무척 아까웠지만 하는 수 없이 목초지로 마차를 타고 들어갔다. 키가 큰 풀은 수레바퀴며 말의 다리에 부드럽게 휘감겨 축축한 바퀫살과 바퀴축에 씨앗을 남겼다.

낚시 도구를 정리하고 나자 형은 덤불 옆에 자리를 잡고 앉았고, 레빈은 말을 뒤로 빼서 매놓은 뒤 바람에도 움직이지 않을 만큼 촘촘한 넓고 넓은 회녹색 풀밭의 바다 속으로 들어갔다. 씨앗이 여문 비단결 같은 풀은 물기가 있는 곳에서는 거의 허리께까지 닿았다.

콘스탄틴 레빈은 목초지를 가로질러 길로 나갔다. 그러다가 벌통을 어깨에 메고 오는, 눈이 부어오른 한 늙은이를 만났다.

"뭔가? 잡았나, 포미치?" 그가 물었다.

"잡긴요, 콘스탄틴 미트리치! 그저 내 것이나 놓치지 않으면 다행이죠. 이번으로 벌써 두번째 도망쳤습니다만…… 그래도 다행히 애들이 쫓아가줬죠. 그 녀석들은 나리의 밭을 갈고 있다가 말을 풀어가지고 쫓아가줬습죠……"

"그건 그렇고, 어떨까 포미치? 이제 베야 할까, 아니면 조금 더 기다려야 할까?"

"글쎄올습니다! 우리네야 성 베드로 축일까진 기다립니다만, 나리야 언제나 일찍 베시니까 말씀입니다. 뭐, 괜찮겠죠, 풀은 아주 잘됐습니다. 말먹이로 쓰기에 십상이에요."

"그런데 날씨는 어떨 것 같은가?"

"그걸 어찌 알 수 있습니까. 그렇지만 아마 괜찮을 것도 같습니다."

레빈은 형한테로 갔다. 아무것도 잡지 못했지만, 세르게이 이바노비치는 지루해하기는커녕 굉장히 기분이 좋은 것 같았다. 레빈은 형이 의사와의 대화에 자극을 받아 줄곧 얘기하고 싶어한다는 것을 알았다. 그러나 레빈은 형과는 반대로 한시바삐 집으로 돌아가서 내일의 풀베기 삯꾼을 얻어놓는 일에 대해 지시하고 마음에 몹시 걸리는 풀베기 문제를 해결하고 싶어 견딜 수가 없었다.

"어때, 이만 돌아갑시다." 그가 말했다.

"어딜 가려고 그렇게 안달하니? 조금만 더 있자. 그런데 넌 왜 그렇게 젖었지? 아무것도 못 잡았지만 그래도 좋아. 아무튼 이 낚시질이라는 것은 자연을 상대로 하니까 좋아. 아아, 이 강철 같은 물빛이 얼마나 아름다우냔 말야!" 그는 말했다. "이런 풀밭에 있는 냇물은 언제나 그 수수께끼가 생각나게 한단 말이지. 알고 있니? 풀이 물에게 이렇게 말하지. 우리는 흔들리고 있다, 흔들리고 있다."

"난 그런 수수께낀 몰라." 레빈은 음울한 어조로 대답했다.

3

"아니, 들어봐, 난 너에 대해 생각하고 있었어." 세르게이 이바노비치는 말했다. "그 의사의 얘기대로라면, 너희 군에서 벌어지고 있는 일은 정말 목불인견이야. 그 사내는 그만하면 아주 어리석지는 않아. 그래서 언젠가 너한테 했던 말을 다시 한번 하는데, 네가 의회에 나가지 않는다든가 지방자치회 사업 전반에서 멀어지는 것은 좋지 않아. 만약 착실한 인물들이 멀어져버린다면 모든 일이 엉망진창이 돼버릴 것은 뻔한 노릇이니까. 우리가 아무리 돈을 대보았자 모두 봉급으로 나가버리고 학교도 의사 조수도 산파도 약방도 없어질 거야. 아무것도 남지 않겠지."

"나도 해보긴 했어." 레빈은 조용하게, 마지못해 대답했다. "그렇지만 되지가 않아! 별수 없잖아!"

"그래, 넌 무엇을 할 수가 없다는 거냐? 정말이지 난 도무지 이해가 가지 않아. 결코 냉담이나 무능 때문은 아닌 것 같은데, 혹 단순한 게으름 때문은 아니냐?"

"이것도 저것도 모두 아니야. 난 해봤어. 그리고 아무것도 할 수 없다는 사실을 알았지." 레빈이 말했다.

그는 형이 말한 것을 깊이 생각하고 있지 않았다. 그는 강 건너의 밭을 바라보다가 뭔가 검은 것을 보았으나, 그것이 말인지 아니면 말에 탄 집사인지 분간할 수가 없었다.

"어째서 아무것도 할 수가 없을까? 넌 시험삼아 해보다가 뜻대로 되지 않으니 굴복하고 만 것이겠지. 어째서 좀더 자존심을 가지지 않니?"

"자존심?" 레빈은 형의 말에 부루퉁해서 말했다. "난 모르겠어. 가령 대학교에서 남들은 적분 계산을 이해하고 있는데 나 혼자만 이해하지 못한다는 말을 들었다면 거기에는 자존심이 필요하겠지. 그렇지만 이 경우에는 우선 자기에게 이런 일에 필요한 재능이 있다는 확신과 나아가 이 일이 대단히 중요하다는 확신을 가지고 달려들 필요가 있으니까."

"그래서, 그럼 이 일이 중요하지 않다는 거냐?" 세르게이 이바노비치는 동생이 자기가 열중하고 있는 일에 무게를 두지 않는 것에, 특히 동생이 자기가 하는 말을 귓전으로 듣는 것에 모욕을 느끼고 말했다.

"나한테는 중요하다고 여겨지지 않아. 나로서는 흥미가 없는 걸 어쩌겠어?……" 레빈은 그가 본 것이 집사였으며, 집사가 농부 몇 사람에게 쟁기질을 그만두게 한 듯하다는 걸 분간하고 나서야 대답했다. 그들은 쟁기를 뒤집어엎고 있었다. '그럼 벌써 밭을 다 간 걸까?' 그는 생각했다.

"그렇지만 좀 들어봐." 형은 아름답고 총명한 얼굴을 찌푸리며 말했다. "무슨 일에나 한도라는 게 있는 법이야. 괴짜나 성실한 인간으로 지내면서 허위를 배척한다는 것, 그런 건 다 좋다. 그건 나도 이해해. 그렇지만 지금 네가 하는 말은 아무 의미가 없거나, 아니면 지극히 나쁜 의미를 가지고 있거나 둘 중 하나야. 어떻게 넌 중요하지 않다는 말을 할 수가 있니, 네가 사랑하고 있다고 네 입으로 단언했던 바로 그 민중이……"

'난 한 번도 단언한 적이 없다.' 콘스탄틴 레빈은 생각했다.

"……구원받지 못하고 죽어버리는데? 무지한 아낙네들은 어린애들을 굶겨죽이고 있어. 농민은 배우지 못해서 어둠 속을 방황하며 하찮은 서기의 지배하에 억눌려 있어. 그리고 네 손에는 그들을 구출할 수 있는 수단이 주어져 있지. 그런데도 넌 구출하려고 하지 않아. 왜냐하면 네 생각에는 그것이 중요한 일이 아니기 때문이라는 거지."

이렇게 세르게이 이바노비치는 그를 딜레마에 빠뜨렸다. 넌 자기가 할 수 있는 일도 알아볼 수 없을 만큼 무지한 것이냐, 그렇지 않으면 자신의 안정과 허영을 포기하려고 하지 않는 것이냐, 어느 쪽으로 판단해야 할지 난 모르겠다.

콘스탄틴 레빈은 이렇게 된 이상 깨끗이 굴복하든가, 아니면 공공사업에 대한 자신의 박애심 부족을 고백하든가 하는 방법밖에 없을 것 같다고 느꼈다. 그 사실이 그를 모욕하고 괴롭혔다.

"이렇기도 하고 저렇기도 해." 그는 결연한 어조로 말했다. "나는 그런 일이 가능할 거라고 생각하지 않아……"

"어째서? 돈을 잘 분배해도 의료적인 도움을 줄 수가 없다고?"

"불가능할 거라고 생각해…… 우리 군 사천 제곱베르스타에는 눈이 쌓여 통행이 막히기도 하고 눈보라가 치기도 하고 일손이 달리는 시기가 있기도 해. 나는 그러한 상황에서 모든 곳에 의료적인 혜택을 줄 수 있다고는 생각하지 않아. 게다가 무엇보다 나는 의료라는 것을 믿지 않으니까."

"아니 잠깐만, 그런 말은 인정할 수 없어…… 난 너에게 반례를 천가지라도 제시할 수 있어…… 그렇다면 학교는 어떠니?"

"학교가 무슨 소용이 있어?"

"무슨 말이야? 그래, 넌 교육의 혜택에 대해 의문이 있을 수 있다 그 말이지? 만약 그것이 너에게 유익하다면 다른 누군가에게도 유익한 일이 될 게 아니냐."

콘스탄틴 레빈은 자기가 정신적으로 막다른 골목에 몰렸다는 것을 느꼈다. 그래서 발끈 달아오른 나머지 분별을 잃고 공공사업에 대해 자기가 무관심한 주요 원인을 토로해버렸다.

"어쩌면 그것은 모두 좋은 일인지도 모르지. 그렇지만 어째서 내가 나도 이용할 리 없는 병원을 짓는다든가, 내 아들을 보낼 생각도 없고 농민들도 아이들을 보내고 싶어하지 않는 학교를 세운다든가 하는 일에 마음을 써야 해? 그리고 난 또 애들을 꼭 학교에 보내야 한다고 생각하진 않으니까." 그가 말했다.

세르게이 이바노비치는 이 의외의 말에 잠시 얼떨떨했다. 그러나 그는 곧 새로운 공격 작전을 짰다.

그는 잠시 침묵하며 낚싯대 하나를 물에서 꺼냈다가는 다시 고쳐 던지고 나서 웃음을 머금은 얼굴로 동생을 바라보았다.

"하지만 잠깐만…… 그래도 병원은 꼭 필요해. 당장만 해도 우리 아가피야 미하일로브나를 위해서 군의를 데리러 보냈었잖니."

"그렇지만 그 손은 굽은 채로 굳어버리고 말걸."

"아니, 그건 아직 모르는 일이야…… 그러나 그건 그렇다 치고, 농부건 노동자건 교육을 받은 쪽이 너에게도 더 요긴하고 가치도 더 크지 않을까?"

"아니, 누구에게든 물어봐." 콘스탄틴 레빈은 딱 부러지게 대답했다. "교육을 받은 자는 노동자로는 훨씬 나빠. 길을 고칠 수도 없을 테고, 다리를 놓게 하면 금방 이것저것 다 훔쳐가버리고 말 거야."

"그렇지만," 반박을 당하거나, 특히 이랬다저랬다 화제를 바꾸어 무엇에 대해 대꾸해야 할지 모를 만큼 중구난방으로 새로운 논거를 끄집어내며 얘기하는 걸 좋아하지 않는 세르게이 이바노비치는 미간을 찡그리며 말했다. "그렇지만 문제는 거기에 있는 게 아냐. 잠깐만, 넌 교육이 민중에게 행복을 가져다준다는 것을 인정하니?"

"인정해." 이렇게 불쑥 입을 놀리고 나서 레빈은 곧 자기가 마음에도 없는 소리를 지껄이고 말았다는 것을 알아챘다. 그는 만약 그것을 인정하면 자기가 여태까지 얘기한 것이 빈말이고 아무런 의미도 없다는 결론이 나리라는 것을 알았다. 어떻게 해서 그런 결론이 날지는 몰랐지만, 의심의 여지도 없이 논리적으로 입증되리라는 것만은 알고 있었고, 그는 그 입증을 기다렸다.

논증은 콘스탄틴 레빈이 예상했던 것보다는 훨씬 간단하게 제시되었다.

"만약 네가 그 행복이라는 것을 인정한다면," 세르게이 이바노비치는 말했다. "그렇다면 너는 성실한 인간으로서 그런 사업을 찬성하고 그것에 공감하지 않을 수 없을 거다. 따라서 그것을 위해 노력하지 않을 수 없을 거야."

"그렇지만 난 아직 그 사업을 좋은 일로 인정하고 있지는 않아." 콘스탄틴 레빈은 얼굴을 붉히며 말했다.

"어째서? 넌 방금 전에 그렇게 말했잖아……"

"말하자면 난 그것이 좋은 일이라고도, 가능한 일이라고도 인정하고 있지 않아."

"노력해보지도 않고 그런 말을 할 자격은 없어."

"그럼 그렇다고 해둡시다." 레빈은 전혀 그렇게 생각하지 않으면서도 이렇게 말했다. "그건 그렇다고 해둡시다. 그렇지만 난 여전히 무엇 때문에 내가 그런 일에 마음을 써야 하는지 그 까닭을 모르겠어."

"말하자면, 어째서 그래야 하냐고?"

"아니, 얘기가 이렇게 된 이상, 철학적인 견지에서 설명해줬으면 좋겠어."

"이런 경우에 어째서 철학을 끄집어내는지 그 이유를 모르겠군." 세르게이 이바노비치는 레빈이 느끼기에 마치 동생에게는 철학을 논할 자격이 없다는 듯한 말투로 말했다. 그리고 이것이 레빈의 비위에 거슬렸다.

"그 이유는 이렇지!" 그는 잔뜩 열을 올리며 얘기를 꺼냈다. "난 우리의 모든 행동의 동인은 역시 개인의 행복이라고 생각해. 그런데 한 귀족으로서의 나는 오늘날의 지방자치회 제도에서 무엇 하나 내 개인의 행복을 증진시켜주는 것을 보지 못했어. 도로는 좋아지지 않았고, 이 이상 좋게 만든다는 것도 불가능해. 내 말은 그 나쁜 길에서도 나를 태우고 달리지. 나는 의사도 병원도 필요 없어. 치안판사도 필요 없어. 난 한 번도 그들의 신세를 진 적이 없고 앞으로도 지지 않을 작정이야. 학교는 나에게 아무런 필요가 없을뿐더러 방금 말한 것처럼 오히려 해로울 정도야. 내게 지방자치회 제도란 그저 일 데샤티나에 십팔 코페이카의 세금을 바쳐야 한다는 의무와 도시로 나가서 빈대가 있는 여인숙에 묵으며 온갖 쓸데없고 야비한 얘기를 들어야 한다는 의무일 뿐, 내 개인적인 이익과는 전혀 상관이 없으니까."

"잠깐만," 미소를 머금고 세르게이 이바노비치는 말을 가로막았다. "우리로 하여금 농노해방을 위해 온갖 애를 다 쓰게 한 것은 개인적인 이익이 아니었어. 그래도 우린 그것을 해치웠잖니?"

"아냐!" 콘스탄틴은 더욱더 열이 올라 말을 가로막았다. "농노해방은 별개의 문제야. 거기에도 개인적인 이익은 있었어. 우리, 즉 모든 선량한 사람들을 압제하던 멍에를 자기 자신에게서 떨쳐내려고 한 거니까. 그렇지만 군 지방자치회 의원*이 되어 청소부가 몇 명 필요한지, 자기가 살고 있지도 않은 도시에 배관을 어떻게 부설해야 할지를 논의

하고, 배심원이 되어 햄을 훔친 농부를 취조하고, 변호사며 검사의 온갖 어리석은 변론과 논고를 여섯 시간이나 들어야 하고, 재판장이 그 바보 영감 알료시카에게 '피고, 귀하는 햄을 훔친 사실을 시인합니까?' '뭐라굽쇼?' 하는 문답을 들어야 한다는 것은……"

콘스탄틴 레빈은 어느 틈에 얘기가 빗나가 재판장이며 바보 알료시카의 흉내를 내기 시작했다. 그는 이 모든 일이 문제의 요지와 관계가 있다고 여겼던 것이다.

그러나 세르게이 이바노비치는 어깨를 으쓱해 보였다.

"그래, 그래서 넌 도대체 무슨 얘기를 하려는 거야?"

"난 다만, 나와…… 내 이해와 상관이 있는 권리는 언제나 온 힘을 다해 지킬 것이라는 말을 하고 싶어. 언젠가 우리 대학에서 수색 명령이 내려져 헌병들이 우리 편지를 조사하려고 했을 때에도 난 온 힘을 다해 이러한 권리, 내 교육과 자유의 권리를 지킬 준비를 했어. 난 우리 아이들이며 형제들이며 자기 자신의 운명과 관계가 깊은 병역의 의무에 대해선 상당한 이해를 가지고 있어. 난 나와 관계되는 것에 대해서는 비판을 내릴 만큼의 준비가 되어 있어. 그렇지만 군 지방자치회의 돈 사만 루블을 어떤 방법으로 할당할 것인가에 대해 생각한다든지 바보 알료시카를 재판한다든지 하는 일에 대해선 알지도 못하고, 또 그런 일을 할 수도 없어."

콘스탄틴 레빈은 마치 말의 둑이 무너지기라도 한 것처럼 거침없이 얘기했다. 세르게이 이바노비치는 씩 웃었다.

---

* 군 지방자치회 의원의 임기는 삼 년으로, 귀족들이 군 지방자치회 의원의 절대다수를 차지했다. 법은 귀족들에게 어디에서나 의장으로 선출될 수 있는 권리를 부여했다.

"그러면 내일 네가 피고의 입장이 된다고 하더라도, 넌 이전의 형사 재판소에서 재판을 받는 편이 좋다는 말이 되겠군그래?"

"난 피고가 될 턱이 없어. 난 절대로 사람을 찔러 죽인다거나 하진 않으니까. 그러니까 내게 그런 것은 필요하지 않아. 말하자면 이런 거야!" 그는 또다시 눈앞의 문제와는 전혀 동떨어진 얘기로 말머리를 옮기면서 계속했다. "우리의 지방자치제도라든가 그와 유사한 온갖 일들은 오순절에 우리가 숲처럼 꾸미기 위해 땅에다 꽂는 자작나무 가지와 같은 거야. 그런데 그 숲이라는 건 본래 유럽에서 성장한 것의 모방이지. 난 정성껏 그것에 물을 주거나 그 가지를 숲이라고 믿을 수는 없어!"

세르게이 이바노비치는 그들의 논쟁에 어쩌다가 이런 자작나무니 하는 것이 끼어들었는지 모르겠다는 시늉을 하면서 어깨를 으쓱해 보일 뿐이었다. 그러나 그는 동생이 무슨 말을 하려고 했는지는 충분히 이해하고 있었다.

"아니, 잠깐만, 그런 식으론 논증이 안 되잖아." 그는 주의를 주었다.

그러나 콘스탄틴 레빈은 자기도 알고 있는 결점, 만인의 행복에 대한 자신의 무관심을 변명하고 싶었으므로 또 말을 계속했다.

"난 말이야," 콘스탄틴은 말했다. "어떤 활동이라도 개인적인 이익에 기반한 것이 아니라면 공고할 수 없다고 생각해. 이것은 일반적인 진리, 철학적인 진리야." 그는 단호한 어조로 자기한테도 다른 사람들과 마찬가지로 철학을 논할 자격이 있음을 나타내기라도 하려는 듯이 철학적이라는 말에 특히 힘을 주면서 말했다.

세르게이 이바노비치는 다시 한번 미소를 지었다. '이 녀석에게도 역시 자신의 성향에 충실한 일종의 철학이 있군.' 그는 생각했다.

"아니, 뭐, 철학이니 하는 얘긴 그만두는 게 좋아." 그는 말했다. "원래 모든 세기에 걸쳐 철학이 주제로 삼고 있는 것은, 말하자면 개인의 이익과 공공의 이익 사이에 내재하는 필연적인 관련을 찾아내는 데 있으니까. 그렇지만 이것이 논점은 아냐. 난 너의 비유를 바로잡아주기만 하면 그만이야. 자작나무는 단순히 꽂힌 것이 아냐. 어떤 것은 심어졌고, 어떤 것은 파종되었지. 그러니까 그런 일에는 먼저 충분한 주의를 기울일 필요가 있어. 미래를 가진 국민, 또는 역사를 가진 국민이라고 불릴 수 있는 이들은 다만 그들의 제도가 중요하며 의의가 있다는 사실을 감득하고 이것을 존중하는 국민뿐이니까."

그런 다음 세르게이 이바노비치는 콘스탄틴 레빈으로서는 발을 들여놓을 수 없는 철학적 - 역사적 영역으로 화제를 옮기고 그의 견해에서 오류를 하나하나 지적했다.

"그런 일이 네 마음에 들지 않는다고 하는 점에 관해서는 미안하지만 우리 러시아인 특유의 나태와 귀족 취미라고 할 수밖에 없어. 그렇지만 난 확신하고 있어. 너의 그 일시적인 미망迷妄은 곧 소멸될 거야."

콘스탄틴은 잠자코 있었다. 그는 자기가 모든 면에서 졌다는 것을 알았다. 그와 동시에 자기가 얘기하려고 했던 것이 형에게 이해되지 않은 것 같다는 생각도 들었다. 그는 대체 어째서 그것이 이해되지 않았는지 알 수가 없었다. 그가 자신의 생각을 명백히 얘기할 수 없었기 때문인지, 혹은 형이 그의 말을 이해하려 들지 않았기 때문인지, 그렇지 않으면 아예 이해할 수 없었기 때문인지. 그러나 그는 이러한 생각에 깊이 파고들지는 않고 형에게 대답도 하지 않은 채, 전혀 다른 자기 자신의 일에 대해 생각하기 시작했다.

"그건 그렇고, 이제 가자."

세르게이 이바노비치는 마지막 낚싯대를 걷고, 콘스탄틴은 말고삐를 푼 다음, 그들은 마차를 몰았다.

4

형과 얘기하는 동안 레빈의 마음을 차지하고 있던 개인적 일이란 이런 것이었다. 지난해 어느 날 풀을 베러 나갔다가 집사에게 화를 냈을때, 레빈은 언제나처럼 마음을 가라앉히기 위해 농부의 손에서 풀낫을빼앗아 직접 풀베기를 시작한 적이 있었다.

그 일이 매우 즐겁게 느껴졌으므로 그는 이후에도 서너 차례 되풀이해보았다. 집 앞의 풀밭을 혼자서 베어버린 적도 있었다. 그래서 금년에는 초봄부터 농부들과 함께 날마다 풀베기를 해야겠다는 계획을 세우고 있었다. 그러나 형이 온 후부터 그는 벨까 말까 망설이기 시작했다. 날마다 종일 형을 혼자 두기가 어쩐지 거북스러웠고, 그런 짓을 해서 형한테 웃음거리가 되지 않을까 하는 두려움도 있었다. 그러나 목초지를 지나면서 풀베기의 인상을 생각해내고 그는 구애받을 것 없다, 베러 나가야겠다고 이미 거의 마음을 정했다. 형과의 열띤 논쟁 뒤에 그는 또다시 이 계획을 떠올렸다.

'육체적인 운동이 필요하다, 그러지 않으면 내 성질은 아주 못쓰게돼버린다.' 그는 생각했다. 그리고 형이나 다른 사람들 앞에서 아무리거북할지라도 풀베기를 하기로 결심했다.

저녁때 콘스탄틴 레빈은 사무소로 가서 일을 지시하고, 내일 가장 넓고 좋은 칼리노비 목초지를 벨 삯꾼을 구하기 위해 마을마다 사람을 보냈다.

"그리고 수고스럽겠지만 내 풀낫을 티트한테 보내서 날을 세워 내일 가져오라고 해줘. 형편을 봐서 내일은 나도 같이 벨 테니까." 그는 당황 하지 않으려고 애쓰면서 말했다.

집사는 히죽 웃고 말했다.

"알겠습니다."

저녁에 차를 마시는 동안 레빈은 형한테도 그것을 알렸다.

"웬만큼 날씨도 좋아진 것 같고 해서," 그는 말했다. "내일부터 풀베 기를 시작하려고."

"나도 그런 일은 좋아하지." 세르게이 이바노비치가 말했다.

"난 아주 좋아해. 이따금 직접 농부들과 함께 베기도 했어. 내일도 하 루종일 해볼 생각이야."

세르게이 이바노비치는 고개를 들고 호기심에 차서 동생의 얼굴을 쳐다보았다.

"말하자면 어떻게 한다는 거야? 농부들하고 똑같이, 온종일을?"

"응, 그 일은 정말 즐거워." 레빈은 말했다.

"그것 참 좋겠는데, 신체를 단련하기에는. 다만 네가 과연 견뎌낼 수 있을까 걱정될 뿐이야." 세르게이 이바노비치는 아무런 익살도 섞이지 않은 어조로 말했다.

"해봤어. 처음엔 꽤 힘들었지만 곧 익숙해지더군. 도중에 그만둔다거 나 하지는 않을 것 같아……"

"음, 그래! 그런데 어떨까, 농부들은 그걸 어떻게 볼까? 틀림없이 이상한 나리라고 생각하고 웃을걸."

"아니, 난 그렇게 생각하지 않아. 아무튼 그 일은 유쾌하기도 하지만 동시에, 다른 생각을 할 겨를도 없을 만큼 힘드니까."

"그렇지만 넌 농부들하고 어떻게 같이 점심을 하려고? 라피트주니 칠면조구이를 그리 가져가게 한다는 것도 좀 쑥스럽잖아."

"아니, 그들이 쉬는 동안 잠깐 집에 들렀다 가면 돼."

이튿날 아침 콘스탄틴 레빈은 여느 때보다도 일찍 일어났으나 농사에 관한 지시로 시간을 끌었기 때문에, 그가 풀베기를 하는 곳에 도착했을 때 삯꾼들은 벌써 두번째 두둑을 베고 있었다.

아직 산에서 내려오기 전에 그의 눈앞에는 벌써 풀베기가 끝난 산밑의 그늘진 목초지 일부분이, 잿빛이 된 풀을 베어낸 흔적이며 첫 줄을 베기 시작한 곳에 풀을 베는 일꾼들이 벗어던져놓은 카프탄의 검은 무더기들과 함께 펼쳐졌다.

그쪽으로 가까이 갈수록, 카프탄을 입었거나 루바시카 바람인 농부들이 제각기 풀낫을 내두르면서 잇달아 긴 열을 지어 나아가는 모습이 점점 그의 눈에 들어왔다. 그는 일꾼들을 마흔두 명까지 헤아렸다.

그들은 예전에는 웅덩이가 있었던, 목초지의 움푹 파이고 울퉁불퉁한 곳을 천천히 걸어가고 있었다. 레빈은 본래부터 자기 집에 드나드는 일꾼이 대여섯 명 있는 것을 보았다. 아주 긴 흰색 루바시카를 입은 예르밀 영감이 구부정하게 몸을 수그리고 낫을 내두르고 있는가 하면 또 젊고 귀엽게 생긴, 전에 레빈의 집에서 마부로 일했던 바시카가 부지런히 한 줄 한 줄 베어나가고 있었다. 또 레빈의 풀베기 스승인, 몸집이 작고 야윈 농부 티트도 있었다. 그는 마치 낫을 가지고 놀기라도 하듯이 몸을 구부리지도 않고 모든 사람의 선두에 서서 자신의 널찍한 두둑을 베면서 나아가고 있었다.

레빈은 말에서 내려 말을 길가에 매놓고 티트한테로 다가갔다. 그러자 그는 덤불 속에서 또 한 자루의 낫을 꺼내어 그에게 주었다.

"딱 마련해뒀습죠, 나리. 이만하면 면도날처럼 저절로 베어질 겁니다." 티트는 웃는 얼굴로 모자를 벗고 그에게 낫을 건네면서 말했다.

레빈은 낫을 받아들고 살피기 시작했다. 자신의 두둑을 끝내고 땀투성이가 된 유쾌한 표정의 일꾼들이 잇달아 길로 나와서 웃는 얼굴로 주인에게 인사했다. 그들은 모두 그를 바라보고는 있었으나, 그들 가운데 키가 유난히 크고 양피 재킷을 입은, 수염이 없고 주름진 얼굴의 영감이 나와서 그에게 말을 건넬 때까지는 아무도 입을 열지 않았다.

"아시겠죠, 나리. 일단 일을 시작한 이상 도중에 그만둔다든가 해서는 안 되십니다!" 그가 말했다. 레빈은 풀 베는 일꾼들 사이에서 킥킥거리는 웃음소리를 들었다.

"그만두지 않도록 해보지." 그는 티트의 뒤에 서서 일이 시작되기를 기다리면서 말했다.

"아시겠습죠?" 영감은 되풀이했다.

티트가 자리를 만들어주었으므로 레빈은 그의 뒤를 따라갔다. 길가라서 풀이 짧고 질겼다. 레빈은 오랫동안 풀을 베지 않은데다가 자기한테 쏠린 많은 사람들의 시선에 얼떨떨해져, 힘껏 낫을 내둘렀지만 처음 얼마 동안은 잘 베어지지 않았다. 그의 등뒤에서는 이런 소리들이 들려왔다.

"낫을 대는 것이 서툴군. 자루가 너무 높아. 어때, 저 구부리고 있는 품이." 누군가 말했다.

"뒤꿈치에다 힘을 더 줘야지." 다른 사람이 말했다.

"뭐, 괜찮아, 이내 손에 익게 될 거야." 영감이 계속했다. "저봐, 시작하셨군…… 그렇게 욕심을 부리시다간 지쳐버립니다…… 아무튼 주인이시니까 자기 일을 위해서 애쓰시는 것도 무리는 아니지만! 그런데 저것 좀 봐, 벤 자리가 다보록하잖아! 우리가 저렇게 했다면 대번에 한 대 야무지게 얻어터졌을 텐데."

풀은 차츰 부드러워졌고, 레빈은 농부들의 얘기를 귀담아들으면서도 대꾸하는 일 없이 될 수 있는 한 잘 베려고 애쓰면서 티트의 뒤를 따라갔다. 그들은 백 발짝쯤 나아갔다. 티트는 좀처럼 멈추려 하지 않고 지친 기색도 없이 줄곧 앞으로 나아갔다. 그러나 레빈은 이제 더 견뎌내지 못할 것 같은 생각이 들었다. 그만큼 그는 지쳐버렸다.

그는 자기가 이미 최후의 힘으로 낫을 내두르고 있다는 것을 느끼고 티트한테 좀 멈추자고 할 작정이었다. 그런데 그때 마침 티트가 스스로 멈추더니 허리를 구부리고 풀을 뜯어서 그것으로 낫을 닦고 갈기 시작했다. 레빈은 허리를 펴고 한숨을 길게 내쉬면서 주위를 둘러보았다. 그의 뒤에서 따라오던 농부도 역시 지친 양으로, 레빈의 옆까지도 따라오지 못하고 냉큼 멈추어 낫을 갈기 시작했다. 티트는 자신의 낫과 레빈의 낫을 갈았고, 그들은 다시 앞으로 나아갔다.

두번째도 마찬가지였다. 티트는 잠시도 멈추려 하지 않고 지친 기색도 없이 낫을 한 번씩 내두를 때마다 앞으로 나아갔다. 레빈은 뒤지지 않으려고 애쓰면서 그의 뒤를 따랐으나, 차츰 괴로움이 더해왔다. 그가 더이상 힘이 남지 않았다고 느낀 바로 그때에 티트는 발을 멈추고 낫을 갈았다.

그렇게 해서 그들은 첫번째 두둑을 끝마쳤다. 이 긴 두둑 하나가 레빈에게는 특히 괴롭게 느껴졌다. 그러나 그 두둑이 끝나서 티트가 낫을 어깨 위에 둘러메고 느릿느릿한 걸음걸이로 자신의 뒤꿈치가 남긴 자국을 따라 되돌아오기 시작하고, 레빈도 자기가 벤 자국을 따라 마찬가지로 되돌아올 때, 땀이 우박처럼 얼굴에 흘러내리고 코끝에서는 땀방울이 뚝뚝 떨어지고 등은 온통 물속에 잠겼다 나온 것처럼 잔뜩 젖어 있었지만, 그는 무척 기분이 좋았다. 특히 자기는 이제 이 일을 견뎌낼 수 있다는 자부심이 그를 한층 더 즐겁게 했다.

그의 만족감을 방해하는 것은 그저 자신의 두둑이 잘 베어져 있지 않다는 사실뿐이었다. '낫을 손으로만 내두르지 말고, 몸통으로 베도록 해야겠다.' 그는 줄을 대고 벤 것 같은 티트의 반듯한 두둑과, 무늬라도 놓은 것같이 울룩불룩한 자신의 두둑을 견주어보면서 이렇게 생각했다.

첫번째 두둑은 레빈이 눈치챘듯이 티트가 주인을 다루어볼 양으로 특별히 빨리 나아갔던 것이었고, 하필 긴 두둑이 걸렸었다. 나머지 두둑들은 한결 손쉬웠지만, 레빈은 여전히 농부들에게 뒤처지지 않으려면 힘을 온통 쥐어짜내야만 했다.

그는 농부들에게 뒤지지 않겠다는 것과 될 수 있는 한 잘 베어야겠다는 것 이외에는 아무것도 생각하지 않았고, 아무것도 바라지 않았다. 그는 그저 사악사악 낫에 풀이 베이는 소리를 듣고 자기 앞에서 멀어져가는 티트의 반듯한 모습과, 베고 난 자리에 남은 풀의 반달 모양과,

자기 낫의 날 언저리로 천천히 물결치면서 쓰러져가는 풀과 꽃 우듬지와, 거기까지 가면 한숨을 돌릴 수 있는 자기 앞쪽의 두둑머리를 볼 뿐이었다.

일의 중간쯤에 별안간 그는 후덕후덕하고 땀이 함초롬한 어깨 언저리에 어디서 어떻게 오는지 알 수 없는 냉기의 상쾌한 감촉을 느꼈다. 그는 낫을 갈고 있는 동안 하늘을 올려다보았다. 나지막하고 무거운 먹구름이 몰려와서 굵은 빗방울을 떨어뜨리고 있었다. 몇몇 농부들은 카프탄이 있는 쪽으로 뛰어가서 그것을 걸쳤다. 그러나 다른 사람들은 레빈과 마찬가지로 그 시원한 냉기 밑에서 그저 즐거운 듯이 어깨를 움츠렸다.

한 두둑 또 한 두둑 일은 진척되었다. 긴 두둑도 짧은 두둑도, 풀이 좋은 두둑도 나쁜 두둑도 있었다. 레빈은 시간이 가는 것을 까맣게 잊고 이른지 늦은지도 전혀 모르고 있었다. 그의 일에는 지금 그에게 엄청난 기쁨을 가져다준 변화가 일어나기 시작했다. 한창 일을 하는 사이에 그는 어떤 순간들을 발견하게 됐다. 그 순간들에는 자기가 하고 있는 일을 잊어버렸고, 일이 한결 손쉬워졌다. 그리고 그동안에는 그의 두둑도 거의 티트의 그것처럼 반반하고 훌륭하게 베어졌다. 그러나 일단 자기가 하고 있는 일을 의식하고 보다 잘하려 애쓰기 시작하면, 갑자기 그는 하고 있는 일의 어려움을 느끼게 되었고 두둑도 잘 베이지가 않았다.

또 한 두둑을 베고 나서 그가 다시 시작하려고 하는데, 티트가 일손을 멈추고 영감한테로 다가가서 귓속말로 뭔가 속삭였다. 그들 둘은 해를 올려다보았다. '저 녀석들은 도대체 무슨 얘기를 하고 있는 걸까. 어째서 계속하려고 하지 않지?' 레빈은 농부들이 벌써 네 시간 이상 쉴새 없이 베었으므로 식사할 때가 됐다는 것은 알아채지 못하고 이렇게 생각했다.

"아침 드실 때가 됐습니다, 나리." 영감이 말했다.

"벌써 시간이 그렇게 됐나? 그럼 먹어야지."

레빈은 낫을 티트한테 건네고 카프탄이 있는 쪽으로 빵을 가지러 가는 농부들과 함께 약간 비에 젖은, 기다랗게 베어진 두둑들을 가로질러 말이 있는 쪽으로 갔다. 그리고 그제야 비로소 그는 자기가 날씨를 잘못 예측했으며 비가 풀을 적셨다는 것을 알았다.

"풀이 비에 젖어 못쓰게 되지 않을까?" 그가 말했다.

"뭘요, 나리. 비 오는 날 베고 갠 날 거둬들이라는 말이 있지 않습니까!" 영감이 말했다.

레빈은 말을 풀고, 커피를 마시러 집으로 돌아왔다.

세르게이 이바노비치는 막 잠자리에서 일어나 있었다. 커피를 마시고 난 후 레빈은 다시 풀을 베는 곳으로 떠났다. 세르게이 이바노비치가 옷을 갈아입고 식당으로 나오기 전에.

5

아침을 먹고 풀을 베는 일꾼들의 줄에 되돌아왔을 때, 레빈은 이전의 자리가 아니라 자기 옆으로 오라고 그에게 청한 익살꾼 영감과 지난해 가을에 결혼하고 올여름 처음으로 풀베기에 나온 젊은 농부 사이에 끼었다.

영감은 몸을 반듯이 펴고 구부정한 다리를 성큼성큼 규칙 바르게 옮겨놓으면서, 보기에는 걸어가면서 손을 내젓는 정도로밖에 여겨지지 않는 정확하고 한결같은 동작으로 마치 장난이라도 치는 것처럼 키가 크고 쪽 고른 풀들을 차례로 베어 눕히며 앞으로 나아갔다. 마치 그가 아니라 한 자루의 예리한 낫이 저절로 물기가 많은 풀을 베어나가고 있는 것만 같았다.

레빈의 뒤에는 젊은 미시카가 따르고 있었다. 싱싱한 풀을 꼬아 머리에다 질끈 동인 그의 젊고 귀염성 있는 얼굴은 줄곧 힘들어하는 빛이 역력했다. 그러면서도 남이 그쪽을 보기만 하면 그는 벙글벙글 웃음을 지어 보였다. 일의 고통스러움을 남한테 눈치채일 바에는 차라리 죽어버리는 편이 낫다고 여기는 것 같았다.

레빈은 그들 사이에서 나아갔다. 한낮의 더위에도 풀베기는 이제 그다지 힘든 일로 여겨지지 않았다. 온몸을 적신 땀은 그를 시원하게 해주었고, 등과 머리와 팔꿈치까지 소매를 걷어올린 팔에 내리쬐는 태양은 노동에 필요한 힘과 끈기를 주었다. 그리고 그가 하고 있는 일을 조금도 생각하지 않게 하는 그 무의식 상태의 순간이 더욱 자주 찾아왔다. 낫이 저절로 풀을 베었다. 그것은 행복한 순간이었다. 그러나 그보다 더 즐거운 순간은, 두둑들이 맞닿아 있는 강가까지 베어나간 다음 영감이 축축하게 젖은 풀로 낫을 닦고 맑은 강물에 그 날을 씻고 나서 생철통에 물을 떠서 레빈에게 건네준 때였다.

"어떻습니까, 내 크바스*가! 그래, 좋죠!" 그는 눈짓을 하면서 말했다.

아닌 게 아니라 레빈은 풀잎이 동동 뜬, 생철통의 녹슨 맛이 나는 이

미적지근한 물처럼 맛난 음료를 아직 한 번도 마셔본 적이 없었다. 그리고 그뒤에는 곧 낫을 손에 든 채 유유히 움직이는 행복한 걸음이 시작되었다. 그동안에는 흐르는 땀을 닦는 것도, 가슴 가득히 공기를 들이마시는 것도, 풀 베는 일꾼들의 긴 행렬이며 주위의 숲이며 들에서 일어나고 있는 일들을 바라보는 것도 자유였다.

레빈은 오랫동안 베어나갈수록 더욱 자주 무의식의 순간을 느끼게 됐다. 그런 때에는 이미 손이 낫을 내두르는 게 아니라 낫 스스로 끊임없이 자기를 의식하는 생명에 찬 육체를 움직이고 있는 듯했다. 마치 요술에 걸리기라도 한 것처럼, 그에 대해 아무 생각을 하지 않는데도 일이 정확하고 정밀하게 저절로 되어가는 것이었다. 이런 때가 가장 행복한 순간이었다.

다만 무의식중에 이루어지는 이 동작을 중지하고 뭔가 의식적으로 해야 할 때, 흙 둔덕 주위를 베어내거나 억센 싱아를 베어내야 할 때는 고통스러웠다. 영감은 그런 일도 거뜬히 해치웠다. 흙 둔덕에 이르자 영감은 동작을 바꾸어 어떤 데서는 낫 등으로, 어떤 데서는 낫 끄트머리로 양쪽에서 짧은 타격을 가하여 그 주위를 베어나갔다. 그러면서도 그는 줄곧 자기 앞에 전개되고 있는 일에 주의를 기울였다. 때로는 싱아를 뽑아서 자기가 먹거나 레빈한테 주기도 하고, 낫 끄트머리로 잔가지를 걷어내기도 하고, 간신히 낫을 피해 어미새가 날아가버리자 남겨진 메추라기 둥지를 들여다보기도 하고, 길에 나온 뱀을 잡아 마치 포크로 찌르듯이 낫으로 들어올려 레빈에게 보이고 내던지기도 했다.

---

* 러시아의 알코올성 청량음료.

레빈이나 그의 등뒤에 있던 젊고 귀여운 사내에게는 이러한 동작의 전환은 어려웠다. 그들 둘은 그저 긴장된 움직임을 되풀이하는 일에만 열중하고 있었으므로, 동작을 바꾼다든가 동시에 자기 앞에서 일어나는 것들을 관찰할 여유는 없었다.

레빈은 시간이 가는 것을 느끼지 못했다. 만약 누군가가 그에게 몇 시간쯤 베었느냐고 묻는다면 아마 삼십 분쯤이라고 대답했을 것이다. 그러나 시간은 벌써 점심 때 가까이 되어가고 있었다. 두둑을 베어나가면서 영감은 레빈에게 키가 큰 풀 사이로 혹은 길을 따라 간신히 보이는, 빵이 든 보따리와 누더기 조각으로 마개를 한 크바스 병을 힘겹게 들고 여기저기에서 그들에게로 다가오는 어린애들을 가리켜 보였다.

"저거 보세요, 딱정벌레들이 기어오고 있습니다!" 그는 아이들 쪽을 가리키면서 말하고는 손으로 이마를 가리고 해를 보았다.

그들이 두 두둑을 더 베고 나서 영감은 일손을 멈췄다.

"자, 나리, 점심을 드셔야죠!" 그는 결연한 어조로 말했다. 풀 베는 일꾼들은 강가에 도착하자 두둑을 가로질러 카프탄들이 놓여 있는 쪽으로 갔다. 그곳에는 점심을 가지고 온 아이들이 그들을 기다리면서 앉아 있었다. 농부들은 모여앉았다. 멀리 간 자들은 달구지 그늘에, 가까이 있는 이들은 풀을 던져놓은 덤불의 나무 그늘에.

레빈도 그들 가까이 가서 자리를 잡았다. 그는 그곳을 떠나고 싶지 않았다.

주인에 대한 어려움성은 이미 오래전에 자취를 감추어버렸다. 농부들은 점심 먹을 준비를 했다. 어떤 자는 얼굴을 씻고, 젊은 패는 강에 뛰어들고, 어떤 자는 식후에 쉴 곳을 마련하고 빵이 든 꾸러미를 끄르고 크바스 병의 마개를 뽑았다. 영감은 호밀빵을 부수어 컵 속에 넣고 숟가락 자루로 으깨어 생철통의 물을 붓더니, 다시 한번 빵을 짓이겨 소금을 뿌리고는 동쪽에 대고 기도를 올리기 시작했다.

"자, 나리, 내 튜리카*올시다." 그는 컵 앞에 무릎을 꿇고 앉으면서 말했다.

튜리카가 맛있어서 레빈은 집으로 식사하러 가려다가 관뒀다. 그는 영감과 같이 식사를 하고 아주 흥미롭게 그의 가정사 얘기에 귀를 기울였으며, 영감이 흥미 있어 하는 자신의 일이며 가정사를 그에게 들려주었다. 그는 형보다 이 영감이 더 친근하게 느껴졌고, 이 사내에게서 받은 부드러운 심정에 자기도 모르게 빙그레 웃었다. 영감이 다시 일어서서 기도를 올리고 나무 그늘에 풀을 베개 삼아 누웠을 때에는 레빈도 그대로 따라했다. 그리고 뙤약볕 속에서 끈덕지게 들러붙는 파리, 땀에 전 얼굴과 몸뚱이를 간질이는 딱정벌레에도 불구하고 곧 잠이 들었다. 그는 태양이 나무의 건너쪽으로 돌아 자기에게 내리쬐기 시작했을 때에야 겨우 눈을 떴다. 영감은 진작 잠에서 깨어 젊은이들의 낫을 손보며 앉아 있었다.

레빈은 주위를 둘러보았으나 얼른 그 장소를 알아보기가 힘들었다. 그 정도로 모든 것이 바뀌어 있었다. 광대한 풀밭은 베어져서 향기를 풍기는 건초 열列을 보이면서 비스듬히 비치는 저녁 햇살에 특별하고 새로운 광채로 빛나고 있었다. 그리고 강가의 베어 눕혀진 덤불이며, 아까까지는 보이지 않았으나 지금은 그 물굽이가 강철처럼 반짝이는

---

* 잘게 찢은 빵조각을 소금물이나 크바스에 넣고 양파를 더한 즉석 수프.

강이며, 움직이기도 하고 서 있기도 하는 사람들, 아직 베다 남은 곳의 깎아지른 듯한 풀의 벽, 그리고 빨가벗겨진 풀밭 위를 나는 매, 이런 것들이 모두 전혀 새로운 모습을 하고 있었다. 제정신이 들자 레빈은 이제 얼마쯤 베어졌는지, 또 오늘 안으로 얼마나 더 벨 수 있을지를 생각하기 시작했다.

마흔두 명의 사람으로도 일이 꽤 많이 진척되었다. 부역*으로는 서른 자루의 낫으로 이틀 걸렸던 거대한 풀밭이 벌써 어지간히 베어져 있었다. 베이지 않은 데라곤 그저 두둑이 짧은 구석 쪽뿐이었다. 그러나 레빈은 이날 안으로 될 수 있는 한 많이 베어두고 싶었기에 짧은 해가 원망스러웠다. 그는 조금도 피로하지 않았다. 그저 더욱더 빨리, 그리고 될 수 있는 한 많이 일을 하고 싶다는 의욕이 있을 뿐이었다.

"마시킨 베르흐** 쪽도 좀 베면 어떨까, 자넨 어떻게 생각하나?" 그는 영감에게 말했다.

"글쎄올시다, 해가 얼마 남지 않아서요. 젊은애들에게 보드카값이라도 좀 쥐여주시겠죠?"

저녁 새때에 모두들 또다시 자리를 잡고 앉아 흡연가들이 담배를 피우기 시작하자, 영감이 젊은이들에게 '마시킨 베르흐를 벨 것, 보드카값이 나오리라는 것'을 알렸다.

"그럼요, 베고말고요! 가자 티트! 잘해야 해, 밥이야 밤에 먹으면 되지, 가자!" 이런 목소리들이 들렸다. 그러고서 풀 베는 일꾼들은 남은 빵을 먹으면서 자리로 돌아갔다.

---

* 지주에 대한 농노의 무상노동제도.
** 마시킨 고지.

"자, 젊은이들, 달려들자고!" 티트는 마치 달음질이라도 하듯이 앞장서서 베어나갔다.

"나가자, 나가자!" 그들의 뒤에서 베어나가던 영감은 힘을 들이지 않고 그들을 앞지르면서 말했다. "먼저 베어버린다! 정신 차려!"

젊은이도 늙은이도 마치 경쟁이라도 하듯이 베었다. 그러나 그들은 아무리 서둘러도 풀을 망치거나 하는 일은 없었고, 풀의 열도 앞서와 똑같이 반듯하고 훌륭하게 쌓아나갔다. 한쪽 구석에 남아 있던 부분은 오 분 만에 다 베어버렸다. 아직 뒤처진 패가 자신들의 두둑을 미처 다 베기도 전에 앞선 패는 벌써 카프탄을 어깨에 척척 걸치고 길을 가로질러 마시킨 베르흐 쪽으로 갔다.

그들이 생철통을 떨그렁거리면서 마시킨 베르흐의 나무가 우거진 조그만 골짜기로 들어갔을 때 태양은 벌써 나무 끝에 비스듬히 걸려 있었다. 풀은 골짜기 한가운데서는 허리께까지 닿았고 부드럽고 연하고 잎이 넓었으며, 숲속 여기저기는 새애기풀로 얼룩져 있었다.

세로로 벨 섯인가 가로로 벨 깃인가 잠깐 상의한 뒤, 프로호르 예르밀린이라는 걸때가 크고 머리털이 거무스름한 농부가 앞장섰다. 풀 베는 데 정평이 나 있는 일꾼인 그는 맨 먼저 자기 몫의 두둑을 베고 나서 다시 제자리로 돌아오더니 또 베어나갔다. 다른 사람들도 그의 뒤를 이어 자리를 잡고는, 조그만 골짜기를 따라 산기슭으로 내려가기도 하고 산마루의 숲 바로 언저리까지 올라가기도 하면서 베어나가기 시작했다. 해는 숲 저너머로 기울었다. 벌써 이슬이 내리기 시작해서, 풀 베는 일꾼들은 산 위에서는 햇빛에 내리쬐였으나, 수증기가 오르고 있는 저지와 건너쪽에서는 이슬에 젖은 상쾌한 그늘로 들어갔다. 일은 절정에 달했다.

물기가 많은 풀은 베어질 때 아삭거리는 소리를 냈고, 좋은 향기를 풍기며 줄을 지어 높이 쌓였다. 생철통이 덜그렁하는 소리를 내기도 하고 낫이 서로 부딪치는 소리를 내기도 하면서, 여기저기에서 짧은 두둑 쪽으로 몰려든 풀 베는 일꾼들은 낫을 가는 숫돌의 휘파람 같은 소리며 기운찬 외침으로 서로 몰아세우면서 나아갔다.

레빈은 이번에도 쭉 젊고 귀엽게 생긴 사내와 영감 사이에 있었다. 양피 재킷을 입은 영감은 아까와 마찬가지로 즐겁고 익살맞고 어쩐지 일이 즐거운 모양이었다. 숲속에서는 젖은 풀 사이에서 습기로 띵띵하게 부푼 자작나무버섯이 끊임없이 낫에 걸려 베였다. 영감은 버섯을 볼 때마다 허리를 구부려 주워서는 호주머니에 넣었다. "또 할멈한테 줄 선물이다." 그는 그때마다 그렇게 중얼거렸다.

축축하고 부드러운 풀을 베는 것은 아무것도 아니었지만, 골짜기의 가파른 벼랑을 오르내리는 것은 고통스러웠다. 그러나 영감은 끄떡없었다. 앞서와 마찬가지로 낫을 내두르면서 그는 큼직한 짚신을 신은 발을 짧은 걸음으로 야무지게 딛고 느릿느릿 비탈을 기어올라갔다. 온몸에 힘을 주는 바람에 루바시카 아래 걸친 잠방이가 부들부들 떨리고 있었으나 그는 풀 한 줄기, 버섯 한 개도 놓치지 않으며 줄곧 농부들이나 레빈을 상대로 익살을 부렸다. 레빈은 그 뒤를 따르면서 빈손으로도 기어오르기 힘든 험준한 언덕배기를 손에 낫을 들고 오를 때마다 이번에는 틀림없이 떨어질 거라고 생각했으나, 매번 올라가야 할 데로 올라갔고 해야 할 일을 했다. 그는 어떤 외부의 힘이 자기를 움직이고 있는 것 같은 느낌이 들었다.

6

마시킨 베르흐를 다 베고 마지막 두둑도 끝나자, 사람들은 모두 카프탄을 입고 즐겁게 귀로에 올랐다. 레빈은 말에 올라타서 서운한 마음으로 농부들과 작별하고 집으로 말을 몰았다. 언덕배기에서 그는 뒤를 돌아다보았다. 그러나 저지에서 자욱하게 피어오르는 안개 때문에 그들의 모습은 보이지 않았다. 그저 발랄하고 거친 말소리와 껄껄거리는 웃음소리와 낫이 서로 부딪치는 소리가 들릴 뿐이었다.

헝클어진 머리털이 땀으로 이마에 들러붙고 셔츠가 까맣게 보일 만큼 등이며 가슴이 흠뻑 젖은 레빈이 쾌활하게 수선을 부리면서 형의 방으로 쑥 들어섰을 때, 이미 오래전에 식사를 끝낸 세르게이 이바노비치는 막 우편으로 도착한 신문과 잡지를 뒤적거리며 자기 방에서 레몬과 얼음이 든 물을 마시고 있었다.

"오늘 우리는 풀밭을 죄다 베어버렸어! 아아, 정말 유쾌하군, 놀라울 정도로 유쾌해. 그런데 형은 어떻게 지냈어?" 레빈은 어제의 불유쾌한 논쟁 따위는 말끔히 잊고 말했다.

"이것 봐! 도대체 그게 무슨 꼴이야!" 세르게이 이바노비치는 못마땅하게 동생의 모습을 훑어보면서 말했다. "하여간 그 문을, 문이나 좀 닫지!" 그는 외쳤다. "틀림없이 열 마린 들여놓았을 거야."

세르게이 이바노비치는 파리를 무척 싫어했으므로 자기 방에서는 밤에만 창문을 열고 방문은 기를 쓰며 닫았다.

"괜찮아, 한 마리도 안 들어왔어. 만약 들어왔다면 내가 잡지. 오늘 내가 맛본 기쁨을 형은 좀처럼 믿기 어려울 거야. 형은 오늘 하루를 어떻게 지냈어?"

"잘 지냈지. 그런데 넌 정말 온종일 풀을 베고 있었니? 틀림없이 늘 대처럼 배를 주리고 있겠군. 쿠지마가 널 위해 죄다 준비하고 있더라."

"아니, 먹고 싶지 않아. 거기서 먹고 왔어. 그건 그렇고 가서 좀 씻고 올게."

"그래 갔다와, 갔다와, 나도 곧 너한테로 갈 테니까." 세르게이 이바노비치는 고개를 내젓고 동생의 얼굴을 쳐다보면서 말했다. "어서 갔다와, 어서." 그는 웃는 얼굴로 덧붙이고 나서 책들을 정리하고 나갈 준비를 했다. 그도 역시 갑자기 즐거운 기분이 되어 동생과 헤어지고 싶지가 않았던 것이다. "그런데 비가 왔을 때 넌 어디 있었니?"

"비라니? 왔는지도 몰랐어. 그럼 곧 올게. 그러니까 형도 유쾌한 하루를 보냈군? 정말 잘했어." 그러고서 레빈은 옷을 갈아입기 위해 나갔다.

오 분 후에 형제는 식당에서 만났다. 레빈은 배가 고프지 않아서 처음엔 그저 쿠지마의 기분을 상하게 하지 않으려고 식탁머리에 앉았으나, 막상 한 숟가락을 뜨고 보니 별안간 식욕이 생겼다. 세르게이 이바노비치는 빙그레 웃으면서 그의 모습을 바라보았다.

"아아 참, 너에게 편지가 왔더군." 그는 말했다. "쿠지마, 미안하지만 아래에서 좀 가져다줘. 방문을 잘 닫도록 주의하고."

편지는 오블론스키한테서 온 것이었다. 레빈은 편지를 소리 내어 읽었다. 오블론스키가 페테르부르크에서 써보낸 편지였다. '난 돌리한테서 편지를 받았어. 그녀는 예르구쇼보에 가 있는데 모든 것이 여의치 않은 모양이야. 미안하지만 그녀에게 한번 찾아가서 충고나 좀 해주지 않으려나. 자넨 모든 것을 잘 알고 있으니까 말야. 자넬 만나면 틀림없이 반가워할 거야. 그녀는 완전히 혼자야, 불쌍한 여자야. 장모는 가족들과 함께 아직도 외국에 있어.'

"그거 잘됐군! 꼭 찾아가봐야겠어." 레빈은 말했다. "같이 갑시다. 그분은 정말 좋은 부인이야, 그렇지 않아?"

"그리 멀지 않은 곳이니?"

"삼십 베르스타야. 아마 한 사십 베르스타는 될걸. 그렇지만 길은 좋아. 기분좋게 마차를 타고 갈 수 있어."

"거 좋지." 역시 싱글벙글 웃으면서 세르게이 이바노비치가 말했다. 동생의 태도가 무작정 그의 기분을 즐겁게 했던 것이다.

"그건 그렇고, 네 식욕도 대단하군!" 그는 접시 위로 숙인 동생의 검붉게 그을린 얼굴과 목을 바라보면서 말했다.

"참 좋아! 형은 좀처럼 믿지 못할 테지만, 온갖 쓸데없는 것들에 이만큼 효험이 있는 요법도 아마 없을 거야. 난 노동요법이라는 새로운 용어를 의학에 보탤까 해."

"그렇지만 너에겐 필요가 없을 것 같은데."

"응, 그렇지만 갖가지 신경성 병자한테는 필요하니까."

"그래, 그건 경험해볼 필요가 있어. 실은 나도 풀 베는 데로 너를 보러 가려고 했었는데, 더위를 견딜 수 없어서 숲에서 더는 갈 수가 없었어. 난 거기서 조금 쉬었다가 숲을 지나 마을로 갔지. 그러다 네 유모를 만나서, 농부들이 너를 어떻게 생각하는지 그녀를 한번 떠보았어. 그런데 내가 보기에 그들은 네가 풀을 베는 것을 그다지 찬성하지 않는 모양이더군. 그 여자는 이렇게 말하는 거야. '나리들이 할 일이 아니다.'

대체로 그들의 머릿속에는 이른바 '나리들'의 일에 대해 굉장히 완고한 일종의 요구가 정해져 있는 것 같아. 그리고 나리들이 그들의 요구 범위 밖으로 나오는 것은 도저히 용납할 수 없다, 이런 것 같아."

"그럴지도 모르지. 그렇지만 그 일은 내가 지금껏 한 번도 느껴본 적이 없었을 만큼 큰 만족을 주니까. 게다가 또 그다지 나쁠 것도 없고. 그렇지 않아?" 레빈은 대꾸했다. "그들의 마음에 들지 않는다고 해도 어쩔 수 없어. 난 별문제 아닐 거라고 생각하지만, 어때?"

"하여튼," 세르게이 이바노비치는 말을 계속했다. "넌 내가 보기엔 자신의 하루에 만족하는 것 같구나."

"아주 만족해. 아무튼 우린 풀밭을 전부 베어버렸으니까. 게다가 또 난 거기서 얼마나 좋은 영감하고 사귀었는지 몰라! 정말 얼마나 즐거웠는지 형은 상상도 할 수 없을 거야!"

"음, 넌 정말 오늘 하루에 만족하고 있군그래. 나도 마찬가지야. 첫째, 난 장기의 수를 두 가지 풀었어. 하나는 특히 재미있는 거야. 졸^{*} 벌리기라는 건데 말이지, 나중에 보여주지. 그리고 또 어제의 우리 얘기를 생각해보았어."

"뭐? 어제 얘기라니?" 레빈은 행복한 듯이 눈을 가늘게 뜨고 식후의 큰숨을 내뿜으면서, 어제의 얘기가 어떤 내용이었는지 조금도 생각해낼 기력이 없다는 듯 말했다.

"난 너의 의견에도 옳은 데가 있다는 걸 발견했어. 말하자면 우리 의견이 서로 다른 점, 넌 개인적인 이익을 원동력으로 하고 있는 데 반해 난 어느 정도 교양을 지닌 사람에게는 모든 사람의 행복이라는 개념이 있어야 한다고 여기는 데 있어. 어쩌면 너도 옳을지 몰라, 물질적인 이해가 뒷받침된 활동이 더욱 바람직하다는 점에서는 말이지. 그러나 넌 프랑스인들이 말하는, 이른바 지극히 충동적인 성질이야. 넌 매우 정력적인 활동을 요구하는가 하면 또 아무것도 바라지 않는다든가 둘 중 하나니까.”

레빈은 형의 말을 듣고는 있었지만 아무것도 이해하지 못했고 또 이해하려고도 하지 않았다. 그는 다만 형이 자기가 조금도 듣고 있지 않았다는 것을 단번에 눈치챌 그런 질문이 나올까봐 두려워하고 있었다.

“그런 얘기야, 이 친구야?” 세르게이 이바노비치는 그의 어깨에다 손을 올리면서 말했다.

“응, 물론이지. 그렇지만 아무려면 어때! 난 내 생각을 고집하지는 않아.” 레빈은 어린애같이 겸연쩍은 미소를 띠고 대꾸했다. ‘그런데, 난 무엇을 가지고 논쟁을 했던가?’ 그는 생각했다. ‘물론 나도 옳고 형도 옳다. 그리고 무엇이든 다 좋다. 하여간 사무소에 가서 지시를 해둬야지.’ 그는 허리를 쭉 펴고 미소를 띠면서 일어섰다.

세르게이 이바노비치도 마찬가지로 미소 지었다.

“어딜 가려거든 같이 가자.” 그는 몸 전체에서 활기와 젊음이 느껴지는 동생과 떨어지기 싫어서 이렇게 말했다. “가자, 그리고 만약 볼일이 있거든 사무소에도 가자.”

“아아, 이런!” 레빈은 세르게이 이바노비치가 소스라쳤을 만큼 큰 소리로 외쳤다.

“왜, 왜 그래?”

“아가피야 미하일로브나의 손은 어때?” 레빈은 자기 머리를 한 대 탁치면서 말했다. “난 그녀에 대해 까맣게 잊고 있었어.”

"한결 나아졌어."

"그래, 하여튼 난 그녀한테 얼른 뛰어갔다 올게. 그리고 형이 모자를 채 쓰기도 전에 돌아오겠어."

그는 소리 나는 장난감처럼 구두 뒤축을 딸그락거리면서 층계를 뛰어내려갔다.

7

스테판 아르카디치는 직장을 갖지 않은 사람은 좀처럼 이해할 수 없겠지만 직장을 가진 사람이라면 누구나 공감하는, 지극히 자연스럽고 중요하며 그것 없이는 근무를 할 수가 없는 의무—본부에 얼굴을 내민다는 의무를 수행하기 위해 페테르부르크로 나와 있었다. 그가 그 의무를 수행하기 위해 거의 모든 돈을 긁어내다가 경마장과 별장에서 즐겁고 유쾌한 시간을 보내고 있을 때, 돌리는 되도록 생활비를 절약하기 위해 아이들을 데리고 시골로 옮겨왔다. 그녀는 결혼 지참금으로 가져온 예르구쇼보 마을로 옮겨온 것인데, 바로 이번 봄에 팔린 숲이 있는 그곳은 레빈이 사는 포크롭스코예에서 오십 베르스타 떨어져 있었다.

예르구쇼보에 있던 큼직하고 낡은 저택은 이미 오래전에 헐렸지만, 아직 공작의 소유였을 때 별채를 다시 수선하고 증축해두었었다. 그 별채는 보통의 별채처럼 마차가 다니는 길에서 떨어져 있고 남향도 아니었지만, 한 이십 년 전 돌리가 아직 어렸을 때는 넓고 편리했었다. 그러나 지금은 이 별채도 낡고 헐어 있었다. 이번 봄 스테판 아르카디치가 숲을 팔러 갔을 때 돌리는 그에게 집을 둘러보고 필요한 수선을 시켜 놓고 오라고 부탁했었다. 스테판 아르카디치는 아내에게 죄책감을 느끼고 있는 남편이라면 누구나 그렇듯이 아내의 비위를 맞추는 데 급급했으므로, 직접 집을 돌아보고 자기가 보기에 필요하다고 생각한 일에 대해서는 모두 지시를 하고 왔다. 그의 생각에는 가구 전부를 크레톤* 으로 대고 커튼을 치고 뜰을 깨끗이 하고 못에 다리를 놓고 화초를 심는 일이 필요할 듯했다. 그러나 그는 그 밖에 필요한 일 대부분을 잊었으므로, 그러한 준비 부족이 나중에 다리야 알렉산드로브나를 몹시 힘들게 했다.

스테판 아르카디치는 스스로 아무리 자상한 아버지이자 남편이 되려고 애써도, 자기에게 아내와 아이들이 있다는 사실을 도저히 기억하고 있을 수가 없었다. 그에게는 독신자 취향이 있었고, 모든 것이 그 취향에 기준을 두고 있었다. 그래서 모스크바로 돌아오자 그는 득의양양하게 만반의 준비가 되어 있다며, 집도 낙원같이 꾸며질 테니 꼭 가보라고 아내에게 알렸던 것이다. 스테판 아르카디치에게는 아내가 시골로 간다는 것은 모든 면에서 대단히 즐거운 일이었다. 애들의 건강에도, 생활비 절감에도, 또한 그가 한층 더 자유로워질 수 있다는 점에서도. 다리야 알렉산드로브나 또한 여름 동안 시골로 옮기는 것은 애들을 위해, 특히 성홍열을 앓은 뒤 회복이 시원치 않은 딸을 위해, 또 그녀를 줄곧 괴롭히던 장작장수며 어물전이며 구둣방에 대한 자질구레한 부채와 비굴한 겸손에서 벗어나기 위해서도 꼭 필요하다고 생각했다. 게

---

* 의자 등에 대는 장식직물.

다가 그녀는 한여름이면 외국에서 돌아오기로 되어 있는, 온천 요양을 하도록 지시받았던 동생 키티를 자기가 있는 시골로 오도록 해야겠다고 생각하고 있었으므로 그리로 간다는 것이 더욱 즐거웠다. 키티는 온천장에서, 두 사람 모두에게 유년 시절의 추억이 가득한 예르구쇼보에서 돌리와 함께 여름을 보내는 것처럼 즐거운 일은 없다고 그녀에게 적어보냈던 것이다.

전원생활의 처음 며칠은 돌리에게 굉장히 힘들었다. 그녀는 어렸을 적에 시골에서 산 일이 있었으므로, 머릿속에 시골이란 도시생활의 온갖 불쾌한 것들로부터의 구원이며 그곳의 생활은 비록 우아하지는 않더라도(이러한 점에 돌리는 쉽게 순응했다) 대신에 값싸고 편리하다는, 말하자면 뭐든지 있고 뭐든지 싸고 뭐든지 손에 넣을 수 있으며 아이들에게도 좋다는 인상을 갖고 있었다. 그러나 지금 주부가 되어 시골에 와보니, 모든 것이 그녀가 생각했던 것과는 전혀 딴판이라는 사실을 발견하게 된 것이다.

그들이 도착한 이튿날에는 큰비가 왔고, 밤중에 복도와 아이방에 비가 새서 침대를 객실로 옮겨야만 했다. 요리사는 없었다. 아홉 마리의 암소는 소를 치는 하녀의 말에 의하면 어떤 것은 새끼를 배었고, 어떤 것은 송아지이고, 어떤 것은 너무 늙었고, 어떤 것은 젖통이 굳어 있다고 했다. 버터와 우유는 아이들 몫도 모자랐다. 달걀은 없었다. 암탉도 손에 넣을 수가 없었다. 보랏빛 힘줄이 많은 늙은 수탉을 굽기도 하고 삶기도 했다. 마루를 닦을 여자를 구할 수도 없었다. 모두들 감자밭에 나가 있었다. 또 그나마 한 마리밖에 없는 말이 너무 억세서 멍에를 얹기만 하면 사나워지는 바람에 마차를 타고 돌아다닐 수도 없었다. 목욕을 할 곳도 없었다. 강가는 온통 가축들에게 밟혀 더럽혀졌고 또한 길에서 훤히 내다보였다. 허물어진 울타리를 통해 가축이 뜰 안으로 들어오는데, 특히 큰 소리로 울어대는 무서운 황소가 한 마리 있어서 그것이 뿔로 떠받을 것만 같아 산책도 할 수가 없었다. 옷을 넣을 장롱도 없었다. 그나마 있는 것도 문이 닫히지 않거나, 사람이 옆으로 지나가면 저절로 열리기도 했다. 무쇠솥도 항아리도 없었다. 빨래를 삶을 솥도 없었고, 하녀방에 다리미판조차 없었다.

안정과 휴식 대신 이렇게 끔찍한, 그녀의 눈으로 본다면 빈곤 상태에 부닥친 다리야 알렉산드로브나는 처음엔 완전히 절망하고 말았다. 온 힘을 다해 애를 썼으나 그 상태를 어떻게 할 수 없다는 것을 알게 되자, 그녀는 쉴새없이 북받쳐오르는 눈물을 꾹 눌러야만 했다. 의젓하고 예의바른 풍채로 스테판 아르카디치의 눈에 들어 문지기에서 발탁된, 예전에 기병상사를 지낸 적이 있는 집사는 다리야 알렉산드로브나가 처한 어려움에는 아무런 동정도 보이지 않고 공손히 이렇게 말했다. "도저히 어떻게 할 수가 없어요. 여기엔 지저분한 놈들뿐이니 말씀예요." 그러고는 아무런 도움도 주지 않았다.

상황은 절망적으로 보였다. 그러나 오블론스키 가족에게는 어느 가정에나 다 있듯이 눈에 띄지는 않지만 중요하고 유익한 한 사람, 마트료나 필리모노브나가 있었다. 그녀는 안주인을 달래고, 다 잘될 거라고 (이것은 그녀가 언제나 쓰는 말로, 마트베이도 그녀한테서 이 말을 빌려 쓰고 있었다) 장담하면서 여유롭고 침착한 태도로 직접 그 수습에 달려들었다.

그녀는 곧 집사의 아내와 사귀었고, 첫날에 벌써 집사 부부와 함께 셋이서 아카시아나무 아래에서 차를 마시며 여러 가지 일을 상의했다. 이내 그 아카시아나무 아래 마트료나 필리모노브나의 클럽이 만들어졌고, 집사의 아내와 촌장과 서기로 조직된 이 클럽을 거쳐 생활의 어려움은 조금씩 개선되어갔으며, 일주일 후에는 실제로 모든 게 잘되었다. 지붕은 수리되었고, 촌장의 대모代母가 요리사로 들어왔고, 암탉은 구입했고, 암소는 젖을 내게 되었고, 뜰에는 말뚝으로 울타리가 쳐졌고, 다듬잇방망이는 목수의 손으로 만들어지고, 장롱에는 고리가 달려 저절로 열리는 일이 없어지고, 군용 모직물로 싸인 다리미판이 안락의자의 팔걸이에서 옷장 위로 걸쳐져서 하녀 방에서는 뜨겁게 달아오른 다리미 냄새가 나게 되었다.

"자, 어때요! 마님께선 줄곧 비관만 하셨지만." 마트료나 필리모노브나는 다리미판을 가리키면서 말했다.

짚으로 칸막이를 친 욕장까지 만들어졌다. 릴리는 목욕을 할 수 있게 되었고, 다리야 알렉산드로브나에게는 안락이라고까지는 할 수 없었지만 안이한 전원생활에 대한 기대가 일부분이나마 실현되었다. 여섯 아이를 데리고 편안히 지낸다는 것은 다리야 알렉산드로브나로선 바랄 수 없는 일이었다. 한 아이가 병에 걸리면 다른 아이도 걸릴까 걱정되고, 세번째 아이에게는 무언가 모자란다든가, 네번째 아이는 불량기를 보이기 시작한다든가 등등 온갖 일이 잇달았다. 지극히 드문드문, 짧고 조용한 한때가 있었다. 그러나 이러한 마음씀과 걱정이 다리야 알렉산드로브나에게는 유일하게 기댈 수 있는 행복이었다. 만약 그런 일들이 없었다면, 그녀는 줄곧 자기를 사랑하지 않는 남편에 대해 혼자서 이리저리 생각하게 되었을 것이다. 그뿐 아니라 병에 대한 불안이며 병 그 자체, 그리고 아이들에게서 나쁜 경향의 징후를 보는 슬픔은 어머니에게는 몹시 괴로운 것이긴 했지만, 이제는 벌써 아이들 자체가 작은 기쁨이 되어 그녀의 슬픔을 메워주게 되었다. 이러한 기쁨은 아주 고운 모래에 섞인 사금처럼 눈에 띄지 않는 것이라서 나쁜 때에는 그저 슬픔만, 즉 모래밖에 안 보이지만 또 기쁨만, 즉 금만 보이는 좋은 때도 있는 것이다.

이제는 전원의 한적함 속에서 그녀는 더욱더 늘어난 이 즐거움을 의식하게 됐다. 그들을 보면서 그녀는 자주 자기가 잘못 생각하고 있다는 것, 어머니의 욕심으로 아이들을 지나치게 귀여워하고 있다는 것을 자기에게 일깨우기 위해 온 힘을 다했다. 그러나 역시 그녀는 자기한테는 착한 아이들이, 제각각 성질은 다를지언정 그리 흔히 볼 수 없는 훌륭한 아이들이 여섯이나 있다고 스스로에게 얘기하지 않을 수 없었다. 그리고 그녀는 아이들 덕분에 행복했고 아이들이 자랑스러웠다.

8

오월 말, 겨우 모든 것이 얼마쯤 정돈됐을 무렵에야 그녀는 시골의 불편함을 적어보냈던 괴로운 편지에 대한 남편의 답장을 받았다. 그는 두루두루 주의가 미치지 못했던 것을 그녀에게 사과하면서, 기회가 나는 대로 곧 가겠다고 약속하는 내용을 적어보냈다. 그러나 그 기회는 좀처럼 오지 않았고, 다리야 알렉산드로브나는 유월 초까지 혼자 시골에서 지냈다.

성 베드로 축일이 오기 전에 지내는 재계 기간의 일요일에 다리야 알렉산드로브나는 아이들에게 영성체를 받게 하기 위해 마차를 타고 미사에 나갔다. 다리야 알렉산드로브나는 여동생이며 어머니며 친구들과 격의없이 철학적인 대화를 나눌 때 자주 종교에 대한 자유사상을 내보여 그들을 놀라게 하곤 했었다. 그녀는 윤회라는 그녀만의 기묘한 종교를 굳게 믿고 있었으므로 교회의 교의 같은 것은 거의 개의치 않았다. 그러나 가정에서는 단지 스스로 모범을 보여주기 위해서만이 아니라 충심으로 엄격하게 교회의 모든 요구를 실행했다. 그래서 아이들이 벌써 일 년이나 성체성사를 받지 않은 것이 몹시 마음에 걸려, 마트료나 필리모노브나의 찬성과 동감을 얻고는 이번 여름 안에 그 일을 끝마치겠다고 결심했다.

다리야 알렉산드로브나는 며칠 전부터 아이들에게 입힐 옷에 대해 여러 가지로 고심하고 있었다. 옷을 새로 짓기도 하고 뜯어 고치기도 하고 세탁도 하고 솔기며 옷단을 늘리기도 하고 단추를 달고 리본을 준비하기도 했다. 다만 영국인 여자 가정교사가 수선해 온 타냐의 옷이 다리야 알렉산드로브나의 기분을 몹시 상하게 했다. 영국인 가정교사는 고쳐 꿰맬 때 솔기를 모두 치수대로 하지 않고 진동을 너무 깊이 파냈기 때문에 그 옷은 전혀 못쓰게 되고 말았다. 옷은 타냐의 어깨를 죄어 보기에도 답답했다. 그러나 마트료나 필리모노브나가 덧천을 붙여 긴 케이프를 만드는 방안을 생각해냈다. 그래서 그 일은 그럭저럭 수습되었으나, 영국 여자와는 하마터면 한바탕 말다툼이 일어날 뻔했다. 그러나 하여튼 그날 아침까지는 모든 것이 가다듬어졌다. 그래서 아홉 시—미사를 그때까지 미루어달라고 신부님에게 부탁해두었다—가까이 되자 새 옷으로 차려입은 아이들이 신이 나서 방글방글 웃으며 현관 층계 밑의 사륜 포장마차 앞에 나란히 서서 어머니가 나오기를 기다리고 있었다.

마차에는 부리기 힘든 말 보론 대신에 마트료나 필리모노브나의 주선으로 집사의 말 부리가 채워져 있었고, 자기 몸치장에 신경을 쓰느라 시간을 끈 다리야 알렉산드로브나는 드디어 하얀 무명옷을 입고 마차가 있는 곳으로 나왔다.

다리야 알렉산드로브나는 이것저것 생각하느라 설레는 마음으로 머리를 빗고 옷을 입었다. 이전에는 그녀도 아름다웠고 남의 마음에 들기 위해 옷치장을 하곤 했었지만, 그뒤로 나이를 먹어감에 따라 옷치레를 하는 것이 점점 싫어졌다. 말하자면 그녀는 자신이 아리따움을 잃었다고 생각했다. 그러나 지금 그녀는 또다시 만족스럽고 행복한 마음으로 옷치장을 했다. 지금 그녀는 자기 자신이나 자기의 아름다움을 위해서가 아니라, 이 아름다운 아이들의 어머니로서 전체적인 인상을 망가뜨리지 않기 위해 옷치장을 한 것이었다. 마지막으로 다시 한번 거울을 보고 그녀는 스스로 만족했다. 그녀는 아름다웠다. 그것은 이전에 그녀가 무도회 같은 곳에서 아름답기를 바랐던 것과 같은 종류의 아름다움이 아니라, 현재 품고 있는 목적에 알맞은 아름다움이었다.

교회에는 농부들이며 집지기들, 그리고 그들의 아낙들뿐이었다. 그러나 다리야 알렉산드로브나는 자기 아이들과 자기가 불러일으킨 감탄의 빛을 보았다. 아니, 본 것 같은 기분이 들었다. 아이들은 화려한 옷으로 꾸며진 외양이 아름다웠을 뿐만 아니라, 몸가짐을 얌전히 하고 있는 모습이 귀여웠다. 사실 알료샤의 자세는 그다지 좋다고는 할 수 없었다. 그는 시종 고개를 틀어 자신의 재킷 뒤쪽을 보려고 했다. 그래도 그는 유난히 귀여웠다. 타냐는 마치 어른처럼 반듯이 서서 어린 동생들을 보살펴주고 있었다. 막내 릴리는 온갖 것에 대해 천진난만한 놀라움을 보이는 모습이 못 견디게 귀여웠고, 영성체를 하고 나서 그녀가 "더 주세요" 하고 말했을 때는 모두가 웃지 않을 수 없었다.

집으로 돌아오면서도 아이들은 뭔가 숭엄한 것이 이루어졌음을 느낀 듯 굉장히 얌전을 떨었다.

집에서도 모든 일이 돌리의 뜻대로 잘되었다. 그런데 아침을 먹을 때 그리샤가 휘파람을 분데다가, 그보다 더 나빴던 것은 영국 여자의 말을 듣지 않아서 달콤한 파이를 못 받게 된 점이었다. 다리야 알렉산드로브나가 만약 그 자리에 있었더라면 이런 날에 벌을 주는 것을 용서하지 않았을 것이다. 그러나 영국 여자의 처분도 존중해주어야 했으므로 그리샤한테는 달콤한 파이를 주지 않는다는 그녀의 결단에 동의할 수밖에 없었다. 그리고 대수롭지는 않았지만 이 일이 모두의 즐거움을 조금 망가뜨려놓았다.

그리샤는 니콜렌카도 휘파람을 불었는데 벌을 받지 않았다, 자기는 파이 때문에 우는 것은 아니다, 그런 것은 어떻든 괜찮다, 그저 불공평한 대우를 받은 것이 분하다고 투덜거리면서 울었다. 그 모습이 너무 안타까워 다리야 알렉산드로브나는 영국 여자와 상의해서 그리샤를 용서해주도록 해야겠다고 마음먹고 그녀한테로 가려 했다. 그러나 도중에 홀을 지나다가 그녀는 눈물이 핑 돌 만큼 가슴을 뭉클하게 하는 아름다운 정경을 목격했으므로 혼자만의 결정으로 어린 죄인을 용서하고 말았다.

벌을 받고 있던 아이는 홀 한쪽 구석의 창가에 앉아 있었다. 그 곁에 접시를 손에 든 타냐가 서 있었다. 인형에게 밥을 먹이고 싶다는 핑계로 그녀는 자기 몫의 파이를 아이방으로 가져가도 좋다는 허락을 영국 여자한테 받고, 대신에 그것을 동생한테 가지고 온 것이었다. 자기에게 가해진 벌이 불공평하다고 또 울면서 그는 타냐가 가지고 온 파이를 입에 넣었다. 그러고는 흐느끼면서 이렇게 얘기하고 있었다. "누나도 먹어, 같이 먹자…… 같이."

타냐는 처음엔 그리샤에 대한 연민만을 느끼고 있었지만, 이제 자신의 선행에 대한 의식이 끓어올라 그녀의 눈에도 마찬가지로 눈물이 글썽거렸다. 그러나 그녀는 동생의 말을 거절하지 않고 자기 몫을 먹었다.

어머니를 보자 그들은 놀랐지만, 어머니의 얼굴에서 자기들이 하고 있는 짓이 좋은 일임을 알아채고는, 곧 벙글벙글 웃음을 머금고 파이를 가득 넣은 입을 우물거리면서 두 손으로 입술을 쓱쓱 닦는 바람에 기쁨으로 환해진 얼굴이 눈물과 잼 범벅이 되어버렸다.

"어머나!! 흰 새 옷을! 타냐! 그리샤!" 어머니는 더이상 옷을 더럽히지 않게 하려고 애쓰면서, 그러나 눈물이 글썽이는 눈으로 행복한 환희의 미소를 띠면서 말했다.

아이들에게 새 옷은 벗고 여자애들은 블라우스를, 사내아이들은 헌 재킷을 입도록 했다. 그리고 버섯따기와 목욕을 하러 가기 위해 대형 사륜 무개마차에 말을—집사한테는 미안하지만 다시 한번 부리를— 채우도록 일렀다. 그러자 귀청이 터질 듯한 환희의 외침이 아이방에서 터져나왔고, 마차에 올라 떠나는 순간까지 그치지 않았다.

바구니 가득 버섯을 땄고, 릴리까지 자작나무버섯을 찾아냈다. 전에는 미스 헐이 찾아내서 릴리에게 가리켜주었지만, 오늘은 릴리 혼자 큼직한 자작나무버섯을 찾아낸 것이었다. 그래서 모두들 환호성을 올렸다. "릴리가 버섯을 찾았다!"

그 길로 강에 가서 말들을 자작나무 그늘에 세워놓고 모두 욕장 쪽으로 갔다. 마부 테렌티는 말파리를 쫓으려고 줄곧 꼬리를 내두르고 있는 말들을 나무에 매고 나서, 풀을 밟아 평평하게 만든 다음 자작나무 그늘에 누워 질 낮은 잎담배를 태우기 시작했다. 욕장 안에서 그칠 새 없이 터지는 아이들의 즐거운 외침이 그가 있는 데까지 들려왔다.

아이들을 모두 돌보고 장난을 못 치게 막는 일은 꽤나 성가셨고, 그리고 각기 다른 다리에 신겼던 양말이며 팬츠며 신발을 기억했다가 섞이지 않게 하고, 그 모든 끈이며 단추를 풀었다가 다시 매어줘야 했지만, 평소 목욕을 좋아했고 아이들에게도 유익하다고 생각하던 다리야 알렉산드로브나로서는 아이들 모두와 함께하는 목욕만큼 즐거운 일도 없었다. 그들의 오동포동한 조그마한 발을 손에 잡아 일일이 양말을 신기고, 발가벗은 조그마한 몸뚱이를 두 손에 안아 물속에 담그고, 때론 즐거운 듯하고 때론 깜짝 놀란 듯한 외침을 듣고, 놀란 듯 동그랗게 뜬 즐거운 눈으로 할딱거리면서 물을 철버덕거리는 자기 천사들의 얼굴을 보는 것은 그녀에게 크나큰 즐거움이었다.

아이들의 반이 벌써 옷을 입었을 때, 잘 차려입고 등대풀과 안젤리카를 캐러 갔다온 아낙네들이 욕장 쪽으로 다가와 수줍은 듯 발을 멈췄다. 마트료나 필리모노브나는 물속에 떨어진 타월과 셔츠를 말리게 할 양으로 그들 중 한 사람을 불렀다. 그래서 다리야 알렉산드로브나도 아낙네들을 상대로 이야기를 하기 시작했다. 아낙네들은 처음에는 손으로 입을 가리고 웃기만 할 뿐 이쪽의 질문도 이해하지 못하는 듯했으나, 이내 용기를 내어 이야기를 시작하고 진심으로 아이들을 잔뜩 치켜세웠으므로 곧 다리야 알렉산드로브나의 마음을 끌었다.

"어머나, 좀 봐요, 아주 미인이야, 마치 설탕처럼 하얀데." 한 아낙네가 타네치카한테 정신이 팔려 고개를 저으면서 말했다. "그런데 야위었네요……"

"그래요, 그앤 병을 앓았지."

"어머나, 이런, 저애도 목욕을 했나보죠?" 다른 아낙네가 갓난애를 보면서 말했다.

"아냐, 이애는 난 지 겨우 석 달밖에 되지 않았는걸." 자랑스러운 태도로 다리야 알렉산드로브나가 대꾸했다.

"어머나, 어쩌면!"

"자네도 아이들이 있나?"

"넷 있었는데 둘이 돼버렸죠. 머슴애하고 계집애예요. 계집애는 지난 사육제 때 젖을 뗐어요."

"몇 살인데?"

"두 살 되었어요."

"어째서 그렇게 오래 젖을 먹였지?"

"저희들 습관인걸요. 사순절이 세 번 돌아올 때까지……"

이렇게 이야기는 다리야 알렉산드로브나에게 점점 흥미로운 것이 되어갔다. 아이를 낳을 때는 어떻게 했는가? 무슨 병을 앓았던가? 남편은 어디에 있는가? 자주 오는가?

다리야 알렉산드로브나는 이 아낙네들과 헤어지고 싶지 않을 정도로 이야기가 재미있었고, 그만큼 그들의 관심사는 모두 같은 것이었다. 특히 다리야 알렉산드로브나가 즐거웠던 것은, 이 아낙네들 모두가 그녀에게 아이가 많으며 그들이 모두 예쁘다는 것에 놀라는 기색을 분명히 보였다는 점이었다. 아낙네들은 다리야 알렉산드로브나를 웃기기도 했고, 영국 여자를 뿔이 돋게 하기도 했다. 그것은 영국 여자가 그녀로서는 이해할 수 없는 이 웃음의 원인이 되었기 때문이다. 젊은 아낙네 가운데 하나가 가장 늦게 옷을 입고 있던 영국 여자를 보다못해 그녀가 세번째 속치마를 입었을 때 이렇게 얘기했던 것이다. "글쎄 좀 봐, 휘어감았어, 감았어, 아무리 감고 또 감아도 못다 감겠군그래!" 그러자 모두들 깔깔거리며 배를 움켜쥐고 자지러지게 웃었다.

9

목욕을 하고 나서 아직 머리가 젖은 아이들에게 둘러싸여 다리야 알렉산드로브나가 머릿수건을 두르고 어느덧 집 가까이 왔을 때 마부가 말했다.

"어떤 나리께서 오셨습니다, 포크롭스코예 분 같은데요."

다리야 알렉산드로브나는 앞쪽을 바라보고는 회색 모자에 회색 외투 차림으로 이쪽을 향해 오는 레빈의 친숙한 모습을 보고 기뻐했다. 그녀는 언제나 그를 보는 일이 기뻤으나, 특히 이때는 이렇게 단란한 자신의 모습을 그에게 보이게 되어 기뻤다. 어느 누구도 레빈 이상으로 그녀의 훌륭함을 이해해주는 사람은 없었으니까.

레빈은 그녀를 보자 자기가 상상하던 장래 가족생활의 광경 하나에 부딪힌 것 같은 느낌이 들었다.

"당신은 꼭 병아리들을 데리고 있는 어미닭 같으시군요, 다리야 알렉산드로브나."

"아아, 정말 반가워요!" 그녀는 그에게 손을 내밀면서 말했다.

"반갑다고요? 그렇지만 당신은 소식 한번 주시지 않았잖아요. 우리 집에는 지금 형님이 와 계세요. 난 스티바한테서 당신이 여기 와 계시다는 편지를 받았습니다."

"스티바한테서요?" 의외라는 듯한 표정으로 다리야 알렉산드로브나는 되물었다.

"네, 그 친구가 당신이 여기 와 계시다는 것을 알려주었죠. 내가 뭔가 당신에게 도움이 될 일이라도 있을 거라 여기고 적어보낸 거죠." 레빈이 말했다. 그러나 이렇게 말하고 나서 그는 갑자기 어찌할 바를 모르고 말을 끊더니 보리수의 순을 따서 질근질근 씹으면서 묵묵히 마차 옆을 계속 걸었다. 그가 당황한 까닭은, 다리야 알렉산드로브나로서는 남편이 해야 할 일에 남의 도움을 빌리게 된 것이 불쾌하리라고 여겼기 때문이었다. 실제로 다리야 알렉산드로브나는 자신의 가정사를 남한테 무리하게 자꾸 떠맡기려는 스테판 아르카디치의 이러한 태도가 마음에 들지 않았다. 그리고 그녀는 곧 레빈이 자신의 그런 마음을 알아챘음을 깨달았다. 이 자상한 이해력과 섬세한 감정 때문에 다리야 알렉산드로브나는 레빈을 좋아했다.

"물론 잘 알지요." 레빈은 말했다. "다만 당신이 날 만나고 싶어하신다는 뜻이라는 것을요. 그리고 나도 굉장히 기뻐요. 물론 당신 같은 도시의 부인에게는 이곳의 생활이 야만스럽게 여겨지리라는 것을 알고 있습니다. 그러니 만약 무슨 일이 있으면 서슴지 마시고 말씀해주십시오."

"오 아녜요!" 돌리는 말했다. "처음엔 정말 곤란을 겪었지만, 지금은 저희 집의 나이 많은 유모 덕택에 모든 게 아주 좋아졌어요." 그녀는 자기 얘기를 하고 있다는 것을 눈치채고 즐겁고 정답게 레빈을 향해 웃는 마트료나 필리모노브나를 가리키면서 말했다. 유모는 그를 알고 있었을 뿐만 아니라, 그가 막내 아가씨의 훌륭한 신랑감이라는 것도 알고 있었고, 그 혼담이 성사되기를 바라고 있었다.

"같이 타시죠, 우리가 이쪽으로 조금 당겨 앉을 테니까요." 그녀는 그에게 말했다.

"아닙니다, 난 걷겠습니다. 너희들 중에 누구 나하고 같이 말과 달리기 시합 할 사람 없니?"

아이들은 레빈을 그리 잘 알지는 못했고, 언제 만났는지도 기억하지 못했지만, 아이들이 흔히 위선적인 어른들에게 보이고 그 때문에 자주 호된 벌을 받기도 하는, 수줍음과 혐오가 뒤섞인 일종의 기묘한 감정을 그에게는 나타내지 않았다. 위선은 무슨 일에서든 가장 총명하고 통찰력 있는 사람조차 속일 수 있다. 그러나 아이들만은 그들이 비록 지극히 어리석을지라도, 그리고 그 위선이 아무리 교묘하게 숨겨져 있더라도 곧 그것을 감지하고 배척한다. 그렇지만 레빈에게는 설사 다른 결점이 있었을망정 위선만은 조금도 없었으므로, 아이들은 그에게 그들이 자기네 어머니의 얼굴에서 보았던 것과 똑같은 정다움을 나타냈다. 위의 두 아이는 그의 부름에 응해 곧 그가 있는 쪽으로 뛰어내려, 마치 유모나 미스 헐이나 어머니와 함께 뛰고 있는 것 같은 친숙한 태도로 그와 함께 뛰었다. 심지어 릴리까지 그에게 가고 싶다고 졸라서 어머니가 릴리를 그에게 건넸고, 그는 릴리를 어깨 위에 앉히고 뛰었다.

"걱정 마세요, 걱정 마세요, 다리야 알렉산드로브나!" 그는 릴리의 어머니에게 즐겁게 웃어 보이면서 말했다. "내가 떨어뜨린다거나 다치게 할 염려는 조금도 없으니까요."

그의 민첩하고 힘차면서도 주의깊고 세심한, 지나칠 만큼 긴장된 동작을 보고 어머니도 완전히 마음이 놓여, 그를 보면서 격려하듯이 쾌활하게 미소를 지었다.

이처럼 시골에서 자기에게 호의를 베풀어주는 아이들과 다리야 알렉산드로브나를 대하는 동안, 레빈은 전에도 자주 경험한 바 있는 순진할 정도로 명랑한 기분이 되었다. 다리야 알렉산드로브나는 그의 이러한 성격을 특히 좋아했다. 아이들과 함께 뛰어가면서 그는 그들에게 체조를 가르쳐주기도 하고, 서툰 영어로 미스 헐을 웃기기도 하고, 다리야 알렉산드로브나한테 시골에서의 자기 일에 대해 들려주기도 했다.

점심식사 후에 다리야 알렉산드로브나는 그와 단둘이서 테라스에 앉아 키티에 대한 얘기를 꺼냈다.

"알고 계세요? 키티는 이리 와서 나와 같이 여름을 보내기로 했어요."

"정말이에요?" 그는 얼굴을 붉히며 대꾸했으나, 곧 화제를 바꾸기 위해 이렇게 말했다. "아니, 그럼 암소를 두어 마리 이리 보내드릴까요? 만약 꼭 대금을 치르고 싶으시다면 매달 오 루블씩 지불해주세요. 야멸스러워 싫다고 생각하지만 않으신다면."

"아니에요. 친절은 감사하지만, 이제 여기도 다 정리가 됐어요."

"그럼, 어쨌든 댁의 암소나 한번 볼까요. 그리고 괜찮으시다면 소 사료 주는 법을 알려드리고 가겠습니다. 모두가 사료 주기 나름이니 까요."

그러고서 레빈은 그저 화제를 바꾸기 위해, 암소란 단순히 먹이를 젖으로 바꾸기 위한 기관에 불과하다느니 하는 낙농 학설을 다리야 알 렉산드로브나에게 늘어놓았다.

이런 이야기를 하면서도 그는 열렬히 키티에 대해 상세한 이야기를 듣고 싶어했고, 동시에 그것을 두려워했다. 그 같은 고통을 치르고 간 신히 얻은 안정이 파괴되는 게 참으로 두려웠던 것이다.

"네, 하지만 그러려면 줄곧 보살펴야 하잖아요, 여기서 누가 그 일을 해주겠어요?" 다리야 알렉산드로브나는 내키지 않는 듯한 태도로 대꾸 했다.

지금은 마트료나 필리모노브나의 손에 대충 가사가 정리되어 있었 으므로, 그녀는 이 위에 무엇을 더 바꾸고 싶지 않았다. 게다가 또 그 녀는 레빈의 농사 지식을 믿고 있지도 않았다. 암소가 젖을 만들어내 는 기관이라는 의견도 그녀에게는 의심스러웠다. 그런 유의 의견은 다 만 가사를 혼란스럽게 할 뿐이라고밖에 여겨지지 않았다. 그녀로서는 모든 것이 훨씬 간단하게 여겨졌다. 마트료나 필리모노브나가 설명했 던 것처럼 그저 페스트루하와 벨로파하에게 여물과 물을 더 주고, 요리 사가 구정물을 세탁부의 암소를 위해 부엌에서 가지고 나가지 못하게 하기만 하면 그뿐이었다. 그것은 명백했다. 그러나 곡물 사료라든가 풀 사료에 대한 그의 의견은 어쩐지 의심스럽고 애매했다. 무엇보다도 중요한 것은, 그녀는 키티에 대한 얘기를 하고 싶었다는 점이다.

10

"키티는 말예요, 나한테 고독과 안정보다 더 바라는 것은 아무것도 없다고 적어보냈어요." 돌리는 얼마간 침묵한 뒤 말했다.

"그런데 그분의 건강은 어떻습니까, 좋은 편인가요?" 설레는 마음으로 레빈이 물었다.

"네, 덕분에, 이제 완전히 회복된 모양이에요. 난 그애에게 가슴병이 있었을 거라고는 결코 믿지 않았지만."

"아아, 정말 다행입니다!" 레빈이 이렇게 말하고 묵묵히 그녀를 바라보았을 때, 돌리는 그의 얼굴에서 감동적이면서도 무기력한 무언가를 느꼈다.

"그런데 말씀이죠, 콘스탄틴 드미트리치." 다리야 알렉산드로브나는 특유의 선량하고도 조롱기가 살짝 섞인 미소를 지으며 말했다. "어째서 당신은 키티에게 화를 내고 있죠?"

"내가요? 나는 화를 내고 있지 않습니다." 레빈은 말했다.

"아녜요, 당신은 화를 내고 있어요. 아니라면 어째서 모스크바에 오셨을 때, 우리집에도 친정에도 들르지 않으셨어요?"

"다리야 알렉산드로브나," 그는 머리끝까지 붉어지면서 말했다. "난 당신같이 사려 깊은 분이 그 이유를 알아채지 못하다니 놀라울 뿐입니

다. 어째서 당신은 날 그저 가엾게 여겨주시지 않을까요, 다 알고 계시
면서……"

"내가 무엇을 알고 있다는 거죠?"

"내가 청혼했다가 거절당한 것을요." 레빈은 불쑥 말했다. 그러자 방
금 전까지 그가 키티에 대해 느끼고 있던 모든 애정이, 갑자기 모욕에
대한 분노로 바뀌어버렸다.

"어째서 내가 그 사실을 알고 있을 거라고 생각하세요?"

"모르는 사람이 없으니까요."

"거봐요, 벌써 그것만 보아도 당신은 오해하고 계신 거예요. 나도 모
르고 있었는걸요, 대충 짐작은 하고 있었지만."

"아! 그럼 이제 확실히 아신 거죠."

"내가 알고 있었던 것은 그저 무슨 일이 있었다는 것과 그애가 몹시
번민하고 있었다는 것, 그애가 그 일에 대한 얘기는 무슨 일이 있어도
입 밖에 내지 말아달라고 나한테 간청했던 것뿐예요. 나한테도 얘기하
지 않을 정도였으니 누구한테도 얘기했을 리가 없어요. 그런데 도대체
무슨 일이 있었던 건가요? 얘기나 좀 들려주세요."

"난 벌써 당신에게 말씀드렸을 텐데요."

"언제요?"

"내가 마지막으로 댁에 들렀을 적에요."

"그렇지만 당신은 내가 지금 말씀드리려는 게 뭔지 알고 계시겠죠."
다리야 알렉산드로브나는 말했다. "난 그애가 불쌍해서 견딜 수 없어
요. 당신은 그저 자존심 때문에 괴로워하실 뿐이지만……"

"그럴지도 모르죠." 레빈은 말했다. "그렇지만……"

그녀는 그를 가로막았다.

"그렇지만 그애는, 불쌍한 그 아이는, 난 정말 그애가 가엾고 가여워서 못 견디겠어요. 이제야 난 모든 것을 다 알았어요."

"저, 다리야 알렉산드로브나, 죄송합니다만," 그는 일어서면서 말했다. "이만 실례하겠습니다! 다리야 알렉산드로브나, 또 뵙겠습니다."

"어머나, 잠깐만요." 그녀는 그의 옷소매를 붙잡으면서 말했다. "잠깐만 좀 앉으세요."

"제발, 제발, 그 얘기만은 하지 마십시다," 그는 이렇게 말하며 자리에 앉았다. 동시에 그는 지금까지 파묻혀버렸다고 생각했던 희망이 가슴속에서 별안간 고개를 쳐들고 올라오며 꿈틀거리는 것을 느꼈다.

"만약 내가 당신에게 호의를 가지고 있지 않았더라면," 다리야 알렉산드로브나는 말했다. 그녀의 눈에는 눈물이 글썽거렸다. "만약 내가 당신에 대해 지금처럼 잘 알지 못했더라면……"

이미 죽었으리라고 여겼던 감정은 더욱더 생생하게 되살아나 고개를 쳐들고 올라오기가 무섭게 금세 레빈의 마음을 차지해버렸다.

"그래요, 이제야 난 모든 것을 똑똑히 알았어요." 다리야 알렉산드로브나는 계속했다. "그렇지만 당신은 이해하기 좀 힘드실 거예요. 당신들, 스스로 자유롭게 선택할 수 있는 남자분들은 자기가 누구를 사랑하고 있는지 어떤 경우에도 뚜렷하죠. 그러나 무언가를 기다리고 있는 상태의 처녀는, 여자답고 처녀다운 수줍음을 지니고 당신네 남자분들을 멀리서 바라보면서 말 그대로 모든 것을 받아들여버리는 처녀로서는 자기 스스로도 알 수 없고 뭐라 말해야 좋을지도 모를 감정을 경험하는 일이 흔히 있기 마련이죠."

"그렇습니다, 만약 그녀의 마음이 말하지 않는다면……"

"아녜요, 마음은 말하고 있어요. 그렇지만 잘 한번 생각해보세요. 당신네 남자분들은 어느 처녀에게 일종의 관심을 갖게 되면 집에 드나들면서 접근하여 유심히 관찰하고 자기가 그녀를 사랑하고 있다는 것을 발견할 때까지 기다린 다음, 그 사람을 사랑한다는 사실을 충분히 확인한 다음에야 청혼을 하시잖아요……"

"글쎄요, 그렇다고만 할 수도 없죠."

"어쨌거나 마찬가지예요. 하여튼 당신네는 당신들의 사랑이 무르익든가, 당신들이 선택하려는 두 여자 사이에서 저울질을 끝낸 경우에 청혼하죠. 그렇지만 여자에게 그것은 바랄 수 없는 일이에요. 여자도 자기 스스로 선택하도록 되어 있지만, 여간해서는 선택할 수 없어요. 그저 '네'라든가 '아니요'라고 대꾸하는 게 고작이에요."

'그렇다, 나와 브론스키가 저울질을 당했었다.' 레빈은 생각했다. 그러자 그의 마음속에서 되살아나고 있던 사자死者는 다시 죽어버리고 그저 그의 마음을 괴롭게 짓누를 뿐이었다.

"다리야 알렉산드로브나," 그는 말했다. "사람은 옷이라든가, 아니면 뭔가 그런 유의 물건을 고를 경우에는 그러기도 하겠죠. 그러나 사랑의 경우는 전혀 다릅니다. 선택은 이미 된 것이고, 그편이 좋습니다…… 두 번 다시 되풀이한다는 것은 불가능합니다."

"아아, 오만, 오만이에요!" 다리야 알렉산드로브나는 여자만이 알고 있는 어떤 감정과 견주어보고 그의 저속한 감정을 경멸하는 듯한 말투로 말했다. "당신이 청혼하셨을 때 키티는 마침 답변을 할 수 없는 입장에 놓여 있었어요. 그애의 마음에는 동요가 있었어요. 당신이냐 브론스키냐 하는 동요가. 브론스키는 날마다 보고 있었지만, 당신은 오랫동안 뵙지 못했으니까요. 만약 그애가 조금만 더 나이가 들었더라면, 말하자면 내 나이만 같았더라면 그런 위치에 놓였더라도 갈팡질팡하는 일은 없었을 거예요. 애초부터 난 브론스키는 딱 질색이더니만, 끝내 이렇게 되고 말았어요.”

레빈은 키티의 답변을 생각해냈다. 그녀는 말했었다. “아녜요, 그럴 수는 없어요……”

“다리야 알렉산드로브나,” 그는 무뚝뚝한 어조로 말했다. “나에 대한 당신의 신뢰를 고맙게 여기고 있습니다. 그러나 당신이 오해하고 있다고 생각해요. 하여간 내가 옳든 옳지 않든 간에 당신이 그토록 얕잡고 있는 오만은 나에게 카테리나 알렉산드로브나에 대한 일체의 생각을 불가능한 것으로 만들었습니다. 아시겠어요, 전혀 불가능한 것으로 말입니다.”

“한마디만 더 할게요. 당신도 아시겠지만, 난 내 자식만큼 사랑하는 동생에 대해 말하고 있어요. 나도 그애가 당신을 사랑하고 있었다고 말씀드리는 게 아니에요. 그저 나는 그때 그애의 거절은 아무것도 증명하지 못한다는 것만을 말씀드리고 싶을 뿐예요.”

“모르겠어요!” 레빈은 펄쩍 자리를 차고 일어서며 말했다. “아아, 만약 당신이 지금 얼마나 나를 괴롭히고 있는지를 아신다면 정말 좋겠습니다만! 마치 당신의 아이가 죽었을 경우에 남들이 당신을 보고 이렇게 얘기하는 것과 마찬가지예요. 그 아이는 이런 아이가 됐을 거라든가, 이렇게 했으면 살 수도 있었을 거라든가, 당신도 그애를 보고 기뻐했을 거라든가 하고요. 그러나 그 아이는 이미 죽어버렸습니다, 죽어버

렸습니다, 죽어버렸습니다⋯⋯"

"정말 당신은 우스운 분이군요." 다리야 알렉산드로브나는 서글픈 미소를 띠고 흥분한 레빈을 바라보며 말했다. "그래요, 난 이제 모든 것을 더 잘 알게 됐어요." 그녀는 깊은 생각에 잠긴 듯한 어조로 계속했다. "그럼 당신은 키티가 오더라도 우리집에는 오지 않으시겠군요?"

"네, 오지 않겠습니다. 물론 난 카테리나 알렉산드로브나를 피할 생각은 털끝만큼도 없습니다. 그렇지만 되도록이면 난, 나라는 존재로 인한 불쾌함에서 그녀를 구할 수 있도록 힘쓰겠습니다."

"어머나, 당신은 정말, 정말 우스운 분이군요." 다리야 알렉산드로브나는 부드러운 눈빛으로 그의 얼굴을 쳐다보면서 되풀이했다. "그럼, 좋아요. 그렇다면 우리는 이 일에 관해선 아무 얘기도 하지 않은 거로 해두죠. 아니, 넌 어째서 왔니, 타냐?" 다리야 알렉산드로브나는 그때 마침 들어온 여자애를 보고 프랑스어로 말했다.

"내 삽 어디 있어, 엄마?"

"난 프랑스어로 얘기하고 있는 거야, 그럼 너도 그렇게 해야지."

여자애는 얘기하려고 했으나, 삽이라는 프랑스어를 기억해내지 못했다. 어머니는 아이에게 알려주고 나서 역시 프랑스어로, 삽을 어디에서 찾아야 하는지를 가르쳐주었다. 이것이 레빈에게는 불쾌하게 여겨졌다.

다리야 알렉산드로브나의 가정과 그녀의 아이들에게 깃들어 있는 모든 것이 이전의 매력을 잃어버리고 만 듯했다.

'어째서 이분은 아이들에게 프랑스어로 얘기하는 걸까?' 그는 생각했다. '그 얼마나 부자연스럽고 위선적인가! 아이들도 그것을 느끼고 있다. 프랑스어를 가르쳐줌으로써 진실을 내쫓고 있다.' 그는 다리야 알렉산드로브나가 이미 스무 번이나 이 문제를 생각하고 또 생각한 끝에, 비록 약간의 진실이 희생되더라도 아이들에게 프랑스어를 가르칠 필요가 있다고 결정한 것을 알지 못하고 혼자서 속으로 이렇게 생각했다.

"그런데 당신은 어디를 그렇게 가려고 하세요? 조금만 더 앉아 계세요."

레빈은 차 마시는 시간까지 남아 있었으나 쾌활한 기분은 모두 사라져버렸고, 내내 마음이 편치 않았다.

차를 마시고 나서 마차를 채비하라고 이를 양으로 현관방으로 나갔다가 다시 돌아왔을 때, 그는 다리야 알렉산드로브나가 어두운 얼굴로 눈에는 눈물이 가득한 채 잔뜩 흥분한 모습을 보았다. 마침 레빈이 나간 바로 그 순간에, 다리야 알렉산드로브나에게는 오늘 그녀가 느낀 행복과 아이들에게 품었던 자랑스러움을 송두리째 파괴하고 만 사건이 갑작스레 일어났던 것이다. 그것은 그리샤와 타냐가 공을 서로 빼앗으면서 싸운 일이었다. 다리야 알렉산드로브나는 아이방에서 나는 외침 소리를 듣고 달려나갔고, 끔찍한 꼴을 한 둘을 발견했다. 타냐는 그리샤의 머리칼을 움켜쥐고 있었고, 그리샤는 분노로 뒤틀어진 얼굴을 하고 두 주먹으로 마구 타냐를 치고 있었다. 처음 그 광경을 본 순간, 다리야 알렉산드로브나는 마음속에서 무언가가 한꺼번에 찢긴 것만 같았다. 마치 칠흑 같은 암흑이 그녀의 삶 위로 몰려온 것만 같았다. 그녀는 자기가 그토록 자랑스러워하던 아이들이 그저 지극히 평범한 아이들일 뿐만 아니라 난폭하고 야수적인 성향을 지닌, 제대로 교육받지 못한 거친 아이들이라는 점을 깨달은 것이다.

그녀는 이제 그 일 이외의 것에 대해서는 얘기할 수도 생각할 수도 없었고, 레빈에게 자신의 불행을 이야기하지 않을 수 없었다.

레빈은 그녀의 불행한 모습을 보자, 그런 일은 조금도 나쁜 성향을 증명하지 못한다, 싸움쯤은 어느 아이나 다 하는 것이라고 말하며 그녀를 달래려고 애썼다. 그러나 말은 그렇게 하면서도 레빈은 속으로 생각했다. '아니, 난 내 아이들에게 서툰 수작을 한다든가 프랑스어로 얘기하지는 말아야겠다. 나는 이렇게 아이들을 키우진 않을 것이다. 아이들을 버릇없게 만들지 않을 뿐만 아니라, 비뚤어지게 만들지 않아야 한다. 그러면 애들은 좋아지기 마련이다. 그렇다, 내 아이들은 이렇게 되지는 않을 것이다.'

그는 작별인사를 한 뒤 떠났고, 그녀는 그를 붙들지 않았다.

11

칠월 중순 무렵, 포크롭스코예에서 이십 베르스타가량 떨어진 곳에 있는 누나네 마을의 촌장이 농사 경과며 풀베기에 대한 보고를 하러 레빈에게 왔다. 누나 영지의 주요한 수입은 강가의 목초지에서 얻어지는 것이었다. 전에 그곳의 풀은 일 데샤티나에 이십 루블꼴로 농부들에게 팔렸으나, 레빈은 영지의 관리를 맡았을 때 풀밭을 돌아보고 훨씬 값어치가 있다는 것을 발견하여 일 데샤티나에 이십오 루블로 값을 정했다. 농부들은 그 값을 내지 않았을 뿐 아니라, 레빈이 염려했던 것처럼 다른 구매자들의 발길마저 끊어놓았다. 그래서 레빈은 직접 그리로 가서 일부는 날품꾼의 손으로, 일부는 배당제로 거두어들이도록 조치했다. 그 마을 농부들은 온갖 수단을 다 부려 이 새로운 방법을 방해했으나, 일은 착착 진척되어 첫해에는 그 목초지에서 거의 두 배의 수입을 올렸다. 세번째 해인 지난해에도 농부들의 반대는 마찬가지로 계속되었지만, 수확은 똑같은 방법으로 진행되었다. 올해는 농부들이 삼분의 일 배당을 받기로 하고 목초지를 전부 맡았다. 그래서 지금 촌장이 풀베기가 끝났으며, 비가 걱정되어 서기를 불러 그의 입회 아래 수확을 분배하고 지주의 몫으로 열한 더미를 이미 긁어모았다는 것을 보고하러 온 것이었다. 가장 큰 목초지에서는 건초가 얼마나 나왔느냐는 질문에 대한 애매한 대답이며, 허가도 없이 분배를 한 촌장의 서두름이며, 전반적인 그의 태도에서 레빈은 이 건초 분배에 뭔가 석연치 않은 점이 있음을 알아채고 직접 조사하러 가봐야겠다고 마음먹었다.

점심때 마을에 도착하자 레빈은 형의 유모의 남편인 친한 노인의 집에 말을 매어놓고, 그에게서 풀베기에 대한 자세한 상황을 알아내야겠다고 생각하면서 양봉장에 있는 노인한테로 갔다. 수다스럽고 풍채가 준수한 파르메니치 영감은 반갑게 레빈을 맞아 그에게 자기가 하는 일을 모두 보여주고, 자신의 꿀벌과 올해의 벌떼에 대해 자세히 이야기해주었다. 그러나 풀베기에 대한 레빈의 질문에는 우물우물 마지못해 답변했다. 이러한 그의 태도가 레빈의 예상을 한층 더 확고하게 했다. 그는 풀 베는 곳으로 나가서 건초 가리를 조사했다. 그 더미 중에는 쉰 수레씩 되는 것은 있을 것 같지 않았다. 그래서 레빈은 농부들의 부정을 잡아내기 위해 그 자리에서 건초를 운반했던 짐수레를 가져오게 해서 한 가리를 헐어 창고로 운반하라고 지시했다. 그 가리에서는 겨우 서른 두 수레밖에 나오지 않았다. 그래서 레빈은 건초는 부피가 줄기 일쑤라며 그것을 쌓아올렸을 때의 상황에 대해 촌장이 변명했음에도 불구하고, 또한 모든 것은 신 앞에서 행해진 일이라고 맹세했음에도 불구하고, 건초는 자기 명령 없이 분배된 것이니까 지금 이대로 한 가리에 쉰 수레씩 쳐서 받아들일 수는 없다고 주장했다. 오랜 옥신각신 끝에 이 말썽은 문제의 열한 가리를 쉰 수레씩 쳐서 농부들이 자기 몫으로 인수하고, 지주의 몫은 다시 분배한다는 것으로 낙착됐다. 이 같은 승강이와 건초 가리의 분배는 저녁나절까지 계속됐다. 마지막 건초가 분배되고 나자 레빈은 나머지 감시를 서기한테 맡기고, 금작화 수술대로 표시한 건초 가리 위에 올라앉아 사람들로 들끓는 목초지를 넋을 놓고 바라보았다.

그의 눈앞에는 조그마한 늪 건너쪽의 강굽이에서 낭랑한 목소리로 즐겁게 지껄이면서 아낙네들의 얼룩덜룩한 행렬이 움직이고, 흩어져 널린 건초는 잿빛의 구불구불한 벽이 되어 담녹색의 두벌 풀 위로 재빨리 뻗어나가고 있었다. 아낙네들 뒤를 쇠스랑을 든 농부들이 따르고, 그 벽에서부터 널따랗고 높직하게 부풀어오른 건초 가리가 커져가고 있었다. 벌써 다 치워진 왼쪽의 목초지에는 달구지가 덜거덩거리고, 풀더미는 하나하나 큼직한 쇠스랑에 헐려 사라져갔다. 그런 다음에는 향기로운 건초의 무거운 짐이 말의 방둥이 위로 쓰러질 만큼 달구지 위에 차곡차곡 쌓아올려졌다.

"풀을 거둬들이기엔 아주 훌륭한 날씨군요! 굉장한 건초가 될 겁니다!" 노인은 레빈의 옆에 와 앉으면서 말했다. "이건 뭐 차※지 건초가 아녜요! 저기 보십쇼, 저 주워올리는 모습을! 영락없이 새끼 오리들한테 알곡을 뿌려준 것 같죠!" 그는 쌓아올려지는 건초 가리를 가리키면서 덧붙였다. "점심 이후부터 거의 반은 운반했군요."

"그게 마지막 짐이냐?" 그는 달구지 앞쪽에 선 채 삼으로 꼰 고삐의 끝을 휘휘 내두르면서 옆을 지나가는 젊은 농부한테 외쳤다.

"마지막이에요, 아버지!" 젊은이는 고삐를 당겨 말을 세우며 외치고는 싱글벙글하면서, 달구지 안에 앉아 역시 생긋 웃고 있는, 얼굴이 빨간 아낙네를 돌아본 다음 앞으로 말을 몰았다.

"저건 누군가? 아들인가?" 레빈은 물었다.

"제 막둥이예요." 노인은 애정어린 미소를 띠고 말했다.

"정말 훌륭한 젊은이군!"

"괜찮은 녀석입죠."

"벌써 장가들었나?"

"네, 지난 성 필립보 축일*로 꼭 만 이태가 됐죠."

"그래, 그럼 아이는?"

"아이라뇨! 저 녀석은 만 일 년 동안 아무것도 모르고 있었는걸요. 게다가 또 수줍어해서 말씀예요." 노인은 대꾸했다. "그건 그렇고, 저 건초! 정말 차 같군요!" 그는 화제를 바꾸려고 이렇게 되풀이했다.

레빈은 더욱 주의깊게 반카** 파르메노프와 그의 아내를 지켜보았다. 두 사람은 그로부터 그리 멀지 않은 곳에서 건초를 쌓고 있었다. 이

* 성탄절 이전의 재계 기간.
** 이반의 애칭.

반 파르메노프는 달구지 위에 올라서서 젊고 예쁜 아내가 처음에는 한 아름씩, 그다음에는 쇠스랑으로 솜씨 있게 건네는 큼직한 건초 다발을 받아 판판하게 골라놓고 그 위를 밟아댔다. 젊은 아낙은 손쉽고 즐겁게, 능란하게 일을 했다. 큼직하게 뭉쳐져 있던 건초는 단번에 쇠스랑에 걸리지는 않았다. 그녀는 먼저 건초를 판판하게 펴서 쇠스랑을 찔러넣고, 그런 다음에는 탄력 있고 재빠른 동작으로 쇠스랑 위에다 자기 몸의 체중을 모두 실어 눌렀다. 그러고는 이내 빨간 허리띠로 동여맨 허리를 구부렸다가는 몸을 반듯이 펴고, 하얀 앞치마 밑으로 풍만한 가슴을 드러내 보이면서 솜씨 있는 몸짓으로 두 손에 쇠스랑을 냉큼 잡아 건초 다발을 달구지 위로 높이 던져올렸다. 그러면 이반은 분명 그녀를 조금이라도 쓸데없는 노고에서 벗어나게 해주려고 애쓰면서 두 팔을 넓게 벌려 건초 다발을 받아 달구지 위에다 판판히 폈다. 마지막 건초를 갈퀴로 건네고 나자 아낙은 목덜미에 흩어진 풀잎을 떨어내고 그을리지 않은 하얀 이마 위로 내려온 빨간 머릿수건을 바로잡은 다음, 짐을 묶기 위해 달구지 밑으로 기어들어갔다. 이반은 그녀에게 밧줄 거는 법을 가르치고 있었으나 그녀가 무언가 이야기를 하자 큰 소리로 껄껄거리고 웃었다. 두 사람의 얼굴 표정에는 힘차고 풋풋한, 눈뜬 지 얼마 되지 않은 사랑이 나타나 있었다.

12

짐은 다 꾸려졌다. 이반은 뛰어내려 보기 좋게 살이 투실투실 찐 말의 고삐를 잡았다. 아내는 갈퀴를 짐 위에 던져 올려놓고 힘찬 걸음걸이로 두 손을 흔들면서, 원무를 추려고 모인 아낙네들한테로 갔다. 이반은 달구지를 길 위로 끌고 나와 짐을 가득 실은 수레들의 행렬에 끼었다. 아낙네들은 갈퀴를 어깨에 메고 갖가지 화려한 색채를 빛내면서 높다랗고 쾌활한 목소리로 수선거리며 짐수레들의 뒤를 따라갔다. 한 아낙네가 거칠고 투박한 목소리로 노래를 뽑아 후렴부까지 부르고 나자, 이번에는 곧이어 굵직한 목소리며 가느다란 목소리며 기운찬 목소리 등 쉰 남짓의 갖가지 목소리들이 하나같이 같은 노래를 처음부터 되풀이했다.

아낙네들은 노랫소리와 함께 레빈에게 다가왔는데, 마치 환희의 천둥을 동반한 먹구름이 그에게 다가오는 것 같았다. 먹구름은 밀려들자 순식간에 그를 붙들어버렸고, 그가 누워 있던 건초 가리도 다른 가리들도 짐수레들도 저멀리 들에 널려 있는 목초지들도, 모든 것이 외침소리와 휘파람소리와 박자 맞추는 소리가 뒤섞인 이 야성적이고 신바람난 노래의 장단 아래 가라앉아 흔들리기 시작했다. 레빈은 이 건강한 즐거움이 부러워지고, 이러한 생의 환희의 표현 속에 참여하고 싶어졌다. 그러나 그는 아무것도 할 수 없었고, 그냥 그대로 누운 채 보고 들을 수밖에 없었다. 사람들이 노랫소리와 함께 시야와 귓가에서 사라져버리자, 자신의 고독과 육체적 무위와 이 세상을 향한 적의로 인한 괴로운 우수의 감정이 레빈을 사로잡았다.

건초를 가지고 그와 끈질기게 다투었던 바로 그 농부들, 그가 약을 올렸거나 혹은 그를 속이려고 했던 패들 중 몇몇도 즐겁게 그에게 인사했으며, 분명 그에게 아무런 악의도 품고 있지 않았다. 그들은 그를 속이려고 했던 것에 대해서도 뉘우치기는커녕 기억조차 못하는 듯했으며 또 기억할 수도 없는 듯이 보였다. 말하자면 그러한 일들은 모두 즐거운 공동 노동의 바다 속으로 잠겨버렸다. 하느님은 하루를 주었고, 하느님은 힘을 주었다. 그리고 그 하루도 힘도 노동에 바쳐졌으며, 보수는 노동 그 자체에 있었던 것이다. 누구를 위한 노동인가? 노동의 결과는 어떨 것인가? 그런 것은 아무 상관도 없고 쓸데없는 생각에 지나지 않았다.

레빈은 종종 이런 생활에 마음을 빼앗겼고, 이런 생활을 영위하는 사람들에게 선망의 감정을 품었었다. 그러나 오늘은 특히 이반 파르메노프와 젊은 아내의 관계를 보고 받은 인상 때문에, 그가 살아온 고통스럽고 무위하고 인위적인 개인의 삶을 이 깨끗하고 아름다운 공동 노동의 삶으로 바꾸는 것은 자신의 의지 하나에 달렸다는 생각이 처음으로 명확하게 떠올랐다.

그와 같이 앉아 있던 노인은 이미 오래전에 집으로 돌아가버렸다. 사람들도 모두 뿔뿔이 흩어져버렸다. 집이 가까운 사람들은 집으로 떠났고, 먼 사람들은 목초지에서 저녁식사를 준비하고 하룻밤을 지내기 위해 한곳에 모였다. 사람들 눈에 띄지 않았던 레빈은 건초 가리 위에 누워 계속 이것저것을 보고 듣고 생각했다. 목초지에서 하룻밤을 샐 양으로 남은 사람들은 짧은 여름밤을 거의 한잠도 자지 않고 지샜다. 잠시 저녁밥을 먹는 동안은 이따금 즐거운 얘기 소리와 웃음소리가 들려왔으나, 이내 그것들은 또다시 노래와 더욱 큰 웃음소리로 바뀌었다.

노동이 이어진 긴긴 하루는 그들에게 쾌활 외에는 아무런 흔적도 남기지 않은 듯했다. 새벽녘이 가까워지자 모든 것이 고요해졌다. 그저 밤의 메아리, 늪 속에서 쉴새없이 개골거리는 개구리 소리와 동트기 전의 목초지를 덮은 안개 속에서 말이 콧바람을 부는 소리만 들릴 뿐이었다. 제정신이 들자 레빈은 건초 가리에서 일어서서 별을 우러러보고 밤이 지나간 것을 알았다.

'자, 이제 난 어떡해야 한담? 어떻게 해야 하나?' 그는 이 짧은 밤을 새워가며 생각하고 느낀 것을 자기 자신에게 뚜렷이 각인시키려고 하면서 자문해보았다. 그가 생각하고 느낀 것은 모두 세 갈래의 서로 다른 상념들로 나뉘어 있었다. 하나는 자신의 예전 생활에 대한, 무용한 지식에 대한, 아무런 쓸모도 없는 교양에 대한 부정이었다. 이 부정은 그에게 즐거움을 가져다주었고 그로서는 용이하고 간단한 일이었다. 두번째는 그가 현재 누리고 싶어하는 생활에 관한 것이었다. 그 생활의 소박함, 순결함, 올바름을 그는 분명히 느끼고 있었다. 그리고 그 생활에서야말로 자기가 그처럼 뼈저리게 결핍을 느끼던 만족과 안정과 가치를 발견할 수 있으리라고 확신했다. 그러나 세번째는 예전 생활에서 새로운 생활로 전향하기 위한 첫걸음을 어떻게 내디뎌야 할 것인가 하는 문제였다. 이에 대해 그는 아무런 명확한 답도 찾을 수 없었다. '아내를 맞아야 할까? 노동과 노동의 필요성을 가져야 할까? 포크롭스코예를 떠나야 할까? 땅을 사야 할까? 농민들의 사회에 끼어들까? 농부의 딸과 결혼할까? 도대체 난 어떻게 해야 하나?' 그는 또다시 자문해보았으나 해답은 찾을 수 없었다. '하여간 난 밤새 한잠도 자지 않아서 정확한 판단을 내릴 수가 없는 상태다.' 그는 자신에게 말했다. '나중에 잘 생각하자. 다만 이 하룻밤이 내 운명을 결정지어준 것만은 확실하다. 내가 지금까지 그리던 가정생활의 꿈이니 하는 것들은 모두 무의미

했다. 그런 것이 아니었다.' 그는 자신에게 말했다. '모든 게 훨씬 단순하고 훨씬 뛰어나다……'

'정말 아름답다!' 그는 하늘 한복판, 그의 머리 바로 위에 머물고 있는 하얀 양털구름 속, 마치 진주조개껍질 같은 기이한 빛깔을 띤 한 점을 쳐다보면서 생각했다. '정말 이 아름다운 밤에는 모든 것이 다 아름답다! 저 조가비는 대체 어느 틈에 만들어졌을까? 바로 전에 난 하늘을 보았는데, 그때는 두 줄기의 하얀 띠 외엔 아무것도 없었다. 그렇다, 저것과 마찬가지로 나의 인생에 대한 견해도 어느 틈엔가 바뀌어버렸다!'

그는 풀밭에서 걸어나와 큰길을 따라 마을 쪽으로 발길을 옮겼다. 미풍이 일고 하늘은 잿빛으로 흐려졌다. 어둠에 대한 빛의 완전한 승리인 새벽에 앞서서 반드시 찾아드는, 어두운 한순간이 닥친 것이다.

추위에 몸을 옴츠리면서 레빈은 땅에다 눈을 떨구고 빠르게 걸었다. '이게 무슨 소리야? 누가 오나보군.' 그는 방울소리를 듣고 생각했다. 그러고서 고개를 쳐들었다. 그가 걸어가고 있는 풀로 덮인 큰길을 따라 마흔 발짝쯤 떨어진 곳에서 네 필의 말이 끄는, 지붕에 큰 트렁크를 얹은 사륜 여행마차가 그를 향해 달려오고 있었다. 채에 매어진 말들은 수레바퀴 자국 때문에 채에 짓눌렸으나, 숙련된 마부가 마부석에 비스듬히 앉아 수레바퀴 자국을 따라 채를 가누었으므로 수레바퀴는 매끄럽게 굴러갔다.

레빈은 그 정도만을 알아보았을 뿐, 누가 타고 있을지는 생각하지도 않고 무심코 마차 안을 흘낏 보았다.

마차 안의 한쪽 구석에서는 한 노파가 졸고 있었고, 창가에는 금방 잠에서 깬 듯 보이는 젊은 처녀가 두 손으로 하얀 실내모의 리본을 꼭 쥐고 앉아 있었다. 레빈에게는 인연이 먼 세련되고 복잡한 내면적 삶으로 충만한 모습의 그녀는 밝은 표정으로 생각에 잠긴 채 그의 머리 너머로 해가 떠오르는 동녘 하늘의 아침놀을 바라보고 있었다.

이 광경이 사라지려는 순간 그녀의 정직한 눈이 그를 바라보았다. 그녀는 그를 알아보았고, 그러자 깜짝 놀란 듯한 기쁨이 그녀의 얼굴을 환하게 밝혔다.

그가 잘못 보았을 수는 없었다. 그 눈은 이 세상에 오직 하나밖에 없었다. 이 세상에서 그에게 생의 광명과 의의를 집중시킬 수 있는 존재는 오직 하나밖에 없었다. 그것은 그녀였다. 바로 키티였다. 그는 그녀가 기차역에서 예르구쇼보로 가는 길이라는 것을 알았다. 그러자 이 불면의 하룻밤 내내 레빈의 마음을 동요시켰던 온갖 계획, 그가 품었던 온갖 결의, 그 모든 것들이 갑자기 사라져버렸다. 그는 자기가 농부의 딸과 결혼하려고 생각했던 것을 떠올리고 혐오감을 느꼈다. 다만 저기에, 오직 빠르게 멀어지면서 반대쪽으로 가버린 저 마차 속에만 요즈음 그토록 그를 괴롭혔던 삶의 수수께끼를 해결할 수 있는 가능성이 있었다.

그녀는 더이상 내다보지 않았다. 여행마차의 삐걱거리는 스프링 소리는 사라지고, 그저 간간이 방울소리만 들렸다. 개 짖는 소리가 마침내 여행마차가 마을을 지나갔음을 알렸다. 그리고 거기 남은 것은 텅 빈 들판과 앞에 보이는 마을과 쓸쓸한 한길에서 외로이 걸음을 옮기고 있는, 세상의 모든 것과 절연된 고독한 그 자신뿐이었다.

그는 조금 전까지 바라보며 감탄했고 지난밤 자신의 상념과 감정의 길잡이가 되어주었던 조가비를 찾아낼 생각으로 하늘을 쳐다보았다. 그러나 하늘에는 이미 조가비 비슷한 것도 남아 있지 않았다. 저 높이 이를 수 없는 곳에서는 이미 신비한 변동이 이루어지고 있었다. 조가비는 이미 흔적도 없었고, 하늘의 반쪽에 걸쳐 널려 있는, 차츰 조각조각으로 해어져가는 반반한 양털 모양의 융단만이 남아 있었다. 하늘은 파랗게 걷히고 밝아졌고 한결같은 부드러움으로, 그러나 여전히 아득하게 먼 곳에서 그의 의혹에 찬 눈동자에 대꾸하고 있었다.

'아냐.' 그는 자신에게 말했다. '이 소박한 노동의 삶이 아무리 좋아도, 난 이제 그리로 돌아갈 수는 없다. 난 그녀를 사랑하고 있어.'

13

알렉세이 알렉산드로비치와 가장 가까운 사람들을 제외하고는, 겉보기엔 철저히 냉정하고 사려 깊은 이 인물이 평상시에 보이는 성격과는 정반대되는 약점 하나를 지니고 있음을 아는 사람은 없었다. 알렉세이 알렉산드로비치는 어린애나 여자의 눈물을 예사롭게 보고 들을 수 없는 사람이었다. 눈물을 보면 그는 갑자기 혼란 상태에 빠져 완전히 판단력을 잃어버렸다. 그의 사무국장과 비서는 그 점을 잘 알고 있었기 때문에, 여자 청원자에게는 만약 그들이 자신의 용건을 그르치고 싶지 않다면 결코 울어서는 안 된다는 점을 미리 일러두곤 했다. "그분께서 화를 내시고, 그러면 당신의 청원을 들어주시지 않게 되니까요." 그들은 말했다. 실제로 그런 경우, 눈물로 인해 알렉세이 알렉산드로비치의 내면에서 야기되는 정신적인 혼란은 성급한 노여움으로 표출되기 일쑤였다. "난 할 수 없습니다, 아무것도 할 수 없습니다. 그만 나가주실까요!" 그런 경우에 그는 언제나 이렇게 외치는 것이었다.

경마에서 돌아오는 길에 안나가 그에게 브론스키와의 관계를 분명히 밝히고 곧이어 두 손으로 얼굴을 가린 채 울음을 터뜨렸을 때 알렉세이 알렉산드로비치는 그녀에 대한 분노가 용솟음쳤음에도 불구하고, 동시에 눈물로 인한 정신적 혼란이 몰려드는 걸 느꼈다. 그것을 깨닫고, 또한 그 순간에 나타나는 자신의 감정 표현이 지금 상황에 알맞지 않으리라는 것을 알고 그는 생명의 온갖 표현을 자기 안에 억누르려고 애썼다. 그래서 옴짝달싹하지 않았고 그녀 쪽을 보지도 않았던 것이다. 또 이 때문에 그토록 안나의 마음에 충격을 주었던, 마치 죽은 사람같이 창백하고 기괴한 표정이 그의 얼굴에 나타났던 것이다.

집에 도착하자 그는 그녀를 부축해 마차에서 내려주고, 극도로 자신을 억누르며 언제나처럼 공손한 태도로 그녀에게 작별인사를 하고는 별의미 없는 말을 몇 마디 했다. 그는 그녀에게 자신의 결심은 내일 알려주겠다고 말했다.

그가 의심한 최악의 사태를 확인시켜준 아내의 말은 알렉세이 알렉산드로비치의 마음에 가혹한 아픔을 주었다. 이 아픔은 아내의 눈물이 그의 마음에 일으킨 그녀에 대한 기묘한 원초적 연민에 의해 한층 더 증대되었다. 그러나 마차 안에 혼자 남게 되자 알렉세이 알렉산드로비치는 자기가 그러한 연민에서도, 요즈음 그를 괴롭혔던 의혹과 질투의 고통에서도 완전히 자유로워진 것을 느끼고는 스스로 놀라기도 하고 기뻐하기도 했다.

그는 오랫동안 앓던 이가 빠진 듯한 기분이 들었다. 무서운 아픔과 무언가 자신의 머리보다도 더 거대한 것이 턱에서 뽑혀버린 것 같은 느낌 뒤에 아직은 자신의 행복을 믿을 수 없는 환자처럼, 아주 오랫동안 자기 생활에 괴로움을 주고 내내 신경쓰이던 것이 이제 존재하지 않게 되었으며 자기가 또다시 살고 생각하며 자신의 치아 이외의 것에 흥미를 가질 수 있으리라고 인식하는 바로 그런 느낌을 알렉세이 알렉산드로비치는 경험했다. 아픔은 기괴하고 무서웠지만, 이제는 지나가버렸다. 그는 자기가 또다시 살아가고, 이제는 아내 한 사람에 대해서만이 아닌 다른 생각을 할 수 있으리라는 것을 느꼈다.

'명예심도 없고 인정도 없고 신앙심도 없는 타락한 여자! 비록 그녀를 가엾게 여겨 스스로를 속이려고 애써왔지만, 나는 늘 이 사실을 알았고 또 늘 봐왔다.' 이렇게 그는 자기에게 말했다. 그는 실제로 자기가 그 사실을 항상 알아왔던 것 같은 느낌이 들었다. 그는 이전에는 별반 나쁘다고 여기지 않았던 그들의 지난 생활을 하나하나 상기해보았다. 그러자 지금은 그 모든 기억이 그녀가 이전부터 타락한 여자였다는 사실을 명백히 드러내 보였다. '내 삶을 그녀와 맺은 건 잘못이었다. 그러나 내 잘못 가운데 비난받을 만한 것은 하나도 없다. 그러니까 난 불행할 턱이 없다. 비난받는 것은 내가 아니니까.' 그는 자기에게 말했다. '그녀니까. 그러나 난 이제 그녀가 어떻게 되든 상관없다. 나에게 그녀는 이제 존재하지 않으니까……'

그녀와, 그녀에 대해서와 마찬가지로 그의 감정이 일변해버린 아들에 관해 그는 일절 신경을 쓰지 않게 되었다. 지금 그의 마음을 사로잡고 있는 것은 오직 그녀가 타락하면서 그한테 튄 진창을 떨어내고, 활동적이고 명예롭고 유익한 자기 삶의 길을 계속 걸어나가기 위해서는 어떻게 하는 것이 자기 자신에게 가장 좋고 가장 점잖고 가장 이로우며, 따라서 가장 정당할까 하는 문제뿐이었다.

'경멸받아 마땅한 여자가 죄를 저질렀다고 해서 내가 불행해질 수는 없다. 난 오직 그녀가 빠뜨려놓은 이 불쾌한 상황에서 빠져나갈 최선의 방법을 찾아내야 할 뿐이다. 그리고 난 그 방법을 찾아낼 것이다.' 그는 한층 더 미간을 찌푸리면서 생각했다. '이런 일을 겪은 사람은 내가 처음도 아니고 또 마지막도 아니다.' 그러자 역사적 사건은 말할 것도 없지만, 〈아름다운 헬레네〉 때문에 최근 모든 사람의 기억 속에 되살아난 메넬라오스*를 위시하여 현대 상류사회에서 남편에 대해 부정했던 아내의 실례가 알렉세이 알렉산드로비치의 머릿속에 쭉 떠올랐다. '다리얄로프, 폴탑스키, 카리바노프 공작, 파스쿠딘 백작, 드람…… 그렇다, 드람도…… 그처럼 성실하고 유능한 인물조차 그런 일을 당했다…… 세묘노프, 차긴, 시고닌.' 알렉세이 알렉산드로비치는 생각했다. '설령 이러한 사람들에게 그 어떤 불합리한 조소가 던져졌을지언정 난 결코 그들에게서 불운 이외의 것은 보지 못했다. 그리고 어떤 경우에도 그들을 동정해왔다.' 이렇게 알렉세이 알렉산드로비치는 스스로에게 말했으나, 그것은 사실이 아니었다. 그는 결코 이런 종류의 불행에 동정하지 않았고, 남편을 배반한 아내의 사례들을 들으면 들을수록 더욱더 자신의 값어치를 높게 평가했었다. '이것은 누구에게나 일어날 수 있는 불행이다. 그 불행이 나에게도 찾아들었다. 그러니까 문제는 그저 최선

---

* 〈아름다운 헬레네〉(1864)는 자크 오펜바흐의 오페레타이며, 오페레타 속의 메넬라오스는 기만당한 남편의 희극적 형상이다.

을 다해 어떻게든 이 상황에서 빠져나가야 한다는 것뿐이다.' 그러고서 그는 자기와 똑같은 상황에 빠졌던 사람들이 취한 방법을 상세히 되새겨보기 시작했다.

'다리얄로프는 결투를 했다⋯⋯'

그는 본래 소심한 사람이었고 또한 스스로도 이 점을 잘 알고 있어서, 젊은 시절에는 결투라는 것에 유난히 마음이 끌리곤 했다. 알렉세이 알렉산드로비치는 자기에게 겨눠진 권총을 두려움 없이 생각할 수가 없었고, 지금까지 단 한 번도 어떤 무기도 사용해본 적이 없었다. 이 공포가 젊은 시절부터 그에게 자주 결투에 대해 생각하게 했고, 자신의 생명을 위험에 드러내놓지 않으면 안 될 경우에 대비해 나름의 계획을 세우게 했다. 사회적으로 확고한 지위와 성공을 거두고 나서 그는 오랫동안 이 감정을 잊고 있었다. 그러나 감정의 타성은 곧 예전의 방향을 되찾아 자기의 소심에 대한 공포가 또다시 너무나도 날카롭게 나타난 나머지, 알렉세이 알렉산드로비치는 자기가 어떤 일이 있더라도 결투는 하지 않으리라는 걸 이미 알고 있으면서도 역시 결투라는 문제를 놓고 여러모로 재보고 이리저리 생각해보지 않을 수 없었다.

'의심할 것도 없이 우리 사회는 아직 매우 미개하니까(영국 같은 데와는 비교도 안 될 만큼) 대다수의 사람들—이들 가운데는 알렉세이 알렉산드로비치가 그 의견을 특히 존중하는 사람들도 포함되어 있었다—이 결투를 시인할 것이다. 그러나 어떤 결과가 얻어질까? 가령 내가 결투를 신청한다면.' 알렉세이 알렉산드로비치는 혼자서 생각을 계속했고, 결투를 청한 뒤에 보낼 하룻밤과 자기한테 겨누어질 권총을 생생하게 눈앞에 그려보고는 저도 모르게 부르르 몸을 떨었다. 그러고서 자기는 결코 그런 짓은 하지 않으리라는 걸 깨달았다. '가령 내가 그 사내에게 결투를 신청한다고 하자. 사람들이 내게 어떻게 하는지 가르쳐준다고 하자.' 그는 생각을 계속했다. '정해진 자리에 세워진다, 난 방아쇠를 잡아당긴다.' 그는 눈을 감았다. '그리고 내가 그 사내를 죽였다는 것이 밝혀진다.' 이렇게 알렉세이 알렉산드로비치는 혼잣말을 했다. 그러고는 이 어리석은 상념을 쫓아낼 양으로 머리를 흔들었다. '죄를 지은 아내와 아들에 대한 나의 관계를 명확히 하기 위해서 사람을 죽인다는 것에 어떤 의미가 있는가? 설사 그렇게 한다 해도, 그녀에 대해서 역시 내가 해야 할 만큼의 행동은 결행해야 한다. 그러나 그보다도 더욱 의심할 수 없이 확실한 사실은 내가 살해되든가 부상을 입으리라는 점이다. 내가, 이 아무런 죄도 없는 인간이 희생되어 살해되거나 부상을 입어야 하다니. 더욱 무의미한 일이 아닌가. 그뿐만이 아니다. 내 쪽에서 결투를 신청한다는 것은 정직하지 못한 행위가 될 것이다. 나는 내 친구들이 무슨 일이 있어도 나에게 결투를 시키지 않으리라는 것을 예기하고 있지 않은가? 러시아에 없어서는 안 될 한 정치가의 생명이 위험에 노출되는 것을 허용하지 않으리라는 것을. 그렇다면 결국 어떻게 될 것인가? 나는 일이 위험한 지경까지 가지 않을 것을 예기하면서도 결투를 신청해 자신의 허명을 드날리려는 셈이 된다. 이것은 정직하지 않다, 이것은 기만이다, 타인도 나도 속이는 짓이다. 결투는 도저히 용납할 수 없고, 누구도 나에게서 그런 행동을 예상하지는 않는다. 내 활동을 지장 없이 계속해나가기 위해 필요한 내 명성을 떨어뜨리지 않는 것만이 나의 목적이니까.' 지금까지도 알렉세이 알렉산드로비치에게 크나큰 의미를 지니고 있던 공무상의 활동이 이제는 한층 더 의미깊게 여겨졌다.

결투에 대한 생각을 떨치고 나자 알렉세이 알렉산드로비치는 이번엔 이혼이라는, 그가 생각해냈던 남편들 가운데 몇 사람이 선택했던 또 하나의 출구 쪽으로 생각을 돌렸다. 세상에 알려진 이혼의 예를 기억 속에서 샅샅이 뒤져보았으나(그러한 예는 그가 잘 아는 상류사회에 무척 많았다) 알렉세이 알렉산드로비치는 그 이혼의 목적이 그가 지금 바라고 있는 것과 같은 예를 하나도 찾아내지 못했다. 그 모든 경우에 남편은 정숙하지 못한 아내를 양도하든가 팔든가 했고, 바로 자신이 지은 죄 때문에 재혼할 권리를 잃은 여자는 새로운 남편과 이름뿐이라고는 하나 정식 부부를 위장한 관계로 들어갔다. 그러나 알렉세이 알렉산드로비치는 자신의 경우 그러한 법률상의, 말하자면 죄 지은 아내가 버려지는 것으로 그치고 마는 이혼을 실현한다는 것은 불가능하다고 생각했다. 그는 또 자기가 영위하고 있는 생활의 복잡한 사정이 아내가 저지른 범행의 증거로서 법률이 요구하는 그 추악한 증거를 입수하는 일을 허용하지 않으리라는 것도 알았다. 또한 그는 이러한 생활에 따라오기 마련인 품위라는 것이 설사 증거가 있다손 치더라도 그 증거의 적용을 허용하지 않으리라는 것과, 그러한 증거의 적용은 세평 앞에서 그녀보다도 오히려 자신의 품위를 보다 많이 떨어뜨리게 된다는 것도 알았다.

이혼의 시도는 다만 그의 높은 사회적 지위를 비방하고 공격하려는 적들에게 뜻밖의 기회가 될 수 있는 달갑잖은 재판으로 이어질 뿐이었다. 가장 중요한 목적—소란을 최소화하고 자신의 지위를 지키는 것—은 이혼을 통해서도 얻어지지 않았다. 더욱이 이혼해버리면, 심지어 이혼수속을 시작하기만 해도 아내는 남편과의 관계를 단절하고 애인과 결합할 것이 분명했다. 알렉세이 알렉산드로비치는 지금 자신의 마음속에는 아내에 대한 경멸적인 무관심뿐이라고 여겼지만, 그녀에 대한 그의 태도에는 하나의 감정, 그녀가 아무런 어려움 없이 브론스키와 결합해 그녀의 죄가 그녀에게 유리하게 작용되는 것을 원치 않는 감정이 남아 있었다. 그런 일은 생각만 해도 알렉세이 알렉산드로비치의 신경이 극도로 곤두섰다. 그는 그런 생각을 하자마자 가슴에 통증을 느끼고 자기도 모르게 끙끙 앓으면서 마차 안에서 일어나 자리를 바꾸어야 했다. 그러고는 그대로 오랫동안 눈살을 찌푸린 채 추위에 예민하고 앙상한 두 다리를 푹신한 담요로 감쌌다.

'정식 이혼 말고, 카리바노프며 파스쿠딘이며 그 착실한 드람이 취했던 것과 같은 방법을 취할 수도 있다. 즉 아내와 별거한다.' 그는 다소 마음이 가라앉자 생각을 계속했다. 그러나 이 방법 역시 이혼과 마찬가지로 달갑잖은 치욕이 따랐다. 게다가 또 무엇보다도, 이 역시도 정식 이혼과 마찬가지로 그의 아내를 브론스키의 품에다 내던지는 셈이었다. "아니, 그런 짓은 할 수 없다, 할 수 없다!" 그는 담요로 다리를 고쳐 싸면서 큰 소리로 외쳤다. "난 불행해져선 안 된다, 그리고 그녀도 그도 행복해져선 안 된다."

진상을 모르고 있을 때는 그토록 그를 괴롭혔던 질투의 감정은 아내의 고백으로 아픔과 함께 이가 뽑히던 순간에 사라져버렸다. 그러나 그 뒤에는 곧 다른 욕망, 그녀가 자신이 지은 죄를 이겨내지 못하게 할 뿐만 아니라 그 죄의 앙갚음을 받도록 해야겠다는 욕망으로 바뀌었다. 그는 그 감정을 스스로 의식하지 못했으나, 내면 깊은 곳에서는 그녀가 그의 평화와 명예를 파괴한 것에 대해 괴로워하도록 만들고 싶었던 것이다. 그래서 다시 한번 결투, 이혼, 별거의 조건을 짚어보고 다시 그것을 부정하고 난 후, 알렉세이 알렉산드로비치는 자신이 취할 방법은 단 하나밖에 없음을 확인했다. 그것은 바로 사건을 세상에는 비밀에 부쳐 두고 그들의 관계를 끊기 위해, 그리고 또 무엇보다도—그 자신은 이를 인정하지 않았지만—그녀를 벌하기 위해 온갖 수단을 다 동원하여 그녀를 지금 그대로 자기 곁에다 붙들어두는 것이었다. '난 그녀 때문에 우리 가족이 빠진 괴로운 상황을 두루 생각한 끝에 표면적인 *현상 유지*가 다른 어떠한 방법보다도 서로를 위해 좋을 것이라고 결심했음을, 그리고 그녀가 내 의지를 실행한다는, 즉 애인과의 관계를 끊는다는 분명한 조건하에서만 내가 그 현상 유지를 승낙한다는 결심을 그녀에게 명백히 하지 않으면 안 된다.' 이 결심을 최종적인 것으로 받아들이고 나자 그 확증으로서 알렉세이 알렉산드로비치의 머릿속에는 중요한 생각이 또하나 떠올랐다. '이 결심에 의해서만 나는 종교에 적합한 행동을 취할 수가 있는 것이다.' 그는 자기에게 말했다. '이 결심에 의해서만 나는 죄 지은 아내를 내게서 멀리하지 않고 그녀에게 뉘우침의 기회를 주며, 게다가 또 그것이 나에게는 아무리 괴로운 일일지라도 내 힘의 일부를 그녀의 뉘우침과 구제에 바치게 되는 셈이다.' 알렉세이 알렉산드로비치는 자기가 아내에 대해 정신적인 감화력을 가질 수 없다는 것과 그러한 뉘우침을 아무리 시도해보았자 한낱 거짓 이외에는 아무것도 생겨나지 않으리라는 것을 알고 있었고, 또한 이 괴로운 몇 분을 보내는 동안 종교에서 가르침을 찾아내려는 생각은 전혀 하지 않았음에도 불구하고 지금 그의 결심이 종교의 요구와 일치된 듯 여겨지자, 그의 결심에 대한 이 종교적인 시인은 그에게 충분한 만족과 약간의 안정을 가져다주었다. 그리고 이토록 중대한 인생의 고비에서도 그가 항상 사회 전체의 냉담과 무관심 속에서 그 기치를 높이 들어왔던 종교의 교리에 따라 행동하지 않았다고는 아무도 얘기할 수 없으리라는 점을 생각하니 그는 못 견디게 기뻤다. 그리고 다시 이것저것 세세한 점들을 차근차근 생각하는 동안, 알렉세이 알렉산드로비치는 아내에 대한 자신의 관계가 앞으로는 왜 이전과 같아서는 안 되는지 그 까닭마저 모르게 됐다. 의심할 것도 없이 그녀는 이제 다시는 그의 존경심을 되찾을 수 없다. 그러나 그녀가 부정하고 나쁜 아내였다는 것 때문에 그가 자신의 생활을 망가뜨린다든가 괴로워해야 할 까닭은 조금도 없었으며, 또 그럴 수도 없었다. '그렇다, 시간은 지나간다. 모든 것을 훌륭하게 처리해주는 시간이 지나간다. 그러면 이 관계도 언젠가는 다시 이전처럼 되겠지.' 알렉세이 알렉산드로비치는 스스로에게 말했다. '말하자면 내 생활의 흐름 속에서 부조화를 느끼지 않게 될 정도로는 회복되겠지. 그녀는 불행해져야 하지만, 죄가 없는 난 불행해져서는 안 된다.'

14

페테르부르크에 도착할 무렵 알렉세이 알렉산드로비치는 이 결심을 완전히 굳혔을 뿐 아니라, 아내한테 보낼 편지 내용까지 머릿속에서 작성해두었다. 알렉세이 알렉산드로비치는 문지기의 방에 들어가 관청에서 온 편지와 서류들을 훑어보고 바로 자기 서재로 가져오라고 명했다.

"말은 풀어놓고 아무도 들이지 말도록." 그는 '들이지 말도록'이라는 말에 특히 힘을 주고, 한창 기분좋은 상태임을 나타내는 어떤 만족의 빛을 띠면서 문지기의 물음에 답했다.

서재로 들어간 알렉세이 알렉산드로비치는 방안을 두어 차례 거닐고 나서, 그보다 먼저 들어온 하인이 이미 여섯 자루의 촛불을 켜둔 큼직한 책상 옆에 발을 멈추고 손가락을 꺾어 똑똑 소리를 내고는 필기도구를 챙기면서 자리에 앉았다. 탁자 위에 팔꿈치를 짚고 머리를 옆으로 기울여 잠시 생각에 잠기더니, 일 초도 쉬지 않고 편지를 써나갔다. 그는 첫머리에 그녀의 이름을 쓰지 않고 줄곧 프랑스어로 '당신'이라는 대명사를 사용하면서 썼다. 그러나 이 대명사는 러시아어의 '당신'만큼 싸늘하게 느껴지진 않았다.

우리의 마지막 대화에서 난 당신에게 이 사건에 대한 나의 결심을 추후에 알려주겠다고 말해둔 바 있습니다. 모든 것을 주의깊게 숙고한 뒤, 난 지금 당신에게 그 약속을 이행할 목적으로 이 편지를 씁니다. 내 결심은 다음과 같습니다. 설사 당신의 행위가 어떠한 것이었더라도, 하느님의 힘에 의해 맺어진 우리의 인연을 끊을 권리가 내게는 없다고 생각합니다. 가정이란 일시적인 감정이나 자유의지나 부부 가운데 한 사람의 죄에 의해서도 파괴될 수는 없으므로 우리의 생활은 이전처럼 영위되지 않으면 안 됩니다. 이는 나를 위해서도 당신을 위해서도 또한 우리의 아들을 위해서도 필요불가결한 것입니다. 난 당신이 이 편지의 원인이 된 사실에 대해 이미 뉘우쳤고 또 뉘우치고 있다는 것, 그리고 우리 불화의 원인을 근절하고 과거를 잊기 위해 나에게 협력해주리라 굳게 믿고 있는 바입니다. 만약 그렇지 않은 경우에 당신과 당신의 아들을 기다리고 있는 일이 무엇인지는 당신 스스로 충분히 짐작할 수 있을 겁니다. 또한 이러한 모든 일들에 대해서는 직접 만나서 보다 상세히 상의하기를 희망합니다. 이미 별장 생활의 계절도 끝나가고 있으니 난 당신이 될 수 있는 대로 빨리, 늦어도 화요일까지는 페테르부르크로 돌아와주기를 바랍니다. 당신의 귀가에 필요한 모든 준비는 지시해놓겠습니다. 또한 내가 이러한 희망이 실행되는 데 특히 의미를 두고 있다는 걸 헤아려주기 바랍니다.

A. 카레닌

추신: 당신에게 필요하리라 여겨지는 돈을 이 편지에 동봉하오.

그는 편지를 다시 한번 읽어보고, 만족했다. 특히 자기가 돈을 동봉할 생각을 해낸 것에 만족했다. 무자비한 말도 없으며 나무람도 없고, 그렇다고 관용도 없었다. 중요한 것은, 아내의 귀가를 위해 내려진 황금 다리라는 점이었다. 편지를 접어 큼직하고 두툼한 상아 페이퍼나이프로 반반하게 해 돈과 함께 봉투에 넣은 다음, 그는 잘 정돈되어 있는 자신의 필기구를 사용할 때면 언제나 느껴지는 만족감을 가지고 벨을 눌렀다.

"이것이 내일 별장에 있는 안나 아르카디예브나에게 전해지도록 급사에게 일러둬." 그는 이렇게 말하고 일어섰다.

"알겠습니다, 각하. 차는 서재에서 드시겠습니까?"

알렉세이 알렉산드로비치는 차를 서재로 가져오라 일러놓고, 묵직한 페이퍼나이프를 만지작거리면서 안락의자 쪽으로 갔다. 그 옆에는 램프와 막 읽기 시작한 에우구비움의 비문*에 대한 프랑스 책이 준비되어 있었다. 의자 바로 위에는 유명한 화가에 의해 훌륭하게 그려진 안나의 타원형 초상화가 금테 액자에 담겨 걸려 있었다. 알렉세이 알렉산드로비치는 초상화를 힐끔 쳐다보았다. 마음속을 알 수 없는 그녀의 눈이 마치 그 마지막 담판이 있었던 밤처럼 비웃는 것도 같고 또 뻔뻔스럽기도 한 표정으로 그를 내려다보고 있었다. 화가의 손으로 솜씨 있게 그려진 머리 위의 검은 레이스, 검은 머리카락, 그리고 무명지에 여러 개의 반지를 낀 희고 아름다운 손, 이러한 모습은 알렉세이 알렉산드로비치에게 참기 어려울 만큼 무례하고 오만한 인상을 주었다. 잠시 그 초상화를 보고 있는 것만으로도 알렉세이 알렉산드로비치는 입술이 떨려 '부르르' 하고 소리를 낼 만큼 심하게 전율하며 얼굴을 돌렸다. 그러고는 얼른 안락의자에 몸을 던지고 책을 폈다. 그는 읽으려고 했지만, 도저히 이전에 느꼈던 에우구비움의 비문에 대한 생생한 흥미를 불러일으킬 수가 없었다. 그는 책을 보면서 다른 생각을 하고 있었다. 아내에 대해서가 아니라 요즘 그의 정치활동에서 일어난, 당시 그의 직무상 중요한 관심사였던 어느 복잡한 사건에 대해 생각했다. 그는 자기가 지금 이 복잡한 사건에 이전보다 더욱 깊이 관여하고 있다는 것, 그

---

* 중세에 에우구비움이라고 일컬어졌던 이탈리아의 도시 구비오에서 발견된 움브리아 방언의 비문(碑文). 1874년 『두 세계 소식』 신문에 미셸 브레알의 관련 논문이 발표되었다.

리고 머릿속에 이 사건을 낱낱이 밝혀내 관계官界에서 자신의 지위를 높여 적들을 실각시키고 나아가 나라를 위해 매우 큰 이익을 가져오리라는 거창한 생각—그는 자기기만 없이도 이렇게 단언할 수 있었다—이 싹트고 있음을 느꼈다. 하인이 차를 놓고 방을 나가자마자 알렉세이 알렉산드로비치는 일어서서 책상 쪽으로 갔다. 현재의 사무와 관련된 서류철을 책상 가운데로 끌어다놓고 희미한 자기만족의 미소를 띠면서, 그는 필통에서 연필을 뽑아들고 당면해 있는 복잡한 사건에 관해 그가 요청했던 어수선한 보고서를 읽는 데 골몰했다. 복잡한 사건이란 이런 것이었다. 유능한 관리에게는 항상 독특한 면모가 있는 법이다. 위정자로서의 알렉세이 알렉산드로비치 개인에게 본질적이고 고유한 특질인 집요한 명예심과 조심성, 성실함, 그리고 자신감과 함께 그의 경력에 이바지한 특질은 피상적인 관료주의를 멸시한다는 것, 왕복 서신을 간략화한다는 것, 긴급한 문제에 대해서는 가능한 한 직접 관여한다는 것, 그리고 검약하는 것이라 할 수 있었다. 그 유명한 6월 2일의 위원회에서는 우연히 자라이스카야현의 경작지 관개灌漑에 대한 문제*가 제출됐었다. 그것은 알렉세이 알렉산드로비치 부서의 관하에 속한 사업으로, 알맹이가 없는 낭비와 일에 대한 관료적인 태도를 보여주는 좋은 예였다. 알렉세이 알렉산드로비치는 이 비난이 정당하다는 걸 인정하고 있었다. 자라이스카야현의 경작지 관개사업은 알렉세이 알

---

* 1873년의 기근 뒤, 사마라현 대초원 관개계획이 다수 제출되었다. 그것들은 계획의 실제적 의의와는 상관없이 조성금을 받을 수 있는 가능성을 주었으며, 경미한 토지 비옥화의 수단을 제시했다. N. 네크라소프는 시적 장편『동시대인들』에「관개(灌漑)의 노래」를 포함시켰다.

렉산드로비치의 전전임자에 의해 착수된 것이었다. 실제로 이 사업에 막대한 돈이 쓰였으나 아직까지 그 성과가 나타나지 않았고, 앞으로도 분명 아무런 결과도 나올 것 같지가 않았다. 알렉세이 알렉산드로비치는 취임과 동시에 그 사실을 알고 손을 대보려 했다. 그러나 처음 얼마 동안은 자신의 지위가 아직 불안정하니 너무 많은 이해가 엇갈린 그 일에 손대는 건 지혜로운 처사가 아니라고 판단했다. 그런 뒤엔 그럭저럭 시간이 지나는 동안 다른 일에 정신이 팔려 이 사업에 관해 말끔히 잊고 있었다. 그러나 이 일은 모든 사업과 마찬가지로 타성에 의해 저절로 진척되고 있었던 것이다(많은 사람들이 이 사업 덕에 생계를 유지하고 있었다. 특히 그 가운데에는 정말로 성실하고 음악을 좋아하는 한 가족이 있었다. 이 가족의 딸들은 모두 현악기를 잘 연주했다. 알렉세이 알렉산드로비치는 이 가족과 친하게 지냈고, 손위 딸들 중 하나의 대부*가 되어주기도 했다). 그에게 적대적인 부서에서 이 문제를 제기했고, 알렉세이 알렉산드로비치의 견해에 따르면 이는 정당한 행위가 아니었다. 왜냐하면 어느 부에서나 일정한 관료사회의 예의에 따라 아무도 들고 나서지 않는 사업이 있는 법이었다. 하지만 이미 결투의 장갑이 그를 향해 던져진 이상, 그는 용감하게 그것을 주워들고 자라이스카야현의 경작지 관개사업에 대한 위원회의 성과를 조사하고 검증하기 위해 특별위원의 임명을 요구할 수밖에 별다른 도리가 없었다. 그 대신 그는 이제 이들에게 어떠한 양보도 하지 않았다. 또한 그는 이민족 정리 문제에 대해서도 특별위원의 임명을 요구했다.** 이민족 정리

---

* 러시아 민속에서 신부의 아버지를 대신하는 남자.
** '이민족 정리사업'은 이미 1860년대에 시작되었다. 우파와 오렌부르크현에서 바시키

문제는 6월 2일의 위원회에서 우연히 제기되었으며, 알렉세이 알렉산드로비치는 이민족의 비참한 상태를 고려하면 일각도 유예할 수 없다며 정력적으로 이 문제를 지지했었다. 위원회에서 이 문제는 몇몇 부서 간 말다툼의 구실이 되었다. 알렉세이 알렉산드로비치에게 적의를 품고 있는 부서들은 이민족의 상태는 지극히 양호하며 예상되는 개혁은 오히려 그들의 번영을 저해하는 것이라고, 만약 무언가 부족한 점이 있다면 그것은 다만 법률에 의해 제정된 방침이 알렉세이 알렉산드로비치의 부서에 의해 실행되지 않기 때문일 뿐이라고 반박했다. 그래서 지금 알렉세이 알렉산드로비치는 다음과 같이 요구할 계획이었다. 첫째, 즉각 이민족 상태의 현지 조사를 위촉할 새로운 위원회를 조직할 것. 둘째, 만약 이민족의 상태가 실제로 위원회의 손에 있는 공식 자료에 나타나 있는 것과 같다면 이민족의 비참한 상태의 원인이 어디에 있는가를 a)정치적, b)행정적, c)경제적, d)인종학적, e)물질적, f)종교적 견지에서 토의하기 위해 별도로 새로운 학술위원회를 임명할 것. 셋째, 오늘날 이민족이 처한 불리한 상황을 방지하기 위해 최근 십 년간 해당 부서에서는 어떤 방법을 강구해왔는지에 대한 보고를 반대측 부서에 요구할 것. 그리고 마지막으로 넷째, 어째서 그 부서가 위원회에 제

르인들이 1100만 데샤티나의 땅을 가지고 있었다. 변방의 러시아화를 목적으로, 정부는 러시아 중앙의 여러 현에서 이주해 온 자들에 대한 바시키르 토지의 임대차를 장려했다. 통상적인 임대차가 이루어진 구역은 조건부로 표시되어 있어 악용될 소지가 컸다. 1871년 공지를 특혜조건으로 파는 것에 대한 특별법규가 채택되었다. 이때부터 바시키르 토지와 국유지가 사사로이 이용되었고, 오렌부르크 총독부 관리들이 투기에 직접적으로 관여했다. '이민족 정리사업'이 세상에 알려지자 국유재산부 장관 P. A. 발루예프는 사퇴해야 했다. S. L. 톨스토이가 지적했던 것처럼 "카레닌에게는 P. A. 발루예프의 특징이 있다."

출된 보고서인 1863년 12월 5일자 및 1864년 6월 7일자 제17015호 및 제18308호에 나타나 있는 바와 같이, 법 제○○권 제18조 및 제36조 부기의 근본정신에 전혀 상반된 행동을 취했는가에 대한 설명을 해당 부서에 요구할 것. 이러한 계획의 개요를 재빨리 쓰고 난 알렉세이 알렉산드로비치의 얼굴은 활기차게 상기되었다. 한 장의 종이에 다 쓰고 나자 그는 일어서서 벨을 누르고, 참고자료를 그에게 보낼 것을 사무국장에게 전하는 쪽지를 건넸다. 방안을 거닐면서 그는 또다시 초상화를 쳐다보고, 눈살을 찌푸리며 얕잡는 듯한 웃음을 띠었다. 또다시 에우구비움의 비문에 대한 책을 조금 읽으며 그 문제에 대한 흥미를 되찾고 나서 알렉세이 알렉산드로비치는 열한시에 침실로 갔다. 그가 침대에 누워 아내와의 일을 생각해냈을 때, 그것은 이미 이전만큼 음울한 모습으로 비치지는 않았다.

15

안나는 브론스키가 그녀의 상황이 더는 참을 수 없을 정도라며 모든 것을 남편에게 고백하라고 했을 때는 발끈하며 완강하게 반대했지만, 마음속으로는 자신의 상황을 거짓되고 욕된 것으로 여기며 진심으로 변화를 바라고 있었다. 남편과 함께 경마장에서 돌아오는 길에 흥분한 나머지 모든 것을 그에게 토로해버렸으나, 그 순간 그녀는 쓰라린 아픔을 느꼈음에도 불구하고 그렇게 한 것을 기뻐했다. 그래서 고백 뒤에 남편이 그녀를 남겨놓고 가버리자 그녀는 마음속으로 중얼거렸다. 기쁘다, 이제는 모든 것이 해결됐다, 적어도 앞으로는 허위와 기만은 없을 테니까. 그녀는 이제 자신의 위치가 영구히 결정되리라는 것을 의심의 여지도 없는 사실로 여겼다. 그 새로운 위치는 힘겨운 것일지도 모른다. 그러나 어쨌든 결정은 되겠지. 그리고 이제는 애매한 점도 거짓된 점도 없을 것이다. 그녀가 모든 사실을 토로하여 자신과 남편에게 가했던 고통도 이제는 만사가 결정되는 것으로 보상되겠지 하고 그녀는 생각했다. 그날 밤 그녀는 브론스키와 만났지만, 자기와 남편 사이에 일어났던 일에 대해서는 아무 말도 하지 않았다. 자신의 입장이 결정되기 전에 꼭 이야기해둘 필요가 있었는데도.

이튿날 아침 눈을 떴을 때, 맨 처음 그녀의 머리에 떠오른 것은 그녀가 남편한테 한 말이었다. 어떻게 그처럼 망측하고 난폭한 말을 입에 담을 수 있었는지 도무지 이해할 수 없을 만큼, 그리고 그 말들로 인해 어떤 일이 일어날 것인지를 상상할 수도 없을 만큼 그녀는 두려움을 느꼈다. 그러나 그 말들은 이미 나와버렸고, 알렉세이 알렉산드로비치는 아무런 말도 하지 않고 떠나버렸다. '난 브론스키를 만났으면서도 그에게 얘기하지 않았다. 그가 막 떠나려고 할 때 다시 불러들여서 얘기하려고 했지만, 처음에 바로 얘기하지 않았던 것이 왠지 이상하게 생각되어 마음을 고쳐먹고 그만둬버렸다. 그토록 말하고 싶었으면서도 정말 난 어째서 말하지 않았을까?' 이 물음에 대해 답하는 것처럼, 불타는 듯한 부끄러움의 홍조가 그녀의 온 얼굴에 번졌다. 그녀는 자기를 억누르고 있던 것이 무엇이었는지를 깨달았다. 그녀는 자기가 부끄러웠던 것이다. 어제저녁에는 깨끗하게 해결된 것으로 여겨졌던 자신의 처지가 지금은 갑자기 전혀 반대일 뿐만 아니라 빠져나갈 길도 없는 것처럼 보였다. 전에는 전혀 생각하지도 않았던 명예의 실추라는 것이 두려워지기 시작했다. 남편이 어떤 태도로 나올지를 생각하는 것만으로도 그녀에게는 별별 무서운 상상들이 머릿속에 떠올랐다. 그녀의 머릿속에는 지금이라도 집사가 자기를 쫓아내기 위해 찾아오고 자신의 불명예스러운 행실이 온 세상에 알려질 것이라는 상상이 떠올랐다. 그녀는 집에서 내쫓기면 어디로 갈 것인가를 자문해보았으나, 그 대답을 찾지 못했다.

브론스키에 대해 생각하자 그녀는 그가 이제는 자기를 사랑하고 있지 않은 것처럼, 벌써 자기를 귀찮게 여기기 시작한 것처럼, 자기도 이제는 그에게 몸을 맡길 수 없을 것처럼 생각되었다. 그런 생각 때문에 그녀는 그에게 적의를 느꼈다. 그녀는 자기가 남편한테 했던 말, 끊임없이 자신의 상상 속에서 되풀이했던 그 말은 자기가 모든 사람들에게 얘기한 것이며, 모든 사람들이 그 말을 다 들어버린 듯한 느낌이 들었다. 그녀는 같이 살고 있는 사람들과 얼굴을 마주할 자신이 없었다. 하녀를 부르기는커녕 아래층으로 내려가서 아들이며 가정교사를 볼 결심조차 할 수 없었다.

벌써 아까부터 방문 옆에서 낌새를 살피고 있던 하녀가 기다리다못해 안나의 방으로 들어왔다. 안나는 의아스럽게 그녀의 눈을 보고 깜짝 놀란 듯이 얼굴을 붉혔다. 하녀는 벨이 울린 줄 알았다고 말하며 승낙도 없이 들어온 것에 용서를 빌었다. 그녀는 옷과 쪽지를 가지고 왔다. 쪽지는 벳시한테서 온 것이었다. 벳시는 그녀에게 오늘 아침 자기 집에 리자 메르찰로바와 남작부인 시톨츠가 그들의 숭배자인 칼루시스키와 스트레모프 영감과 함께 크로케를 하기 위해 모인다는 것을 상기시키고 있었다. '풍속 연구 겸 오셔서 보시기라도 하세요, 기다리고 있겠습니다.' 그녀는 이렇게 끝을 맺고 있었다.

안나는 쪽지를 읽고 나서 무겁게 한숨을 내쉬었다.

"아무것도, 아무것도 필요 없어." 그녀는 화장대 위에 놓인 병과 브러시를 정리하는 안누시카에게 말했다. "이제 가도 좋아, 나도 곧 옷을 갈아입고 내려갈 테니까. 아무것도, 아무것도 필요 없어."

안누시카는 나갔지만, 안나는 옷을 갈아입을 생각도 하지 않고 머리와 손을 축 늘어뜨린 채 그대로 앉아 있었다. 그러고는 마치 어떤 몸짓이라도 하려는 듯, 또 뭔가를 말하려는 듯하다가 이내 또 축 처져 이따금 온몸을 달달 떨 뿐이었다. 그녀는 끊임없이 이렇게 되뇌었다. "나의 하느님! 나의 하느님!" 그러나 '하느님'도 '나의'도 그녀에게는 아무런 의미도 없는 말이었다. 자신의 처지에 대한 구원을 종교에서 찾는다는 생각은 그녀가 교육받아온 종교에 대해 아직까지 한 번도 의심한 적이 없었음에도 불구하고, 그녀에게는 알렉세이 알렉산드로비치에게서 구원을 찾는 것이나 마찬가지로 인연이 먼 것이었다. 그녀는 종교에 의한 구원은 다만 그녀에게 삶의 모든 의미가 되는 그 존재를 거부하는 조건에 의해서만 가능하다는 것을 이미 알고 있었다. 그녀는 단지 괴로울 뿐만 아니라 지금까지 경험한 적 없는 새로운 정신 상태 앞에서 두려워지기 시작했다. 지친 눈에 이따금 사물이 이중으로 비치는 것처럼, 그녀는 자신의 마음에도 모든 것이 이중으로 다가오고 있음을 느꼈다. 그녀는 이따금 자기가 무엇을 두려워하고 있는지, 무엇을 바라고 있는지조차 알 수 없을 때가 있었다. 두려워하면서도 바라는 것이 무엇이었는지 혹은 무엇일지, 그리고 도대체 자신이 무엇을 바라고 있는지조차 그녀는 전혀 알지 못했다.

'아아, 내가 무엇을 하고 있담!' 그녀는 갑자기 머리의 양쪽에 통증을 느끼고 혼잣말을 했다. 제정신이 들었을 때 그녀는 자기가 두 손으로 관자놀이께의 머리카락을 쥐고 머리를 짓누르고 있다는 것을 알았다. 그녀는 자리를 박차고 일어나서 방안을 거닐기 시작했다.

"커피가 준비됐습니다, 맘젤도 세료자와 함께 기다리고 있습니다." 안누시카는 다시 들어와 아까와 같은 상태로 있는 안나를 보고 말했다.

"세료자? 세료자가 어쨌는데?" 안나는 갑자기 활기를 띠고 그날 아침 처음으로 비로소 자기에게 아들이 있음을 생각해내며 물었다.

"무슨 잘못을 저지르신 모양이에요." 안누시카는 싱글벙글하면서 대답했다.

"무슨 잘못을?"

"저쪽 골방에 복숭아가 놓여 있었어요. 그것을 몰래 한 개 드신 모양이에요."

아들에 대한 생각은 갑자기 안나를 지금까지의 절망적인 상황에서 구해냈다. 그녀는 자기가 수년간 맡아왔으며 다분히 과장되기는 했지만 한편으로는 진실했던, 아들을 위해 살아가는 어머니 역할을 상기했다. 그리고 현재 자기가 처한 상황에서도 남편이나 브론스키와의 관계에서 독립된 고유의 영토를 갖고 있다는 데 기쁨을 느꼈다. 그 영토는 바로 아들이었다. 설혹 어떤 상황에 처하게 되더라도 그녀는 아들을 버릴 수는 없을 것이다. 남편에게 그녀를 욕하고 내쫓으라고 하라. 또 브론스키에게 그녀를 냉담하게 대하고 독신자로서의 생활을 계속하라고 하라(그녀는 또다시 분노와 비난에 사로잡혀 그에 대해 생각했다). 그러나 그녀는 아들을 버릴 수는 없을 것이다. 그녀에게는 삶의 목적이 있다. 그녀는 행동하지 않으면 안 된다. 자신의 손에서 아들을 빼앗기지 않기 위해서, 아들과 함께 있는 이 상황을 지키기 위해서 적당한 행동을 취하지 않으면 안 된다. 아니 한시바삐, 아들을 빼앗기기 전에 될 수 있는 한 빨리 행동을 취해야 한다. 아들을 데리고 떠나야 한다. 이것이 지금 그녀의 유일한 의무인 것이다. 그녀는 마음을 가라앉히고 이 괴로운 상황에서 빠져나가야만 했다. 아들과 연관된 당면한 문제에 대한 생각과, 지금 당장이라도 그를 데리고 어딘가로 떠나야겠다는 생각이 그녀에게 안정을 주었다.

그녀는 재빨리 옷을 갈아입고 아래층으로 내려가서 결연한 걸음걸이로 언제나처럼 커피와 세료자와 가정교사가 그녀를 기다리고 있는 객실로 들어갔다. 새하얀 옷을 입은 세료자는 거울 밑 탁자 옆에 서서 등과 머리를 구부린 채 그녀가 익히 잘 알고 있는, 아버지를 쏙 빼닮은 긴장된 표정을 하고 자기가 가져온 꽃으로 한창 무언가를 만들고 있었다.

가정교사는 유달리 엄중한 얼굴을 하고 있었다. 세료자는 버릇이 되어버린 찌르는 듯한 목소리로 이렇게 외쳤다. "아, 엄마!" 그러고는 망설이듯이 동작을 멈췄다. 꽃을 내던지고 어머니한테 인사를 하러 갈 것인지, 아니면 화환을 만들어서 가지고 갈 것인지 고민하는 듯했다.

가정교사는 인사를 하고 나서, 세료자가 저지른 짓에 대해 또렷한 어조로 장황하게 이야기를 꺼냈으나, 안나는 그 얘기에는 귀를 기울이지 않았다. 그녀는 이 여자도 데리고 가야 할지를 생각하고 있었다. '아니, 데리고 가지 않겠어.' 그녀는 마음먹었다. '나 혼자서 가야겠다, 아

들만 데리고.'

"그래요, 그건 정말 좋지 않군요." 안나는 이렇게 말하고 나서 아들의 어깨를 잡고 엄격함이라고는 조금도 찾아볼 수 없는, 오히려 아들을 얼떨떨하고 기쁘게 할 만큼 부드러운 눈동자로 그의 얼굴을 들여다보며 입을 맞춰주었다. "이애는 나한테 맡겨줘요." 그녀는 깜짝 놀라는 가정교사에게 이렇게 말하고, 아들의 손을 쥔 채 커피가 준비되어 있는 탁자 앞에 앉았다.

"엄마! 난…… 난…… 아무것도……" 그는 복숭아 건으로 그를 기다리고 있는 일이 무엇일지를 그녀의 표정에서 읽어내려고 애쓰면서 말했다.

"세료자." 그녀는 가정교사가 방을 나가자마자 말했다. "그건 나쁜 짓이야, 그렇지만 이제는 그런 짓을 하지 않겠지?…… 넌 엄마가 좋지?"

그녀는 눈시울이 뜨거워지는 걸 느꼈다. '내가 정말 이애를 사랑하지 않을 수 있을까?' 그녀는 아들의 깜짝 놀란 듯하면서도 기쁨에 찬 눈동자를 바라보면서 자기에게 물었다. '그리고 이애가 정말 아버지하고 한편이 되어 나를 벌하게 될까? 나를 가엾게 여기지 않게 되려나?' 눈물은 벌써 그녀의 얼굴 위로 흘러내리고 있었고, 그것을 숨기기 위해 그녀는 훌쩍 일어나 거의 뛰다시피 테라스로 나갔다.

지난 며칠 동안 계속된 뇌우가 그치고, 쌀쌀하고 활짝 갠 날씨가 시작됐다. 비에 씻긴 나뭇잎을 통해 내리쬐는 맑은 햇볕 속에서도 바깥바람은 쌀쌀했다.

그녀는 추위로 인해, 그리고 맑은 공기에 닿는 순간 새로이 그녀를 휩싼 마음속의 공포로 인해 부르르 몸을 떨었다.

"가렴, *마리에트*한테로 가렴." 그녀는 자기를 뒤따라 나오려는 세료자한테 말하고 테라스에 깔아놓은 밀짚자리 위를 거닐기 시작했다. '사람들은 정말 나를 용서하지 않을까, 모든 일이 이렇게 될 수밖에 없었다는 것을 이해해주지 않을까?' 그녀는 혼잣말을 했다.

발을 멈추고 싸늘한 햇빛을 받아 반짝반짝 빛나는 비에 씻긴 사시나무 잎을, 바람에 한들거리는 사시나무 우듬지를 쳐다보면서 그녀는 그들이 자기를 용서하지 않으리라는 것, 온갖 것과 모든 사람들이 이 하늘과 푸르른 나무처럼 지금의 자기에게 싸늘하리라는 사실을 깨달았다. 그러자 그녀는 또다시 마음속에서 사물이 이중으로 나타나기 시작하는 것을 느꼈다. '별수 없다, 생각해보았자 별수 없다.' 그녀는 자기에게 말했다. '그보다도 떠날 준비를 하지 않으면 안 된다. 어디로? 언제? 누구를 데리고? 그래, 모스크바로 가자. 밤차로, 안누시카와 세료자와 우선 당장 없어서는 안 될 것만 가지고. 그러나 그전에 그 두 사람에게 편지를 쓰지 않으면 안 된다.' 그녀는 총총걸음으로 집안으로 들어가 자기 방 탁자 앞에 앉아 남편에게 편지를 쓰기 시작했다.

'그런 일이 있었던 이상 나는 이제 당신의 집에 남아 있을 수 없습니다. 난 떠나겠습니다. 아들은 데리고 가겠습니다. 나는 법률을 모르기 때문에 아들이 양친 가운데 어느 쪽으로 가야 하는지 모릅니다. 그러나 나는 그애를 데리고 가겠습니다. 왜냐하면 난 그애 없이는 살아갈 수 없으니까요. 부디 관대한 마음으로 그애는 나한테 맡겨주세요.'

그녀는 여기까지 빠르고 자연스럽게 써내려갔으나 그의 마음에 있지도 않은 관대함에의 호소와, 무엇인가 감상적인 문구로 편지를 맺어야 한다는 필요가 저절로 그녀의 손을 멈추게 했다.

'내 죄와 뉘우침에 대해 말씀드린다는 것은 나로선 불가능합니다. 왜 냐하면……'

또다시 그녀는 자신의 생각 안에서 연결점을 찾아내지 못하고 펜을 멈췄다. '아냐,' 그녀는 자기에게 말했다. '이제 아무것도 필요 없다.' 이 렇게 생각하고 편지를 찢어버린 다음, 관대함 운운한 대목을 빼고 다시 써서 봉함했다.

또 한 통의 편지는 브론스키에게 써야 했다. '난 남편한테 분명하게 이야기했습니다.' 그녀는 이렇게 쓰고 나서 더 계속할 힘이 없어 오랫 동안 가만히 앉아 있었다. 너무나 상스럽고 여자답지 않았다. '그렇지 만 그 사람에게 내가 뭐라고 쓸 수 있을까?' 그녀는 자문해보았다. 그러 자 또다시 부끄러운 생각이 들어 얼굴이 붉어졌다. 그의 침착한 태도가 떠오르자, 그에 대한 분노가 그녀로 하여금 쓰기 시작한 편지를 갈가리 찢어버리게 했다. '아무것도 필요 없다.' 그녀는 이렇게 혼잣말을 하고, 압지철을 닫은 다음 위층으로 가서 가정교사와 하인들에게 오늘 모스 크바로 갈 거라고 밝히고 곧 짐을 꾸리기 시작했다.

16

별장의 방이란 방은 모두 짐꾼과 정원사와 하인들이 짐을 나르면서 돌아다녔다. 장롱이며 옷장들은 열어젖혀졌다. 노끈을 사기 위해 심부 름꾼이 두 차례나 가게로 뛰어갔고, 마루에는 신문지가 널려 있었다. 상자 두 개와 보따리 몇 개와 몇 겹의 끈으로 묶인 담요들이 현관으로 들려나왔다. 사륜 여행마차 한 대와 삯마차 두 대가 현관 충계 아래 서 있었다. 안나는 짐 꾸리기에 바빠 마음속의 혼란도 잊고 자기 방 탁자 앞에 서서 손가방을 정돈하고 있었다. 그때 안누시카가 삐거덕거리며 다가오는 마차 쪽으로 그녀의 주의를 돌렸다. 안나는 창문으로 내다보고 알렉세이 알렉산드로비치의 급사가 현관에서 초인종을 울리고 있는 것을 보았다.

"빨리 가서 뭔지 알아보고 와." 그녀는 이렇게 말하고, 무슨 일에도 놀라지 않도록 태연하게 마음의 준비를 하며 두 손을 무릎 위에 놓고 안락의자에 앉았다. 하인이 알렉세이 알렉산드로비치의 글씨가 겉봉에 적힌 두툼한 봉서를 가지고 왔다.

"급사는 답장을 받아오라는 분부를 받은 모양입니다." 그가 말했다.

"알았어." 그녀는 말하고는 그가 나가자마자 떨리는 손으로 겉봉을 뜯었다. 띠지를 두른, 아직 접히지도 않은 빳빳한 지폐 뭉치가 그 속에서 떨어졌다. 그녀는 편지를 펼쳐서 끝에서부터 읽기 시작했다. '당신의 귀가에 필요한 모든 준비는 지시해놓겠습니다. 또한 내가 이러한 희망이 실행되는 데 특히 의미를 두고 있다는 걸 헤아려주기 바랍니다.' 그녀는 이 부분을 읽었다. 그러고 나서 다시 앞에서부터 대강 읽어보고, 대충 눈을 주어 다 읽고 나서 다시 한번 처음부터 자세히 읽어보았다. 편지를 다 읽고 나자 그녀는 오싹 소름이 끼치며 전혀 예기하지 않았던 무서운 불행이 자기 위로 무너져내린 것 같은 느낌이 들었다.

오늘 아침 그녀는 남편한테 고백한 것을 후회했고, 그 말을 하지 않았더라면 얼마나 좋았을까 하는 생각뿐이었다. 그런데 이 편지는 그 말은 없었던 것으로 하자며, 그녀가 바랐던 바로 그것을 그녀에게 주고 있었다. 그럼에도 불구하고 지금의 이 편지는 그녀가 상상할 수 있는 그 무엇보다도 무서운 것으로 그녀의 눈에 비쳤다.

'그 사람은 옳다! 옳다!' 그녀는 중얼거렸다. '물론 그 사람은 언제나 옳다. 그 사람은 기독교인이다, 그 사람은 관대하다! 그렇다, 비열하고 추악한 인간이다! 그리고 이러한 사실은 나 이외에는 아무도 모르고, 앞으로도 모를 것이다. 나도 그것을 설명할 수는 없다. 세상 사람들은 말하지, 신앙심이 두텁고 도덕적이며 정직하고 총명하다고. 그렇지만 그 사람들은 내가 아는 것을 알고 있지는 않다. 그 사람들은 그가 지난 팔 년 동안 얼마나 내 생명을 압박했는지, 내 안에 살아 있는 모든 것을 얼마나 압박했는지를 모른다. 내가 사랑 없이는 살 수 없는, 살아 있는 여자라는 사실을 그가 단 한 번도 인정하지 않았다는 것을 모른다. 그가 매사에 날 모욕하고 자기 혼자 만족해하고 있었다는 것을 모른다. 난 애쓰지 않았는가, 내 삶의 정당성을 찾으려고 온 힘을 다해 애쓰지 않았는가? 그 사람을 사랑하려고 해보지 않았는가? 이미 남편을 사랑할 수 없게 됐을 때에는 아들을 사랑하려고 해보지 않았는가? 그러나 때가 왔다. 난 더이상 자신을 속일 수 없다는 것을 깨달았다. 나는 살아 있는 사람이며 내게는 죄가 없다는 것을, 신이 나란 사람을 사랑하고 살아 숨쉬어야 하는 인간으로 만들어놓았다는 것을 깨달았다. 그런데 지금 이것은 대체 뭐란 말인가? 그 사람이 만약 날 죽인다거나 내가 사랑하는 그이를 죽인다면 난 어떻게든 참고 용서해주었을 텐데. 그러나 그것도 아니고, 그 사람은……'

'어째서 난 그 사람이 이렇게 나오리라는 것을 미리 짐작하지 못했을까? 그 사람은 그 비열한 성격에 걸맞은 짓을 할 게 뻔하다. 어디까지나 자기는 옳은 사람이라며, 파멸의 구렁텅이에 처해 있는 나를 더욱더 무자비하고 형편없이 망쳐놓을 것이다……' '당신과 당신의 아들을 기다리고 있는 것이 무엇인지 당신 스스로 충분히 짐작할 수 있으리라고.' 그녀는 편지 가운데 있던 이 문구를 생각해냈다. '이것은 아들을 빼앗아버리겠다는 위협이다. 아마도 그들의 멍청한 법률로는 그런 짓이 가능하겠지. 그러나 그 사람이 어떤 생각으로 이런 말을 하고 있는지 내가 과연 모른단 말인가? 그는 아들에 대한 내 사랑도 믿지 않든가, 그렇지 않으면 경멸하고 있는 것이다(언제나 무슨 일에나 비웃는 듯한 그 어조로), 말하자면 나의 이 감정을 경멸하고 있는 것이다. 그러나 그는 알고 있다. 내가 아들을 버리지 않는다는 것도, 버릴 수 없다는 것도, 아들이 없으면 설령 사랑하는 사람과 함께 있게 되더라도 나에게는 삶이라는 게 있을 수 없다는 것도. 또한 만약 내가 아들을 버리고 남편한테서 도망가버리면 그야말로 나는 가장 비열하고 추악한 여자가된다는 것도. 이러한 모든 것을 그는 알고 있고, 내가 그런 짓을 할 수 있는 인간이 아니라는 것도 꿰뚫어보고 있다.'

'우리의 생활은 이전처럼 영위되지 않으면 안 됩니다.' 그녀는 편지가운데 있던 다른 문구를 떠올렸다. '이 생활은 이전에도 충분히 괴로웠고, 최근에 와서는 특히 끔찍했다. 그런데 이제 앞으로는 어떻게 되어갈 것인가? 더구나 그는 모든 것을 다 알고 있다. 내가 살아 있고 사랑을 하고 뉘우칠 수 없다는 사실을 알고 있다. 또 그 사람은 그런 짓을 해보았자 허위와 기만 외에는 아무것도 얻을 수 없다는 것도 알고 있다. 그러면서도 그 사람은 계속해서 나를 괴롭혀야만 하는 것이다. 나는 그 사람을 알고 있다! 난 그 사람이 물속의 물고기처럼 거짓 속을 활개치고 돌아다니며 기뻐한다는 것을 안다. 그러니 난 무슨 일이 있더라도 그에게 그런 기쁨을 주지는 말아야 한다. 그 사람이 나를 감아들이려는 그 허위의 거미줄을 쥐어뜯어야만 한다. 어떻게 되어도 상관없다, 될 대로 되라지. 어떤 것이든 허위와 기만보다는 낫다!'

'그렇지만 어떻게? 나의 하느님! 나의 하느님! 나처럼 이렇게 불행한 여자가 언젠가 이 세상에 또 있었을까요?……'

"아냐, 쥐어뜯겠어, 쥐어뜯어버리겠어!" 그녀는 훌쩍 자리를 박차고 일어나 눈물을 억누르면서 외쳤다. 그러고는 그에게 또다시 편지를 쓰려고 책상으로 다가갔다. 그러나 그녀는 마음속 깊은 곳에서 자기에게는 아무것도 쥐어뜯을 힘이 없다는 것과, 또 그것이 아무리 허위에 찬 수치스러운 것일지라도 지금까지의 생활에서 빠져나갈 힘이 없다는 것을 이미 충분히 인식하고 있었다.

그녀는 책상 앞에 앉았으나, 펜을 드는 대신 책상 위에 두 팔을 얹고 그 위에 머리를 괸 채 온 가슴을 들먹거리면서 어린애처럼 흐느껴 울었다. 그녀는 자신의 처지가 명확히 결정되리라던 바람이 영원히 무너져버린 것을 슬퍼했다. 그녀는 이미 모든 일이 본래대로 남으리라는 것을, 심지어 본래보다 훨씬 나빠지리라는 것을 알고 있었다. 그리고 그녀가 지금까지 누려온, 오늘 아침까지만 해도 그처럼 시시하게 여겼던 사회적 지위가 자기에게는 귀중하다는 것을, 자기는 도저히 그것을 남편과 아들을 내버리고 애인한테로 달려가는 비천한 여자의 처지와 바꿀 만큼 강하지 못하다는 것을, 자기가 아무리 애써봐도 결국엔 자기 자신보다 강해질 수는 없으리라는 것을 느꼈다. 그녀는 결코 사랑의 자유를 경험하지 못할 것이다. 그리고 영원히 생활을 같이할 수 없는, 각자 따로 생활하는 외간남자와의 수치스러운 관계를 위해 남편을 속이는 죄 많은 아내로서 끊임없이 폭로의 위협 아래 남을 것이다. 그녀는 결국엔 그렇게 되리라는 것을 알았고, 동시에 그것은 결말을 상상해볼 수도 없을 만큼 무섭게 여겨졌다. 그래서 그녀는 마치 벌을 받는 어린 애들처럼 참지 못하고 울어버린 것이다.

가까이 다가오는 하인의 발소리에 정신을 차린 후, 그녀는 그에게서 얼굴을 감추다시피 하고 편지를 쓰는 척했다.

"급사가 답장을 기다리고 있습니다만." 하인이 말했다.

"답장? 그래." 안나는 말했다. "조금만 더 기다리라고 해. 내가 벨을 누를 테니까."

'내가 무슨 말을 쓸 수 있을까?' 그녀는 생각했다. '내가 혼자서 무엇을 결정할 수 있을까? 나는 무엇을 알고 있을까? 나는 무엇을 바라고 있을까? 나는 무엇을 사랑하고 있을까?' 또다시 그녀는 자신의 마음속이 분열되기 시작하는 것을 느꼈다. 그녀는 이 느낌에 다시 한번 놀랐고, 이 같은 상념으로부터 자기를 떼놓아줄 수 있을 것 같은 한 가지 구실이 머리에 떠오르자 바로 그것에 매달렸다.

'난 아무래도 알렉세이(그녀는 마음속으로 브론스키를 항상 이렇게 불렀다)를 만나지 않으면 안 된다. 내가 어떻게 해야 하는가를 가르쳐줄 수 있는 건 그이뿐이다. 벳시한테 가봐야겠다, 거기 가면 아마 그이를 만나겠지.' 그녀는 바로 어제 그에게 트베르스카야 공작부인한테는 가지 않겠다고 말했을 때, 그럼 자기도 가지 않겠다고 그가 대답했던 것을 완전히 잊고 혼잣말을 했다. 그녀는 탁자 옆으로 가서 남편한테 썼다. '당신의 편지 잘 받았습니다. A.' 그리고 벨을 눌러 하인에게 그것을 건넸다.

"우리는 가지 않아." 그녀는 방으로 들어온 안누시카한테 말했다.

"아주 안 가시는 건가요?"

"아니, 내일까지 짐을 그대로 둬, 마차도 그대로 두고. 난 공작부인한 테 좀 다녀올 테니까."

"옷은 어떤 것으로 준비할까요?"

17

트베르스카야 공작부인이 안나를 초대한 크로케 시합의 멤버*는 귀 부인 두 사람과 그들의 숭배자들로 이루어져 있었다. 이 두 부인은 무 언가의 모방을 다시 모방함으로써 *세계 7대 불가사의*로 일컬어지던, 페테르부르크 사교계에서 새로이 선택된 모임의 주요 대표자들이었 다. 이 부인들은 지체가 높았으며, 안나가 출입하던 사교계와는 적대 관계에 있는 사교계에 속해 있었다. 그뿐만 아니라 페테르부르크의 유 력자 중 한 사람으로 리자 메르찰로바의 숭배자인 스트레모프 영감은 직무상으로 알렉세이 알렉산드로비치의 적수였다. 이 모든 관계를 고 려해 안나는 참석하지 않으려 했고, 트베르스카야 공작부인의 쪽지에 나타난 암시 역시 그러한 거절을 염두에 둔 것이었다. 그러나 지금 안 나는 브론스키를 만날 수 있다는 기대 때문에 갑자기 가고 싶어진 것

---

* '정치집단' 비슷한 모임을 만드는 것이 1870년대 상류사회 생활의 두드러진 특징이 었다.

이다.

안나는 다른 손님들보다 먼저 트베르스카야 공작부인의 집에 도착했다.

그녀가 들어서는 순간 구레나룻을 깨끗이 빗어내린, 하급시종과 다름없는 풍채를 한 브론스키의 하인도 들어왔다. 그는 문에서 멈추고 모자를 벗더니 그녀에게 길을 비켜주었다. 안나는 그를 알아보았고, 그제야 비로소 어제 브론스키가 오늘은 오지 않겠다고 얘기했던 것을 생각해냈다. 아마 그는 그 일로 쪽지라도 들려 보냈으리라.

그녀는 현관에서 웃옷을 벗으면서, 하인이 쪽지를 전달하며 에르P음을 내는 것까지 하급시종처럼 발음하여 "백작으로부터 공작부인에게"라고 말하는 것에 귀를 기울였다.

그녀는 그에게 그의 주인이 어디에 있는지 묻고 싶었다. 그녀는 다시 별장으로 돌아가서, 그가 자기한테 와주든지 아니면 자기가 그에게로 가든지 할 수 있도록 그에게 편지를 보내고 싶었다. 그러나 이것도 저것도, 그리고 또다른 생각도 실행할 수 없었다. 이미 그녀의 도착을 알리는 벨소리가 들렸고, 트베르스카야 공작부인의 하인이 어느 틈에 나와 그녀가 안쪽 방으로 들어가기를 기다리면서 열린 문 뒤에 비스듬히 서 있었다.

"공작부인께선 뜰에 계십니다. 곧 여쭙겠습니다. 아니면 뜰로 가시는 것이 어떠실는지요?" 다른 하인이 다른 방에서 알렸다.

불안정하고 애매한 상태는 집에 있을 때와 마찬가지였다. 아니 오히려 한층 더 심했다. 무엇 하나 계획할 수도 없고 브론스키를 만날 수도 없는 곳에, 조금도 안면이 없고 그녀의 지금 기분과는 상반된 사람들 속에 어쩔 수 없이 머물러야 하는 궁지에 몰려버렸기 때문이다. 그러나 그녀는 자기에게 잘 어울리는 옷차림을 하고 있었으며, 스스로도 그것을 알고 있었다. 그녀는 혼자가 아니었다. 주위에는 낯익은, 화려하고 나태한 분위기가 빚어져 있었다. 그래서 그녀는 집에 있을 때보다 기분이 한결 가벼워졌다. 그녀는 자기가 해야 할 일에 대해 고민할 필요도 없었다. 모든 것이 저절로 되어나갔다. 벳시가 놀랄 만큼 우아하게 새하얀 옷차림을 하고 다가오자 안나는 언제나처럼 그녀에게 살짝 웃어 보였다. 트베르스카야 공작부인은 투시케비치와 또 한 사람의 친척뻘 되는 아가씨와 같이 걸어왔는데, 시골에 있는 그 아가씨의 양친은 딸이 유명한 공작부인 댁에서 여름을 보낸다는 것을 크나큰 행복으로 여겼다.

아마 안나에게는 어딘지 평소와 달라 보이는 데가 있었으리라. 벳시는 곧 그것을 알아챘다.

"잠을 잘 못 자서 말예요." 안나는 그들을 향해 다가오는, 그녀의 짐작에 의하면 브론스키의 쪽지를 가지고 온 것 같은 하인 쪽을 쳐다보면서 대꾸했다.

"당신이 와주셔서 정말 기뻐요." 벳시는 말했다. "난 지쳐버렸어요. 그래서 여러분들이 오시기 전에 차나 한잔 마실까 하던 참이었어요. 당신이 좀 가봐주시겠죠." 그녀는 투시케비치에게 말했다. "마샤와 같이 크로케 그라운드를 좀 살펴주셨으면 좋겠어요. 바로 저기 풀이 베어져 있는 곳이에요. 그동안 우리는 차를 마시면서 흉금을 터놓고 얘기할 수 있어요. *재미있는 한담이나 하십시다, 어떠세요?*" 그녀는 양산을 들고 있는 안나의 손을 잡으면서 웃는 얼굴로 말했다.

"그래요, 그러지 않아도 내가 오늘은 여기에 오래 머무를 수 없거든

114

요. 실은 브레데 노부인한테 들르지 않으면 안 돼요. 난 벌써 백년 전부터 약속을 해놔서요." 안나는 말했다. 그녀의 본성에 반하는 거짓이 이제는 사교계에 나온 이후로 간단하고 자연스러운 것이 되었을 뿐 아니라, 만족감까지 가져다주었다.

무엇 때문에 그녀가 일 초 전까지만 해도 생각하지 않았던 말을 입에 담았던가 하는 것은 그녀 자신도 도저히 설명할 수 없을 터였다. 그녀가 그렇게 얘기한 것은, 그저 브론스키가 오지 않는다면 자기는 빠져나갈 길을 확보해놓았다가 어떻게 해서라도 그와 만날 방법을 강구하지 않으면 안 된다고 여겼기 때문이었다. 그러나 어째서 그녀가 다른 많은 사람들을 두고 하필이면 볼일이 있는 것도 아닌 늙은 여관女官 브레데의 이름을 들었는지는 그녀로서도 좀처럼 설명할 수 없었다. 그러나 생각해보면 브론스키와 만나기 위한 최선의 방법으로 그 이상의 어떤 묘안도 생각해낼 수 없었을 것이다.

"아니에요, 난 무슨 일이 있어도 당신을 놓아주지 않겠어요." 벳시는 주의깊게 안나의 얼굴을 쳐다보면서 대꾸했다. "정말이지 내가 만약 당신을 좋아하지 않았다면 틀림없이 화를 냈을 거예요. 당신은 마치 여기 모이는 분들과 교제를 하면 명예를 더럽히지나 않을까 두려워하고 있는 것만 같아요. 그럼 말야, 우리 차는 작은 객실로." 그녀는 하인을 대할 때 항상 그러듯 눈을 가늘게 뜨면서 말했다. 그러고는 하인에게서 무엇인가를 적은 쪽지를 받아 그것을 냉큼 읽어내렸다. "알렉세이가 글쎄 거짓말을 하고 있군요." 그녀는 프랑스어로 말했다. "올 수가 없다고 적어보냈어요." 그녀는 마치 브론스키가 안나에게 크로케의 경기자 외에 어떤 다른 의미가 있다고는 전혀 생각해본 적도 없는 것 같은 지극히 자연스럽고 단순한 어조로 덧붙였다.

안나는 벳시가 모든 사실을 알고 있다는 걸 알았으나, 그녀가 자기 앞에서 브론스키에 대해 이야기하는 것을 들으면 그 순간만큼은 이 여자가 정말 아무것도 모르고 있다고 믿게 되었다.

"아!" 안나는 그런 것에는 전혀 흥미가 없다는 듯이 무관심한 어조로 말하고, 웃음을 머금으면서 덧붙였다. "어떻게 여기 모인 분들이 누군가의 명예를 더럽힐 수 있다는 거예요?" 이러한 말장난, 이러한 비밀의 은폐는 모든 여자들에게 그러하듯 안나에게도 많은 흥미를 주었다. 그리고 그녀의 마음을 끈 것은 숨겨야 하는 이유도, 숨기는 목적도 아니고 숨긴다는 과정 그 자체였다. "내가 교황 이상의 가톨릭 교도가 될 수는 없듯이," 그녀는 말했다. "스트레모프와 리자 메르찰로바, 이분들은 사교계 명사 중의 명사가 아니겠어요. 그분들은 어디에 가시더라도 환영을 받아요. 나도," 그녀는 나라는 말에 특히 힘을 주어 말했다. "결코 딱딱하고 옹졸하지는 않아요. 나는 그저 틈이 없을 뿐이에요."

"아녜요, 당신은 어쩌면 스트레모프와 만나는 것이 싫을지 몰라요. 그러나 상관없잖아요? 그분과 알렉세이 알렉산드로비치의 위원회에서의 충돌 같은 건 내버려두는 게 좋아요, 우리가 상관할 일은 아니니까요. 그러나 사교계에서의 그분은 내가 알고 있는 한에서는 정말 좋은 사람이에요. 게다가 또 크로케광이고요. 이제 당신도 알게 될 거예요. 물론 늘그막에 리자를 연모하고 있는 그분의 모습이 좀 우습기는 하지만, 그분이 이 우스운 상황을 잘 빠져나가고 있는 솜씨만은 알아주셔야 해요! 그분은 정말 좋은 사람이에요. 사포 시톨츠도 당신은 모르시죠? 이분은 새로운, 전혀 새로운 유형이에요."

벳시는 이러한 것들을 모두 단숨에 지껄였으나, 그러는 동안 안나는 그녀의 즐겁고 총명한 눈동자에서 그녀가 어느 정도 자신의 상황을 이해하고서 무엇인가를 궁리하고 있는 것 같은 느낌을 받았다. 그들은 작은 서재에 들어와 있었다.

"그건 그렇고, 난 알렉세이에게 답장을 써야겠어요." 벳시는 탁자 앞에 앉아 서너 줄 써서 그것을 봉투에 넣었다. "난 그분한테 식사를 하러 와달라고 적었어요. 내 집에 오신 부인 한 분이 상대 남자분 없이 혼자서 식사하시게 되었다고요. 어때요, 그러면 됐죠? 용서하세요, 잠깐 실례할게요. 저어, 미안하지만 봉해서 좀 보내주세요." 그녀는 문가에서 말했다. "나는 여러 가지 일러놓고 와야 할 말이 있어서요."

일 분도 생각하지 않고 안나는 벳시의 편지를 가지고 탁자 앞에 앉아 읽지도 않고 아래쪽에다 이렇게 덧붙였다. '꼭 만나뵈어야 할 일이 있습니다. 브레데의 정원까지 좀 와주세요. 난 여섯시에 그곳에 가 있겠습니다.' 그녀가 봉하고 나자, 벳시가 돌아와 그녀 앞에서 편지를 급사한테 건넸다.

시원하고 조그마한 객실의 작은 탁자 위로 가져온 차를 마시는 동안, 손님들이 올 때까지라고 트베르스카야 공작부인이 약속했던 그 *재미있는 한담*이 시작되었다. 그들은 자기들이 기다리고 있는 사람들의 험담을 했다. 그러다 이야기가 리자 메르찰로바에게서 멎었다.

"그분은 정말 귀여운 분이에요. 난 언제나 그분이 좋았어요." 안나가 말했다.

"당신은 그분을 사랑해드리지 않으면 안 돼요. 그분은 당신한테 마음을 쏟고 있어요. 어제 경마가 끝난 뒤 우리집에 들렀다가, 당신이 계시지 않으니까 아주 실망하셨어요. 그분은 당신이야말로 진짜 로맨스의 여주인공이라나요. 자기가 만약 남자라면 당신을 위해선 어떤 어리석은 짓이라도 저질렀을 거라고 얘기하지 뭐예요. 그러자 스트레모프가 그분한테, 당신은 지금도 그렇게 어리석은 짓만 하고 있지 않느냐고 말하지 않겠어요."

"그런데 참, 얘기해주지 않을래요? 난 정말 도무지 이해할 수가 없어요." 안나는 잠시 잠자코 있다가, 자기는 쓸데없는 질문을 하고 있는 것이 아니며 이 물음이 자기에게 무척이나 중요하다는 점을 분명히 하려는 듯한 어조로 말했다. "어디 좀 얘기해봐요, 그분과 칼루시스키 공작, 그러니까 그 미시카라는 분이 어떤 관계인지요. 난 그분들을 그리 자주 만난 적은 없어요. 그래, 도대체 어떤 관계예요?"

벳시는 눈웃음을 지으며 안나의 얼굴을 찬찬히 들여다보았다.

"새로운 방법이에요." 그녀는 말했다. "그분들은 모두 이 방식을 선택하시더군요. 실내모를 풍차 너머로 내던져버렸어요.* 물론 그 내던지는 방법에도 여러 가지가 있지만요."

"그래요, 그러나 정말로는 어때요, 그분과 칼루시스키의 관계는?"

벳시는 느닷없이 참을 수 없다는 듯 즐겁게 웃어대기 시작했다. 그녀에게는 흔치 않은 일이었다.

"그런 질문은 말예요, 먀흐카야 공작부인의 영역을 침범하는 거예요. 그것은 무서운 아이들**이나 할 질문이에요." 이렇게 말하고 벳시는 아무리 참으려 해도 참을 수가 없다는 듯이 좀처럼 웃지 않는 사람이 웃

---

* 사회의 시선에 신경쓰지 않는 여성의 행동을 뜻하는 프랑스 속담.
** 도전적인 젊은 세대를 뜻하는 프랑스어 '앙팡 테리블'을 러시아어로 직역한 것.

을 때 나타나는 그 전염적인 웃음을 또다시 터뜨렸다. "그건 당사자들한테 물어봐야죠." 그녀는 너무 웃어서 눈물까지 흘리면서 간신히 말했다.

"아녜요, 당신은 웃고 계시지만 말예요." 안나는 자기도 어느새 웃음에 전염되어 말했다. "그러나 난 전혀 이해할 수가 없어요. 그런 경우에 남편된 사람의 입장을."

"남편이라고요? 리자 메르찰로바의 남편은 담요를 갖고 그분의 뒤를 따라다니면서 언제든지 뒷바라지할 준비를 하고 있어요. 그렇지만 사실은, 그들의 속사정이 어떤지에 대해서는 누구도 알고 싶어하지 않아요. 잘 알고 계시듯이, 훌륭한 사교계에서는 화장의 비결에 대해서조차 얘기하지도 않고 생각하지도 않잖아요. 이것도 마찬가지예요."

"당신은 롤란다키 축하 파티에 가실 건가요?" 안나는 화제를 바꾸기 위해서 물었다.

"가지 않을 생각이에요." 벳시는 이렇게 대꾸하고 나서 친구 쪽은 보지 않고 조심스럽게 조그맣고 투명한 찻잔에 향기로운 차를 따르기 시작했다. 그러고서 안나 쪽으로 찻잔을 밀어놓고, 자기는 담배를 꺼내어 은제 파이프에 꽂아 피우기 시작했다.

"자, 이렇게 나는 행복한 위치에 있어요." 이번에는 진지한 표정으로 찻잔을 손에 들면서 그녀는 입을 열었다. "난 당신에 대해서도 알고 있고, 리자에 대해서도 알고 있어요. 리자, 그분은 아직 무엇이 좋고 무엇이 나쁜지도 모르는 어린애같이 순진한 성정을 지녔어요. 적어도 아주 젊었을 때에는 정말 아무것도 몰랐을 거예요. 요즈음에도 그분은 이 불이해라는 것이 자기한테 어울린다고 생각하지만 말예요. 그러니까 지금은 어쩌면 일부러 이해 못하는 체하는지도 몰라요." 벳시는 능청스러운 미소를 머금으면서 말했다. "그러나 하여튼 그분에게는 그게 가장 잘 어울려요. 아무튼 똑같은 한 가지 일을 놓고도 비극적으로 보고 괴로워할 수도 있고, 그저 단순하게 오히려 즐거운 것으로 볼 수도 있으니까요. 어쩌면 당신은 사물을 너무 비극적으로 보시는 편인지도 몰라요."

"난 자신을 아는 만큼 다른 사람들에 대해서도 알 수 있으면 좋겠어요." 안나는 진지하고 생각에 잠긴 듯한 어조로 말했다. "난 다른 사람들보다 나쁜 인간일까요, 좋은 인간일까요? 난 나쁜 편이려니 생각하고 있긴 하지만."

"무서운 아이, 무서운 아이!" 벳시는 되풀이했다. "그건 그렇고, 저기 모두들 오셨어요."

18

발소리와 사내의 목소리, 여자의 목소리와 웃음소리가 들리고 뒤이어 그들이 기다리던 손님들이 들어왔다. 사포 시톨츠와, 넘치는 건강함으로 빛이 나는 바시카라고 불리는 젊은이였다. 언뜻 보기에도 이 사내한테는 핏빛 도는 쇠고기며 송로버섯이며 부르고뉴 포도주 따위의 영양물이 충분히 공급된 것 같았다. 바시카는 두 부인에게 인사하고 그들의 얼굴을 보았으나, 그저 아주 잠시뿐이었다. 그는 사포의 뒤를 따라 객실로 들어와서는 마치 그녀에게 매달려 있는 것처럼 그녀 뒤에 바짝

붙어 객실 안을 거닐면서, 그녀를 집어삼킬 듯이 반짝이는 눈을 그녀한 테서 떼지 않았다. 사포 시톨츠는 금발에 검은 눈을 지닌 부인이었다. 그녀는 굽 높은 슬리퍼를 신은 발을 종종걸음으로 활발하게 옮겨 방안에 들어서더니 사내처럼 힘차게 두 부인의 손을 쥐었다.

안나는 아직까지 한 번도 이 새로운 유명인사를 만난 적이 없었으므로, 그 아름다움과 독특한 치장과 태도의 대담함에 깊은 인상을 받았다. 자기 머리와 가발이 섞인 부드러운 금빛 머리칼은 큼직하고 더부룩하게 틀어올려져 있었는데, 그 크기가 균형 있게 앞으로 불룩이 내민 한껏 노출된 가슴과 똑같을 정도였다. 그녀의 걸음걸이는 너무나도 힘차서 한 걸음 한 걸음 옮길 때마다 무릎이며 허벅다리의 윤곽이 옷감 위로 뚜렷하게 드러났고, 상체는 한껏 노출되고 하체와 뒤쪽은 지나치게 감춰져 있는 이 조그맣고 균형 잡힌 육체가 정말로 봉긋하게 흔들리는 산 뒤쪽 그 어디에서 끝나는 것일까 하는 의문을 무의식중에 품지 않을 수 없을 정도였다.

벳시는 곧 그녀를 안나에게 소개했다.

"글쎄 좀 생각해보세요, 저흰 말예요, 하마터면 군인 두 사람을 치어 죽일 뻔했지 뭐예요." 그녀는 눈짓을 하고 웃으며, 그리고 느닷없이 한쪽으로 쏠린 치마를 잡아당기면서 곧바로 이야기를 시작했다. "난 바시카하고 같이 왔어요…… 아아 참, 당신들은 아직 모르시겠군요." 그녀는 다시 그의 성을 부르면서 젊은 남자를 소개하고 나서 자신의 과실, 즉 초면의 부인 앞에서 그를 바시카*라고 불러버린 것을 깨닫고는 얼굴

_____
* 바실리의 비칭(卑稱).

을 붉히며 깔깔 웃었다.

바시카는 다시 한번 안나에게 인사했지만, 별다른 말은 건네지 않았다. 그는 사포한테로 얼굴을 돌렸다.

"내기는 당신이 지셨습니다. 우리가 먼저 도착했으니까요. 자, 지불하세요." 그는 빙그레 웃으면서 말했다.

사포는 더욱 즐겁게 웃음을 터뜨렸다.

"지금은 안 돼요." 그녀가 말했다.

"상관없습니다, 나중에라도 받을 테니까요."

"좋아요, 좋아. 아아 참!" 그녀는 갑자기 안주인한테로 몸을 돌렸다. "내 이 정신 좀 봐…… 깜빡 잊고…… 당신한테 손님을 한 분 모시고 왔어요. 바로 이분이에요."

사포가 같이 왔다가 깜빡 잊고 있었다던 손님은 나이는 젊지만 신분이 높은 사람이었으므로, 두 부인은 일어서서 그를 맞았다.

그는 사포의 새로운 숭배자였다. 그도 지금은 바시카와 마찬가지로 그녀의 뒤를 줄곧 쫓아다니고 있었다.

곧이어 칼루시스키 공작과 스트레모프를 동반한 리자 메르찰로바가 도착했다. 리자 메르찰로바는 동양풍의 게으른 듯한 얼굴과 짙은 갈색 머리, 사람들의 말처럼 매우 묘한 아름다운 눈을 지닌 수척해 보이는 여자였다. 그녀가 입은 검은 의상의 독특한 분위기는(안나는 곧 그것을 알아보고 좋다고 생각했다) 그녀의 아름다움과 완벽한 조화를 이루고 있었다. 사포가 야무지고 맵시 있는 것만큼 리자는 부드럽고 느슨한 여자였다.

그러나 안나의 취향에는 리자 쪽이 훨씬 마음을 끌었다. 벳시는 안나에게 그녀는 일부러 천진한 어린애의 분위기를 흉내내고 있는 것이라고 말했었다. 그러나 안나는 그녀를 본 순간, 그 말이 진실이 아님을 느꼈다. 그녀는 참으로 천진하고도 퇴폐적인, 그러나 사랑스럽고 유순한 여자였다. 사실 그녀의 상황도 사포의 그것과 똑같았으며, 사포와 마찬가지로 그녀 뒤에도 하나는 젊고 하나는 늙은 두 숭배자가 마치 꿰매붙여진 것처럼 달라붙어 눈으로 그녀를 집어삼킬 듯이 바라보고 있었다. 그러나 그녀 안에는 그녀를 둘러싸고 있는 이들보다 고고한 무언가가 있었다. 그녀 안에는 유리 속에 섞인 다이아몬드의 광휘가 있었다. 이 광휘는 그녀의 아름다운, 참으로 오묘한 눈 속에서 번뜩였다. 눈 밑의 파르스름한 그늘과 지친 듯하면서도 정열적인 눈동자는 조금도 흠이 없는 진실한 인상을 주었다. 누구라도 그 눈을 보면 그녀를 속속들이 알 것만 같았고, 아는 이상 사랑하지 않을 수 없었다. 안나를 보자 그녀의 얼굴은 갑자기 기쁨의 미소로 밝아졌다.

"아아, 정말 당신을 뵙게 되어 반가워요!" 그녀는 안나에게 다가오면서 말했다. "어제 경마장에서 당신 옆으로 가려고 했는데, 어느 틈엔가 벌써 떠나셨더군요. 난 정말 어제 당신을 뵙고 싶었어요. 하여간 정말 무서운 일이었잖아요?" 그녀는 마음속을 온통 드러내놓는 것 같은 특유의 눈빛으로 안나의 얼굴을 쳐다보면서 말했다.

"그래요, 나도 그런 일로 그렇게 흥분하리라고는 꿈에도 생각지 못했어요." 안나는 얼굴을 붉히면서 말했다.

이때 마침 모두들 뜰로 나가려고 자리에서 일어섰다.

"난 그만두겠어요." 리자는 웃는 얼굴로 안나 곁에 다가앉으면서 말했다. "당신도 가지 않으실 거죠? 정말이지 크로케에 열중하는 사람들이란!"

"어머나, 난 굉장히 좋아하는걸요." 안나가 말했다.

"아니, 당신은 어쩜 그런 것을 지루해하지 않고 견디세요? 당신의 얼굴을 보고 있으면 나까지 마음이 즐거워져요. 당신은 정말 활기가 있으세요. 그런데 난 지루해하고만 있으니."

"어째서 지루해하세요? 그래도 당신은 페테르부르크에서 가장 화려한 사교계에 계신 분이시잖아요." 안나가 말했다.

"그렇다면 저희 모임 이외의 사람들은 더 지루해하고 있을지도 모르겠군요. 그러나 하여튼 우리에겐, 특히 나에겐 재미있기는커녕 굉장히, 말할 수 없이 지루해요."

사포는 담배에 불을 붙이고 두 청년과 함께 뜰로 나갔다. 벳시와 스트레모프는 차를 앞에 두고 남아 있었다.

"어째서 지루하세요?" 벳시가 물었다. "사포가 말씀하시더군요, 어제는 댁에서 굉장히 재미있었다고."

"아아, 그렇게 지루했었는데도!" 리자 메르찰로바는 말했다. "경마가 끝나고 나서 모두 우리집에 모였었어요. 그렇지만 그런 다음에는, 항상 똑같은 인간들이다보니 하는 짓거리도 똑같은 거예요! 정말 모두가 똑같아요. 저녁 내내 소파 위에서 뭉그적거렸을 뿐인걸요. 거기에 무슨 재미있는 일이 있었겠어요? 아니, 정말 당신은 어쩌면 그렇게 지루해하지 않고 지내실 수 있으세요?" 그녀는 또다시 안나한테로 얼굴을 돌렸다. "누구나 당신을 보면 첫눈에 이렇게 생각해요. 이분이야말로 행복과 불행을 떠나서 지루함이란 걸 모르는 부인이라고요. 정말 좀 가르쳐주세요, 어떻게 하면 그렇게 지내실 수 있죠?"

"특별히 어떻게 하는 건 아녜요." 안나는 이 끈덕진 질문에 얼굴을 붉히면서 대꾸했다.

"아니, 바로 그것이 최상의 방법인 거예요." 스트레모프가 말참견을 했다.

스트레모프는 쉰 살가량으로 머리는 반백이 되었으나 아직 젊어 보이는, 몹시 못생겼지만 특색 있고 총명한 인상의 남자였다. 리자 메르찰로바는 그의 처조카였고, 그는 자신의 자유 시간을 전부 그녀와 함께 보내고 있었다. 안나 카레니나를 만나자, 그는 직무상 알렉세이 알렉산드로비치의 적수임에도 사교적이고 현명한 사람으로서 자기 적수의 아내를 대함에 유달리 친절하려고 애썼다.

"어떻게 하는 건 아니다," 그는 엷은 미소를 띠면서 말을 받았다. "그것이 최상의 방법이에요. 나도 오래전부터 당신한테 그렇게 얘기해왔죠." 그는 리자 메르찰로바 쪽을 향해 말했다. "말하자면, 지루해하지 않으려면 지루할 것이라는 생각을 절대 하지 말아야 한다고. 불면이 두렵다면 잠을 못 이룰까봐 두려워해서는 안 된다는 것과 똑같은 얘기랍니다. 안나 아르카디예브나가 당신에게 말씀하신 것도 바로 그거죠."

"나도 그렇게 말할 수 있었다면 정말 기뻤을 텐데요. 왜냐하면 그건 현명할 뿐 아니라 진실한 말이니까요." 안나는 살며시 웃으면서 말했다.

"아니에요, 그보다 왜 잠을 이룰 수 없는지, 왜 지루해하지 않을 수 없는지 그 이유를 얘기해주세요."

"잠을 자기 위해서는 일을 하지 않으면 안 되죠, 즐거워하기 위해서도 또한 일을 하지 않으면 안 되고."

"그렇지만 내가 하는 일이 누구에게도 필요하지 않다면 무엇 때문에 일을 하겠어요? 게다가 난 일부러 그런 체하는 짓은 할 수도 없고, 또 하고 싶지도 않아요."

"당신은 교정불가로군요." 스트레모프는 그녀를 보지도 않고 말한 다음, 다시 안나를 돌아보았다.

그는 안나와는 이따금밖에 만나지 않았으므로, 그녀에게는 평범한 잡담 외에는 아무것도 얘기할 게 없었다. 그러나 그는 그녀가 언제 페 테르부르크로 돌아갈 계획인가, 백작부인 리디야 이바노브나가 얼마 나 그녀를 좋아하고 있는가 하는 지극히 범속한 이야기를 하면서도 진 심으로 그녀에게 호감을 주고 자신의 존경 내지는 그 이상의 것까지도 바치기를 바라는 듯한 표정을 띠고 있었다.

그때 투시케비치가 크로케 시합을 시작하기 위해 사람들이 모두 기 다리고 있다는 것을 알리러 들어왔다.

"어머나, 안 돼요, 제발 가지 마세요." 리자 메르찰로바는 안나가 돌 아가려는 것을 알아채고 간청했다. 스트레모프도 그것에 동의했다.

"너무나 대조적인데요." 그는 말했다. "이런 자리에 계시다가 브레데 노부인한테 가신다는 것은. 그리고 한편으로는 그분에게 험담을 할 기 회를 주시는 거나 마찬가지예요. 하지만 당신은 여기에서는 전혀 다른, 지극히 아름답고 험담과는 정반대인 감정을 일으키실 뿐이니까요." 그 는 그녀에게 말했다.

안나는 잠시 마음을 결정하지 못하고 생각에 잠겼다. 이 총명한 사 내의 유혹적인 말, 리자 메르찰로바가 그녀에게 보여준 어린애같이 천 진스러운 호의, 그리고 그녀에게 익숙한 이 사교적인 분위기, 모두가 지극히 마음 편안한 것들이었다. 반면 이후에 그녀를 기다리고 있는 일은 그녀가 조금만 더 남아 있으면 안 될까, 모든 것을 고백해야 하는 괴로운 시간을 조금이라도 뒤로 미루면 안 될까 하고 잠깐 망설였을 만큼 괴로운 것이었다. 그러나 뭔가 결정을 짓지 않을 경우 집에서 그녀를 기다리고 있는 일이 무엇일지를 생각하고, 생각만 해도 등골이 오싹한, 두 손으로 머리카락을 움켜잡았던 때의 자기 모습이 떠오르자 그녀는 결연히 인사를 하고 떠났다.

19

브론스키는 경박해 보이는 사교계 생활을 하고 있었음에도 불구하고, 무질서한 것을 아주 싫어하는 인간이었다. 오래전 아직 견습사관학교에 다닐 때, 그는 한번 돈이 궁해서 빌리려 했다가 거절당하는 모욕을 경험한 일이 있었다. 이후로 그는 한 번도 자기를 그런 상황에 내놓은 적이 없었다.

언제나 자신의 상황을 정연하게 해두기 위해, 그는 경우에 따라 차이는 있지만 한 해에 다섯 차례쯤 혼자서 방안에 들어앉아 온갖 일을 정리했다. 그는 이것을 결산 혹은 *세탁*이라고 불렀다.

경마 이튿날, 느지막이 잠에서 깬 브론스키는 면도도 목욕도 하지 않고 여름 제복만 걸친 채 탁자 위에다 돈이며 청구서며 편지를 늘어놓고 일에 착수했다. 페트리츠키는 그런 경우 으레 그가 잔뜩 성이 나 있다는 것을 알고 있었으므로, 잠에서 깨어 친구가 책상머리에 있는 것을 보자 그에게 방해가 되지 않도록 슬그머니 옷을 갈아입고 나갔다.

누구나 자기를 둘러싸고 있는 온갖 복잡한 사정을 세세히 알게 되면, 부지불식간에 그러한 사정과 그것을 해결해야 하는 어려움을 자기에게만 일어난 특수한 일이라고 독단하며 다른 사람들 역시 마찬가지로 그들만의 복잡한 사정에 둘러싸여 있을 것이라고는 좀처럼 생각하지 못하는 법이다. 브론스키도 마찬가지였다. 그래서 그는 조금은 자랑스러운 마음과 나름대로의 근거를 가지고, 다른 작자들이 이렇게 어려운 상태에 놓였다면 당황해서 진작에 좋지 않은 행동을 저질렀을 거라고 상상하지 않을 수 없었다. 그러나 자기도 훗날 낭패를 당하지 않으려면, 지금이야말로 자신의 상태를 정리하고 명확히 해둬야 한다는 것을 통절히 느끼고 있었다.

브론스키가 가장 쉬운 일이라 가장 먼저 시작한 일은 금전 문제였다. 특유의 깨알 같은 필적으로 한 장의 편지지 위에다 자신의 부채를 모두 적어 합산해본 다음, 그는 자기가 일만 칠천 루블과 계산을 쉽게 하기 위해 따로 제쳐놓았던 몇백 루블의 채무를 지고 있다는 것을 알았다. 그러고 나서 수중에 있는 돈과 통장 잔고를 합산해보고, 자기에게는 일천팔백 루블이 남아 있을 뿐이며 새해가 되기 전에는 한푼도 들어올 가망이 없다는 것을 알았다. 그래서 브론스키는 부채표를 다시 읽어보고 그것을 셋으로 분류하여 다시 적었다. 첫번째 부류에는 지금 당장 지불해야 하거나 혹은 청구와 동시에 조금의 유예도 없이 바로 지불해야 하는 부채를 넣었다. 그런 부채가 대략 사천 루블쯤 되었다. 일천오백 루블은 말값이고, 나머지 이천오백 루블은 브론스키의 눈앞에서 사기 도박꾼한테 진 젊은 동료 베넵스키에 대한 보증금이었다. 브론스키는 그때 당장 돈을 내려고 했지만(그만한 돈은 그의 수중에 있었다), 베넵스키와 야시빈이 만류하며 지불해야 하는 사람은 자기들이지 승부에도 끼지 않았던 브론스키가 아니라고 주장했던 것이다. 이 일은 그렇게 마무리되었으나, 브론스키는 자기가 그 일에 관여한 것은 그저 구두로 베넵스키에 대한 보증을 하겠다고 말한 데 지나지 않았지만, 이 더러운 사건에 관한 한 사기꾼의 면전에다 돈을 내동댕이치고 더이상 꽥 소리도 내지 못하게 하기 위해 자기는 기필코 이천오백 루블이라는 금액을 항상 준비하고 있어야만 했다. 그렇기 때문에 이 가장 중요한 부류의 돈이 아무래도 사천 루블 있어야만 했다. 둘째 부류에는 팔천 루블이라는 비교적 덜 중요한 부채가 있었다. 주로 경마장의 마구간에 관한 빚으로 귀리와 건초의 납품업자며 영국인이며 마구상 등등에 진 빚이었다. 이 부채에 대해서도 일단 불안해하지 않으려면 역시 이천 루블쯤은 분배해두어야 했다. 부채의 마지막 부류는 상점이며 호텔이며 양복점에 대한 지불로, 전혀 염려할 필요가 없는 정도였다. 그래서 당장 지불해야 할 돈만 적어도 육천 루블이 필요했으나, 수중에는 불과 천팔백 루블뿐이었다. 세상 사람들이 추측하듯 브론스키의 연수입이 정말로 십만 루블이었다면 이런 정도의 빚은 곤란할 턱이 없었을 것이다. 그러나 문제는 그의 실제 수입이 십만 루블과는 거리가 멀다는 점이었다. 이십만 루블의 연수입을 가져올 수 있는 막대한 아버지의 유산은 아직 형제들에게 분배되지 않았다. 게다가 굉장한 빚을 걸머지고 있던 형이 역시 재산 한푼 없는 십이월당원*의 딸 공작영애 바랴 치

---

* 1825년 12월, 전제와 농노제에 반대하여 혁명운동을 일으켰던 진보적 귀족 청년장교들을 일컫는다. 데카브리스트, 즉 십이월당원들의 혁명운동은 러시아에서 혁명가들의 최초의 무장 시위운동이었으며, 그뒤에 일어난 혁명운동에 지대한 영향을 주었다.

르코바야와 결혼했을 때, 알렉세이는 자기는 연 이만 오천 루블만 받으면 된다며 아버지의 영지에서 나오는 수입을 형한테 넘겨줘버렸던 것이다. 알렉세이는 그때 형한테 자기는 결혼할 때까지는 그것으로 충분할 거라고 말했었다. 또 결혼도 아마 영원히 하지 않을 것 같다고. 그래서 당시 가장 비용이 많이 드는 연대 중 하나에 대장으로 재직하고 있던데다가 막 결혼한 터라 형은 이 선물을 받을 수밖에 없었다. 그러나 지금까지는 개별적인 재산을 소유하고 있던 어머니가 정해진 이만 오천 루블 외에 해마다 이만 루블 정도의 돈을 더 주었으므로 알렉세이는 양쪽을 합해서 생활비를 충당해왔었다. 그러나 요즘 들어 어머니는 그의 정사와 그가 모스크바를 떠나온 것에 대해 말다툼을 하고 나서는 송금을 끊어버렸다. 그 결과 이미 사만 오천 루블의 생활에 젖어버린 브론스키는 금년에 이만 오천 루블의 수입밖에 없었으므로 곤경에 빠져버렸다. 그러나 그는 궁핍에서 빠져나가기 위해 어머니에게 송금을 청할 수는 없었다. 더구나 전날 밤 그가 받은 마지막 편지에서 그녀는 온 사교계에 추문을 일으키는 생활이 아니라 사회와 직무에서의 성공을 위해서라면, 자신은 언제든 기꺼이 돕겠다는 암시를 전해 그의 기분을 몹시 상하게 했던 것이다. 그를 매수하려는 어머니의 의도는 마음속 깊이 그를 모욕했고, 어머니에 대한 그의 마음을 한층 더 싸늘하게 만들어버렸다. 그러나 지금에 와서는 카레니나와의 관계에서 생길 두서너 사건을 예상하자 자기가 형에게 했던 그 관대한 말은 너무도 경솔했으며, 미혼인 그에게도 십만 루블의 수입 전부가 필요할 수 있다는 점을 통감했다. 그렇다 할지라도 이제 와서 그 말을 취소할 수도 없었다. 그런 짓은 도저히 할 수 없었다. 그저 형수만 생각해봐도 그럴 수 없는 이유는 충분했다. 그 사랑스럽고 훌륭한 바랴가 기회가 있을 때마다 그에게 그의 관대함을 잊지 않고 고마워하고 있다는 말을 되풀이한다는 사실만으로도 한번 준 것을 도로 빼앗는 일은 불가능했다. 그것은 여자를 때린다거나 도둑질을 한다거나 거짓말을 하는 것과 마찬가지로 불가능한 일이었다. 그러므로 취할 수 있는 방법은 오직 하나밖에 없었다. 브론스키는 일각의 주저도 없이 결심했다. 어려운 일은 아니니, 고리대금업자한테 만 루블을 빌리고, 전체적으로 지출을 줄이고, 경마용 말들을 팔기로 했다. 이 결심을 하고 나자 그는 지금까지 몇 차례나 그의 말을 사고 싶다고 청했던 롤란다키에게 편지를 썼다. 그러고는 영국인과 고리대금업자를 데리러 사람을 보내놓고 계산서에 따라 수중에 있는 돈을 나누었다. 이런 일들을 끝내고 나자 이번에는 어머니에게 차갑고 신랄한 답장을 썼다. 그러고 나서 수첩에서 안나의 쪽지세 통을 꺼내어 다시 한번 읽은 후 태워버리고, 어제 있었던 그녀와의 대화를 떠올리며 생각에 잠겼다.

20

브론스키의 생활은 대체로 해야 할 것과 하지 말아야 할 것으로 명백하게 한정된 규칙에 따라 이루어진다는 점에서 유달리 바람직했다. 이러한 규칙은 극히 좁은 범위의 생활을 허용할 뿐이었지만 그 대신 의심의 여지가 없는 것이었기 때문에, 브론스키는 결코 이 범위에서 벗어나는 일이 없었으며 아직까지 단 일 분도 해야 할 일을 실행하는 데

주저한 적은 없었다. 이러한 규칙은 다음과 같은 것을 명확히 규정했다. 사기 도박꾼에게는 지불해야 하지만, 양복점에는 지불할 필요가 없다. 남자에게는 거짓말을 해서는 안 되지만, 여자에게는 할 수도 있다. 어느 누구도 속여서는 안 되지만, 남편은 속일 수도 있다. 모욕을 용서해서는 안 되지만, 모욕하는 것은 괜찮다. 이러한 규정은 모두 불합리하고, 높이 평가할 만한 것은 아니었으나 의심의 여지가 없는 것이었으므로, 그 규칙을 실행하면서 브론스키는 마음에 안정을 느끼고 고개를 높이 쳐들고 다닐 수 있었다. 다만 최근 들어 안나와의 관계로 인해 브론스키는 그 규칙이 모든 사정을 충분히 해결할 수는 없다는 것을 느끼기 시작했다. 그리고 장래에는 그에 대처할 실마리조차 찾지 못할 곤란과 의혹이 기다리고 있을 것 같았다.

안나와 그녀의 남편에 대한 그의 현재 관계는 그에게 단순하고 뚜렷한 것이었다. 그것은 그가 스스로를 이끌어온 규칙의 법전에 의해 명백하고 정확하게 정해져 있었다.

그녀는 그에게 자신의 사랑을 바친 점잖은 부인이었고, 그 또한 그녀를 사랑했다. 따라서 그녀는 그에게 법적 아내와 마찬가지로, 나아가 그보다 더한 존경을 받을 만한 자격이 있는 여자였다. 말이나 암시로 그녀를 모욕하는 것은 물론이거니와 어떤 여자든 기대할 수 있는 만큼의 존경을 그녀에게 나타낼 수 없게 되었다면, 그는 차라리 자신의 손을 먼저 잘라버렸을 것이다.

사회에 대한 관계 역시 마찬가지로 명백한 것이었다. 세상 사람들은 모두 그들의 관계를 알 수 있었고 그것을 의심할 수도 있었으나, 어느 누구도 감히 입 밖에 내놓아서는 안 되었다. 만약 누군가 입 밖에 내놓앗을 경우 그는 그렇게 이야기한 사람들의 입을 다물게 하고, 자기가 사랑하는 여자의 명예를(그것이 실재하지 않는다 할지라도) 존중하게 할 만큼의 준비는 갖추고 있었다.

남편에 대한 관계는 무엇보다도 명백한 것이었다. 안나가 브론스키를 사랑하게 된 첫 순간부터 그는 그녀에 대한 자신의 권리가 파기할 수 없는 것이라고 여겼다. 남편은 그저 불필요한 방해물에 지나지 않았다. 의심할 것도 없이 그는 가여운 처지에 있었으나, 그렇다고 해서 무엇을 할 수 있었겠는가? 남편이 가진 유일한 권리는 무기를 손에 들고 만족을 요구하는 것이었고,* 이에 대해 브론스키는 처음부터 이미 각오하고 있었다.

그러나 요즘 들어 새로운 내적인 관계가 그와 그녀 사이에 나타나더니, 그 불명확함으로 인해 브론스키를 당황하게 했다. 어제야 비로소 그녀는 임신했다는 사실을 밝혔다. 그는 이 소식이 의미하는 것, 그리고 그녀가 그에게서 기대하고 있는 것은 지금까지 그의 생활을 이끌어 온 규칙의 법전만으로는 충분히 결정할 수 없는 무언가에 대한 요구임을 느꼈다. 참으로 그는 기습을 당한 셈이었다. 그녀가 자신의 임신에 대해 처음 이야기한 순간, 그의 마음은 그녀에게 남편을 버리도록 요구하라고 속삭였다. 그래서 그는 그 생각을 토로했다. 그러나 지금에 와서 곰곰 생각해보니 그런 짓을 하지 않는 게 더 낫다는 것을 뚜렷이 알게 되었고, 동시에 그는 그 말을 입속으로 중얼거리면서 그건 나쁜 생각이 아닐까 하고 걱정했다.

---

* 여기서 '만족'은 모욕을 되갚는 만족, 즉 결투를 신청할 권리를 의미한다.

'만약 남편을 버리라고 얘기한다면 그것은 나하고 같이 살자는 의미가 된다. 나는 그럴 준비가 갖춰져 있는 것일까? 어떻게 내가 지금 그녀를 데리고 떠날 것인가, 돈도 이렇게 없는 때에? 돈은 어떻게라도 구한다고 치자…… 그러나 난 어떻게 그녀를 데리고 나올 것인가, 군대에 몸담고 있는 내가? 그러니 만약 그렇게 얘기하려면 아무래도 먼저 그만한 준비를 해놓고 달려들지 않으면 안 된다. 말하자면 돈을 마련하고 퇴역을 하지 않으면 안 된다.'

그러고서 그는 생각에 잠겼다. 퇴역할 것인가 어쩔 것인가 하는 문제는 또하나의 비밀이며, 그 혼자만 알고 있는 감춰진 것이기는 하지만 그의 삶에서 꽤 중요한 부분을 차지하고 있는 관심사 쪽으로 그를 이끌었다.

공명심은 소년 시절과 청년 시절 내내 그의 오랜 꿈이었다. 그리고 자기 자신도 분명히 인식하고 있지는 않았지만, 그 소망은 지금도 마음속에서 그의 사랑과 싸우고 있을 정도로 치열한 것이었다. 사교계와 직무에서의 첫발은 성공적이었다. 그러나 이 년 전에 그는 엉뚱한 잘못을 저질러버리고 말았다. 다름아니라 자신의 독립심을 나타내어 승진을 빨리 하려는 속셈으로, 거절하는 것이 오히려 자신의 값어치를 올리는 일이라고 생각하고 자기에게 주어진 어떤 지위를 거절해버렸던 것이다. 그러나 이는 그가 지나치게 대담했음을 증명했을 뿐, 그는 승진하지 못했다. 그래서 그는 하는 수 없이 독립적 인간이라는 역할을 자기한테 부여해놓고, 누구에게도 별반 불만을 품고 있지 않으며 또 누구한테도 모욕을 당했다고 여기지 않는 듯, 자기는 이대로 즐거우니까 그저 간섭이나 하지 말고 내버려두었으면 한다는 듯이 지극히 세심하고 총명한 태도로 그 역할을 지켜왔다. 그러나 사실은 지난해에 그가 모스크바로 떠났을 때부터 이미 그런 만족은 사라졌던 것이다. 그리고 그는 무엇이든지 할 수 있으면서도 아무것도 원하지 않는 이 독립적 남자라는 위치도 벌써 효력을 잃기 시작했고, 많은 사람들이 그를 정직하고 선량한 호남이지만 아무런 능력도 없는 사내라고 평가하기 시작했다는 것을 느끼고 있었다. 세간에 물의를 일으켰고 일반의 주의를 들끓게 했던 카레니나와의 관계는 한동안 그에게 새로운 광휘를 주어 그를 파먹고 있던 공명심이라는 벌레를 달래고 있었으나, 일주일쯤 전부터 이 벌레가 새로운 힘을 가지고 또다시 눈을 떴다. 소년 시절부터 그의 친구이자 동기생이었고 재산도 비슷하게 지닌 같은 사교계 출신으로 견습사관학교도 같이 다녔으며 졸업도 동시에 한, 학업에서나 운동에서나 말썽에서도 또 공명심에 대한 야망에서도 언제나 그의 경쟁 상대가 되어왔던 세르푸홉스코이가 두 계급 승진하여, 그처럼 젊은 장군에게는 여간해서 주어지지 않는 훈장을 받고 최근에 중앙아시아*에서 돌아왔기 때문이었다.

그가 페테르부르크에 도착하자마자 사람들은 마치 새로 떠오른 일등성一等星에 대해 이야기하듯이 그에 대해 이야기하기 시작했다. 동갑내기이자 동창이던 그는 이제 장군이 되어 정치적인 일에도 영향을 미칠 수 있는 지위에 임명되기를 기다리고 있는데, 브론스키는 독립적인

---

* 1873년 K. P. 카우프만 장군의 원정으로 히비한국(汗國)이 러시아에 합병되었다. 이는 중앙아시아에서의 국제적 반향을 불러일으켰으며, '페테르부르크, 모스크바, 타슈켄트, 런던'의 공통 관심사였다.(『목소리』, 1873, 72호) 이 소설에 등장하는 세르푸홉스코이는 1870년대 투르키스탄 총독의 특징을 적극 형상화한 것이며, M. D. 스코벨레프의 특징도 어느 정도 지니고 있다.

지위에 있으며 화려하고 아름다운 여자의 사랑을 얻고 있다고는 하나 실은 제멋대로 독립해 있어도 상관없는 일개 기병대위에 지나지 않았다. '물론 나는 세르푸홉스코이를 부러워하지도 않고 또 부러워할 수도 없다. 그러나 그의 영달은 나에게 그저 시기를 기다리기만 하면 된다는 것을, 나 같은 사람의 영달은 아마 굉장히 빠르리라는 것을 가르쳐주고 있다. 삼 년 전에는 그도 나와 똑같은 지위에 있었다. 군직에서 물러나는 것은 내가 타고 있는 배에 불을 지르는 짓이나 다름없다. 군대에 머물러 있기만 하면 나는 아무것도 잃지 않는다. 그녀는 자신의 현재 상황을 바꾸고 싶지 않다고 얘기했다. 그러므로 나도 그녀와의 사랑이 있는 이상, 세르푸홉스코이를 부러워할 이유가 없다.' 그러고서 그는 유연한 손짓으로 콧수염을 꼬면서 탁자 앞에서 일어나 방안을 거닐었다. 그의 눈은 유난히 밝게 빛났다. 그는 자신의 입장을 명백히 결정지은 뒤면 언제나 그랬듯 씩씩하고 침착하며 즐거운 기분을 느꼈다. 모든 것이 아까 계산을 마치고 난 뒤처럼 개운하고 분명했다. 그는 면도를 하고 냉수욕을 하고 옷을 갈아입고 나갔다.

21

"자넬 데리러 왔지. 오늘은 세탁이 꽤 오래 걸렸군그래." 페트리츠키는 말했다. "어때, 이제 끝났나?"

"끝났어." 브론스키는 눈웃음을 지으며, 너무 힘차고 빠른 행동이 방금 전 정연하게 마무리지은 일을 파괴해버릴까봐 염려되기라도 하는 듯 아주 조심스럽게 수염의 끄트머리를 잡아 배배 꼬면서 대꾸했다.

"자넨 그 일을 마친 뒤에는 언제나 목욕을 하고 난 것처럼 개운해 보이더군." 페트리츠키는 말했다. "난 그리츠카(그들은 연대장을 이렇게 불렀다)의 숙소에 있다가 왔어. 모두들 자네를 기다리고 있어."

브론스키는 그 말에는 대꾸하지 않고, 뭔가 다른 생각을 하면서 동료의 얼굴을 쳐다보았다.

"그럼 저 음악은 거기서 나는 거야?" 그는 거기까지 울려오는 관악의 폴카며 왈츠의 친숙한 음색에 귀를 기울이면서 말했다. "무슨 연회야?"

"세르푸홉스코이가 와 있어."

"아아!" 브론스키는 말했다. "난 또 그런 줄도 몰랐지."

그의 눈은 미소로 더욱 밝게 빛났다.

자기는 사랑이 있기 때문에 행복하며 사랑을 위해 공명심을 희생한 것이라고 스스로 결심한 이상—최소한 그런 역할을 떠맡은 이상—브론스키는 이미 세르푸홉스코이에게 부러움을 느끼지 않았고, 그가 연대에 왔으면서 제일 먼저 자기를 찾아오지 않은 것에 대해서도 전혀 섭섭하게 여기지 않았다. 세르푸홉스코이는 다정한 친구였고, 브론스키는 그가 온 것을 반갑게 여겼다.

"아, 정말 반갑군."

연대장 데민은 지주의 큼직한 집을 차지하고 있었다. 사람들은 모두 널찍한 아래층 테라스에 모여 있었다. 바깥에서 맨 처음 브론스키의 눈에 띈 것은 하복을 입고 보드카 통 옆에 서서 노래하는 가수들과, 장교들에게 둘러싸여 있는 연대장의 건강하고 쾌활한 모습이었다. 그는 테라스의 첫 계단까지 내려와서는 오펜바흐의 카드리유를 연주중인 관악대에도 뒤지지 않을 만큼 우렁찬 목소리로 한쪽에 서 있던 몇몇 사병들에게 손을 흔들며 무언가를 지시하고 있었다. 한 무리의 병사들과 기병상사와 서너 명의 하사관들이 브론스키와 함께 테라스 쪽으로 다가갔다. 일단 탁자가 있는 데까지 돌아갔던 연대장은 샴페인 잔을 들고 다시 층계로 나와서 축배의 인사를 했다. "우리의 지난날의 동료이자 용감한 장군인 세르푸홉스코이 공작의 건강을 위하여. 우라*!"

연대장에 이어 세르푸홉스코이도 역시 술잔을 손에 들고 미소를 띠면서 계단 위로 나왔다.

"어이, 자넨 점점 젊어지는군, 본다렌코." 그는 자신의 정면에 서 있는, 재복무를 하고 있다는데도 아직은 퍽 젊어 보이는 볼이 빨간 기병상사에게 말했다.

브론스키는 삼 년 동안 세르푸홉스코이를 보지 못했다. 그는 구레나룻을 길러 어쩐지 나이가 들어 보였지만 여전히 늘씬했고, 그 얼굴이며 거동은 아름답다기보다 부드럽고 품위가 있어 사람의 마음을 끌었다. 브론스키가 그에게서 알아챈 단 하나의 변화는, 이른바 성공을 하고 그 성공이 모두에게 인정받고 있음을 확신하는 사람들의 얼굴에 나타나는 차분하고 흔들림 없는 빛이었다. 브론스키는 그런 빛을 알고 있었다. 그래서 단번에 세르푸홉스코이한테서도 그 빛을 알아챘던 것이다.

층계를 내려오다가 세르푸홉스코이는 브론스키를 보았다. 세르푸홉스코이의 얼굴에 밝은 미소가 번졌다. 그는 머리를 위쪽으로 까딱하여 브론스키에게 인사를 하면서 술잔을 올렸고, 그 몸짓으로 아까부터 몸

---

* '만세'를 뜻하는 러시아어.

을 쭉 뻗고 그에게 입을 맞추기 위해 입술을 내밀고 있던 기병상사에게 먼저 가봐야 한다는 것을 나타냈다.

"오, 왔군!" 연대장은 외쳤다. "야시빈의 말로는 자넨 여전히 우울해하고 있다던데."

세르푸홉스코이는 씩씩하게 생긴 기병상사의 촉촉하고 싱싱한 입술에 입을 맞추고 나서, 손수건으로 입을 닦으며 브론스키한테로 다가왔다.

"이런, 정말 반가워!" 그는 브론스키의 손을 잡고 한쪽으로 이끌면서 말했다.

"자네가 저 친구를 따라가게!" 연대장은 브론스키를 가리키면서 야시빈에게 말하고, 병사들한테로 내려갔다.

"어째서 자넨 어제 경마에 오지 않았나? 난 거기서 자넬 만날 거라고 생각했었는데." 브론스키는 세르푸홉스코이를 이리저리 살펴보면서 말했다.

"가긴 갔었는데 늦었어. 미안하게 됐는걸." 그는 이렇게 덧붙이고 부관을 돌아보았다. "자, 내가 내는 거라고 하고, 여기 있는 사람 머릿수대로 분배하도록 일러줘." 그는 허둥지둥 지갑에서 백 루블 지폐를 석 장 꺼내고 살짝 얼굴을 붉혔다.

"브론스키! 무엇을 먹겠나, 아니면 뭘 좀 마시겠나?" 야시빈이 물었다. "어이, 백작에게 뭐 드실 것 좀 갖다드려! 자, 왔어, 한잔해."

연대장 집의 연회는 꽤 오래 계속되었다.

사람들은 몹시 많이 마셨다. 세르푸홉스코이를 헹가래쳤다. 그런 뒤에 연대장도 헹가래쳤다. 그리고 나서 군악대 앞에서 연대장이 페트리츠키와 함께 춤을 추었다. 이어 연대장은 벌써 얼마쯤 지쳤는지 뜰의 벤치에 앉아 야시빈을 상대로 프로이센에 비해 러시아가 우월한 점에 대해, 특히 기병 공격력의 우월에 대해 논증하기 시작했고, 향연은 잠시 조용해졌다. 세르푸홉스코이는 손을 씻으러 집안의 화장실로 갔고, 거기서 브론스키를 발견했다. 브론스키는 하복을 벗고 털이 뒤덮인 빨간 목덜미를 세면기의 수도꼭지 밑에 댄 채 물을 끼얹으며 머리와 목덜미를 문지르고 있었다. 그러고 나서 브론스키는 세르푸홉스코이 옆으로 왔다. 두 사람은 거기 있는 소파에 나란히 앉아 두 사람 모두에게 아주 흥미로운 이야기를 시작했다.

"자네 얘긴 아내한테서 줄곧 듣고 있었어." 세르푸홉스코이는 말했다. "자네가 이따금 그녀를 찾아줬다니 고맙네."

"자네 부인은 바랴와 다정한 사이이고, 그 두 사람은 페테르부르크에서 내가 만나길 즐겁게 여기는 유일한 부인들이야." 브론스키는 싱글벙글 웃으면서 대꾸했다. 그가 웃은 것은 이야기가 흘러갈 방향을 미리 알고 있었으며 그것이 즐거웠기 때문이었다.

"유일하다니?" 세르푸홉스코이 역시 미소를 머금으며 되물었다.

"아니, 나도 자네에 대해선 알고 있었어. 자네 부인을 통해서만은 아니고." 브론스키는 갑자기 엄격한 표정을 지어 그가 암시하려는 것을 저지하면서 말했다. "난 자네의 성공이 굉장히 기뻐. 그렇지만 조금도 놀라지는 않았지. 난 그 이상을 기대하고 있었으니까."

세르푸홉스코이는 빙그레 웃었다. 그는 분명 자기에 대한 이 같은 의견이 기뻤던 것이다. 그리고 굳이 그 기쁨을 숨길 필요도 없다고 느꼈다.

"사실 내 기대는 반대로 그 이하였어. 그러나 기쁘긴 해, 굉장히 기뻐. 난 야심가야, 그것이 내 결점이지, 나도 알아."

"그렇지만 이봐, 자네도 아마 그런 얘긴 하지 않았을지도 몰라, 만약 성공하지 않았다면." 브론스키는 말했다.

"그렇게는 생각하지 않아." 세르푸홉스코이는 또다시 미소를 띠면서 말했다. "나도 성공 없이는 살 가치가 없다는 둥 얘기하지는 않아. 그러나 지루할 거라고 생각해. 물론 내 생각이 틀릴지도 모르지. 그러나 난 스스로 선택한 활동권 안에서는 어떤 재능을 지니고 있는 것 같아. 그것이 설혹 어떤 종류일지라도, 내 손아귀에 들어온 권력은 내가 아는 많은 사람들의 수중에 있는 것보다는 유용하게 쓰일 거라고 생각해." 세르푸홉스코이는 이처럼 자신의 성공에 대한 의식을 뚜렷이 드러내며 말했다. "그러니까 권력에 가까워지면 가까워질수록 나도 한층 더 만족하는 거야."

"글쎄, 자네로서는 아마 그럴지 모르지만 그런 의견을 모든 사람들에게 적용시킬 수는 없어. 나도 한때는 같은 의견을 가지고 있었지만, 지금은 이처럼 살고 있고, 성공을 위해서만 살 가치가 있는 건 아니더라고." 브론스키가 말했다.

"바로 그거야! 바로 그거!" 세르푸홉스코이는 웃으면서 말했다. "그러니까 난 자네 얘길 듣고 있었다는 데서부터 시작한 거야. 자네가 거절한 그 일 말야…… 물론 난 자네의 결정에 찬성해. 그렇지만 모든 일에는 방법이란 게 있어. 내 생각에는 자네의 행동 자체는 좋았지만, 그 방법이 잘못됐어."

"끝난 일은 끝난 일이야. 자네도 알다시피 난 내가 한 일을 절대로 부정하지 않아. 그래도 난 괜찮으니까 말이지."

"괜찮다고? 얼마 동안은 그렇겠지. 그러나 자넨 그것으로 만족하지 못할 거야. 나도 자네 형님한테는 이런 얘기를 하지 않아. 그분은 귀여운 어린애니까 말이지. 흡사 이 집의 주인처럼. 바로 저기 있군!" 그는 '우라' 하고 외치는 소리에 귀를 기울이면서 덧붙였다. "저분은 저것으로 즐겁겠지만, 자넨 그것으로는 만족할 사람이 아냐."

"나도 뭐 만족하고 있다는 얘기는 아냐."

"그래, 나도 그것만을 말하는 건 아냐. 자네 같은 인물이 필요하다는 말이야."

"누구에게?"

"누구에게라니? 사회에 말야. 러시아에는 인물이 필요해, 당黨이 필요해, 그렇지 않으면 모든 것이 엉망이 되고 말아."

"말하자면 어떻게 된다는 거야? 러시아 공산당에 대치하고 있는 베르테네프당 얘기야?"

"아냐." 세르푸홉스코이는 자기가 그런 어리석은 얘기를 입에 담고 있다는 의심을 받는 것이 불만스러워 얼굴을 찌푸리고 말했다. "그런 것은 모두 얼토당토않은 얘기야. 그런 얘긴 지금까지도 있었고 앞으로도 있을 거야. 공산당이니 하는 것은 있지도 않아. 음모를 좋아하는 사람들로서는 유해하고 위험한 당을 만들 필요가 있겠지만. 그런 것은 이미 낡은 장난이야. 내가 얘기하려는 것은 그런 게 아니고, 자네나 나같이 독립적이고 유력한 사람들의 당이 필요하다는 거야."

"그런데 어째서지?" 브론스키는 두서너 명 유력한 인물들의 이름을 들었다. "왜 이들은 독립적인 부류의 사람들이 아니란 말인가?"

"그것은 다만 그들이 재정적으로 독립해 있지 않기 때문이야. 아니, 태어날 때부터 그렇지 못했기 때문이야. 가문도 없고 말하자면 우리처럼 태양에 가까운 데에서 태어나지 않았기 때문이야. 그들은 매수하려고만 하면 돈이든 달콤한 말이든 얼마든지 가능해. 그리고 그들은 자신의 지위를 옹호하기 위해서 적당한 목적을 생각해내야만 하지. 그래서 자기 자신들도 믿고 있지 않은 백해무익한 포부며 정책을 수행한단 말야. 그런데 그런 종류의 정책은 모두 그저 관사에 들러붙거나 몇 푼의 봉급에 들러붙기 위한 수단에 지나지 않아. 그들의 카드를 들여다보면 *그 이상의 아무것도 아니야*. 나 자신이 왜 그들보다 떨어져야 하는지 이유는 모르겠지만, 어쩌면 나는 그들보다 나쁘고 어리석을지도 몰라. 하지만 나나 자네는 분명 한 가지 확고하고 중대한 우월성을 가지고 있지. 쉽게 매수되지 않는다는 점. 그리고 지금은 특히 그런 인물이 필요해."

브론스키는 주의깊게 듣고 있었으나, 이야기의 내용 그 자체는 세르푸홉스코이의 이 문제에 대한 태도만큼 그의 흥미를 끌지는 않았다. 그가 아직 자신의 기병중대 이외에는 각별히 흥미를 느끼는 데가 없는 반면, 친구는 이미 이 세계에 대해 공감과 반감을 가지고 있으며 권력과 싸울 생각도 하고 있었다. 브론스키는 또한 세르푸홉스코이가 사물을 고찰하고 이해하는 뛰어난 능력, 그리고 그가 속해 있는 사회에서는 좀체 볼 수 없는 지력과 언변 등으로 인해 유력한 인물이 되리라는 것을 알았다. 그리고 그것이 지극히 부끄러운 일이라고 생각하면서도, 그를 부러워하지 않을 수 없었다.

"어쨌든 간에 나에겐 가장 중요한 것 한 가지가 빠져 있어." 브론스키는 대답했다. "권력에 대한 욕망이 결여돼 있다는 거야. 한때는 있었지만 지금은 완전히 없어져버렸어."

"미안하지만 그건 진실이 아닌걸." 세르푸홉스코이는 빙그레 웃으면서 말했다.

"아니야, 진실이야, 정말로…… 진실이야, 지금은 그래." 브론스키가 덧붙였다.

"그렇겠지, 지금은 진실이겠지, 그것은 별문제야. 지금이 영원은 아닐 테니까."

"그럴지도 모르지." 브론스키가 말했다.

"자넨 그럴지도 모른다고 말하지만," 세르푸홉스코이는 상대의 마음을 꿰뚫어보기라도 한 듯이 말을 계속했다. "그러나 난 자네한테 확실하다고 말하고 싶어. 그래서 그 때문에도 난 자넬 만나고 싶었지. 자넨 당연히 해야 한다고 생각했던 행동을 했어. 그것은 나도 잘 알고 있어. 그러나 자넨 계속 그렇게 고집 피워서는 안 돼. 내가 자네에게 부탁하고 싶은 것은 *백지위임장*을 달라는 것뿐이야. 내가 뭐 자넬 보호하겠다는 건 아냐…… 그러나 내 어찌 자넬 보호하지 않겠나. 자넨 날 몇 차례나 보호해줬잖나! 난 우리의 우정이 그 이상으로 값어치 있기를 희망하고 있어. 그럼," 그는 여자처럼 부드럽게 웃어 보이면서 말했다. "나에게 *백지위임장*을 줘, 연대를 그만둬, 그러면 내가 눈에 띄지 않게 끌어올릴 테니까."

"그러나, 나에겐 지금 아무것도 필요하지 않아." 브론스키는 말했다. "이보게, 나로서는 모든 것이 현재대로 있으면 그걸로 족해."

세르푸홉스코이는 일어나서 그의 앞에 버티고 섰다.

"자넨 방금 모든 것이 현재대로 있으면 족하다고 했지. 그 의미를 나도 다 알아. 하지만, 좀 들어봐. 우린 동갑이야, 그리고 숫자상으로는 아마 자네가 나보다 여자를 더 많이 알고 있겠지만," 이렇게 말하는 세르푸홉스코이의 미소와 몸짓은, 브론스키의 약점을 최대한 부드럽고 조심스럽게 건드릴 테니 두려워하진 말라고 암시하는 듯했다. "난 기혼자야. (누군가 말했듯) 네가 사랑하는 한 사람의 아내를 아는 것은 천 명의 여자를 아는 것 이상으로 모든 여자를 잘 아는 것이다라는 내 얘기를 믿어봐."

"곧 가지!" 브론스키는 방안을 들여다보며 연대장이 그들을 부른다고 말한 장교한테 외쳤다.

브론스키는 지금 세르푸홉스코이의 얘기를 끝까지 듣고 그가 무엇을 말하려고 하는지 알고 싶었다.

"그리고 자네한테 내 의견을 말하자면, 여자라 함은 남자들의 활동에서 크나큰 장애물이야. 여자를 사랑하면서 뭔가를 하기란 어려워. 그러나 그런 장애 없이 여자를 사랑하는 방법이 꼭 하나 있어. 바로 결혼이야. 그런데 저어, 어떻게 하면 자네에게 내가 생각하는 바를 잘 전할 수 있으려나?" 비유를 좋아하는 세르푸홉스코이는 말했다. "가만있자, 가만있어! 그래, *무거운 짐*을 나르면서 두 손으로 무언가를 할 수 있는 것은 다만 무거운 짐을 등에 짊어졌을 때뿐이야. 그리고 이것이 결혼이야. 난 그 사실을 결혼하고 나서야 비로소 느꼈지. 말하자면 갑자기 손이 자유로워졌으니까. 그러나 결혼을 하지 않고 이 *무거운 짐*을 질질 끌고 있는 날에는 손이 막혀 아무것도 할 수 없을 거야. 마잔코프를 봐, 크루포프를 봐. 그들은 여자 때문에 영달의 길을 완전히 망가뜨려버리지 않았나."

"여자들이라도 정도가 있지!" 브론스키는 그 두 사람이 관계하고 있던 프랑스 여인과 여배우를 상기하면서 말했다.

"아냐, 사회적으로 여자의 지위가 확고하면 확고할수록 결과는 좋지 않아. 그것은 흡사 두 손으로 *무거운 짐을 끄는* 것이 아니라 남의 손에서 *빼앗는* 거나 마찬가지야."

"자넨 한 번도 사랑에 빠져본 적이 없지." 브론스키는 앞을 멀거니 쳐다보고 안나에 대해 생각하면서 조용히 말했다.

"그럴지도 몰라. 그러나 내가 지금 얘기한 것을 잘 기억해둬. 그리고 또 한 가지 얘기해두지만 말야, 여자는 모두 남자들보다는 실리적이야. 우린 사랑을 뭔가 거대한 것으로 만들지만, 그들에게는 언제나 *범속한* 거야."

"곧 가네, 지금 곧!" 그는 들어온 하인에게 말했다. 그러나 하인은 그가 생각한 것처럼 또다시 그들을 부르러 온 것이 아니었다. 브론스키에게 쪽지를 가지고 왔던 것이다.

"트베르스카야 공작부인 댁의 심부름꾼이 가지고 왔습니다."

브론스키는 편지를 뜯어보고는 갑자기 얼굴을 붉혔다.

"난 머리가 아프기 시작하는군. 이만 집으로 돌아가야겠어." 그는 세르푸홉스코이에게 말했다.

"그래, 그럼 잘 가. 내게 *백지위임장*을 주려나?"

"그 이야기는 나중에 하지. 페테르부르크에서 또 만나세."

22

벌써 다섯시가 넘었으므로 제시간에 늦지 않기 위해, 동시에 누구나 알고 있는 자기 마차를 쓰지 않기 위해 브론스키는 야시빈의 삯마차를 타고 될 수 있는 대로 빨리 몰라고 일렀다. 낡아빠진 사인승의 삯마차는 텅 비어 있었다. 그는 한쪽 구석에 앉아 앞자리에 다리를 뻗고 생각에 잠겼다.

일이 대충 정리되었다는 막연한 의식, 세르푸홉스코이의 우정과 자기를 쓸모 있는 인물로 인정한 그의 칭찬에 대한 막연한 회상, 그리고 무엇보다도 밀회에 대한 기대, 이러한 것들이 모두 생의 환희라는 하나의 감정으로 어우러졌다. 이 감정은 그가 무의식중에 미소를 날렸을 정도로 강렬한 것이었다. 그는 다리를 내려 한쪽 다리를 다른 쪽 무릎 위에 올려놓고서 손으로 어제 낙마했을 때 다친 탄력 있는 장딴지를 만져보고는 뒤로 몸을 던지듯이 기댄 채 몇 차례 가슴 가득 심호흡을 했다.

'훌륭하다, 정말 훌륭해!' 그는 혼잣말을 했다. 이전에도 자주 자신의 육체에 대해 은근히 자부심을 느끼곤 했으나 지금처럼 자신의 몸을, 자신의 육체를 사랑한 적은 한 번도 없었다. 강인한 다리에 느껴지는 가벼운 통증도 즐거웠고, 숨을 쉴 때마다 가슴의 근육이 움직이는 감각도 즐거웠다. 안나에게는 그토록 절망적으로 다가온 활짝 개고 쌀쌀한 팔월의 날도 그에게는 고무적일 만큼 발랄하게 느껴졌고, 물을 끼얹어 비볐기 때문에 빨개진 얼굴이며 목에 상쾌한 기분을 주었다. 콧수염에서 풍기는 향유 내음은 신선한 공기 속에서 유달리 기분좋게 느껴졌다. 마차의 창으로 보이는 온갖 것들은 서늘하고 맑은 공기 속에서 창백한 일몰의 빛을 받아 그 자신처럼 싱싱하고 즐겁고 힘차게 느껴졌다. 석양에 반짝이는 지붕들, 담벼락과 건물 모서리의 날카로운 윤곽, 이따금 마주치는 행인들과 마차의 모습, 나무와 풀들의 흔들림 없는 푸르름, 반듯하게 구획된 두둑을 가진 감자밭, 집과 나무와 덤불 들과 감자밭의 두둑이 드리운 비스듬한 그림자. 이 모든 것이 지금 막 완성되어 래커 칠을 한 풍경화처럼 아름다웠다.

"빨리 몰아, 빨리!" 그는 창으로 목을 내밀고 마부에게 말하고는 호주머니에서 삼 루블짜리 지폐를 꺼내어 돌아다본 마부의 손에 쥐여주었다. 마부의 손이 램프 옆에서 무엇인가를 찾고 채찍이 윙 하는 소리가 들리더니, 마차는 쏜살같이 탄탄한 포도를 달렸다.

'아무것도, 아무것도 난 바라지 않는다, 이 행복만 있으면.' 그는 앞쪽의 창과 창 사이에 있는 종의 상아 손잡이를 보면서 마지막으로 보았을 때의 안나를 회상했다. '시간이 갈수록 나는 그 여인이 더욱더 사랑스러워진다. 아아, 벌써 브레데의 국유 별장 정원이다. 그녀는 여기 어디쯤에 있을까? 어디에? 어째서? 어째서 그녀는 이런 데서 만나자고 했을까, 그리고 왜 벳시의 편지 같은 데에다 적어서 보냈을까?' 그는 지금에 와서야 비로소 그것을 생각했다. 그러나 이제는 생각하고 있을 겨를이 없었다. 그는 미처 가로숫길까지 가기 전에 마부에게 멈추라고 하고, 문을 열고 아직 움직이는 마차에서 뛰어내려 별장 쪽으로 뻗은 가로숫길로 들어섰다. 가로숫길에는 아무도 없었다. 그러나 오른쪽을 돌아다보자 그녀의 모습이 눈에 들어왔다. 그녀의 얼굴은 베일에 가려져 있었으나, 그는 이내 환희에 찬 시선으로 그녀만의 독특한 걸음걸이, 어깨의 곡선, 머리의 움직임을 훑었다. 그러자 그 순간 일종의 전류

같은 것이 온몸을 짜르르 스쳐지나갔다. 그는 탄력 있는 다리의 동작에서부터 숨을 쉴 때마다 움직이는 폐에까지 새로운 힘으로 가득찬 자신을 느꼈다. 무언가가 그의 입술을 간질이는 듯했다.

그를 만나자 그녀는 그의 손을 꼭 쥐었다.

"당신은 내가 불렀다고 노여워하진 않지? 난 꼭 당신을 봐야만 했어." 그녀는 말했다. 그 순간 베일 밑으로 보인 진지하고도 냉엄한 그녀의 입술 모양은 금세 그의 기분을 바꾸어놓았다.

"내가 노여워하다니! 그런데 당신은 어떻게 여길 왔어, 그리고 이제 어디로 가려고?"

"그런 건 아무래도 괜찮아." 그녀는 그의 손 위에 자기 손을 포개면서 말했다. "가, 잠깐 얘기할 게 있어."

그는 무슨 일인가가 일어났고 이 밀회는 즐겁지 않으리라는 것을 알아챘다. 그녀 앞에서 그는 자신의 의지를 지닐 수 없었다. 그는 그녀의 마음이 아픈 원인을 알 수는 없었으나, 어느 틈에 벌써 그녀와 똑같은 불안이 자기에게도 전달된 것을 느꼈다.

"무슨 일이야? 무슨 일?" 그는 자기 옆구리에 얹힌 그녀의 팔을 팔꿈치로 누르고 그녀의 표정을 읽으려고 애쓰면서 물었다.

그녀는 숨을 죽이고 마음을 가라앉히면서 묵묵히 서너 걸음 걷더니 갑자기 발을 멈췄다.

"어제는 얘기하지 않았지만," 그녀는 재빨리 그리고 무겁게 숨을 내쉬면서 말을 꺼냈다. "알렉세이 알렉산드로비치와 함께 집으로 돌아가는 길에 난 모든 걸 밝히고 말았어…… 난 이제 그의 아내로 있을 수 없다는 것까지…… 모두 얘기해버리고 말았어요."

그는 무의식중에 온몸을 기울여 그녀가 겪고 있는 괴로움을 가볍게 해주기라도 하려는 듯이 그녀의 말을 찬찬히 귀담아들었다. 그러나 그녀가 이야기를 끝내자마자 그는 갑자기 몸을 반듯이 폈고, 그의 얼굴은 오연하고 차가운 표정을 띠었다.

"그렇지, 그렇지, 그것이 더 나아. 천 배나 더 나아! 당신이 얼마나 괴로웠을지는 나도 알고 있어." 그가 말했다.

그러나 그녀는 그의 말을 듣고 있지 않았고, 그의 표정에서 마음을 읽으려 했다. 그러나 그녀는 그 표정이 맨 처음 그의 머리에 떠오른 생각, 이제 결투는 피할 수 없다는 생각에 기인했다는 것을 알 수는 없다. 그녀의 머릿속에는 결투니 하는 생각이 떠올랐던 적이 한 번도 없어서 그 순간의 차가운 표정을 전혀 다른 의미로 해석해버렸다.

남편의 편지를 받았을 때부터 그녀는 이미 마음속으로 모든 일이 이전대로 남으리라는 것과, 지위와 아들을 버리고 애인한테로 달려갈 만큼의 용기가 자기에게는 없다는 것을 알고 있었다. 트베르스카야 공작부인 집에서 보낸 아침나절이 한층 더 그녀의 이러한 생각을 확고하게 했다. 그럼에도 이 밀회는 역시 그녀에게 더없이 중요한 것이었다. 그녀는 이 밀회가 둘의 상황을 일변케 하여 그녀를 구출해주기를 바라고 있었다. 만약 그가 이 소식을 듣자마자 단호하고 열렬하게 한순간의 주저도 없이 "모든 것을 버리고 나와 함께 가자!"고 말했다면, 그녀는 아들을 버리고 그와 함께 떠났을 것이다. 그러나 이 소식은 그에게 그녀가 기대하던 것 같은 변화를 일으키지 않았다. 그는 다만 무언가에 분개한 듯한 태도를 보였을 뿐이었다.

"조금도 괴롭진 않았어. 그저 저절로 그렇게 돼버렸어." 그녀는 안달

난 어조로 말했다. "자, 이것을……" 그녀는 장갑 속에서 남편의 편지를 꺼냈다.

"알았어, 알았어." 그는 편지를 받았지만 읽으려고도 하지 않고 그녀를 달래려 애쓰면서 그녀의 말을 가로막았다. "내가 원하는 것은, 내가 바라는 것은 오직 나 자신의 삶을 당신의 행복에 바치기 위해서 이러한 상황을 파괴하는 것뿐이야."

"어째서 당신은 나한테 그런 말을 하는 거야?" 그녀는 말했다. "내가 당신의 마음을 의심이라도 하고 있는 줄 알아? 내가 만약 의심하고 있었다면……"

"저기 오는 게 누굴까?" 브론스키는 갑자기 그들을 향해 오는 두 부인을 가리키면서 말했다. "어쩌면 우리를 알고 있는 사람일지도 몰라." 그는 그녀를 자기 뒤에 숨기듯이 하고 서둘러 옆길로 빠졌다.

"어머나, 난 이제 아무래도 상관없어!" 그녀는 말했다. 그녀의 입술은 떨리기 시작했다. 그러자 그에게는 그녀의 눈이 뭔가 야릇한 악의를 품고 베일 밑에서 자기를 지켜보고 있는 듯이 느껴졌다. "내가 말하고 싶은 것은 그런 게 아니야. 당신 마음을 의심하는 일은 있을 수 없어. 그렇지만 그 사람은 이런 것을 써보냈어. 읽어봐." 그녀는 또다시 말을 멎었다.

브론스키는 편지를 읽는 동안 또다시 방금 전 그녀와 남편의 결렬 소식을 처음 들었던 순간처럼, 배신을 당한 남편과 자신의 관계로 인해 그에게 자연스럽게 환기된 감정 속으로 부지불식간에 끌려들어갔다. 지금 이렇게 상대의 편지를 손에 들고 있자니, 오늘이나 내일 안에 틀림없이 자신의 손에서 발견될 도전장이며 자기가 지금도 얼굴에 띠고 있는 싸늘하고 오연한 표정으로 공중에 총을 쏘고 나서 배신당한 남편의 총 앞에 서게 될 결투 장면까지도 그려보지 않을 수 없었다. 그러나 동시에 아까 세르푸홉스코이한테서 들은 이야기며 아침에 생각했던 것, 즉 자신을 구속하지 않는 편이 낫다는 생각들이 그의 머릿속에서 번득였지만, 그러한 생각들을 그녀에게 전할 수는 없었다.

편지를 읽고 나서 그는 눈을 들어 그녀를 보았다. 그의 눈빛에는 단호함이라곤 조금도 없었다. 그녀는 곧바로 그도 이미 나름대로 이전부터 이런 문제들에 대해 생각하고 있었다는 것을 알아챘다. 그녀는 그가 자기에게 설사 무슨 말을 하더라도 마음속 생각을 모조리 털어놓진 않으리라는 것을 알았다. 그리고 자신의 마지막 희망이 허공에 떠버렸음을 알았다. 이것은 그녀가 기대하던 결과가 아니었다.

"당신은 이제 그가 어떤 사람인지를 알았을 거야." 그녀는 떨리는 목소리로 말했다. "그는……"

"아니, 잠깐만, 그러나 난 이렇게 된 걸 오히려 기쁘게 생각하고 있어." 브론스키는 가로막았다. "제발 내가 끝까지 얘기하게 해줘." 그는 눈으로 자신의 말을 설명할 틈을 달라고 그녀에게 간청하면서 덧붙였다. "내가 기쁘게 생각한다는 건, 그것이 가능하지 않은 일이기 때문이야. 그의 생각처럼 지금 이대로 있는다는 것은 도저히 불가능한 일이야."

"어째서 불가능하지?" 안나는 눈물을 억누르면서 이제는 그가 얘기하는 것에는 전혀 신경쓰지 않고 말했다. 그녀는 이것으로 자신의 운명도 결정됐다고 느꼈다.

브론스키는 이제 아무래도 피할 수 없을 것 같아 보이는 결투 뒤에는 도저히 지금 이대로의 상태를 계속할 수는 없을 거라고 얘기하고 싶었으나, 다른 얘기를 하고 말았다.

"이렇게 계속될 수는 없어. 그러니까 난 지금 당신이 그를 버려주기를 바라고 있어. 난 간절히 바라." 그는 어찌할 바를 모르고 얼굴을 붉혔다. "당신이 나에게 일체의 계획을 맡겨주기를, 그리고 우리가 함께 생활하는 것에 대해 숙고할 수 있게 해주기를. 내일……" 그는 말을 이으려고 했다.

그러나 그녀는 그의 말을 끝까지 듣지 않았다.

"그럼 아들은?" 그녀는 외쳤다. "당신은 그 사람이 뭐라고 적었는지 봤지? 아들도 버리지 않으면 안 된다고 했어. 그러나 난 그런 짓은 할 수 없어. 또 하고 싶지도 않아."

"그러나 좀 생각해봐, 어떻게 하는 게 나을지. 아들을 버려야 할 것인지, 이 굴욕적인 상태를 계속해야 할 것인지?"

"누구에게 굴욕적이라는 거야?"

"우리 둘 다에게, 그중에서도 특히 당신에게."

"당신은 굴욕적이라고 하는군…… 그런 말은 그만둬. 그런 말은 나한테는 아무런 의미도 없으니까." 그녀는 떨리는 목소리로 말했다. 그녀는 지금 그에게서 거짓을 듣는 것이 싫었던 것이다. 그녀의 가슴에는 오직 그의 사랑만이 남아 있었고, 그녀는 그를 사랑하고 싶었던 것이다. "당신도 알 거야. 당신을 사랑하게 되면서부터 나는 모든 게 완전히 바뀌어버렸다는 것을. 나에겐 이제 하나만 남아 있을 뿐이야. 단 하나, 바로 당신의 사랑. 그러니까 그것이 내 것이기만 하다면, 난 어떤 일도 굴욕적이라고 여기지 않을 만큼 나 자신을 자랑스럽다고 굳세다고 느

낄 수 있어. 난 내 처지를 자랑스럽게 여기고 있어. 왜냐하면…… 그것
은…… 그 자랑은……" 그녀는 자랑스러운 이유가 무엇인지를 끝까지
얘기하지 못했다. 부끄러움과 절망의 눈물로 그녀는 목이 메었다. 그녀
는 발을 멈추고 흐느껴 울기 시작했다.

그 또한 무언가가 목구멍으로 치밀어올라 코를 찌르는 듯한 느낌이
었다. 그는 난생처음으로 울음을 터뜨릴 것만 같았다. 그러나 그는 그
렇게까지 자기를 움직인 것이 무엇이었는지를 분명히 알 수는 없었다.
그는 그녀가 안타까웠지만, 그녀를 구출할 수는 없을 것처럼 느껴졌다.
그와 동시에 그녀를 불행하게 한 사람은 자기이며, 자기가 뭔가 좋지
않은 짓을 저질렀다는 생각이 들었던 것이다.

"그럼 이혼은 영 틀렸단 말인가?" 그는 힘없이 말했다. 그녀는 대꾸
는 하지 않고 고개만 끄덕여 보였다. "그럼 아들만 데리고 그와 헤어지
면, 그럼 되잖아?"

"그래, 그렇지만 그것도 모두 그 사람에게 달려 있어. 이제 난 그 사
람한테로 가지 않으면 안 돼." 그녀는 매정한 어조로 말했다. 모든 것이
본래대로 남게 되리라는 그녀의 예감은 결국 그녀를 속이지 않았다.

"화요일엔 나도 페테르부르크로 가겠어. 그럼 모든 것이 결정지어지
겠지."

"그래," 그녀는 말했다. "그러나 이 얘긴 이제 하지 않기로 해."

아까 돌려보내면서 브레데네 정원의 바자 쪽으로 돌아오라고 일러
놓았던 안나의 마차가 다가왔다. 안나는 브론스키와 헤어져서 집으로
떠났다.

23

월요일에는 6월 2일의 위원회 정례회의가 열렸다. 알렉세이 알렉산
드로비치는 회의실에 들어서자 언제나처럼 위원들이며 의장에게 인사
를 하고 자기 자리에 앉아 준비된 서류 위에 손을 얹었다. 그 서류에는
그에게 필요한 참고자료와 그가 발의하려고 마음먹고 있는 제안의 대
략적인 개요가 적혀 있었다. 그러나 그에게 그러한 것들은 이미 필요하
지 않았다. 그는 모든 것을 기억하고 있었고, 말해야 할 것을 머릿속에
서 되풀이해보는 일조차 그에게는 필요하지 않았다. 적당한 때가 오면,
그리고 자기 앞에서 쓸데없이 냉담한 표정을 꾸미려는 반대자의 얼굴
을 보면 자신의 연설은 지금 준비할 수 있는 것보다도 훨씬 훌륭하고
자연스럽게 저절로 흘러나오리라는 것을 그는 알고 있었다. 그는 자기
연설의 내용은 한마디 한마디가 의미를 가질 만큼 훌륭한 것이 되리라
고 느꼈다. 그러나 겉으로는 틀에 박힌 보고에 귀를 기울이면서 지극히
무심하고 태평스러운 모습을 하고 있었다. 긴 손가락으로 앞에 놓인 하
얀 종이의 양끝을 조용히 만지고 있는 그의 핏줄 선 하얀 손이며 지친
듯한 표정으로 머리를 약간 옆으로 기울인 모습을 보고는, 곧 그 입에
서 위원들을 절규하게 만들고 서로간의 발언을 방해하게 한 나머지 의
장으로 하여금 질서 유지를 요구하게 하는 말이 나오리라고는 아무도
예상하지 못했을 것이다. 보고가 끝나자 알렉세이 알렉산드로비치는
조용하고 가는 목소리로 이민족 정리사업에 관해 몇 가지 의견을 발표
하겠다고 말했다. 모든 시선이 그에게로 쏠렸다. 알렉세이 알렉산드로
비치는 기침을 한 번 하고 나서 자신의 반대자 쪽은 보지 않고, 연설을

할 때면 언제나 그랬던 것처럼 자기 바로 앞에 앉아 있는 사내—위원회에서 아직까지 한 번도 의견을 말한 적 없는 몸집이 작고 온순한 노인의 얼굴—를 마주보며 자신의 의견을 피력하기 시작했다. 논지가 근본적이고 조직적인 법규에까지 이르자 반대자는 자리를 박차고 일어나서 항변하기 시작했다. 같은 위원회의 위원이자 역시 급소를 찔린 스트레모프도 변명하기 시작하자, 회장은 순식간에 아수라장이 돼버렸다. 그러나 알렉세이 알렉산드로비치는 승리를 거두었다. 그의 제의는 받아들여져서, 세 개의 위원회가 새로 발족되었다. 이튿날 페테르부르크의 특정 사교계는 이 회의에 대한 이야기로 들끓었다. 알렉세이 알렉산드로비치의 성공은 그의 예상보다 더 큰 것이었다.

이튿날 아침인 화요일에 눈을 뜨자마자 알렉세이 알렉산드로비치는 만족스러운 기분으로 어제의 승리를 상기했다. 그리고 집무처의 서기장이 그의 비위를 맞출 셈으로 귀에 들어온 위원회의 소문을 전했을 때에는 무관심한 척해 보이려고 애썼으나 그만 씩 웃지 않을 수 없었다.

사무국장과 일하느라 알렉세이 알렉산드로비치는 오늘이 화요일임을, 즉 안나 아르카디예브나한테 돌아오라고 일러놓은 날이라는 사실을 까맣게 잊고 있었다. 그래서 하인이 그녀의 도착을 알리러 왔을 때, 그는 깜짝 놀랐고 약간 불쾌한 기분에 휩싸였다.

안나는 아침 일찍 페테르부르크에 도착했다. 그녀의 전보를 받고 그녀를 맞으러 여행마차를 보냈으니까 알렉세이 알렉산드로비치도 그녀의 도착을 알 수 있었다. 그러나 그녀가 집에 도착했을 때, 그는 마중을 나오지 않았다. 그녀에게는 그가 아직 출근하지 않고 사무국장과 일을 하고 있다는 것만이 알려졌다. 그녀는 자기가 도착했다는 것을 남편에게 알리라고 일러놓고 자기 방으로 들어가 그가 오기를 기다리면서 짐을 정리했다. 그러나 한 시간이 지나도 그는 모습을 보이지 않았다. 그녀는 뭔가를 지시한다는 핑계로 식당으로 가서 그가 나오기를 기대하면서 일부러 목청을 높였다. 그래도 그는 사무국장을 보내느라고 서재 문간까지 나오는 기척만 냈을 뿐, 역시 내려오지 않았다. 그녀는 언제나처럼 그가 곧 근무처로 나가리라는 것을 알고 있었으므로, 서로의 관계를 결정짓기 위해 그전에 한 번 만나고 싶었다.

그녀는 굳은 결심을 하고 홀을 지나 그에게로 갔다. 그녀가 서재로 들어섰을 때, 그는 출근 준비를 마치고 제복 차림으로 자그마한 탁자 위에 팔꿈치를 짚고 앉아 서글픈 듯이 앞을 바라보고 있었다. 그녀는 그가 자기를 보기 전에 먼저 그를 보았고, 그가 자기에 대해 생각하고 있음을 알았다.

그녀를 보자 그는 일어서려고 하다가는 그만두었고, 그의 얼굴은 안나가 아직까지 한 번도 본 적이 없었을 만큼 갑자기 확 붉어졌다. 그는 얼른 일어서서 그녀의 눈이 아니라 그 위의 이마와 머리를 쳐다보면서 그녀를 맞았다. 그는 그녀의 옆으로 가까이 가서 손을 잡고 앉기를 청했다.

"당신이 돌아와주어서 난 정말 기쁘오." 그는 그녀의 옆자리에 앉으면서 말하고, 뭔가 얘기하려다가는 입을 다물어버렸다. 그러고도 몇 차례 말을 꺼내려다가 그만두었다. 그녀는 미리 이 면담에 대한 마음의 준비를 하며 그를 경멸하고 나무랄 생각이었지만, 정작 얼굴을 대하고 나자 할말을 찾지 못했을 뿐만 아니라 그가 가엾게 느껴지기까지 했다.

제3부 157

그래서 둘 사이에는 꽤 오래 침묵이 흘렀다. "세료자는 건강하오?" 그는 말하고는 대꾸를 기다리지도 않고 덧붙였다. "난 오늘은 집에서 식사하지 않을 거요. 곧 나가봐야 하니까."

"난 모스크바로 갈까 했어요." 그녀가 말했다.

"아니, 당신이 여기로 돌아온 것은 정말, 정말 잘한 일이오." 그는 또다시 입을 다물어버렸다.

그녀는 그가 얘기를 꺼낼 힘이 없다는 것을 알고 자기가 먼저 입을 열었다.

"알렉세이 알렉산드로비치." 그녀는 그를 쳐다보면서 자신의 머리 위에 얼어붙어 있는 그의 눈동자에서 눈을 돌리지 않고 말했다. "나는 죄를 지은 여자예요, 난 나쁜 여자예요. 그러나 또한 전과 다름없는, 그때 당신에게 말했던 그대로의 여자예요. 그래서 난 이 이상은 아무것도 바꿀 수 없다는 점을 말하려고 왔어요."

"난 그런 것을 묻지는 않았소." 그는 갑자기 단호하게 증오에 찬 시선으로 그녀의 눈을 똑바로 쳐다보면서 말했다. "나도 그럴 거라 생각했소." 분노 덕분에 그는 분명 자기에 대한 통제력을 충분히 회복한 것 같았다. "그렇지만 그때 당신한테 입으로 얘기하기도 했고 편지로 적어보내기도 했던 것처럼," 그는 날카롭고 가는 목소리로 말을 이었다. "내가 그런 것을 알아야 할 의무는 없다는 점을 재차 말해두겠소. 난 그런 일은 모른 체하겠소. 당신처럼 착한 아내도 흔치는 않을 거요. 이런 유쾌한 소식을 남편한테 전하느라고 수선을 부리는 것을 보면." 그는 '유쾌한'이라는 말에 특히 힘을 주어 말했다. "난 세상이 그 일을 모르고 있는 동안은, 내 이름이 더럽혀지지 않는 동안은 모른 체해두겠소. 난 다만 우리 둘 사이는 지금까지 해오던 대로여야 한다는 것과, 만약 당신이 자신을 더럽히는 짓을 했을 경우에는 나도 내 명예를 옹호할 방법을 취할 수밖에 없다는 것만을 미리 알려두겠소."

"그렇지만 우리 사이는 예전과 같을 수가 없잖아요." 안나는 당황한 눈빛으로 그를 보고 겁먹은 목소리로 말했다.

이렇게 또다시 남편의 차분한 태도를 보고 이 찌르는 듯한, 어린애 같고 비웃는 듯한 목소리를 듣자 그녀의 마음속에서는 그에 대한 혐오감이 방금 전까지의 연민의 정을 몰아내버렸고, 이제는 그저 두렵기만 했으나, 그녀는 무슨 일이 있더라도 자신의 입장을 분명히 해두고 싶었다.

"난 더이상 당신의 아내로 있을 수는 없어요, 내가 그런……" 그녀는 말을 꺼내려고 했다.

그는 심술궂고 차가운 웃음을 지었다.

"당신이 선택한 생활방식이 당신의 판단력에도 영향을 미쳤을 거요. 난 그 두 가지 다 존중하든가, 아니면 경멸하든가요…… 난 당신의 과거를 존중하고 현재는 경멸하오…… 내 말에 대한 당신의 해석은 내 생각과는 거리가 멀었던 거요."

안나는 한숨을 길게 내쉬고 고개를 떨어뜨렸다.

"그러나 난 이해가 가지 않소. 당신처럼 독립심이 강한 사람이," 그는 잔뜩 흥분해서 말을 계속했다. "자신의 부정을 남편 앞에 숨김없이 폭로하고도 아무런 가책을 느끼지 않는 사람이, 남편에 대한 아내의 의무를 수행하기를 꺼리는 듯하니 말이오."

"알렉세이 알렉산드로비치! 당신은 도대체 나더러 어떻게 하라는 거예요?"

"내가 원하는 것은 내가 여기에서 그자를 만나는 일이 없게 하는 것과 당신이 사교계나 하인들로부터 비난을 받는 일이 없도록 처신하는 것…… 그리고 당신 자신도 그자를 만나지 않는 것, 이것뿐이오. 이런 정도의 요구는 아무것도 아니라고 생각하오. 그 대신, 당신은 아내로서의 의무를 이행하지 않더라도 아내로서의 권리를 훌륭히 이용할 수 있으니까 말이오. 내가 당신한테 할 말은 이뿐이오. 난 이제 나가봐야 하오. 집에서 식사하진 않을 거요."

그는 일어서서 문 쪽으로 가려고 했다. 안나도 같이 일어섰다. 그는 말없이 인사를 하고, 그녀를 먼저 지나가게 했다.

24

레빈이 건초 더미 위에서 지냈던 하룻밤은 그에게 무의미하게 지나가지는 않았다. 그는 지금까지 지어왔던 농사가 싫어졌고 완전히 흥미를 잃어버렸다. 수확은 풍성했으나 올해처럼 그와 농부들 사이에 좌절과 적의가 있던 해는 없었다. 아니, 적어도 그는 그런 느낌이 들었다. 그리고 이 좌절과 적의의 원인이 지금에 와서는 완전히 이해가 되었다. 노동 자체에서 그가 경험했던 기쁨, 그 결과로 생긴 농부들과의 친근감, 그들의 생활에 대해 느꼈던 부러움, 그날 밤의 그에게는 이미 공상이 아니라 실제의 계획이었던 그런 생활로 옮겨가야겠다는 원망願望, 그 생활을 위해 그가 생각하고 또 생각했던 실행의 세부사항들, 이러한 모든 것들이 그가 지금까지 경영해온 농업에 대한 견해를 완전히 바꾸어놓았으므로 그는 이제 기존의 농사에서는 결코 이전만큼 흥미를 찾아낼 수 없었으며, 또한 일꾼들에 대한 자신의 불쾌한 태도가 모든 사건의 근원이 되었음을 인정하지 않을 수 없었다. 파바와 같은 우량종의 암소떼, 쟁기질이 잘되고 거름을 준 땅, 버드나무로 둘러싸인 아홉 군데의 반반한 들, 쇠두엄을 깊이 준 구십 데샤티나의 밭, 갖가지 파종기 등등, 이 모든 일들은 만약 그 혼자 혹은 그에게 공감하는 사람들과 협력해 이루어냈다면 훌륭한 것이 되었으리라. 그러나 이제 그는 명확히 깨달았다(농업의 주요 요소는 일꾼이어야 한다는 농업에 관한 그의 저술이, 이 방향으로 그를 이끌었다). 자기가 추구해왔던 영농법은 그와 일꾼들 사이에 그저 잔인하고 검질긴 투쟁을 빚어냈을 뿐이라는 것, 그리고 이 투쟁에서 한편에는, 즉 그의 쪽에는 모든 것을 더 낫다고 생각되는 방향으로 개조하려는 치열한 노력이 끊임없이 있었던 반면에 다른 한편에는 사물의 자연적인 질서가 있었다는 사실을 깨달았다. 그리고 그 쪽의 극심한 노력과 일꾼들 쪽의 아무런 노력이나 계획도 없는 태도가 합쳐져 얻어진 결과라고는 그저 일이 어느 쪽의 생각대로도 되지 않고 훌륭한 농구農具며 상당한 가축이며 땅이 아무런 보람 없이 못쓰게 되었을 뿐임을 깨달았다. 또한 그보다도 중요한 사실로서, 자기 사업의 의미가 스스로에게 뚜렷이 드러난 지금에 와서는 그 사업에 쏟은 정력이 완전히 헛된 노력으로 그쳤을 뿐 아니라 그 정력의 목적마저 지극히 무가치한 것이었음을 통감하지 않을 수 없었다. 무엇을 위한 투쟁이었나? 그는 한푼 두푼의 돈을 더 얻기 위해 싸웠다(그는 그렇게 할 수밖에 없었다. 왜냐하면 그가 힘쓰지 않으면 일꾼들에게 지불할 돈이 모자랄지도 몰랐다). 그러나 그들은 그저 일을 느긋하고 즐겁게, 말하자면 그들의 습관대로 하기 위해 그에게 맞섰다. 그의 이해 가운데에는 하나하나의 일꾼이 될 수 있는 대로 많이 일하고, 키며 써레며 탈곡기를 부수지 않도록 주의하고, 자기들이 하고 있는 일에 꾸준히 주의를 기울여주었으면 하는 것이 있었다. 그러나 한편 일꾼들의 입장에서는 될 수 있는 대로 즐겁게 쉬엄쉬엄, 그리고 무엇보다도 태평하게 모든 것을 잊고 생각 없이 일을 하기를 원했던 것이다. 금년 여름에 레빈은 사사건건 그 증거를 목격했다. 그는 잡풀이며 쓴 쑥이 섞여 씨앗을 거두기에는 알맞지 않은 밭을 골라 거기서 건초로 쓸 토끼풀을 베라며 사람을 보냈다. 그러나 그들은 집사의 분부라는 평계로 씨앗을 거둘 좋은 밭을 몇 데샤티나나 베어놓고 나서, 대신에 좋은 건초가 될 거라고 그를 달랬다. 그는 그들이 그렇게 한 것은 오직 그곳이 베기 쉬웠기 때문임을 빤히 꿰뚫어보고 있었다. 그는 또 건초를 널어 말리는 기계를 보냈다. 그랬더니 건초를 몇 줄 뒤집기도 전에 벌써 망가뜨려버렸다. 농부에겐 머리 위에서 휘돌아가는 날개 밑의 운전대에 그저 앉아만 있는 것이 지루했기 때문이었다. 그러고서 그들은 그에게 말했다. "걱정하실 것은 없으십니다, 아낙네들이 얼른 널 테니까요." 쟁기도 써보았으나 역시 부적당하다는 것을 알았다. 일꾼들은 쟁기를 돌릴 때 들린 보습을 내릴 생각은 전혀 하지 못하고 힘으로만 뒤집어엎으면서 말을 괴롭히고 땅을 버려놓았기 때문이었다. 그러고도 그들은 레빈을 보고 걱정하지 말라고 했다. 또 말들을 풀어놓는 바람에 자꾸 밭에 들어가 밀을 밟아댔다. 일꾼들이 너나없이 밤당번이 되기를 싫어하여, 그렇게 해서는 안 된다고 일러놓았음에도 불구하고 교대로 불침번을 서다가,

진종일 일을 한 반카가 교대시간에 그만 잠이 들어버렸던 것이다. 그는 자신의 죄를 뉘우치며 이렇게 말했다. "마음대로 처벌해주십쇼, 나리." 세 마리의 우량종 암송아지를 물도 먹이지 않고 무성한 클로버 밭에다 풀어놓아 죽게 했다. 그럼에도 일꾼들은 암송아지들이 클로버를 너무 먹어 배에 탈이 난 것이라고는 숫제 믿으려고도 하지 않고, 레빈을 위로한답시고 이웃집에서는 사흘 동안에 백열두 마리가 죽었다느니 하는 말을 했다. 이 모든 것들은 누군가가 레빈에게, 혹은 그의 농사일에 악의가 있어서 한 짓은 아니었다. 아니 도리어 그 반대로, 그는 일꾼들이 자기를 사랑하고 있으며 자기를 소박한 나리(최상의 찬사였다)로 여긴다는 것을 알고 있었다. 그런데도 결과가 이렇게 돼버린 것은 다만 그들이 즐겁게 흥뚱항뚱 일하고 싶어했으며 그의 이해利害가 그들에겐 완전히 낯설었고 또한 불가해했기 때문에, 이뿐만 아니라 숙명적으로 그들의 이해관계가 상반되어 있기 때문이었다. 벌써 오래전부터 레빈은 농사에 대한 자신의 태도에 불만을 느끼고 있었다. 그는 자신의 작은 배가 침수하는 것을 보았으나 물이 새는 구멍을 찾아내지 못했고, 찾으려고도 하지 않았다. 아마도 일부러 그 자신을 속이고 있었던 것이리라. 그러나 이제 더는 자기를 속일 수 없었다. 그는 지금까지 지어온 농사에 흥미가 없어졌을 뿐만 아니라 오히려 그것이 싫어졌으므로, 더이상 계속할 기력이 없어져버렸다.

그런데다가 그한테서 삼십 베르스타 떨어진 곳에 그가 만나고 싶어하면서도 만나지 못하고 있는 키티 셰르바츠카야가 있다는 상황이 겹쳤던 것이다. 그가 그녀를 찾아갔을 때, 다리야 알렉산드로브나 오블론스카야는 나중에 다시 오라고 권했다. 이제는 틀림없이 그를 받아들일(그녀는 그렇게 넌지시 끔새를 주었다) 동생한테 다시 한번 청혼을 하러 오라고. 게다가 또 레빈 자신도 키티 셰르바츠카야와 우연히 마주치고 나서 자기가 그녀를 변함없이 사랑하고 있다는 것을 깨달았지만, 그녀가 거기에 있다는 것을 알면서도 오블론스키의 집을 찾아갈 수는 없었다. 그가 그녀에게 청혼을 하고 그녀가 거절했다는 사실은 그와 그녀 사이에 넘을 수 없는 담을 쌓았다. '난 그녀가 자신이 원했던 사람의 아내가 될 수 없었다는 이유만으로 그녀에게 내 아내가 되어달라고 사정할 수는 없다.' 이렇게 그는 자기 자신에게 말했다. 이 생각은 그를 그녀에 대해 적의를 품은 냉정한 사람으로 만들어버렸다. '난 책망하는 마음 없이는 그녀와 이야기할 수 없을 것이다. 또 노여움 없이는 그녀를 볼 수도 없을 것이다. 따라서 그녀는 더욱 나를 싫어하게 되겠지. 당연한 일이다. 그뿐만 아니라 다리야 알렉산드로브나한테서 그런 이야기를 듣고 난 뒤에 이제 와서 어떻게 끄덕끄덕 그곳을 찾아갈 수 있으랴? 그녀가 나한테 이야기했던 것을 내가 과연 모른 체하고 시치미를 뗄 수 있을까? 내가 관대한 마음으로 그녀를 용서하러, 자비를 베풀러 가다니. 내가 그녀 앞에 서서 그녀를 용서하고 그녀를 사랑하는 사람 역할을 하다니!…… 어째서 다리야 알렉산드로브나는 나한테 그런 말을 했을까? 우연히라면 나도 그녀를 만날 수 있었을 것이다. 그리고 그런 경우라면 모든 일이 저절로 풀렸을지도 모른다. 그러나 지금에 와서는 불가능한 일이다, 불가능하다!'

다리야 알렉산드로브나는 그에게 키티를 위해 부인용 안장을 빌려달라고 부탁하는 쪽지를 보내왔다. '당신이 부인용 안장을 가지고 계시다는 말씀을 들었습니다.' 그녀는 썼다. '당신이 손수 가져다주시기를

바랍니다.'

이것은 레빈에겐 참을 수 없는 일이었다. 그렇게 총명하고 우아한 부인이 어째서 이처럼 동생을 욕되게 할 수 있을까! 그는 쪽지를 열 통이나 썼지만 모두 찢어버렸다. 그런 뒤 아무런 답장도 없이 안장만을 보냈다. 그는 갈 수 없었기 때문에 자기가 가겠다고 쓸 수는 없었다. 무슨 볼일이 있어서 갈 수가 없다거나 달리 갈 데가 있어서 갈 수 없다고 써보낸다는 것은 더 거북살스러웠다. 그래서 그는 답장 없이, 무언가 부끄러운 짓을 한 것 같은 기분으로 안장만 보냈다. 그러고는 다음 날, 완전히 싫증이 난 농사일을 모조리 집사한테 맡기고 친구 스비야시스키를 방문하러 먼 시골로 떠났다. 그 친구의 영지 근처에는 멧도요가 있는 훌륭한 늪들이 있었다. 그리고 그 친구는 조만간 한번 들르겠다던 오래전부터의 계획을 실행해달라고 그에게 적어보냈던 것이다. 수롭스키군의 멧도요 늪은 이미 오래전부터 레빈을 유혹하고 있었으나, 그는 농사 때문에 이 여행을 내내 미뤄왔다. 그래서 이제야 셰르바츠키 가족의 곁에서, 무엇보다도 농사일에서 빠져나와 그에게는 온갖 슬픔에 대해 가장 좋은 위안인 사냥을 떠난다는 것이 더없이 기뻤다.

25

수롭스키군에는 철도도 역마차도 없었으므로, 레빈은 자신의 여행용 사륜마차를 타고 갔다.

도중에 그는 말한테 먹이를 주기 위해 어느 부유한 농부의 집에 들렀다. 붉은 턱수염이 더부룩하고 볼 언저리가 희끗희끗한 대머리의 활발한 노인이, 삼두마차가 들어올 수 있도록 문설주에 몸을 밀어붙이고 대문을 열었다. 새로 잘 치워진 큼직하고 깨끗한 마당 한쪽에 있는, 가장자리가 불에 탄 가래 따위가 들어 있는 헛간 달개 밑으로 마부를 이끌고 나서 노인은 레빈한테 살림방으로 들어가자고 청했다. 산뜻한 옷차림을 하고 맨발에 덧신을 신은 처녀가 허리를 구부리고 새로 만든 현관 마루를 닦고 있었다. 그녀는 레빈의 뒤에서 뛰어들어온 개에 놀라 고함을 질렀으나, 개가 아무 짓도 하지 않는다는 것을 알자 이번에는 자기가 놀란 것 때문에 웃어댔다. 옷소매를 걷어올린 한쪽 손으로 레빈에게 객실 문간을 가리키고 나서, 그녀는 또다시 허리를 구부려 아름다운 얼굴을 감추고 부지런히 마루를 닦아댔다.

"사모바르를 드릴까요?" 그녀가 물었다.

"네, 부탁합니다."

살림방은 큼직했고 칸막이가 쳐져 둘로 나뉘었으며 네덜란드산 벽난로가 있었다. 성상 아래에는 무늬가 칠해진 탁자와 벤치와 의자 두 개가 놓여 있었다. 문 가까이에는 식기장이 있었다. 덧문은 닫혀 있고 파리도 거의 없었다. 레빈은 도중에 뛰어오면서 흙탕물을 뒤집어쓴 라스카가 마루를 더럽히지나 않을까 걱정되어 문 옆의 한쪽 구석에 가만히 앉아 있으라고 지시했을 정도로 모든 것이 정결했다. 방을 대충 둘러보고 나서 레빈은 뒷마당으로 나가보았다. 덧신을 신은 아름다운 처녀는 멜대 끝에 걸린 빈 통을 디룽디룽 흔들면서 우물로 물을 길으러 가느라 그의 앞을 뛰어갔다.

"아가, 빨리 하거라!" 노인은 그녀에게 유쾌하게 외치고 레빈에게 다가왔다. "그래, 나리께선 니콜라이 이바노비치 스비야시스키께 가시는 길이시죠? 그 나리께서도 곧잘 저희 집에 들르시죠." 그는 충계 난간에 팔꿈치를 짚으면서 장황스레 말을 꺼내기 시작했다.

노인이 스비야시스키와의 친분에 대해 한참 이야기하고 있는 사이에 대문이 또다시 삐거덕거리더니, 들에서 돌아온 일꾼들이 쟁기며 써레를 끌고 마당으로 들어왔다. 쟁기며 써레를 채운 말들은 배가 팽팽하고 덩치가 컸다. 일꾼들은 모두 집안 식구들인 듯했다. 둘은 나염한 면 루바시카에 챙이 있는 모자를 쓴 젊은이였고, 다른 두 사람은 삼베 루바시카를 입은 품팔이였다. 품팔이 중 한 사람은 늙은이였고, 한 사람은 애교 있는 얼굴을 한 젊은이였다. 늙은이는 충계에서 떨어져 말한테로 다가가더니 마구를 풀기 시작했다.

"뭘 갈고들 왔나?" 레빈이 물었다.

"감자밭을 갈고 왔습죠. 땅뙈길 좀 가지고 있어서요. 얘, 페도트, 악대 말은 끌어내지 말고 여물통 옆에 놔둬. 다른 놈을 채우자꾸나."

"그건 그렇고, 아버지, 보습을 가져와달라고 했었는데 가지고 오셨어요?" 노인의 아들인 듯한 키가 홀쭉 크고 건장한 사내가 물었다.

"저기…… 썰매 안에 있다." 노인은 풀어놓은 고삐를 둘둘 말아 땅바닥에 내던지면서 대답했다. "밥먹는 동안에 채워놓거라."

미모의 처녀는 물이 가득찬 통을 메고 어깻죽지를 축 늘어뜨린 채 현관 쪽으로 지나갔다. 그러자 어디선가 또다른 아낙네들, 젊고 예쁜 아낙네들이며 중년의 아낙네들이며 나이가 많고 험상궂게 생긴 할멈들이며 어린애들을 데리고 있거나 데리고 있지 않은 아낙네들이 슬금슬금 나타났다.

사모바르는 부글부글 소리를 내며 끓어오르기 시작했다. 일꾼들과 집안 식구들은 말 손질이 끝나자 밥을 먹으러 갔다. 레빈은 마차 안에서 음식을 꺼내어 같이 차를 마시자고 노인에게 청했다.

"저어, 저흰 벌써 마셨습니다만," 노인은 분명 그 제의를 기뻐하면서 말했다. "그렇지만 예의상 한 잔 더 들까요."

차를 마시는 동안 레빈은 노인이 농사지어온 이야기를 자세히 들었다. 노인은 십 년 전 어느 여지주한테서 백이십 데샤티나의 땅을 빌렸는데 지난해에 그 땅을 사들였고, 다시 이웃의 지주한테서 삼백 데샤티나의 땅을 빌렸다. 그는 그 땅의 일부, 가장 나쁜 부분을 빌려주고 사십 데샤티나의 밭에 가족과 두 품팔이와 함께 직접 농사를 짓고 있었다. 노인은 일이 잘되어가지 않는다고 하소연했다. 그러나 레빈은 노인이 그저 겸사를 하는 것일 뿐이고 실은 굉장히 잘되어가고 있다는 것을 알 수 있었다. 만약 정말로 좋지 않았다면 그는 백오 루블이나 내고 땅을 사지도 못했을 것이고 세 아들과 조카를 결혼시키지도, 두 차례나 화재를 당하고도 매번 전보다 더 좋은 집을 짓지도 못했을 것이다. 노인의 불평에도 불구하고 그는 자신의 부유함과 세 아들이며 조카와 며느리들, 말과 소, 그중에서도 이만한 규모의 농사를 훌륭히 지어나가고 있다는 점을 분명 자랑스러워하고 있었다. 당연했다. 노인과의 이야기에서 레빈은 그가 새로운 영농법도 굳이 마다하지 않는다는 것을 알았다. 그는 감자를 많이 심고 있었는데, 레빈이 오면서 본 바로는, 그가 있는 곳에서는 이제 겨우 감자에 꽃이 피기 시작했으나, 여기서는 꽃은 벌써 한물가고 알이 영글어가기 시작했다. 그는 또 감자밭을 가는 데 지주한테서 빌린 신형 쟁기를 쓰고 있었는데, 그것을 플루크라고 일컬었다. 그는 밀농사도 지었다. 또한 호밀밭에서 솎아낸 것으로 말을 먹이고 있다고 했다. 이러한 노인의 세심한 주의가 특히 레빈을 감동시켰다. 레빈은 몇 차례 이 훌륭한 사료가 버려지고 있는 것을 보고 그것을 활용해야겠다고 생각했지만, 언제나 그 생각은 불가능에 그쳤다. 그러나 이 농부는 그 일을 해낸 것이다. 그는 이 사료에 대해 무어라 칭찬을 해도 이루 다 할 수가 없는 모양이었다.

"아낙네들이 따로 할 일도 없어요. 묶어가지고 길가에 날라놓으면 나머지는 달구지가 싣고 가는 거죠."

"아니, 어쩐지 우리 지주들은 일꾼들하고 잘 화합이 되지 않아서 말일세." 레빈은 차가 든 컵을 그에게 건네면서 말했다.

"감사합니다." 노인은 대꾸를 하면서 컵을 받았으나, 씹다 남은 덩어리를 가리키며 설탕은 사양했다. "일꾼들한테 시켜서 잘되는 일은 아마 어딜 가도 없을 겁니다." 그는 말을 이었다. "그저 못쓰게 될 뿐이에요. 글쎄 스비야시스키의 땅을 좀 봐요. 저흰 그것이 어떤 땅인지 잘 알고 있습죠. 굉장한 땅입니다. 그런데도 그다지 만족할 만한 수확은 없거든요. 그 모두가 소홀한 탓이에요!"

"그러나 자네도 일꾼들을 시켜서 짓고 있잖나?"

"저희는 다 농사꾼이라서, 하나에서 열까지 모두 저희들 손으로 하고 있어요. 쓸데없는 녀석은 냉큼 쫓아버리고 내 손으로 해나가고 있지요."

"아버지, 피노겐이 타르를 꺼내달라고 하던데요." 덧신을 신은 처녀가 들어와서 말했다.

"그럼, 나리!" 노인은 일어서면서 말하고는, 연거푸 성호를 그으며 레빈에게 사의를 표하고 나갔다.

자신의 마부를 부르러 굴뚝이 없는 건물 안으로 들어갔을 때, 레빈은 온 집안의 남자들이 식탁에 둘러앉아 있는 모습을 보았다. 아낙네들은 서서 시중을 들고 있었다. 젊고 건강한 아들은 입에 귀리죽을 한가득 넣고 뭔가 재미있는 이야기를 하고 있었다. 그래서 모두들 껄껄거리고 있었는데, 그중에서도 양배추수프를 그릇에다 부어주고 다니던 그 덧신을 신은 처녀가 가장 즐겁게 웃고 있었다.

레빈이 이 농가에서 받은 질서정연한 인상에는 아마도 덧신을 신은 처녀의 어여쁜 얼굴이 크게 영향을 주었을 터였다. 그 인상은 레빈에게는 결코 잊을 수 없이 강렬한 것이었다. 그리하여 노인의 집에서 스비야시스키의 집까지 가는 동안 그는 끊임없이, 마치 이 인상에 무언가 유달리 자신의 주의를 끄는 것이 있기라도 한 듯 몇 번이고 되풀이하여 그 농가에 대해 생각했다.

26

스비야시스키는 자기 군의 귀족단장이었다. 그는 레빈보다 다섯 살위로, 오래전에 결혼했다. 그의 집에는 레빈이 꽤 매력을 느끼는 젊은처제가 함께 살고 있었다. 그리고 레빈은 스비야시스키 부부가 이 처녀를 몹시 그에게 시집보내고 싶어한다는 것을 알고 있었다. 세상에서 신랑감이라고 불리는 다른 젊은이들과 마찬가지로, 그가 비록 그 사실을 누구에게도 말한 적은 없지만, 이를 잘 알고 있었다. 게다가 그는 자기도 결혼을 하고 싶어하고, 또 이 지극히 매력적인 처녀가 어느 면으로 보더라도 분명 훌륭한 아내가 될 테지만, 그럼에도 불구하고 그녀와 결혼한다는 것은 설사 그가 키티 셰르바츠카야를 생각하고 있지 않는다 손 치더라도, 흡사 하늘로 날아오르는 것만큼이나 불가능한 일이라는 것도 알고 있었다. 그리고 이러한 사정은 그가 스비야시스키를 찾아가며 마음에 품었던 만족감을 해치는 것이었다.

사냥을 하러 오라는 스비야시스키의 편지를 받았을 때 레빈은 곧 이 생각을 했으나, 그럼에도 불구하고 그는 스비야시스키가 자기에 대해 그런 생각을 가지고 있다는 것은 아무런 근거도 없는 자기만의 공상에 지나지 않는다고 단정하고 역시 가기로 결정했던 것이다. 게다가 마음속 깊은 곳에서는 다시 한번 자기를 시험해보고 싶은 마음, 이 처녀에 대해 다시 한번 자기 감정을 저울질해보고 싶다는 희망이 꿈틀거리고 있었다. 또한 스비야시스키가의 가정생활은 더할 나위 없이 즐거운 것이었고, 스비야시스키 자체도 레빈이 아는 한 모범적인 지방행정관일 뿐만 아니라 레빈에게는 언제나 무척 재미있는 인물이었기 때문이었다.

스비야시스키는 레빈에겐 언제나 기이하게 여겨지는 인물들 중 하나였다. 그의 사상은 결코 독창적이랄 수는 없어도 지극히 논리적이어서 나름대로의 길을 걸어나가고 있었으나 그의 생활방식은 극도로 고정되고 틀에 박힌 것으로, 그의 사상과는 전혀 동떨어져 거의 언제나 정반대 방향으로 역행하고 있었다. 스비야시스키는 지극히 자유주의적인 사람이었다. 그는 귀족을 멸시했고, 귀족의 대부분이 소심하여 겉으로 드러내질 않을 뿐인 농노제주의자들로 간주했다. 그는 또 러시아를 터키와 똑같이 망한 나라로 치부하고, 러시아 정부에 대해선 자신이 그 시정施政을 진지하게 비판하는 것조차 부끄러울 만큼 하찮은 것으로 얘기했다. 그럼에도 그는 관리이자 모범적인 귀족단장이었고 외출할 때면 언제나 모장帽章이 달린 테가 붉은 제모를 썼다. 그는 인간다운 생활은 오직 외국에서만 가능하다는 견해에서, 기회만 있으면 외국으로 가서 지냈다. 그러나 그와 동시에 러시아에서도 지극히 복잡하고 완전한 농업방식을 채용했고, 대단한 흥미를 기울여가면서 러시아에서 행해지는 온갖 일에 주의했으며, 무슨 일이든 다 알고 있었다. 그는 또 러시아의 농부를 원숭이에서 인간으로의 진화과정에 있는 존재로 여겼다. 그러나 한편 지방자치회의 선거에서는 누구보다 먼저 나서서 농부들과 악수를 했고 그들의 의견을 경청했다. 그는 악마니 죽음이니 하는 걸 믿지 않았으나 성직자들의 생활 상태 개선, 교구 축소 문제에는 세심히 마음을 썼고 교회를 자신의 마을에 존치시키는 문제에는 유달리 진력했다.

여성 문제에서 그는 여성의 절대 자유를, 특히 여성이 일을 가질 권리를 극렬히 지지하기는 했으나, 자기 아내와는 아이가 없음에도 모든 사람이 이 가정생활을 부러워할 만큼 행복하게 살고 있었다. 그리고 자기 아내의 생활을, 그녀가 남편과의 공동생활을 가능한 한 훌륭하고 즐겁게 만드는 일 이외에는 아무것도 하지 않고 또 할 수도 없도록 이끌고 있었다.

만약 레빈이 사람을 가장 좋은 측면에서만 보는 특성을 지니지 않았더라면, 스비야시스키의 성격은 그에게 아무런 혼란도 의문도 주지 않았을 것이다. 그는 자신에게 이렇게 말했을 것이다. 바보가 아니면 불한당이라고. 그로써 모든 것이 명백해졌을 것이다. 그러나 그는 바보라고 할 수가 없었다. 스비야시스키는 의심할 나위 없이 총명한 사람일 뿐만 아니라, 지극히 높은 교양을 가지고 있으면서도 그 교양을 조금도 내세우는 일이 없는 사람이었기 때문이다. 그가 모르는 것은 없었다. 그러나 그는 자신의 지식을 부득이한 경우를 제외하고는 드러내놓지 않았다. 또한 레빈이 그를 불한당으로 여길 수 없었던 것은 스비야시스키는 의심의 여지 없이 바르고 착하고 총명한 사람이었고, 끊임없이 유쾌하고 활발하게 주위의 온갖 사람들로부터 높이 평가되는 일에 매달렸으며, 또 틀림없이 불순한 일 따위는 한 번도 의식적으로 한 적이 없고 할 수도 없는 사람이었기 때문이다.

레빈은 그를 이해하려고 노력했으나 이해하지 못했고, 언제나 살아 있는 수수께끼를 대하듯이 그와 그의 생활을 보고 있었다.

레빈은 그 가족과 친밀한 사이였으므로 수시로 스비야시스키를 시험하고 그의 인생관의 근저를 캐려고 했으나, 언제나 허사에 그쳤다. 레빈은 모든 사람들에게 열려 있는 스비야시스키 마음의 응접실 문에서 한 걸음 더 안으로 들어서려고 할 때마다 스비야시스키가 가볍게 당황하는 빛을 보이는 것을 알아챘다. 흡사 레빈에게 붙들릴까봐 두려워하는 듯 간신히 알아챌 정도의 놀라움을 눈에 드러내면서, 그는 선량하고도 쾌활하게 저항을 해 보였다.

자신의 농사일에 환멸을 느끼고 있던 지금의 레빈에게는 스비야시스키의 집에서 묵는 것이 특히 즐거웠다. 자기에게도 남들한테도 만족하고 있는 행복한 부부의 모습과 잘 정돈된 보금자리가 뭐라 할 수 없을 만큼 그에게 즐겁게 작용했음은 물론이거니와, 현재 자신의 생활이 불만족스러운 레빈으로서는 스비야시스키가 일상에서 이토록 명쾌함과 확실함과 즐거움을 느끼는 비결을 파고들고 싶은 생각이 간절했다. 또한 레빈은 스비야시스키에게 가면 인근의 지주들을 만나리라는 것을 알고 있었고, 지금 그에겐 그 사람들과 이야기하는 것, 그들에게서 수확이나 일꾼 고용 등 농사에 관한 이야기를 듣는 것이 특히 흥미로웠다. 그러한 이야기는 흔히 지극히 저속한 취향으로 간주된다는 사실을 레빈도 알고 있었지만, 지금의 레빈에게는 오직 그 얘기만이 중대한 듯이 여겨졌다. '아마 이런 것은 농노시대에는 필요하지 않았을 것이다. 또 영국에서는 지금도 필요하지 않을 것이다. 말하자면 이 두 경우에는 조건 자체가 정해져 있기 때문이다. 그러나 우리 나라에서는, 모든 것들이 뒤죽박죽되었다가 겨우 모습을 갖춰가고 있는 오늘의 러시아에서는 이러한 조건들이 어떻게 수습될 것인가가 오로지 중대한 문제이다.' 레빈은 생각했다.

사냥은 레빈이 기대했던 것만큼 좋지는 않았다. 늪은 말라버려 멧도요도 전혀 보이지 않았다. 그는 진종일 돌아다녀 겨우 세 마리를 잡아 가지고 돌아왔다. 그러나 대신에 사냥에서 돌아올 때면 언제나 그렇듯이 굉장한 식욕과 고조된 기분, 그리고 격렬한 육체적 운동 뒤에 언제나 따라오는 발랄한 정신 상태를 느꼈다. 그리고 사냥터에서는 아무것도 생각하지 않았던 듯했지만, 어느 틈에 또다시 노인과 그 가족에 대해 생각하고 있었다. 그들에게서 받은 인상은 마치 그에게 그 가족 자체에 대한 주의를 요구할 뿐만 아니라, 그것과 관련된 어떤 다른 문제의 해결도 요구하는 것 같았다.

저녁이 되어 차를 마실 때에는 후견에 관한 볼일로 찾아온 지주 두 사람이 끼어서, 레빈이 기대하고 있던 바로 그 가장 흥미로운 이야기가 시작되었다.

레빈은 다탁 앞에 앉을 때 안주인 옆에 자리를 잡았으므로, 그녀와 그의 맞은편에 앉은 스비야시스키의 처제와 이야기를 나누지 않을 수 없었다. 안주인은 금발에 키가 크지 않은 여자로, 둥근 얼굴 전체가 보조개와 미소로 빛났다. 레빈은 그녀를 통해 그녀의 남편이 자기에게 제공한, 자기에게는 무척 중대한 수수께끼를 풀어보려고 애썼다. 그러나 그는 괴로울 정도로 거북스러웠으므로 편안히 생각에 잠길 수가 없었다. 그처럼 거북스러웠던 이유는, 그가 보기에는 바로 자기에게 보이려고 새하얀 가슴께를 사다리꼴로 도려낸 드레스를 입은 스비야시스키의 처제가 그의 정면에 앉아 있었기 때문이다. 드러낸 가슴이 더없이 하얬음에도, 아니 어쩌면 그것이 너무나 하얬기 때문에 레빈은 사고의 자유를 잃어버렸던 것이다. 아마 오해였을 테지만 그는 그녀가 이렇게 가슴을 드러낸 것이 자기를 계산에 넣었기 때문이라고 상상하고, 자기는 그것을 볼 권리가 없다고 생각하며 보지 않으려고 애썼다. 그러나 이처럼 그녀가 가슴을 드러내게 되었다는 것만으로도 그는 이미 자기한테 죄가 있는 것처럼 느꼈다. 자기가 누군가를 속이고 있는 것 같은, 뭔가 설명하지 않으면 안 될 일이라도 있는 것 같은, 그러면서도 도저히 그 설명을 할 수 없을 것 같은 야릇한 기분이었다. 그 때문에 그는 줄곧 얼굴이 붉어지고 불안하고 거북스러웠다. 그의 거북스러움은 해사한 처제한테도 전염됐다. 그러나 안주인은 그것을 알아채지 못한 듯이 일부러 동생을 대화로 끌어들이는 것이었다.

"당신 말씀으로는," 안주인은 이야기를 계속했다. "저분이 러시아에 대해서는 아무런 흥미도 없다고 하셨지만 오히려 정반대예요. 아닌 게 아니라 저분은 외국에서도 즐겁게 보내시지만, 결코 여기에 있을 때 같지는 않아요. 여기에서 저인 정말 자신의 세계에 있는 것처럼 느끼고 있는걸요. 저인 일이 몹시 많고 게다가 또 무슨 일에나 흥미를 갖는 천성을 지녔으니까요. 아아, 당신은 저희 학교에 와보신 적이 없으신가요?"

"가봤어요…… 그 담쟁이로 덮인 조그마한 건물이죠?"

"네, 거기가 나스탸가 일하는 곳이에요." 그녀는 동생을 가리키면서 말했다.

"당신이 직접 가르치시나요?" 레빈은 드러난 가슴께를 외면하려고 노력하면서 물었다. 그러나 그녀 쪽을 보기만 하면 어디를 보고 있어도 저절로 눈이 그리로 가는 것만 같은 느낌이 들었다.

"네, 내가 직접 가르쳐왔어요. 그리고 앞으로도 그럴 작정이에요. 그렇지만 지금은 아주 좋은 여선생이 한 분 와 계셔요. 그래서 체조도 시작했어요."

"아닙니다, 감사합니다만, 난 이제 차는 그만 들겠습니다." 레빈은 말하고는 다소 무례하다고 여기면서도, 이제 더이상 이야기를 계속할 용기가 없어 얼굴을 붉히면서 일어섰다. "꽤 재미있는 얘기를 하시는 것 같군요." 이렇게 덧붙이고 나서 그는 주인과 두 지주가 자리잡고 있는 탁자의 다른 쪽 끝으로 다가갔다. 스비야시스키는 탁자를 향해 비스듬히 앉아 팔꿈치를 짚은 쪽의 손으로 찻잔을 빙글빙글 돌리면서, 다른쪽 손으로는 턱수염을 싹 쓰다듬어 마치 냄새라도 맡으려는 듯이 코 있는 데까지 들어올렸다가는 다시 내려놓곤 했다. 그는 번쩍이는 검은 눈으로, 잔뜩 흥분해서 떠드는 콧수염이 희끗희끗한 지주의 얼굴을 똑바로 들여다보고 있었다. 분명 그 이야기에서 흥미를 느끼는 것 같았다. 지주는 농민에 대해 불평했다. 레빈의 눈에 스비야시스키는 분명 지주의 불평에 대해 그 말의 논지 전부를 당장에라도 분쇄하고 말 답변을 알고 있지만, 그것을 입 밖에 낼 수 없는 입장인데다 전혀 재미가 없는 것도 아니라는 태도로 지주의 우스운 말을 듣고 있는 것 같았다.

희끗희끗한 콧수염의 지주는 완고한 농노제 지지자로 시골 토박이이며 열정적인 농가의 주인임이 분명했다. 그러한 증거를 레빈은 그 옷차림에서도 알아볼 수 있었다. 평소에는 걸치지 않는 게 분명한 다 해진 구식 프록코트였다. 그리고 미간을 찌푸린 총명한 눈망울에서도, 유창한 러시아어에서도, 오랜 지주 노릇으로 버릇이 된 게 분명한 권위적인 태도에서도, 무명지에 낡은 결혼반지를 낀 햇볕에 그을려 불그레하고 큼직하고 잘생긴 손의 결연한 동작에서도 알 수 있었다.

27

"지금까지 해온 것을…… 모진 고생을 다해서 해온 것을…… 버리는 데 미련만 없다면 나도 모든 것에서 손을 털고, 손을 떼버리고 니콜라이 이바니치처럼 떠날 텐데요…… 〈헬레네〉라도 들으러 말예요." 지주는 영리하고 쭈그러진 얼굴에 쾌활한 미소를 띠면서 말했다.

"그런데 좀처럼 단념하지 않으시잖아요." 니콜라이 이바노비치 스비야시스키는 말했다. "그러고 보면 틀림없이 뭔가 좋은 일이 있으신 모양이에요."

"좋고 나쁘고를 떠나서, 그저 산 것도 아니고 빌린 것도 아닌 자기 집에서 살고 있다는 것뿐예요. 그저 농부들이 조금 더 이해를 해주었으면 하고 바라는 거죠. 그러나 어디요, 그 녀석들의 폭주와 방탕은 정말이지 그게 사실인가 하고 놀랄 정도니까요! 말이건 소건 닥치는 대로 모조리 술로 바꿔버리지 뭐예요. 글쎄, 굶어뒈질 것 같은 놈도 품팔이로 들여만 놔봐요. 그야말로 당신한테 몽땅 신세를 져놓고 나서도, 되레 이쪽이 치안판사 앞까지 끌려나가게 되는 짓거릴 저지르고 마니까요."

"그러면 당신도 치안판사에게 고소하면 될 게 아녜요."* 스비야시스키는 말했다.

"내가 고소한다고요? 당치도 않아요! 그런 짓이라도 해보죠, 세상 시끄러워서 견딜 재간이 없어요! 최근에만 해도 내 공장에서 계약금만 받아가지고 내빼버렸어요. 그런데 글쎄 치안판사가 무슨 짓을 했는지 아세요? 무죄판결을 내렸거든요. 그럴 때 힘이 돼주는 것은 그저 면面 재판소하고 면장뿐이에요. 거기에 가면 그저 옛날처럼 상대방 녀석을 매로 호되게 치니까요. 그렇게 하지 않으면 깨끗이 포기해라, 예요! 세상 끝까지 줄행랑을 쳐버리거든요!"

지주는 스비야시스키를 빈정대고 있는 것이 분명했으나, 스비야시스키는 성을 내기는커녕 오히려 흥을 내고 있었다.

"그렇지만 우린 그렇게까지 하지 않더라도 제 할 일을 해나가고 있

---

* 1864년의 사법제도 개혁은 치안재판소에 지방의 모든 분쟁사건을 이관했다. 공개재판으로 변호사가 구두변론을 할 수 있었고 양 당사자의 권리는 평등하게 인정되었기에 귀족들은 이전 자신들의 권리를 상실했다고 여겼다. 까닭에 치안재판에 대한 불평이 이 시기 지주들의 대화에서 일상적 테마가 되었다.

는걸요." 그는 미소를 지으면서 말했다. "나도 그렇고, 레빈도 그렇고, 이분도 그렇고."

그는 다른 지주 한 사람을 가리켰다.

"그래요, 미하일 페트로비치도 하고 있을 거예요. 그러나 어디 한 번 물어보세요. 그게 도대체 합리적 경영이라고 할 수 있는지 어떤 지?" 지주는 '합리적'이라는 단어로 분명하게 자신의 말을 꾸미면서 말했다.

"내 방법은 지극히 간단한 거예요." 미하일 페트로비치는 말했다. "모두 하느님 덕분이죠. 내 방법이란 그저 가을의 조세 때를 위해서 돈을 마련해두는 것이죠. 그러면 농부들이 찾아옵니다. 나리, 어르신, 도와주십쇼! 하고요. 그래, 내가 부리는 농부들은 모두 이웃 사람들이니까요, 불쌍하죠. 그래 삼분의 일이라도 세금을 내도록 돈을 빌려주는데, 그 때 이런 이야기를 해두죠. 잘 기억해두어야 해, 자네들. 난 자네들을 도와주는 거니까 자네들도 필요할 땐 날 도와줘야만 돼. 귀리를 심을 때도, 풀을 벨 때도, 거두어들일 때도 말야. 이렇게 얘기하고는 소작료도 얼마쯤 깎아줍니다. 그야 농부들 가운데엔 양심이 없는 놈도 있지만요, 그것은 사실이에요."

레빈은 이미 오래전부터 이런 가부장적 수법을 알고 있었으므로, 스비야시스키와 눈짓을 하여 미하일 페트로비치를 가로막고 다시 희끗희끗한 콧수염의 지주한테로 얼굴을 돌렸다.

"그래 당신의 의견은 어떻습니까?" 레빈은 물었다. "오늘날엔 어떻게 농사일을 해야 하나요?"

"그래요, 역시 미하일 페트로비치처럼 하는 것도 좋겠죠. 혹은 뭇갈림*으로 한다든가, 농부들에게 도조를 받고 빌려준다든가 하는 방법도 있지요. 그러나 그런 방법들은 국가의 전반적인 부를 줄어들게 할 뿐이에요. 농노시대에는 내 땅에서도 짓는 법만 좋으면 아홉 배의 수확을 내던 것이, 못갈림을 하게 되니까 세 배의 수확밖에 나지 않아요. 말하자면 농노해방은 러시아를 망쳐놓은 셈이에요!"

스비야시스키는 미소를 머금은 눈으로 레빈을 쳐다보고, 그가 간신히 알아챌 수 있을 정도로 조소의 몸짓까지 해 보였다. 그러나 레빈은 지주의 말이 우스꽝스럽다고는 생각하지 않았다. 그는 스비야시스키의 말보다도 지주의 말이 더 잘 납득되었다. 또한 그에겐 어째서 농노해방이 러시아를 피폐케 했는가를 입증하려는 지주의 이야기 대부분이 지극히 진실하며 참신하고 반박할 수 없는 것처럼 여겨졌다. 지주는 분명 자기 자신의 생각을 얘기하는 것이었고, 그런 일은 극히 드물었다. 그 생각이야말로 무엇인가로 한갓진 두뇌를 굴려봐야겠다는 바람에서 나온 것이 아니라 실생활에서, 시골의 외로움 속에서 온갖 방면으로 생각을 거듭한 결과로 짜낸 것이었다.

"말하자면 문제는 말입니다, 모든 진보는 권력에 의해서만 만들어진다는 데 있어요." 그는 분명 자기가 교양이 부족한 인간이 아니라는 것을 드러내려고 하면서 말했다. "표트르나 예카테리나나 알렉산드르**의 개혁을 생각해보세요. 유럽의 역사를 생각해보세요. 그리고 우선 첫째로 농업의 진보를 생각해보세요. 감자만 보더라도 말입니다, 우리 나라엔 강제로 이식된 거예요. 또 쟁기 역시, 우리가 이전부터 쓰던 게 아녜

---

* 농부와 지주가 일대일로 수확을 나누는 것.
** 모두 러시아 황제들이다. 표트르 대제, 예카테리나 2세, 알렉산드르 1세.

요. 아마 그것도 봉건시대에 들어왔을 테지만, 역시 강제적으로 들어왔을 게 틀림없어요. 이런 식으로 우리의 시대가 돼서도 우리 지주들은 농노제 아래 개량 설비를 들여와서 농업을 경영해왔어요. 건조기든 키든 비료 운반기든, 그 밖의 온갖 농구들도 모두 우리의 권한으로 들여온 것이죠. 농부들은 처음엔 반대했지만 나중엔 우릴 본받게 됐죠. 그런데 농노제 폐지와 함께 우린 권력을 빼앗겨버렸어요. 그래서 이미 높은 수준으로까지 끌어올려진 농업도 가장 야만적이고 원시적인 상태로 되돌아가지 않으면 안 될 곤경에 빠진 겁니다. 난 그렇게 생각해요."

"그렇지만 그건 또 무슨 까닭일까요? 만약 그것이 합리적이라면 당신은 임금제로도 일을 할 수 있을 텐데." 스비야시스키가 말했다.

"권력이 없으니까요. 그럼 어디 한번 물어보겠는데요, 도대체 난 누구를 데리고 일을 하면 좋을까요?"

'바로 이것이다. 노동력, 이것이야말로 농업에서 최대의 요소다.' 레빈은 생각했다.

"물론 일꾼들이죠."

"그러나 일꾼들은 훌륭한 농구로 열심히 일을 하는 것을 싫어해요. 우리 일꾼들이 아는 것이라곤 그저 한 가지, 돼지처럼 술이나 진탕 마시고 잔뜩 취해서 우리가 준 물건은 뭐든 닥치는 대로 망가뜨리고 마는 게 고작이에요. 말한테 물을 너무 많이 주지를 않나, 좋은 마구를 결딴내지 않나, 수레바퀴까지 빼다가 술을 마셔버리질 않나, 탈곡기를 망가뜨리려고 그 안에 쇠몽둥이를 처넣질 않나, 아무튼 그 녀석들은 자기네 방식에 맞지 않는 것은 뭐든 싫어하니까요. 농업의 전반적인 수준이 떨어진 것도 모두 이 때문이죠. 땅덩어린 내팽개쳐진 채 잡초가 수북하

거나 아니면 농부들한테 분배돼서, 전에는 백만 체트베르티*의 수확이
나던 곳에서 십만 정도밖에 산출되지 않으니 말입니다. 말하자면 전반
적인 부가 줄어드는 셈입니다. 그러나 만약 적절히 주의해서 짓기만 하
면……"

그러고서 그는 이러한 문제를 제거해줄지도 모를 농노해방에 관한
자신의 법안을 부연하기 시작했다.

이 대목은 레빈의 흥미를 끌지 못했지만, 그의 말이 끝나자 레빈은
맨 처음의 화제로 되돌아가서 스비야시스키한테 말을 걸어, 그가 진지
하게 자기 의견을 피력하도록 부추기려 했다.

"농업의 수준이 저하되고 있다는 것과 지금 우리가 일꾼들을 대하고
있는 식의 관계로는 유익하고 합리적인 농업을 경영할 가능성이 없다
는 것은 전적으로 맞는 말입니다." 그가 말했다.

"난 그렇게 여기지 않아요." 스비야시스키가 이번에는 정색을 하고
대꾸했다. "난 그저 우리한테는 농업을 경영할 능력이 없으며, 우리가
농노제 때 했던 농업은 너무 고상했기는커녕 도리어 너무나 저급했다
고 생각할 뿐입니다. 우린 기계도 없고 좋은 가축도 없고 진정한 방침
도 없고 계산마저 할 줄 모르는 형편이니까 말이죠. 어느 지주한테고
어디 한번 물어보세요. 그들은 자기한테 무엇이 이익이고 무엇이 이익
이 아닌지조차 모르고 있는 지경이니까요."

"이탈리아식 부기 말씀인가요?" 지주는 빈정대며 말했다. "그런 것으
론 제아무리 계산해봤자 모조리 버려버릴 뿐, 이익이니 하는 것은 있을

---

* 러시아의 옛 곡량 단위로, 1체트베르티는 약 210리터.

턱이 없어요."

"어째서 버려버린다는 거예요? 빈약한 탈곡기며 당신네 러시아식 마력馬力 탈곡기 같은 것이야 파손될 테지만, 내 증기기계는 그럴 염려가 없어요. 러시아의 말 같아선 저어, 뭐라고 얘기해야 좋을까? 꼬리를 달고 있는 게 고작인 게으름쟁이 말 같아선 곧 버릴 테지만, 페르슈롱*이나 부림말을 써봐요. 그런 걱정은 없어요. 문제는 그것뿐예요. 우린 농업의 수준을 더 높이지 않으면 안 돼요."

"그렇죠, 그럴 수만 있다면요. 니콜라이 이바니치! 그야 당신은 문제 없으시겠죠. 그러나 난 아들 하나는 대학에, 작은 놈들은 김나지움에 보내서요. 좀처럼 페르슈롱을 살 여유가 없어요."

"그래서 은행이 있는 겁니다."

"그럼 기둥뿌리까지 경매에라도 부치라는 건가요? 아니, 감사하지만 사양합니다!"

"난 농업의 수준을 높이는 것이 긴요하다든가, 또 하면 된다든가 하는 설에는 동의할 수 없군요." 레빈은 말했다. "난 현재 그렇게 하고 있고 또 그만한 방책도 있어요. 그렇지만 나로선 어쩔 도리가 없었어요. 은행이니 하는 것도 도대체 누구한테 유익한지 모르겠습니다. 적어도 내가 농업에 출자한 돈은 결국 모두 손실이었어요. 가축, 이것도 손실, 기계, 이것도 손실."

"그건 정말 틀림없지요." 희끗희끗한 콧수염의 지주는 만족한 듯이 웃어젖히면서 시인했다.

---

* 프랑스 페르슈 지방이 원산지인, 달구지를 끄는 말을 일컫는다.

"더구나 나만 그런 게 아녜요." 레빈은 계속했다. "난 합리적인 방법을 취하고 있는 모든 지주들 얘길 하고 있는 겁니다. 드물게 예외가 있을 뿐이고, 일에선 모두 손실을 보고 있어요. 자, 당신도 어디 한번 얘기해보세요, 당신 농사는 이익이 있는지 어떤지?" 레빈은 이렇게 말하고는 곧 스비야시스키의 눈에서, 레빈이 그의 마음의 응접실에서 한 걸음 더 안으로 들어서려고 할 때마다 나타나곤 했던 예의 그 놀라움이 순간적으로 떠오르는 것을 보았다.

게다가 이 질문은 레빈으로서는 전혀 악의가 없다고는 할 수 없었다. 방금 전 차를 마시는 자리에서 안주인이 그에게 이번 여름에 모스크바에서 독일인 부기 전문가를 불러서 오백 루블의 보수를 주고 그들의 사업을 조사시킨 결과 삼천 루블가량의 손실이 난 것을 발견했다는 이야기를 들려주었던 것이다. 그녀는 그 액수를 확실히 기억하고 있지는 않았지만, 독일인은 사분의 일 코페이카까지 계산하고 간 것 같다는 이야기였다.

지주는 스비야시스키의 농사 이윤이라는 화제가 나오자, 이웃이자 군 귀족단장인 그에게 얼마의 이윤이 있었는지를 잘 알고 있다는 듯이 빙그레 웃었다.

"어쩌면 이윤이 없었을지도 몰라요." 스비야시스키는 대꾸했다. "그러나 그것은 단지 내가 서투른 지주든지 혹은 내가 도조를 늘리기 위해 자금을 지출했다든지, 그중 어느 쪽을 증명할 뿐입니다."

"아아, 도조!" 레빈은 끔찍하다는 듯 외쳤다. "어쩌면 유럽에서는, 말하자면 노동력을 들여서 지질이 좋아진 곳에선 도조라는 것이 가능할지도 모르죠. 그렇지만 우리 나라에선 노동력을 가하면 가할수록 모든

지질이 더욱더 나빠진단 말입니다. 지력을 잃어만 가죠. 그렇다면 도조
란 있을 수가 없어요."

"어째서 도조가 없어요? 법으로 정해진 건데."

"그렇다면 우린 법률의 권역 밖에 있는 겁니다. 도조니 하는 것은 우
리들에게 아무런 설명도 해주지 않아요. 아니, 도리어 머리를 어지럽힐
정도죠. 아니, 정말, 당신이 한번 설명해보세요, 도대체 도조란⋯⋯"

"여러분, 응유 좀 드시겠어요? 마샤, 여기 응유와 나무딸기를 좀 보
내줘요." 그는 아내를 돌아보았다. "올핸 나무딸기가 꽤 늦게까지 저장
돼 있군그래."

그러고서 스비야시스키는 잔뜩 좋은 기분으로 일어서서 걸어가버렸
다. 그는 분명 레빈에게는 지금 막 시작된 것처럼 여겨지는 이야기를
벌써 끝난 것으로 여기고 있는 것 같았다.

레빈은 말상대를 잃자 이번에는 지주를 향해, 모든 어려움은 우리가
일꾼의 특성이며 습관을 알려고 하지 않는 데서 생기는 것이라는 사실
을 입증하려고 애쓰며 말을 계속했다. 그러나 지주는 자기 혼자서 꼼
꼼하게 생각하는 사람들 누구나 그렇듯이, 남의 의견에 대해서는 이해
가 무디고 자신의 의견에 대해서는 유달리 집요했다. 그는 다음과 같
이 주장했다. 러시아의 농부는 돼지다, 그들은 돼지 같은 환경과 생활
이 좋은 것이다, 그러니까 농부를 돼지의 상태에서 끌어내려면 권력이
필요하다, 권력이 없는 경우에는 매가 필요하다, 그런데 오늘날 우리는
자유주의자가 되어 천년 동안 써온 매를 갑자기 정체도 모를 변호사
니 금고니 하는 것으로 바꿔버렸다, 그리고 쓸모도 없고 썩은내 나는
농부들에게 훌륭한 수프를 먹여주거나 몇 세제곱피트의 공기를 주고

있다.

"당신은 어째서 그렇게 생각하죠?" 레빈은 중요한 문제 쪽으로 돌아가려고 애쓰면서 말했다. "그 노동을 생산적인 것으로 만들 수 있는 노동력에 대한 관계를 발견할 수 없다고?"

"러시아 농민들한테선 좀처럼 그런 것을 바랄 길이 없어요! 우리에게 권력이 없어서요."* 지주가 대꾸했다.

"도대체 어떻게 해야 새로운 조건을 찾아낼 수 있을까요?" 스비야시스키는 응유를 먹고 나서 담배에 불을 붙이고 다시 토론꾼들한테로 다가오면서 말했다. "노동력에 대해 가능한 모든 관계는 이미 다 연구됐고 결정돼 있어요." 그는 말했다. "야만시대의 유물, 즉 서로 감싸주는 원시공동체는 저절로 소멸했고 농노제도 철폐되어 이제 남은 것은 오직 자유노동뿐이에요. 그 형식은 결정되었고 정돈돼 있으니까 어쩔 수 없이 그것을 채용할 수밖에 없어요. 머슴, 날품팔이, 소작농, 이런 형식 외에는 이제 당신들이 선택할 수 있는 건 없을 겁니다."

"그러나 유럽은 그런 형식에도 만족하지 않고 있어요."

"만족하지 못하기 때문에 새로운 무언가를 찾고 있는 거죠. 그리고 또 틀림없이 발견하게 될 거예요."

"내가 방금 얘기했던 게 그겁니다." 레빈은 말했다. "어째서 우린 스스로 그것을 찾아내려고 하지 않을까요?"

---

* 1875년 페테르부르크 귀족회의에서 '모든 신분에 걸친 소유지'안이 심의되었다. 차르스코셀로 귀족단장 플라토노프는 『안나 카레니나』에서 노지주가 했던 것과 똑같은 말을 했다. "지금 우리는 질서를 가지고 있지 않다, 왜냐하면 권력이 없기 때문이다."(『조국의 기록』, 1874, 5호, p. 75)

"뭐랄까, 말하자면 새로이 철도부설법을 고안하는 것과 마찬가지이기 때문이죠. 그 형식은 이미 다 고안돼 있고 정리돼 있으니까요."

"그러나 만약 그것이 우리에게 맞지 않는다면요? 만약 어리석은 것이라면요?" 레빈이 말했다.

그러자 그는 또다시 스비야시스키의 눈에서 예의 놀라운 표정을 보았다.

"그렇지, 그런 얘긴 말이죠, 손쉽게 받아넘길 수 있어요. 우리가 유럽이 찾던 것을 찾아냈다!고 혹자는 말하고 있죠. 나도 그건 다 알아요. 그런데 미안하지만 노동 조직의 문제에 관해 지금 유럽에서 이루어지고 있는 일을 당신은 다 알고 있나요?"

"아니, 잘 몰라요."

"지금 유럽에서는 뛰어난 식자들이 이 문제에 몰두하고 있지요. 슐체델리치* 운동…… 그리고 노동 문제, 즉 가장 자유주의적인 라살** 운동에 관한 방대한 저술…… 뮐하우젠 제도***, 이러한 것들은 이미 현실로 나타나고 있어요. 당신도 아마 알고 있을걸요."

"나도 귀동냥은 하고 있죠. 그렇지만 몹시 막연한 얘기입니다."

"아니, 그저 말씀만 그렇고, 이런 모든 것에 대해 당신은 나 이상으로 소상히 알고 있을 겁니다. 난 물론 사회학 교수는 아니지만, 이 문제에

---

* 헤르만 슐체델리치는 독일 경제학자이자 정치가로, 가난한 수공업자 구제를 위해 신용협동조합을 창설했다.
** 페르디난트 라살은 독일 사회주의자이자 독일노동자총연맹의 창립자로, 슐체델리치의 협동조합에 맞서 국가의 지원을 받는 생산협동조합을 내세웠다.
*** 공장 경영자 돌푸스가 뮐하우젠시에 개설한 노동자 생활개선 제도. 자선을 목적으로 한 상업 활동으로, 주택을 지어 노동자들에게 신용거래로 판매했다.

는 흥미를 가지고 있어요. 그리고 정말로 말입니다, 당신도 흥미를 가지고 있다면 한번 연구해보시지요."

"그런데, 그래서 그들은 결국 어떤 결론에 도달했나요?"

"잠깐만 실례하겠습니다……"

지주들이 자리에서 일어났기 때문에, 스비야시스키는 또다시 자기 마음의 골방을 들여다보려고 하는 레빈의 불쾌한 버릇을 가로막아놓고 손님들을 배웅하러 나갔다.

28

레빈에겐 이날 밤 부인들과 같이 있는 것이 견딜 수 없을 만큼 지루했다. 그가 지금 경험하고 있는 농사에 대한 불만이 자기 개인의 특별한 상태가 아니라 러시아의 농업에 공통된 일반적인 사정이며, 현재 노동자들이 지닌 태도를 그가 오면서 목격한 농부의 집에서와 마찬가지로 변화시키는 일은 공상이 아니라 당장 해결하지 않으면 안 될 문제라는 생각이 지금까지는 한 번도 경험하지 못했을 만큼 그의 마음을 흔들어놓았다. 그리고 그에겐 이 문제는 해결될 수 있는, 또한 꼭 해결을 시도해보지 않으면 안 될 성질의 것처럼 여겨졌다.

부인들과 인사를 나누면서 모두 함께 말을 타고 국유림에 있는 흥미로운 낭떠러지를 보러 가기 위해 내일 하루 더 묵기로 약속하고 나서, 레빈은 잠자리에 들기 전에 스비야시스키가 권한 노동문제 책을 빌리러 주인의 서재에 들렀다. 스비야시스키의 서재는 사방이 책장으로 둘러싸인 큼직한 방으로, 탁자 두 개가 놓여 있었다. 하나는 방 한가운데 있는 큼직한 책상이고, 또하나는 램프 둘레에 여러 나라 말의 최신간 신문과 잡지를 별처럼 쭉 늘어놓은 원탁이었다. 책상 옆에는 갖가지 서류를 넣고 금문자의 라벨로 분류한 서랍장이 놓여 있었다.

스비야시스키는 책을 들고 흔들의자에 앉아 있었다.

"뭘 보고 있나요?" 그는 원탁 옆에 멈춰 서서 잡지의 책장을 뒤적거리고 있던 레빈한테 말했다. "아, 그렇군요, 그 속에 재미있는 논문이 있어요." 스비야시스키는 레빈이 손에 들고 있던 잡지를 보고 말했다. "결국은 그거야," 그는 유쾌하고 발랄한 어조로 덧붙였다. "폴란드 분할의 주요 책임자는 결코 프리드리히*가 아니었다, 그래서 결국⋯⋯"

그리고 그는 특유의 명쾌한 어조로 간단하게 이 새롭고도 몹시 중대하며 흥미로운 발견에 대해 얘기했다. 지금 레빈은 무엇보다도 농사에 대한 생각에 마음을 온통 뺏기고 있었으나, 주인의 말을 들으며 이렇게 자문했다. '도대체 이 사람의 마음속에는 무엇이 도사리고 있는 것일까? 도대체 어째서, 무엇 때문에 이 사내는 폴란드의 분할이니 하는 문제에 흥미를 가지고 있는 것일까?' 그리고 스비야시스키가 이야기를 끝냈을 때 레빈은 무심코 이렇게 물었다. "그래서 어떻다는 거죠?" 그러나 그 이상은 아무것도 아니었다. 그저 '결국 그렇게 됐다'는 것이 재미있었을 뿐이라는 얘기였다. 그러나 스비야시스키는 어째서 그것이 그에게 흥미가 있었는지 설명하지 않았고, 또 그럴 필요도 느끼지 못했다.

---

* 프리드리히 2세. 프로이센의 국왕으로, 프리드리히대왕으로 불린다.

"그런데 나는 그 걸핏하면 불뚱거리기를 잘하는 지주가 정말이지 재미있더군요." 레빈은 한숨을 내쉬며 말했다. "그는 현명한 사내이고, 사실을 꽤 얘기했어요."

"아니, 그게 무슨 소리입니까! 그자는 애초부터 숨은 농노주의자예요, 그 패거리들이 다 그렇듯이!" 스비야시스키가 말했다.

"당신은 그런 패거리의 귀족단장이면서……"

"그건 그래요, 그렇지만 난 다른 방면으로 그들을 지도하고 있어요." 스비야시스키는 웃으면서 말했다.

"내가 재미있다고 여겼던 건 말이죠," 레빈은 말했다. "그 사람의 얘기가 진실이기 때문이에요. 우리의 사업, 즉 합리적 농업이란 행해지지 않고, 다만 그 과묵한 지주가 하듯 고리대금업적인 농업이 되어가고 있다는 얘기 말입니다. 그렇지 않으면 지극히 원시적인 농업이거나. 그렇다면 도대체 잘못은 누구한테 있는 걸까요?"

"물론 우리 자신한테 있죠. 그러나 합리적 농업이 행해지고 있지 않다는 것은 사실이 아니에요. 바실치코프 집에선 현재 훌륭히 해나가고 있으니까요."

"그건 공장이잖아요……"

"그러나 난 여전히 당신이 무엇에 그토록 놀라고 있는지를 모르겠군요. 러시아 농민은 물질적으로도 정신적으로도 발달의 정도가 지극히 낮으니까, 그들이 자기들에게 생소한 모든 것에 반대했다고 해서 하나도 이상할 건 없어요. 유럽에서 합리적인 농업이 진보하는 것은 농민이 교육을 받았기 때문이죠. 그리고 보면 러시아에서도 농민의 교육을 소홀히 할 수는 없어요. 요는 이것뿐입니다."

"그러나 농민을 어떻게 교육한다는 겁니까?"

"농민을 교육하려면 세 가지 조건이 필요해요. 첫째도 학교, 둘째도 학교, 그리고 셋째도 학교."

"그러나 당신은 방금 당신 입으로 농민은 물질적으로도 발달의 정도가 지극히 낮다고 하지 않았나요. 그런데 거기에 학교를 들고 나와서 무슨 도움이 된다는 건가요?"

"아니 이거 봐요, 당신 말은 나한테 '어느 병자에의 충고'라는 일화를 생각나게 하는군요. '하제下劑를 써보면 괜찮을 겁니다.' '써보았습니다. 더 도져갈 뿐예요.' '거머리를 시용試用해보세요.' '해보았습니다. 더 도져갈 뿐예요.' '그럼 이제 하느님께 비는 수밖에 다른 도리가 없군요.' '해보았습니다. 더 도져갈 뿐예요.' 지금의 나하고 당신이 꼭 그렇군요. 내가 정치경제학 운운하면 당신은 나빠질 뿐이라고 하고, 내가 사회주의를 내놓으면 역시 나빠질 뿐이라고 하고, 교육에 대해 말하면 역시 나빠질 뿐이라고 하고."

"그럼, 학교가 무슨 도움이 되나요?"

"그들에게 새로운 욕구를 주는 거죠."

"거봐요, 바로 그 점이 나는 도무지 이해가 가질 않아요." 레빈은 잔뜩 열을 올려 반박했다. "어떻게 하면 학교가 그들의 물질 상태를 개선하는 데 도움이 될 것인가? 당신 얘긴 이래요. 학교는, 교육은 그들에게 새로운 욕구를 주는 것이라고. 그러나 그것은 더 나빠요. 왜냐하면 그렇게 되더라도 그들에겐 그 욕구를 채울 만한 힘이 없기 때문이죠. 그러니까 난 덧셈뺄셈이니 교리문답이니 하는 것이 어떤 방법으로 그들의 물질 상태를 개선하는 데 도움이 되는지 조금도 이해할 수가 없어요. 그저께 저녁에 난 갓난애를 안은 한 아낙네를 만나서 어딜 가느냐고 물어봤어요. 그러자 그 아낙네가 대꾸했어요. '무당한테 다녀오는 길이에요. 이애가 경기를 일으켜서, 고쳐달라고 데리고 갔습죠.' 그래서 난 또 물었어요. '무당이 어떻게 경기를 고치나?' '어린앨 닭장 속 홰 위에다 앉혀놓고 무엇인가를 외우죠.'"

"거봐요, 당신 자신도 얘기하고 있잖아요! 그런 아낙네가 경기를 고치려고 어린앨 홰에다 앉혀놓는다든지 하는 짓을 그만두게 하기 위해 당장 필요한 것은……" 스비야시스키는 즐거운 듯이 미소를 지으면서 말했다.

"아아 아니에요!" 레빈은 언짢은 얼굴로 말했다. "내가 말하려는 바는, 학교로 농민을 치료한다는 짓이 꼭 이 요법과 마찬가지라는 겁니다. 농민은 가난하고 무지해요. 이것을 우린, 그 아낙네가 어린애가 울기 때문에 병이 났음을 아는 것과 마찬가지로 확실히 알고 있어요. 그러나 어떻게 이 빈곤과 무지라는 불행에서 학교가 농민을 구해낼까 하는 것은, 닭장 속 홰 위의 암탉들이 어떻게 경기를 치료하는가를 알 수 없는 것과 마찬가지로 불가해하단 말이죠. 구제해야만 할 것은 농민이 가난해지는 원인 그 자체예요."

"그럼 당신은 적어도 그 점에선 당신이 그토록 좋아하는 스펜서와 일치하는군요.* 그 역시 교육은 복지와 편의가 증대된 결과, 말하자면

---

* 스비야시스키는 영국 철학자 허버트 스펜서의 논문 「사회현상을 올바르게 이해하는 데 장애로서의 우리 교육」(『지식』지 1874년 제1호에 실린 번역)을 염두에 두고 있다. 스펜서는 교육이 민중의 복지를 만드는 것이 아니라, 복지야말로 교육의 발달을 위한 필수 조건임을 증명하면서 사회의식의 발전에 대해 서술했다.

자주 씻는 것의 결과일 수는 있어도 독서와 계산 숙달의 결과는 아니라고 했으니까……"

"글쎄요, 내 주장이 스펜서와 일치한다니 무척 기쁘군요. 혹은 반대로 무척 유감이라고 해야 하나? 하여튼 난 그런 건 이미 오래전부터 알고 있었어요. 학교니 하는 것은 아무런 도움도 되질 않아요. 도움이 되는 것은 농민이 더 부유해지고 여가를 얻게 되는 경제 조직입니다. 그렇게만 되면 학교도 자연히 생기죠."

"그러나 유럽의 어딜 가도 지금은 학교 교육이 의무화돼 있어요."

"그럼 당신 자신은 이 문제에 대해 어느 정도까지 스펜서한테 찬성하시나요?" 레빈이 물었다.

그러나 스비야시스키의 눈에는 번쩍 하고 예의 깜짝 놀라는 표정이 번뜩였고, 그는 웃는 얼굴로 말했다.

"아뇨, 그러나 경기 들린 아이라는 예는 탁월하군요! 정말 당신이 직접 들은 얘긴가요?"

레빈은 이래서는 도저히 이 사람의 생활과 사상의 연계를 찾아내기 어렵겠다고 생각했다. 분명 그는 자신의 논증이 어디로 향하고 있건 전혀 신경쓰지 않는 것 같았다. 그에겐 그저 논증의 과정만이 필요한 것 같았다. 그리고 그 과정이 그를 어두컴컴한 막다른 길로 이끄는 경우에는 논증을 달가워하지 않았다. 그는 그것을 싫어했을 뿐만 아니라, 무언가 기분좋은 유쾌한 방향으로 화제를 돌려 그것을 피했다.

이날의 모든 인상은, 이날 하루의 모든 사고의 기조가 된 듯한 도중에 들른 농부의 집에서 받은 인상에서부터 시작하여 레빈의 마음을 강하게 움직였다. 마음속에 사회적인 이용에만 도움이 되는 생각을 품고 레빈에게는 비밀스러운 뭔가 다른 생활기조를 가짐과 동시에, 다수자라는 이름의 군중과 함께 자기와는 관계가 없는 사상의 중개로 여론을 이끌고 있는 이 선량한 스비야시스키. 실생활에서의 괴로움을 통해 얻은 그 의견 자체는 전적으로 옳지만 러시아의 계급 전체, 즉 최고 계급에 대한 분노는 옳지 않은, 걸핏하면 불뚱거리기를 잘하던 지주. 일에 대한 레빈 자신의 불만과 이 모든 것을 개선해보려는 막연한 희망. 이 모든 것들이 내적인 동요와 가까운 곳에 해결책이 있으리라는 기대감 속으로 일제히 흘러들었던 것이다.

자기에게 주어진 방에 혼자 남아, 손발을 움직일 때마다 느닷없이 흔들리는 스프링이 달린 침대에 드러누운 레빈은 오랫동안 잠을 이루지 못했다. 스비야시스키와의 대화는 재치 있는 말이 많이 나왔음에도 불구하고 레빈한테는 조금도 재미가 없었다. 그러나 지주의 의견은 그로 하여금 다시 한번 생각해보게 했다. 레빈은 부지불식간에 그의 말을 모두 생각해내고, 자기가 그에게 대꾸했던 말을 마음속에서 정정해보았다.

'그렇다, 난 이렇게 얘기해야만 했다—당신은 우리 나라의 농업이 성공하지 못하는 것은 농부들이 모든 개량을 싫어하기 때문이다, 그러니 권력으로 그들을 강제하지 않으면 안 된다고 말씀하셨습니다. 만약 농업이라는 것이 그런 개량이 없이는 전혀 성공하지 못하는 성질의 것이라면 당신의 의견은 옳습니다. 그러나 아무튼 오늘날에도, 적어도 도중에 내가 본 노인의 집에서처럼 일꾼들이 자기네 관습에 따라 일을 하고 있는 데서는 성공하고 있으니까요. 그러니 나와 당신의 농업에 대한 공통된 불만은, 말하자면 잘못이 우리 또는 일꾼들에게 있음을 입증하고 있는 셈입니다. 우린 이미 오랫동안 노동력의 본질에 대해 묻는 일 없이 우리 나름의 방법으로, 즉 유럽식 방법으로 실패를 거듭해오고 있습니다. 그러니까 앞으로는 어디 한번 노동력을 관념적인 노동력이 아니라 본능을 갖춘 러시아의 농부로서 인정하고, 그들에게 적응하도록 농업을 정리해보십시다. 자, 한번 생각해보세요. 그리고 또 이렇게 얘기했어야 했다—가령 지금 당신이 그 노인과 동일한 방침을 취한다고 합시다. 일꾼들에게 일의 성공에 대해 흥미를 갖게 하는 방법을 찾아냈고, 그들도 승인하는 개량 수단의 중용을 찾게 되었다면, 당신은 이제 땅을 피폐케 하는 일 없이 이전에 비해 두세 배의 수확을 더 얻게 될 겁니다. 그리고 그것을 반으로 나누어 반을 노동력에게 줍니다. 그러면 당신의 손에 남는 몫도 이전보다 많아질 거고, 노동력이 얻는 것도 더 많아질 겁니다. 그러나 이를 실행하려면 농업의 수준을 낮추고, 일꾼들이 농업의 성공에 흥미를 갖도록 해야 합니다. 그럼 어떻게 해야 하느냐, 이는 꽤 복잡한 문제입니다만, 가능하다는 데엔 의심의 여지가 없습니다.'

이 생각은 레빈을 격렬한 흥분에 빠뜨렸다. 그는 이 생각을 구체적으로 실행에 옮길 방법을 궁리하느라고 그날 밤을 반이나 지새웠다. 그는 이튿날 돌아갈 생각이 아니었으나, 그때 갑자기 날이 새면 일찍 귀로에 올라야겠다고 마음먹었다. 게다가 가슴이 파인 옷을 입은 그 처제가, 그의 마음속에 굉장히 좋지 않은 행동을 저질렀을 때의 부끄러움과 후회 비슷한 감정을 불러일으켰다. 하여간 그에겐 지체하지 않고 귀로에 오를 필요가 있었다. 그는 파종이 새로운 조직에 의해 실행되도록 가을갈이가 시작되기 전에 농부들한테 새로운 안을 내놓지 않으면 안 되었다. 그는 지금까지의 방침을 완전히 바꾸기로 결심했다.

29

레빈의 계획을 실행하는 데에는 많은 어려움이 따랐다. 그러나 그는 힘이 미치는 데까지 분투하여 비록 바랐던 만큼은 이르지 못했지만, 노력한 보람이 있다고 스스로를 속이는 일 없이 믿을 수 있을 만큼까지는 달했다. 다만 한 가지 무엇보다도 곤란했던 것은, 농사가 벌써 시작되어 그것을 중지하고 처음부터 다시 시작할 수는 없었으므로 기계를 도중에 고쳐야만 한다는 점이었다.

그가 그날 저녁 집으로 돌아와 자기 계획을 집사에게 전하자, 집사는 매우 만족스러운 빛을 띠며 레빈의 말 가운데 지금까지 해온 일은 모두 어리석고 무익한 것이었다고 고백한 부분에 대해 찬의를 표했다. 집사는 자기가 이미 오래전부터 그렇게 이야기해왔지만 아무도 자기 의견을 들으려 하지 않았다고 했다. 그러나 레빈이 내놓은 제안, 즉 자기도 집단의 한 사람으로서, 농업에 관한 모든 계획에 소작인들과 함께 이 농장 전체의 주주로서 관여해야겠다는 제안에 대해 집사는 분명한 의견은 한마디도 말하지 않고 크나큰 유감만을 나타낼 뿐이었으며, 곧이어 내일은 남은 호밀 다발을 나르고 두벌갈이에 사람을 내보내야 한다는 얘기를 하기 시작했으므로, 레빈은 지금은 계획을 실행할 때가 아니라는 것을 느꼈다.

농부들에게 같은 내용을 알리고 그들한테 새로운 조건으로 땅을 대여하겠다는 제안을 하면서도, 그는 또 그들이 하루하루의 일에 쫓기느라 그 계획의 이해득실을 생각할 틈이 없다는 커다란 난관에 부딪혔다.

순박한 농부인 가축사양공 이반은 레빈의 제안, 즉 그와 그의 가족을 축사에서 나오는 이익의 분배에 참여시킨다는 제안을 충분히 잘 이해하고 그 계획에 완전히 동감한 듯이 보였다. 그러나 레빈이 그에게 장래에 얻을 이익에 대해 설명했을 때에는 이반의 얼굴에 불안과 후회의 빛이, 그리고 끝까지 다 듣고 있을 수 없겠다는 듯한 표정이 나타났다. 그러고서 그는 부랴부랴 자기로서는 한시도 지체할 수 없는 일을 생각해내어, 외양간에서 건초를 꺼내기 위해 쇠스랑을 잡기도 하고 물을 붓기도 하고 두엄을 치우러 달려들기도 했다.

또하나의 어려움은, 지주의 목적이란 될 수 있는 대로 그들한테서 많이 빼앗아내려는 욕망 이외에 아무것도 있을 수 없다고 생각하는 농민들의 절대적인 불신에 있었다. 그들은 지주의 진정한 목적은 (그가 무슨 말을 하든) 언제나 그가 그들에게 이야기하지 않는 것 가운데 있을 것이라고 굳게 믿고 있었다. 그래서 그들 자신도 나름의 의견을 나타내어 꽤 여러 이야기를 했지만, 자기들의 진짜 목적에 대해서는 결코 말하지 않았다. 게다가 (레빈은 그 성마른 지주가 옳았음을 통감했는데) 농민들은 어떤 종류의 계약에서도 신식의 경작법이며 신형 기계의 사용을 강제당하지 않는다는 것을 첫째 절대조건으로 내걸었다. 그들은 신식 쟁기가 더 잘 갈리며, 속경기速耕機가 훨씬 더 많은 일을 해낸다는 사실에는 동의했다. 그러면서도 여차하면 그들은 그 어느 것도 사용할 수 없다며 이유를 얼마든지 늘어놓는 것이었다. 그는 농업 수준을 끌어내리지 않으면 안 된다고 단단히 각오했지만, 이익이 그처럼 현저한 개량법조차 받아들이지 않는 것이 몹시 서운했다. 그러나 이 같은 온갖 어려움에도 불구하고 그는 자신의 계획을 수행하여 가을까지는 다소 사업의 진척을 보기에 이르렀다. 아니 적어도 그에겐 그렇게 보였다.

처음에 레빈은 새로운 조합 조직 아래 농사 전체를 지금까지 해오던 대로 농부들과 일꾼들과 집사한테 맡기려고 생각했지만, 이내 그것이 불가능하다는 사실을 깨닫고 일을 몇 갈래로 구분해야겠다고 결심했다. 축사, 정원, 채소밭, 목초지, 경작지, 여럿으로 구획된 밭이 저마다 다른 사업 종목으로서 구분되어야만 했다. 레빈이 자신의 계획에 대해 누구보다도 잘 이해하고 있다고 여겼던 순박한 가축사양공 이반은, 자기 가족 가운데에서 대부분의 조합원을 뽑아 축사의 공동 경영자가 되었다. 팔 년 동안 휴경지로 방치해두었던 먼 밭은 재치꾼인 목수 표도르 레주노프의 도움으로 새로운 조합 조직 아래 농부 여섯 가족에게 인수됐고, 농부인 슈라예프는 같은 조건하에 채소밭 전부를 인수하기로 했다. 나머지 땅은 역시 종전대로 경작되었으나, 이 세 조합은 새로운 조직의 첫걸음으로 레빈의 마음을 온통 사로잡았다.

축사는 현재까지 보면 딱히 이전보다 잘되어나가지 않는 게 사실이었다. 이반은 암소를 찬 곳에 두어야 먹이가 덜 들고 또한 스메타나*로 만드는 버터가 더 이문이 남는다고 주장하면서, 암소들을 따뜻한 곳에 넣는 것과 크림으로 버터를 만드는 것에 맹렬히 반대했다. 그리고 예전대로의 급료를 요구하며, 자기한테 지급되는 돈이 급료가 아니라 이익배당의 선지급이라는 사실에는 전혀 관심이 없었다.

표도르 레주노프의 조합이 시간이 없다는 핑계로 계약과 달리 파종 전에 신식 쟁기로 두벌갈이를 하지 않은 일도 있었다. 실제로 이 조합의 농부들은 이 밭을 새로운 조직에 의해 경작한다는 계약을 했으면서

---

* 우유를 발효시켜 만든 일종의 요구르트 소스.

도 여전히 조합의 공유물이 아니라 뭇갈림한다고 여겼다. 그래서 이 조합의 농부들은 물론 레주노프 자신까지도 여러 차례 레빈한테 말했다. "나리께서 도조를 받아주신다면, 나리도 편하시고 저희들도 한결 뱃속이 편할 텐데 말씀예요." 그뿐만 아니라 이 조합의 농부들은 갖가지 핑계를 대가며 이미 계약이 끝난 월동용 축사와 곳간 짓는 일을 등한시하고, 결국에는 겨울까지 미루고 말았다.

슈라예프는 자기가 인수한 채소밭을 조각조각으로 나누어 농부들에게 대여하려고 했던 것도 사실이다. 그는 분명 그 땅을 맡은 조건을 완전히 왜곡해서, 아마도 고의로 왜곡해서 해석했던 것이다.

또 레빈이 농부들과 이야기를 하고 새로운 계획의 이익에 대해 대략적으로 설명해줄 때에도 그들이 그저 그의 목소리만 듣고 있을 뿐, 그가 무슨 말을 하더라도 자기들은 결코 그런 말에 속을 사람들이 아니라고 굳게 다짐하고 있는 듯한 느낌을 종종 받은 것도 사실이다. 특히 농부들 가운데 가장 재치꾼인 레주노프와 이야기할 때면 그런 느낌을 강하게 받았다. 그리고 레빈은 그의 눈에서 자기에 대한 조소와 설사속임을 당하는 녀석이 있더라도 결코 이 레주노프는 아닐 거라는 굳은 신념을 드러내는 불꽃을 보았다.

그러나 이러한 온갖 문제에도 불구하고 레빈은 사업이 진행되고 있으며, 앞으로 계산을 엄중히 하고 끝까지 자신의 입장을 고수하여 언젠가는 그들에게 이 방식이 유익하다는 것을 입증해 보이고야 말겠다고, 그러면 틀림없이 일은 자연스레 진척돼나갈 것이라고 생각했다.

이러한 일들이 그에게 남아 있던 다른 집안일들, 서재에서의 저술 작업과 더불어 한여름 내내 레빈의 마음을 사로잡고 있어 그는 사냥도 거의 나가지 않았을 정도였다. 팔월도 다 지나갈 무렵에야 그는 오블론스키 가족이 모스크바로 돌아갔다는 것을 안장을 돌려주러 온 심부름꾼을 통해 알게 되었다. 그는 다리야 알렉산드로브나의 편지에 답장도 보내지 않았고, 지금 생각해봐도 부끄러움으로 얼굴을 붉히지 않을 수 없는 그 결례로 인해 자신의 배를 불태워버렸기 때문에, 이제 두번 다시 그 사람들을 찾아갈 수 없을 거라고 느꼈다. 그는 작별인사도 하지 않고 떠나와버림으로써 스비야시스키 가족에게도 똑같은 짓을 했다. 그들한테도 이제는 찾아갈 일이 없으리라. 그러나 지금의 그에겐 그런 것은 어찌되었거나 상관없었다. 자기 농장의 새로운 조직이라는 일이, 세상에 그보다 중요한 것은 아무것도 없기라도 한 것처럼 그의 마음을 사로잡아버렸다. 그는 스비야시스키한테서 빌려온 책들을 여러 차례 읽고, 그가 모르던 것을 따로 적어두기도 하고, 이 분야의 정치경제학 및 사회주의 관련 서적들도 여러 차례 읽었으나, 예기했던 것처럼 그가 계획한 일과 관계있는 내용은 결코 찾지 못했다. 정치경제학 서적 속에서, 이를테면 그가 몰두하던 문제의 해법을 찾아내겠다는 희망과 굉장한 열의를 가지고 맨 처음에 연구했던 밀의 책에서 그는 유럽의 농업 상태로부터 추출된 법칙을 발견했다.* 그러나 그는 러시아에 적용되지 않는 이 법칙이 어째서 일반적 이론이어야 하는지를 이해할 수 없었다.

---

* 톨스토이의 생각에 따르자면 이는 러시아에 적용될 수 없는 부르주아적 유럽의 경제 법칙이었다. 1874년 『유럽소식』지에 Y. 라셀의 논문 「존 스튜어트 밀과 그의 학파」가 실렸다. 거기에는 다음과 같은 구절이 나온다. "생산의 세 요소―노동자, 자본가, 지주―를 받아들이는 것이 영국 경제학자들의 버릇이 되었다. 그러므로 그들의 결론은 이 요소가 존재하는 나라에만 적용될 수 있다." 존 스튜어트 밀은 영국 철학자이자 사회학자로, 당대의 유명한 책 『정치경제학의 기초』(N. G. 체르니솁스키 번역)의 저자다.

그것과 똑같은 경우를 그는 사회주의 서적에서도 보았다. 거기에는 그가 아직 학생이었을 때 마음이 끌렸던, 아름답기는 하지만 실현될 것 같지 않은 공상 혹은 당시 유럽이 처한 상황을 수정하거나 개선할 뿐 러시아의 농업과는 아무런 공통점도 없는 내용들이 담겨 있었다. 정치경제학은 그에게 유럽의 부를 발전시켰고 또 발전시키는 법칙이야말로 일반적이고 불변적인 법칙이라고 주장했다. 또 사회주의 서적은 그러한 법칙에 의한 발달은 멸망의 도화선이라고 주장했다. 그러나 둘 중 어느 쪽도 레빈을 비롯해 모든 러시아의 농부들과 지주들에게 그들이 몇백만의 손과 땅을 가지고 사회 전체의 행복을 위해 가능한 한 생산적이려면 도대체 어떻게 해야 할 것인가 하는 의문에 대한 해답은 물론, 최소한의 암시도 주지 않았다.

일단 이 일에 손을 댄 이상 그는 자기가 고민하는 주제에 관한 온갖 서적을 열심히 독파했고, 이 문제를 현지에 가서 연구함으로써 지금까지 잡다한 문제에 부딪혀 자주 맛보았던 곤란을 미연에 방지할 수 있도록 가을이 되면 외국으로 가려고 계획했다. 지금까지는 으레 그가 겨우 상대방의 사상을 이해하고 자신의 의견을 늘어놓기 시작하면 느닷없이 이런 이야기를 듣기 일쑤였다. "그런데 카우프만, 존스, 뒤부아, 미첼리는요?* 당신은 그들을 읽지 않으셨군요. 읽어보세요. 그들은 이 문제를 꽤 연구했으니까요."

그는 이제 카우프만이며 미첼리가 자기에게 이야기해줄 것은 하나도 없다는 사실을 분명히 알게 되었다. 그는 자기가 원하는 바를 알고

---

* 모두 가공의 인명. 불명확한 권위를 원용하여 논증하려는 난독자들의 경향을 패러디했다.

있었다. 그는 러시아가 좋은 땅과 뛰어난 일꾼들을 가지고 있다는 것, 때로는 전에 들른 농부네처럼 일꾼들과 땅이 다액의 산출을 가져오는 경우도 있으나 유럽식으로 자금이 공급되는 대부분의 경우에는 오히려 그 산출이 줄어들고 있다는 것, 그것은 일꾼들이 자기들 마음대로 일하고 싶어하며 또 현재 그렇게 일해서 생긴 결과라는 것, 그리고 이러한 반항은 우발적인 것이 아니라 국민성 자체에 근거한 항구적인 현상이라는 것을 알았다. 광막하고 인적이 없는 들판에 정주해 개간을 해야 하는 운명을 지닌 러시아 민중은 그 모든 땅에 손을 대게 될 때까지는 그 운명에 필요한 방법을 의식적으로 고수하는 것이리라고, 그러나 이 방법이라는 것도 통상적으로 사람들이 생각하듯 결코 그렇게까지 빈축당할 성질의 것은 아니라고 그는 생각했다. 그리고 이론적으로는 자신의 책에 의해, 실제로는 자신의 농업에 의해 그것을 증명해봐야겠다고 생각했다.

30

구월 말에는 조합에 넘겨진 토지에 축사를 짓기 위해 목재가 운반됐고, 암소에서 나온 버터가 팔려 그 이익이 분배됐다. 영농에서의 이 일은 실제로 아주 훌륭히 진척됐다. 적어도 레빈에겐 그렇게 여겨졌다. 이제 자신의 바람대로 정치경제학에 일대 격변을 가져올 뿐만 아니라 그 이론을 근저에서 뒤엎고 농민과 토지의 관계에 대한 새로운 과학의 기초를 정하게 될 저서를 완성하고 이론적으로 모든 문제를 설명하기 위해서는, 다만 외국으로 가서 이 문제에 대해 행해지는 모든 일들을 실제로 시찰하고 거기서 시행되는 일은 모두 러시아엔 불필요한 것이라는 확증을 붙잡아오기만 하면 되었다. 그래서 레빈은 돈을 받아 외국으로 가기 위해 밀의 납입만을 기다리고 있었다. 그러나 공교롭게도 들에 남겨놓은 곡물과 감자를 거둬들이는 게 불가능할 정도로 비가 내리기 시작하여 들일은 물론 밀의 납입까지 중지되어버렸다. 길에는 걸어다닐 수 없을 만큼의 진창이 생기고 물방앗간 두 채가 불어난 물에 떠내려갔는가 하면, 날씨는 더욱더 험악해지기만 했다.

구월 삼십일에는 아침부터 해가 보였으므로, 레빈은 날씨가 좋아질 거라 생각하고 결연히 출발 준비를 시작했다. 밀을 실어나를 준비를 해두도록 일러놓고 돈을 조달하러 집사를 상인한테 보내고 나서 그는 출발 전에 마지막 지시를 해두기 위해 농장을 한바퀴 돌았다.

그는 그럭저럭 해야 할 만큼의 일을 다 마치고, 가죽 외투의 목덜미며 장화 속으로 흘러들어오는 빗물에 함초롬히 젖으면서도 지극히 긴장되고 흥분된 기분으로 저녁 무렵에야 집으로 향했다. 날씨는 저녁 가까이 되면서부터 더욱 나빠졌다. 온몸이 젖어 귀와 머리통을 달달 떨고 있는 말을 우박이 너무나 지독하게 때렸으므로, 말은 옆으로 몸을 틀고 뛰었다. 그러나 레빈은 머리덮개를 쓰고 있었으므로 아무렇지도 않았다. 그는 흥겹게 자기 주변의 풍광을, 때로는 수레바퀴 자국을 따라 흐르는 흙탕물을, 때로는 잎이 다 떨어진 앙상한 나뭇가지에 맺힌 물방울을, 때로는 교판橋板 위 녹지 않은 우박의 하얀 얼룩을, 때로는 발가벗은 나무 주위에 짙은 층을 이루며 겹겹이 돋아난 물이 오르고 살진 느릅나무의 잎사귀들을 바라보았다. 주위 풍물의 음침함에도 불구하고 그는 자기가 이상하게 흥분해 있는 것을 느꼈다. 먼 마을의 농부들과 주고받은 이야기는 그들이 새로운 노동조건에 차츰 길들기 시작했음을 보여주었다. 그가 옷을 말리러 들른 집의 늙은 집지기는 분명히 레빈의 계획에 찬의를 표하며, 자기도 가축을 사서 조합에 들고 싶다고 제의했다.

'오직 나의 목적을 향해 일로매진해야 한다. 그러면 난 틀림없이 성공한다.' 레빈은 생각했다. '고생하는 것쯤은 아무것도 아니다. 첫째, 이것은 나 한 사람의 일이 아니다. 여기에는 보편적 행복이라는 문제가 있다. 전체 농업도 그렇지만, 무엇보다 농민 전체의 상태가 근본적으로 개혁되지 않으면 안 된다. 빈곤 대신에 만인의 부와 만족, 적대감 대신에 이해의 조화와 일치, 즉 피를 흘리지 않는 혁명인 것이다. 이것의 시작은 우리 군의 자그마한 한 구역의 일이지만 급기야 현에 미치고 러시아에 퍼지며 다시 온 세계에 미칠 위대한 혁명이다. 왜냐하면 정당한 사상에는 결실이 없을 수 없기 때문이다. 그렇다, 이것이야말로 고생을 해볼 만한 값어치가 있는 목적인 것이다. 그리고 이것을 행하는 자가 바로 나다. 검은 넥타이를 매고 무도회에 나가 셰르바츠카야한테 거절을 당하고 나서 자기 자신을 가엾고 하찮게 여기고 있는 나, 즉 코스탸 레빈. 그런 일은 아무런 의미도 없다. 프랭클린도 과거를 돌이켜보았을 때 나와 마찬가지로 자기 존재가 정말 쓸데없는 사람처럼 여겨져서* 역

---

* 벤저민 프랭클린은 미국 정치가이자 학자. 1865년 프랭클린의 완전한 전기가 새롭게 출간됐다. 톨스토이는 '수기'를 높이 평가했으며 그것을 대중 출판물로 간행할 것을 권했다. 젊었을 적에 톨스토이는 프랭클린식 일기, 즉 자기완성을 목적으로 자신의 결함을 열거하는 일기를 썼다.

시 자신을 믿지 않았다는 것을 나는 알고 있다. 그러나 그런 일은 아무런 의미도 없는 것이었다. 그리고 그에게도 틀림없이 자신의 계획들을 이야기할 상대, 아가피야 미하일로브나 같은 사람이 있었을 것이다.'

이런 생각을 하면서, 이미 어두워져서야 레빈은 자기 집에 도착했다.

상인한테 갔던 집사도 밀값의 일부를 가지고 돌아왔다. 집지기와의 계약도 이루어졌고, 집사는 곡식이 여기저기 들판에 널려 있으며, 따라서 아직 거둬들이지 못한 자기네 백육십 더미는 다른 사람들에 비하면 아무것도 아니라는 사실을 돌아오는 길에 알았다고 했다.

식사를 마친 레빈은 언제나처럼 안락의자에 앉아 책을 읽으면서 그 서적과 관련이 있는, 목전에 닥친 자신의 여행에 대해 생각했다. 이날 밤은 자기 사업의 모든 의미가 유달리 또렷하게 머리에 떠오르고, 자기 사상의 본질을 나타내는 요점이 그의 뇌리 가운데서 저절로 얽어져갔다. '이건 적어두어야겠군.' 그는 생각했다. '이것으로 전에는 내가 불필요하다고 생각했던 간단한 머리말이 만들어진 셈이다.' 그가 사무용 탁자 쪽으로 가려고 일어서자, 그의 발밑에 누워 있던 라스카도 기지개를 켜면서 똑같이 몸을 일으키고는 어디 가느냐고 묻기라도 하듯 그를 쳐다보았다. 그러나 그는 적고 있을 틈이 없었다. 조합의 대표 농부들이 줄줄이 작업 명령을 들으러 찾아왔기 때문이었다. 레빈은 그들을 만나러 현관방으로 나갔다.

내일의 일에 대한 지시를 마치고 그한테 용건이 있어 찾아온 농부들도 모두 만나고 나자 레빈은 서재로 돌아와 일에 착수했다. 라스카는 탁자 밑에 누웠다. 아가피야 미하일로브나는 양말을 들고 자기 자리에 앉았다.

잠시 글을 쓰고 있던 레빈은 갑자기 여느 때보다 더욱 생생하게 키티를, 그녀의 거절을, 마지막 만났을 때의 일을 떠올렸다. 그는 일어서서 방안을 거닐기 시작했다.

"뭐 그렇게 초조해하실 건 없잖아요." 아가피야 미하일로브나가 그에게 말했다. "그래 어째서 나리께선 노상 집에만 죽치고 계세요? 온천에라도 가시면 될 게 아네요, 이제 준비도 다 돼 있는데."

"그렇지 않아도 모레 떠날 거야, 아가피야 미하일로브나. 다만 그전에 일을 끝마치지 않으면 안 돼서 말야."

"아니 무슨 일이 또 있으시다는 거예요! 나리께선 농부들한테 그만큼 하시고도 그래 또 뭐가 부족하다는 말씀이세요! 모두들 그렇게 얘기하고 있어요. 당신네 나리는 이 일로 틀림없이 황제한테서 은총을 받으실 거라고. 그런데 우습지 않아요? 어째서 나리께선 그렇게까지 농부들을 걱정하시는 거예요?"

"난 그자들을 걱정하는 게 아냐. 모두 나 자신을 위해 하는 거야."

아가피야 미하일로브나는 레빈의 농사 계획을 세밀한 점까지 훤히 알고 있었다. 레빈은 때때로 자신의 생각을 그녀한테 자세히 설명해주었고, 그녀와 번번이 입씨름을 하며 그녀의 의견에는 따르지 않았다. 그러나 지금 그녀는 그의 말을 전혀 엉뚱한 의미로 받아들였다.

"자신의 영혼에 대해서는 말할 것도 없지요. 무엇보다도 깊이 생각하지 않으면 안 되는 거니까요." 그녀는 한숨을 내쉬며 말했다. "파르펜 데니시치는 글을 전혀 모르는 사람이었습니다만 어느 누구 못지않은 임종을 맞이했어요. 그 죽음은 누구에게도 부끄러움이 없을 정도였으니까요." 그녀는 이즈막에 죽은 하인에 관해 말했다. "영성체도 했고,

종부성사도 받았고."

"난 그런 얘길 하고 있는 게 아냐." 그는 말했다. "난 말야, 내 이익을 위해서 하고 있다고 얘기하는 거야. 농부들이 일을 잘해준다면 그것은 결국 모두 내 이익이 되는 셈이니까."

"뭐라고요? 나리께서 유난을 떠셔도 상대방이 만약 게으름쟁이라면 역시 우물쭈물 하나도 보람 없이 되고 말아요. 양심이 있는 놈은 일을 하지 않고는 못 배기지만, 그것이 없는 놈은 아무것도 하지 않을 테니까요."

"그렇지만 자넨 이반이 가축을 더 잘 보살피게 됐다고 자네 입으로 말하지 않았나."

"전 그저 꼭 한마디만 여쭙겠어요." 아가피야 미하일로브나는 분명 우연히 떠오른 것이 아니라 엄밀한 숙려 후에 말하는 듯이 대꾸했다. "나리께선 기필코 장가를 드셔야 해요. 그것이 무엇보다도 중대한 일이에요!"

그가 지금 막 생각하고 있던 부분을 아가피야 미하일로브나가 따끔하게 쑤신 것은 그를 슬프게 했고 노하게 했다. 레빈은 얼굴을 찌푸리고는 그녀한테 대꾸도 하지 않고 다시 책상으로 돌아앉아, 자기 일의 의의라고 여기고 있던 것을 다시 한번 되풀이하여 생각해보았다. 이따금 그는 정적 속에 울리는 아가피야 미하일로브나의 뜨개바늘 소리에 귀를 기울였고, 불현듯 기억하고 싶지 않은 것이 생각나 다시 눈살을 찌푸렸다.

아홉시가 되자 방울소리와 마차가 둔탁하게 흔들리며 진창 속을 삐거덕삐거덕 달려오는 소리가 들렸다.

"아니, 손님이 오신 모양이군요. 심심풀이가 되시겠어요." 아가피야 미하일로브나는 일어서서 문 쪽으로 가면서 말했다. 그러나 레빈이 그녀를 앞질렀다. 마침 일이 생각처럼 돼나가지 않는 참이었으므로, 그는 누구든 손님이 찾아온 것이 기뻤다.

31

층계를 중간까지 뛰어내려가던 레빈은 현관 쪽에서 귀에 익은 기침 소리를 들었다. 그러나 그 소리는 자신의 발소리에 섞여 또렷이 들리지 않았으므로, 그는 자기가 잘못 들은 것이었으면 하고 바랐다. 다음 순간, 휘청휘청하고 앙상한 눈에 익은 모습이 보이자, 이제는 자기를 속일 수 없을 것 같았지만, 여전히 그는 자기가 잘못 본 것이기를, 외투를 벗으면서 기침을 하는 이 휘청휘청한 사내가 니콜라이 형이 아니기를 바라고 있었다.

레빈은 형을 사랑하고 있었으나, 그와 같이 있는 것은 언제나 고통스러웠다. 특히 뭉게뭉게 떠오르는 상념이며 아가피야 미하일로브나의 충고로 인해 모호하게 뒤얽힌 기분인 지금, 눈앞에 닥친 형과의 상봉은 유달리 괴롭게 여겨졌다. 은근히 바라고 있던, 그의 어지러운 기분도 일소해줄 만한 쾌활하고 건강한 손님 대신에 그는 이제 자신의 마음 밑바닥까지 꿰뚫고 있는, 자신의 마음속에 있는 온갖 사상을 불러일으켜 모든 것을 토로하지 않을 수 없게 할 형과 얼굴을 마주해야만 했다. 그는 그 사실이 못 견디게 싫었다.

레빈은 이 역겨운 감정을 품은 스스로에게 화를 내면서 현관으로 뛰어내려갔다. 그러나 가까이에서 형을 보자마자, 그 사적인 환멸감은 간데온데없이 자취를 감추고 측은한 마음으로 바뀌었다. 이전에도 니콜라이의 초췌하고 병적인 모습은 보기에 끔찍했지만, 지금은 쇠약함이 더욱더 눈에 띄고 더욱더 말라 있었다. 영락없이 살갗에 덮인 해골이었다.

그는 길쭉하고 야윈 목을 달달 떨면서 현관에 서서 목도리를 벗으며 기묘할 만큼 애처롭게 미소를 짓고 있었다. 이 얌전하고 비굴한 미소를 보자, 레빈은 경련으로 목구멍이 죄어드는 느낌이 들었다.

"어때, 결국엔 너한테 찾아오고 말았군." 니콜라이는 잠시도 동생의 얼굴에서 눈을 떼지 않고 희미한 목소리로 말했다. "진작부터 한번 찾아오고는 싶었지만, 몸이 시원찮아서 말야. 그런데 요즘 들어 아주 좋아졌지." 그는 뼈만 남은 큼직한 손바닥으로 턱수염을 쓱 쓰다듬으면서 말했다.

"그렇군, 그래!" 레빈은 대꾸했다. 그러고는 입을 맞추면서 형의 살갗이 바싹 말랐음을 느끼고 이어 훨씬 가까이에서 그 큼직하고 야릇하게 빛나는 눈을 보자, 전보다도 한층 더 무서워졌다.

몇 주일 전 콘스탄틴 레빈은 형한테 분배되지 않은 채로 있던 재산의 일부분을 매각했으므로, 형이 그 몫으로 약 이천 루블의 돈을 받게 되었다고 적어보냈던 것이다.

니콜라이는 그 돈을 받기 위해, 하지만 그보다도 자신의 옛 보금자리에 잠시 묵기 위해, 또는 옛날의 용사들처럼 당면한 활동에 대비해 고향땅을 딛고 힘을 축적하기 위해 왔다고 말했다. 전보다 더 심하게 구부러진 허리와 키가 크기 때문에 한층 더 눈에 띄는 초췌함에도 불구하고, 그의 몸짓은 여전히 성급하고 발작적이었다. 레빈은 그를 서재로 데려갔다.

형은 이전에는 좀처럼 그런 일이 없었을 정도로 유달리 꼼꼼하게 옷을 갈아입고 가늘고 꼿꼿한 머리카락을 빗은 후, 싱글벙글하면서 위층으로 올라왔다.

그는 레빈이 어렸을 적에 자주 보았던 지극히 상냥하고 즐거운 모습을 하고 있었다. 세르게이 이바노비치에 대해서도 조금도 원망하는 빛이 없이 이야기했다. 아가피야 미하일로브나를 보자 그는 그녀한테 농담을 걸기도 하고 옛날의 하인들에 관해 묻기도 했다. 파르펜 데니시치가 죽었다는 소식은 그에게 충격을 준 모양이었다. 그의 얼굴에는 놀라움의 빛이 나타났지만, 곧 다시 본래 표정으로 돌아왔다.

"하기야 그자도 꽤 나이가 들었으니까." 이렇게 말하고 나서 그는 화제를 바꾸었다. "그런데 이번엔 네 집에서 두 달쯤 있다가 모스크바로 돌아갈 생각이야. 실은 먀흐코프가 일자리를 마련해주겠다고 해서 말야. 공직에 들어가볼까 해. 이번엔 내 생활을 완전히 바꿔보려 생각하고 있어." 그는 계속했다. "그래서 실은 그 여자도 멀리한 셈이야."

"마리야 니콜라예브나 말이야? 어째서, 뭣 때문에 또?"

"아아, 더러운 계집이야! 나한테 엄청나게 불쾌한 짓거릴 했어." 그러나 그는 그 불쾌한 짓이 무엇이었는지는 이야기하지 않았다. 차를 타는 게 서툴렀기 때문에, 또 무엇보다도 그를 병자 취급했기 때문에 마리야 니콜라예브나를 내쫓았다고는 차마 털어놓을 수 없었던 것이다. "하여튼 이번에는 생활을 완전히 바꾸고 싶어. 난 물론 많은 사람들처럼 어리석은 짓을 해왔다. 그렇지만 재산이니 하는 것은 맨 나중의 문제야. 난 그런 것은 조금도 아깝다고 생각하지 않아. 뭐, 몸만 튼튼하다면 그걸로 그만이야. 그런데 덕택에 건강도 요즘엔 완전히 회복됐어."

레빈은 형의 이야기를 들으면서 한참 생각에 잠겼지만, 뭐라고 대꾸해야 좋을지 알 수 없었다. 아마 니콜라이도 똑같이 느꼈던 것이리라. 그는 아우한테 예의 사업에 대해 묻기 시작했다. 레빈은 자신의 일에 대해 이야기를 하게 된 것이 기뻤다. 이것이라면 그는 거짓 없이 이야기할 수 있기 때문이었다. 그는 형에게 자신의 계획과 활동에 대해 이야기해줬다.

형은 그것을 경청했으나, 분명 흥미를 느끼고 있는 것 같지는 않았다.

두 사람은 서로 지극히 정답고 가까운 사이였으므로, 미세한 몸짓이며 어조만으로도 말로써 전할 수 있는 것보다 훨씬 많은 것을 주고받을 수 있었다.

지금 두 사람은 똑같은 생각을 품고 있었다. 그것은 다른 일체의 생각을 짓눌러버렸다. 니콜라이의 병과, 그에게 죽음이 가까웠다는 의식이었다. 그러나 둘 다 감히 그것에 대해서는 입 밖에 내놓을 수 없었다. 따라서 그들이 서로 무슨 말을 하든, 둘의 마음을 짓누르고 있는 그 생각에 대해 이야기하지 않는 동안은 모든 얘기가 거짓말이 돼버리고 마는 것이었다. 레빈은 이날처럼 밤이 깊어져서 잠자리에 들 시간이 된 것을 기쁘게 여긴 적이 없었다. 그 어느 타인과 만나고 있을 때에도, 그 어떤 형식적인 방문중에도 그는 이때처럼 부자연스럽고 가식적이었던 적이 없었다. 그리고 이 부자연스러움에 대한 의식과 이에 대한 회한이 그를 더욱더 부자연스럽게 만들어버렸다. 그는 죽어가고 있는 사랑하는 형을 위해 울고 싶은 생각뿐이었다. 그런데도 형의 앞으로의 생활이니 하는 문제에 대해 듣고 이야기하지 않으면 안 되었던 것이다.

집안이 대체로 습한데다가 방 하나에만 불을 넣었으므로, 레빈은 자기 침실에 칸막이를 해 형을 재웠다.

형은 잠자리에 들었지만, 잠이 들었는지 들지 않았는지 알 수 없었고, 이따금 병자답게 몸을 뒤척거리며 기침을 했다. 기침이 잘 멎지 않을 때에는 뭐라고 투덜투덜하며 중얼거렸다. 이따금 무거운 한숨을 추슬렀다가는 "아아, 하느님!" 하고 말했다. 또 담으로 숨이 막힐 때에는 심술궂게 "에이! 빌어먹을!" 하고 혀를 찼다. 레빈은 그 소리가 귀에 걸려 오랫동안 잠들지 못했다. 그의 가슴속에서 용솟음치는 상념은 지극히 잡다했지만 모든 상념의 종결은 오직 하나, 바로 죽음이었다.

죽음, 모든 것의 피할 수 없는 종결이 처음으로 불가항력으로 그의 앞에 나타났다. 그리고 이 죽음, 잠결에 아무런 의미도 없이 그저 습관처럼 하느님을 부르기도 하고 빌어먹을!이라고 외치기도 하면서 신음하고 있는 사랑하는 형의 내부에 있는 죽음은 결코 지금까지 그가 생각하고 있었던 것처럼 인연이 먼 것이 아니었다. 그것은 그 자신 속에도 있었다. 그는 그것을 느꼈다. 오늘 아니면 내일, 내일 아니면 삼십 년 후, 아무려나 결국 마찬가지 아닌가? 그러나 이 피할 수 없는 죽음이란 도대체 무엇인가. 그는 그것을 몰랐을 뿐만 아니라 아직까지 한 번도 그것에 대해 생각해본 일이 없었고, 생각해볼 만큼의 능력도 용기도 없었다.

'난 일하고 있고, 난 무언가를 이루고 싶어한다. 그러나 난 잊고 있었

다. 이 모든 것이 끝난다는 것을, 죽음이 있다는 것을.'

그는 어둠 속에서 침대 위에 일어나 앉아, 허리를 구부려 무릎을 껴안고 긴장된 사상 때문에 숨을 죽이며 생각했다. 그러나 사상을 긴장시킬수록 그것이 더이상 의심할 나위 없는 사실임이, 실제로 인생에서 단 하나의 자그마한 사실―죽음이 오면 모든 것이 끝난다는 사실, 아무것도 시작할 값어치가 없다는 사실, 어떤 방법으로도 죽음에서 벗어날 수 없다는 사실―을 잊고 미처 보지 못하고 있었다는 것이 한층 더 뚜렷해질 뿐이었다. 그렇다, 무서운 일이다, 그러나 그것은 사실이다.

'그러나 난 아직 살아 있다. 그렇다면 난 어떻게 해야 하나. 무엇을 해야 한단 말인가?' 그는 절망적으로 외쳤다. 그는 촛불을 켜들고 살며시 일어나서 거울 앞으로 갔다. 그러고는 자신의 얼굴과 머리를 비추어보았다. 그렇다, 양옆 관자놀이엔 흰 머리털이 있다. 그는 입을 벌려보았다. 어금니는 망가지기 시작했다. 그는 근골이 건장한 팔뚝을 걷어보았다. 그렇다, 힘은 꽤 있는 모양이다. 그러나 저기 누워서 폐의 남은 부분만으로 숨을 쉬고 있는 니콜렌카에게도 한때는 똑같이 건장한 육체가 있었다. 그러자 별안간 그는 그들이 아직 어렸을 때 같이 잠자리에 들어가서 표도르 보그다니치가 방에서 나가기만을 기다렸다가 베개를 서로 던지며 낄낄거렸던 일, 표도르 보그다니치가 두려웠지만 용솟음치며 부글부글 끓어오르는 인생의 행복감을 억누를 수 없어 배가 아프도록 서로 히히덕거렸던 일들이 생각났다. '그러던 것이 지금에 와서는 저렇게 꾸부러진 텅 빈 가슴만 남아버렸으니…… 나 역시 앞으로 무슨 일이 어떻게 일어날지 아무것도 알 수 없다……'

"콜록! 콜록! 에, 빌어먹을! 얘, 넌 뭘 수선거리고 있니, 어째서 자지 않아?" 형이 그에게 말을 걸었다.

"글쎄, 잠이 안 오네."

"난 아주 잘 잤다. 난 이제 식은땀을 흘리지 않게 됐어. 이거 봐, 루바시카를 만져봐. 땀을 흘리지 않았지?"

레빈은 형의 루바시카를 만져보고는 칸막이 너머로 돌아와서 촛불을 껐으나, 역시 오랫동안 잠을 이루지 못했다. 어떻게 살아야 할 것인가 하는 의문이 어느 정도 또렷하게 풀리고 나자 그의 앞에는 곧 또다시 불가해하고 새로운 문제, 죽음이 홀연히 나타난 것이었다.

'그래, 형은 죽어가고 있다, 그래, 봄까지는 살지 못할 것이다, 그래, 어떻게 도울 수 있단 말인가? 난 형한테 무슨 말을 할 수 있단 말인가? 그것에 관해 내가 무엇을 알고 있단 말인가? 난 그것이 있다는 것조차도 잊고 있었던 인간 아닌가.'

32

레빈은 이미 오래전부터, 사람이 지나치게 겸손하고 온순하다가 갑자기 까다롭고 뚱해져서 손을 댈 수 없게 돼버리는 경우가 흔히 있기 마련이라는 생각을 갖고 있었다. 그는 형에게도 이 현상이 일어날 것이라고 생각했다. 그리고 실제로 니콜라이 형의 유순함은 오래가지 않았다. 이튿날 아침 그는 잔뜩 성이 난 사람으로 일변하여 유달리 트집을 잡고 대들며 동생의 가장 아픈 곳을 가차없이 찔러댔다.

레빈은 자기가 나쁘다고 느끼면서도 행동을 고칠 수가 없었다. 만약 자기들 두 사람이 조금도 감정을 속이지 않고 진심을 털어놓고 서로 이야기한다면, 자기들이 생각하고 느끼는 것을 있는 그대로 토로한다면, 그저 서로 눈을 마주치는 것만으로 콘스탄틴은 '당신은 죽어가고 있다, 당신은 죽어가고 있다, 당신은 죽어가고 있다!'고 이야기하고 니콜라이는 '죽는다는 건 알고 있다, 그러나 두렵다, 두렵다, 두렵다!'고 대답하리라는 것을 느꼈다. 그들이 만약 진심을 털어놓고 이야기했다면, 더는 아무것도 이야기할 게 없었으리라. 그러나 그렇게 해서는 살아나갈 수 없었다. 그래서 콘스탄틴은 지금까지 쭉 하려고 애썼으면서도 할 수 없었던 일, 그가 본 바에 의하면 많은 사람들이 아주 훌륭히 해내고 있으며 그것 없이는 살아갈 수 없는 일을 다시 한번 해보고자 시도했다. 즉 마음에도 없는 말을 입 밖에 내놓으려고 했다. 그러나 그는 그런 말은 언제나 허위가 돼버린다는 것, 또 형이 이를 눈치채고 그 때문에 더욱 화를 낸다는 것을 내내 느꼈다.

도착한 지 사흘째에 니콜라이는 억지로 동생한테 그의 계획을 이야기하게 했고 그것을 비난했을 뿐만 아니라, 일부러 공산주의와 결부시키며 비웃어댔다.

"넌 그저 남의 사상을 빌린 것에 지나지 않는단 말야. 그것을 불구로 만들어서 응용할 수 없는 곳에다가 응용하려 하고 있을 뿐이야."

"아니, 난 단언하지만 그것은 공산주의와는 아무런 관계도 없어. 그들은 재산과 자본과 유산의 정당성을 부인하고 있지만 난 이런 주요한 스티물*(레빈은 본래 이런 말을 쓰는 걸 좋아하지 않았으나, 예의 저작

---

* '자극'을 뜻하는 라틴어 'stimulus'를 러시아어로 음차한 것.

에 열중하면서부터는 어느 틈엔가 차츰 이런 러시아어가 아닌 말을 자주 쓰게 되었다)을 부정하지는 않아. 난 그저 노동을 균등하게 하고 싶을 뿐이야."

"거봐, 넌 남의 사상을 차용해서 그 사상의 근거가 되는 모든 것을 잘라내버린 다음 나머지를 가지고 무슨 새로운 것이나 되는 양 믿게 하려 들다니." 니콜라이는 노기등등하게 넥타이를 잡아당기면서 말했다.

"그러나 내 사상은 그것과는 아무런 관계도 없어……"

"공산주의엔," 심술궂게 눈을 반짝이고 빈정대는 듯한 미소를 띠면서 니콜라이 레빈은 말했다. "그것엔 적어도 이른바 기하학적인, 명쾌하고 정확한 아름다움이 있다. 어쩌면 그것은 이상향일는지도 몰라. 그러나 가령 모든 과거를 *타불라 라사*로 하여 무재산, 무가족 상태를 만들어낼 수 있다면 노동도 저절로 정리될 것이다. 그러나 네 이론에는 아무것도 있을 것 같지가 않군그래……"

"어째서 형은 얘기를 뒤죽박죽으로 만들어버리는 거야? 난 한 번도 공산주의자였던 적이 없어."

"하지만 난 그랬었지. 그리고 지금은 조금 시기상조이긴 하지만, 훌륭한 사상이니까 전망이 있으리라고 여기고 있어. 마치 초기의 기독교처럼 말이지."

"내가 생각하고 있는 것은 다만, 노동력은 자연과학의 견지에서 검토되지 않으면 안 된다는 거야. 즉 그들을 연구해서 특성을 알고 그리고……"

"아니, 그건 전혀 쓸데없는 일이야. 그런 힘은 발달의 정도에 따라 스스로 일정한 활동 형식을 찾아내지. 처음에는 도처에 있었던 노예가 나중에는 소작인이 됐으니까 말이지. 그러니까 우리 나라에도 뭇갈림법이 있는가 하면 도조법도 있고 날품법도 있지 않으냔 말야. 네가 탐구하려는 것은 도대체 뭐냐?"

레빈은 이 말을 듣자 갑자기 발끈했다. 왜냐하면 마음속으로 그것이 진실이 아닐까 두려웠기 때문이었다. 즉 그가 공산주의와 기존 형식 간의 타협점을 찾으려 하고 있다는 말이 진실이라면, 그것이 도저히 실현될 것 같지 않다는 말도 진실이기 때문이었다.

"난 나를 위해서도 노동자를 위해서도 생산적으로 일할 수 있는 방법을 찾고 있어. 내가 조직하고 싶은 것은……" 그는 열띤 어조로 대답했다.

"너는 사실 아무것도 조직하고 싶어하지를 않아. 너는 다만 지금까지 생활해왔던 것과 똑같이 기괴한 행동을 하고 싶어하고, 나는 그저 단순히 농부들을 이용하고 있는 것이 아니라 이상을 가지고 일하는 것이다라고 남들한테 보이고 싶어할 뿐이야."

"아니, 그렇게 생각한다면 그렇다고 해둡시다!" 레빈은 왼쪽 뺨의 근육이 억누를 수 없이 경련을 일으키고 있음을 느끼면서 대꾸했다.

"너에겐 이전부터 확신이라는 것이 없었어, 지금도 확신을 가지고 있질 않아. 넌 다만 자존심을 만족시키기만 하면 그만이야."

"그래, 좋아, 알았으니까 내버려둬요!"

"아, 내버려두고말고! 진작 돌아갔어야 했는데. 제기랄, 난 이제 와서 새삼스럽게 이런 델 찾아온 것을 후회하고 있다!"

그런 뒤에는 레빈이 아무리 형의 마음을 가라앉히려고 애를 써도 니콜라이는 들은 체도 하지 않고, 헤어져 떠나게 되는 것이 얼마나 좋은

지 모른다고만 이야기했다. 그래서 콘스탄틴은 형은 이제 산다는 것이 견딜 수 없어진 모양이라고 생각했다.

콘스탄틴이 다시 한번 그한테 찾아가서 뭔가 화나는 일이 있었다면 제발 용서해달라고 부자연스러운 어조로 용서를 구했을 때, 니콜라이는 이미 완전히 출발 준비를 갖추고 있었다.

"오, 너 그러우시군 그래!" 니콜라이는 이렇게 말하며 미소를 지었다. "만약 네가 옳다는 결론을 원한다면, 난 너한테 그 만족을 양보하지. 네가 옳아. 그러나 난 역시 이제 떠나야겠다!"

그러나 떠나기 직전에 그에게 입을 맞추고 나서, 니콜라이는 갑자기 이상스러울 만큼 진지하게 동생의 얼굴을 찬찬히 들여다보면서 말했다.

"하여튼 날 나쁘게 생각하지는 말아다오, 코스탸!" 이렇게 말하는 그의 목소리는 떨렸다.

이것이 그가 진심으로 한 유일한 말이었다. 레빈은 이 말에 '넌 내 병세가 좋지 않다는 것을 이렇게 보아서 알고 있다. 아마 우리에게 더 만날 기회는 없을 것이다'라는 의미가 들어 있다는 것을 느꼈다. 그러자 두 눈에서 눈물이 쏟아져나왔다. 그는 다시 한번 형에게 키스했지만, 한마디도 나오지 않았고 뭐라 말해야 좋을지도 몰랐다.

형이 떠난 지 사흘째 되는 날 레빈도 외국으로 떠났다. 그는 기차에서 키티의 사촌오라버니 되는 셰르바츠키를 만났을 때 침울한 얼굴빛으로 상대방을 몹시 놀라게 했다.

"자네 무슨 일 있나?" 셰르바츠키가 그에게 물었다.

"아니, 아무 일도. 그러나 세상에는 즐거운 일이 적으니까."

"어째서 적다는 거야? 그럼 나하고 같이 파리로 가세. 뮐루즈인지 뭔지 하는 데 가는 건 그만두고. 그럼 얼마든지 즐거운 걸 보게 될 테니까!"

"아냐, 난 이제 다됐어. 난 이제 죽어도 좋을 때가 되었어."

"아니, 이것 참!" 셰르바츠키는 웃으면서 말했다. "난 이제 겨우 시작할 준비를 갖추었을 뿐인걸."

"그래, 나도 얼마 전까지만 해도 그렇게 생각했었지. 그런데 이즈막에 와서야 비로소 알았어. 나도 머지않아 죽을 거라는 사실을."

레빈은 자기가 요즈음 진지하게 생각하고 있던 것을 얘기했다. 그는 무엇을 보든지 그 속에서 죽음이나 죽음으로의 접근만을 보았다. 그러나 그가 계획한 일은 더욱더 강하게 그의 마음을 사로잡았다. 죽음이 찾아올 때까지는 어떻게든 이 삶을 살아가지 않으면 안 된다. 그에게는 모든 것이 암흑으로 뒤덮여 있었다. 그러나 바로 이 암흑이 있기 때문에 그는 자신의 사업이 이 암흑 속에서 유일한 길잡이임을 느꼈고, 젖먹던 힘을 다해 그것을 붙들고 또 끈기 있게 그것에 매달렸다.

제4부

1

카레닌 부부는 여전히 한집에서 살았고 날마다 얼굴을 맞대고는 있었지만, 서로가 완전히 남남처럼 지냈다. 알렉세이 알렉산드로비치는 하인들에게 조금의 억측도 허용하지 않기 위해 날마다 아내와 만나는 것을 규칙으로 삼았으나, 집에서 식사하는 것은 피하고 있었다. 브론스키가 알렉세이 알렉산드로비치의 집에 온 적은 한 번도 없었지만, 안나는 집 이외의 곳에서 그를 만났고 남편도 이 사실을 알았다.

이런 상태는 세 사람 모두에게 괴로운 것이어서 만약 곧 어떻게든 상황이 바뀌겠지, 결국에는 지나가버리고 말 일시적인 슬픈 고난에 지나지 않겠지 하는 기대가 없었다면, 그들 모두 단 하루도 이런 상황에서 생활을 계속해나갈 수 없었을 것이다. 알렉세이 알렉산드로비치는 모든 것이 지나가버리듯 이 정열도 지나가버릴 거라고, 그리고 너 나

할 것 없이 모두 이 문제를 잊어버리고 자신의 이름도 더럽혀지지 않은 채 끝나리라 기대하고 있었다. 안나는 이러한 상황을 야기시킨 당사자로서 그 때문에 가장 괴로워하면서도, 이런 매듭은 곧 풀려 해결되리라고 기대했을 뿐만 아니라 그것을 굳게 믿었기 때문에 이 상황을 꾹 참고 있었다. 무엇이 이 상황을 해결해줄 것인지는 전혀 몰랐으나, 다만 지금 당장에라도 뭔가 일어나리라는 것을 굳게 믿고 있었다. 브론스키도 본의 아니게 그녀의 영향을 받아 자기와는 직접적인 관계가 없는 무언가가 일어나 모든 고통을 해결해주리라 기대하고 있었다.

한겨울에 브론스키는 몹시 지루한 일주일을 보냈다. 그는 페테르부르크를 찾아온 어느 외국 왕자를 접대하는 역할을 지정받아* 그 왕자에게 페테르부르크의 명소와 명물을 안내하며 다녀야 했다. 브론스키는 풍채가 훌륭했을 뿐만 아니라 천성적으로 기품 있게 처신하는 재주를 지니고 있었고 이런 사람들의 접대에는 익숙했으므로 왕자를 수행하게 된 것이다. 그러나 이 임무는 그에게 매우 괴로운 것이었다. 왕자는 귀국 후 러시아에서 보고 왔느냐는 질문을 받을 듯한 것은 어느 하나 놓치지 않으려 했고, 또 스스로도 될 수 있는 한 러시아의 향락을 체험하길 원했다. 그래서 브론스키는 여기저기로 그를 안내하지 않으면 안 되었다. 그들은 날마다 아침나절에는 마차를 몰아 명승고적을 구경하고, 밤에는 러시아 특유의 환락의 세계에 얼굴을 내놓았다. 이 왕자는 왕족들 사이에서도 보기 드물 만큼 건강한 체력을 갖고 있었다. 체

* 1874년 페테르부르크에 독일, 영국, 덴마크의 왕자들이 손님으로 묵고 있었다. 그들은 영국 왕자 앨프리드 에든버러와 알렉산드르 2세의 딸 마리야 알렉산드로브나의 결혼식에 초대되어 온 것이었다.

조와 세심한 건강법을 통해 비상한 정력을 비축하고 있어서 아무리 환락에 빠져 정력을 소비해도 푸르고 윤이 나는 네덜란드산 오이처럼 싱싱하기만 했다. 왕자는 대단한 여행가로, 요사이 교통이 용이해진 데서 오는 주요한 이점의 하나는 여러 나라 특유의 쾌락을 맛볼 수 있는 것이라고 여겼다. 스페인에 갔을 때에는 그곳에서 세레나데 모임을 열고 만돌린을 타는 스페인 여자와 사귀기도 했다. 스위스에서는 겜스*를 죽였다. 영국에서는 빨간 연미복을 입고 말을 몰아 목책을 뛰어넘기도 하고, 내기로 이백 마리의 꿩을 쏘아 떨어뜨리기도 했다. 터키에서는 하렘에 들어갔었고, 인도에서는 코끼리를 탔으며, 이제 러시아에서도 온갖 러시아 특유의 환락을 맛보려고 했다.

이른바 이 사람의 의전관이 된 브론스키로서는 각 분야의 사람들이 제의하는 온갖 종류의 러시아식 오락을 안배하는 것이 여간 힘들지 않았다. 러시아에는 경마도 있는가 하면 블린**도 있고 곰사냥이며 삼두마차며 집시 여자며 그릇을 두들겨 부수는 잔치도 있었다. 왕자는 너무도 쉽게 러시아 기질을 소화하여 그릇이 가득한 쟁반을 두들기기도 하고, 집시 여자를 무릎 위에 올려놓기도 했다. 그러면서 이렇게 묻는 것 같았다. 러시아 기질이라는 게 이 밖에 또 무엇이 있는가? 이제 더이상은 없는가?

사실 온갖 러시아의 환락 가운데 가장 왕자의 마음에 들었던 것은 프랑스 여배우들과 발레 무희와 백봉 샴페인이었다. 브론스키는 왕족들을 대하는 데 익숙했으나 그 자신이 요즈음 변했기 때문인지, 아니면

---

* '알프스 영양'을 뜻하는 독일어 'Gems'를 러시아어로 음차한 것.
** 러시아식 팬케이크로 사육제의 대표 음식이다.

이 왕자와 너무나 가까이 있었기 때문인지 하여튼 이 일주일이 굉장히 괴롭게 여겨졌다. 이 일주일 내 그는 위험한 광인의 뒷바라지를 맡은 사람이 그 광인을 무서워하는 동시에 그와 가까이 있기 때문에 자신의 이성까지 걱정해야 하는 것 같은 느낌을 경험했다. 브론스키는 자기가 경멸을 당하는 일이 없도록 엄격하고 공적인 정중함을 늦춰서는 안 된다고 끊임없이 마음속으로 생각하고 있었다. 브론스키가 놀란 것은 러시아의 유흥을 그에게 제공하기 위해 갖은 애를 다 써가며 노력하고 있는 사람들에 대한 왕자의 모욕적인 태도였다. 그는 러시아 여인을 연구하기를 바랐는데, 그들에 대한 그의 비평은 번번이 브론스키로 하여금 분개한 나머지 얼굴을 붉히게 할 정도였다. 왕자가 브론스키에게 유달리 못 견디게 여겨졌던 주된 이유는, 그가 이 왕자에게서 저도 모르게 자기 자신을 발견하지 않을 수 없었기 때문이었다. 그리고 그가 이 거울 속에서 본 모습은 그의 자존심을 손상시켰다. 그것은 지극히 어리석고 자존심이 강하며, 지극히 건강하고 깔끔한 남자의 모습이었다. 그러나 그 이상은 아무것도 아니었다. 그는 신사였다. 그것은 진실이었고 브론스키도 그 점을 부정할 수는 없었다. 그는 지체가 높은 사람에 대해 한결같은 태도를 지녔고 아부 따위는 하지 않았다. 동년배에 대해서는 자유롭고 솔직했으며, 신분이 낮은 사람에 대해서는 경멸이 섞인 친절을 보였다. 브론스키 자신도 매한가지였다. 그는 그러한 태도를 크나큰 미덕으로 여기고 있었다. 그러나 이 왕자 앞에서 그는 신분이 낮은 사람이었고, 그래서 자기에 대한 이 같은 경멸 섞인 친절은 그의 마음을 어지럽혔다.

'소고기처럼 어리석은 녀석! 과연 나도 저럴까?' 그는 생각했다.

하여튼 이레째에 모스크바로 떠나는 왕자와 헤어지면서 감사의 말을 들었을 때, 그는 이런 거북스러운 처지와 불쾌한 거울상으로부터 드디어 빠져나오게 되어 적잖이 기뻤다. 그는 러시아식 용맹의 표시로 하룻밤을 꼬박 새우며 같이했던 곰사냥에서 돌아오는 도중 기차역에서 왕자와 헤어졌다.

2

집으로 돌아온 브론스키는 자기 방에서 안나한테서 온 편지를 발견했다. 그녀는 이렇게 썼다. '몸이 아파 쓸쓸합니다. 난 외출할 수가 없어요. 그렇지만 이제 더는 당신을 뵙지 않고는 견딜 수 없어요. 오늘밤에 와주세요. 알렉세이 알렉산드로비치는 일곱시에 회의에 나가면 열시까지는 돌아오지 않으니까요.' 그를 집에 들여놓아서는 안 된다는 남편의 요구가 있었음에도 불구하고 그녀가 집으로 오라고 하는 것이 조금 이상하다고 한순간 생각하기는 했지만, 하여튼 그는 가기로 결심했다.

브론스키는 이번 겨울에 대령으로 승진했으므로 연대를 나와서 혼자 살고 있었다. 아침을 끝내자 그는 곧 소파에 누웠다. 그러자 한 오분 동안 요 며칠 사이에 목격한 흉한 광경들의 기억이 안나의 모습과 곰사냥에서 중요한 역할을 한 몰이꾼 농부의 모습과 한데 뒤얽혀 그의 앞에 나타났다. 그러나 이내 그는 깊은 잠에 빠져버렸다. 그는 어두워져서야 무서움에 몸을 떨면서 잠을 깼다. 그러고는 얼른 초에다 불을 켰다. '그게 뭐였지? 꿈에서 본 그 무서운 것이 뭘까? 그렇다, 그렇다.

수염이 텁수룩하고 자그맣고 험상궂은 농부가 허리를 구부리고 뭔가 하고 있었다. 그러다 갑자기 프랑스어로 어떤 이상야릇한 말을 뇌까리기 시작했다. 그렇다, 꿈은 그것뿐이었다.' 그는 자기에게 말했다. '그런데 어째서 그렇게 무서웠을까?' 그리고 그는 또다시 그 농부와 농부가 뇌까린 뜻을 알 수 없는 프랑스어를 생각해냈다. 그러자 찬물을 쭉 끼얹은 듯이 등줄기가 오싹해졌다.

'뭐 이런 어리석은 일이 다 있담!' 브론스키는 이렇게 생각하고 시계를 들여다보았다.

벌써 여덟시 반이었다. 그는 벨을 눌러서 하인을 불러 부랴부랴 옷을 갈아입고는, 꿈 따윈 이미 까맣게 잊고 시간이 늦은 것만을 걱정하면서 입구의 층계로 나갔다. 카레닌가의 현관에 다가가면서 그는 다시 시계를 보고 아홉시 십 분 전이라는 것을 알았다. 두 마리의 잿빛 말을 채운 높고 좁다란 사륜 여행마차가 현관 앞 차도에 세워져 있었다. 그는 그것이 안나의 마차임을 이내 알아보았다. '아아, 나한테 오려는 거였군.' 브론스키는 생각했다. '그렇다면 그러는 편이 좋겠다. 어쩐지 내가 이 집에 들어가는 건 내키지 않으니까. 그러나 어쨌든 마찬가지다. 어차피 숨을 수는 없다.' 그는 자기에게 말하고는, 어릴 때부터 몸에 밴 아무것도 부끄러워할 게 없는 사람의 태도로 썰매에서 내려 문 쪽으로 다가갔다. 그러자 문이 열리고, 담요를 손에 든 문지기가 마차를 불렀다. 브론스키는 본디 세세한 것에는 주의를 기울이지 않는 사내였으나, 이때만은 문지기가 힐끔 그를 처다보았을 때의 깜짝 놀란 듯한 표정을 알아챘다. 바로 문간에서 브론스키는 하마터면 알렉세이 알렉산드로비치와 부딪칠 뻔했다. 가스등의 불빛은 검은 모자 아래 핏기 없이 해쓱한 얼굴과 비버모피 외투 밑에서 반짝이는 하얀 넥타이를 똑바로 비추고 있었다. 미동도 하지 않는 흐릿한 카레닌의 눈이 브론스키의 얼굴 위에 멎었다. 브론스키는 고개를 숙여 인사했다. 그러자 알렉세이 알렉산드로비치는 어금니를 악물고 모자 있는 데까지 한쪽 손을 올리고 나서 그냥 지나가버렸다. 브론스키는 그가 돌아보지도 않고 마차에 오른 다음, 창문으로 담요와 쌍안경을 받고 몸을 숨기는 것을 보았다. 브론스키는 현관으로 들어갔다. 그의 미간엔 주름이 잡히고, 두 눈은 독기가 서린 오연한 빛으로 반짝였다.

'이거 입장이 곤란하게 됐군!' 그는 생각했다. '만약 저자한테 싸울 마음이 있다면, 자신의 명예를 지키려는 마음이 있다면 내게도 방법이 있고 내 감정을 표현할 수도 있으련만, 저렇게 나약하고 비열해서야 어디…… 저자는 내게 사기꾼 역할을 떠맡기려 한다. 난 그런 인간이 되는 것은 본디부터 질색이었고 지금도 딱 질색이다.'

브레데의 정원에서 안나와 이야기를 주고받은 이후 브론스키의 생각은 많이 바뀌었다. 그에게 자신을 내맡기고 앞으로도 전적으로 따르겠다며 자기 운명의 결정을 그에게 의지하던 안나의 연약함에 그는 저도 모르게 이끌려, 과거에 자기가 기대했던 것처럼 자기들의 관계를 끝낼 수 있으리라고는 이미 오래전부터 생각하지 않게 되었다. 그의 야심 찬 장래 계획은 다시 뒤로 물러나버렸고, 그는 모든 일이 다 정해져 있던 활동 영역에서 뛰쳐나와버린 것처럼 느끼면서도 그저 온몸을 그 느낌에 맡겼으며, 이 느낌은 더욱더 강하게 그를 그녀에게 얽어맸다.

아직 현관에 있으면서 그는 멀어져가는 그녀의 발소리를 들었다. 그는 그녀가 자기를 기다리고 있었다는 것, 귀를 세운 채 듣고 있다가 지금 객실로 돌아가고 있다는 것을 알았다.

"아니야!" 그를 보자 그녀는 이렇게 외쳤다. 그리고 이 목소리가 울림과 동시에 그녀의 눈에는 눈물이 핑 돌았다. "이건 아니야. 이렇게 계속된다면 정말이지 훨씬 더 빨리, 훨씬 더 빨리 끝나버리고 말 거야!"

"뭐가, 내 사랑?"

"뭐냐고? 난 괴로운 마음으로 당신을 기다리고 있었어, 한 시간, 두 시간…… 아니, 난 이제 아무 말도 하지 않겠어!…… 난 당신하고 입씨름할 수는 없어. 틀림없이 당신은 빨리 올 수 없는 사정이 있었을 거야. 그러니까 난 이제 아무 말도 하지 않겠어!"

그녀는 두 손을 그의 어깨 위에 얹고는 오래오래 그 깊숙하고 환희에 찬, 동시에 뭔가를 시험하는 듯한 눈동자로 그를 찬찬히 쳐다보았다. 그녀는 그를 만나지 못했던 시간을 보상하기라도 하려는 듯이 게걸스럽게 그의 얼굴을 들여다보았다. 그녀는 그와 만날 때면 언제나 그랬듯이 실제 그의 모습을 자신의 상상 속에서 그리던 모습(현실에는 도저히 있을 수 없으며 그와 비교가 되지 않을 만큼 훌륭한 모습)과 겹쳐서 생각하고 있었다.

3

"당신 그 사람을 만났지?" 그들이 램프 아래의 탁자 옆에 앉았을 때 그녀는 물었다. "그건 이렇게 늦게 온 데 대한 벌이야."

"그래, 그런데 어떻게 된 일이야? 그는 회의에 나가 있어야 하는 거

아닌가?"

"갔다가 돌아온 거지. 그러고서 또 어디론가 갔어. 그러나 그런 건 아무래도 상관없어. 이런 얘긴 이제 그만두기로 해. 그런데 참, 당신은 지금까지 어디 있었어? 내내 그 왕자하고 있었어?"

그녀는 그의 생활에 대해 어떤 작은 일이라도 다 알고 있었다. 그는 어젯밤 한숨도 못 잤기 때문에 깜빡 잠이 들어버렸노라고 얘기하려 했으나, 그녀의 행복한 듯 상기된 얼굴을 보고 있으려니 그런 말을 꺼내기가 어쩐지 쑥스러워졌다. 그래서 그는 왕자의 출발을 보고하러 가야 했다고 말했다.

"이제 그 일은 끝났어? 그럼 그분은 이제 떠나신 거야?"

"다행히도 겨우 끝난 셈이지. 그것이 나에게 얼마나 괴로운 일이었는지 당신은 아마 믿어지지 않을 거야."

"어머나, 어째서? 그건 당신네 젊은 남자들의 일상생활이잖아." 그녀는 눈살을 찌푸리고 말했다. 그러고는 탁자 위에 놓여 있던 뜨개질감을 들더니 브론스키를 외면한 채, 그 안에서 뜨개바늘을 풀어내기 시작했다.

"난 그런 생활은 이미 오래전에 그만뒀어." 그는 그녀의 얼굴 표정이 변한 것에 놀라 그 의미를 간파하려고 애쓰면서 말했다. "고백하자면," 그는 가지런하게 쪽 고른 하얀 이를 드러내 보이면서 웃는 얼굴로 말했다. "지난 일주일 동안 그런 생활을 보면서 마치 거울 속의 내 모습을 보는 것 같았어. 그 모습이 불쾌해서 견딜 수가 없었어."

그녀는 뜨개질감을 손에 들고 있으면서도 뜨개질은 하지 않고 야릇하게 반짝이는, 적대적인 시선으로 그를 바라보았다.

"오늘 아침 리자가 나에게 들렀어. 그분은 여전히 리디야 이바노브나 백작부인은 아랑곳하지 않고 수시로 나를 찾아와주고 있어." 그리고 그녀는 덧붙였다. "그리고 당신네가 즐긴 아테네의 밤*에 관해 죄다 얘기해주셨지 뭐야. 정말 추잡해!"

"나도 지금 막 그 얘길 하려던 참이었어……"

그녀는 그를 가로막았다.

"그 여배우는 전부터 잘 알고 지냈던 그 *테레즈*였지?"

"나도 지금 그 얘기를 하려고……"

"당신네 남자들은 어쩌면 그렇게 추잡할까! 어째서 당신들은 그만한 생각도 없을까. 여자란 여간해선 그런 일을 잊을 수가 없다고." 그녀는 더욱더 흥분하여 자기가 분개한 이유를 그의 앞에 드러내놓으면서 말했다. "특히 당신네의 생활을 전혀 알 수 없는 여자로서는 더욱 그래. 내가 뭘 알아? 내가 뭘 알겠어?" 그녀는 말했다. "당신이 얘기해주는 것뿐이잖아. 게다가 당신이 진실을 말하는지 어떤지 내가 어떻게 알겠어……"

"안나! 당신은 날 모욕하고 있군. 그럼 당신은 날 믿지 않는다는 건가? 내가 전에도 말했잖아, 당신에게 털어놓지 않는 일은 조금도 없다고!"

"그래, 그래." 그녀는 분명 질투의 상념을 내쫓으려고 애쓰는 기색으로 말했다. "그렇지만 당신이 만약 내가 얼마나 괴로워하고 있는지 안다면! 난 당신을 믿어, 당신을 믿고 있어…… 자, 그럼 당신이 말하려던

---

* 시끌벅적한 큰 술판을 뜻한다.

것은 뭔데?"

그러나 그는 자기가 이야기하려던 것을 얼른 생각해낼 수 없었다. 요즘 들어 더욱더 자주 그녀에게 일어나는 이런 질투의 발작은 그에게 두려움을 품게 했고, 자연히 그녀에 대한 그의 감정을 식게 했다. 질투의 원인이 자기에 대한 사랑 이외의 다른 것이 아니라는 것도 알고 있었고, 그런 느낌을 겉으로 드러내지 않으려고 무척 애도 쓰긴 했지만. 그는 몇 차례나 그녀의 사랑은 행복이라고 자기에게 타일렀는지 모른다. 그리고 실제로 그녀는 인생의 다른 모든 행복보다도 사랑을 중히 여기는 여자만이 할 수 있는 그런 사랑으로 그를 사랑하고 있었다. 그러나 그는 그녀의 뒤를 좇아 모스크바에서 돌아왔던 무렵과 비교해본다면 그러한 행복에서 훨씬 멀어져 있었다. 그 무렵 그는 자기를 불행하게 여기고는 있었지만, 어쨌든 행복이 그의 앞에 있었다. 그러나 지금에 와서는 최상의 행복은 이미 과거의 것이 돼버린 것만 같은 생각이 자꾸 들었다. 그녀는 이제 그가 처음 보았을 무렵의 그녀가 전혀 아니었다. 정신적으로도 육체적으로도 나쁜 쪽으로 변해 있었다. 그녀는 온몸이 턱 퍼져버렸고, 방금 전 그 여배우에 대해 이야기할 때에는 얼굴에 미모를 찌그러뜨리는 앙칼진 표정이 나타날 정도였다. 그는 아름다운 꽃을 사랑한 나머지 꺾어서 못쓰게 만들어놓고 나서야 겨우 그 아름다움을 깨닫고, 이제는 자신의 수중에서 시들어버린 꽃을 바라보는 사람 같은 마음으로 그녀를 바라보았다. 그럼에도 불구하고 그는 자신의 사랑이 훨씬 강렬했었고 굳이 원한다면 자신의 심장에서 그 사랑을 뽑아내버릴 수도 있으리라고 느꼈던 예전보다도, 오히려 그녀에 대해 조금도 사랑을 느끼고 있지 않는 듯한 지금에 와서야 자기와 그녀의 관계를 도저히 깨뜨릴 수 없게 되었다는 것을 깨달았다.

"그래서, 그래서 당신이 왕자에 관해 얘기하려던 게 뭐야? 난 내쫓아버렸어, 악마를 쫓아버렸어." 그녀는 덧붙였다. 둘은 질투를 악마라고 불렀다. "그래, 왕자에 대해 무슨 말을 하려고 했어? 어째서 그 사람이 그렇게 괴로웠어?"

"아아! 정말 참을 수 없었어!" 그는 잃었던 생각의 실마리를 붙잡으려고 애쓰면서 말했다. "그 사람은 가깝게 사귈수록 빛을 잃는 부류의 사람이야. 그 사람에 대해 정의를 내린다면, 품평회에 내놓으면 일등 상패를 받을 만큼 훌륭하게 사육된 짐승일 뿐 그 이상은 아무것도 아니야." 그는 불쾌한 어조로 말했고, 그것이 그녀의 흥미를 돋웠다.

"어머나, 어째서?" 그녀는 물었다. "어쨌든 그분은 견문이 넓고 교양 있는 분이잖아?"

"그런데 그게 전혀 다른 교양이야. 말하자면 그 부류 사람들의 교양이야. 그 사람은 그저 교양을 경멸할 권리를 갖기 위해서만 교양을 쌓은 것 같아. 그런 사람들이 동물적인 쾌락 외에는 모두 경멸하고 있는 것처럼."

"그렇지만 당신네 남자들은 모두 그런 동물적인 쾌락을 좋아하잖아." 그녀는 말했다. 그때 또다시 그는 그를 피하는 그녀의 어두운 눈동자를 보았다.

"그런데 어째서 당신은 그토록 그 사람을 변호하는 거야?" 그는 살며시 미소를 지으면서 말했다.

"난 누구도 변호하고 있지 않아. 나한테는 어쨌거나 전혀 상관없는 일이야. 그렇지만 당신이 만약 그런 쾌락을 좋아하지 않는다면 거절할 수도 있었으리라고 생각해. 그런데도 당신은 이브의 의상을 걸친 테레자를 보는 것이 즐겁다보니……"

"또, 또 악마로군!" 브론스키는 탁자 위에 놓인 그녀의 손을 잡고 입을 맞추면서 말했다.

"그래, 그렇지만 난 그렇게 생각하지 않을 수가 없는걸! 당신은 모를 테지만, 난 당신을 기다리면서 얼마나 외로웠는지 몰라! 난 내가 결코 암상스러운 여자는 아니라고 생각해. 난 암상스러운 여자는 아니야. 당신이 이렇게 내 곁에 있어주는 동안은 난 당신을 완전히 믿고 있어. 그렇지만 당신 혼자 어딘가에서 내가 모르는 자신만의 생활을 하고 있을 때에는……"

그녀는 그의 곁에서 떨어져 마침내 뜨개질감에서 뜨개바늘을 풀어냈다. 그러고는 집게손가락의 도움을 빌려 램프 불빛 아래서 반짝이는 하얀 털실로 연이어 재빨리 코를 떠넣으며, 가장자리에 수가 놓인 옷소매 속의 화사한 손목을 날쌔게 신경질적으로 움직이기 시작했다.

"그래 어떻게 된 거야? 당신은 어디서 알렉세이 알렉산드로비치를 만났어?" 그녀의 목소리가 갑자기 부자연스럽게 울렸다.

"입구에서 딱 부딪치고 말았어."

"그 사람은 당신에게 이렇게 인사했지?"

그녀는 얼굴을 들고 눈을 반쯤 뜨더니 얼른 얼굴의 표정을 바꾸며 두 손을 포갰다. 그러자 브론스키는 그녀의 아름다운 얼굴에서 돌연 알렉세이 알렉산드로비치가 그에게 인사했을 때와 똑같은 표정을 보았다. 그는 빙그레 웃었다. 그러자 그녀는 그녀의 특별한 매력 중 하나인, 가슴에서 나오는 듯한 쾌활하고 사랑스러운 웃음을 터뜨렸다.

"난 그 사람의 마음을 조금도 이해하지 못하겠어." 브론스키는 말했다. "만약 별장에서 당신이 고백한 후 당신과 헤어져버리기라도 했다면, 또 만약 그 사람이 나에게 결투를 청해오기라도 했다면 이해하겠지만…… 그런 것도 아니고, 정말 속을 모르겠어. 그 사람은 어떻게 이런 상황을 참고 견딜 수 있을까? 그 사람도 괴로워하고 있어, 내 눈에도 또렷이 보이니까."

"그 사람이?" 그녀는 냉소를 띠고 말했다. "그 사람은 아주 만족하고 있어."

"이렇게든 저렇게든, 하려고만 들면 얼마든지 좋게 될 수도 있으련만, 어째서 우린 모두 이렇게 괴로워하고 있는 걸까?"

"그 사람만은 그렇지 않아. 내가 그래 그 사람을 모른다는 말이야? 그 사람의 온몸에 배어 있는 허위를 모른다고? 조금이라도 사람다운 감정을 가지고 있다면, 그 사람이 나하고 지내는 이런 생활을 계속할 수 있을까? 그 사람은 아무것도 몰라. 아무것도 못 느껴. 조금이라도 뭔가 느끼는 인간이라면 어떻게 부정한 아내와 한집에서 살아갈 수 있겠어? 그 아내에게 말을 건넬 수가 있겠어? 그 여자를 당신_{Вы}이라고 부를 수가 있겠어?"

거기서 그녀는 또다시 남편의 흉내를 내지 않을 수 없었다. "당신, *마 세르*, 당신, 안나!"

"그건 사내가 아니야, 인간이 아니야, 인형이야. 아무도 모르지만, 난 잘 알고 있어. 아아! 내가 만약 그 사람 같은 처지에 있었다면 난 정말 벌써 아낼 죽여버리고 말았을 거야. 갈기갈기 찢어버렸을 거야, 나 같은 이런 아내는. 그런 여자에다 대고 당신, *마 셰르*, 안나, 하고는 무슨 일이 있어도 말하지 않지. 정말 그 사람은 인간이 아니야. 그 사람은 관청의 기계야. 그 사람은 내가 당신의 아내라는 것, 자기가 나에겐 남이고, 쓸데없는 인간이라는 것을 모르고 있어…… 그러나 이제 그만둬, 이제 그만둬, 그런 얘긴!"

"그런 생각은 잘못이야, 잘못이야, 내 사랑." 브론스키는 그녀의 마음을 가라앉히려고 애쓰면서 말했다. "그러나 어차피 상관없어, 그 사람 얘긴 이제 그만두자고. 그보다 요즘 당신은 무얼 하고 있었는지 그거나 말해줘. 도대체 무슨 일이 있었어? 그 병이란 대체 뭐야, 의사는 뭐라고 했어?"

그녀는 기묘하고 유쾌한 표정으로 그를 바라보았다. 분명 남편에게서 또다른 우스꽝스럽고 더러운 면모를 발견하고, 그것을 입 밖에 내놓을 기회를 기다리고 있는 듯했다.

그러나 그는 이야기를 계속했다.

"난 그건 병이 아니라 당신의 몸 상태 때문이라고 생각해. 그런데 도대체 그건 언제쯤이야?"

그녀의 눈에서 익살스러운 반짝임이 사라져버렸다. 그러나 또다른 미소, 그로서는 알 수 없는 무엇인가에 대한 자각과 조용한 슬픔이 깃든 미소가 그녀의 얼굴에 떠올랐다.

"곧, 곧이야. 당신은 우리의 이런 처지는 괴로우니까, 어떻게든 빨리 끝장을 짓지 않으면 안 된다고 했어. 그렇지만 나 역시 그 때문에 얼마나 괴로운지도 살펴주었으면 해. 정말 난 자유롭게 마음놓고 당신을 사랑하기 위해서라면 어떤 희생이라도 치를 생각이야! 그렇게 되면 나도 이처럼 질투로 당신을 괴롭히거나 자신을 괴롭히는 짓은 하지 않게 될 거야…… 그리고 그렇게 되는 것도 이제 얼마 남지 않았다고 생각해. 다만 우리가 기대하고 있는 식으로 되지는 않을 테지만."

그러나 그 결말이 어떤 식으로 올 것인지를 생각하자, 그녀는 자기 자신이 너무도 가엾게 여겨져서 눈물이 글썽거리는 바람에 그다음을 계속해서 얘기할 수 없었다. 그녀는 자신의 하얀 손을 가만히 그의 옷 소매 위에 올려놓았다. 램프의 불빛에 그녀의 하얀 피부와 반지들이 반짝였다.

"그것은 우리의 생각대로는 되지 않을 거야. 당신에게 이런 말을 하고 싶지는 않지만 당신이 얘기를 하게 만드니까. 정말 곧, 곧 모든 일이 끝장지어질 거야. 그러면 우린 모두 마음이 가라앉을 거고, 더이상 괴로워하는 일도 없게 될 거야."

"난 도무지 모르겠군." 그는 잘 알고 있으면서도 이렇게 말했다.

"당신은 언제냐고 물었지? 곧이야. 그리고 난 무사히 넘기지는 못할 거야. 아니, 내가 얘기하게 해줘!" 그녀는 얼른 말을 이었다. "난 알고 있어. 정확하게 알고 있어. 난 죽을 거야. 죽어서 나와 당신을 구할 수 있다는 게 정말 기뻐."

눈물이 그녀의 두 눈에서 흘러내렸다. 그는 그녀의 손 위로 몸을 구부리고 자신의 동요를 숨기려고 애쓰면서 입을 맞추었다. 그는 자신의 동요에 아무런 근거도 없다는 걸 알고 있었지만, 도저히 그것을 억누를 수가 없었다.

"그래, 그래야 해, 그렇게 되는 편이 더 나아." 그녀는 격렬하게 그의 손을 쥐면서 말했다. "그것이 단 하나, 우리에게 남은 단 하나의 방법이야."

그는 제정신을 차리고 고개를 들었다.

"쓸데없는 소리! 무슨 그런 쓸데없는 어리석은 소릴 다 하고 있어!"

"아냐, 이것은 진실이야."

"무엇이, 무엇이 진실이야?"

"내가 죽는다는 것. 난 꿈을 꿨어."

"꿈?" 브론스키는 되풀이해서 말하고, 그 순간 자신이 꿈속에서 본 농부를 생각해냈다.

"응, 꿈을." 그녀는 말했다. "내가 그 꿈을 꾼 것은 벌써 오래전의 일이야. 난 뭔가 가지고 와야 할 것이 있어서, 찾을 게 있어서 내 방으로 뛰어들어갔지. 잘 알겠지만, 꿈에서는 흔히 그런 일이 있잖아. 내 꿈도 그랬어." 그녀는 두려움으로 동그랗게 눈을 뜨면서 말했다. "그런데 어땠는지 알아, 침실의 한쪽 구석에 무언가가 서 있지 않겠어."

"아아, 어쩌면 그런 어리석은 소릴 다! 어떻게 그런 걸 믿을 수가 있어……"

그러나 그녀는 그가 자기 말을 가로막게 내버려두지 않았다. 그녀가 이야기하고 있는 것은 그녀에게 너무나도 중요했기에.

"그리고 그 무언가가 이쪽을 홱 돌아보지 뭐야. 수염이 텁수룩하게 난 자그마하고 무섭게 생긴 농부였어. 난 도망치려고 했어. 그런데 그는 부대 위로 몸을 구부리고 두 손을 넣어 한참 뭔가를 뒤적뒤적 찾는 거야……"

그녀는 그가 부대 속을 뒤적거리는 시늉을 해 보였다. 그녀의 얼굴에는 두려움이 서려 있었다. 브론스키도 자신의 꿈을 생각해내면서, 똑같이 마음속을 가득 채우는 공포를 느꼈다.

"그 사내는 그렇게 뭔가를 찾으면서, 아주 잽싸게 프랑스어로 목구멍 울리는 소리를 내며 지껄이는 거야. '쇠를 달구어 두드리고 벼리지 않으면 안 돼……'라고. 난 너무 무서워서 얼른 잠을 깨야겠다 싶었는데 곧 잠이 깼어…… 그런데 그것도 역시 꿈이잖아. 꿈속에서 잠이 깬 거였어. 그래서 난 이것은 도대체 무슨 의미일까 하고 나에게 묻기 시작했어. 그러자 코르네이가 나에게 이렇게 말하는 거야. '당신은 산고로 돌아가실 거예요, 산고로요, 산고로, 마님……' 그때 난 정말로 잠에서 깼어……"

"쓸데없는 소리, 무슨 그런 어리석은 소릴 다 하고 있는지 모르겠군!" 브론스키는 말했다. 그러나 자기도 그 목소리에 아무런 확신이 없음을 느꼈다.

"그렇지만 이런 얘긴 이제 그만둬. 그보다도 저어, 벨이나 좀 눌러줘. 차를 들여오도록 할 테니까. 아, 잠깐만, 금방 난……"

그녀는 갑자기 말을 멈췄다. 그녀의 표정은 순식간에 바뀌었다. 공포와 흥분이 갑자기 조용하고 엄숙한, 더없이 행복한 긴장의 표정으로 바뀌었다. 그는 그 변화의 의미를 이해할 수 없었다. 그녀는 자기 안에서 새로운 생명의 움직임을 감지한 것이었다.

4

알렉세이 알렉산드로비치는 자기 집 현관 층계에서 브론스키와 마주치고 나서도 계획했던 대로 이탈리아 오페라극장으로 말을 몰았다.

그는 2막이 끝날 때까지 그곳에 있으면서 만나야 할 사람은 다 만났다. 집으로 돌아오자 그는 주의깊게 옷걸이를 살폈고, 군복 외투가 걸려 있지 않은 것을 확인하고 나서 언제나처럼 곧장 자기 방으로 갔다. 그러나 그는 평소와 달리 잠자리에 들지 않고 새벽 세시까지 서재 안을 이리저리 서성거렸다. 체면을 지키려고도 하지 않고, 집으로 애인을 끌어들이는 짓을 해서는 안 된다는 단 하나의 조건마저 무시해버린 아내에 대한 분노의 감정으로 진정할 수가 없었다. 그녀는 그의 요구를 이행하지 않았으므로 그는 그녀를 벌하고 이혼을 요구해서 아들을 빼앗아버리겠다고 한 앞서의 위협을 실행에 옮기지 않으면 안 될 지경에 이르렀다. 그는 그 일과 관련된 온갖 어려움을 알고 있었다. 그러나 그는 그렇게 하겠다고 이야기해두었고, 지금에야말로 그 위협을 실행하지 않으면 안 되었다. 백작부인 리디야 이바노브나는 그가 처한 상황에서 빠져나가려면 그것이 가장 좋은 방법이라고 몇 차례나 그에게 암시했고, 게다가 또 요즈음에는 이혼 절차가 지극히 매끄럽게 다듬어져 있었으므로, 알렉세이 알렉산드로비치는 형식상의 곤란을 이겨낼 수 있으리라는 것을 알고 있었다. 그러나 불행은 혼자 찾아오지 않는다는 말처럼 마침 이민족 정리와 자라이스카야현의 경지 관개 문제가 알렉세이 알렉산드로비치에게 공무상으로도 매우 큰 불쾌함을 안겨주었기에, 그는 요즈음 내내 극도로 초조한 기분에 사로잡혀 있었다.

그는 밤새 잠을 자지 않았고, 그의 분노는 점점 더 급격히 커져 아침에는 극한에 이르렀다. 그는 얼른 옷을 갈아입고는 마치 분노가 가득찬 찻잔을 나르면서 조금이라도 그것을 엎지를까 걱정하는 듯한, 동시에 그 분노와 함께 아내와 담판을 짓기 위해 필요한 정력을 잃을까 두려위하는 듯한 태도로, 아내가 일어났다는 것을 알자마자 아내의 방으로 들어갔다.

안나는 평소 남편에 대해 속속들이 잘 안다고 여겼으나, 지금 자기 방에 들어온 그의 얼굴빛에는 적잖이 놀랐다. 그의 이마는 찌푸려졌고 눈은 그녀의 시선을 피해 음울하게 앞을 바라보았으며, 입은 경멸하듯 굳게 다물어져 있었다. 그리고 걸음걸이에도 몸짓에도 목소리의 울림에도 아내가 지금까지 한 번도 본 적이 없는 결연함과 단호함이 깃들어 있었다. 그는 그녀의 방으로 들어오자 그녀에게는 인사도 하지 않고 곧장 그녀의 책상 쪽으로 가서 열쇠를 들고 서랍을 열었다.

"무엇이 필요해요?!" 그녀가 외쳤다.

"당신 애인의 편지." 그가 말했다.

"그런 건 여기 없어요." 그녀는 서랍을 닫으면서 말했다. 그러나 그는 그녀의 이 거동으로 자신의 짐작이 틀림없다는 것을 알았고, 그래서 그는 사납게 그녀의 손을 밀어젖히고, 그도 알듯이 그녀가 가장 중요한 서류를 넣어두는 서류함을 재빨리 붙잡았다. 그녀는 서류함을 빼앗으려고 했으나, 그는 그녀를 밀어젖혔다.

"앉아요! 난 당신에게 꼭 해야 할 말이 있소." 그는 서류함을 겨드랑이에 끼고, 어깻죽지가 쳐들릴 만큼 팔꿈치로 단단히 누르면서 말했다.

그녀는 소스라치게 놀라 주저주저하며 말없이 그를 바라보았다.

"난 당신한테 정부를 집에 끌어들여선 안 된다고 미리 얘기해뒀을 거요."

"실은 그 사람을 만나지 않으면 안 될 일이 있었어요, 그것은⋯⋯"

그녀는 어떤 핑계도 찾아내지 못하고 말을 멈췄다.

"아내가 정부를 만나지 않으면 안 될 이유 같은 걸 끄덕끄덕 듣고 있을 필요는 없소."

"난 그러고 싶었어요, 난 그저……" 그녀는 핏대를 올려 말했다. 그의 사나운 태도는 그녀를 자극했고 그녀에게 용기를 주었다. "당신은 날 모욕하는 것쯤은 아무것도 아니라고 생각하는 모양이군요?" 그녀가 말했다.

"바른 남자나 바른 여자에게라면 모욕이랄 수도 있겠으나, 도둑놈을 보고 도둑놈이라고 하는 것은 *사실의 확인*에 지나지 않소."

"당신에게 이렇게 잔인한 성질이 있는지는 나도 미처 몰랐어요."

"남편이 아내에게 다만 체면만 지켜달라는 조건으로 완벽하게 명예를 보호해주고 자유를 준 것을 당신은 잔인이라고 하는군. 그것이 잔인한 건가?"

"잔인보다 더 나빠요. 당신이 알고 싶다면 말해두겠지만, 그것은 비열이라고 하는 거예요!" 안나는 증오심을 폭발시켜 이렇게 외치고는 곧바로 일어서서 나가려고 했다.

"안 돼!" 그는 특유의 날카로운 목소리를 여느 때보다 더 높이며 외쳤다. 그러고는 그 큼직한 손으로 팔찌 자국이 빨갛게 남았을 만큼 세차게 그녀의 손목을 붙들어 억지로 자리에 앉혔다. "비열? 그런 말을 쓰고 싶다면 얼마든지 말해주지. 애인을 위해 남편과 아들을 버리고도 아무렇지 않게 남편의 빵을 먹고 있는 것, 그거야말로 비열이라고 해야겠지!"

그녀는 고개를 떨어뜨렸다. 전날 밤 애인에게 했던 말, 당신이 나의 남편이고 지금의 남편은 쓸데없는 인간이라고 한 말은 입 밖에 내지 않았을 뿐 아니라 생각조차도 하지 않았다. 그녀는 그의 말이 전적으로 옳다고 느끼며 그저 조용히 이렇게 말했다.

"당신이 뭐라고 하더라도, 나 자신이 생각하는 것보다 더 나쁘게 내 처지를 얘기할 수는 없을 거예요. 그런데 도대체 무엇 때문에 그런 말을 하는 거죠?"

"무엇 때문에 내가 그런 말을 하느냐고? 무엇 때문이냐고?" 그는 여전히 노기등등한 어조로 말을 계속했다. "세상 체면만이라도 지켜달라는 내 요구를 당신이 이행해주지 않았으니까, 드디어 나도 이 상황을 끝장짓기 위한 수단을 취하기로 했다는 것을 당신에게 알려주기 위해서요."

"이대로도 곧, 곧 끝장이 지어질 거예요." 그녀는 말했다. 그리고 지금에 와서는 소원이 되다시피 한 목전의 죽음에 생각이 미치자, 그녀의 눈에는 또다시 눈물이 핑 돌았다.

"그야 당신이 정부와 둘이서 생각하고 있는 것보다는 빨리 끝장이 지어지겠지! 당신들에겐 동물적인 정욕을 만족시키는 것만이 필요하니까……"

"알렉세이 알렉산드로비치! 난 당신이 너그럽지 않다고 말하진 않겠지만, 너무 점잖지 못하군요. 이미 쓰러져 있는 사람을 치다니."

"그래, 당신은 자기만 생각하고 있단 말야. 한때 당신의 남편이었던 인간의 고뇌 같은 것은 당신한테는 이제 문제도 아니야. 당신은 그 사람의 일생이 망가지더라도, 그 사람이, 그 사람이, 게…… 게……로워하고 있더라도, 조…… 조금도 아랑곳할 게 없겠지."

알렉세이 알렉산드로비치는 너무 빨리 지껄이느라 혀가 꼬여 도저히 이 단어를 발음할 수가 없었다. 그래서 결국에는 게로워하고로 발음하고 말았다. 그녀는 우스웠지만, 곧 이런 순간에 자기가 무엇인가를 우습게 느낄 수 있다는 것이 쑥스러웠다. 그리고 한순간 처음으로 그에게 동정을 느끼고 그의 입장이 되어 그를 가엽게 여겼다. 그러나 그녀가 무슨 말을 하고 무슨 행동을 할 수 있겠는가? 그녀는 그저 고개를 떨어뜨리고 잠자코 있었다. 그도 한동안 침묵을 지켰더니 이번에는 끽끽거리는 듯한 울림이 적고 싸늘한 목소리로 딱히 의미도 없는, 아무렇게나 꺼낸 말에 일부러 힘을 주면서 이야기하기 시작했다.

"난 당신에게 말하려고 왔소⋯⋯" 그가 말했다.

그녀는 그를 힐끔 쳐다보았다. '아냐, 그저 나한테 그렇게 보였을 뿐이야.' 그녀는 그가 게로워하고라고 말하며 혀가 꼬였을 때의 표정을 상기하면서 생각했다. '아냐, 이렇게 흐릿한 눈을 하고 멍하니 자신에게 흐뭇해하고 있는 인간이 정말이지 무엇을 느낄 수 있을까?'

"난 아무것도 바꿀 수는 없어요." 그녀는 속삭이듯 말했다.

"난 내일 모스크바로 떠나겠소. 두 번 다시 이 집에는 돌아오지 않아. 그리고 당신은 내가 이혼수속을 의뢰한 변호사한테서 내 결정에 대한 보고를 듣게 될 거요. 난 당신에게 이 말을 하러 왔을 뿐이오. 그리고 내 아들은 누님한테 데려다놓겠소." 알렉세이 알렉산드로비치는 아들에 대해 말하고 싶었던 것을 가까스로 생각해내고서 말했다.

"당신은 날 괴롭히기 위해서 세료자가 필요한 거예요." 그녀는 눈을 치뜨고 그를 보면서 말했다. "당신은 그애를 사랑하지 않아요⋯⋯ 제발, 세료자는 놔두고 가요!"

"그래, 난 아들에 대한 사랑마저도 잃어버렸소. 그것은 당신에 대한 혐오감이 그 아이에게로 옮아갔기 때문이오. 그러나 아무튼 난 그애를 데려가겠소. 그럼 이만!"

그는 나가려고 했으나, 이번에는 그녀가 그를 붙들었다.

"알렉세이 알렉산드로비치, 세료자는 놔두고 가줘요!" 그녀는 다시 한번 속삭이듯 말했다. "난 이제 아무것도 더 말할 게 없어요. 그저 세료자를, 세료자만은 놔두고 가줘요······ 난 곧 어린앨 낳게 돼요, 그앤 놔두고 가줘요!"

알렉세이 알렉산드로비치는 핏대를 올리고는 그녀의 손을 뿌리치고 말없이 방을 나가버렸다.

5

페테르부르크에서 유명한 변호사의 응접실은 알렉세이 알렉산드로비치가 들어갔을 때 이미 사람들로 가득차 있었다. 세 여인네―노파와 젊은 여자와 상인의 아내―와 세 신사―반지를 낀 독일인 은행원, 턱수염을 기른 상인, 제복 차림에 십자가를 늘어뜨린 무뚝뚝한 얼굴의 관리―는 분명히 꽤 오랫동안 기다리고 있는 성싶었다. 두 조수는 펜 움직이는 소리를 삭삭 내면서 탁자 앞에 앉아 뭔가를 쓰고 있었다. 그 언저리에 있는 문방구는 그 방면에 상당한 조예가 있었던 알렉세이 알렉산드로비치가 보기에 매우 훌륭한 것이었다. 알렉세이 알렉산드로비치는 그것을 주의깊게 살피지 않을 수 없었다. 조수 하나는 일어서지도 않고 눈살을 잔뜩 찌푸린 채 못마땅하다는 듯이 알렉세이 알렉산드로비치한테로 얼굴을 돌렸다.

"무슨 볼일이 있으십니까?"

"변호사 선생을 좀 뵙고 싶어서 그러는데요."

"선생님께선 지금 집무중이십니다." 조수는 펜으로 기다리고 있는 사람들 쪽을 가리키면서 딱딱하게 대답했다. 그러고는 뭔가 쓰기를 계속했다.

"잠깐 틈을 내주실 수 없으신지요?" 알렉세이 알렉산드로비치가 말했다.

"선생님께선 한가한 시간이라곤 없으십니다. 언제나 바쁘시니까요. 그러니 잠시만 기다려주세요."

"그럼, 수고스럽겠지만 내 명함을 선생께 전해주시겠소?" 알렉세이 알렉산드로비치는 자신의 지위와 이름을 밝힐 필요가 있음을 알고 위엄 있게 말했다.

조수는 그것을 받아들자 분명 거기에 쓰여 있는 내용이 달갑지 않은 듯한 표정으로 문을 열고 들어갔다.

알렉세이 알렉산드로비치는 원칙적으로 공개재판에 찬성했지만, 그것을 러시아에 적용함에 있어 몇몇 세부사항에 대해서는 자기가 몸담고 있는 고위 공직상의 관계로 인해 전적으로 찬성하지는 않았고, 최고의 권위에 의해 제정된 무엇인가를 비난할 수 있는 범위 안에서 그 부분을 비난했다. 그의 생활은 모두 행정상의 활동 속에서 영위되고 있었으므로, 그가 뭔가에 동감하지 않을 때에도 그 반감은 무슨 일에나 잘못은 있을 수 있고 그런 잘못쯤은 수정할 수 있다는 인식에 의해 완화되었다. 새로운 재판 제도 중 그는 변호사 제도의 설정에 그다지 찬성하지 않았다.* 그러나 그 자신이 이제껏 변호사에게 용무가 없었으므로 그저 이론적으로만 그 제도에 찬성하지 않았는데, 지금은 변호사의 응접실에서 받은 불쾌한 인상에 의해 반감이 한층 더 강화되었다.

"지금 나오십니다." 조수가 말했다. 그리고 아니나 다를까 한 이 분쯤 지나서 변호사와, 그와 협의하고 있던 몸체가 기다란 노老법률가의 모습이 문간에 나타났다.

변호사는 암갈색 턱수염, 하얗고 긴 눈썹에 이마가 툭 튀어나온 몸집이 작고 땅딸막하며 머리가 훌렁 벗어진 사내였다. 그는 넥타이며 두 겹으로 된 시곗줄에서 에나멜가죽 반장화에 이르기까지 마치 새신랑처럼 차려입고 있었다. 얼굴은 영리한 시골뜨기 같은 모양새였으나, 옷차림은 유달리 사치스럽고 저속한 취미를 드러냈다.

"들어오십쇼." 변호사는 알렉세이 알렉산드로비치에게 말했다. 그러고는 침울한 태도로 카레닌을 먼저 들어가게 하고 문을 닫았다.

"자, 앉으실까요?" 그는 갖가지 서류들이 놓인 사무탁자 옆의 안락의자를 가리키고서 자기는 상석에 앉아 짤막한 손가락에 하얀 잔털이 촘촘하게 덮인 자그마한 두 손을 포개어 문지르며 고개를 옆으로 기울였다. 그러나 그가 그처럼 자세를 잡자마자 탁자 위로 나방 한 마리가 날아갔다. 변호사는 도무지 그에게 있을 것 같지 않은 민첩함으로 재빨리 손을 풀어 그 나방을 잡고 다시 이전의 자세로 돌아갔다.

"내 용건을 이야기하기 전에," 알렉세이 알렉산드로비치는 놀란 표

---

* 러시아에서 변호사업은 공개재판의 도입과 더불어 1864년의 사법제도 개혁으로 제정되었다. 변호사는 사회의 저명인사가 되었고, 변호사업 자체도 아주 벌이가 좋은 유망 직업이었다. 변호사 응접실의 카레닌은 시대적으로 특별한 의미를 갖는 장면이다.

정으로 변호사의 거동을 지켜보고 나서 말했다. "미리 말해두고 싶습니다만, 내가 당신에게 의뢰하는 사건에 대해서는 절대로 비밀을 지켜주셔야겠습니다."

보일 듯 말 듯한 미소가 변호사의 축 늘어진 붉은 콧수염을 움직였다.

"의뢰받은 사건의 비밀을 지키지 않는대서야 변호사랄 수가 있겠습니까. 그러나 만약 어떤 증명을 원하신다면⋯⋯"

알렉세이 알렉산드로비치는 그의 얼굴을 힐끔 쳐다보았다. 그 잿빛의 총기 있는 눈에 떠오른 웃음은 이미 모든 것을 다 알고 있다고 말하는 듯했다.

"내 이름은 알고 계시겠죠?" 알렉세이 알렉산드로비치는 계속해서 말했다.

"알고 있습니다. 그리고 당신이," 그는 또다시 나방을 잡았다. "정치 활동을 훌륭히 하고 계시다는 것도 모든 러시아 사람들과 마찬가지로 알고 있습니다." 변호사는 고개를 숙이며 말했다.

알렉세이 알렉산드로비치는 기력을 모으면서 한숨을 내쉬었다. 그러나 한번 마음을 정하자, 그는 더이상 머뭇거리지도 않고 더듬는 일도 없이 몇 군데 힘을 주기도 하면서 예의 날카로운 목소리로 말을 이었다.

"불행하게도 나는," 알렉세이 알렉산드로비치는 운을 뗐다. "기만을 당한 남편입니다. 그래서 법률적으로 아내와의 관계를 끊어야겠다, 즉 이혼을 해야겠다고 생각하는데, 다만 그럴 경우에 아들을 어머니의 손에 건네고 싶지 않습니다."

변호사의 잿빛 두 눈은 웃지 않으려 애썼지만, 그 눈은 억누를 수 없는 기쁨으로 뛰놀고 있었다. 알렉세이 알렉산드로비치는 거기에서 그저 돈이 될 주문을 받은 사람의 기쁨만이 아니라 승리의 환희를, 언젠가 그가 아내의 눈에서 본 적이 있는 불길한 광채와 흡사한 반짝임을 보았다.

"당신은 이혼의 성립을 위해 내 힘을 빌리고 싶다 그 말씀인가요?"

"바로 그겁니다, 그러나 미리 말씀드려야 할 것은," 알렉세이 알렉산드로비치가 말했다. "내가 당신의 수고를 허비하게 만들지도 모른다는 겁니다. 내가 찾아온 것은 다만 미리 당신과 상의를 해야겠다고 생각했기 때문입니다. 이혼을 바라지만, 나에게 중요한 것은 이혼을 수행하는 형식입니다. 그러니까 만약 그 형식이 내 요구에 일치하지 않는다면, 난 법률상의 수속을 밟는 것을 중단할 것입니다."

"오, 그것은 어느 경우나 그렇습니다." 변호사는 말했다. "그리고 그 점은 언제든 마음대로 하셔도 좋습니다."

변호사는 자신의 억누를 수 없는 기쁨을 얼굴에 드러냈다가는 소송 의뢰인을 모욕하게 될지도 모른다고 생각하고서 시선을 알렉세이 알렉산드로비치의 발부리에 떨어뜨렸다. 그는 자신의 코끝에서 날고 있는 나방을 보고 손을 들어 잡으려다가, 알렉세이 알렉산드로비치의 지위를 존중해서 단념했다.

"이 문제에 대한 법률상의 규정은 나도 알고 있습니다만," 알렉세이 알렉산드로비치는 말을 계속했다. "그래도 실제로 이런 종류의 문제는 어떻게 처리되는지 그 형식을 전반적으로 알고 싶습니다."

"그러니까 당신이 원하는 것은," 변호사는 눈을 들지 않은 채 그다지 싫지 않은 태도로 소송 의뢰인의 말투에 맞춰 대답했다. "당신의 바람을 실현할 수 있는 방법을 자세히 말해달라는 말씀이군요."

알렉세이 알렉산드로비치가 고개를 끄덕이는 것을 보고 그는 말을 계속했다. 그저 이따금 알렉세이 알렉산드로비치의 얼굴에 떠오른 붉은 반점들을 흘끔흘끔 쳐다보면서.

"우리 나라의 법률에 의하면, 이혼," 그는 우리 나라의 법률에 대해 슬쩍 불만의 뉘앙스를 풍기며 말했다. "잘 알고 계신 것처럼 다음의 경우에만 가능합니다*…… 잠깐 기다려!" 그는 문으로 고개를 디민 조수에게 말하고는 결국 일어나서 두서너 마디 이야기하고 나서 다시 자리에 앉았다. "말하자면 이런 경우죠. 부부 중 한쪽의 육체적 결함, 소식 없는 오 년간의 부재." 그는 잔털이 촘촘하게 덮인 손가락을 꼽으면서 말했다. "그리고 간통(이 말을 그는 매우 만족스러운 듯이 발음했다). 이를 더 세분하자면(그는 굵다란 손가락을 계속해서 꼽아나갔다. 앞서의 세 경우와 세분한 사항은 나란히 놓을 수 없다는 것이 명백했음에도 불구하고), 즉 남편이나 아내의 육체적 결함, 그리고 남편이나 아내 어느 한쪽의 간통." 다섯 손가락이 모두 다 꼽히자 그는 도로 그것을 펴면서 말을 계속했다. "그렇다고는 하나 이것은 이론적인 얘기입니다. 당신은 지금 그것이 실제로 어떻게 적용되는지를 알아보시기 위해 일부러 어려운 걸음을 하셨으리라고 여겨지기 때문에, 나로서는 지금까

---

* 이 경우 이혼은 가능했다. 그러나 카레닌은 그것이 '저열하고 점잖지 않으며 비그리스도교적인' 행위라고 여겨서 안나의 죄증을 들추어내고 싶지 않았으며, 자기가 죄를 지을 수도 없었다. 왜냐하면 그가 알고 있는 바로는 그러한 짓은 '신과 인간의 법에 대한 기만'이었기 때문이다.

지 다룬 사건을 참조해 실제로 이혼은 모두 다음과 같은 경우에 일어나고 있다는 것을 말씀드릴까 합니다. 먼저 내가 생각하고 있는 바로는 육체적 결함이니 하는 문제는 그다지 흔히 있는 일은 아니고, 소식 없는 부재라는 것도 그리 자주 있을 수 있는 것은 아니니까요……"

알렉세이 알렉산드로비치는 긍정하듯 고개를 숙였다.

"그러니까 말하자면 다음과 같은 경우에 한하는 셈이 되겠습니다. 즉 배우자 가운데 어느 한쪽이 간통했으며 상호 동의에 의한 범죄자측의 죄증 명시의 경우, 그리고 그러한 동의 없이 본의 아니게 죄증이 명시된 경우, 그러나 마지막 경우는 실제로 거의 없다고 보시면 됩니다." 변호사는 말하고 나서 알렉세이 알렉산드로비치의 얼굴을 흘끔 쳐다보고는 입을 다물었다. 마치 권총을 파는 사람이 이런저런 무기의 성능을 설명한 뒤 고객의 선택을 기다릴 때처럼. 그러나 알렉세이 알렉산드로비치가 잠자코 있자 변호사는 다시 말을 계속했다. "가장 흔히 있는 단순하고 합리적인 방법은, 제가 생각하는 바로는 쌍방의 동의에 의한 간통 증명의 경우입니다. 물론 저도 교양이 없는 사람과 얘기할 때는 이런 표현을 쓰지는 않습니다만." 변호사는 말했다. "그러나 당신은 충분히 이해하시리라고 생각합니다."

그러나 알렉세이 알렉산드로비치는 상당히 마음이 혼란스러웠으므로, 쌍방의 합의에 의한 간통 증명이 합리적이라는 것을 얼른 이해할 수 없어 두 눈에 의혹의 빛을 나타냈다. 그러자 변호사는 곧 그를 도왔다.

"그런 일이 있고 나면 어느 누구도 같이 살 수 없습니다. 그것은 사실입니다. 그리고 만약 쌍방의 의견이 그 점에서 일치되기만 한다면 그뒤의 세부 사항과 형식은 전혀 문제가 되지 않습니다. 이것이 가장 단순하고 확실한 방법입니다."

알렉세이 알렉산드로비치는 그제야 비로소 똑똑히 이해했다. 그러나 그에겐 종교적인 요구가 있었기에 그러한 방법을 선택할 수는 없었다.

"그것은 내 경우에는 논외로군요." 그는 말했다. "그렇다면 나에게 가능한 방법은 오직 하나밖에 없습니다. 즉 내 수중에 있는 몇 통의 편지로 확증할 수 있는, 본의 아닌 죄증의 명시요."

편지라는 말에 변호사는 입을 다물고는 동정하는 듯하면서도 비웃는 듯한 가느다란 소리를 냈다.

"글쎄요, 들어보시죠." 그는 말을 시작했다. "이런 종류의 사건은 잘 아시다시피 종교국에서 결정하지요. 그리고 신부니 사제장이니 하는 사람들은 이런 종류의 사건에도 자진해서 지극히 상세한 점까지 파고들고요." 그는 사제들의 취미에 동정한다는 듯한 미소를 띠고 말했다. "물론, 편지로 어느 정도 입증은 될 수 있습니다. 그러나 직접적인 증거라는 것은 증인에 의해 얻어지지 않으면 안 됩니다. 그러니까 한마디로 말씀드려서, 만약 당신이 내게 이 일을 의뢰하시겠다면 적용할 수단의 선택은 일체 나에게 맡겨주셨으면 합니다. 결과를 바라는 자는 수단을 가리지 않는 법이니까요."

"그렇다면……" 갑자기 파리해진 알렉세이 알렉산드로비치가 말을 꺼냈다. 그러나 그때 변호사가 일어서서 또다시 문간으로, 두 사람의 이야기를 중단시킨 조수에게로 갔다.

"그 부인한테 얘기해주시게. 우린 시시한 사건은 취급하지 않는다고!"그는 알렉세이 알렉산드로비치에게로 돌아왔다.

자리로 돌아오면서 그는 슬그머니 나방을 또 한 마리 잡았다. '이러다가는 내 우단 커튼도 여름께에는 형편없어지겠군!' 그는 미간을 찌푸리면서 생각했다.

"그러면 당신의 말씀은……" 그가 말했다.

"아니, 내 결심은 서면으로 알려드리겠습니다." 알렉세이 알렉산드로비치는 일어서면서 말하고 탁자를 붙잡았다. 그러고는 잠시 우두커니 서 있다가 말했다. "당신의 말대로라면 아무튼 난 이혼을 할 수 있다는 결론에 이를 것 같습니다. 그런데 당신의 조건도 알려주셨으면 좋겠는데."

"무엇이든 할 수 있습니다, 당신이 나에게 전적인 행동의 자유만 주신다면." 변호사는 마지막 질문에는 대답하지도 않고 말했다. "그렇다면 그 통지는 대략 언제쯤 받을 수 있을까요?" 변호사는 문 쪽으로 가면서 두 눈과 에나멜가죽 반장화를 반짝이면서 물었다.

"일주일 후에. 그때 당신도 이 사건을 맡을 건지, 맡는다면 어떤 조건으로 할 것인지 답장을 주셨으면 합니다."

"잘 알겠습니다."

변호사는 공손하게 인사하고 소송 의뢰인을 문밖으로 배웅해 보내고서 혼자 남게 되자 기쁨에 몸을 맡겼다. 그는 아주 기분이 좋아져서 저도 모르게 평소의 규칙에 반해 수수료를 깎아달라는 부인의 청을 들어주기도 하고, 마침내 올겨울에는 시고닌의 사무실처럼 가구를 모두 벨벳으로 싸야겠다고 단단히 결심하고, 나방을 잡는 것도 그만둬버렸다.

6

알렉세이 알렉산드로비치는 8월 17일의 위원회에서 빛나는 승리를 거뒀으나, 그 승리의 결과가 오히려 그를 궁지로 몰아넣었다. 이민족의 생활 상태를 다방면에서 연구하기 위한 새로운 위원회가 알렉세이 알렉산드로비치로 인해 촉발되고 비상한 속도와 정력으로 조직되어 현지로 파견되었다. 삼 개월 후에 보고서가 제출되었다. 이민족의 생활 상태는 정치적, 행정적, 경제적, 인종학적, 물질적, 종교적 관점에서 연구되었다. 모든 문제에 대해 훌륭하게 해답이 서술되었다. 그 해답은 조금도 의심의 여지가 없는 것이었다. 그 모두가, 언제나 오류에 빠지기 쉬운 인간 사고의 산물이 아니라 공적 활동의 소산이기 때문이었다. 그러한 해답들은 모두 면사무소나 교구 전속사제의 보고를 토대로 한 군수와 교구장의 보고, 또 그 보고를 토대로 한 현지사와 주교의 보고라는 공식적인 자료의 결과였다. 예를 들자면 왜 이따금 흉작이 있는가, 왜 주민이 자신의 신앙을 고집하는가 등등의 모든 문제—공공기관이라는 편리한 중재자가 없이는 도저히 해결되지 않으며 영구히 해결될 가망도 없을 문제에 대해 명료하고 의심의 여지가 없는 해답이 얻어진 것이었다. 그리고 그 해답은 모두 알렉세이 알렉산드로비치의 주장에 부합했다. 그러나 스트레모프는 지난번 회의 때 약점을 찔렸다고 느꼈으므로, 위원회의 보고를 받자마자 알렉세이 알렉산드로비치가 상상도 못했던 술책을 폈다. 스트레모프는 몇몇 위원들을 끌어들여 갑자기 알렉세이 알렉산드로비치 편으로 돌변했다. 그는 카레닌이 제출한 법안의 실행을 열렬히 옹호했을 뿐 아니라, 취지는 같은 것이지만 한층 더 극단적인 법안까지 내놓았다. 이러한 법안들은 알렉세이 알렉산드로비치의 본래 입장에서 본다면 도리어 반대 방향으로 강화된 것이었으나, 그것이 채택되고 나서야 비로소 스트레모프의 술책이었다는 것이 드러났다. 이러한 방법들은 너무나 극단으로 흐른 탓에 곧 그 맹점을 드러내기에 이르렀고, 정부 당국도 여론도 총명한 부인들도 신문도 모두 다 이 법안에 대해, 또 그 법안의 제출자인 알렉세이 알렉산드로비치에 대해 저마다 분노를 쏟아붙이면서 한결같이 이 법안을 공격하기 시작했다. 그러자 스트레모프는 스트레모프대로 자기는 그저 맹목적으로 카레닌의 계획에 따랐을 뿐이다, 그리고 지금에 와서는 자기도 이렇게 된 것에 놀라며 분개하고 있다는 시늉을 하고 발뺌을 해버렸다. 이 일로 알렉세이 알렉산드로비치는 적잖은 상처를 입었다. 그러나 건강도 점차 쇠약해지고 가정에는 무거운 슬픔이 있었음에도 불구하고, 알렉세이 알렉산드로비치는 좀처럼 굴복하지 않았다. 위원회 안에는 분열이 일어났다. 스트레모프를 우두머리로 한 일부 위원들은, 알렉세이 알렉산드로비치가 주재하는 조사위원회의 보고를 믿은 것이 잘못이었다고 이야기하며 자기들의 과오를 변명했고, 그 위원회의 보고는 어리석은 것이며 그저 헛짓을 잔뜩 한 휴지 조각에 지나지 않는다고 말했다. 알렉세이 알렉산드로비치는 보고서에 대한 이 같은 혁명적 태도의 위험을 발견한 자기 파의 일부 위원들과 함께, 조사위원회가 작성한 자료를 지지했다. 그 결과 상류사회는 물론 일반 대중 사이에서도 모든 견해가 뒤엉켜버렸다. 그리하여 이 문제가 모든 사람들에게 극도의 흥미를 품게 했음에도 불구하고 어느 누구 하나 정말로 이민족들이 빈곤과 멸망의 지경에 이르고 있는 것인지, 혹은 번영해나가고 있는 것인지 아는 사람이 없었다. 알렉세이 알렉산드로비치의 처지는 그 일 때문에, 그리고 일부는 아내의 부정으로 인해 자기한테 떨어진 모멸 때문에 몹시 곤란스러웠다. 이러한 상황에서 알렉세이 알렉산드로비치는 중대한 결심을 했다. 그가 몸소 이 사건을 조사하기 위해 그 지방으로 출장을 가겠다고 발표해, 위원회를 깜짝 놀라게 했다. 허가를 얻자 알렉세이 알렉산드로비치는 멀리 떨어져 있는 몇 개 현을 향해 출발했다.

알렉세이 알렉산드로비치의 출발은 대단한 화제를 불러일으켰다. 더욱이 그가 출발 직전에 목적지까지의 여비로 지급된 역마 열두 필 값을 공식적으로 서면을 통해 되돌려 보냈기 때문에, 그의 인기는 한층 더 끓어올랐다.

"정말 잘하신 일이라고 생각해요." 이 일에 대해 벳시는 먀흐카야 공작부인과 이야기했다. "지금은 어디든지 철길이 나 있다는 것을 모르는 사람이 없는데 뭣 때문에 역마대 같은 걸 지급한단 말입니까?"

그러나 먀흐카야 공작부인은 동의하지 않았으며, 트베르스카야 공작부인의 의견에 화까지 냈다.

"당신넨 그렇게 말씀하실 수 있겠죠." 그녀는 말했다. "아무튼 몇백만이라는, 나 같은 사람은 짐작도 할 수 없을 만큼의 재산이 있으시니까. 그렇지만 나 같은 사람에겐 남편이 하기夏期 순시로 출장을 가는 것이 굉장한 즐거움이에요. 그이에게는 여행이 건강에도 좋고 유쾌한 일이기도 하고, 난 또 나대로 그 출장비를 사륜 승용마차와 마부의 잡비로 쓸 수 있으니까요."

멀리 떨어진 몇 개 현으로 향하는 도중에 알렉세이 알렉산드로비치는 사흘 동안 모스크바에서 묵었다.

모스크바에 도착한 이튿날, 그는 총독을 방문하기 위해 마차를 타고 나섰다. 언제나 사륜 승용마차와 삯마차가 득실거리는 가제트니 골목의 네거리에서 알렉세이 알렉산드로비치는 갑자기 저도 모르게 돌아보지 않을 수 없었을 만큼 유쾌하게 자기 이름을 부르는 목소리를 들었다. 포도의 한쪽 구석에, 유행하는 짧은 외투를 입고 역시 유행하는 중절모자를 엇비스듬히 쓴 스테판 아르카디치가 빨간 입술을 벌리고 하얀 이를 빛내면서 미소 지으며 어딘지 쾌활하고 젊어 보이는, 그리고 빛나는 모습으로 서 있었다. 그는 결연하고 집요하게 외치면서 카레닌의 마차를 세우려고 했다. 그는 길모퉁이에 멈춰 있는 마차의 창문을 한 손으로 붙잡고 싱글벙글하면서 매제를 부르고 있었으며, 그 창문 안에서 벨벳 모자를 쓴 부인과 두 어린애가 머리를 내밀고 있었다. 부인 역시 선량한 미소를 띠고 손을 흔들며 알렉세이 알렉산드로비치를 불렀다. 아이들을 데리고 있는 돌리였다.

알렉세이 알렉산드로비치는 모스크바에서는 어느 누구도 만나고 싶지 않았다. 특히나 아내의 오라비만큼은 만나고 싶지 않았다. 그는 살짝 모자를 들어 보이고는 그냥 지나가버리려고 했으나, 스테판 아르카디치는 그의 마부에게 마차를 세우라고 외치며 눈 속을 뛰어왔다.

"아니 그래, 알리지도 않다니 너무했잖아! 온 지 오래됐나? 난 어제 뒤소호텔에 갔다가 숙박 명부에서 '카레닌'이라는 이름을 보긴 했지만, 설마 자네일 거라고는 꿈에도 생각지 못했지!" 스테판 아르카디치는 마차의 창문으로 머리를 들이밀면서 말했다. "그런 줄 알았더라면 들렀을 텐데 말야. 아무튼 자넬 만나 정말 반가워!" 그는 눈을 떨기 위해 두 발을 맞부딪치면서 말했다. "아무튼 알려주지도 않다니 너무했어!" 그는 또 되풀이했다.

"시간이 없어서요, 굉장히 바빠서 말입니다." 알렉세이 알렉산드로비치는 무뚝뚝하게 대답했다.

"어쨌든 집사람 있는 데까지 가세. 자네를 굉장히 만나고 싶어하니까."

알렉세이 알렉산드로비치는 추위에 민감한 다리를 싸고 있던 담요를 걷어젖히고 마차에서 나와, 눈 속을 간신히 걸어 다리야 알렉산드로브나한테로 갔다.

"어떻게 된 일이에요, 알렉세이 알렉산드로비치, 어째서 당신은 우릴 보고 그렇게 달아나려고 하세요?" 돌리는 방긋이 웃으면서 말했다.

"정말 바빠서요. 뵙게 돼서 정말 반갑습니다." 그는 이렇게 된 것에 어찌할 바를 모르는 기색이 뚜렷한 어조로 말했다. "건강은 어떠십니까?"

"그보다도, 우리 사랑스러운 안나는 어떤가요?"

알렉세이 알렉산드로비치는 뭐라고 중얼거리고는 그냥 가버리려고 했다. 그러나 스테판 아르카디치가 그를 붙들었다.

"그럼 내일 이렇게 하기로 하지. 돌리, 이 사람을 만찬에 초대해요! 그리고 코즈니셰프와 페스초프를 부릅시다. 이 사람에게 모스크바의 인텔리겐치아를 대접하자고."

"그럼 자, 꼭 와주세요." 돌리는 말했다. "다섯시에 집에서 기다리고 있겠어요. 형편이 여의치 않으시다면 여섯시라도 좋아요. 그리고 참, 우리 사랑스러운 안나는 어떻게 지내나요? 본 지 하도 오래돼서……"

"그녀는 잘 있습니다." 알렉세이 알렉산드로비치는 잔뜩 눈살을 찌푸리면서 웅얼거리듯이 말했다. "정말 반가웠습니다!" 이렇게 말하고 그는 자신의 마차 쪽으로 걸어갔다.

"꼭 와주시겠죠?" 돌리가 외쳤다.

알렉세이 알렉산드로비치는 뭐라고 웅얼거렸으나, 오가는 마차들의 딸가닥거리는 소음에 휩싸여 돌리는 그 말을 알아들을 수 없었다.

"내가 내일 찾아갈게!" 스테판 아르카디치가 그에게 외쳤다.

알렉세이 알렉산드로비치는 마차에 올라타고는 밖을 내다보지도 않고 자기도 보이지 않도록 자리에 깊숙이 몸을 파묻었다.

"이상한 친구야!" 스테판 아르카디치는 아내에게 말하고는 시계를 꺼내보고 나서, 자기 얼굴 앞에서 손을 흔들며 아내와 아이들에게 애정을 표시해 보이고 포도 위를 기운차게 걸어갔다.

"스티바! 스티바!" 돌리는 얼굴이 빨개져서 그를 불렀다.

그가 돌아다보았다.

"그리샤하고 타냐에게 외투를 사줘야 해요. 돈 좀 줘요!"

"괜찮아, 계산은 내가 한다고 말해둬." 그러고서 그는 때마침 마차를 타고 지나가던 지인에게 쾌활하게 고개를 끄덕이고는 그대로 사라져 버렸다.

7

이튿날은 일요일이었다. 스테판 아르카디치는 발레 리허설을 보러 볼쇼이극장에 들러서 그의 주선으로 새로 입단한 아름다운 무희 마샤 치비소바에게 전날 밤 약속했던 산호목걸이를 주고, 대낮에도 캄캄한 극장의 무대 뒤에서 선물을 받은 기쁨으로 빛나는 아름다운 그녀의 얼굴에 가까스로 입을 맞췄다. 산호목걸이 선물 외에도 그는 춤이 끝난 뒤에 그녀와 만날 약속을 할 필요가 있었다. 그는 춤이 시작될 때까지는 도저히 올 수 없는 까닭을 그녀에게 설명하고, 마지막 막까지는 반드시 와서 그녀를 만찬에 데려가겠다고 약속했다. 극장을 나오자 스테판 아르카디치는 오호트니 랴트에 들러 손수 만찬에 낼 생선과 아스파라거스를 고르고, 열두시에는 벌써 뒤소에 가 있었다. 거기서 그는 다행히도 같은 호텔에 묵고 있는 세 사람을 방문해야만 했다. 즉 이즈막에 외국에서 돌아와 거기 머물고 있던 레빈과, 또 요즈음에 막 높은 지위에 올라서 모스크바로 시찰을 하러 와 있는 자기 부의 새로운 상관과, 그리고 반드시 만찬에 데려가야 하는 매제 카레닌, 이 세 사람이었다.

스테판 아르카디치는 만찬을 좋아했지만, 특히 그다지 거하게 벌이지 않으면서도 먹을 것이나 마실 것, 손님의 선택에도 마음을 쓴 만찬을 베풀기를 좋아했다. 오늘 만찬의 메뉴는 무척 그의 마음에 들었다. 살아 있는 농어와 아스파라거스, *주요리로는* 간단하고도 근사한 로스트비프, 그리고 이러한 것들에 어울리는 술이 나오기로 되어 있었다. 이상은 먹을 것과 마실 것에 대한 준비였고, 손님으로는 키티와 레빈이 오기로 되어 있었으므로 그들이 눈에 띄지 않게 하기 위해 사촌여동생과 젊은 셰르바츠키를 초대했다. 손님 중에 *주요리가* 될 사람으로는 세르게이 코즈니셰프와 알렉세이 알렉산드로비치를 초대했다. 세르게이

이바노비치는 모스크바 사람이고 철학자이며,* 알렉세이 알렉산드로비
치는 페테르부르크 사람으로 실무가였다. 그는 또 그 밖에 유명한 기
인寄人이자 열정적 자유사상가이고 궤변가이자 음악가이자 역사가이며
쉰 살임에도 젊은이처럼 구는, 코즈니셰프와 카레닌에게 소스이자 가
니시가 되어줄 페스초프**도 초대할 요량이었다. 이 사람이라면 틀림없
이 그들을 흥분시키고 논쟁에 불을 붙일 것이었다.

　상인한테서 받은 산림가의 두번째 대금이 아직은 그대로 남아 있었
다. 돌리도 요즈음은 아주 기분이 좋아 보이고 다정해서 이 만찬 계획
은 여러모로 스테판 아르카디치를 기쁘게 했다. 그는 더없이 즐거운 기
분에 잠겨 있었다. 약간 꺼림칙한 두 가지 사정이 있기는 했지만, 스테
판 아르카디치의 마음속에서 출렁거리는 관대한 즐거움의 바다 속에
가라앉아버렸다. 그 두 가지 사정이란 이런 것이었다. 첫째는 어제 길
에서 알렉세이 알렉산드로비치를 만났을 때 그가 자기에게 어쩐지 서
먹하고 냉랭했다는 것, 그때 알렉세이 알렉산드로비치의 낯빛, 그리
고 그가 모스크바에 와 있으면서 찾아오지도 않고 알려주지도 않았다
는 사실을 이미 풍문으로 들었던 안나와 브론스키의 사건과 결부시키
면 그들 부부 사이에 뭔가 좋지 않은 사정이 있으리라고 추측할 수 있

---

* 코즈니셰프에게서는 유명한 철학자이자 모스크바 대학 교수이며 『러시아 법률사 시
론』(1853), 『정치학설사』(1869)의 저자인 B. N. 치체린의 특징이 엿보인다. 톨스토이는
치체린의 합리주의 때문에 서유럽주의를 체계화한 그의 저작을 회의적으로 보게 되었
다. "치체린, 그와 함께 있으면 거북스럽다"고 톨스토이는 일기에 적었다.
** 이 소설의 초고에서 톨스토이는 이 기인인 열정가에게 유리킨이라는 성을 붙였다.
이는 『러시아사상』지의 편집인 S. A. 유리예프가 페스초프의 원형이었다고 추측할 수 있
는 근거를 제공한다. 학문상으로는 수학 전공자이지만 직업상으로는 저널리스트인 그는
바그너주의에 열중했으며, 온갖 기행으로 알려져 있었다.

었다.

이것이 한 가지 불쾌한 일이었다. 또하나는, 이번에 새로 온 상관이 모든 신임 상관이 그렇듯 아침 여섯시에 일어나서 말처럼 일을 하고 부하들에게도 똑같이 요구하여 벌써부터 무서운 인간이라는 평판을 듣고 있다는 것이었다. 그뿐만 아니라 이 신임 상관은 곰같이 포악한 사내라는 평판도 있고, 들리는 말에 따르면 전임 장관이 소속되어 있었을 뿐만 아니라 스테판 아르카디치 자신도 지금까지 소속되어 있는 일파와는 정반대인 파에 소속되어 있다는 것이었다. 어제 스테판 아르카디치는 제복을 입고 출근했는데, 그때 신임 상관은 아주 친절했고 마치 오랜 친지라도 대하는 듯한 태도로 오블론스키에게 말을 걸었다. 그래서 스테판 아르카디치는 프록코트 차림으로 그를 방문하는 것이 자신의 의무라고 생각했다. 그런데 신임 상관이 이를 의아하게 여기지나 않을까 하는 생각, 이것이 또하나의 불유쾌한 사정이었다. 그러나 스테판 아르카디치는 본능적으로 모든 일이 잘되리라는 걸 느끼고 있었다. '어떤 사람이건, 어떤 인간이건 우리는 모두 죄인들이다. 무엇 때문에 서로가 성을 내거나 싸우겠는가?' 그는 호텔로 들어가면서 이렇게 생각했다.

"잘 있었나, 바실리." 그는 모자를 삐뚜름하게 쓰고 복도를 지나가다가 낯익은 급사에게 말을 걸었다. "구레나룻을 길렀군? 레빈은 칠호실이었지, 응? 안내를 부탁할까. 그리고 아니치킨 백작에게(그가 바로 신임 상관이었다) 만나주실 수 있는지 좀 여쭤봐주지 않겠나?"

"알겠습니다." 바실리는 웃는 얼굴로 대답했다. "정말 오랜만에 들르셨군요."

"어제도 왔었어. 다른 입구로 들어왔지. 여기가 칠호실인가?"

스테판 아르카디치가 들어갔을 때 레빈은 방 한가운데 서서 트베리 출신의 농부와 함께 아르신 자로 갓 잡은 곰의 가죽을 재고 있었다.

"야, 자네들이 잡았나?" 스테판 아르카디치가 외쳤다. "훌륭한 가죽 이군! 암곰이야? 안녕한가, 아르히프!"

그는 농부의 손을 쥐고 나서, 외투도 모자도 벗지 않고 털썩 의자에 앉았다.

"아니, 모자나 벗고 앉지!" 레빈은 그의 모자를 벗겨주면서 말했다.

"아냐, 그럴 틈이 없어. 그저 일 분만 있다 갈 생각으로 들렀어." 스테 판 아르카디치는 대답하면서 외투의 단추만 끌렀으나 이내 완전히 벗 어버리고, 레빈을 상대로 사냥이며 내밀한 속내 이야기를 하면서 한 시 간이나 앉아 있었다.

"자, 얘기 좀 해봐. 외국에선 뭘 하고 왔나? 어디에 있었나?" 스테판 아르카디치는 농부가 나가자 말했다.

"독일에도 프로이센에도 프랑스에도 영국에도 있었어. 그러나 수도 에 있었던 건 아니고 공업지대에 있었지. 그리고 새로운 것을 전부 보 고 왔어. 하여간 가보길 잘했다고 만족하고 있어."

"음, 노동자의 생활 안정 문제에 대한 자네 사상은 나도 알고 있어."

"아냐, 그런 얘기가 아냐. 러시아엔 노동문제니 하는 것은 있을 수 없 어. 러시아에는 노동하는 농민과 토지 사이의 관계라는 문제가 있을 뿐 이야. 그야 유럽에도 이런 문제가 있긴 하지만. 그러나 거기의 경우엔 망가진 것을 수선하는 거야, 우리의 경우는……"

스테판 아르카디치는 주의깊게 레빈의 말을 들었다.

"그렇지, 그렇지!" 그가 말했다. "그야 전적으로 자네 설이 옳은지도 몰라." 그가 계속 말했다. "그러나 난 자네가 매우 활기찬 것이 무엇보다도 기뻐. 곰사냥을 하고 일도 하고, 여러 문제에 흥미를 갖기도 하는 것이 기뻐. 그런데 셰르바츠키는 이런 얘길 하더군. 자넨 그 사람을 만난 모양이지? 자네가 왠지 몹시 침울해져서 줄곧 죽음이라는 말만 입에 담고 있더라고……"

"그래, 그래서 어떻다는 거야? 난 지금도 줄곧 죽음에 대해 생각하는걸." 레빈이 말했다. "정말, 지금 죽어도 난 전혀 놀라지 않을 거야. 모든 게 다 부질없어. 기왕 말이 난 김에 자네에게 내 진실을 털어놓겠네만, 그야 나도 자신의 사상이나 일은 매우 소중한 거라고 생각해. 그렇지만, 어디 이걸 한번 잘 생각해봐. 사실 우리의 이 세계라는 것부터가 말야, 아주 작은 행성 위에 피어난 작은 곰팡이에 지나지 않잖아. 그리고 우린 이 세계에 뭔가 위대한 것, 사상이라든가 사업이라든가 하는 게 있을 수 있다고 생각하거든. 그러나 그런 건 모두 모래알 같은 거야."

"이 친구야, 그런 건 이 세계만큼 진부하고 낡은 생각이야!"

"낡았지. 그렇지만 알겠나, 그 사실을 똑똑히 알게 되면 왠지 모든 것이 무의미해진단 말야. 나는 오늘내일 사이에 죽고, 그러고 나면 아무것도 남지 않게 된다는 사실을 알게 되면 모두가 다 무의미하게 느껴지는 거야! 그야 나도 자신의 사상을 매우 소중하게 생각하고 있지. 그러나 그것이 만약 실행될지라도, 이 암곰을 만지작거리는 일과 마찬가지로 무의미해. 그래서 사람은 죽음을 생각하지 않기 위해 사냥이며 일로 기분 전환을 하면서 일생을 보내는 거야."

스테판 아르카디치는 레빈의 이야기를 들으면서 희미하고 부드럽게 미소를 띠었다.

"음, 물론 그렇지! 말하자면 이제 자네도 내게 가까워진 셈이야. 자넨 내가 인생에서 쾌락을 찾고 있다고 한창 공격했었어. 기억하겠지?

오 도덕주의자여, 그처럼 딱딱하게 굴지 마시오!*……"

"아냐, 그렇지만 역시 인생에는 무언가 더 아름다운 것이 있긴 해, 그것은……" 레빈은 주저주저했다. "아니, 난 모르겠어. 다만 내가 알고 있는 것은, 사람은 곧 죽어버린다는 것뿐이야."

"어째서 곧이야?"

"하지만 말이지, 알겠나, 죽음이라는 것을 생각하면 인생의 매력은 적어지지만, 대신에 마음은 한결 차분해져."

"그렇지 않아, 마지막에 가까워질수록 오히려 유쾌해지는 거야. 그건 그렇다 치고, 나는 이제 가봐야겠어." 스테판 아르카디치는 열번째쯤 자리에서 일어서면서 말했다.

"아니, 서둘 거 없잖아!" 레빈은 그를 붙잡으면서 말했다. "그럼 언제 또 만날까? 난 내일 떠나는데."

"나도 정말 꽤 멍청하군! 일부러 이렇게 왔으면서도…… 오늘은 우리집으로 꼭 만찬을 들러 와줘. 자네 형님도 오실 거고, 내 매제 카레닌도 올 거야."

"그 남자도 여기에 있나?" 레빈은 말했다. 그는 키티에 관해서도 묻

* A. 페트가 번역한 연작시 『하피스로부터』의 첫 시행을 개작한 것.

고 싶었다. 그는 초겨울에 그녀가 외교관의 아내가 된 페테르부르크의 언니에게 가 있다는 소식을 듣긴 했지만, 돌아왔는지 어떤지는 모르고 있었다. 그러나 그는 물어보려던 생각을 그만두었다. '왔건 오지 않았 건, 나와는 상관없다.'

"그럼, 오는 거지?"

"암, 물론이야."

"그럼 다섯시에, 프록코트 차림으로 오게."

그러고서 스테판 아르카디치는 일어나 아래층의 신임 상관에게로 내려갔다. 직감은 스테판 아르카디치를 속이지 않았다. 무섭다고 평판 이 나 있던 신임 상관은 지극히 온후한 사람임이 드러났다. 그래서 스 테판 아르카디치는 그와 점심을 같이 하고 저도 모르게 거기에 주저앉 았다가, 세시가 넘어서야 겨우 알렉세이 알렉산드로비치에게로 갔다.

8

알렉세이 알렉산드로비치는 미사에서 돌아와 그날 아침은 쭉 숙소 에서 시간을 보냈다. 그날 아침 그에게는 두 가지 급한 일이 있었다. 첫 째는 페테르부르크로 가는 도중에 지금 모스크바에 묵고 있는 이민족 대표자들과 회견하고 적당한 지시를 해주어야 한다는 것이었고, 둘째 는 변호사에게 약속한 편지를 써야 한다는 것이었다. 이민족 대표자들 은 알렉세이 알렉산드로비치의 발의로 소환되었지만, 회견은 여러 가 지로 곤란하고 심지어 위험한 기미까지 보여서 알렉세이 알렉산드로비치는 모스크바에서 직접 그들을 만나게 된 것이 매우 기뻤다. 이 대표자들의 무리는 자신들의 역할이나 의무에 대해 아무런 이해도 가지고 있지 않았다. 그들은 단순히 자기들의 요구와 실상을 진술해서 정부의 원조를 청하는 것만이 자기들의 일이라고 확신했고, 그 진정이며 요구의 어떤 부분이 오히려 반대당을 지지하게 되어 주요한 문제를 망쳐버릴 수 있음은 조금도 모르고 있었다. 알렉세이 알렉산드로비치는 오랫동안 그들과 상의하고, 그들이 취해야 할 행동에 대한 프로그램을 짜주고, 그들을 보내고 나서 페테르부르크로 그들의 지도를 의뢰하는 편지를 썼다. 이 문제에 대한 가장 유력한 원조자는 백작부인 리디야 이바노브나가 아니면 안 되었다. 그녀는 대표자의 업무에서는 전문가였다. 그녀처럼 대표자들을 격려하고 그들에게 제대로 방향을 가리켜줄 수 있는 사람은 아무도 없었다. 그 의뢰장을 쓰고 나서 알렉세이 알렉산드로비치는 변호사에게 보낼 편지도 썼다. 그는 조금도 주저하지 않고 상대방에게 재량에 따라 행동할 수 있는 자유를 주었다. 그 편지 속에 안나한테서 빼앗은 서류함 속에 있었던, 브론스키가 안나 앞으로 보낸 쪽지 세 통을 동봉했다.

알렉세이 알렉산드로비치는 두 번 다시 가족에게 돌아가지 않으리라는 각오를 하고 집을 나왔을 때부터, 그리고 변호사한테 가서―그 한 사람에게이기는 했지만―자신의 계획을 이야기할 때부터, 특히 엄연한 실제 문제를 서류상의 문제로 옮겨버렸을 때부터 차츰 그 계획에 익숙해졌고, 지금에 와서는 명백히 그 실행의 가능성을 보게 되었다.

그가 스테판 아르카디치의 떠들썩한 목소리를 들은 것은 마침 변호사에게 부칠 편지를 봉하고 있을 때였다. 스테판 아르카디치는 알렉세이 알렉산드로비치의 하인과 입씨름을 하면서, 자기가 온 것을 주인에게 알리라고 고집을 부렸다.

'어차피 마찬가지다.' 알렉세이 알렉산드로비치는 생각했다. '오히려 잘된 일이다. 이 자리에서 당장 그의 누이에 대한 내 입장을 알리고, 내가 왜 그의 집에서 식사를 할 수 없는지 설명해주자.'

"들어오시라고 해!" 그는 서류를 주섬주섬 그러모아 압지 사이에 끼우면서 큰 소리로 말했다.

"거봐, 자네가 거짓말을 했잖아, 계시잖아!" 스테판 아르카디치의 목소리가 그를 들여보내지 않으려던 하인에게 대꾸했다. 외투를 벗으면서 오블론스키는 방으로 걸어들어왔다. "자네가 마침 있어줘서 정말 다행이야! 그럼 자……" 스테판 아르카디치는 쾌활하게 말을 시작했다.

"난 갈 수 없습니다." 알렉세이 알렉산드로비치는 선 채로 손님을 앉히지도 않고 매정하게 말했다.

알렉세이 알렉산드로비치는 자기가 지금 이혼소송을 제기하려는 아내의 오라비에게 언젠가는 취할 수밖에 없을 냉정한 태도를 지금 당장 취하려고 했다. 그러나 그는 스테판 아르카디치의 마음에서 바닷물처럼 흘러넘치는 후의厚意를 미처 생각지 못했다.

스테판 아르카디치는 명랑하게 반짝이는 눈을 휘둥그레 떴다.

"어째서 올 수가 없어? 무슨 까닭이라도 있나?" 그는 난처한 얼굴을 하고 프랑스어로 말했다. "그렇지만, 그건 이미 약속한 얘기잖아. 우린 모두 자네가 오는 걸로 알고 있는데."

"당신 집에 갈 수 없는 까닭은, 그건 지금까지 우리 사이에 맺어졌던 친척관계가 조만간 끊어져야 하기 때문입니다."

"어째서? 그건 또 무슨 말이야? 무엇 때문에?" 스테판 아르카디치는 미소를 띠며 말했다.

"그 까닭은 내가 당신의 누이, 즉 내 아내에게 이혼소송을 제기하고 있기 때문이에요. 난 부득이……"

그러나 알렉세이 알렉산드로비치가 미처 말을 다 끝내기도 전에 스테판 아르카디치는 전혀 그가 예상하지 못했던 태도로 나왔다. 스테판 아르카디치는 아아 하고 외마디 소리를 지르고는 털썩 안락의자에 주저앉았다.

"아니, 알렉세이 알렉산드로비치! 자네 그게 무슨 소리야!" 오블론스키가 외쳤다. 그의 얼굴에는 고뇌의 빛이 드러났다.

"사실입니다."

"미안하지만 나는 도무지, 도무지 그 말을 믿을 수 없어……"

알렉세이 알렉산드로비치는 자신의 말이 기대했던 효과를 내지 못했다는 것, 아무래도 조금 더 자세히 설명하지 않으면 안 되겠다는 것, 그러나 아무리 설명해보았자 자기와 처남의 관계는 여전히 변치 않으리라는 것을 느끼면서 자리에 앉았다.

"그래요, 난 이혼을 요구하지 않으면 안 될 괴로운 지경에 놓여 있어요." 그가 말했다.

"내가 한마디만 하지, 알렉세이 알렉산드로비치! 나는 자네가 훌륭하고 공명한 남자라는 것을 알고 있어. 또 안나만 해도, 미안하지만 난 그애에 대한 내 생각을 바꿀 수는 없어. 그애가 아름답고 훌륭한 여자라는 것을 알고 있단 말야. 그렇기 때문에, 실례가 되는지는 모르지만 난 그 말을 믿을 수가 없다는 거야. 아무래도 뭔가 오해가 있었으리라고밖에 생각되지 않아." 그가 말했다.

"그래요, 만약 그것이 그저 오해이기만 하다면……"

"아니, 알겠어." 스테판 아르카디치가 가로막았다. "그러나 물론……
한마디만, 서둘러서는 안 돼. 서둘러서는 안 돼, 서둘러선!"

"서두르지 않았어요." 알렉세이 알렉산드로비치는 냉정하게 말했다.
"이런 일을 가지고 누구와 상의할 수 있는 것도 아니고요. 난 굳게 결심
했습니다."

"무서운 일이야!" 스테판 아르카디치는 무겁게 한숨을 내쉬고는 말
했다. "한 가지만 부탁하고 싶은 게 있어, 알렉세이 알렉산드로비치. 정
말 부탁해, 이렇게 한 번 해봐줘!" 그는 말했다. "내가 짐작하는 한, 수
속은 아직 시작된 것 같지 않군. 그러니까 그 수속을 시작하기 전에 내
아내를 한 번 만나줘. 그녀는 안나를 동생처럼 생각하고 또 자네도 좋
아하고 있어. 그녀는 놀라운 여자야. 제발, 그녀와 한 번만 만나줘! 정
말 부탁이야, 나에 대한 우정을 생각해서라도 꼭 한 번!"

알렉세이 알렉산드로비치는 생각에 잠겼다. 스테판 아르카디치는
그의 침묵을 깨지 않고, 동정어린 눈으로 그의 얼굴을 지켜보았다.

"그녀에게 가주겠지?"

"글쎄요, 어떻게 될지 모르겠군요. 여태까지 들르지 않았던 것도 실
은 그 때문이었으니까요. 난 우리의 관계도 당연히 바뀌어야 한다고 생
각하기 때문에."

"그건 또 어째서? 난 도무지 모르겠어. 실례일지 모르지만, 난 자네
가 나에게 단순한 친척관계 외에도 내가 언제나 자네에게 품고 있는
우정과…… 마음에서 우러난 존경의 몇분의 일이라도 가지고 있으리

라고 믿어." 스테판 아르카디치는 그의 손을 잡으면서 말했다. "그렇기 때문에 말야, 만일 자네가 말한 그 최악의 상상이 옳다고 하더라도 난 결코 어느 편도 비난하지 않고, 또 앞으로도 그럴 생각이 없어. 따라서 난 우리의 관계가 무엇 때문에 바뀌어야 하는지 그 까닭을 모르겠다는 거야. 그러나 지금은, 그렇게 해줘, 내 아내에게 가줘."

"그러고 보니 우린 이 문제를 다르게 보고 있군요." 알렉세이 알렉산드로비치는 싸늘하게 말했다. "이 이야기는 더이상 하지 말기로 하죠."

"아니, 왜 오지 않겠다는 건가? 오늘밤 식사하는 정도도 안 되겠어? 집사람이 자네를 기다리고 있어. 정말이야, 와줘. 무엇보다도 먼저 그녀에게 그 얘기를 해줘. 그녀는 놀라운 여자야. 정말 부탁이야, 이렇게 무릎을 꿇고 빌게."

"그렇게까지 원하신다면, 가기로 하죠." 알렉세이 알렉산드로비치는 한숨을 쉬며 말했다.

그러고서 화제를 바꿀 양으로 그는 쌍방에게 흥미 있는 문제, 아직 그럴 만한 연배도 아닌데 갑자기 높은 지위에 임명되어 스테판 아르카디치가 모시게 된 신임 상관에 대해 묻기 시작했다.

알렉세이 알렉산드로비치는 그전부터 아니치킨 백작을 좋아하지 않았으며 그와는 항상 의견을 달리했는데, 지금은 직무에서 패배한 사람이 지위가 더 올라간 사람에게 느끼는 증오감, 공직에 있는 사람이라면 누구나 이해할 수 있을 그 증오감을 억누를 수 없었던 것이다.

"그래, 그 사람을 만나봤습니까?" 알렉세이 알렉산드로비치는 심술 궂은 조소를 띠고 말했다.

"그럼, 어제 우리 사무실로 찾아왔으니까. 일도 꽤 잘 알고 있고 대단한 활동가인 모양이야."

"그래요, 그렇지만 그 활동력은 도대체 무엇을 위한 겁니까?" 알렉세이 알렉산드로비치가 말했다. "한바탕 일을 시작하려는 건가요, 아니면 이미 되어가고 있는 일을 뜯어고쳐보자는 건가요? 우리 나라의 불행은 탁상행정이라는 건데, 그 사람이 훌륭한 대표자지요."

"그렇지만 난 그 사람에 대해 무엇을 비난해야 할지 모르겠어. 더욱이 난 그 사람의 성향은 몰라. 그렇지만 다만 한 가지만은, 그는 무척 훌륭한 사람이라는 것만은 틀림없어." 스테판 아르카디치는 대꾸했다. "나는 어쩌다보니 조금 전까지 그 사람에게 가 있었는데, 정말 훌륭한 사람이야. 같이 점심을 했어. 그 자리에서 그 사람에게 오렌지를 넣은 포도주 만드는 법을 가르쳐줬지. 자네도 알고 있을 거야, 그 음료를. 정말 시원하지. 그 사람이 그걸 몰랐다는 게 좀 놀랍긴 하지만. 그는 그 음료가 아주 마음에 들었나봐. 그래, 정말 좋은 사람이야."

스테판 아르카디치는 시계를 꺼내서 보았다.

"아아, 큰일났군, 벌써 네시가 넘었어, 난 또 돌고부신에게 들러야 해! 그럼 꼭 식사하러 와. 만일 오지 않는다면, 나나 집사람이 얼마나 실망할지 자넨 상상도 못할 거야."

알렉세이 알렉산드로비치는 어느새 그를 맞았을 때와는 전혀 다른 태도로 처남을 배웅했다.

"약속한 이상 틀림없이 가죠." 그는 시무룩하게 대답했다.

"날 믿어, 난 은혜로 알겠어. 그리고 자네도 후회할 일은 없을 걸세." 스테판 아르카디치는 웃는 얼굴로 대답했다.

그러고서 그는 걸으면서 외투를 입고, 한쪽 손으로 급사의 머리를 가볍게 툭 치고는 웃으면서 나갔다.

"다섯시에 프록코트 차림으로, 꼭이야!" 그는 다시 한번 문 있는 데까지 되돌아와서 외쳤다.

9

어느새 다섯시가 지나서 주인이 돌아왔을 때는 벌써 손님들 몇이 와 있었다. 그는 현관에서 만난 세르게이 이바노비치 코즈니셰프와 페스 초프와 함께 집안으로 들어갔다. 이 두 사람이 오블론스키가 말한 모스크바 인텔리겐치아의 주요한 대표자들이었다. 이 두 사람은 성격으로 보나 식견으로 보나 존경을 받을 만한 인물들이었고 또 서로를 존경하고 있었다. 그러면서도 거의 모든 문제에서 두 사람은 절망적일 만큼 서로 의견을 달리했다. 그러나 두 사람이 서로 상반되는 당파에 속해 있었기 때문이 아니라, 오히려 같은 당파에 속해 있으면서도 그 속에서 각기 특수한 색채를 지니고 있었기 때문이다(적들은 그들을 한데 뒤섞었지만). 그리고 이 같은 반추상적인 문제에 관한 의견의 차이처럼 어쩔 수 없는 것은 없기에 그들은 아직까지 한 번도 의견의 일치를 본 적이 없을 뿐만 아니라, 벌써 오래전부터 화를 내는 일도 없이 그저 상대방의 바로잡을 수 없는 오류를 웃어넘기고 마는 게 버릇처럼 되어 있었다.

스테판 아르카디치가 그들을 따라잡은 것은 마침 그들이 날씨 이야기를 하면서 문으로 들어섰을 때였다. 객실에는 이미 오블론스키의 장인인 알렉산드르 드미트리예비치 노공작과 젊은 셰르바츠키, 투롭친, 키티와 카레닌이 자리에 앉아 있었다.

스테판 아르카디치는 곧 자기가 없었기 때문에 객실의 분위기가 원만하지 않다는 것을 알아챘다. 다리야 알렉산드로브나는 회색 실크 예복을 입고 앉아 있었지만 분명 아이방에서 따로 식사를 시켜야 할 아이들이나 남편이 아직 돌아오지 않았다는 것이 마음에 걸린 듯했고, 남편 없이는 이 한자리에 있는 사람들을 잘 섞어놓을 수 없었다. 손님들은 모두 마치 초대받은 사제의 딸들처럼(이것은 노공작의 표현이었다) 어째서 이런 곳에 왔는지 모르겠다는 표정으로 그저 침묵을 피하기 위해 말을 쥐어짜내며 앉아 있었다. 사람 좋은 투롭친은 분명 자기가 격에 어울리지 않는 세계에 와 있다고 느끼고 있는 듯했다. 스테판 아르카디치를 맞았을 때 그의 두툼한 입술에 떠오른 미소는 마치 '여보게, 자넨 날 똑똑한 사람들 속에 처박아놔버렸군! *샤토 데 플뢰르*에서 한잔하는 거라면, 내 세상일 텐데 말이지'라고 말하는 듯했다. 노공작은 반짝반짝 빛나는 눈으로 카레닌을 곁눈질하면서 말없이 자리에 앉아 있었다. 그래서 스테판 아르카디치는 노공작이 이미 모임의 손님들에게 철갑상어 요리처럼 초대된 이 고위 정치가에게 잘 들어맞는 비유를 생각해두었음을 눈치챘다. 키티는 콘스탄틴 레빈이 들어오더라도 얼굴을 붉히지 않으려고 온 힘을 모아 마음을 다잡으며 문 쪽을 지켜보고 있었다. 젊은 셰르바츠키는 아직 카레닌에겐 소개받지 못했지만, 그런 것은 조금도 마음에 두고 있지 않은 듯이 보이려 애쓰고 있었다. 카레닌은 페테르부르크에서 부인들과 동석하는 연회에 나갈 때의 관습에 따라 연미복에 흰 넥타이 차림으로 참석했다. 스테판 아르카디치는 그의 표정을 보고 그가 다만 약속을 이행하기 위해 왔다는 것, 이런 자리에 얼굴을 내미는 것으로 괴로운 의무를 수행하고 있다는 것을 알았다. 바로 그가 스테판 아르카디치가 얼굴을 내밀 때까지 모든 손님들을 얼어붙게 만든 냉랭한 공기의 주요한 장본인이었던 것이다.

객실로 들어서면서 스테판 아르카디치는 어느 공작에게 붙들렸었노라며 변명하고 사죄했다. 그는 늦었거나 참석하지 못할 경우엔 언제나 이 공작에게 허물을 뒤집어씌웠다. 그는 곧 모두를 서로에게 소개하고, 알렉세이 알렉산드로비치는 세르게이 코즈니셰프에게 붙여주면서 폴란드의 러시아화라는 문제에 대해 논하게 했다. 그러자 두 사람은 곧 페스초프와 함께 그 문제를 논하기 시작했다. 그는 또 투롭친의 어깨를 툭툭 치고 나서 뭐라고 우스갯소리를 속삭이고는 그를 자기 아내와 노공작 옆에다 앉혔다. 그러고서 이번에는 키티에게 그녀가 오늘밤 굉장히 아름답다고 말하고, 이어 셰르바츠키를 카레닌에게 소개했다. 이렇게 해서 그는 눈 깜짝할 사이에 솜씨 있게 온갖 교제의 반죽을 잘 이겨 놓았으므로, 객실 안 어디에서나 이야기 소리가 발랄하게 울리기 시작했다. 다만 한 사람, 콘스탄틴 레빈만이 아직 보이지 않았다. 하지만 오히려 다행한 일이었다. 스테판 아르카디치가 식당에 들어가보니 놀랍게도 배달된 포트와인과 셰리주가 레베의 것이 아니라 데프레의 것이었다. 그래서 그는 될 수 있는 대로 서둘러 마부를 레베로 보내라고 일러놓고 다시 객실로 발을 돌렸다.

식당에서 그는 콘스탄틴 레빈과 마주쳤다.

"내가 늦지 않았나 몰라?"

"자네가 늦지 않을 턱이 있나!" 스테판 아르카디치는 그의 팔을 잡고 말했다.

"여럿이들 와 있는 모양이군? 누구누구야?" 레빈은 저도 모르게 얼굴이 붉어져서 장갑으로 모자의 눈을 떨면서 물었다.

"모두 집안사람들이야. 키티도 와 있어. 자, 가자고, 카레닌에게 소개해주지."

스테판 아르카디치는 자신의 자유주의적 성향에도 불구하고, 누구든 카레닌과 교분을 갖는 것을 기뻐하지 않을 턱이 없다고 여겼기에 자기와 가까운 친구들에게는 언제나 이 기쁨을 대접했다. 그러나 이때의 콘스탄틴 레빈은 이러한 교분에 기뻐할 만한 상태가 아니었다. 그는 브론스키를 만났던 그 잊히지 않는 밤 이후로, 시골의 한길에서 언뜻 보았던 것을 계산에 넣지 않는다면 한 번도 키티를 본 적이 없었다. 그는 마음속으로 은근히 오늘밤 여기에서 그녀를 만나게 되리라는 것을 알고 있었지만, 당황하지 않기 위해 그런 것은 개의치 않는다고 스스로를 믿으려 애썼다. 그런데 지금 그녀가 여기에 와 있다는 말을 듣자 그는 별안간 숨이 막히고, 하고 싶었던 말도 할 수 없을 만큼 환희와 공포를 동시에 느꼈다.

'그녀는 어떤 모습일까? 옛날 그대로일까, 아니면 마차 안에서 보았을 때와 같을까? 만약 다리야 알렉산드로브나가 말한 것이 진실이라면? 그렇지만 또 진실이 아니라면?' 그는 생각했다.

"아아, 그래, 카레닌한테 소개해줘." 그는 간신히 이렇게 말하고는 매우 결연한 걸음걸이로 객실에 들어섰고 그녀를 보았다.

그녀는 옛날 그대로도 아니고 또 마차 안에서 보았을 때 같지도 않았다. 그녀는 전혀 다른 사람 같았다.

그녀는 깜짝 놀라고 주저주저하며 수줍어하는 모습을 하고 있었고 그 때문에 한층 더 매혹적이었다. 그녀는 그가 방으로 들어온 순간 그를 보았다. 그녀는 그를 기다리고 있었다. 그녀는 기뻤고 그 기쁨 때문에 어찌할 바를 몰랐다. 일순간 그가 안주인 옆으로 다가와서 다시 그녀를 흘끗 쳐다보았을 때 그녀도, 그도, 모든 것을 지켜보고 있던 돌리도 그녀가 끝내 참지 못하고 금방이라도 울음을 터뜨릴 것 같다고 생각했을 정도였다. 그녀는 얼굴이 붉어졌다 파리해졌다 하며 긴장하고 있었다. 그러더니 다시 붉어져서는 입술을 파르르 떨면서 굳어진 채, 그가 옆으로 오기를 기다렸다. 그는 그녀 옆으로 다가가서 인사를 하고 말없이 손을 내밀었다. 만약 입술의 가벼운 떨림과 눈에 가득 고인 물기와 그로 인한 반짝임만 없었다면, 그가 다음과 같이 말했을 때 그녀의 미소는 거의 차분한 것으로 보였을 정도였다.

"정말 오래간만이에요!" 이렇게 말하고 그녀는 무모할 만큼 결연하게 싸늘한 손으로 그의 손을 쥐었다.

"당신은 날 보지 못하셨지만, 난 당신을 만났었습니다." 레빈은 온통 행복한 미소를 지으면서 말했다. "기차역에서 예르구쇼보로 마차를 타고 가시는 걸 보았었죠."

"언제요?" 그녀는 깜짝 놀라서 물었다.

"당신이 예르구쇼보로 가셨을 때요." 레빈은 대답하면서 가슴에 넘치는 행복감으로 목이 메는 것을 느꼈다. '그래, 어째서 난 이토록 진심을 느끼게 하는 사람에게 그같이 순수하지 못한 생각을 결부시킬 수 있었을까! 그리고 보면 다리야 알렉산드로브나가 얘기한 것은 어쩌면 정말일지도 모르겠군.' 그는 생각했다.

스테판 아르카디치는 그의 손을 잡고 카레닌에게 데려갔다.

"자, 인사하지." 그는 두 사람의 이름을 댔다.

"다시 뵙게 되어 정말 반갑습니다." 알렉세이 알렉산드로비치는 레빈의 손을 쥐면서 차갑게 말했다.

"아니, 자네들은 아는 사이인가?" 스테판 아르카디치는 깜짝 놀라며 물었다.

"최근에 기차에서 한 세 시간쯤 같이 있었던 적이 있지." 레빈은 빙그레 웃으면서 말했다. "그런데 마치 가면무도회에서처럼 얄궂게 헤어져 버렸지 뭐야, 적어도 나에게만은."

"아아, 그래! 그럼 자, 여러분." 스테판 아르카디치는 식당 쪽을 가리키면서 말했다.

남자들은 식당으로 들어가서 자쿠스카*가 놓인 탁자로 다가갔다. 거기에는 여섯 종류의 보드카와 여섯 종류의 치즈(은숟가락을 곁들인 것도 있고 그렇지 않은 것도 있었다)와 캐비어, 청어, 각종 통조림, 얇게 썬 프랑스빵을 담은 접시가 가지런히 놓여 있었다.

남자들은 향기로운 보드카와 자쿠스카 주변에 둘러섰고, 세르게이 이바노비치 코즈니셰프와 카레닌과 페스초프가 이야기하고 있던 폴란드의 러시아화라는 문제에 대한 대화도 식사를 기다리는 동안 잠잠해져버렸다.

세르게이 이바노비치는 지극히 추상적이고 진지한 논쟁을 마무리짓기 위해 느닷없이 아티카의 소금**을 뿌려 대담자의 기분을 일변시키

---

* 가벼운 술안주.
** 점잖은 재담의 비유.

는 데 남다른 재주가 있었으므로, 지금도 재빨리 그 재주를 사용한 것이었다.

알렉세이 알렉산드로비치는 폴란드의 러시아화가 오직 러시아 정부에 의해 도입되어야 할 최고 정책의 결과로써만 성취할 수 있을 것이라고 논증했다.

페스초프는 한 국민이 다른 국민을 자기 나라에 동화시키기 위해서는 한 사람이라도 더 많이 그 땅으로 이주시켜야 한다고 주장했다.

코즈니셰프는 양쪽의 의견을 모두 시인했으나 일부 제한을 두었다. 그들이 객실에서 나왔을 때 논쟁을 끝맺기 위해 코즈니셰프는 미소를 띠면서 말했다.

"그러니 이민족을 러시아화할 방법은 오직 하나, 될 수 있는 대로 아이를 많이 낳는 수밖에 없다는 말이 되는군요. 그렇다고 하면 당분간 나나 동생은 누구보다도 활약이 없다는 얘깁니다. 그러나 여러분들처럼 결혼하신 분들은, 그중에서도 스테판 아르카디치, 당신 같은 분은 나라를 위해 충분히 활약하고 계신다는 얘기가 되죠. 당신은 아이가 몇이신가요?" 그는 상냥하게 주인에게 웃어 보이면서 조그마한 술잔을 내밀었다.

모두들 껄껄 웃어댔다. 그중에서도 특히 스테판 아르카디치는 유쾌한 듯이 웃어댔다.

"그렇군요, 거 정말 아주 좋은 방법이군요!" 그는 치즈를 씹으면서, 내밀어진 술잔에 일종의 특제 보드카를 따라주면서 말했다. 토론은 이 농담으로 완전히 그치고 말았다.

"이 치즈는 나쁘지 않군. 어떻습니까?" 주인이 말했다. "자네는 또 운동을 시작했다는 게 정말이야?" 그는 레빈을 돌아보고 왼손으로 그의 근육을 만져보면서 말했다. 레빈은 빙그레 웃으면서 팔에다 힘을 주었다. 그러자 스테판 아르카디치의 손가락 아래, 프록코트의 엷은 천 안에서 강철 같은 알통이 둥그런 치즈처럼 쑥 올라왔다.

"야, 이건 이두박근이로군! 삼손이다!"

"곰사냥에는 굉장한 힘이 필요할 거예요." 사냥에 대해서는 지극히 막연한 이해밖에 가지지 못한 알렉세이 알렉산드로비치는 거미집처럼 얄팍하게 저민 빵의 부드러운 부분에 치즈를 발라 찢으면서 말했다.

레빈은 빙그레 웃었다.

"아녜요, 전혀. 그렇기는커녕 갓난애라도 곰쯤은 죽일 수 있어요." 그는 안주인과 함께 자쿠스카가 있는 탁자 쪽으로 다가온 부인들에게 가볍게 고개를 숙이고 길을 비켜주면서 말했다.

"그런데 저어, 당신이 곰을 잡으셨다고요? 사람들한테 들었어요." 키티는 팔이 하얗게 비치는 레이스를 하늘거리며, 말을 듣지 않고 미끄러져 다니는 버섯을 포크로 잡으려고 애쓰면서 말했다. "당신네 고장에는 정말 곰들이 있나요?" 그녀는 귀여운 머리를 그에게로 살짝 돌리듯이 하고 방긋이 웃음을 머금으면서 이렇게 덧붙였다.

그녀의 말 속에 특별한 것이라곤 없는 듯했지만, 그에게는 그녀가 이렇게 말하는 한마디 한마디의 울림 속에, 그 입술과 눈과 손 하나하나의 움직임 속에 말로는 표현할 수 없는 일종의 의미가 담겨 있는 듯 느껴졌다! 거기에는 용서를 비는 바람도 있었고, 그에 대한 신뢰도 있었으며, 부드럽고 수줍은 애교와 맹세와 희망과 그에 대한 애정까지 있었다. 그는 그 애정을 믿지 않을 수 없었고 행복감으로 질식할 듯했다.

"아녜요, 우린 트베리현으로 갔었어요. 거기서 돌아오는 길이었어요. 당신 보프레르*, 아니, 당신 보프레르의 매제를 기차에서 만난 것은." 그는 웃는 얼굴로 말했다. "그건 정말 우스운 해후였죠."

이렇게 말한 뒤 그는 쾌활하고 구수하게, 밤새 한잠도 못 자고 지새운 뒤 낡은 반코트를 입은 채 알렉세이 알렉산드로비치가 타고 있던 찻간으로 뛰어들어갔을 때의 일을 이야기했다.

"그 차장 녀석, 속담**과는 반대로 옷차림만 보고 날 밖으로 밀어내려고 했어요. 그래서 나도 큰 목소리로 한바탕 호통을 쳤죠. 그러자…… 당신도," 그는 상대의 이름을 잊어버려 카레닌을 돌아보면서 말했다. "처음엔 낡은 반코트를 보고 날 내쫓으려 하셨는데 나중엔 내 편을 들어주셨죠…… 그 점에 대해선 정말 감사드립니다."

"일반적으로 승객들이 자리를 선택할 권리라는 게 아주 질서가 없어져서요." 알렉세이 알렉산드로비치는 손수건으로 손가락 끝을 닦으면서 말했다.

"난 당신이 나에 대해 긴가민가하고 계시는 걸 알았죠." 레빈은 선량한 미소를 띠면서 말했다. "그래서 난 내 차림새의 초라함을 벌충하기 위해 얼른 어려운 얘길 시작했던 겁니다."

세르게이 이바노비치는 안주인과 이야기를 계속하면서도 한쪽 귀로는 아우의 말을 듣고 있다가, 곁눈질로 힐끔 그의 얼굴을 쳐다보았다. '저 녀석이 오늘은 대체 어찌 된 일이야? 저렇게 우쭐대고 있으니.' 그

---

* '형부'를 뜻하는 프랑스어 'beau-frère'를 러시아어로 음차한 것.
** '사람을 만날 때는 옷을 벗고 판단하되, 사람과 헤어질 때는 재치를 보고 판단할지어다'라는 속담.

는 생각했다. 그는 레빈의 기분이 날개라도 돋은 듯하다는 것을 몰랐다. 레빈은 그녀가 자기 말을 듣고 있으며, 즐거워하고 있다는 것을 알았다. 오직 이 사실 하나만이 그를 송두리째 사로잡아버렸다. 단지 이 방안에서뿐만 아니라 온 세계를 통틀어 그에게 존재하는 것은 오직 갑자기 크나큰 의미와 가치를 부여받은 그 자신과 그녀 두 사람뿐이었다. 그는 자기만 눈이 어지러울 만큼 높은 곳에 있고, 카레닌이나 오블론스키 같은 이 모든 선량한 사람들과 온 세계는 어딘지 저멀리 아래쪽에 있는 것 같은 느낌이 들었다.

두 사람의 얼굴은 보지도 않은 채 은근슬쩍, 다른 곳엔 이제 앉을 자리가 없다는 듯한 태도로 스테판 아르카디치는 레빈과 키티를 나란히 앉혔다.

"자, 자네는 우선 여기에라도 앉아." 그는 레빈한테 넌지시 말했다.

식사는 스테판 아르카디치가 조예를 갖고 있는 식기와 마찬가지로 꽤 훌륭했다. 마리루이즈식의 수프는 썩 잘됐고, 입에 넣으면 사르르 녹아버리는 자잘한 고기파이도 흠잡을 데가 없었다. 두 하인과 마트베이는 하얀 넥타이를 매고 눈에 띄지 않도록 조용조용히 날렵하게 요리와 마실 것을 나르고 있었다. 만찬은 물질적인 면에서도 대성공이었으나, 물질적이 아닌 면에서도 그에 못지않게 성공이었다. 이야기는 때로는 전체적으로, 때로는 일부 사람들 사이에서 오가면서 그칠 새가 없었고 식사가 끝날 무렵에는 매우 활기를 띠게 되었다. 남자들은 식탁에서 일어서면서도 이야기를 그치지 않았고, 알렉세이 알렉산드로비치까지 한층 활기를 보였을 정도였다.

10

페스초프는 끝까지 파고들어 논의하기를 좋아해서 세르게이 이바노비치의 말에 만족하지 않았다. 더구나 그 자신도 자기 의견이 옳지 않음을 느끼고 있었으므로, 이 불만은 더 고조되었다.

"나는 결코," 그는 수프를 마시고 나자 알렉세이 알렉산드로비치에게 말했다. "단순히 인구의 조밀함, 그 자체만 말씀드린 것은 아닙니다. 주의나 정책이 아닌 보다 근본적인 것과 결부시켜 한 말입니다."

"나는," 알렉세이 알렉산드로비치는 느릿느릿 귀찮은 듯이 대꾸했다. "그건 결국 마찬가지라고 생각하는데요. 내 생각에 다른 민족을 동화시킨다는 것은 오직 더 뛰어난 문화를 가진 민족만이 할 수 있는 일입니다. 그리고 그 민족은……"

"그러나 그것이 또 문제예요." 페스초프는 특유의 저음으로, 언제나처럼 수선을 피우며 자기가 하고 있는 말에 온 마음을 쏟듯이 말했다. "더 뛰어난 문화임을 무슨 기준으로 정할 수 있지요? 영국인, 프랑스인, 독일인, 이중에 누가 더 높은 단계에 서 있는 걸까요? 그중에 누가 다른 국민을 동화시키게 될까요? 우린 라인 지방이 프랑스화된 것을 알고 있지만, 독일인의 문화가 프랑스보다 못하다고는 말할 수 없으니까요!" 그는 외쳤다. "거기에는 다른 법칙이 있다는 이야기가 됩니다!"

"그러나 감화력이라는 것은 언제나 참다운 교육을 받은 쪽에 있다고 생각합니다." 알렉세이 알렉산드로비치는 살짝 눈썹을 치켜올리면서 말했다.

"그러나 참다운 교육의 특징을 우린 무엇에서 찾아내야 할까요?" 페스초프가 말했다.

"그 특징은 누구나 알고 있으리라고 보는데요." 알렉세이 알렉산드로비치는 말했다.

"글쎄요, 정확히 알고 있다고 할 수 있을까요?" 세르게이 이바노비치가 엷은 미소를 띠며 말참견을 했다. "오늘날 참다운 교육은 순수히 고전적인 것이어야 한다고 인정되고 있습니다만*, 양쪽 편에서 격심한 논쟁을 벌이고 있는 걸 보면 반대 진영에도 유력한 논거가 있다는 것을 부정할 순 없습니다."

"당신은 고전주의자시군요, 세르게이 이바노비치. 자, 적포도주는 어떻습니까?" 스테판 아르카디치는 말했다.

"난 딱히 한쪽의 교육법에 대해 의견을 말하는 게 아닙니다." 세르게이 이바노비치는 어린애를 대하듯 너그러운 미소를 띠고 자기 잔을 내밀면서 말했다. "내가 하고 싶은 말은 다만 양쪽 다 유력한 논거를 가지고 있다는 점뿐이에요." 그는 알렉세이 알렉산드로비치를 보며 말을 계속했다. "내가 받은 교육으로 치자면 난 고전주의자입니다. 그러나 나 개인으로서는 이 논쟁에서 내 입장을 정할 수가 없습니다. 내겐 고전주의적인 학문이 실제적인 학문보다 우월하다는 명확한 근거가 없으니까요."

"자연과학도 그에 못지않은 교육적 가치를 가지고 있어요." 페스초

---

* 1871년 국민교육부장관 D. A. 톨스토이 백작의 안에 따라 실과 김나지움과 고전 김나지움이 성립되었다. 이러한 교육시설의 분리에 의해 무신앙과 유물론 등 '위험사상'의 원천으로 간주되던 자연과학 교육이 제한되었다. 고전 김나지움 이수과목표에서는 혁명적 견해로부터 젊은이들의 관심을 돌릴 목적으로 그리스어, 라틴어 같은 고전인문학이 주였다.

프가 얼른 말을 받았다. "우선 천문학을 보세요, 식물학을 보세요, 일반적 법칙의 체계를 가진 동물학을 보세요!"

"난 그 견해에는 전혀 찬성할 수 없습니다." 알렉세이 알렉산드로비치가 대꾸했다. "나는 언어의 형태를 연구하는 과정이야말로 지능 개발에 특히 좋은 영향을 미친다는 사실을 인정하지 않을 수 없으니까요. 게다가 고전주의 작가들의 영향은 지극히 도덕적인 데 반해, 불행히도 자연과학의 교육법에는 현대의 병폐를 형성하는 해로운 허위의 학문이 결부돼 있다는 사실도 부정할 수 없으니까요."

세르게이 이바노비치는 뭔가 얘기하려고 했으나, 페스초프가 육중한 저음으로 그것을 가로막았다. 그는 열심히 카레닌의 의견이 옳지 않다는 것을 논증하기 시작했다. 세르게이 이바노비치는 분명 반박할 여지가 없는 반론을 준비하고 있는 듯, 침착하게 이야기가 끝나기를 기다렸다.

"그러나," 세르게이 이바노비치는 의미심장하게 미소 지으면서 카레닌을 돌아보고 말했다. "고전주의적인 학문과 과학적인 학문의 이해득실 전체를 정확히 헤아리기란 지극히 어려운 일이며, 또한 어떤 교육법을 택해야 할 것인가 하는 문제도 만약 조금 전 당신의 말씀처럼 도덕적 영향, *곧장 말하자면* 반反니힐리즘적 영향의 우월성이 고전주의적인 교육에 없었다면 그토록 서둘러, 그리고 결정적으로 해결되지는 않으리라는 점을 인정하지 않을 수가 없지요."

"물론입니다."

"만약 고전주의적인 학문에 반니힐리즘적 영향이라는 우월성이 없었다면, 우리는 쌍방의 논거를 좀더 신중히 비교하고 연구해봐야겠죠."

세르게이 이바노비치는 의미심장한 미소를 머금고 말했다. "우리는 이 두 교육법에 자유를 주지 않으면 안 됩니다. 오늘날 우리는 고전주의적인 교육이라는 환약丸藥 속에 반니힐리즘이라는 특효가 있다는 것을 알고 있으므로 대담하게 그것을 환자에게 주고 있는 셈입니다만…… 그러나 만일 그 특효가 없다면 어떻게 될까요?" 그는 아티카의 소금을 뿌리면서 결론을 맺었다.

세르게이 이바노비치의 환약설에 모두들 웃어댔다. 특히 투롭친은 토론에 귀를 기울이면서 그저 우스운 말이 튀어나오기만을 기다리던 참이었기에, 누구보다도 목소리를 높여 즐겁게 껄껄거렸다.

스테판 아르카디치가 페스초프를 초대한 것은 역시 잘한 일이었다. 페스초프 덕에 지적인 대화는 한시도 그칠 새가 없었다. 세르게이 이바노비치가 특유의 익살로 말을 맺자마자, 페스초프는 때를 놓치지 않고 새로운 화제를 제공했다.

"난 말입니다," 그는 말했다. "정부가 이러한 목적을 갖고 있다는 것에도 찬성할 수 없어요. 정부는 분명히 그들이 채택한 방침이 어떠한 영향을 미치는지에는 전혀 무관심한 채 그저 막연한 생각에 이끌리고 있는 것에 불과해요. 예를 들자면 여성교육이니 하는 문제는 해로운 것으로 간주되어야 할 텐데도, 정부는 여성을 위해 각종 수업을 개설하고 여자대학교까지 열고 있거든요."

이렇게 해서 대화는 곧 여성교육이라는 새로운 화제로 넘어갔다.*

---

* 1869년과 1870년에 존 스튜어트 밀의 저서 『여성의 예속』이 세 가지 러시아어 판본으로 나왔다. 그러자 모든 민주적, 급진적 간행물은 남녀평등권의 시작으로서의 여성교육을 옹호하고 나섰다. 그리하여 1870년대 정신 및 사회생활 분야에서의 독립에 대한 여

알렉세이 알렉산드로비치는 여성교육이라는 문제가 흔히 여성해방 이라는 문제와 혼동되고 있다는 이유만으로 유해시되는 데 지나지 않 는다는 의견을 피력했다.

"그러나 난 그와는 반대로, 이 두 문제는 떼려야 뗄 수 없는 관계라고 생각합니다." 페스초프가 말했다. "일종의 악순환이에요. 여성은 교육 이 부족해서 권리를 빼앗기고 있습니다만, 그 교육의 부족이 곧 권리의 결여에서 오는 것이니까요. 여성의 속박이란 매우 오래되고 뿌리 깊은 것이어서, 우리 남자들은 우리와 여성들을 구별하는 심연을 이해하려 고도 하지 않는 경우가 흔히 있음을 잊어선 안 됩니다." 그가 말했다.

"당신은 '권리'라고 말씀하셨는데," 세르게이 이바노비치는 페스초 프가 말을 끝내길 기다렸다가 말했다. "그건 즉 배심원의 일을 할 권리, 지방자치회 의원이 될 권리, 기관의 장을 맡을 권리, 관리가 될 권리, 국회의원이 될 권리 등을 말하는 거지요?……"

"물론입니다."

"그러나 만약 여성이 아주 드물게 예외적으로 그런 지위를 차지할 수 있다고 하더라도, 당신이 방금 쓰신 '권리'라는 표현은 옳지 않은 것 같습니다. 오히려 '의무'라고 하는 편이 타당하지 않을까요? 배심원과 지방자치회 의원과 전신電信 관리 등의 직무를 수행하면서 우린 뭔가 일종의 의무를 수행하고 있다고 느낀다는 점에는 누구나 동감하리라 고 생각해요. 그러니 여성들은 의무를 찾고 있다, 그리고 완전히 합법 적으로 찾고 있다고 말하는 편이 타당합니다. 따라서 사회 전체를 위한

성들의 희구 자체는 상당히 명확한 표현을 얻었다. 1870년대에 톨스토이는 전화국이나 전신국의 일 가운데서 독립적 힘의 응용을 탐색했던 여성들에 대해 회의적이었다.

남자의 노고를 도우려는 그들의 이러한 희망에는 동감할 수밖에 없다는 얘기가 되겠죠."

"그거 정말 옳은 말씀입니다." 알렉세이 알렉산드로비치는 찬성했다. "여기에서 문제는 여성이 이런 의무를 수행할 능력이 있느냐 없느냐에 달려 있다고 생각합니다."

"물론 충분한 능력을 갖게 되겠죠." 스테판 아르카디치가 참견했다. "교육이 그들에게 보급된다면 말이죠. 우리도 알고 있듯이 ……"

"그런데 이런 속담은 어떻습니까?" 이미 오래전부터 그들의 논의를 귀기울여 듣고 있던 공작이 빈정대듯 조그마한 눈을 반짝이며 말했다. "내 딸들 앞이지만 괜찮겠지요. '여자들의 머리털은 길지만'* ……"

"노예해방 전에도 사람들은 흑인들에 대해 꼭 그렇게 생각했지요." 페스초프는 성난 듯이 말했다.

"난 여성들이 새로운 의무를 찾고 있다는 것이 그저 이상할 뿐입니다." 세르게이 이바노비치는 말했다. "우리가 보는 바로는, 유감스럽게도 남자는 대개 그런 의무에서 벗어나려고 하는 판에."

"의무는 권리와 맺어져 있으니까요. 권력, 돈, 명예. 여성들이 찾고 있는 것은 말하자면 이런 것들이지요." 페스초프가 말했다.

"그러면 뭡니까, 남자인 내가 유모가 될 권리를 찾는답시고 여성만 고용되고 나는 유모로 써주지 않는 것을 욕되게 여긴다, 이것과 똑같은 얘기가 되겠군요." 노공작이 말했다.

투롭친은 와 하고 느닷없이 큰 소리로 웃음을 터뜨렸다. 그래서 세

---

* '여자들의 머리털은 길지만, 재치는 짧다'는 속담.

르게이 이바노비치는 그 말을 한 것이 자기가 아니었다는 것을 유감스럽게 생각했다. 심지어 알렉세이 알렉산드로비치까지 빙그레 웃었다.

"그래요, 그렇지만 남자는 젖을 먹일 수가 없죠." 페스초프는 말했다. "그런데 여성은……"

"아니죠, 배 위에서 자기 갓난아이에게 젖을 먹인 영국인도 있어요." 노공작은 자기 딸들 앞에서 이런 얘기를 할 자유를 스스로에게 허락하면서 말했다.

"그런 영국인의 수만큼, 여성도 관리가 되겠죠." 세르게이 이바노비치는 얼른 대꾸했다.

"그래요, 그러나 가정을 갖지 않은 처녀는 어떡해야 할까요?" 스테판 아르카디치는 줄곧 염두에 두고 있던 치비소바를 생각하면서 페스초프의 의견에 공감하고, 그 주장에 동의하면서 참견했다.

"그렇지만 그런 처녀의 이력을 잘 조사해본다면, 그 처녀는 여자로서의 일을 찾아낼 수 있는 자기 가족이라든가 언니나 동생의 가족을 저버렸음을 발견하게 될 겁니다." 다리야 알렉산드로브나가 잔뜩 토라져서 불쑥 대화에 끼어들며 말했다. 아마도 스테판 아르카디치가 어떤 처녀를 염두에 두고 있는지 짐작한 듯했다.

"그러나 우린 원칙을, 이상을 옹호하고 있는 겁니다!" 페스초프가 낭랑한 저음으로 반박했다. "여성은 교육받은 독립된 인간이 될 권리를 갖기를 원하고 있습니다. 그러나 그것이 불가능하다는 의식에 압도되어 굴복하고 있는 겁니다."

"그러나 난 또 육아원에서 유모로 채용해주지 않는다는 의식에 압도되어 굴복하고 있는걸요." 또다시 노공작이 지껄였으므로, 투롭친은 너무 즐거워서 껄껄대다가 아스파라거스의 굵은 끝 쪽을 소스에 떨어뜨렸다.

11

그 자리에 있는 모든 이들이 이 대화에 끼어들었으나, 키티와 레빈만은 달랐다. 처음에 한 국민이 다른 국민에 미치는 감화에 대해 이야기하고 있을 때에는 레빈의 머릿속에도 이 주제라면 자기도 할말이 있다고 생각했다. 그러나 이전에는 그에게 지극히 중대한 것으로 여겨졌던 이러한 생각들이 지금은 꿈속에서처럼 희미하게 머리에 어른거릴 뿐 조금도 흥미를 일으키지 않았다. 도리어 무엇 때문에 누구에게도 상관없는 일을 저토록 열을 올려 이야기하는지 이상하게 여겨질 정도였다. 키티 역시 여성의 교육과 권리에 대한 담화는 그녀가 흥미를 느끼지 않을 수 없는 것이었다. 키티는 외국에 있는 친구인 바렌카와 그녀의 괴로운 예속생활에 대한 문제를 놓고 얼마나 곰곰이 생각해왔는지, 또한 만약 결혼을 하지 않는다면 자기는 어떻게 될 것인가 하고 자신의 신상에 대해 얼마나 생각해왔는지 모른다. 그리고 그 일로 언니와 얼마나 말다툼을 했는지 모른다! 그런데도 지금은 이런 일들이 조금도 그녀의 흥미를 끌지 않았다. 그녀는 레빈과 함께 자기들만의 얘기를 하고 있었다. 아니, 그것은 얘기가 아니었다. 어떤 신비로운 교감으로 매 순간 차츰차츰 두 사람을 가깝게 맺어주고, 두 사람의 마음에 둘이서 함께 들어간 미지의 세계에 대해 즐거운 공포감을 일으키는 것이었다.

맨 처음에 레빈은 어떻게 지난해에 마차 안의 그녀를 보게 되었느냐는 키티의 물음에 대해, 한길을 따라 풀 베는 곳에서 돌아오다가 그녀를 보았을 때의 이야기를 그녀에게 해주었다.

"그때는 아주 이른, 이른아침이었습니다. 당신은 분명 막 잠에서 깬 것 같았죠. 당신의 *어머니*가 마차 구석에서 잘 주무시고 계셨습니다. 정말 멋진 아침이었어요. 나는 걸어가면서, 저 여행마차 안에는 어떤 사람이 타고 있을까? 하고 생각했습니다. 방울을 단 네 필의 말이 끄는 훌륭한 마차였으니까요. 그 순간 언뜻 당신의 모습이 눈에 들어왔습니다. 그래서 창문을 들여다보니, 당신은 두 손으로 이렇게 실내모의 끈을 잡고 뭔가 골똘히 생각에 잠겨 있었어요." 그는 빙그레 웃으면서 말했다. "난 그때 당신이 무엇을 생각하고 있었는지 얼마나 알고 싶었는지 모릅니다. 중대한 것이었겠죠?"

'내가 심란스럽게 하고 있진 않았나 몰라?' 그녀는 생각해보았다. 그러나 이처럼 상세한 추억이 불러온 그의 황홀한 듯한 미소를 보고 그녀는 자기가 준 인상이 오히려 지극히 좋은 것이었음을 느꼈다. 그녀는 연짓빛으로 얼굴을 물들이고 즐거운 듯 방긋이 웃음을 날렸다.

"정말, 난 기억이 없어요."

"투롭친은 정말 잘도 웃는군요!" 레빈은 웃다못해 눈물을 머금은 그의 눈과 흔들리는 몸뚱이를 멀거니 바라보면서 말했다.

"당신은 전부터 저분을 알고 계셨어요?" 키티가 물었다.

"저분을 모르는 사람이 누가 있겠어요!"

"당신은 저분을 나쁜 사람이라고 생각하시죠?"

"나쁜 사람은 아녜요. 그러나 쓸데없는 사람이죠."

"아녜요, 잘못된 생각이에요! 이제부턴 절대로 그렇게 생각하시면 안 돼요!" 키티는 말했다. "나도 저분에 대해선 아주 미천한 생각을 가지고 있었어요. 그렇지만 저분은, 저분은 정말 다정하고 놀라울 만큼 착한 분이에요. 정말 황금 같은 마음을 지닌 분이세요."

"그런데 어떻게 저분의 마음을 아십니까?"

"나하고 저분하고는 아주 친한 친구예요. 저분에 대해선 정말 잘 알고 있어요. 지난해 겨울, 왜…… 당신이 저희 집에 오셨던…… 그 뒤에 곧……" 그녀는 몹시 겸연쩍은 듯한, 동시에 그에게 믿음을 두는 듯한 미소를 띠고 말했다. "돌리 언니네 아이들이 모두 성홍열에 걸린 적이 있었어요. 그때 저분이 마침 언니 집에 오신 거예요. 그리고 정말 어떤 일이 있었는지 아세요." 그녀는 귓속말로 말했다. "저분은 언니를 몹시 안타깝게 여기고, 그대로 남아서 언니를 도와 아이들의 뒤를 보살펴주셨어요. 그렇죠, 삼 주 동안이나 있으면서 유모처럼 아이들의 뒷바라지를 해주셨어요."

"난 지금 그 성홍열 때의 투롭친에 대한 얘길 콘스탄틴 드미트리치에게 들려드리는 중이에요." 그녀는 언니 쪽으로 몸을 틀고 말했다.

"그래요, 정말 놀라울 만큼 훌륭한 행동이었어요!" 돌리는 자기에 대해 이야기하고 있다는 것을 느낀 듯한 투롭친 쪽을 돌아다보고 부드럽게 웃어 보이면서 말했다. 레빈은 한번 더 투롭친을 쳐다보았고, 자기가 어째서 지금까지 이 사람의 매력을 모르고 있었는지 새삼 놀랐다.

"죄송합니다, 죄송합니다, 이제부터는 무슨 일이 있어도 다른 사람에 대해 나쁘게 생각하지 않겠습니다!" 레빈은 자기가 지금 진심으로 느끼고 있는 심정을 토로하면서 쾌활하게 말했다.

12

여성의 권리로 시작한 이야기 가운데는 부부생활에서의 권리의 불평등이라는, 부인들 앞에서는 삼가야 할 문제가 포함되어 있었다. 페스초프는 식사를 하면서도 몇 번이나 그 문제로 넘어가려고 했으나, 세르게이 이바노비치와 스테판 아르카디치는 주의깊게 이를 피했다.

모두들 식탁에서 일어서고 부인들이 나가자, 페스초프는 그 뒤를 따라가지 않고 알렉세이 알렉산드로비치를 향해 그 불평등의 주요한 원인에 대해 토로하기 시작했다. 그의 의견에 따르면, 부부간의 불평등은 아내의 부정과 남편의 부정이 법률상으로도 사회의 여론으로도 불평등하게 처벌되고 있다는 점에 뿌리박고 있었다.

스테판 아르카디치는 얼른 알렉세이 알렉산드로비치의 곁으로 가서 그에게 담배를 권했다.

"아니, 나는 담배를 피우지 않습니다." 알렉세이 알렉산드로비치는 침착하게 대답했다. 그러고는 자기가 그런 이야기를 두려워하지 않는다는 것을 일부러 나타내려는 듯이 차가운 미소를 띠고 페스초프한테로 얼굴을 돌렸다.

"난 그런 의견의 근본은 사건의 본질 속에 들어 있다고 생각해요." 그는 이렇게 말하고 객실 쪽으로 가려고 했다. 그때 투롭친이 느닷없이 알렉세이 알렉산드로비치에게 말을 걸었다.

"당신은 프랴치니코프 얘길 들으셨습니까?" 샴페인을 마셔서 활기를 띠게 된 투롭친은, 벌써 아까부터 자기를 괴롭히고 있는 침묵을 깰 기회를 노리고 있던 것처럼 이렇게 말했다. "바샤 프랴치니코프요." 그는 촉촉한 붉은 입술에 사람 좋은 미소를 띠고, 특히 주빈인 알렉세이 알렉산드로비치를 보며 말했다. "난 오늘 그 사람이 트베리에서 크비츠키와 결투해서 상대를 죽여버렸다는 얘길 들었습니다."

사람이란 흔히 고의로 아픈 데를 찌른다고 여기기 마련이지만 지금도 그와 마찬가지여서, 스테판 아르카디치는 불행히도 이야기가 번번이 알렉세이 알렉산드로비치의 아픈 데만 내리치는 듯 느껴졌다. 그래서 그는 다시 한번 매제를 그 자리에서 데리고 나가야겠다고 생각했으나, 정작 알렉세이 알렉산드로비치 자신은 호기심을 가지고 이렇게 물었다.

"어째서 프랴치니코프는 결투 같은 걸 다 했을까요?"

"부인 때문이에요. 남자답게 했어요! 결투를 청해 쏴 죽여버렸어요!"

"아!" 알렉세이 알렉산드로비치는 별관심이 없다는 듯 대답하고 눈썹을 치켜올리고는 객실로 향했다.

"아니, 정말 잘 오셨어요." 통로형 객실에 있던 돌리는 그와 마주치자 깜짝 놀란 듯이 미소를 띠고 말했다. "당신께 얘기할 게 좀 있어요. 여기라도 좀 앉으세요."

알렉세이 알렉산드로비치는 여전히 살짝 눈썹을 치켜올린 무관심한 표정을 하고, 다리야 알렉산드로브나의 옆에 앉아 억지로 미소를 지었다.

"그렇지 않아도," 그는 말했다. "막 부인께 용서를 빌고 작별인사를 하려던 참이었는데, 마침 잘됐습니다. 난 내일 떠나야 해서요."

다리야 알렉산드로브나는 안나의 결백을 굳게 믿고 있었기 때문에, 무고한 자신의 친구를 이토록 태연하게 멸망시킬 마음을 먹고 있는 이 냉혹하고 무감각한 인간에 대한 분노로 차츰 얼굴이 파리해지고 입술이 부르르 떨리는 것을 느꼈다.

"알렉세이 알렉산드로비치." 그녀는 몹시 결연한 태도로 그의 눈을 찬찬히 들여다보면서 말했다. "난 당신한테 안나에 관해 물어보았는데도 당신은 아무런 대답도 주시지 않았어요. 안나는 어떻게 지내고 있어요?"

"잘 지낼 겁니다, 다리야 알렉산드로브나." 알렉세이 알렉산드로비치는 그녀의 얼굴을 보지도 않고 대답했다.

"알렉세이 알렉산드로비치, 정말 미안합니다만, 그리고 나한테 그럴 권리는 없습니다만…… 나는 안나를 동기간처럼 여기며 사랑하고 존경하고 있어요. 그러니까 저어, 둘 사이에 무슨 일이 있었는지 나에게 말씀해주세요. 부탁이에요. 정말 무슨 일로 당신은 그녀를 나쁘게 여기고 있나요?"

알렉세이 알렉산드로비치는 눈살을 찌푸리고는 거의 눈을 감고 고개를 떨어뜨렸다.

"무엇 때문에 내가 안나 아르카디예브나에 대한 지금까지의 관계를 바꾸지 않으면 안 되겠다고 생각했는지는 남편분한테서 들으셨을 거라고 생각하는데요." 그는 그녀의 눈은 보지 않고, 그때 마침 거실을 지나가던 셰르바츠키를 아니꼽게 쳐다보면서 말했다.

"난 믿지 않아요, 믿지 않아요, 그런 얘길 믿을 순 없어요!" 돌리는 바싹 야윈 두 손을 자기 앞에서 불끈 쥐며 힘찬 몸짓으로 말했다. 그녀는 재빨리 일어서서 한쪽 손을 알렉세이 알렉산드로비치의 옷소매 위에 놓았다. "여긴 보는 눈이 많아요. 자, 이리 오세요."

돌리의 흥분은 알렉세이 알렉산드로비치의 마음에도 작용했다. 그는 일어서서 그녀를 따라 아이들의 공부방으로 들어갔다. 그들은 여기저기 주머니칼로 쪼아놓은 유포油布가 덮인 탁자머리에 앉았다.

"나는 믿지 않아요, 그런 얘긴 믿지 않아요!" 돌리는 자기를 피하는 그의 시선을 붙잡으려고 애쓰면서 말했다.

"사실을 믿지 않을 도리는 없어요, 다리야 알렉산드로브나." 그는 사실이라는 말에 힘을 주면서 말했다.

"그렇지만 무엇을, 그녀가 어떤 짓을 했길래요?" 다리야 알렉산드로브나는 말했다. "정말 무슨 짓을 했는데요?"

"자신의 의무를 헌신짝처럼 여기고 자기 남편을 배신했습니다. 이것이 바로 그녀가 한 짓이에요." 그가 말했다.

"아녜요, 아녜요, 그런 일이 있을 턱이 없어요! 아녜요, 그건 틀림없이 당신의 오해예요!" 돌리는 두 손으로 관자놀이를 누르고 눈을 감으면서 말했다.

알렉세이 알렉산드로비치는 그녀에게도 자기 자신에게도 자신의 확신이 견고하다는 걸 나타낼 양으로 입술만 움직여 싸늘하게 웃었다. 이 열렬한 변호가 그의 마음을 흔들지는 못했지만, 그의 상처를 자극한 것만은 분명했다. 그도 몹시 열띤 태도로 얘기를 시작했다.

"그런 사실을 아내 스스로 남편 앞에서 밝혔을 경우, 오해를 한다는 것은 지극히 어려운 일이에요. 아무튼 그녀는 팔 년간의 결혼생활도 아들도, 이 모두가 잘못이니까 다시 한번 처음부터 생활을 시작하고 싶다고 밝혔으니까요." 그는 숨을 몰아쉬면서 노기를 띠고 말했다.

"안나와 패덕, 난 도저히 이 둘을 연결해서 생각할 수 없어요. 믿을 수 없어요."

"다리야 알렉산드로브나!" 그는 이제 돌리의 상기된 선량한 얼굴을 똑바로 쳐다보고, 어느 틈에 자기도 말수가 많아지고 있음을 느끼면서 말했다. "아직 의심을 할 여지라도 있다면 얼마나 좋을까요. 의심하는 동안은 무척 괴로웠지만 그래도 지금보다는 편했었죠. 의심하는 동안 엔 그래도 희망이 있었으니까요. 그러나 이제는 아무 희망도 없습니다. 게다가 나는 모든 것을 의심하고 있습니다. 모든 것을 의심한 나머지 아들까지 미워하게 되었고, 때로는 그애가 내 아들이라는 사실마저 의심하게 되었습니다. 나는 정말 불행해요."

그는 그것까지 얘기할 필요는 없었다. 다리야 알렉산드로브나는 그가 자신의 얼굴을 바라본 순간 깨달았다. 그녀는 그가 가여워졌고, 친구의 결백을 믿는 마음도 어느 틈에 완전히 흔들리고 있었다.

"아아! 정말 무서운, 무서운 일이에요. 그렇지만 이혼을 결심하셨다는 건 설마 사실이 아니겠죠?"

"난 최후의 수단으로 그렇게 결심한 것입니다. 나로선 더이상 달리 어떻게 할 방법이 없으니까요."

"달리 어떻게 할 방법이 없다, 달리 방법이 없다……" 그녀는 두 눈에 눈물을 글썽이면서 말했다. "아녜요, 다른 방법이 없는 것도 아녜요!" 그녀는 말했다.

"이런 종류의 슬픔이 무서운 이유는 다른 경우, 상실이라든가 죽음의 경우처럼 가만히 견디고 있을 수 없다는 거예요. 어떻게든 무슨 수단에든 호소하지 않으면 안 됩니다." 그는 그녀의 마음을 짐작하기라도한 듯 말했다. "말하자면 자신이 처한 굴욕적인 상황에서 탈출하지 않으면 안 되니까요. 삼각관계로 생활해나간다는 것은 불가능하니까요."

"알았어요, 잘 알았어요." 돌리는 고개를 떨어뜨렸다. 그녀는 자기 자신과 자기 가정의 슬픔을 생각하며 잠시 침묵했다. 그러고는 갑자기 힘찬 몸짓으로 고개를 들고 애원하듯 두 손을 모았다. "그렇지만 조금만 기다려주세요! 당신은 기독교인이에요! 안나에 대해서도 조금은 생각해주세요! 당신이 버리신다면 안나는 어떻게 되겠어요?"

"나도 생각해봤습니다, 다리야 알렉산드로브나, 많이 생각해봤습니다." 알렉세이 알렉산드로비치는 말했다. 그의 얼굴은 상기되어 군데군데 붉은 반점이 생기고, 흐릿한 눈은 똑바로 그녀를 바라보았다. 다리야 알렉산드로브나는 이제 진심으로 그를 가엾게 여겼다. "나는 그녀 자신의 입으로 나의 이 굴욕을 분명히 했을 때부터, 지금 말씀하신 대로 해왔습니다. 나는 모든 것을 본디 그대로 묻어뒀습니다. 나는 그녀에게 개심할 기회를 주었습니다. 난 노력해서 그녀를 구하려고 했습니다. 그런데 어떻게 된지 아십니까? 그녀는 지극히 쉬운 내 요구, 체면을 지키는 것조차 들어주지 않았습니다." 그는 발끈 열을 올리면서 말했다. "스스로 파멸하고 싶어하지 않는 사람이라면 구할 수도 있겠지만, 본성이 완전히 썩고 타락해버려서 파멸을 구원처럼 여기는 인간에게 어떻게 손을 댈 수가 있습니까?"

"모든 것을 할 수 있지만, 이혼만은 안 돼요!" 다리야 알렉산드로브나는 대답했다.

"그 모든 것이란 어떤 겁니까?"

"아녜요, 이혼은 무서운 일이에요. 그녀는 이제 누구의 아내도 될 수 없어요, 그녀는 파멸하고 말아요!"

"그렇지만, 내가 무엇을 할 수 있겠습니까?" 알렉세이 알렉산드로비치는 어깨와 눈썹을 치켜올리며 말했다. 아내의 마지막 과실에 대한 생각이 극도로 그의 부아를 돋웠으므로, 그는 또다시 처음 이야기를 시작할 때와 같이 차가운 사람이 돼버렸다. "당신의 관심에 대단히 감사드립니다만, 이제 가봐야 합니다." 그는 일어서면서 말했다.

"아니, 잠시만요! 당신은 그녀를 파멸시키면 안 돼요. 잠시만요, 당신에게 내 얘길 해드릴게요. 난 시집을 왔어요. 그런데 남편이 날 속였어요. 분노와 질투로 난 모든 걸 다 버리고 싶었습니다. 나 자신까지도…… 그러나 난 제정신으로 돌아왔어요. 누구 때문인지 아세요? 안나가 날 구해주었어요. 그리고 난 이렇게 살고 있습니다. 아이들은 커가고, 남편은 집으로 돌아왔고 이전의 잘못을 깨달아 전보다도 착실한 좋은 사람이 돼주고, 난 이렇게 살고 있고…… 난 다 용서했습니다. 그러니까 당신도 용서해주시면!"

알렉세이 알렉산드로비치는 가만히 귀를 기울이고 있었지만, 그녀의 말은 이제 그에게 아무런 영향도 미치지 못했다. 그의 마음속에서는 또다시 그가 이혼을 결심했던 날의 미움이 고스란히 머리를 쳐들고 일어났다. 그는 몸을 부들부들 떨고는 날카롭고 큰 소리로 얘기하기 시작했다.

"용서라는 건 할 수 없습니다, 또 용서하고 싶지도 않습니다. 그렇게 한다면 옳지 않은 짓이라고 생각합니다. 난 그 여자를 위해서 모든 것을 다 했습니다. 그 모든 것을 그녀는 자신의 본성에 맞는 진흙탕 속에 다 짓밟아버린 것입니다. 난 나쁜 인간은 아니며, 난 아직까지 한 번도 사람을 미워해본 적이 없지만, 그녀만은 온 마음을 다해 미워하며 그녀를 용서할 수도 없습니다. 그녀가 나에게 범한 악행으로 인해 그녀를 극도로 미워하기 때문입니다!" 그는 증오의 눈물이 솟구쳐 목멘 소리로 말했다.

"너를 미워하는 자를 사랑하라는 말이 있잖아요……" 다리야 알렉산드로브나는 부끄러운 듯이 중얼거렸다.

알렉세이 알렉산드로비치는 얕잡듯이 냉소를 지었다. 그런 말쯤은 이미 오래전부터 알고 있었지만, 자신의 경우에는 들어맞지 않았다.

"너를 미워하는 자를 사랑하라, 옳은 말입니다만, 내가 미워하는 자를 사랑할 수는 없습니다. 이런, 정말 쓸데없는 걱정을 끼쳐드려서 죄송합니다. 사람은 누구나 자신의 슬픔만으로도 충분한데 말입니다!" 이렇게 말한 뒤 마음을 차분하게 가다듬고 나서, 알렉세이 알렉산드로비치는 조용히 작별인사를 하고 떠났다.

13

모두들 식탁에서 일어섰을 때, 레빈은 키티의 뒤를 따라 객실로 가고 싶었다. 그러나 그는 자신의 구애가 너무 지나칠 만큼 눈에 띄어 그녀를 불쾌하게 하지나 않을까 두려웠다. 그는 남자들 틈에 남아 여러 사람의 이야기에 끼어들었고, 키티 쪽은 보고 있지 않으면서도 그녀의 동작이며 그녀의 시선이며 객실 안에서 그녀가 자리잡고 있는 위치를 똑똑히 느끼고 있었다.

이제 그는 이미 아무런 노력 없이도 자기가 그녀에게 약속한 것, 항상 모든 사람을 선의로 생각하고 모든 사람을 사랑하는 일을 실행하고 있었다. 이야기는 페스초프가 그 안에서 뭔가 독특한 원리를 발견하여 합창合唱의 원리라고 부르는 농촌공동체에 대한 것으로 옮겨갔다.* 레빈은 페스초프에게 찬성하지 않았고, 또 언제나처럼 러시아 농촌공동체의 의의를 인정하는 것 같기도 하고 인정하지 않는 것 같기도 한 형의 설에도 찬성하지 않았다. 그러나 그는 그저 두 사람을 조정하고 두 사람의 대립을 완화하려고 애쓰면서 이야기하고 있었다. 그는 자기가 이야기하는 내용에는 조금도 흥미를 느끼지 않았고, 하물며 그들이 이야기하는 내용에는 더 말할 것도 없었으며, 다만 한 가지만을 바랄 뿐이었다. 그들도 다른 사람들도 기쁘게, 즐겁게 하는 것. 그는 이제 오직 하나만이 중요하다는 것을 알고 있었다. 그리고 그 하나는 처음에는 저쪽 객실에 있었으나, 차츰 가까이로 움직여와서는 문 있는 데에서 멈췄다. 그는 돌아보지 않고도 자기를 향한 눈동자와 미소를 느꼈기에 그쪽으로 몸을 돌리지 않을 수 없었다. 그녀는 셰르바츠키와 함께 문에 서서 그를 바라보고 있었다.

"난 또 당신이 피아노가 있는 데로 가시는가 했죠." 레빈은 그녀에게 다가가면서 말했다. "음악이야말로 내가 시골에서 굶주리고 있는 유일한 것이에요."

"아녜요, 저흰 그저 당신을 부르러 왔을 뿐예요, 그리고 감사드려요." 그녀는 선물이라도 하듯 미소로 그를 맞으면서 말했다. "당신이 와주셔

---

* 개개 합창단원의 목소리가 공통의 음조에 따르면서 전체 합창단원의 목소리와 조화를 이루는 합창으로서의 농촌공동체 관계는 슬라브주의의 가장 특징적인 사상 중 하나다. 여기서 페스초프는 K. S. 악사코프의 '농촌공동체 합창의 원리'를 그대로 되풀이한다.

서요. 어쩌면 저렇게 토론을 좋아하는 분들이 다 있죠? 어차피 상대방을 납득시킬 수도 없을 텐데요."

"그래요, 정말이에요." 레빈은 말했다. "단지 상대방이 이야기하려는 것이 도무지 이해되지 않는다는 이유로 분별없이 열을 내어 토론하는 일이 흔히 있기 마련이니까요."

레빈은 종종 가장 현명한 사람들 사이의 논쟁에서도, 엄청난 노력과 거창한 논리적 기교와 말을 마구 늘어놓은 뒤에야 자기들이 오랜 시간을 허비해서 서로 논증하던 내용은 이미 오래전 토론을 시작할 때부터 쌍방에게 알려져 있었음을, 그러나 각자 좋아하는 것이 다르기 때문에 상대방에게 반박을 당하지 않기 위해 자기가 좋아하는 것을 얘기하지 않았음을 감지하게 된다는 사실을 알고 있었다. 그는 또 종종 남과 한창 토론하다가 부지중에 상대방이 좋아하는 것을 똑똑히 이해하게 되고 갑자기 자신도 그것이 좋아져서 얼른 상대방에게 동의해버리는, 그리하여 그때까지의 논쟁이 모두 무용해져버리는 경우도 경험한 바 있었다. 그러나 때로는 그와 반대로 자기 논증의 근저가 되는, 자기가 좋아하는 것을 마침내 드러내어 훌륭하고 절실하게 표현하면 상대방이 갑자기 그것에 동의하고 논쟁을 그쳐버리는 경우도 흔히 있다는 것을 경험으로 알고 있었다. 그는 이런 것을 얘기하고 싶었다.

그녀는 그가 하는 말을 이해하려고 애쓰면서 이마를 찌푸렸다. 그러나 그가 설명을 시작하자마자 그녀는 바로 이해했다.

"알겠어요. 우선 상대방이 무엇 때문에 논쟁을 하고 있는지, 또 상대방이 좋아하는 것이 무엇인지를 알아야겠군요, 그러면……"

그녀는 서투르게 표현된 그의 사고를 충분히 이해하고 잘 표현해 보

였다. 레빈은 기쁜 듯이 미소 지었다. 그는 페스초프와 형 사이에 오가
던 장황하게 얽히고설킨 논쟁이, 거의 말의 힘을 빌리지 않고도 지극히
복잡한 사고를 이토록 간단명료하게 표현할 수 있는 마음간의 교감으
로 옮겨진 것에 무척이나 감동했던 것이다.

셰르바츠키가 그들 곁을 떠나자, 키티는 거기에 놓여 있던 카드놀이
탁자 옆으로 다가가서 앉았다. 그러고는 한 손에 분필을 집어들고 녹색
의 새 탁자보 위에 아무렇게나 동그라미를 그리기 시작했다.

그들은 식사하는 동안에 오갔던 화제, 여성의 자유나 직업 문제에
대해 다시 이야기하기 시작했다. 레빈은 결혼하지 않은 처녀는 가정에
서 여자다운 일을 찾아내야 한다는 다리야 알렉산드로브나의 의견에
찬성했다. 그는 그 의견을 어떠한 가정도 일을 돕는 여자 없이는 꾸려
갈 수 없다, 어려운 가정에도 부유한 가정에도 고용된 사람이건 집안
사람이건 간에 유모가 있으며 또 있어야 하는 것이라는 이유에서 지지
했다.

"아녜요." 키티는 얼굴을 붉히고, 그러나 진심어린 눈동자로 전보다
훨씬 대담하게 그를 쳐다보면서 말했다. "처녀는 굴욕감 없이는 남의
가정에 들어갈 수 없게끔 만들어져 있는지도 몰라요, 그렇지만 그 자신
의……"

그는 여기까지만 듣고도 그녀의 말을 이해했다.

"오, 그래요!" 그가 말했다. "네, 네, 네, 당신 말씀이 옳습니다, 당신
말씀이 옳습니다!"

그리고 그는 키티의 마음속에서 노처녀가 된다는 것에 대한 공포와
굴욕을 발견함으로써, 비로소 페스초프가 식사중에 얘기했던 여성의

자유라는 문제를 이해할 수 있었다. 그는 그녀를 사랑하는 마음에서 그 공포와 굴욕에 공감하고, 곧 자신의 논증을 그만둬버렸다.

침묵이 찾아왔다. 그녀는 줄곧 분필로 탁자 위에다 선을 긋고 있었다. 그녀의 눈은 조용히 빛났다. 그런 그녀의 기분에 끌려들어 그도 자신의 온 존재 속에서 줄곧 고조되어가는 행복한 긴장감을 느끼고 있었다.

"아아! 내가 탁자에 온통 낙서를 해놓고 말았군요!" 그녀는 말하고는 분필을 놓고 일어서려는 듯한 몸짓을 했다.

'그녀 없이…… 나 혼자 어떻게 남아 있는담?' 두려운 생각에 사로잡힌 그는 분필을 들었다. "조금만 기다려주세요." 그는 탁자 옆에 앉으면서 말했다. "난 진작부터 당신에게 꼭 한마디 물어보고 싶은 게 있었습니다."

그는 부드러우면서도 왠지 겁먹은 듯한 그녀의 눈을 똑바로 들여다보았다.

"그럼, 물어보세요."

"이런 겁니다." 그는 말하고 나서 각 단어의 머리글자만을 써보였다. '언, 당, 그, 수, 없, 된, 말, 영, 의, 아, 그, 의?' 그 뜻은 이런 것이었다. '언젠가 당신은 나에게 그럴 수는 없다고 말씀하셨는데 영원히라는 의미였습니까, 아니면 그때는이라는 의미였습니까?' 그녀가 이 복잡한 문구를 해득할 수 있으리라고는 도저히 바랄 수 없는 일이었다. 그러나 그는 그녀가 이러한 말들을 해득할 수 있을 것인가 없을 것인가에 자기의 온 목숨이 달려 있는 것 같은 표정으로 그녀의 얼굴을 찬찬히 지켜보았다.

그녀도 정색을 하고 그를 쳐다보고 있다가 이내 주름 잡힌 이마를 한 손으로 괴고 읽기 시작했다. 가끔 그녀는 그의 얼굴을 쳐다보고 눈빛으로 그에게 물었다. '내가 생각하고 있는 게 맞나요?'

"알았어요." 그녀는 얼굴이 홍당무가 되어 말했다.

"그럼 이건 무슨 뜻이죠?" 그는 영원히를 뜻하는 머리글자를 가리키면서 말했다.

"영원히라는 뜻이에요?" 그녀가 말했다. "그러나 그건 사실이 아니에요!"

그는 얼른 자기가 쓴 글자를 지우고, 그녀한테 분필을 건네준 다음 일어섰다. 그녀는 썼다. '그, 나, 그, 대, 수, 없.'

돌리는 이 두 사람의 모습—분필을 손에 들고 수줍은 듯 행복한 미소를 띤 채 레빈의 얼굴을 올려다보고 있는 키티와, 탁자 위로 몸을 엉거주춤하게 구부리고 불타는 듯한 눈으로 탁자를 보기도 하고 그녀를 보기도 하면서 서 있는 레빈의 아름다운 모습—을 보며 알렉세이 알렉산드로비치와의 대화로 야기되었던 슬픔을 말끔히 달랠 수 있었다. 레빈의 얼굴이 갑자기 빛났다. 그는 알았다. 그것은 이런 의미였다. '그때 나는 그렇게밖에 대답할 수 없었어요.'

그는 의심쩍게 주저주저하며 그녀를 바라보았다.

"그때만 그런 건가요?"

"네." 그녀는 미소로 대답했다.

"그럼 지…… 지금은?" 그가 물었다.

"자, 이걸 읽어보세요. 내가 바라고 있는 것을 말씀드릴 테니까요. 정말 진심으로 바라고 있는 거예요!" 그녀는 머리글자를 썼다.

'당, 그, 일, 잊, 수, 있, 그, 용, 수, 있.' 그 의미는 이런 것이었다. '당신이 그때의 일을 잊어주실 수 있다면, 그리고 용서해주실 수 있다면.'

그는 긴장한 나머지 떨리는 손가락으로 분필을 잡다가 부러뜨렸다. 그러고는 다음과 같은 의미의 머리글자를 썼다. '잊을 것도, 용서할 것도 없습니다. 난 예나 다름없이 당신을 사랑하고 있으니까요.'

그녀는 망설임 없는 미소를 머금고 그를 바라보았다.

"알았어요." 속삭이듯이 그녀는 말했다.

그는 앉아서 긴 문구를 썼다. 그녀는 이제 '정말 그래요'라고 묻지 않고도 모든 의미를 이해한 후 분필을 들고 곧바로 대답했다.

그는 오랫동안 그녀가 쓴 것을 이해할 수 없어서 자주 그녀의 눈을 들여다보았다. 그는 행복으로 몽롱해져 있었다. 그는 도무지 그녀가 쓴 낱말을 알아맞힐 수가 없었다. 그러나 그녀의 행복으로 빛나는 아름다운 눈 속에서 그가 알고 싶었던 것은 다 알아낼 수 있었다. 그래서 그는 세 개의 머리글자를 썼다. 그가 미처 다 쓰기도 전에 그녀는 이미 그의 손놀림으로 그것을 읽어내고 그 뒤는 자기가 적었다. 그러고는 '네'라는 대답을 썼다.

"서기 흉내를 내고 있니?" 공작이 옆으로 와서 말했다. "자, 극장에 늦지 않으려면 이제 그만 가야 해."

레빈은 일어서서 키티를 문까지 배웅했다.

이러한 대화로 그들은 모든 것을 이야기했다. 그녀가 그를 사랑하고 있다는 것도, 그가 내일 아침 찾아올 거라고 부모님에게 전해두겠다는 것도 모두 이야기했다.

14

키티가 가버리고 혼자 남게 되자 레빈은 그녀와 떨어진 것에 극심한 불안을 느꼈고, 다시 그녀를 만나서 영구히 그녀와 결합하게 될 내일 아침이 한시라도 빨리, 일각이라도 빨리 와주었으면 하는 참을 수 없는 욕구를 느꼈다. 그녀 없이 지내야 할 앞으로의 열네 시간이 그에겐 마치 죽음처럼 두렵게 여겨졌다. 자기 혼자 외톨이가 되지 않기 위해, 또한 어떻게든 시간을 넘기기 위해, 그는 어느 누구라도 말벗을 찾아야 할 필요가 있었다. 스테판 아르카디치는 그에겐 가장 유쾌한 말벗이었으나, 야회에 간다는 핑계를 대고 실은 발레를 보러 가버렸다. 그래서 레빈은 그에게 겨우 자기는 행복하다고, 자기는 그를 사랑하고 있다고, 자기를 위해 그가 해준 일은 결코 잊지 않겠다고만 이야기할 수 있었을 뿐이었다. 스테판 아르카디치의 미소와 눈빛은 그가 틀림없이 그 감정을 이해하고 있다는 것을 레빈한테 보여주었다.

"어때, 아직 죽을 때는 아니지?" 스테판 아르카디치는 감격해서 레빈의 손을 쥐면서 말했다.

"그으으럼!" 레빈이 말했다.

다리야 알렉산드로브나도 그와 작별인사를 나누면서 그를 축복하듯 말했다.

"당신이 또 키티를 만나주셔서 정말 기뻐요. 서로 오랜 우정을 소중히 하셔야 해요."

그러나 레빈은 다리야 알렉산드로브나의 이 말이 불쾌했다. 이 모든 일이 얼마나 고결하고 접근하기 어려운 것인지를 그녀는 이해할 수 없었고, 따라서 감히 그것을 입 밖에 내놓아서는 안 됐던 것이다. 레빈은 그들과 헤어졌지만, 자기 혼자 떨어지지 않기 위해 형에게 달라붙었다.

"형은 어디로 가?"

"회의에."

"그럼 나도 같이 가. 괜찮지?"

"그럼, 괜찮고말고. 같이 가자." 세르게이 이바노비치는 빙긋이 웃으면서 말했다. "너 오늘은 도대체 어떻게 된 거냐?"

"나 말이야? 난 행복해!" 레빈은 타고 있는 마차의 창문을 내리면서 말했다. "열어도 괜찮지? 너무 후텁지근해서. 난 행복해! 형은 왜 지금까지 결혼하지 않았어?"

세르게이 이바노비치는 빙그레 웃었다.

"나도 정말 기쁘다. 그 여잔 훌륭한 처……" 세르게이 이바노비치가 말을 꺼냈다.

"말하지 마, 말하지 마, 말하지 마!" 레빈은 두 손으로 형의 모피 외투 깃을 잡고 여며주면서 외쳤다. '그 여자는 훌륭한 처녀다'라는 말은 그의 감정에 어울리지 않는 지극히 평범하고 저속한 말이었기 때문이다.

세르게이 이바노비치는 보기 드물게 유쾌하게 웃어댔다.

"아니, 하여튼 내가 그 일을 아주 기뻐하고 있다는 말은 할 수 있잖아."

"그것도 내일 해, 내일. 이제 아무런 말도 하지 말아줘! 제발, 제발, 잠자코 있어줘!"* 레빈은 말하고는 다시 한번 형의 모피 외투를 여며주면서 덧붙였다. "난 형을 굉장히 사랑해! 그건 그렇고, 내가 회의에 가도

---

* 고골의 소설 『광인일기』의 주인공 포프리신의 말.

괜찮을까?"

"암, 괜찮다마다."

"형은 오늘 무슨 말을 하는데?" 레빈은 여전히 미소를 띠고 물었다.

두 사람은 회의장에 도착했다. 레빈은 비서관이 분명 자기 자신도 이해하지 못하는 듯한 의사록을 떠듬떠듬 읽어나가는 것을 들었다. 그러나 레빈은 비서관의 얼굴 표정에서 그 사내가 아주 성실하고 착하고 순수한 사람이라는 것을 알았다. 그가 의사록을 읽으면서 당황하여 어찌할 바를 모르는 태도로 보아 분명했다. 그러고 나서 논의가 시작됐다. 사람들은 어떤 금액의 지출과 철관鐵管의 부설에 대해 논의했고, 세르게이 이바노비치는 두 위원을 심하게 몰아치며 우쭐대는 듯한 태도로 뭔가 장황하게 늘어놓았다. 그러자 또다른 위원이 뭔가를 종이에 적고 나서 처음에는 머뭇거리는 듯했으나 나중에는 아주 모지락스러운 말로, 그러나 깔끔하게 그에게 답변했다. 그런 뒤에 또다시 스비야시스키(그도 거기에 있었다)가 역시 우아하고 점잖게 뭔가를 이야기했다. 레빈은 그들의 말을 경청했고 지출된 금액이나 철관 따위는 전혀 대단한 문제가 아니며 그들은 전혀 화가 난 게 아니라는 것, 그들 모두 매우 착하고 좋은 사람들이라는 것, 따라서 그들 사이에서는 이 모든 일이 기분좋고 원활하게 진행되고 있다는 것을 똑똑히 알게 되었다. 그들은 누구에게도 해를 끼치려는 게 아니었고, 모두들 즐거운 것 같았다. 특히 레빈을 감동시킨 것은 오늘 그에겐 그들 모두가 뱃속까지 들여다보이고, 이전에는 눈에 띄지도 않았던 조그마한 징후로도 사람들의 마음을 알 수 있으며, 그들 모두 선량한 인간임을 똑똑히 알았다는 사실이었다. 또한 이날은 그들 모두가 유달리 레빈을 극도로 사랑해주었다.

그들이 그와 얘기할 때의 태도며, 모르는 사람들까지도 부드럽고 상냥하게 그를 바라보는 시선에서 분명히 알 수 있었다.

"그래 어때, 재미있었니?" 세르게이 이바노비치가 그에게 물었다.

"굉장히. 이렇게 재미있으리라고는 전혀 생각 못했어! 좋아, 훌륭해!"

스비야시스키가 레빈한테 다가와서, 자기 집으로 차를 마시러 가자고 청했다. 레빈은 자기가 어째서 지금까지 스비야시스키한테 불만을 느끼고 있었는지, 그에게서 무엇을 구하고 있었는지 도무지 이해할 수 없었고 생각해낼 수도 없었다. 그는 총명하고, 놀라울 만큼 선량한 사람이었다.

"아아, 정말 고맙습니다." 레빈은 말하고는 그의 아내와 처제의 안부를 물었다. 그러자 기묘한 연상 작용에 의해 그의 머릿속에서는 스비야시스키의 처제에 대한 생각이 결혼과 결부되어, 자신의 행복을 이야기하기에 스비야시스키의 아내와 처제보다 좋은 상대는 없을 듯 여겨졌고, 그래서 그는 그들 집에 가는 것이 몹시 기뻤다.

스비야시스키는 언제나처럼 유럽에서 행해지지 않았던 것이 여기에서 실행될 턱이 없다는 투로 레빈에게 시골에서의 일에 대해 물었지만, 지금은 그것도 레빈에게는 조금도 불쾌하지 않았다. 이뿐만 아니라 오히려 그는 스비야시스키의 의견이 옳다고 느끼고, 그러한 일은 모두 쓸데없는 것이라고 생각했고, 스비야시스키가 놀라울 만큼의 부드러움과 점잖음으로 자신의 의견이 옳다고 표명하는 것을 피하고 있음을 알았다. 스비야시스키가의 여인들은 특히 사랑스러웠다. 그들은 이미 모든 걸 알고 있고 그에게 동감하고 있지만, 그저 삼가는 마음으로 입 밖에 내지 않고 있는 것이라고 레빈은 생각했다. 그는 한 시간, 두 시간,

세 시간 동안 여러 이야기를 하며 머물러 있었으나, 그의 마음속을 가득 채우고 있는 한 가지 생각 때문에, 자기가 그들을 몹시 지루하게 하고 있으며 벌써 오래전에 그들이 자야 할 시간이 됐다는 것은 전혀 알아채지 못했다. 스비야시스키는 하품을 하면서, 그리고 친구의 달라진 기색에 놀라면서 그를 현관까지 배웅했다. 벌써 한시가 지났다. 레빈은 호텔로 돌아와 아직도 남아 있는 열 시간을 초조한 마음으로 혼자서 지내야 한다는 생각에 두려움을 느꼈다. 당직 급사가 그를 위해 촛불을 켜놓고 나가려 했지만, 레빈은 그를 불러세웠다. 예고르라는 그 급사는 레빈이 전에는 알아채지 못했으나 매우 영리하고 선량해 보이는, 유달리 사람 좋은 사내였다.

"어떤가 예고르, 자지 않고 있다는 게 여간 괴로운 일이 아니지?"

"어쩔 수 없죠! 이것이 저희들의 직무니까요. 그야 나리들 댁에 있으면 훨씬 편하지만 말씀예요. 대신에 여기가 수입이 더 많습죠."

예고르는 가족을 거느린 사람으로 아들이 셋에 재봉사인 딸이 하나 있었는데, 그 딸을 마구馬具가게의 점원한테 시집보냈으면 한다고 레빈에게 말했다.

레빈은 그런 얘기가 나온 김에 결혼에서 가장 중대한 것은 사랑이며 사랑만 있으면 사람은 언제나 행복할 수 있다, 왜냐하면 행복이라는 것은 오직 자기 자신 속에 있기 때문이라는 자신의 생각을 예고르에게 들려줬다.

열심히 들은 예고르는 레빈의 말을 잘 이해한 것 같았고, 그 말에 맞장구칠 양으로 레빈으로서는 전혀 뜻밖인 이야기를 했다. 그는 이전에 훌륭한 나리 댁에 있었을 때 언제나 주인들에게 만족했으며, 또 지금의 주인은 프랑스인이긴 하지만 역시 진심으로 만족하고 있다는 것이었다.

'놀랄 만큼 착한 사람이군.' 레빈은 생각했다.

"그런데 예고르, 자넨 장가들 때 아내를 사랑하고 있었나?"

"어떻게 사랑하지 않을 수 있겠어요." 예고르가 대답했다.

레빈은 예고르 또한 기쁨에 차 있으며, 그 즐거운 감정을 실컷 토해낼 작정이라는 것을 알았다.

"제 인생도 여간 놀라운 것이 아닙죠. 전 어렸을 적부터……" 그는 눈을 반짝이면서 마치 하품이 사람한테 옮듯이 분명 레빈의 기쁨에 전염된 어조로 지껄이기 시작했다.

그러나 그때 벨소리가 들렸다. 예고르는 가버리고 레빈은 혼자 남았다. 그는 저녁식사 때 거의 아무것도 먹지 않았고, 스비야시스키의 집에서도 차나 식사를 사양했지만, 아직도 저녁식사 생각은 없었다. 그는 전날 밤 잠을 자지 않았지만, 잠잘 생각도 할 수 없었다. 방안은 시원했지만, 더위로 숨이 턱턱 막혔다. 그는 통풍구 두 개를 열고는 그 앞의 탁자 위에 걸터앉았다. 눈 덮인 지붕 너머 금박 입힌 사슬이 달린 무늬가 있는 십자가가 보이고, 또 그 위로는 마부자리의 누르스름한 빛을 내뿜는 카펠라성*과 차츰 높아져가는 세모꼴이 보였다. 그는 십자가와 별을 번갈아 바라보고는 방안으로 골고루 흘러들어오는 상쾌하고 찬 공기를 들이마시면서, 마치 꿈을 꾸듯 상상 속에서 용솟음쳐오르는 심상과 추억을 따라갔다. 세시가 지나 그는 복도에서 나는 발소리를 듣

---

* 마부자리의 첫번째 별.

고 문틈으로 내다보았다. 친분이 있는 노름꾼 먀스킨이 클럽에서 돌아오는 참이었다. 그는 침울하게 얼굴을 잔뜩 찌푸리고 기침을 하면서 걷고 있었다. '불쌍한, 불행한 사람!' 레빈은 생각했다. 그러자 그 사람에 대한 애정과 연민으로 그의 눈에는 눈물이 핑 돌았다. 그는 그 사내와 이야기하고 그를 위로해주고 싶었다. 그러나 자기가 루바시카 하나만 걸치고 있다는 것을 생각하고 마음을 바꾸어 다시 통풍구 옆으로 가서 앉아 찬바람을 쐬었다. 그러고는 잠잠히 말이 없긴 하지만 그에게는 의미 깊은 절묘한 모양의 십자가며, 노랗게 빛나면서 차츰 높이 떠오르는 별을 바라보았다. 여섯시가 지나자 복도를 청소하는 사람들이 수선거리기 시작하고 서비스를 요청하는 벨이 울리기 시작했고, 레빈은 그제야 추위가 몸에 스며들어옴을 느꼈다. 그는 통풍구를 닫고 얼굴을 씻은 다음, 옷을 갈아입고 한길로 나갔다.

15

한길은 아직 텅 비어 있었다. 레빈은 셰르바츠키가로 걸어갔다. 대문은 아직 잠겨 있었고, 모든 것이 조용히 잠들어 있었다. 그는 발길을 돌려 다시 자기 방으로 들어가서 커피를 주문했다. 당직 급사—이제는 예고르가 아니었다—가 커피를 가지고 왔다. 레빈은 그와 얘기나 하고 싶었으나 그때 마침 벨이 울렸으므로 그는 가버렸다. 레빈은 커피를 마실 양으로 빵을 입에 넣어보았으나, 입은 그 빵을 어떻게 해야 할지 모르는 것 같았다. 레빈은 빵을 뱉어내고 외투를 걸치고는 다시 밖으로 나가 거닐었다. 그가 두번째로 셰르바츠키가 입구의 층계 가까이 도착한 것은 아홉시가 지나서였다. 집안에서는 이제 막 일어났는지 요리사가 식료품을 사러 나가는 참이었다. 적어도 두 시간은 더 기다려야 했다.

레빈은 이날 밤과 아침 내내 전혀 의식 없이 지냈고, 자신이 물질적 존재의 온갖 제약에서 완전히 해방된 것처럼 느꼈다. 그는 온종일 아무것도 입에 대지 않았고 이틀 밤을 뜬눈으로 새웠으며 웃옷을 벗은 채로 몇 시간을 혹한의 외기 속에서 보냈는데도 전에 없이 상쾌하고 건강한 기분이었을 뿐만 아니라, 자신이 육체를 완전히 초월해버린 것처럼 느꼈다. 그는 근육에 전혀 힘을 기울이지 않고 움직였고, 무슨 일이라도 할 수 있을 것 같은 느낌이 들었다. 만약 필요하다면 하늘을 날 수도, 집의 한귀퉁이를 밀어젖힐 수도 있다고 믿어 의심치 않았다. 그는 줄곧 시계를 꺼내 보거나 사방을 둘러보면서 길을 돌아다니며 남은 시간을 보냈다.

그때 그가 본 것은 그후 두 번 다시 볼 수 없을 것들이었다. 학교에 가는 아이들, 지붕에서 보도로 날아 앉은 검푸른 비둘기들, 얼굴은 보이지 않는 누군가의 손이 늘어놓고 있는 밀가루가 뿌려진 흰빵, 이러한 것들이 그에게 깊은 감동을 주었다. 마치 그 흰빵이며 비둘기들이며 두 사내애는 지상의 존재가 아닌 듯했다. 더구나 그것들은 모두 동시에 나타났다. 한 사내아이가 비둘기 옆으로 뛰어와 싱글벙글하면서 레빈을 바라보았다. 비둘기는 퍼드덕하고 날개를 치며, 공중에서 떨고 있는 눈가루 속으로 햇빛에 반짝이면서 날아갔다. 그러자 빵집 창가에서는 다 구워진 빵의 향내가 물씬 코를 찌르고 흰빵이 진열되었다. 이러한 모든 것들이 흔히 느낄 수 없을 만큼 너무나 좋았으므로, 레빈은 저도 모르게 웃음을 터뜨렸고 기쁨에 겨워 목이 멜 정도였다. 가제트니 골목과 키슬롭카 거리를 따라 먼길로 돌아서 그는 다시 호텔로 돌아와서는 시계를 앞에 놓고 앉아 열두시가 되기를 기다렸다. 옆방에서는 뭔가 기계와 속임수에 대해 얘기하는 소리가 들렸고, 아침다운 기침소리가 났다. 시곗바늘이 이미 열두시에 가까워지고 있다는 것을 아무도 모르고 있었다. 바늘은 열두시에 거의 다가갔다. 레빈은 현관 층계로 나갔다. 마부들은 모든 것을 다 알고 있는 성싶었다. 그들은 행복한 얼굴로 서로 다투어 자신의 썰매를 권하면서 레빈을 둘러쌌다. 레빈은 다른 마부들을 화나게 하지 않으려고 다음에 타주겠노라고 약속하고, 그 가운데 하나를 골라서 셰르바츠키가로 가자고 일렀다. 그 마부는 혈색이 좋은 빨갛고 튼튼한 목에 착 달라붙어 있는 하얀 루바시카 깃을 카프탄 밖으로 내놓은 품이 깔끔해 보였다. 그의 썰매는 높고 쾌적했는데, 레빈은 그뒤로 두 번 다시 그런 썰매를 타본 적이 없었을 정도였고 말도 꽤 좋아서 제법 달리고 있었으나 움직이고 있다고 여겨지지 않을 정도였다. 마부는 셰르바츠키가를 알고 있었고, 승객을 위해 유난히 공손한 태도로 두 손을 둥그렇게 하고는 '워워워' 하면서 입구에 썰매를 세웠다. 셰르바츠키가의 문지기는 모든 것을 알고 있었다. 그의 눈에 나타난 미소와, 그의 다음과 같은 말로 보아 분명했다.

"아니, 정말 오랜만이군요, 콘스탄틴 드미트리치!"

그는 모든 것을 다 알고 있는 것만이 아니었다. 분명 미칠 듯이 기쁘지만 그 기쁨을 감추려고 애쓰는 것 같았다. 레빈은 늙은이의 다정한 눈을 보자, 자신의 행복에 또 뭔가 새롭게 더해졌다고 생각했다.

"모두들 일어나셨나?"

"자! 그건 여기에 두시죠." 레빈이 모자를 집으러 돌아서려고 하자 그는 싱글벙글하면서 말했다. 그 말에도 뭔가 의미가 있었다.

"어느 분에게 알려드려야 할까요?" 하인이 물었다.

그 하인은 젊은 멋쟁이였으며 새로 들어온 하인들 가운데 하나이긴 했지만, 지극히 선량하고 착실한 사람으로 역시 모든 것을 다 알고 있었다.

"공작부인께…… 공작께…… 공작영애께……" 레빈이 말했다.

그가 맨 처음 만난 사람은 *마드무아젤 리농*이었다. 홀을 지나오는 그녀의 고수머리와 얼굴이 빛났다. 그가 그녀와 막 한두 마디 얘기를 시작하자마자 별안간 문 뒤에서 옷 스치는 소리가 들렸다. 그러자 *마드무아젤 리농*의 모습은 레빈의 눈에서 사라져버리고, 자신의 행복이 가까이 오고 있다는 즐거운 공포가 짜릿짜릿하게 그의 마음에 와닿았다. *마드무아젤 리농*은 허둥거리기 시작하더니 그를 남겨놓고 다른 문 쪽으로 갔다. 그녀가 나가자마자 날렵하고 재빠르고 경쾌한 발소리가 쪽매마루 위에 들리기 시작했다. 그러고는 그의 행복이, 그의 삶이, 그 자신이, 아니 그 자신보다 소중한, 그가 그토록 오랫동안 찾고 바라던 것이 빠르게 그에게로 다가오고 있었다. 그녀는 걸어온 것이 아니라, 뭔가 눈에 보이지 않는 힘에 의해 그에게로 끌려온 것이었다.

그는 그저 그녀의 맑고 진정어린 눈, 그의 마음을 가득 채우고 있는 것과 똑같은 사랑의 기쁨으로 인해 놀란 듯한 눈만을 바라보았다. 그 눈은 애정어린 빛으로 그를 눈부시게 하면서 차츰 가깝게 다가왔다. 그녀는 그의 바로 옆에, 그에게 기대섰다. 그녀의 두 손이 올라와 그의 어깨 위에 내려앉았다.

그녀는 할 수 있는 모든 것을 했다. 그의 옆으로 달려와 잔뜩 수줍어하면서, 그리고 환희에 불타면서 온몸을 그에게 맡겼다. 그는 그녀를 끌어안고 그의 키스를 갈구하는 그녀의 입술에 자신의 입술을 포갰다.

그녀도 온밤을 뜬눈으로 새웠고 아침나절 내내 그를 기다렸다. 어머니와 아버지도 두말없이 동의했고 그녀의 행복으로 인해 행복해했다. 그녀는 그를 기다렸다. 누구보다도 먼저 그에게 자기와 그의 행복을 알리고 싶었던 것이다. 그녀는 혼자서 그를 맞을 마음의 준비를 갖추고, 그 생각에 기뻐했다가 당황했다가 부끄러워했다가 하면서 자기 스스로도 어떻게 해야 좋을지를 몰랐다. 그녀는 그의 발소리와 목소리를 듣고 문 뒤에서 *마드무아젤 리농*이 나가기를 기다렸다. *마드무아젤 리농*이 나갔다. 그녀는 무엇을 어떻게 할 것인가 생각하지도, 자기에게 물어보지도 않고 다짜고짜 그의 옆으로 가서 방금 전의 일을 했던 것이다.

"엄마한테 가요!" 그녀는 그의 손을 잡고 말했다. 그는 한동안 아무 말도 할 수 없었다. 말로 인해 자기 감정의 숭고함을 더럽히는 것이 두려웠기 때문이라기보다는, 무엇인가를 얘기하려고 마음먹을 때마다 말 대신에 행복의 눈물이 쏟아져나올 것 같았기 때문이었다. 그는 그녀의 손을 잡아 입을 맞췄다.

"이게 정말 현실일까?" 마침내 그는 목멘 소리로 말했다. "도무지 믿을 수가 없어, 당신Tu이 날 사랑해주리라곤!"

그녀는 이 '당신'이라는 말과, 그가 자기를 바라보았을 때의 수줍어하는 듯한 태도에 방긋 웃었다.

"그래요!" 심각한 어조로 찬찬히 그녀는 말했다. "난 정말 행복해요."

그녀는 그의 손을 놓지 않고 그대로 객실로 들어갔다. 공작부인은 그들을 보자 갑자기 숨이 가빠지더니 느닷없이 울음을 터뜨렸다가 갑자기 웃어젖히며, 레빈이 전혀 예상치 못한 힘찬 걸음걸이로 그들한테 뛰어와서는 레빈의 머리를 끌어안고 그에게 입을 맞추고 그의 뺨을 눈물로 적셨다.

"이것으로 모든 게 끝났어! 난 기뻐. 이앨 사랑해줘. 난 기쁘다…… 키티!"

"정말 날쌔게들 해치웠군!" 노공작은 평온을 잃지 않으려고 애쓰면서 말했으나, 레빈은 자기한테로 얼굴을 돌렸을 때 그의 눈이 젖어 있는 걸 보았다.

"난 이미 오래전부터 늘 이렇게 되길 바라고 있었다!" 공작은 레빈의 손을 붙잡고 그를 자기한테로 끌어당기면서 말했다. "난 이미 그 무렵부터, 이 말괄량이가 그따위 쓸데없는……"

"아빠!" 키티는 외치며 두 손으로 그의 입을 막았다.

"알았다, 이야기하지 않으마!" 그는 말했다. "나는 정말, 정말…… 기쁘…… 아아! 내가 이렇게 바보처럼……"

그는 키티를 끌어안고 그녀의 얼굴과 손에, 또다시 얼굴에 입맞춤하고 그녀에게 성호를 그어주었다.

그리고 키티가 오랫동안 부드럽게 아버지의 투실투실한 손에 입맞춤하는 것을 보자, 지금까지는 남이었던 이 노공작에 대한 새로운 애정이 별안간 레빈의 마음을 사로잡았다.

16

공작부인은 말없이 싱글벙글 웃으면서 안락의자에 앉았다. 공작은 그녀의 옆에 앉았다. 키티는 역시 아버지의 손을 놓지 않고 아버지가 앉아 있는 안락의자 옆에 서 있었다. 모두들 잠자코 있었다.

맨 먼저 침묵을 깨고 온갖 생각과 감정을 실제적 문제로 옮겨온 사람은 공작부인이었다. 그러자 처음에는 누구나 할 것 없이 그것이 이상하게, 심지어 가슴 아프게까지 여겨졌다.

"언제로 하지? 축복기도와 공지도 해야 하니까. 결혼식은 언제가 좋을까? 당신은 어떻게 생각해, 알렉산드르?"

"그건 이 사람에게 물어봐야지." 노공작은 레빈을 가리키면서 말했다. "이번 일의 주인공은 이 사람이야."

"언제가 좋냐고요?" 레빈은 얼굴을 붉히면서 말했다. "내일로 하죠. 만약 저에게 물으신다면, 제 생각에는 오늘 축복기도식을 끝내고 내일 결혼식을 올리기로."

"어머나, 그만, *이 사람아*, 무슨 분별없는 소릴!"

"그럼, 일주일 후에."

"이 사람이 정말 실성했나봐."

"아니, 어째서 안 됩니까?"

"글쎄, 생각 좀 해보게!" 공작부인은 레빈의 성급함이 즐거운 듯이 미소 지으면서 말했다. "그럼 혼수는 어떻게 하고?"

'혼수니 뭐니 하는 것들이 있어야 할까?' 레빈은 깜짝 놀라면서 생각했다. '혼수니 축복기도니 하는 것이, 그런 것들이 내 행복을 해칠 수 있을까? 아니, 그런 일은 어림도 없다!' 그는 키티의 얼굴을 흘끗 쳐다보고, 혼수에 대한 생각이 그녀를 조금도, 조금도 모욕하지 않았다는 것을 알았다. '그렇다면 역시 필요한 거로군.' 그는 생각했다.

"그렇지만, 전 아무것도 모릅니다. 전 그저 제 희망을 말씀드렸을 뿐입니다." 그는 사죄하듯이 말했다.

"그럼, 잘 상의해서 결정하기로 하세. 축복기도나 공지는 지금 당장이라도 할 수 있어. 그건 그래."

공작부인은 남편 옆으로 다가가서 입맞춤을 하고 나가려 했다. 그러나 그는 그녀를 붙들어 끌어안고 다정한 새신랑처럼 싱글벙글하면서 몇 차례 그녀에게 키스했다. 노인네들은 아무래도 순간 머리가 뒤범벅이 되어, 다시 한번 사랑에 빠진 것이 자기들인지 아니면 자기네 딸인지 잘 모르는 모양이었다. 공작 부부가 나가자 레빈은 약혼자 옆으로 다가가서 그녀의 손을 잡았다. 이제 그는 제정신으로 이야기를 할 수 있었고, 그에겐 그녀에게 이야기해야만 할 것이 많았다. 그러나 그는 전혀 필요하지 않은 것만 이야기하고 있었다.

"이렇게 되리라는 걸 난 알고 있었습니다! 한 번도 기대한 적은 없었지만, 마음속으로는 언제나 믿고 있었습니다." 그는 말했다. "이것은 미리 정해져 있었다고 믿습니다."

"난," 그녀는 말했다. "그때도……" 그녀는 말을 뚝 그쳤다가는 진심 어린 눈으로 결연하게 그를 바라보면서 다시 계속했다. "내가 자신의 행복을 스스로 밀어젖혔던 그때도 난 오직 당신만을 사랑했어요. 하지만 그때 난 뭔가에 홀려 있었어요. 난 꼭 말해야겠어요…… 당신은 그 일을 잊어줄 수 있나요?"

"아니, 어쩌면 그런 일이 있었던 게 더 좋았을지도 모릅니다. 내게도 당신이 용서해주셔야 할 일이 많습니다. 내가 당신에게 말씀드리지 않으면 안 될 일은……"

그것은 그가 그녀에게 이야기해야겠다고 마음먹고 있었던 일들 중 하나였다. 애당초 그는 그녀에게 두 가지를 이야기해야겠다고 결심했다. 하나는 그가 그녀처럼 순결하지 않다는 것이고, 또하나는 그가 신앙을 갖지 않은 인간이라는 것이었다. 그것은 괴로운 일이었지만, 그는 이 두 가지를 어떻게든 이야기하지 않으면 안 된다고 마음먹었다.

"아니, 지금 말고, 나중에!" 그가 말했다.

"좋아요, 나중에라도, 그러나 꼭 말해주세요. 나는 아무것도 두려워하지 않겠어요. 무슨 일이든 알아둘 필요가 있어요. 이제는 모두 결정된 거니까요."

그가 그 뒤에 덧붙였다.

"내가 어떤 인간이건, 나하고 하나가 되기로 결정한 이상 설마 느닷없이 싫다고 하진 않겠죠, 네?"

"네, 네."

둘의 대화는 *마드무아젤 리농* 때문에 끊겼다. 그녀는 억지웃음이긴 했지만 부드럽게 미소 지으면서, 자신의 사랑하는 제자를 축하하기 위해 다가온 것이었다. 그녀가 미처 나가기도 전에 하인들도 축하의 말을 하러 왔다. 그러는 사이에 이번에는 집안사람들이 모여들었다. 그러자 행복하고 왁자한 소란이 시작되어, 레빈은 결혼식 다음날까지 그 소란에서 빠져나올 수 없었다. 레빈은 내내 거북하고 지루했지만, 행복한 긴장감은 점점 불어날 뿐이었다. 그는 줄곧 뭔가 자기가 모르는 많은 것을 요구당하고 있는 듯한 느낌이 들었다. 그는 사람들이 자기에게 말하는 것은 무엇이든 했고, 그것이 온통 그에게 행복을 가져왔다. 그는 자신의 결혼은 무슨 일이 있어도 세상에 흔해빠진 것과 같을 수 없다, 그런 흔해빠진 결혼은 자신의 특별한 행복을 해치는 것이라고 생각했지만, 결국엔 그도 역시 세상 사람들과 똑같은 짓을 하게 되고 말았다. 그러나 그의 행복은 그 때문에 오히려 증대되었으며, 이때까지의 어떤 결혼과도 유사하지 않은 특수한 것이 되어갔다.

"자, 이제 우리 사탕을 먹어요." *마드무아젤 리농*이 말했다. 그러자 레빈은 그 사탕을 사러 썰매를 몰았다.

"아아, 정말 기뻐요." 스비야시스키가 말했다. "꽃다발은, 포민의 가게에서 사는 게 좋을 겁니다."

"아, 그래요?" 그는 포민의 가게로 썰매를 몰았다.

형은 또 그에게 선물 등등을 준비하려면 많은 비용이 들 테니 돈을 마련해놓으라고 했다.

"아, 선물이 필요한가?" 그는 풀데의 가게로 말을 몰았다.

그리고 그는 과자점에서도 포민의 가게에서도 풀데의 가게에서도 모든 사람들이 그를 기다리고 있다가, 요 며칠 동안 그가 접촉했던 모든 사람들과 마찬가지로 기뻐하며 그의 행복을 축하해주는 것을 알았다. 더욱이 이상한 것은 모든 사람이 그를 사랑해주었을 뿐 아니라 이전에는 냉담하고 무관심했던 사람들까지도 기뻐하고 무슨 일이든 그의 뜻에 좇아주고 그의 감정을 부드럽고 주의깊게 다뤄주었으며, 그의 약혼녀는 완전히 이상적인 여자이므로 그는 이 세상에서 가장 행복한 사람이라는 그의 신념을 공유했다. 그와 똑같은 것을 키티도 느꼈다.

한번은 노르드스톤 백작부인이 넌지시 더 좋은 사람을 기대했다는 말을 비치자 키티는 몹시 성을 내며 이 세상에 레빈보다 좋은 사람은 있을 턱이 없다고 딱 잘라 말했으므로 노르드스톤 백작부인도 그 점을 시인하지 않을 수 없었고, 키티 앞에서는 기쁨의 미소가 없이는 레빈을 대할 수 없게 되었다.

레빈이 약속했던 고백은 그에게 무척 괴로운 일거리였다. 그는 노공작과 상의하고 허락을 얻은 다음, 자신의 마음을 괴롭히는 것들이 적혀 있는 일기를 키티한테 건넸다. 그는 당시 이 일기를 미래의 아내를 염두에 두고 쓴 것이었다. 그를 괴롭히는 것은 두 가지 일이었다. 자기가 순결하지 않다는 것과 신앙을 갖고 있지 않다는 것이었다. 신앙을 갖고 있지 않다는 고백은 전혀 문제없이 지나갔다. 그녀는 신앙심 깊은 여자로 아직 한 번도 교리의 진위를 의심한 적은 없었지만, 표면상으로 나타난 그의 무신앙은 조금도 그녀의 마음을 움직이지 않았다. 그녀는 사랑에 의해 그의 온 정신을 속속들이 알았고, 또 그의 마음속에 자기가 바라는 것이 있음을 알고 있었으므로, 그런 정신 상태가 무신앙으로 불린다 할지라도 아무 상관이 없었던 것이다. 그러나 또하나의 고백은 그녀를 몹시 슬프게 했다.

레빈도 전혀 마음의 갈등 없이 자신의 일기를 그녀에게 건넨 것은 아니었다. 그는 자기와 그녀 사이에 비밀은 있을 수 없으며 있어서도 안 된다고 생각했으므로 어찌되었든 보이지 않으면 안 된다고 결심한 것이었다. 그러나 그는 그것이 그녀에게 어떤 영향을 미칠지에 대해서는 잘 생각해보지 않았다. 말하자면 그녀의 입장에서 생각해보지 않았던 것이다. 그는 그날 저녁 극장에 가기 전에 그녀의 집에 들러 그녀의 방에 들어갔다가, 그가 초래한 만회할 수 없는 슬픔 때문에 눈이 부어오르도록 운 그녀의 얼굴을 보았다. 그 가련하고 사랑스러운 얼굴을 보고서야 비로소 그는 자신의 욕된 과거와 그녀의 비둘기 같은 순결을 갈라놓는 심연을 깨닫고, 자기가 한 짓에 놀랐다.

"가져가세요, 이 끔찍한 것들을 가져가세요!" 그녀는 자기 앞의 탁자 위에 놓여 있던 노트를 밀치면서 말했다. "어쩌자고 당신은 이런 걸 나한테 보여주셨죠?…… 아녜요, 그래도 역시 이러는 것이 좋았어요." 그녀는 그의 절망한 듯한 낯빛에 안타까운 생각이 들어 이렇게 덧붙였다. "그래도 이건 끔찍해요, 끔찍해요!"

그는 고개를 떨어뜨린 채 잠자코 있었다. 그는 아무 말도 할 수가 없었다.

"당신은 나를 용서해주지 않겠죠." 그는 속삭이듯이 말했다.

"아뇨, 나는 용서했어요, 그렇지만 이건 끔찍해요!"

그러나 그의 행복은 이 고백에도 깨지지 않고 오히려 새로운 무늬를 더했을 만큼, 그만큼 위대한 것이었다. 그녀는 그를 용서했다. 그러나 이후로 그는 그녀 앞에서 한층 더 자기를 무가치하게 느꼈고, 그녀에 대해 도덕적으로 더욱 굴복하고 자신의 분에 넘치는 행복을 더욱더 높이 평가하게 되었다.

17

저녁식사를 하는 동안이나 그뒤에 주고받은 대화의 인상을 무의식중에 기억 속에서 뒤적거리며, 알렉세이 알렉산드로비치는 쓸쓸한 호텔방으로 돌아갔다. 아내를 용서해주라던 다리야 알렉산드로브나의 말은 그의 마음에 분노만 불러일으켰을 뿐이었다. 기독교의 원칙이 자신의 경우에 적용되는지 아닌지는 너무나도 어려운 문제로, 그렇게 쉽사리 입 밖에 내놓을 수 있는 것은 아니었다. 그리고 이 문제는 이미 오래전에 알렉세이 알렉산드로비치에 의해 부정적으로 결론이 난 것이었다. 그날 들었던 여러 말 중에서 가장 강하게 그의 마음을 자극한 것은 어리석고 마음씨 좋은 투롭친의 말이었다. 사내답게 했어요, 결투를 청해 쏴 죽여버렸어요. 예의를 차리느라고 비록 아무도 그렇게 말하지는 않았으나, 모두들 분명 그 말에 동감하고 있는 것 같았다.

'그러나 이 문제는 이제 끝났다. 더이상 생각할 필요가 없다.' 알렉세이 알렉산드로비치는 혼잣말을 했다. 그는 그저 앞으로의 여행과 조사 업무만을 생각하면서 자기 방으로 들어갔다. 그러고는 자기를 따라온 문지기에게 하인은 어디 있느냐고 물었다. 문지기는 하인이 이제 막 나갔노라고 대답했다. 알렉세이 알렉산드로비치는 차를 가져오라고 일러놓고, 탁자 옆에 앉아서 프룸*을 집어들고 여정을 짜기 시작했다.

"전보가 두 통 와 있습니다." 돌아온 하인이 방으로 들어오면서 말했다. "용서해주십쇼, 각하. 잠깐 나갔었습니다."

알렉세이 알렉산드로비치는 전보를 받아 봉함을 뜯었다. 첫번째 전보는 카레닌이 기대를 걸고 있던 지위에 스트레모프가 임명되었다는 통지였다. 알렉세이 알렉산드로비치는 그 전보를 내팽개치고, 얼굴을

---

* 러시아와 유럽의 기차·기선 교통수단 안내서.

붉히며 일어서서는 방안을 이리저리 거닐기 시작했다. '신은 멸망시키고자 하는 자를 먼저 미치게 한다.' 그는 이 '~하는 자'라는 말에 임명에 관여한 사람들을 빗대면서 말했다. 그는 자기 이외의 사람이 그 지위에 임명되었다는 사실, 말하자면 자기가 보기 좋게 따돌림을 당했다는 사실이 유감스러웠던 건 아니었다. 수다쟁이이자 허풍선이인 스트레모프가 그 지위에는 어느 누구보다도 적합하지 않다는 사실을 사람들이 모른다는 것이 이해되지 않았고 놀라웠던 것이다. 그들은 어째서 이 임명이야말로 그들 자신을, 자신들의 *위신*을 떨어뜨리는 것임을 깨닫지 못하고 있을까!

'이것도 그런 내용이겠지.' 그는 다음 전보를 펴면서 쓸쓸하게 혼잣말을 했다. 그 전보는 아내한테서 온 것이었다. 푸른 연필로 쓰인 '안나'라는 서명이 맨 먼저 그의 눈에 들어왔다. '죽을 것 같습니다, 소원입니다, 돌아와주시기를 빕니다, 용서해주시면 마음 편히 죽겠습니다.' 그는 읽었다. 그는 모멸하듯이 웃고는 전보를 집어던졌다. 거짓도 분수가 있지, 간계다, 틀림없다. 그는 가장 먼저 이런 생각이 들었다.

'그녀는 어떤 거짓말이건 망설이지 않을 테니까. 틀림없이 해산일 거야. 어쩌면 해산에서 온 병일지도 모른다. 그런데 도대체 어쩔 작정일까? 태어난 아이를 내 아이라고 하여 나를 모욕하고 이혼수속을 방해하려는 것일까.' 그는 생각했다. '그런데 뭔가 이상한 말이 적혔군. 죽을 것 같습니다……' 그는 전보를 다시 읽었다. 그러자 거기에 쓰여 있던 말의 참뜻이 별안간 그를 놀라게 했다. '그러나 이것이 만약 정말이라면?……' 그는 혼잣말을 했다. '만약 빈사의 고통 속에서 그녀가 진심으로 뉘우치고 있는데도 내가 거짓말로 받아들이고 가기를 거부한다

면? 그것은 단지 잔혹할 뿐만 아니라, 사람들한테서 욕을 얻어먹게 될 테니 나에게도 어리석은 짓이다.'

"표트르, 마차를 준비해라. 난 잠깐 페테르부르크에 다녀오겠다." 그는 하인에게 일렀다.

알렉세이 알렉산드로비치는 페테르부르크에 가서 아내를 만나야겠다고 결심했다. 만약 그녀의 병이 거짓이라면 그는 아무 말도 없이 나올 것이었다. 그러나 실제로 병이 나서 죽기 전에 그를 보기를 원하는 거라면 그는 그녀를 용서할 것이다, 숨이 멎기 전에 만나기만 한다면. 그러나 만약 제시간에 대지 못한다 해도 마지막 의무를 다할 것이다.

가는 내내 그는 자기가 해야 할 일 외엔 아무것도 생각하지 않았다.

기차 안에서 하룻밤을 지냈기 때문에 피로와 개운치 않은 기분을 느끼며, 알렉세이 알렉산드로비치는 페테르부르크의 아침 안개 속 텅 빈 쓸쓸한 넵스키 대로로 마차를 몰았다. 그는 자기를 기다리고 있는 일에 대해서는 아무 생각도 하지 않고 그저 앞만 바라보았다. 그는 그것에 대해서는 생각할 수가 없었다. 앞으로의 일을 상상하게 되면, 그녀의 죽음이 자기 상황의 괴로움을 단번에 해결해주리라는 생각을 몰아낼 수 없었기 때문이다. 빵가게들이며 닫혀 있는 상점들이며 밤을 샌 삯마차꾼들이며 보도를 쓸고 있는 청소부들이 그의 눈에 띄곤 했다. 그리고 그는 자신을 기다리고 있는 일, 바라서는 안 되지만 역시 바라고 있는 일에 대한 생각을 지우려고 애쓰면서 그러한 것들을 관찰했다. 그는 현관의 층계에다 마차를 바싹 댔다. 잠들어 있는 마부를 태운 여행마차와 삯마차가 차도에 서 있었다. 현관으로 들어가면서, 알렉세이 알렉산드로비치는 마치 뇌의 안쪽 구석에서 끌어내기라도 하듯이 그의 결심을 끌어내어 다시 한번 되새겼다. 그 결심은 '만약 거짓이면 태연하게 경멸해주고 돌아가버릴 것, 만약 정말이면 적당한 조처를 취할 것'이었다.

문지기는 알렉세이 알렉산드로비치가 벨을 울리기도 전에 문을 열었다. 문지기인 페트로프, 일명 카피토니치는 낡아빠진 프록코트에 넥타이도 매지 않고 슬리퍼를 신은 기묘한 모습을 하고 있었다.

"마님은 어떤가?"

"어제 무사히 해산하셨습니다."

알렉세이 알렉산드로비치는 발을 멈추고 낯빛을 바꾸었다. 그는 자기가 얼마나 강하게 그녀의 죽음을 바라고 있었는지를 그때 비로소 똑똑히 알았다.

"그런데, 건강 상태는?"

코르네이가 마침 앞치마 바람으로 층계를 뛰어내려왔다.

"몹시 좋지 않으십니다." 그는 대답했다. "어제는 의사 선생님들의 회합이 있었고, 지금도 와 계십니다."

"짐을 부탁해." 알렉세이 알렉산드로비치는 말하고는 아직 죽음을 기대할 수 있다는 데 약간의 위안을 느끼며 현관방으로 들어갔다.

옷걸이에는 군복 외투가 걸려 있었다. 알렉세이 알렉산드로비치는 그것을 보고 물었다.

"누가, 와 있나?"

"의사 선생님과 산파, 그리고 브론스키 백작입니다."

알렉세이 알렉산드로비치는 집 안쪽으로 들어갔다.

객실에는 아무도 없었다. 그의 발소리를 듣고 안나의 거실에서 라일

락빛 리본이 달린 모자를 쓴 산파가 나왔다.

그녀는 알렉세이 알렉산드로비치한테로 다가와서, 누군가의 죽음이 닥쳤을 경우 나타나는 친밀한 태도로 그의 손을 잡고 침실 쪽으로 데려갔다.

"정말 잘 와주셨습니다! 그저 나리 얘기만, 나리 이야기만 하시고." 그녀가 말했다.

"빨리 얼음을 주세요." 침실에서 의사가 명령하는 목소리가 들렸다.

알렉세이 알렉산드로비치는 안나의 거실로 들어갔다. 탁자 옆에 있는 낮은 의자에 브론스키가 옆으로 돌아앉아 두 손으로 얼굴을 가린 채 울고 있었다. 그는 의사의 목소리에 벌떡 자리를 차고 일어나 얼굴에서 손을 떼고 알렉세이 알렉산드로비치를 보았다. 남편의 모습을 보자 그는 몹시 당황하여, 쥐구멍으로 들어가기라도 할 듯이 어깨 사이로 고개를 움츠리며 또다시 주저앉아버렸다. 그러나 용기를 내어 재차 일어서서는 말했다.

"그녀가 죽어가고 있습니다. 의사들은 절망적이라고 합니다. 난 모든 걸 당신의 처분에 맡기겠습니다만, 제발 여기에 있는 것만은 허락해주십시오…… 난 당신의 처분에 따르겠습니다, 난……"

알렉세이 알렉산드로비치는 브론스키의 눈물을 보자, 다른 사람들이 괴로워하는 모습을 볼 때면 언제나 마음에 일어나곤 하는 정신적인 혼란이 마구 밀려오는 것을 느꼈다. 그래서 그는 얼굴을 돌리고 상대의 말을 끝까지 듣지도 않은 채 허둥지둥 문 쪽으로 갔다. 침실 안에서는 뭔가를 중얼거리는 안나의 목소리가 새어나왔다. 그녀의 목소리는 명랑했고 활기가 있었으며 어조도 매우 또렷했다. 알렉세이 알렉산드로비치는 침실로 들어가서 침대 옆으로 다가갔다. 그녀는 그가 있는 쪽으로 얼굴을 돌리고 누워 있었다. 볼은 불그레하게 물들고, 눈은 반짝이고, 잠옷 소매로 나와 있는 조그맣고 하얀 손은 담요의 가장자리를 말면서 만지작거리고 있었다. 겉으로 보기에 그녀는 건강하고 생기가 있었을뿐더러 아주 기분이 좋은 것 같았다. 그녀는 재빠르고 낭랑하게, 전에 없이 정확하고도 진정이 넘치는 어조로 말했다.

"왜냐하면 알렉세이는, 난 알렉세이 알렉산드로비치 얘길 하고 있는 거예요(둘 다 알렉세이라는 건 정말 야릇하고 무서운 운명이에요, 그렇지 않아요?), 알렉세이는 내가 얘기하는 것을 거절하지는 않을 거예요. 난 잊을 거예요, 그분도 용서해줄 거라고 생각해요…… 그런데 어째서 그분은 오지 않을까요? 그분은 자신이 얼마나 선한 사람인지 모르고 있는 거예요. 아아! 정말, 정말 괴로워요, 아아, 빨리 물 좀 줘요! 아니, 그렇게 하면 그애에게, 내 아이에게 좋지 않아요! 아, 좋아요. 그럼 그애한테는 유모를 붙여주세요. 그래요, 그게 좋아요, 그러는 편이 오히려 더 나아요, 그분은 틀림없이 올 거예요, 그분은 저 아일 보는 게 괴로울 거예요. 저앤 유모에게 줘버려요."

"안나 아르카디예브나, 나리께서 오셨어요. 자, 보세요!" 산파는 안나의 주의를 알렉세이 알렉산드로비치 쪽으로 돌리려 애쓰며 말했다.

"아아, 무슨 쓸데없는 소릴!" 안나는 남편을 보지 않고 계속했다. "아니, 그앨 나한테 줘요, 내 딸아이를 달라니까! 그분은 아직 오지 않았어요. 당신은 그분을 모르니까 용서하지 않을 거라고 말하는 거예요. 그분의 마음을 알고 있는 사람은 아무도 없어요. 나밖에 없어요. 그런 나도 좀처럼 알기가 힘들었어요. 그분의 눈은 말예요, 정말이지 세료자의 눈을 꼭 빼다박은 것 같아요, 그래서 난 도무지 그애의 눈을 볼 수가 없어요. 세료자에겐 식사나 갖다줬는지 몰라? 아니, 틀림없이 모두들 잊고 있을 거예요. 그분 같으면 잊지 않았을 테지만. 세료자를 구석방으로 데리고 가서 *마리에트*에게 그애와 같이 자라고 부탁해둬요."

별안간 그녀는 몸을 움츠리고 잠잠해졌다. 그러고서 깜짝 놀란 표정으로 무슨 타격을 막아내기라도 하려는 듯 두 손을 얼굴로 올렸다. 그녀는 남편을 알아본 것이었다.

"아녜요, 아녜요." 그녀는 말을 시작했다. "나는 그분을 두려워하는 게 아녜요. 나는 죽음을 두려워하는 거예요. 알렉세이, 이만큼 좀 다가와요. 나는 지금 급해요. 이제 시간이 없어요. 나는 이제 얼마 살지 못하니까요. 이제 열이 나기 시작하면 난 아무것도 이해하지 못해요. 지금은 잘 알아요, 무엇이든 잘 알아요, 눈도 똑똑히 보여요."

알렉세이 알렉산드로비치의 찡그린 얼굴은 고뇌의 표정을 드러냈다. 그는 그녀의 손을 잡고 뭔가 이야기하려고 했으나 아무 말도 할 수 없었다. 그의 아랫입술이 파르르 떨렸지만, 그는 여전히 마음의 동요와 싸우며 그저 이따금 그녀의 얼굴을 바라다볼 뿐이었다. 그리고 그럴 때마다 그는 지금까지 한 번도 본 적이 없는, 진심을 느끼게 하는 기쁨에 찬 온화함을 담고 자신을 바라보는 그녀의 눈을 보았다.

"조금만 기다려줘. 당신은 몰라…… 조금만 있어봐요, 조금만 있어봐요……" 그녀는 생각을 가다듬으려는 듯이 말을 멈췄다. "그래," 그녀는 다시 시작했다. "그래, 그래, 그래. 내가 얘기하고 싶었던 건 이런 거야. 놀라지 마. 난 여전히 이전의 나야…… 그러나 내 안에는 다른 여자가 도사리고 있어. 나는 그 여자가 두려워 못 견디겠어, 그 여자가 그 사람에게 홀려서, 난 당신을 미워하려고 했고, 이전의 나를 잊을 수 없었어. 그 여자는 내가 아니야. 지금의 내가 진실한 나이고, 완전히 이전의 나야. 난 지금 죽어가고 있어. 나는 내가 죽는다는 걸 알아. 저 사람에게 물어봐. 난 지금도 손이며 발이며 손가락 위에 뭔가 무거운 게 실려 있는 것 같아. 손가락, 어쩜 이렇게 큰 손가락이 다 있담! 그러나 이 모든 건 곧 끝장이 날 거야…… 꼭 한 가지 부탁할 게 있어. 날 용서해줘, 깨끗이 용서해줘! 나는 끔찍한 여자야. 그렇지만 유모가 나에게 이야기해준 적이 있어. 어떤 거룩한 여자 순교자는, 그 여자의 이름이 뭐라더라? 그 여자는 나보다도 나쁜 여자였던가봐. 그러니까 나는 로마로 가겠어. 거기에는 황야가 있어. 그러면 나는 어느 누구에게도 방해가 되지 않을 거야. 다만 나는 세료자하고 이 갓난애만은 데리고 가겠어…… 아니, 그렇지만 당신은 용서해주지 않겠지! 그것이 좀처럼 용서될 수 있는 일이 아니라는 건 나도 잘 알고 있어! 아냐, 아냐, 가줘, 당신은 너무나 착한 사람이야!" 그녀는 불덩어리 같은 한쪽 손으로 그의 손을 잡고, 또다른 손으로는 그를 떠밀고 있었다.

알렉세이 알렉산드로비치의 마음속 동요는 차츰 증폭되어 이제는 그도 이미 그것과 싸우기를 포기해버렸을 정도였다. 그러자 그는 별안간, 자기가 마음의 동요라고만 여기고 있었던 것이 거꾸로 지금까지는 전혀 몰랐던 새로운 행복을 가져다준 지복의 상태였음을 느꼈다. 그는 자기가 한평생 따르려 하는 기독교의 교리가 그에게 적을 용서하고 사랑하라고 명령했다고는 여기지 않았지만, 어쨌든 적에 대한 사랑과 용서의 기쁨이 그의 마음을 가득 채웠다. 그는 무릎을 꿇고서 잠옷을 통해 느껴지는 불꽃처럼 뜨거운 그녀의 팔굽 위에 머리를 얹고 어린애처럼 흐느꼈다. 그녀는 그의 벗어져가는 머리를 끌어안고 그한테로 몸을 꼬아 다가붙이며 의연하고 자랑스럽게 눈을 들어올렸다.

"저기 그 사람이 있군요, 난 그를 알아요! 그럼 안녕 여러분, 안녕!…… 어머, 또 그 사람들이 왔군요, 왜 돌아가지 않는 거죠?…… 아, 이 모피 외투를 벗겨줘요!"

의사는 그녀의 손을 그에게서 떼어 조심스럽게 그녀를 베개 위에 바로 누이고 어깨까지 담요를 덮어주었다. 그녀는 얌전히 천장을 보고 누워 빛나는 눈동자로 찬찬히 앞을 바라보았다.

"나는 오직 한 가지, 용서만을 원했어. 이제 더이상 아무것도 바라지 않아…… 그런데 어째서 그 사람은 오지 않을까?" 그녀는 문 저편의 브론스키를 부르듯 고개를 돌리면서 말했다. "이리 와, 가까이 와! 저이하고 악수해줘."

브론스키는 침대로 다가왔다. 그는 안나를 보자 다시 두 손으로 얼굴을 가렸다.

"손을 떼고 이분을 봐. 이분은 성자야." 그녀는 말했다. "자, 손을 떼고, 손을 떼라니까!" 그녀는 퉁명스럽게 말했다. "알렉세이 알렉산드로비치, 저 사람의 손 좀 떼줘! 나는 저 사람의 얼굴이 보고 싶어."

알렉세이 알렉산드로비치는 브론스키의 손을 잡고, 고뇌와 수치의 표정으로 무섭게 일그러져 있는 그 얼굴에서 떼어냈다.

"그 사람한테 손을 내밀어줘. 그리고 용서해줘."

알렉세이 알렉산드로비치는 흐르는 눈물을 미처 억누르지도 못하고 그에게 손을 내밀었다.

"고마워, 고마워." 그녀는 말했다. "이제 다 됐어. 그저 다리나 조금 더

펴줘. 그래, 그렇게, 좋아. 그건 그렇고, 이 꽃들은 어쩜 이렇게 볼품없게 만들어졌담. 조금도 제비꽃 같지가 않아." 그녀는 벽지를 가리키면서 말했다. "하느님, 하느님! 이것이 언제 끝장이 날까요? 모르핀을 주세요. 선생님! 모르핀 좀 주세요. 하느님, 하느님!"

그러고서 그녀는 침대 위에서 몸부림쳤다.

주치의도 다른 의사들도, 이것은 산욕열로 백의 아흔아홉은 살지 못한다고 말했다. 온종일 열과 헛소리와 실신 상태가 계속되었다. 한밤중이 되자 병자는 완전히 감각이 없었고 맥박도 거의 멎어버렸다.

사람들은 매 순간 마지막을 기다렸다.

브론스키는 집으로 돌아갔으나 아침에 경과를 보러 다시 찾아왔다. 알렉세이 알렉산드로비치는 현관에서 그를 맞으며 이야기했다.

"여기에 있어주시오, 틀림없이 당신을 찾을 테니까요." 그러고는 몸소 그를 아내의 거실로 데리고 갔다.

아침이 되자 다시 흥분과 활기와 사고와 두서없는 말이 시작되었으나, 그것도 또 실신 상태로 끝나버렸다. 사흘째도 마찬가지였는데, 의사는 희망이 있다고 말했다. 그날 알렉세이 알렉산드로비치는 브론스키가 있는 아내의 거실로 가서 문을 잠그고 그와 마주앉았다.

"알렉세이 알렉산드로비치." 브론스키는 변명할 때가 왔음을 느끼고 이렇게 말했다. "나는 아무 말도 할 수 없습니다, 또 아무것도 모릅니다. 부디 나를 용서해주십시오! 당신도 오죽 괴로우시겠습니까만, 나는 더 엄청나다는 것을 믿어주십시오."

그는 일어서려고 했다. 그러나 알렉세이 알렉산드로비치가 그의 팔을 붙잡고 말했다.

"내 말을 좀 들어주시기 바랍니다, 이게 가장 중요한 얘기니까요. 나는 나의 감정, 나를 이끌어왔고 또 앞으로도 이끌어가게 될 감정을 설명하지 않으면 안 됩니다. 그것은 당신이 나라는 사람에 대해 오해하지 않게 하기 위해서입니다. 이미 잘 알고 계시다시피 나는 이혼하기로 결심하고 그 수속까지 시작했었습니다. 그러나 숨김없이 말씀드리자면, 나는 그 수속을 시작하면서 무척 망설이고 괴로워했습니다. 사실 나는 당신과 그녀에게 복수하고 싶은 욕구에 쫓기고 있었습니다. 그래서 전보를 받았을 때도 똑같은 감정을 품고 여기에 온 것입니다. 아니, 한걸음 더 나아가 얘기하자면 나는 그녀의 죽음을 바라고 있었던 겁니다. 그러나……" 그는 자신의 감정을 털어놓아야 할 것인가 말 것인가 하는 망설임 속에 잠시 침묵했다. "그러나 나는 그녀를 보고서 용서하게 되었습니다. 그리고 용서한다는 것의 행복이 내 의무를 분명하게 해주었습니다. 나는 완전히 용서했습니다. 나는 다른 뺨도 대줄 생각입니다. 웃옷을 빼앗으려고 하는 자에게는 속옷도 벗어줄 생각입니다. 나는 다만 하느님이 용서의 행복을 내게서 빼앗아가지 않기만을 빌고 있습니다!" 눈물이 그의 눈에 글썽거렸다. 그 맑고 조용한 눈동자가 브론스키의 마음을 찔렀다. "이것이 내 입장입니다. 당신은 나를 진흙탕에 짓밟아도 좋습니다. 세상의 웃음거리로 만들어도 좋습니다. 나는 그녀를 버리지 않겠습니다. 결코 당신을 책망하는 말을 입에 담지는 않겠습니다." 그는 계속했다. "내 의무는 명백히 드러나 있습니다. 나는 그녀와 같이 있어야만 하고 그렇게 할 겁니다. 그녀가 당신을 만나길 원한다면, 내가 당신에게 알려주겠지만, 지금은 잠시 떨어져 있는 것이 당신을 위해서 더 좋지 않을까 생각합니다."

그는 일어섰지만, 흐느껴 우느라 말을 잇지 못했다. 브론스키도 일어서서 구부정하고 엉거주춤한 자세로 눈을 치뜨고 상대방의 표정을 엿보았다. 그는 압도되었다. 그는 알렉세이 알렉산드로비치의 감정을 이해하지 못했지만, 그것은 뭔가 숭고한, 자기 같은 사람의 세계관으로는 좀처럼 발을 들여놓을 수 없는 무엇인 것처럼 느껴졌다.

18

알렉세이 알렉산드로비치와 이야기를 마친 다음 브론스키는 카레닌가 입구의 층계로 나왔다. 그는 자기가 지금 어디에 있는지, 또 어디로 가야 하는지, 도보로 가야 하는지 마차로 가야 하는지를 한참 생각하면서 한동안 거기 서 있었다. 그는 자기가 부끄러움을 당하고 업신여김을 받으면서도 그 치욕을 씻을 힘마저 빼앗긴 죄 많은 인간인 것처럼 느껴졌다. 그는 또 지금까지 그토록 자랑스럽고 경쾌하게 활보하고 있던 궤도에서 내팽개쳐진 것처럼 느껴졌다. 그토록 확고하게 보였던 자기 생활의 모든 관습과 규칙이 별안간 허망하고 타당하지 않은 것으로 생각되었다. 지금까지 자신의 행복을 방해하는 일시적인 장애물, 약간 희극적이고 가여운 인간으로만 여겨지던 배신당한 남편이 돌연 그녀 자신에 의해 소환되어 이쪽의 비열을 깨닫게 할 만큼 높은 곳에 올려졌고, 그 남편은 높은 곳에 오르자마자 더이상 심술궂고 위선적이고 우스꽝스러운 인간이 아닌 선량하고 솔직하고 위대한 인물이 돼버렸다. 브론스키는 느꼈다. 역할은 별안간 바뀌었다. 브론스키는 그의 고결과 자신의 비열을, 그의 올바름과 자신의 부정을 통감했다. 남편은 슬픔 속에 있으면서도 너그러운 데 반해, 자기는 기만 속에 있으며 저열하고 보잘것없는 인간임을 느꼈다. 그러나 그가 부당하게 모멸하던 사람에 비해 자신의 비열함을 느꼈다는 것은 단지 그의 비애에서 극히 작은 일부분에 불과할 뿐이었다. 그가 지금 스스로를 말할 수 없이 불행한 인간이라고 통감한 이유는, 요즈음 식었다고 느꼈던 그녀에 대한 정열이 막상 그녀를 영원히 잃었다고 생각하자 그 어느 때보다도 강렬하게 불타올랐기 때문이었다. 그는 그녀가 앓는 동안 그녀의 모든 걸 알게 되었고, 그녀의 마음속도 다 알았다. 그러자 마치 지금까지는 조금도 그녀를 사랑하지 않았던 것처럼 느껴졌다. 그리고 그녀를 완전히 알고서 당연히 사랑하지 않을 수 없다는 걸 깨달은 지금, 그는 그녀 앞에서 굴욕을 당하고 그녀의 마음에 자기에 대한 부끄러운 기억만을 남긴 채 영원히 그녀를 잃어버린 것이다. 그중에서도 가장 두려웠던 것은, 알렉세이 알렉산드로비치가 수치스러워하는 자기 얼굴에서 손을 잡아뗐을 때의 그 우스꽝스럽고 부끄러운 자신의 모습이었다. 그는 카레닌가의 입구 층계 위에 넋을 잃은 사람처럼 우두커니 서서 어떻게 해야 할지를 몰랐다.

"삯마차를 불러드릴까요?" 문지기가 물었다.

"그래, 삯마차를."

사흘 밤 동안 한잠도 못 자고 집으로 돌아온 브론스키는 옷도 벗지 않은 채 깍지 낀 두 손 위에 머리를 올려놓고 소파 위에 납작 엎드렸다. 머리가 무거웠다. 상상이며 기억이며 지극히 기괴한 상념들이 굉장히 빠르고 명료하게 연이어 떠올랐다. 그 상념은 때로는 자기가 병자에게 따라주다가 숟가락에서 엎지르곤 했던 약이었다가, 때론 산파의 하얀 팔이었다가, 때론 침대 앞에 무릎을 꿇고 있던 알렉세이 알렉산드로비치의 기묘한 자세이기도 했다.

'자야 한다! 잊어야 한다!' 그는 지쳤을 때 자려고 마음먹으면 곧 잘 수 있는 건강한 사람다운 침착한 자신감을 가지고 스스로에게 말했다. 그러자 실제로 그 순간 머리가 멍해지고, 그는 망각의 심연으로 빠져들어가기 시작했다. 무의식의 삶의 파도가 이미 그의 머리 위에서 부딪치기 시작했다. 그러자 돌연 엄청나게 강력한 전기가 그의 몸에서 일어나기라도 한 것 같았다. 그는 소파의 스프링 위에서 온몸이 뛰쳐올랐을 만큼 세차게 몸을 떨며 두 손을 짚더니, 당황해서 어쩔 줄 모르며 무릎을 꿇고 뛰어일어났다. 그의 눈은 한잠도 자지 않은 것처럼 휑했다. 일 분 전까지 느꼈던 머리의 무거움과 사지의 나른함은 별안간 사라져버렸다.

'당신은 나를 진흙탕에 짓밟아도 좋습니다.' 그는 알렉세이 알렉산드로비치의 말을 들었고, 자기 앞에 있는 그의 모습을 보았다. 그다음엔 열로 달아오른 붉어진 얼굴에 부드러움과 사랑이 담긴 눈을 반짝이며 자기가 아닌 알렉세이 알렉산드로비치를 찬찬히 바라보던 안나의 얼굴을 보았다. 그는 또 알렉세이 알렉산드로비치가 그의 얼굴에서 손을 잡아뗐을 때, 그가 느끼기에 자신의 바보 같고 우스꽝스러운 모습을 보았다. 그는 다시 다리를 뻗고, 먼저와 같은 자세로 소파 위에 몸을 던지고 눈을 감았다.

'자야 한다! 자야 한다!' 그는 속으로 되뇌었다. 그러나 눈을 감고 있노라니 잊을 수 없는, 경마가 있던 날 밤에 보았던 안나의 얼굴이 더욱 또렷하게 보였다.

"이런 일은 이제 없다, 앞으로도 없을 것이다. 그리고 그녀도 그 일을 기억에서 씻어내려 하고 있다. 그러나 나는 그녀가 없이는 살아갈 수 없다. 어떻게 하면 화해할 수 있을까? 어떻게 해야 화해가 될까?" 그는 소리 내어 말하고, 무의식적으로 말을 되풀이하기 시작했다. 이러한 말들의 반복은, 그가 자신의 가슴속에 소용돌이치고 있음을 느꼈던 새로운 심상이며 회상의 폭발을 억눌렀다. 그러나 이 같은 말의 반복도 그의 상념을 그다지 오래 억누르지는 못했다. 또다시 가장 행복했던 순간이, 동시에 조금 전의 수치가 굉장히 빠른 속도로 연달아 그의 눈앞에 나타나기 시작했다. '손 좀 떼줘.' 안나의 목소리가 말한다. 그는 손을 떼고는 자기 얼굴에 나타난 수치스럽고 바보 같은 표정을 느낀다.

그는 이제 전혀 잠들 희망이 없다는 것을 느끼면서도 잠을 이루길 바라며 가만히 누워 잡다한 상념에서 나오는 맥락없는 말들을, 어떻게든 새로운 심상이 끓어오르는 것을 억누르려고 애쓰면서 줄곧 나지막한 목소리로 되풀이했다. 그는 귀를 쫑긋 치켜세웠다. 그러자 괴상하고 미친 사람 같은 속삭임으로 자신이 되풀이하고 있는 말이 들려왔다. '가치를 몰랐던 것이다, 이용할 줄 몰랐던 것이다. 가치를 몰랐던 것이다, 이용할 줄 몰랐던 것이다.'

'이게 도대체 뭐야, 내가 혹시 미쳐가나?' 그는 자신에게 말했다. '그럴지도 모른다. 이런 때야말로 인간은 미치기도 하고 자살하기도 하는 게 아닌가?' 그는 스스로 묻고 스스로 대답했다. 그러다 눈을 뜨고, 머리맡에 있는 형수 바랴가 수놓아 만들어준 베개를 놀라서 바라보았다.

그는 베개의 술을 만져보고는 바랴에 대해, 마지막으로 그녀를 만났을 때를 생각해내려고 했다. 그러나 뭔가 다른 일을 생각한다는 것은 고통이었다. '아니다, 자지 않으면 안 된다!' 그는 베개를 끌어당겨 거기에 머리를 처박았다. 그러나 눈을 가만히 감고 있으려면 무척 애를 써야만 했다. 그는 벌떡 일어나 앉았다. '나에게는 모든 게 다 끝나버린 것이다.' 그는 자기에게 말했다. '이제부터 무엇을 해야 할지 생각해야 한다. 무엇이 남아 있을까?' 그의 생각은 냉큼 안나에 대한 사랑 이외의 자기 생활로 줄달음질쳤다.

'공명심? 세르푸홉스코이? 사교계? 궁정?' 그러나 어느 것에도 마음이 머물지 않았다. 전에는 그러한 것들 모두 저마다 의미를 갖고 있었지만, 지금은 아무것도 아닌 게 되어버렸다. 그는 소파에서 일어나 웃옷을 벗고 허리띠를 끌렀다. 그러고는 호흡을 편하게 하기 위해 털로 덮인 가슴을 풀어헤치고 방안을 거닐었다. '그래, 이렇게 해서 인간은 미치는 거로군' 그는 되풀이했다. '또 이렇게 해서 권총으로 탕 쏘는 거다…… 부끄러운 생각을 하지 않기 위해서.' 이렇게 그는 천천히 덧붙였다.

그는 문 쪽으로 다가가서 문을 잠갔다. 그리고 나서 눈을 부릅뜨고 이를 잔뜩 악물고 탁자 옆으로 다가가서 권총을 들고 이리저리 살펴본 다음, 총신을 돌리고 생각에 잠겼다. 한 이 분쯤 그는 고개를 떨어뜨리고 바짝 긴장한 표정으로 권총을 손에 든 채, 꼼짝도 않고 서서 생각에 잠겨 있었다. '물론이다.' 그는 마치 논리적이고 연속성 있고 명료한 사고 과정이 자기를 의심의 여지 없는 결론으로 이끌기라도 한 것처럼 혼잣말을 했다. 그러나 그에게는 확실하다고 여겨졌던 이 '물론'도, 사실은 지금 한 시간 동안 벌써 열 번이나 지나온 회상과 심상의 고리를 똑같이 되돌아온 결과일 뿐이었다. 영원히 잃어버린 행복에 대한 똑같은 회상, 장래의 일은 모두 무의미하다는 똑같은 심상, 또 자기 굴욕감이라는 똑같은 자각이었다. 게다가 그러한 심상과 감정은 순서마저 동일했다.

'물론이다.' 그는 자신의 생각이 무엇에 홀린 듯 세번째로 또다시 회상과 사고의 마술의 고리를 되돌아왔을 때 이렇게 되뇌었다. 그러고는 왼쪽 가슴에 권총을 대고, 마치 주먹 속에서 그것을 으스러뜨리기라도 하려는 듯 갑자기 온 손에 세차게 경련을 일으키면서 방아쇠를 잡아당겼다. 그는 총소리를 듣지 못했으나, 가슴에 울리는 세찬 타격이 그를 기우뚱거리게 했다. 그는 탁자 모서리를 붙들려다가 권총을 떨어뜨렸고, 비틀거리며 마룻바닥에 엉덩방아를 찧고는 깜짝 놀라 주위를 둘러보았다. 그는 탁자의 구부러진 다리들이며 휴지통이며 호피 깔개 등을 밑에서 올려다보면서 일순간 자기 방을 알아보지 못했다. 객실을 통해 오고 있던 하인의 삐걱거리는 날랜 발소리에 그는 정신이 들었다. 그는 온 힘을 다해 생각을 가다듬었다. 그러자 자기가 마룻바닥에 주저앉아 있다는 것을 알았고, 호피 깔개와 자기 팔에 묻은 피를 보고 자기가 권총 자살을 시도했다는 것을 알았다.

"어리석기는! 맞지 않았군." 그는 한쪽 손으로 권총을 더듬더듬 찾으면서 말했다. 권총은 바로 옆에 있었으나, 그는 먼 곳만 찾고 있었다. 그는 계속 더듬거리면서 이번에는 반대쪽으로 몸을 뻗었고, 그러다가 균형을 유지하지 못하고 피를 쏟으면서 쓰러져버렸다.

예전부터 지인들에게 자기는 신경이 약하다고 투덜거렸던 구레나룻을 기른 말쑥한 하인은, 마룻바닥에 쓰러져 있는 주인을 보자 기겁을 하고는 피가 흐르는 주인을 그대로 놓아둔 채 도움을 청하러 뛰어나갔다. 한 시간 뒤 형수인 바랴가 달려와서 사방으로 사람을 보냈고, 한꺼번에 달려온 세 의사의 도움을 받아 부상자를 침대로 옮기고서 그녀는 그를 돌보기 위해 남았다.

19

알렉세이 알렉산드로비치가 저지른 잘못, 그가 아내를 만나기 전에 마음의 준비를 하면서 그녀의 뉘우침이 진실한 것이고 그도 그녀를 용서했으나 그녀가 죽지 않을 경우를 고려하지 않았다는 잘못은 그가 모스크바에서 돌아온 지 두 달이 지나서야 그 앞에 온전한 의미를 드러냈다. 그러나 그가 저지른 잘못은 단순히 이런 경우를 고려하지 않았던 것만이 아니라, 동시에 빈사의 아내를 만난 그날까지 자신의 마음을 몰랐다는 것에도 기인했다. 그는 병을 앓는 아내의 베갯머리에서 난생 처음으로 남의 고뇌가 자신의 마음에 불러일으킨, 그리고 그가 이전부터 약점으로 여기며 부끄러워하던 감상적인 연민의 감정에 굴복하고만 것이었다. 그리고 그녀에 대한 연민, 그녀의 죽음을 바랐던 것에 대한 뉘우침, 특히 사람을 용서한다는 것에서 오는 기쁨은 그에게 별안간 고통의 완화뿐만 아니라 그가 아직까지 한 번도 경험한 적이 없는 마음의 안정까지 느끼게 해주었다. 그는 갑작스럽게 자기 고뇌의 원천이 정신적인 환희의 원천이 되었으며, 그가 비난하고 꾸짖고 미워했던 동안에는 해결할 수 없을 것처럼 여겨지던 일이 용서하고 사랑하게 되고 나니 간단하고 명백하게 다가오는 것을 느꼈다.

그는 아내를 용서하고, 그녀의 고뇌와 뉘우침에 대해 그녀를 애틋하게 여겼다. 그는 브론스키를 용서하고, 특히 그의 절망적인 행위에 대한 소문을 듣고 나서는 더욱 그를 가련하게 여겼다. 그는 또 아들을 전보다 더 가엾게 여겼고, 여태까지 너무나 소홀히 대했던 것에 대해 스스로를 꾸짖었다. 그러나 갓 태어난 계집애에 대해서는 단순한 연민뿐만 아니라 부드러움이 섞인 일종의 특별한 감정을 경험했다. 처음에는 그저 동정심에서 자신의 딸도 아닌 연약한 갓난애, 어머니가 앓는 동안은 내팽개쳐져 있었고 만약 자기가 신경써주지 않았더라면 죽어버렸을지도 모르는 계집애의 뒤를 보살피고 있었다. 그는 자기가 그애를 얼마나 사랑하고 있는지를 조금도 깨닫지 못하면서도, 하루에도 몇 번씩 아이방으로 들어가서 오랫동안 거기 앉아 있었다. 그래서 처음에는 그를 서먹해하던 유모와 보모도 이내 그에게 익숙해져버렸다. 그는 때로는 반시간씩이나 쌔근쌔근 잠자는 갓난아기의 솜털이 부옇게 덮인 쭈글쭈글하고 조그마한 사프란빛 발그레한 얼굴을 말없이 바라보기도 하고, 찌푸려진 이마가 움찔대는 모양이며 손가락을 꽉 쥐고 손등으로 눈과 콧등을 문지르는 토실토실한 주먹을 지켜보기도 했다. 그런 때에 특히 알렉세이 알렉산드로비치는 자기가 완전히 평온하고 내적인 조화를 이룬 것처럼 느꼈고 자신의 상황에서 아무런 이상한 점도, 바꾸지 않으면 안 될 점도 보지 못했다.

그러나 시간이 지남에 따라, 지금은 아무리 이 상황이 자기에게 자연스럽다고 하더라도 언제까지나 이대로 지속될 수는 없다는 것을 차츰 뚜렷이 알게 되었다. 그는 자신의 영혼을 이끌고 있는 행복한 정신적인 힘 외에 그의 생활을 이끌고 있는 또하나의 사나운 힘이 있다는 것을, 그것은 전자와 똑같이 강하거나 아니면 한층 더 강력한 것으로 그가 바라는 겸허한 안정을 그에게 주지 않으리라는 것을 느꼈다. 그는 모든 사람들이 의심쩍은 놀라움에 차서 자기를 보고 있으며, 자신의 마음을 이해하지 못하고 더욱이 자기에게서 무슨 행동을 기대하고 있다는 것을 느꼈다. 특히 그는 자기와 아내의 관계에서 견고하지 못하고 뭔가 부자연스러운 것이 있다는 것을 느꼈다.

죽음의 접근으로 그녀의 내부에 빚어졌던 유연한 마음이 사라져버리자, 알렉세이 알렉산드로비치는 안나가 그를 두려워하고 꺼려하며 그의 눈을 똑바로 보지 못한다는 것을 알게 되었다. 그녀는 마치 그에게 뭔가 이야기하고 싶은 것이 있는데 마음의 결정을 내리지 못한 것 같은 태도를 보였다. 그녀도 둘의 관계가 이대로 계속될 수 없다는 것을 예감하고, 그에게서 뭔가를 기대하는 것 같았다.

이월 말에, 새로 태어난 안나의 딸, 역시 안나라고 이름지어진 젖먹이가 병에 걸렸다. 알렉세이 알렉산드로비치는 그날 아침 아이방으로 가서 의사를 불러오라고 일러놓고서 마차를 타고 관청으로 나갔다. 일을 마치고 그는 세시가 지나서 집으로 돌아왔다. 현관방으로 들어가면서 그는 금몰로 장식한 제복에 곰가죽 망토를 두른 미남 하인이 아메리카 에스키모개의 모피로 만든 하얀 민소매 외투를 들고 서 있는 것을 보았다.

"누가 와 계시지?" 알렉세이 알렉산드로비치가 물었다.

"엘리자베타 표도로브나 트베르스카야 공작부인이십니다." 알렉세이 알렉산드로비치가 보기에 하인은 미소를 띠면서 대답했다.

괴롭고 쓰라린 지난 몇 달 내내 알렉세이 알렉산드로비치는 사교계의 지인들, 특히 여자 지인들이 자기와 아내에게 유독 관심을 갖고 있다는 것을 알고 있었다. 그는 그러한 모든 지인들의 눈에 간신히 숨겨져 있는 일종의 만족을, 언젠가 변호사의 눈에서 보았고 지금은 또 하인의 눈에서 읽은 것과 똑같은 만족의 빛이 담겨 있음을 느꼈다. 모두들 환희에 젖어 있는 것 같았다. 마치 누군가를 시집이라도 보내는 듯이. 그러다가 그를 만나면 가까스로 만족의 빛을 숨기면서 그녀의 건강에 대해 묻는 것이었다.

트베르스카야 공작부인이 와 있다는 것은 그녀와 연관된 기억으로 미루어보더라도, 본래 그가 그녀를 좋아하지 않는다는 점으로 미루어보더라도 알렉세이 알렉산드로비치에게는 불쾌한 일이었다. 그래서 그는 곧장 아이방으로 들어가버렸다. 첫번째 아이방에서는 세료자가 탁자 위에 가슴을 대고 엎어져서 두 발을 의자 위에 올려놓고 즐겁게 재잘대면서 그림을 그리고 있었다. 안나의 병중에 프랑스인 여교사와 교체된 영국인 여교사는 목도리를 뜨면서 사내아이 옆에 앉아 있다가 허둥지둥 일어서서 인사를 하고 세료자를 끌어당겼다.

알렉세이 알렉산드로비치는 한 손으로 아들의 머리를 쓰다듬으면서, 아내의 건강을 묻는 여교사의 물음에 대답하기도 하고 젖먹이에 대한 의사의 소견을 묻기도 했다.

"의사 선생님은 조금도 위험할 건 없다고 하시더군요. 그리고 목욕을 시키라고 하셨어요, 나리."

"그러나 아직 괴로워하고 있는 것 같군요." 알렉세이 알렉산드로비치는 옆방의 젖먹이 울음소리에 귀를 기울이면서 말했다.

"저는 아무래도 유모 때문이 아닐까 생각해요, 나리." 영국인 여자는 결연한 어조로 말했다.

"어째서 그렇게 생각합니까?" 그는 망설이며 물었다.

"폴 백작부인 댁에서도 똑같은 일이 있었어요, 나리. 갓난애한테 별별 약을 다 쓰기도 했습니다만, 자세히 알아보니까 그 갓난애는 그저 젖배를 곯고 있을 뿐이라는 게 드러나지 않았겠어요. 유모에게 젖이 없어서 말이에요, 나리."

알렉세이 알렉산드로비치는 생각에 잠겼다. 그러고는 몇 초 동안 가만히 서 있다가 옆방으로 들어갔다. 젖먹이는 유모의 품에 안겨 고개를 발딱 젖힌 채 몸부림을 치고 있었다. 입가에 받쳐진 탱탱 불어오른 젖을 빨려고도 하지 않고, 유모와 보모가 허리를 구부리고 소리를 내어 어르는데도 좀처럼 울음을 그치려고 하지 않았다.

"아직도 좋아지지를 않나?" 알렉세이 알렉산드로비치가 말했다.

"정말 걱정이에요." 보모는 속삭이듯이 대답했다.

"미스 에드워드는 어쩌면 유모가 젖이 없을지도 모른다고 하던데." 그가 말했다.

"저도 그렇지 않을까 생각합니다만, 알렉세이 알렉산드로비치."

"그럼, 어째서 그렇다고 얘기해주지 않았나?"

"어느 분에게 말씀드려야 합니까? 안나 아르카디예브나는 줄곧 편찮으시기만 하고요." 보모는 퉁명스럽게 말했다.

보모는 그전부터 집에 있던 하인이었다. 그래서 그녀의 이처럼 단순한 말 속에서도 알렉세이 알렉산드로비치는 자신의 처지에 대한 암시를 느꼈다.

젖먹이는 몸부림치고 목쉰 소리를 짜내면서 더욱 큰 소리로 울어댔다. 보모는 손을 내젓더니, 그 옆으로 다가가 유모의 손에서 어린애를 받아들고 달래면서 걷기 시작했다.

"의사에게 유모를 한번 검진해봐달라고 해야겠군." 알렉세이 알렉산드로비치가 말했다.

외양은 튼튼해 보이는 말쑥한 유모는 자기가 해고될 수도 있다는 것에 깜짝 놀라 뭐라고 중얼중얼 혼잣말을 했다. 그러고는 큼직한 젖무덤을 감싸면서, 자신의 젖에 대한 의혹을 비웃듯이 미소 지었다. 그 미소 속에서도 알렉세이 알렉산드로비치는 자신의 처지에 대한 조롱을 발견했다.

"불쌍한 아가야!" 보모는 말하고, 젖먹이를 어르면서 이리저리 계속 방안을 서성였다.

알렉세이 알렉산드로비치는 괴로움을 이기지 못하는 침통한 얼굴로 의자에 앉아 이리저리 왔다갔다하는 보모를 우두커니 바라보았다.

마침내 울음을 그친 젖먹이를 폭신한 침대에 내려놓고 베개를 고쳐주고 나서 보모가 그 옆에서 떨어지자, 알렉세이 알렉산드로비치는 일어나서 간신히 발끝으로 살금살금 걸어 젖먹이 옆으로 다가갔다. 한동안 그는 말을 잃고 여전히 침통한 얼굴로 젖먹이를 내려다보았다. 그러나 갑자기 그의 머리카락과 이맛살이 움직이며 얼굴에 미소가 번졌고, 그는 여전히 발소리를 죽인 채 조용히 방을 나갔다.

그는 식당에서 벨을 울리고, 들어온 하인에게 다시 한번 의사를 부르라고 일렀다. 그는 아내가 이 귀여운 젖먹이를 전혀 보살피지 않는 것이 패씸했다. 이런 패씸한 기분으로는 그녀한테 갈 마음이 나지 않았다. 또 벳시 공작부인을 만나기도 싫었다. 그러나 아내가 어째서 평소처럼 들르지 않는지 의아하게 여길 것 같아 꾹 참고 침실 쪽으로 발걸음을 돌렸다. 부드러운 양탄자 위를 걸어 문 쪽으로 다가가다가 그는 뜻하지 않게 듣고 싶지 않은 이야기를 들어버렸다.

"그 사람이 떠나버리는 게 아니라면, 당신의 거절과 그의 거절도 이해하겠어요. 그렇지만 당신의 남편은 그런 건 마음에 두지 않으실 거 아녜요." 벳시가 말했다.

"나는 남편을 위해서가 아니라 나 자신을 위해서 원하지 않아요. 이제 그 얘기는 하지 말아주세요!" 안나의 흥분한 목소리가 대답했다.

"네, 그렇지만 당신 때문에 자살까지 시도한 사람과 작별인사도 하지 않으려 하다니, 그럴 수가 있나요……"

"그래서 더 싫다는 거예요."

알렉세이 알렉산드로비치는 소스라치게 놀라서, 뭔가 나쁜 짓이라도 저지른 것 같은 표정으로 발을 멈췄다가, 살짝 되돌아가려고 했다. 그러나 그럴 것까지는 없는 일이라고 고쳐 생각한 다음, 다시 발을 돌려 한바탕 큰기침을 하고 침실 문 앞으로 갔다. 이야기 소리는 뚝 그쳤고, 그는 방으로 들어갔다.

잿빛 가운을 입은 안나는 검은 머리칼을 짤막하게 잘라 둥그런 머리 위에 촘촘한 솔처럼 가지런히 하고 소파에 앉아 있었다. 남편을 만날 때면 언제나 그렇듯이, 그녀의 얼굴에서는 발랄한 빛이 별안간 사라져버렸다. 그녀는 고개를 떨어뜨리고 불안스럽게 벳시를 힐끔 쳐다보았다. 벳시는 최근 유행하는 옷차림을 하고 있었다. 램프의 갓처럼 머리 위로 높이 솟은 모자에 비스듬하고 날카로운 줄무늬가 웃옷에서는 한 쪽으로 치마에서는 그 반대쪽으로 향하고 있는 짙은 남색의 옷을 입고, 가늘고 기다란 몸을 반듯이 세우고 안나와 나란히 앉아 있었다. 그녀는 고개를 돌리고 비웃는 듯한 미소를 띠면서 알렉세이 알렉산드로비치를 맞았다.

"어머!" 그녀는 깜짝 놀란 듯이 말했다. "마침 집에 계셔서 정말 반가워요. 안나가 병으로 앓아누운 뒤로는 당신이 아무데도 얼굴을 내놓지 않으시니까 어디 뵐 수가 있어야죠. 하지만 다 듣고 있었어요, 당신의 배려는. 당신은 정말 놀라운 어른이세요!" 그녀는 아내에 대한 그의 행위에 너그러움의 훈장을 수여하기라도 하듯이 아주 의미 있고 상냥한 태도로 말했다.

알렉세이 알렉산드로비치는 차갑게 인사하고는 아내의 손에 입을 맞추고 나서 그녀의 건강에 대해 물었다.

"조금 나아진 것도 같아요." 그녀는 그의 시선을 피하면서 말했다.

"그러나 아직은 열이 있는 것 같은 얼굴빛이군." 그는 '열'이라는 말에 힘을 주면서 말했다.

"틀림없이 이야기가 너무 많았던 탓이에요." 벳시가 말했다. "그리고 보면 내가 너무 내 생각만 하고 있었던 것 같아요. 그럼 이만 실례하겠어요."

그녀가 일어서자 안나가 별안간 얼굴을 붉히고 그녀의 손을 붙잡았다.

"아녜요, 조금만 더 있어주세요, 부탁이에요. 당신에게 이야기할 게 있어요…… 아니, 당신한테요." 그녀는 알렉세이 알렉산드로비치에게로 얼굴을 돌렸다. 순간 그녀의 목에서 이마까지 온통 새빨갛게 물들었다. "나는 당신에게 어떤 비밀도 갖고 싶지 않고 또 가질 수도 없어요." 그녀가 말했다.

알렉세이 알렉산드로비치는 손마디를 꺾어 또닥또닥 소리를 내고는 고개를 숙였다.

"벳시의 얘기로는, 브론스키 백작이 이번에 타슈켄트로 떠나기 전에 우리집에 작별인사를 하러 왔으면 하는 모양이에요." 그녀는 남편을 보지 않고 말했다. 분명 그 이야기를 하는 것이 아무리 괴로울지라도 어쨌든 다 이야기해버리려고 서두르는 눈치였다. "그래서 지금 말씀드렸어요, 나는 만날 수 없다고요."

"내 친구, 당신은 그것이 알렉세이 알렉산드로비치에게 달렸다고 하셨어요." 벳시는 안나의 말을 정정했다.

"아, 아녜요, 나는 그 사람을 만날 수 없어요. 그런 짓을 해보았자 아무런 소용도 없고……" 그녀는 갑자기 말을 끊고 살피듯이 남편의 얼굴을 힐끗 쳐다보았다(그는 그녀를 보고 있지 않았다). "아무튼 나는 뵙고 싶지도 않고……"

알렉세이 알렉산드로비치는 그녀 앞으로 다가가서 그녀의 손을 잡으려고 했다.

순간 그녀는 자신의 손을 찾고 있는 굵은 핏줄이 튀어나오고 축축한 그의 손을 피해 손을 뒤로 뺐다. 그러나 곧 꾹 참고 그 손을 쥐었다.

"당신이 나를 신뢰해줘서 아주 고맙게 생각해요, 그러나……" 그는 자기 혼자라면 쉽고 명쾌하게 해결할 수 있는 일을, 그의 삶을 지배하고 그가 사랑과 용서의 감정에 몸을 맡기지 못하게 하는 저 사나운 힘의 화신처럼 여겨지는 트베르스카야 공작부인 앞에서는 이렇다고 뚜렷하게 밝힐 수 없음을 불안하고 노엽게 느끼면서 말했다. 그는 트베르스카야 공작부인을 쳐다보면서 말을 그쳐버렸다.

"그럼, 이만 실례하겠어요, 내 사랑스러운 친구." 벳시는 일어서면서 말했다. 그녀는 안나에게 키스하고 나갔다. 알렉세이 알렉산드로비치는 그녀를 배웅했다.

"알렉세이 알렉산드로비치! 나는 당신이 진심으로 너그러운 분이시라는 걸 알고 있어요." 벳시는 작은 객실에서 발을 멈추고 다시 한번 그의 손을 유난히 꽉 쥐면서 말했다. "아무 상관 없는 사람이에요. 그러나 진심으로 안나를 사랑하고 당신도 존경하기 때문에 감히 이런 말씀을 드리는 거예요. 그 사람을 오게 해주세요. 알렉세이 브론스키는 정말이지 명예의 화신이에요. 그분은 지금 타슈켄트로 가버리려 하고 있어요."

"공작부인, 당신의 동정과 충고는 고맙게 생각합니다. 그러나 아내가 누구를 만나고 안 만나고는 그녀 자신이 결정할 문제겠죠."

그는 언제나처럼 위엄을 지니고 눈썹을 치올리며 이렇게 말했지만, 이내 말이야 어떻든 지금 자신의 처지에는 위엄이니 하는 것은 있을 수 없다고 생각했다. 그리고 이 사실을 그는 벳시가 그의 말이 끝난 뒤 힐끔 그를 쳐다보았을 때 떠었던 희미하지만 심술궂고 비웃는 듯한 미소에서 느낄 수 있었다.

20

알렉세이 알렉산드로비치는 홀에서 벳시에게 인사하고 아내에게 돌아왔다. 그녀는 누워 있었으나, 그의 발소리를 듣자 얼른 아까처럼 앉아서 깜짝 놀란 듯이 그를 쳐다보았다. 그는 그녀가 울고 있었다는 걸 알았다.

"당신이 나를 신뢰해줘서 아주 고맙게 생각해." 그는 벳시와 있을 때 프랑스어로 했던 말을 다시 한번 부드럽게 러시아어로 되풀이하고 그녀의 옆에 앉았다. 그가 러시아어로 그녀를 '당신ты'이라고 불렀을 때, 이 '당신'은 견딜 수 없을 만큼 안나의 마음을 찔렀다. "그리고 당신의 결심에 대해서도 매우 감사하고 있어. 나 역시 브론스키 백작에 대해서는, 어차피 떠날 바엔 여기에 올 필요가 전혀 없다고 생각해. 그러나……"

"그래요, 그러니까 난 그렇게 말했던 거예요. 그런데 어째서 다시 반복하는 거예요?" 안나는 별안간 마음을 억누르지 못하고 그의 말을 가로챘다. '필요가 전혀 없다고.' 그녀는 생각했다. '그 여인을 사랑하고 있고, 그녀를 위해서는 몸을 망치는 것도 마다하지 않았고 실제로 그녀를 위해서 자기를 망치기까지 했는데, 그리고 그 여인도 자기 없이는 살아갈 수 없다는데, 그런 여인에게 작별인사를 하러 올 필요가 전혀 없다고!' 그녀는 입술을 지그시 깨물었다. 그러고서 반짝이는 두 눈을, 그가 조용히 마주 대고 비비고 있는 핏줄이 부풀어오른 두 손 위에 떨구었다.

"이제 이런 이야기는 두 번 다시 하지 않기로 해요." 그녀는 마음을 살짝 가라앉히고 덧붙였다.

"나는 이 문제의 해결은 당신에게 일임했어. 그리고 대단히 기쁘게 생각해, 당신의……" 알렉세이 알렉산드로비치가 말을 시작했다.

"내 희망이 당신의 희망과 일치된 게 말이죠." 그녀는 마음속이 훤히 드러나 보이는데도 그가 너무나 치근치근 이야기하는 것에 부아가 치밀어 얼른 앞질러 말해버렸다.

"그렇지." 그는 고개를 끄덕였다. "그건 그렇고, 트베르스카야 공작부인은 지극히 미묘한 남의 집안일에 아주 주책없이 참견을 하고 있어. 게다가 그 여자는……"

"그분에 대해 누가 무어라고 하든 나는 조금도 믿지 않아요." 안나는 재빨리 말했다. "나는 그분이 나를 진심으로 사랑해준다는 것을 알고 있으니까요."

알렉세이 알렉산드로비치는 한숨을 내쉬고는 입을 다물어버렸다. 그녀는 그에 대해 참을 수 없는 육체적 혐오감을 품고 그를 쳐다보면서 초조하게 가운의 술을 만지작거렸다. 그녀는 이런 감정에 대해 자기를 꾸짖고 있었으나 그것을 이겨낼 수는 없었다. 이제 그녀가 바라는 것은 오직 한 가지, 지긋지긋한 그에게서 빠져나가야겠다는 것뿐이었다.

"그건 그렇고 나는 방금 의사를 데리러 보냈어." 알렉세이 알렉산드로비치가 말했다.

"나는 건강해요. 나에게 의사가 무슨 필요가 있어서요?"

"아니, 어린것이 운단 말이야. 유모의 젖이 모자라다는 거야."

"내가 그렇게 사정을 했는데도, 어째서 당신은 내가 젖을 주는 걸 허락하지 않았지? 그래도 어린애일 뿐인데(알렉세이 알렉산드로비치는 이 '그래도'라는 말의 의미를 잘 알고 있었다). 그앤 이제 갓 태어난 아기야. 모두들 그앨 죽이려 하고 있어." 그녀는 벨을 눌러 젖먹이를 데려오라고 일렀다. "내가 젖을 주겠다고 그렇게 사정하는데도 허락해주지 않더니, 이제 와서 모두들 나를 나무라고 있고."

"나는 나무라는 게 아니야……"

"아니, 나무라고 있어! 아아! 어째서 나는 죽지 않았담!" 그리고 그녀는 흐느끼기 시작했다. "용서해줘, 내가 흥분했어. 내가 좀 이상해졌어." 그녀는 제정신을 차리고 말했다. "하지만 이제 나가줘……"

'아니, 언제까지나 이런 짓을 하고 있을 수는 없다.' 알렉세이 알렉산드로비치는 아내의 방을 나오면서 결연히 자기에게 말했다.

사회적인 체면상 자신의 처지를 계속해서 이대로 유지하기란 불가능하다는 것, 그에 대한 아내의 혐오, 그리고 그의 정신적인 성향에 반해 그의 삶을 지배하고 자신의 의지를 실행하여 아내에 대한 그의 태도가 변경되기를 요구하는 저 신비롭고 사나운 힘의 위력이 그 앞에 오늘처럼 뚜렷하게 모습을 드러낸 적은 없었다. 그는 온 세상 사람과 아내가 자기에게 무엇인가를 요구하고 있다는 것을 분명히 알아차렸다. 그러나 그것이 무엇인지는 정확히 알 수 없었다. 그 때문에 그는 자신의 마음속에서 마음의 평온과 덕의德義를 모두 파괴하는 나쁜 생각이 샘솟아오르고 있음을 느꼈다. 그는 안나를 위해서는 그녀가 브론스키와의 관계를 끊는 것이 최선이라고 여겼지만, 만약 두 사람 모두 그것이 불가능하다면, 아이들을 욕되게 하지 않고 아이들을 잃거나 자신의 처지를 바꾸려 하지 않는 한에서 종전의 관계를 새롭게 허락하려고까지 마음먹고 있었다. 설사 그것이 아무리 나쁜 짓이라 할지라도, 그녀를 구할 수 없는 오욕의 상태에 놓아두고 그 자신도 사랑하는 것을 전부 잃고 마는 완전한 파탄보다는 한결 나았다. 그러나 그는 마음속 깊이 무력감을 느꼈다. 그는 모든 사람이 자기에게 반대하고 있다는 것, 그리고 지금 그에게는 매우 자연스럽고 옳게 여겨지는 일 대신에 나쁘기는 하지만 그들이 당연하게 여기는 일을 시키려 한다는 것을 벌써부터 알고 있었다.

21

벳시가 미처 홀에서 나오기도 전에, 싱싱한 굴을 사러 옐리세예프의 가게에 들렀다 오는 참이던 스테판 아르카디치가 문간에서 그녀와 딱 마주쳤다.

"아! 공작부인! 이거 정말 잘 만났습니다!" 그는 말했다. "방금 댁에 들렀었죠."

"이렇게 잠시 만났군요, 나는 돌아가는 길이니까 그만 실례하겠어요." 벳시는 장갑을 끼면서 웃는 얼굴로 말했다.

"잠깐만, 공작부인, 장갑을 끼는 것은 좀 기다려주시고 그 손에 키스하게 해주세요. 낡은 관습의 부활 가운데 이 손에 키스하는 관습처럼 내가 고맙게 여기는 것은 없으니까요." 그는 벳시의 손에 입을 맞추었다. "그럼 언제 만날까요?"

"당신에겐 그럴 자격이 없어요." 벳시는 싱글싱글 웃으면서 대답했다.

"아니죠, 얼마든지 있죠. 나는 지극히 착실한 인간이 되었는걸요. 내 집안일뿐만 아니라 남의 집안일까지 원만히 수습해보려 하고 있으니까요." 그는 의미 있는 표정을 하고 말했다.

"아아, 정말 기뻐요!" 벳시는 곧장 그가 안나 이야기를 하고 있다는 걸 깨닫고 대답했다. 그러고는 그와 함께 홀로 되돌아와서 한쪽 구석에 가서 섰다. "저분은 안나를 죽이고 말 거예요." 벳시는 의미 있는 속삭임으로 말했다. "그러도록 내버려둘 수는 없어요, 내버려둘 수는……"

"정말 기쁩니다. 당신이 그렇게 생각해주신다니." 스테판 아르카디치는 정색을 한 후 비통할 만큼 감상적인 표정을 짓고 머리를 흔들면서 말했다. "나는 그것 때문에 일부러 페테르부르크까지 나왔어요."

"도시 전체가 그 이야기를 하고 있어요." 그녀는 말했다. "정말 참을 수 없는 지경이에요. 그녀는 야위어만 갈 뿐이에요. 저분은 안나가 자기 감정을 희롱할 수 없는 여자라는 걸 모르고 있어요. 둘 중에 하나밖에 없어요. 저분에게서 안나를 끌어내서 결단 있게 어디로 떠나게 하든가, 아니면 이혼을 하든가, 그러지 않고는 정말 안나는 질식하고 말 거예요."

"그렇죠, 그렇죠…… 말하자면……" 오블론스키는 한숨을 몰아쉬면서 말했다. "나는 그것 때문에 오기도 했어요. 뭐 꼭 그것 때문만은 아니지만…… 상급시종으로 임명도 됐고 해서, 그 인사 겸 오긴 했습니다만. 그러나 주된 목적은 이 문제를 수습해야 한다는 겁니다."

"그럼, 하느님이 도와주시길 빕니다!" 벳시가 말했다.

공작부인 벳시를 현관까지 배웅하고 다시 한번 그녀의 손에, 장갑

위로 맥이 뛰는 손목 언저리에 입을 맞추고 그녀가 성을 내야 할지 웃어야 할지 몰라할 만큼 쑥스러운 농담을 퍼붓고 나서 스테판 아르카디치는 누이 방으로 들어갔다. 그는 그녀가 눈물을 흘리고 있는 것을 보았다.

스테판 아르카디치는 금방이라도 기뻐 날뛸 만큼 즐거운 기분이었음에도 불구하고, 이내 자연스럽게 그녀의 기분에 맞춰 감상적이고 동정어린 분위기로 표변했다. 그는 그녀에게 건강은 어떤지, 오늘 아침은 어떻게 보냈는지 물었다.

"아주, 아주 나빠. 낮에도, 아침에도, 지금도, 앞으로도, 모두 다." 그녀가 말했다.

"아무래도 너는 슬픔을 견딜 수 없게 된 것 같구나. 기운을 내야 해, 세상을 똑바로 봐야 한단 말야. 괴롭기야 하겠지, 그렇지만……"

"여자라는 것은 남자의 결점도 사랑한다는 말을 익히 들었지만," 안나는 불쑥 말을 꺼냈다. "나는 그의 선행 때문에 그가 미워 못 견디겠어. 나는 그와 같이 살 수는 없어. 그를 보기만 해도 징그러운 생각이 들어. 발끈 화가 치밀어 분별을 잃고 말아. 도저히 참을 수 없어, 그와 같이 살 수는 없어. 도대체 어떻게 해야 할까? 나는 전부터 불행한 여자였기 때문에 더이상 불행해지는 일은 없을 거라고 생각했어. 지금 맛보고 있는 것 같은 무서운 경우는 상상할 수도 없었으니까. 오라버니는 그가 착하고 훌륭한 사람이라는 걸 알면서도, 나 같은 건 그의 손톱만도 못하다는 걸 알면서도 그를 미워할 수밖에 없는 이 마음이 믿어져? 나는 그의 너그러움 때문에 그를 미워하고 있는 거야. 내게는 이제 다른 길은 아무것도 없어, 오직……"

그녀는 죽음이라고 말하려 했으나, 스테판 아르카디치는 그녀가 끝까지 이야기하게 놔두지 않았다.

"너는 병 때문에 신경이 날카로워진 거야." 그는 말했다. "그리고 무슨 일을 그렇게 거창하게 생각하는 거냐. 그렇게까지 무서운 것은 전혀 아니야."

그러고서 스테판 아르카디치는 빙그레 웃었다. 스테판 아르카디치가 아니면 어느 누구도 이런 절망적인 사건에 관계하고 있으면서 감히 미소를 띠지는 못했을 것이다(그 미소는 예의가 없는 것으로 여겨졌을 것이다). 그러나 그의 미소에는 넘치는 선량함과 거의 여자와도 같은 부드러움이 있었으므로, 노여움을 사기는커녕 오히려 누그러지고 가라앉게 했다. 그의 조용하고 찬찬한 이야기와 미소는 아몬드 기름처럼 부드럽고 조용하게 작용했다. 안나도 곧 그것을 느꼈다.

"아니야, 스티바." 그녀는 말했다. "나는 파멸해버렸어, 파멸해버렸어! 아니, 파멸해버린 것보다 더 나빠. 나는 아직 파멸해버린 것은 아니야, 아직 다 끝장이 나버렸다고는 얘기할 수 없어. 아냐, 오히려 나는 아직 끝장이 나지 않았다는 것을 느끼고 있어. 나는 끊어지지 않을 수 없을 만큼 당겨진 현 같아. 그렇지만 아직 끝나버린 것은 아니야…… 그러다 조만간 아주 끔찍하게 끝나버릴 거야."

"아니, 무슨 소리야. 그 현을 살짝 풀 수도 있잖아. 전혀 어쩔 수 없는 경우란 없어."

"나는 생각하고 또 생각했어, 출구는 단 하나……"

이번에도 그는 그녀의 휘둥그레진 눈에서 그녀가 생각하는 단 하나의 출구라는 것이 죽음이라는 것을 알아채고, 그녀가 끝까지 이야기하게 두지 않았다.

"아냐, 그렇지 않아." 그는 말했다. "글쎄, 좀 들어봐, 너는 나처럼 너 자신의 처지를 살펴볼 수는 없어. 솔직하게 내 의견을 이야기하게 해줘." 또다시 그는 조심스럽게 예의 아몬드 기름 같은 미소를 지었다. "그럼 맨 처음부터 시작하자면, 너는 말야, 너보다 스무 살이나 연상인 사람한테로 시집을 온 거야. 너는 사랑 없이, 혹은 사랑이라는 것을 모르고 시집을 와버린 거야. 이것이 잘못이었다고 해두고."

"끔찍한 잘못이었지!" 안나가 말했다.

"그러나 거듭 얘기해두지만, 그것은 이미 일어난 사실이야. 그리고 너는, 알겠니, 남편이 아닌 사람을 사랑하는 불행을 겪게 됐어. 불행한 일이지만, 이것 또한 이미 일어난 사실이야. 그리고 네 남편은 그것을 알고 용서해주었어." 그는 한마디마다 말을 끊고 그녀의 반박을 기다렸으나, 그녀는 아무런 대답도 하지 않았다. "바로 그런 거야. 그리고 이제 문제는 이거지, 말하자면 네가 지금의 남편과 계속해서 같이 살아갈 수 있는가? 너는 그것을 바라는가? 그 사람은 그것을 바라는가?"

"나는 아무것도, 아무것도 몰라."

"그렇지만 너 스스로 말했잖아, 그 사람은 견딜 수 없다고."

"아니, 나는 그런 말은 하지 않았어. 취소하겠어. 나는 아무것도 몰라, 아무것도 알지 못해."

"음, 그러나 말야……"

"오라버니는 몰라요. 나는 어떤 낭떠러지 같은 데로 거꾸로 떨어져 들어가는 기분이야. 그러나 나는 나 자신을 구출해서는 안 돼. 또 구출할 수도 없고."

"걱정 마라. 우리가 밑에다 그물을 펴고 너를 받으면 되지. 나는 네 마음을 잘 알고 있어. 네가 자신의 희망이나 감정을 직접 말할 수 없다는 것을 잘 알고 있어."

"나는 아무것도, 아무것도 바라는 게 없어…… 다만 모든 것이 빨리 끝장이 나주었으면 할 뿐이야."

"그러나 그 사람도 이 상황을 보고 있고, 알고 있어. 너는 이 문제로 그 사람이 너보다 더욱더 괴로움을 느끼고 있다는 것을 생각이나 하고 있니? 너도 괴로워하고 그 사람도 괴로워하고 있단 말야. 그래서 도대체 어쩌자는 거야? 이혼만 해버리면 거뜬히 해결되는 것을 가지고." 스테판 아르카디치는 가까스로 요긴한 생각을 털어놓고는 의미심장하게 그녀를 바라보았다.

그녀는 아무런 대꾸도 하지 않고, 머리칼을 짧게 자른 머리를 부정적으로 흔들었다. 그러나 별안간 이전과 같이 아름답게 빛나기 시작한 그녀의 얼굴 표정을 보고, 그는 그녀의 부정은 다만 그것이 불가능한 행복처럼 여겨지기 때문일 뿐임을 알 수 있었다.

"나는 너희들이 정말 딱하고 불쌍해서 견딜 수 없다! 그래 이 일이 만약 해결만 된다면 난들 얼마나 행복하겠니!" 스테판 아르카디치는 어느 틈에 더욱 대담하게 미소를 지으면서 말했다. "이제 얘기하지 마, 이제 아무 얘기도 하지 마! 정말이지 하느님께서 내가 느끼고 있는 것을 그대로 술술 얘기할 수 있게 해주신다면 좋으련만. 그럼 이제 그 사람한테 다녀오지."

안나는 생각에 잠긴 반짝이는 눈으로 그를 말끄러미 바라보았지만 아무 말도 하지 않았다.

22

스테판 아르카디치는 자신의 관청에서 상석에 앉아 있을 때 항상 짓는 것 같은 다소 엄숙한 얼굴을 하고 알렉세이 알렉산드로비치의 서재로 들어갔다. 알렉세이 알렉산드로비치는 뒷짐을 지고 방안을 이리저리 왔다갔다하면서, 방금 전 스테판 아르카디치가 안나와 나누었던 이야기와 똑같은 것에 대해 생각하고 있었다.

"내가 방해하는 건 아니야?" 스테판 아르카디치는 매제의 얼굴을 보자 갑자기 기묘한 곤혹감을 느끼면서 말했다. 곤혹의 빛을 감추기 위해 그는 방금 산, 여는 방법이 낯선 담뱃갑을 꺼내 가죽 냄새를 맡으며 담배 한 개비를 뽑았다.

"아니. 무슨 일로?" 알렉세이 알렉산드로비치는 마지못해 대답했다.

"응, 난 그…… 뭐 조금 볼일이 있어서…… 응, 조금 그, 얘기할 게 있어서." 스테판 아르카디치는 전에 없이 자기가 위축감을 느끼는 데 놀라면서 말했다.

이 감정은 너무 뜻밖이고 야릇한 것이었으므로, 스테판 아르카디치는 그것이 자기가 지금부터 하려고 하는 일이 옳지 않다는 걸 자기에게 알려주는 양심의 목소리라고는 믿을 수가 없었다. 스테판 아르카디치는 젖 먹던 힘을 다해 엄습해오는 위축감을 떨쳐냈다.

"나는 먼저 자네가 누이에 대한 내 사랑과, 자네에 대한 나의 충심 어린 우정과 존경을 믿어주리라 생각하네." 그는 얼굴을 붉히면서 말했다.

알렉세이 알렉산드로비치는 발을 멈추고 아무런 대답도 하지 않았지만, 그 얼굴에 나타난 희생양처럼 유순한 표정이 스테판 아르카디치의 마음을 감동시켰다.

"내 누이에 대해, 그리고 자네들 두 사람의 입장에 대해 이야기하고 싶은 게 조금 있어서 말야." 스테판 아르카디치는 여전히 전에 없는 위축감과 싸우면서 말했다.

알렉세이 알렉산드로비치는 서글픈 웃음을 짓고 멀거니 처남을 바라보았다. 그러고는 답변은 하지 않고 탁자 옆으로 가서, 그 위에서 쓰다 만 편지를 집어 처남한테 주었다.

"그 일에 대해서는 나도 끊임없이 생각하고 있어. 그래서 편지로 이야기하는 편이 더 나을 거라 생각하고, 또 내가 가면 그녀를 자극할 뿐이니까, 지금 편지를 써보기 시작했는데 말야." 그는 편지를 건네면서 말했다.

스테판 아르카디치는 편지를 받아들면서, 의아스러운 놀라움으로 자기 위에 찬찬히 멎어 있는 흐리멍덩한 눈을 바라보고는 읽기 시작했다.

'나는 내 존재가 당신을 괴롭히고 있다는 것을 알고 있소. 그렇게 믿는다는 건 무척 괴로운 일이지만 그것이 사실이며, 달리 생각할 수 없음을 안다오. 나는 당신을 비난하지는 않소. 하느님께 맹세코, 당신이 앓던 때 나는 충심으로 우리 사이에 있었던 모든 과거를 잊고 새로운 생활을 시작하려고 결심했소. 나는 내가 한 일을 후회하지 않고 또 앞으로도 결코 후회하지 않을 거요. 그러나 나는 오직 당신의 행복, 당신 영혼의 안녕만을 바랐소. 그리고 지금에 와서야 그 바람이 이루어지지 않았다는 것을 알게 되었지. 그러니까 부디 당신에게 참다운 행복을 주는 것, 당신의 영혼에 평화를 주는 것이 무엇일지 당신 스스로 이야기해주었으면 하오. 나는 모든 것을 당신의 의지와 당신의 올바른 감정에 맡기겠소.'

스테판 아르카디치는 편지를 돌려주었다. 그러나 도대체 무슨 이야기를 해야 할지 몰라서, 여전히 의아스러운 표정으로 매제의 얼굴을 찬찬히 지켜보고만 있었다. 이 침묵은 그들 모두에게 매우 거북스러운 것이었기에, 스테판 아르카디치가 카레닌의 얼굴에서 눈을 떼지 않고 잠자코 있는 사이 그의 입술에 병적인 경련이 일어났을 정도였다.

"그것이 바로 내가 그녀에게 이야기하고 싶었던 거야." 알렉세이 알렉산드로비치는 얼굴을 돌리고 말했다.

"그래, 그래……" 스테판 아르카디치는 말했다. 눈물로 목이 메었으므로 대꾸할 수가 없었다. "그래, 그래. 자네 마음은 잘 알고 있어." 그는 간신히 이렇게 말했다.

"나는 그녀가 바라는 게 뭔지 알고 싶어." 알렉세이 알렉산드로비치가 말했다.

"나는 그애도 자신의 입장을 모르고 있는 게 아닌가 하는 생각이 들어. 그애는 재판관이 아니니까." 스테판 아르카디치는 기력을 되찾으면서 말했다. "그애는 압도되어 있어. 말하자면 자네의 너그러운 마음에 완전히 압도되어 있단 말야. 만약 이 편지를 그애가 읽는다면 아무런 말도 하지 못하고 그저 고개를 푹 수그릴 거라고 생각해."

"그렇군, 그렇다면 내가 어떻게 해야 하지? 어떻게 설명해야…… 어떻게 그녀의 희망을 알아낼 수 있을까?"

"자네가 만약 내 생각을 이야기하는 것을 허락해준다면 말야, 그럼 얘기하겠는데, 이런 경우에 끝을 내기 위해서 필요하다고 생각하는 수단을 지정하는 것은 오직 자네 자신에게 달렸다고 생각하는데 말야."

"그렇다면 당신은 이 상태를 끝내지 않으면 안 된다고 생각하는 건가?" 알렉세이 알렉산드로비치는 그의 말을 가로챘다. "그렇다면 어떻게 해야 한다는 거야?" 그는 평소와 달리 눈앞에서 두 손으로 손짓을 해대면서 덧붙였다. "어떻게 해도 도무지 빠져나갈 길이 보이지 않아서 말이야."

"어떤 경우에도 빠져나갈 길은 있는 거야." 스테판 아르카디치는 일어서서 활기를 띠며 말했다. "언젠가 자네는 이혼을 하고 싶다고 얘기한 적이 있었는데…… 만약 자네가 지금 두 사람 다 서로를 행복하게 할 수 없다고 확신한다면……"

"행복이라는 것은 어떻게도 해석될 수 있어. 그러나 설령 내가 어떤 조건에도 동의하고 아무것도 요구하지 않는다면 말이야, 우리의 경우에 어떤 출구가 있을까?"

"자네가 내 생각을 알고 싶다면 말야." 스테판 아르카디치는 안나와 이야기했을 때처럼 상대방의 마음을 누그러뜨리고야 마는 아몬드 기름 같은 부드러운 미소를 띠면서 말했다. 그 선량한 미소는 무척 효과가 있어서 알렉세이 알렉산드로비치는 자신의 약함을 느끼고, 그 감정에 이끌려 저도 모르게 스테판 아르카디치가 이야기하려는 것을 믿으려 할 정도였다. "그애는 결코 그런 얘기를 하지는 않을 거야. 그러나 이 상황에서 할 수 있는 일이 하나 있어. 그애가 바랄 수 있을 만한 일이 하나 있어." 스테판 아르카디치는 말을 계속했다. "바로 자네들의 관계와, 그것에 관련된 온갖 기억을 끊어버리는 거야. 내 생각으로 자네들의 경우에 필요한 것은 상호간의 새로운 관계를 분명히 해두는 거야. 그리고 그런 관계는 오직 쌍방이 자유로워질 때에만 이루어질 수 있지."

"이혼 말이군." 알렉세이 알렉산드로비치는 혐오의 빛을 보이며 말을 가로챘다.

"그렇지, 이혼이라고 나는 생각해. 그렇지, 이혼이지." 스테판 아르카디치는 얼굴을 붉히면서 되풀이했다. "자네들 같은 관계에 있는 부부에게는 모든 점으로 미루어보아 그것이 가장 현명한 방법이야. 하여튼 부부가 서로 같이 살아나갈 수 없다고 느낀 경우에 달리 어떻게 할 수 있겠나? 이런 일은 세상에 얼마든지 있을 수 있는 일 아닌가." 알렉세이 알렉산드로비치는 무겁게 한숨을 내쉬고는 눈을 감았다. "이 경우에 다만 한 가지 생각해야 할 것은, 부부 중 어느 한쪽이 다른 사람과의 결혼을 바라고 있는가야. 그렇지만 않다면 이것은 지극히 간단한 문제라고." 스테판 아르카디치는 처음의 위축감에서 차츰차츰 풀려나면서 말했다.

알렉세이 알렉산드로비치는 흥분 때문에 얼굴을 잔뜩 찌푸리며 뭐라고 혼잣말을 중얼거렸을 뿐 아무런 대꾸도 하지 않았다. 스테판 아르카디치에게는 지극히 간단해 보이는 이 일도, 알렉세이 알렉산드로비치로서는 이미 몇천 번도 더 생각해본 것이었다. 그리고 그에게 이것은 전혀 간단하지 않았을 뿐만 아니라 완전히 불가능한 것으로 여겨졌다. 이미 상세한 점까지 알아보았던 이혼이라는 것이, 그에게는 지금 불가능하게까지 여겨졌던 것이다. 왜냐하면 자신의 품위를 생각하는 마음과 종교에 대한 경건한 마음이 가공의 간통죄로 아내를 고소하는 행위를 그에게 허용하지 않았을뿐더러, 자기가 용서했고 또 사랑하는 아내가 죄증을 잡히고 면목을 잃게 되는 짓은 더더구나 허용할 수가 없었기 때문이다. 이혼이라는 것은, 그보다 더 중대한 이유 때문에도 불가능한 것으로 여겨졌다.

만약 이혼을 한다면 아들은 도대체 어떻게 될 것인가. 그를 어머니와 같이 둔다는 것은 도저히 불가능하다. 이혼한 어머니는 법률이 인정하지 않는 가정을 만들 것이고, 그러한 가정에서 의붓아들로서의 처지며 교육이라는 것은 아무리 생각해보아도 분명 좋지 않을 것이다. 그럼 자기가 데리고 있는 것은? 그것은 자기 쪽에서 하는 일종의 복수가 된다는 것을 알고 있었지만, 그는 그런 것을 바라지 않았다. 그러나 이러한 것들 이외에도 알렉세이 알렉산드로비치로 하여금 이혼이 불가능하다고 여기게 하는 이유는, 그가 이혼을 승낙하는 것은 곧 안나를 파멸시키는 것이기 때문이었다. 그의 마음속에는 모스크바에서 다리야 알렉산드로브나가 했던 말, 즉 그는 이혼 결심을 하면서 자기에 대해서만 생각하고 있고 그로 인해 안나를 돌이킬 수 없을 만큼 파멸시켜버린다는 점은 생각하고 있지 않다는 말이 깊숙이 박혀 있었다. 그래서 그는 지금 이 말을 자신의 용서니 아들에 대한 애착이니 하는 것과 결부시켜 자기 나름으로 해석한 것이었다. 이혼을 승낙하고 그녀에게 자유를 주는 것은 그의 생각으로는 두말할 것도 없이 자기한테는 생활에 대한 마지막 매듭인 사랑하는 아들을 빼앗아버리는 것이고, 또 그녀한테서는 선으로 가는 마지막 기둥을 빼앗고 그녀를 파멸로 떨어뜨리는 것이었다. 만약 그녀가 이혼녀가 되는 날에는 브론스키와 결합하리라는 것을 그는 알고 있었고, 이 결합은 불법적이고 범죄적인 것이 되리라. 교회법에 따르면 아내는 남편이 살아 있는 동안에는 재혼을 할수 없기 때문이다. '그녀는 그 사내하고 결합할 것이다, 그리고 일이 년안에는 그 사내가 그녀를 버리든가, 그녀가 새로운 사내와 관계를 맺든가 할 것이다.' 알렉세이 알렉산드로비치는 생각했다. '그리고 나는 법률이 인정하지 않는 이혼을 승낙했다는 점에서 그녀의 파멸의 하수인이 될 것이다.' 그는 이러한 점들을 골백번도 더 생각한 나머지, 이혼이라는 것은 처남이 말하는 것처럼 그렇게 간단하지 않을 뿐만 아니라전혀 불가능한 것이라고까지 굳게 믿었다. 그는 스테판 아르카디치의말을 한마디도 믿지 않았고 그 한마디 한마디에 대해 몇천 개의 반박거리를 가지고 있었다. 그러나 그는 자신의 생활을 이끌고 있는, 그리고 자기가 따르지 않을 수 없을 것 같은 강대하고 사나운 힘이 지금 상대의 말을 통해 표현되고 있음을 느끼면서 그것에 귀를 기울였다.

"문제는 다만 자네가 어떤 방법으로, 어떤 조건으로 이혼을 승낙할것인가 하는 데 있어. 그애는 아무것도 바라지 않아. 또 감히 자네한테애원한다든가 하지는 못할 거야. 그애는 만사를 자네의 관대한 마음에맡기고 있으니까."

'정말 야단났다! 야단났어! 대체 이게 무슨 일이람?' 알렉세이 알렉산드로비치는 생각했다. 남편 쪽에서 모든 허물을 넘겨받지 않으면 안되는 이혼수속의 자질구레한 사항까지를 생각해내고, 그는 브론스키가 얼굴을 가렸을 때와 마찬가지 몸짓으로 부끄러움에 두 손으로 얼굴을 덮었다.

"자네는 흥분하고 있어, 나도 알아. 그러나 잘 생각해본다면……"

'누가 오른뺨을 치거든 왼뺨마저 돌려대고, 겉옷을 가지려고 하거든 속옷까지 주어라.' 알렉세이 알렉산드로비치는 생각했다.

"알았어, 알았어!" 그는 날카로운 목소리로 외쳤다. "치욕도 내가 떠맡겠어, 아들도 넘겨주겠어. 그렇지만…… 그렇지만 그런 짓은 하지 않는 게 좋지 않을까? 그러나 이젠, 그래, 어떻게든 좋을 대로 해줘……"

그러고서 그는 처남한테 얼굴을 보이지 않을 양으로 상대를 피해 창가의 의자에 앉았다. 그는 가슴이 아팠고 부끄러웠다. 그러나 이 비통이나 치욕과 더불어, 그는 자기가 보인 고고한 겸손에 대해 환희와 감동을 느꼈다.

스테판 아르카디치도 감동을 받았다. 그는 한동안 잠자코 있었다.

"알렉세이, 나를 믿어줘. 그애는 자네의 관대한 마음을 틀림없이 고맙게 여길 거야." 그는 말했다. "그러나 아무튼 이것도 모두 하느님의 뜻이겠지." 그는 덧붙였다. 그러나 이렇게 이야기하고 나서, 그것이 너무나도 어리석은 말이었음을 느끼고 자신의 어리석음에 대한 조소를 간신히 억눌렀다.

알렉세이 알렉산드로비치는 뭔가 대답을 하고 싶었지만, 눈물이 그를 막았다.

"이건 숙명적인 불행이야, 그렇게 생각할 수밖에 없어. 나는 이 불행을 이미 일어나버린 사실로 인정하고, 그애에게도 자네에게도 도움이 되도록 힘쓰겠네."

스테판 아르카디치는 매제의 방을 나왔을 때 감동에 젖어 있었지만, 이 문제를 훌륭히 해결했다는 만족감을 저해할 만큼은 아니었다. 그는 알렉세이 알렉산드로비치가 자신의 말을 철회하지는 않으리라 확신했기 때문이다. 게다가 이 만족감에는 또하나의 생각이 더해졌으니, 이 일이 성공적으로 해결되면 아내나 가까운 친지들에게 다음과 같은 문제를 내볼 작정이었다. '나와 황제 폐하 사이에는 어떤 차이가 있는가? 황제 폐하는 라즈보드*를 하게 했지만 그 때문에 누구 하나 좋게 되지 않았다. 그러나 나는 라즈보드를 하게 해서 셋이 다 좋게 되었다…… 아니면 이런 문제를 내볼까? 나와 황제 폐하 사이에는 어떤 유사점이 있는가? 그러나 뭐 그건 그때 가서…… 더 생각해보기로 하자.' 그는 미소를 지으면서 혼잣말을 했다.

23

브론스키의 부상은 심장을 빗나가긴 했지만 꽤 위험한 것이었다. 그는 며칠 동안 생사를 오갔다. 그가 처음으로 입을 움직일 수 있게 되었을 때는 형수인 바랴만이 그의 방에 있었다.

"바랴!" 그는 엄숙하게 그녀의 얼굴을 쏘아보면서 말했다. "나는 뜻하지 않게 나 자신을 쏘고 말았어. 그러니까 제발 이 얘기는 무슨 일이 있어도 입 밖에 내지 않도록 해줘. 다른 사람들에게도 모두 그렇게 말해줘. 그러지 않으면 너무 우스꽝스러워지니까!"

바랴는 그 말에는 대답하지 않고, 그의 위로 몸을 구부리고 즐거운 미소를 띠며 그의 얼굴을 찬찬히 들여다보았다. 그의 눈은 맑게 개어 있었고, 열이 있는 것 같지는 않았다. 그러나 표정은 엄숙했다.

---

* 이 러시아어에는 '군대의 이동'이라는 뜻과 '이혼'이라는 뜻이 있다.

"아니, 정말 다행이야!" 그녀가 말했다. "아프지는 않아?"

"여기가 조금." 그는 가슴을 가리켰다.

"그럼 붕대를 갈아줄게."

그녀가 붕대를 가는 동안 그는 말없이 억센 턱을 악물고 그녀를 바라보았다. 그녀가 다 감고 나자 그는 말했다.

"나는 헛소리를 하는 게 아냐. 정말 일부러 나 자신을 쏘았다느니 하는 말이 나오지 않게 해줘."

"그런 말을 하는 사람은 아무도 없어. 그러니 당신도 이제 다시는 우발적으로 방아쇠를 당기는 일은 없도록 해야 해." 그녀는 미심쩍은 미소를 머금고 말했다.

"물론, 이제 그러지 않아. 하지만 차라리 정말로 그래 버렸더라면 좋았을걸……"

그는 침울한 미소를 지었다.

바랴를 몹시 놀라게 한 이 같은 말이나 미소에도 불구하고, 염증이 가라앉고 몸이 회복되기 시작하자 그는 자신이 슬픔의 한 단계에서 완전히 빠져나온 것처럼 느껴졌다. 마치 그 행위로 인해 그때까지 느끼고 있던 수치와 굴욕을 자신에게서 씻어버리기라도 한 것 같았다. 이제는 알렉세이 알렉산드로비치에 대해서도 냉정하게 생각할 수 있었다. 그는 전적으로 카레닌의 관대한 마음을 인정했지만, 이제는 자기를 비열한 사람이라고 느끼진 않았다. 이뿐만 아니라 그는 또다시 이전의 삶의 궤도로 되돌아왔다. 그는 부끄러운 생각 없이 사람들의 눈을 볼 수 있었고, 자신의 기존 습관에 따라 생활할 수 있게 되었다. 오직 하나, 끊임없이 맞서 싸우고 있었음에도 불구하고 좀처럼 그의 마음에서 뽑아버릴 수 없었던 감정은, 자기가 영원히 그녀를 잃어버렸다는 데 대한 절망에 가까운 회한이었다. 남편 앞에서 속죄를 한 이상 자기는 무슨 일이 있어도 깨끗이 그녀와 손을 끊어야 하고, 앞으로 절대 이전의 잘못을 뉘우치고 개심한 그녀와 남편 사이에 서서는 안 된다고 마음속으로 굳게 결심했다. 그러나 그는 자신의 마음에서 그녀의 사랑을 잃었다는 회한을 뽑아버릴 수는 없었다. 그녀와 더불어 느꼈던 행복의 순간들, 그때는 그렇게까진 느끼지 않았지만 지금은 지극히 매력적인 회상으로 그를 괴롭히는 행복의 순간들을 기억에서 지워버릴 수는 없었다.

세르푸홉스코이는 그를 위해 타슈켄트 파견을 권유했고, 브론스키는 조금의 망설임도 없이 그 제안에 동의했다. 그러나 출발시간이 가까워옴에 따라, 자기가 의무로 여기며 바치고 있는 희생이 차츰 괴롭게 느껴졌다.

그의 상처는 아물었고, 그래서 그는 타슈켄트로 떠날 준비를 하느라 사방으로 돌아다녔다.

'그녀를 한번 만나본 다음에 몸을 감추든지 죽든지 해야겠다.' 그는 이렇게 생각하고, 벳시한테 작별인사를 하러 가서는 자기 마음을 털어놓았다. 그의 사명을 띠고 안나에게 갔던 벳시는 부정적인 회답을 가져다주었다.

'오히려 잘됐다.' 그 답변을 받았을 때 브론스키는 생각했다. '그것은 내 마지막 힘을 파멸케 할지도 모를 나약함이었다.'

그런데 이튿날 아침 벳시가 직접 그를 찾아와서 알렉세이 알렉산드로비치가 이혼을 승낙했으니 브론스키는 안나를 만날 수 있다는 확답을 오블론스키를 통해 받았다고 전해주었다.

그러자 그때까지의 결심은 까맣게 잊고 언제 만날 수 있는지, 남편은 어디 있는지도 묻지 않고 벳시를 배웅하는 일도 제쳐놓은 채 브론스키는 곧장 카레닌가로 마차를 몰았다. 그는 누구에게도 아무것에도 눈을 주지 않고 층계를 뛰어올라가, 저도 모르게 줄달음질칠 것만 같은 마음을 간신히 억누르면서 총총걸음으로 그녀의 방으로 들어갔다. 그러고는 방안에 누가 있는지 없는지 생각하지도 주의하지도 않고 덥석 그녀를 부둥켜안아 그녀의 얼굴을, 손을, 목을 키스로 뒤덮었다.

안나는 이렇게 만날 것에 대비하고 그에게 할 말도 생각해두었지만, 어떤 말도 할 겨를이 없었다. 그의 열정이 그녀를 감싸버렸기 때문이다. 그녀는 그를 진정시키고 자기도 진정하려 했지만, 이미 늦었다. 그의 감정이 어느 틈에 그녀에게 전염되어버렸다. 입술이 세차게 떨려서 그녀는 오랫동안 아무 말도 할 수가 없었다.

"아아, 당신이 나를 사로잡아버렸어. 나는 이제 당신 거야." 그녀는 마침내 그의 손을 자기 가슴에 갖다대고 말했다.

"당연히 이렇게 되어야 했어!" 그는 말했다. "우리 둘이 살아 있는 한 이렇게 될 수밖에 없어. 나는 이제 그것을 알았어."

"정말 그래." 그녀는 차츰 파리해지면서 그의 머리를 끌어안고 말했다. "그렇지만 역시 이렇게 되고 난 뒤에도 그 속에는 뭔가 무서운 것이 있을 것만 같아."

"모두 다 지나가버릴 거야, 모두 다 지나가버릴 거야. 우리는 지금 이대로 행복해질 거야! 우리의 사랑이 더 강해진다면, 그 속에 뭔가 무서운 것이 있기 때문에 강해지는 거겠지." 그는 고개를 들어 고른 이를 드러내고 미소 지으며 말했다.

그녀도 미소로 대답하지 않을 수 없었다. 그의 말에 대한 대답이 아니라 그 사랑이 넘치는 눈에 대한 대답으로. 그녀는 그의 손을 잡았고, 그 손으로 자신의 싸늘하게 식은 볼이며 짧게 자른 머리를 쓰다듬었다.

"나는 당신이 머리를 이렇게 짧게 하고 있어서 하마터면 몰라볼 뻔했어. 아주 예뻐졌어. 마치 사내아이 같아. 그런데 얼굴이 몹시 창백하군!"

"그래, 난 아주 허약해졌나봐." 그녀는 생긋 웃으면서 말했다. 그러자 그녀의 입술은 또다시 떨리기 시작했다.

"우리 이탈리아로 가자. 그러면 당신도 좋아질 거고." 그가 말했다.

"그렇지만 그게 가능한 일일까? 우리가 남편과 아내로 사는 것이, 당신과 둘이서 가정을 이루는 것이?" 그녀는 바싹 가까이서 그의 눈을 들여다보면서 말했다.

"나는 오히려 지금까지 그러지 못했던 것이 얄궂게 여겨질 정도인데."

"스티바의 말로는 그가 뭐든 동의하겠다고 했다지만, 나는 그의 너그러움을 받아들일 수 없어." 그녀는 수심에 잠긴 듯 브론스키의 옆얼굴을 바라보면서 말했다. "나는 이혼을 바라지는 않아. 나한테는 이제 어떻게 되든 마찬가지니까. 나는 그저 그가 세료자를 어떻게 할 작정인지, 그것을 모르겠어."

그녀가 이렇게 자기와 얼굴을 맞대고 있는 순간에도 아들이나 이혼에 대해 떠올리거나 생각할 수 있다는 것이 그는 도무지 이해되지 않았다. 그런 것은 어떻게 되든 상관없는 일이 아닌가?

"그런 얘긴 그만둬, 생각하지 마." 그는 자신의 손 안에 있는 그녀의 손을 어루만지며, 그녀의 주의를 자기한테 끌어당기려고 애쓰면서 말했다. 그러나 그녀는 역시 그를 보지 않았다.

"아아, 어째서 나는 죽지 않았을까. 차라리 그러는 편이 좋았을걸!" 그녀는 말했다. 소리 없는 눈물이 그녀의 두 뺨을 적시며 흘러내렸다. 그러나 그녀는 그를 슬프게 하지 않으려고 억지로 미소를 지어 보였다.

타슈켄트로 가는 위험하지만 유혹적인 임명을 물리친다는 것은, 브론스키의 기존 관점으로는 수치스럽고 또한 불가능한 일이었다. 그러나 지금 그는 일 분도 생각하지 않고 그것을 물리쳐버렸고, 상관들 사이에 자신의 행위에 대해 불만스러운 기색이 있음을 눈치채자 곧바로 퇴역해버렸다.

한 달 뒤 알렉세이 알렉산드로비치는 자기 집에 아들과 둘만 남게 되었다. 안나와 브론스키는 이혼을 받아들이기는커녕 결연하게 물리친 후 외국으로 떠나버렸다.

제5부

1

셰르바츠카야 공작부인은 앞으로 오 주밖에 안 남은 사순절 내로 결혼식을 올린다는 것은 도저히 불가능한 일이라고 생각했다. 그때까지는 혼수품의 절반도 준비되지 않을 것 같았기 때문이다. 그러나 사순절 뒤로 미루면 너무 늦어진다는 레빈의 의견에도 동의하지 않을 수 없었는데, 셰르바츠키 공작의 연로한 백모가 중환으로 곧 죽을지도 모르고, 그렇게 되면 상례로 인해 결혼식이 더욱더 늦어질 것이기 때문이었다. 그래서 공작부인은 혼수품을 대소 둘로 나누어 준비하기로 결정하고, 아무튼 사순절까지는 결혼식을 치르기로 동의했다. 그녀는 작은 혼수품은 지금 곧 전부를 준비하고 큰 것은 나중에 보내기로 정했다. 그러나 레빈이 그것에 동의한다는 것인지 그렇지 않다는 것인지 좀처럼 진지하게 대답하지 못하자 그녀는 그에게 몹시 화를 냈다. 두 젊은이는 결혼식이 끝나면 곧바로 큰 혼수품이 필요하지 않은 시골로 가버리기로 했으므로 그녀의 생각대로 하는 게 더욱 편리했기 때문이었다.

레빈은 여전히 무아지경의 상태에 있었다. 그에게는 자신과 자신의 행복이 현존하는 모든 것의 가장 중요하고 유일한 목적을 이루고 있는 듯 여겨졌고, 무슨 일에 대해서도 지금의 자신은 생각하고 걱정할 필요가 없고 무슨 일이건 남들이 자기를 위해 하고 있고 또 해줄 것처럼 여겨졌다. 그는 앞으로의 생활에 아무런 계획과 목적마저도 갖고 있지 않았다. 그는 모든 것이 잘되어나가리라 믿고 그 결정을 남에게 맡겼다. 형인 세르게이 이바노비치와 스테판 아르카디치와 공작부인이 그가 해야 할 일을 가르쳐주었다. 그는 그저 그들이 이야기하는 것에 모두 동의할 뿐이었다. 형은 그를 위해 돈을 대주었고, 공작부인은 식이 끝나면 모스크바에서 떠날 것을 권했다. 스테판 아르카디치는 외국으로 갈 것을 권했다. 그는 그 모든 것에 동의했다. '그것이 당신들에게 즐겁다면 좋도록 하시지요. 나는 행복하고, 내 행복은 당신들이 무엇을 하든 불어나지도 줄어들지도 않는 것이니까요.' 그는 이렇게 생각했다. 외국으로 가라는 스테판 아르카디치의 권고를 키티에게 전했을 때, 그는 그녀가 그것에 찬성하지 않고 둘의 미래 생활에 대해 자신의 확고한 요구를 가지고 있다는 데 적잖이 놀랐다. 그녀는 시골에 레빈이 아주 좋아하는 일이 있다는 것을 알고 있었다. 그가 보기에 그녀는 그 일을 이해하고 있지 않을 뿐 아니라 이해하고 싶어지도 않는 것 같았다. 그러나 이것이 그녀가 그 일을 중요하게 생각하는 데에는 조금도 방해가 되지 않았다. 게다가 또 그녀는 자기네 주거지가 시골이 되리라는 것을 알고 있었기 때문에, 자기가 살게 될 곳도 아닌 외국으로 가는 것보다는 바로 자기들이 살 곳으로 가기를 바랐던 것이다. 이처럼 분명하게 표명된 계획에 레빈은 놀랐다. 그러나 그는 어느 쪽이든 좋았으므로 곧 스테판 아르카디치에게 마치 그것이 그의 의무이기라도 한 듯, 시골로 가서 그의 풍부한 취향에 따라 그가 할 수 있는 모든 일을 잘 정리하고 와달라고 당부했다.

"그런데 이보게." 스테판 아르카디치는 신혼부부가 사는 데 필요한 모든 준비를 해두고 시골에서 돌아온 후 레빈에게 말했다. "자네는 고해에 나갔다는 증서를 가지고 있겠지?"

"아니. 그건 또 왜?"

"그것 없이는 식을 올릴 수가 없어."

"아니, 아니, 아니!" 레빈은 소리를 질렀다. "나는 벌써 한 구 년 동안이나 단식과 금욕을 지키지 않은 것 같아. 그런 것은 생각하지도 않았는데."

"잘했군!" 스테판 아르카디치는 웃으면서 말했다. "나더러 니힐리스트니 뭐니 하는 주제에! 하여튼 그래서는 안 될 거야. 자넨 꼭 단식과 금욕을 지켜야 해."

"하지만 언제? 이제 나흘밖에 남지 않았어."

스테판 아르카디치는 이 일도 잘 거들어주었다. 그래서 레빈은 단식과 금욕을 지키기 시작했다. 레빈처럼 자기는 신앙을 가지지 않았지만 남의 신앙은 존중하고 있는 사람에게 이처럼 교회의 온갖 의식에 나가서 그것에 관여한다는 것은 퍽 고통스러운 일이었다. 특히 지금처럼 마음이 부드러워지고 무슨 일에나 민감해져 있는 정신 상태에서는 이렇게 자기를 속이지 않으면 안 된다는 것은 그저 고통이었을 뿐만 아니라 전혀 불가능한 일처럼 여겨졌다. 지금 그는 이 자랑스럽고 영광스러운 때에 거짓말을 하거나 신성함을 모독하지 않으면 안 될 상황에 맞닥뜨린 것이었다. 그는 좀처럼 그 어느 쪽도 될 것 같지 않은 느낌이 들었다. 그래서 단식과 금욕을 지키지 않고는 증서를 얻을 수 없냐고 몇 차례 스테판 아르카디치에게 물어보았으나, 스테판 아르카디치는 그것은 불가능하다고 딱 잘라 말했다.

"자네는 뭘 그렇게 거창하게 생각하나, 고작해야 이틀이잖아? 게다가 또 상대는 아주 사람 좋고 재치 있는 영감이야. 그 사람이라면 자네가 조금도 알아채지 못하는 사이에 그 이를 뽑아줄 거야."

첫영성체 때 레빈은 열예닐곱 살 무렵에 처음으로 체험했던 그 강한 종교적 감정을 마음속에 새롭게 되살려보고자 했지만, 곧 절대 불가능하다는 것을 알았다. 그는 그러한 모든 의식들을 사람을 방문할 때의 예절과 마찬가지로 아무런 의미도 없는 헛된 관습으로 치부해보려고도 했다. 그러나 그것마저 도무지 가능할 것 같지 않은 느낌이 들었다. 레빈은 종교에 대해서는 같은 시대의 대다수 사람들과 마찬가지로 아주 애매한 입장에 있었다. 그는 믿을 수 없었지만, 동시에 그런 것들이 모두 옳지 않다고 확신하는 것도 아니었다. 이처럼 그는 자기가 하고 있는 일의 의미를 믿을 수도 없고 또 그것을 헛된 형식으로 냉담하게 관조할 수도 없어서 성례를 받는 내내 스스로도 이해되지 않는, 그리하여 마음속의 목소리가 그에게 속삭이고 있는 것처럼 뭔가 위선적이고 좋지 않은 짓을 하는 듯 묘하리만큼 거북스럽고 부끄러운 느낌을 경험했다.

미사 때 그는 자신의 견해와 배치되지 않는 의미를 기도에 덧붙이려고 애쓰면서 잠잠히 귀를 기울여 듣기도 하고, 혹은 자신에게는 도무지 이해되지 않으니까 그것을 비난하는 게 당연하다고 느끼면서 되도록 듣지 않으려 노력하고 자신의 사상이며 관찰이며 교회 안에서 아무 할 일도 없이 멍청하게 서 있는 이때를 이용해 예사롭지 않은 생기를 띠고 그의 머릿속에서 서성거리는 회상으로 지루함을 달래기도 했다.

그는 미사와 철야기도와 밤기도를 마쳤고, 이튿날에는 아침 기도를 듣고 고해를 하기 위해 여느 때보다 일찍 일어나 차도 마시지 않고 여덟시에 교회로 갔다.

교회에는 거지 같은 병사 하나와 두 노파와 교회에서 일하는 사람들 외에는 아무도 없었다.

얇은 사제복 밑으로 속옷의 긴 등부분이 뚜렷이 둘로 나뉘어 비쳐 보이는 젊은 부제副祭가 그를 맞고, 곧 벽가의 작은 탁자 옆으로 가서 계율을 읽기 시작했다. 그가 읽어감에 따라 유달리 '용서하셨도다, 용서하셨도다(포밀로스, 포밀로스)'라고 들리는 '주여, 자비를 베푸소서 (고스포지, 포밀루이)!'라는 말이 빠르게 자주 되풀이되는 것을 듣고 있자니, 레빈은 자신의 사상이 막히고 봉인되어 이제는 그것을 만져서도 움직여서도 안 되고 자칫하면 엉망진창이 돼버리고 말 것 같은 느낌이 들었다. 그래서 그는 부제 뒤에 서서 그것을 듣지도 추구하지도 않고 자기의 생각만 계속했다. '정말 그녀 손에는 아주 풍부한 표정이 있더군.' 그는 어제 둘이서 구석 쪽의 탁자 옆에 앉아 있었을 때를 상기하면서 생각에 잠겼다. 거의 언제나 그렇듯이 그때도 두 사람은 딱히 이야기할 것이 없었다. 그녀는 탁자 위에 한쪽 손을 올려놓더니 폈다 오므렸다 하면서 그 운동을 쳐다보고 혼자서 웃어댔다. 그는 자기가 그 손에 입을 맞춰주었던 일, 그런 다음 장밋빛 손바닥의 손금을 봐준 일을 생각했다. '또 용서하셨도다.' 그는 성호를 긋기도 하고 예배하기도 하고, 똑같이 예배하고 있는 부제의 등이 가냘프게 움직이는 걸 보면서 생각했다. '그리고 그녀는 내 손을 잡고 손금을 봐주었다. 그러고는 어머나, 정말 훌륭한 손인걸요, 하고 말했다.' 그는 자신의 손과 부제의 짤막한 손을 번갈아 보았다. '아아, 이제 곧 끝나려나보군.' 그는 생각했다. '아니, 또 처음부터 할 모양인걸.' 그는 기도 소리에 귀를 기울이면서 생각했다. '아니, 역시 끝나가고 있다. 저것 봐, 저렇게 코가 땅에 닿을 만큼 절을 하는군. 저것은 언제나 끝날 때 하는 짓이지.'

부제는 벨벳 소맷부리 속에 감춰진 손으로 슬쩍 삼 루블 지폐를 받더니 적어두겠다고 말하고는 텅 빈 교회의 포석에 새 장화 소리를 활발하게 내면서 지성소 안으로 들어갔다. 일이 분쯤 지나자 그는 얼굴을 내밀고 레빈을 손짓으로 불렀다. 이때까지 막혀 있던 사상이 레빈의 머릿속에서 꿈틀거리기 시작했지만, 그는 황황히 그것을 쫓아버렸다. 그는 '그저 어떻게든 되겠지' 생각하며 설교대 쪽으로 갔다. 층계에 발을 딛고 오른쪽을 돌아보니 사제가 보였다. 성글고 희뜩희뜩한 턱수염과 지친 듯하지만 사람 좋은 눈을 한 노사제는 성서대 옆에 서서 미사전서의 책장을 넘기고 있었다. 그는 가볍게 레빈에게 절하고 곧 틀에 박힌 목소리로 기도문을 읽기 시작했다. 그것이 끝나자 그는 땅에 닿을 만큼 깊숙이 절하고 레빈에게로 얼굴을 돌렸다.

"당신의 고해를 들으시면서 그리스도께서는 눈에 띄지 않게 여기에서 계십니다." 그는 십자가 위의 그리스도상을 가리키면서 말했다. "당신은 우리 성사도교회聖使徒敎會의 가르침을 모두 믿으시나요?" 사제는 레빈의 얼굴에서 눈을 돌리고 두 손을 성대聖帶 밑에서 마주 잡으며 계속했다.

"저는 모든 것을 의심해왔고, 지금도 의심하고 있습니다." 레빈은 자기에게도 불쾌하게 들리는 목소리로 말하고 나서 입을 다물었다.

사제는 그가 무언가 더 얘기하지 않을까 싶어 몇 초 기다리다가 눈을 감고 'o' 음을 빨리 발음하는 블라디미르 지방 사투리로 말했다.

"의심이라는 것은 인간이 약해지면 흔히 따르는 법이지만, 우리는 자비로우신 하느님께서 우리의 마음을 견고하게 해주시도록 기도를 드려야 합니다. 당신은 딱히 이렇다 할 만한 죄를 지었나요?" 그는 시간을 허비하지 않으려는 듯 조금도 사이를 두지 않고 덧붙였다.

"저의 가장 큰 죄는 의심입니다. 저는 모든 것을 의심하고 있고 거의 언제나 의심 속에 있습니다."

"의심이라는 것은 인간의 약점으로, 흔히 있는 것입니다." 사제는 똑같은 말을 되풀이했다. "당신은 주로 어떤 것을 의심하고 있나요?"

"저는 모든 것을 의심하고 있습니다. 때로는 하느님의 존재마저도 의심합니다." 레빈은 저도 모르게 말하고 나서 자신이 말한 것이 너무도 무례해서 적잖이 놀랐다. 그러나 사제에게는 레빈의 말이 아무런 인상도 주지 않은 듯했다.

"하느님의 존재에 어떤 의심이 있을 수 있을까요?" 그는 보일 듯 말 듯한 미소를 띠며 곧바로 말했다.

레빈은 잠자코 있었다.

"당신은 하느님께서 만드신 것을 보고 있으면서 그 창조주에 대해서 어떤 의심을 가질 수 있습니까?" 사제는 습관적인 빠른 말투로 계속했다. "그렇다면 하늘의 둥근 천장을 온갖 발광체로 장식하신 것은 누구입니까? 대지를 이 아름다움으로 덮으신 것은 누구입니까? 어떻게 조물주가 없을 수 있습니까?" 그는 의아하게 레빈을 힐끔 쳐다보며 말했다.

레빈은 사제를 상대로 철학적 논의를 시작하는 것은 옳지 않다고 여기고, 그 문제에 직접 관계가 있는 것만을 대답 삼아 말했다.

"저는 잘 모릅니다."

"모르신다고요? 그럼 어째서 당신은 하느님께서 만물을 만드셨다는 사실을 의심하고 있습니까?" 사제는 즐거운 듯하면서도 당황한 빛을 띠고 말했다.

"저는 아무것도 모릅니다." 레빈은 얼굴을 홍당무처럼 붉히고 자기 말이 어쩐지 어리석다는 것, 이런 경우에는 그렇게 되지 않을 수 없다는 것을 느끼며 말했다.

"하느님께 기도하고 의탁하십시오. 덕이 높은 신부들도 의심은 품고 자기의 신앙을 견고히 하기 위해서 끊임없이 하느님에게 의탁했습니다. 악마는 굉장한 힘을 가지고 있고, 우리는 그에 져선 안 됩니다. 하느님께 기도하십시오, 의탁하십시오. 하느님께 기도하십시오." 그는 허둥거리면서 되풀이했다.

사제는 깊은 생각에 잠기기라도 한 듯 한동안 잠자코 있었다.

"당신은 내 교구의 신도로 하느님의 아들인 셰르바츠키 공작의 영애와 결혼하실 모양이더군요?" 그는 웃는 얼굴로 덧붙였다. "아주 어여쁜 처녀죠!"

"네." 레빈은 사제의 말에 얼굴을 붉히면서 대답했다. '이 사람은 무엇 때문에 고해 때 이런 걸 묻는 것일까?' 그는 생각했다.

그러자 마치 그 생각에 대답하기라도 하듯 사제가 말했다.

"당신은 결혼을 하려 하고, 하느님께서는 틀림없이 자손이라는 것으로 당신을 포상하실 겁니다, 그렇지 않나요? 그런데 말입니다, 만약 당신이 불신앙으로 당신을 꾀어내리려는 악마의 유혹을 이겨내지 못한다면 당신은 당신의 자식들에게 어떤 교육을 줄 수 있을까요?" 그는 부드럽게 나무라는 듯한 어조로 말했다. "만약 당신이 자기 자식을 사랑한다면 당신은 착한 아버지로서 그 아이를 위해서 다만 부와 사치, 명예를 바랄 뿐만 아니라 그 아이의 구원을, 진실의 빛으로 그 아이의 넋이 비춰지기를 바라실 것입니다. 그렇지 않을까요? 그리고 죄도 더럽힘도 없는 조그마한 아이가 당신을 보고 '아빠, 이 세상에서 나를 기쁘게 하는 모든 것―땅, 물, 해, 꽃, 풀 같은 것은 도대체 누가 만들었어요?' 이렇게 묻는다면 당신은 뭐라고 대답하시겠습니까? '난 몰라.' 이렇게 말씀하시렵니까? 하느님께서는 그 위대한 자비로 당신 앞에 그 모든 것을 펼쳐주셨는데도 당신이 그것을 모르고 있을 수는 없습니다. 또한 당신의 자식이 '죽고 나면 우린 어떻게 되나요?'라고 물었을 때 만약 당신이 아무것도 모른다면 뭐라고 말하시겠습니까? 당신은 어떻게 그 자식한테 대답하시렵니까? 당신은 그 자식을 세상과 악마의 유혹에 맡겨버리시렵니까? 그것은 옳지 않은 일이에요!" 그는 이렇게 말을 맺고는 고개를 옆으로 기울이며 어질고 부드러운 눈으로 레빈을 쳐다보았다.

레빈은 이제 아무 대답도 하지 않았다. 사제와 입씨름을 하기 싫어서가 아니고, 지금까지는 자기에게 이런 의문을 제기한 사람이 아무도 없었으며 또 자기 자식이 이런 질문을 하게 될 때까지는 아직 충분히 대답을 생각할 여유가 있을 것이라 여겼기 때문이었다.

"당신은 지금 인생의 전성기에 접어들려는 참입니다." 사제는 계속 했다. "이제 당신은 길을 선택해서 그것을 굳게 밟고 나아가지 않으면 안 됩니다. 하느님께 기도하십시오. 그 자비로 힘을 빌려주시도록, 은혜를 내려주시도록." 그는 말을 맺었다. "우리의 주, 우리의 하느님인 예수그리스도께서 넘쳐흐를 만큼 풍부한 사랑과 자비로 이 아들을 용서해주시옵기를……" 사제는 용서의 기도를 끝내자 그를 축복하고 놓아주었다.

그날 집으로 돌아오자 레빈은 이 거북살스러운 볼일이 끝났다는 것, 더욱이 거짓말을 하지 않고도 끝났다는 것 때문에 기분이 무척 즐거웠다. 더욱이 그의 마음에는 그 선량하고 착실한 늙은이가 이야기한 것이 그가 처음에 생각했던 것처럼 어리석은 것은 전혀 아니며, 거기에는 무언가 분명히 해야만 할 것이 있다는 막연한 느낌이 남아 있었다.

'물론 지금 당장은 아니다.' 레빈은 생각했다. '그러나 언젠가 훗날에.' 지금 레빈은 자신의 영혼 속에 무언가 불분명하고 불순한 것이 있음을, 그리고 그가 다른 사람들에게서 또렷이 보고 싶어했던 그런 입장, 그 때문에 자신의 친구인 스비야시스키를 비난했던 바로 그 입장에 자기가 처해 있으며 바로 그런 식으로 종교를 대하고 있음을 그 어느 때보다도 강하게 느꼈다.

레빈은 그날 밤 약혼자와 함께 돌리의 집에서 시간을 보냈는데 무척 즐거웠다. 그는 스테판 아르카디치에게 자신의 상기된 기분을 밝히고, 마치 고리를 통과하도록 길들여진 개가 마침내 그 요령을 터득하여 요구된 재주를 멋있게 해치우고는 기쁨을 이기지 못해 짖고 꼬리를 휘저으면서 탁자며 창문 위로 뛰어오르는 것처럼 기쁘다고 말했다.

2

결혼식 날 레빈은 관습에 따라(공작부인과 다리야 알렉산드로브나가 모든 관습을 지키기를 완강히 요구했으므로) 자기 약혼자와 만나지 않았다. 그는 우연히 만난 세 독신자—세르게이 이바노비치, 대학 시절의 친구로 지금은 자연과학 교수인 카타바소프(레빈은 이 사람을 한길에서 만나 이리로 끌고 왔다), 그리고 모스크바의 치안판사이며 레빈의 곰 사냥 동료인 신랑 들러리 치리코프—와 함께 호텔의 자기 방에서 식사를 했다. 회식은 아주 유쾌했다. 잔뜩 기분이 좋아진 세르게이 이바노비치는 카타바소프의 남다른 면모에 유쾌해했다. 카타바소프는 상대가 자신의 남다른 면모를 높게 평가하고 또 이해해주는 것을 느끼고 잔뜩 뽐냈다. 치리코프는 쾌활하고 마음씨 좋은 어조로 모든 이야기에 맞장구쳤다.

"아시겠습니까." 카타바소프는 강단에서 얻은 버릇으로 말을 길게 잡아늘이면서 말했다. "우리의 벗 콘스탄틴 드미트리치는 정말 전도유망한 청년이었습니다. 나는 지금 없는 사람들 얘기하듯 그에 대해 얘기하는데, 왜냐하면 이미 그 사람은 없기 때문입니다. 대학을 졸업할 당시 그는 과학을 사랑했고 인간적인 것에 흥미를 가지고 있었죠. 그러나 지금 그 능력의 반은 자기를 속이는 데 쓰였고, 나머지 반은 이 자기기만을 변호하는 데 쓰이고 있어요."

"당신처럼 철저한 결혼의 적도 없을 겁니다." 세르게이 이바노비치
가 말했다.

"아닙니다, 나는 적이 아닙니다. 분업의 지지자일 뿐입니다. 아무것
도 할 줄 모르는 사람들은 재생산이라도 해야죠. 그러나 그 밖의 사람
들은 교화와 복지에 힘을 다해야 합니다. 나는 그렇게 생각하고 있어
요. 이 두 가지 일을 혼동하기를 좋아하는 사람들이 무수히 많지만, 나
는 그런 인간은 아닙니다.*"

"이런 자네가 사랑을 하고 있다는 걸 알게 되면 나는 얼마나 행복할
까!" 레빈은 말했다. "결혼식에는 꼭 나를 불러야 하네."

"나는 이미 사랑을 하고 있어."

"그래, 오징어하고 말이지. 형도 알 테지만," 레빈은 형을 돌아보았다.
"미하일 세묘니치는 영양營養에 관한 저술을 하고 있어, 그리고······"

"아아, 쓸데없는 소리 작작 해둬! 무슨 연구가 됐건 그런 건 상관없
어. 문제는 바로 내가 오징어를 사랑하고 있다는 거야."

"하지만 오징어는 자네가 마누라를 사랑하는 걸 방해하진 않아."

"그야 오징어는 방해하지 않겠지만, 마누라가 방해할 거야."

"어째서?"

"그건 곧 알게 돼. 자네는 지금 농사와 사냥을 사랑하고 있지. 그러나
어디 두고 봐!"

"아, 오늘 아르히프가 와서 프루드노예에는 큰 사슴이 무수히 많고,

---

* A. S. 그리보예도프의 희곡 「지혜의 슬픔」에 나오는 차츠키의 말을 차용한 것.

곰도 두 마리 있다고 하더군." 치리코프가 말했다.

"그럼 내가 없더라도 가서 잡아오시지 그래."

"그건 그럴 거야." 세르게이 이바노비치는 말했다. "넌 이제부터 곰 사냥과는 손을 끊지 않으면 안 되겠군. 마누라가 보내주지 않을 테니까 말이지!"

레빈은 빙그레 웃었다. 마누라가 자기를 보내주지 않으리라는 상상이 몹시 즐거워서 그는 곰을 보는 만족일랑 이제 영원히 물리쳐버려야 겠다고 생각할 정도였다.

"그러나 뭐야, 역시 자네 없이 그 곰 두 마리를 잡는 건 정말 서운한 노릇인걸. 자네는 요전에 하필로보에서의 일을 기억하나? 틀림없이 멋들어진 사냥이 될 거야." 치리코프가 말했다.

레빈은 사냥이 없는 어딘가에서도 뭔가 재미있는 일이 있을 수 있다는 말로 상대의 환상을 깨뜨리고 싶지 않았으므로 한마디도 대꾸하지 않았다.

"독신생활과 손을 끊는다는 건 거저 되는 일이 아니야." 세르게이 이바노비치는 말했다. "아무리 행복하다손 치더라도 역시 자유는 아까운 거야."

"털어놔봐. 고골의 새신랑처럼 창문으로 뛰쳐나가고 싶은 마음이 있다는 걸."*

"그야 당연히 있겠지, 그렇지만 털어놓지는 않을 거야!" 카타바소프는 말하고 큰 소리로 껄껄댔다.

---

* 고골의 희곡 「결혼」에서 이반 쿠즈미치 포드칼료신은 결혼 당일 창문으로 뛰어나가 사라져버렸다.

"어때, 창문은 열려 있어…… 바로 트베리로 가지 않으려나! 암곰이 한 마리 있어. 게다가 굴까지 갈 수 있어. 정말이야, 다섯시 기차로 떠나지 않으려나? 거기까지 가면 하고 싶은 대로 할 수 있어!" 치리코프가 싱글벙글하면서 말했다.

"그런데 나는 정말로," 레빈도 싱글벙글하면서 말했다. "내 마음속에서 자유를 아까워하는 감정을 찾아낼 수 없어!"

"아니, 자네 마음속에는 지금 아무것도 분별할 수 없을 정도로 혼돈이 자욱이 끼어 있는 거야." 카타바소프는 말했다. "잠깐만 기다려봐, 조금 기분이 가라앉으면 알게 될 테니까!"

"아니, 그렇다면 나는 설사 조금이라도 내 감정이며(그는 친구들 앞에서 사랑이라는 말을 꺼내고 싶지 않았다) 행복 외에 자유를 잃는 것이 아깝다고 느낄 법도 한데 말야…… 그러기는커녕 오히려 나는 자유를 잃는다는 것을 기뻐하고 있을 정도야."

"아니, 이런! 정말 구제불능인 친구로군그래!" 카타바소프는 말했다. "그럼 어디, 레빈의 회복을 위해서 축배를 듭시다. 아니면 그저 그의 공상이 백분의 일이라도 실현되기를 바라볼까요? 만약 그렇게 되는 날에는 이제까지 이 세상에 없던 큼직한 행복이 실현되는 것일 테니까요!"

식사가 끝나자 손님들은 식에 참석할 준비를 위해 돌아갔다.

혼자 남게 되자 레빈은 방금 전 독신자들의 이야기를 상기하면서 다시 한번 자기 자신에게 물어보았다. 자기 마음에 과연 그들이 이야기한 것처럼 자유를 아까워하는 감정이 있는 걸까? 그는 빙그레 웃었다. '자유? 무엇을 위한 자유야? 행복은 오직 그녀의 희망, 그녀의 사상을 사랑하고 바라고 생각하는 것에 있다. 말하자면 자유란 조금도 없는 것.

이것이 행복이다!'

'그러나 나는 그녀의 사상을, 그녀의 희망을, 그녀의 감정을 알고 있는 것일까?' 갑자기 어떤 목소리가 그에게 속삭였다. 그는 얼굴에서 미소를 거두고 생각에 잠겼다. 그러자 별안간 그의 마음에 기이한 느낌이 나타났다. 공포와 의혹, 모든 것에 대한 의혹이 그의 마음속에 나타난 것이었다.

'그녀가 나를 사랑하고 있지 않다면 어쩔 것인가? 그저 시집을 가기 위해서 나에게 오는 것이라면 어쩔 것인가? 만약 그녀 자신도 자기가 하고 있는 짓이 무엇인지 모른다면 어쩔 것인가?' 그는 자기 마음에 물어보았다. '그녀는 제정신이 번쩍 들 것이다. 게다가 이미 결혼해버린 후에야 자기가 나를 사랑하고 있지 않음을, 나를 사랑할 수 없음을 깨닫게 될 것이다.' 그러자 그녀에 대한 기이하고 지극히 좋지 않은 생각이 그의 머리에 떠올랐다. 그는 일 년 전, 브론스키와 같이 있는 그녀를 보았던 그날 밤이 마치 어제이기라도 한 양 브론스키에게 질투를 느꼈다. 그리고 그녀가 자신에게 이야기한 것이 전부는 아닐지도 모른다고 의심했다.

그는 벌떡 일어섰다. '아니, 이대로 놔둘 순 없다!' 그는 절망하여 자신에게 말했다. '그녀한테 가서 이것에 대해 마지막으로 물어보고 이야기해봐야겠다. 우리는 아직 자유입니다, 원치 않으면 지금이라도 결혼을 그만두는 것이 좋지 않을까요? 어떤 일도 영원한 불행, 굴욕, 불신보다는 나을 테니까요!' 그는 마음에 절망을 품고 모든 인간에 대해, 자기와 그녀에 대해 증오를 품으면서 호텔을 나와 그녀의 집으로 마차를 몰았다.

아무도 그를 기다리고 있지 않았다. 그는 안쪽 방에 들어가서야 그녀를 만났다. 그녀는 트렁크 위에 앉아 의자 등받이와 마룻바닥에 널려 있는 온갖 빛깔의 옷을 가리키면서 하녀에게 무엇인가를 지시하고 있었다.

"어머!" 그를 보자 그녀는 환희로 온몸을 빛내면서 외쳤다. "아니, 어떻게 당신ТЫ이, 어떻게 당신ВЫ이? (이때까지도 그녀는 그에게 친근한 호칭인 '티'와 서먹한 호칭인 '비'를 함께 쓰고 있었다.) 정말 뜻밖이에요! 나는 지금 입던 옷을 정리하던 중이에요. 누구한테 어떤 것을 주어야 할까 하고……"

"아아! 정말 좋은 생각이군요!" 그는 어두운 표정으로 하녀를 쳐다보면서 말했다.

"나가 있어, 두냐샤, 일이 있으면 부를 테니까." 키티가 말했다. "당신 무슨 일 있어?" 그녀는 하녀가 나가자마자 그를 결연히 '당신(티)'이라고 부르면서 말했다. 그녀는 그의 흥분되고 음울한, 묘한 얼굴빛을 알아챘다. 그러자 공포가 그녀의 마음을 붙들었다.

"키티! 나는 괴로워. 혼자서 괴로워하고 있을 수만은 없어." 그는 그녀 앞에 멈춰 서서 애원하듯이 그녀의 눈을 들여다보면서 목소리에 절망을 담아 말했다. 그는 그녀의 사랑스럽고 진실어린 얼굴을 보고, 이미 자기가 이야기하려고 했던 것을 한마디도 할 수 없다는 걸 깨달았다. 그러나 그에게는 그녀 자신의 손으로 엉킨 매듭을 풀게 해주어야 할 필요가 있었다. "나는 아직 때가 지나가버린 게 아니라는 말을 하려고 왔어. 아직은 모든 것을 무효로 하고 바로잡을 수 있으니까."

"아니, 뭐라고? 나는 무슨 말인지 전혀 모르겠어. 당신 무슨 일 있어?"

"내가 이미 천 번도 더 이야기해온 것이고, 아무래도 생각하지 않을 수 없는 것인데…… 나는 당신과 짝지어질 자격이 없다는 거야. 당신은 나와의 결혼을 승낙할 뜻이 없었다는 거야. 잘 생각해봐. 당신은 실수를 한 거야. 다시 잘 생각해봐. 당신이 나 같은 사람을 사랑할 수는 없어…… 만약…… 말해주는 게 더 좋아." 그는 그녀를 쳐다보지 않고 말했다. "나는 불행한 몸이 될 거야. 남들이 뭐라고 이야기해도 좋아. 무슨 일이건 불행보다는 나아…… 무슨 일이건 아직 시간이 있는 지금이 더……"

"나는 무슨 말인지 모르겠어." 그녀는 깜짝 놀라서 대답했다. "대체 당신은 무엇을 거절할 생각인 거야…… 무엇이 필요하지 않아?"

"그래, 만일 당신이 나를 사랑하지 않는다면."

"당신은 머리가 좀 이상해졌어요!" 그녀는 화가 나 얼굴이 새빨개져서 소리쳤다.

그러나 그의 얼굴빛이 차마 볼 수 없을 만큼 끔찍했으므로 그녀는 분노를 억눌렀다. 그러고는 안락의자에 걸린 옷을 내팽개치고 그에게 다가앉았다.

"무슨 생각을 하고 있는 거야? 모두 말해줘."

"나는 당신이 나를 사랑한다는 건 있을 수 없는 일이라고 생각하고 있어. 당신이 무엇을 보고 나 같은 것을 사랑할 수 있겠어?"

"아아, 하느님! 어쩌면 좋아?" 그녀는 이렇게 말하고 울음을 터뜨렸다.

"아아, 내가 무슨 짓을 했담!" 그는 외치고는 그녀 앞에 무릎을 꿇고 그 손에 키스하기 시작했다.

오 분 후 공작부인이 방으로 들어왔을 때, 두 사람은 이미 완전히 화해한 상태였다. 키티는 자기가 그를 사랑하고 있음을 그에게 확인시켰을 뿐만 아니라, 심지어 그의 물음에 대한 답으로 자기가 무엇을 보고 그를 사랑하는지 그 이유까지도 설명했다. 그녀는 그에게 자기가 그를 사랑하는 까닭은 그를 충분히 이해하고 있기 때문이며, 그가 사랑해줄 것을 잘 알고 있고, 또 그가 사랑하는 것이 모두 훌륭한 것뿐임을 알기 때문이라고 설명했다. 그 말은 그에게 충분히 또렷하게 납득이 되는 것 같았다. 공작부인이 들어왔을 때 두 사람은 트렁크 위에 나란히 앉아 옷을 정리하면서, 키티는 레빈이 청혼했을 때 그녀가 입고 있던 황갈색 옷을 두냐샤에게 주겠다고 하고 그는 그 옷은 아무에게도 주지 말고 두냐샤한테는 저 하늘빛 옷을 주라고 우기며 입씨름을 하고 있던 참이었다.

"어째서 당신은 모를까? 그녀는 머리가 갈색이잖아. 그녀에게는 어울리지 않아…… 나는 이미 그 점까지 다 생각해두었는데."

그가 찾아온 이유를 알고 나서 공작부인은 농담 반 진담 반으로 성을 내고, 곧 샤를이 올 테니까 키티가 머리 단장하는 걸 방해하지 말고 옷을 갈아입으러 가라면서 그를 집으로 쫓아보냈다.

"저 아이는 그렇지 않아도 요즘 아무것도 먹지를 않아서 살이 쭉 빠졌는데, 자네까지 쓸데없는 소리를 해서 저 아이를 괴롭히고 있으니." 그녀는 그에게 말했다. "어서 돌아가, 돌아가, 이 사람아."

레빈은 죄를 짓고서 몹시 창피를 당한 것 같은 얼굴로, 그러나 차분히 가라앉은 마음으로 호텔로 돌아왔다. 그의 형과 다리야 알렉산드로브나와 스테판 아르카디치가 모두 말끔히 몸치장을 하고서 성상으로 그를 축복하기 위해 기다리고 있었다. 이제 우물우물하고 있을 시간이 없었다. 다리야 알렉산드로브나는 다시 한번 집에 들러 곱슬머리에 포마드를 바른 자신의 아들을 데려와야 했다. 그애는 신부의 마차에서 성상을 나를 예정이었다. 그리고 마차 한 대는 신랑 들러리를 데려오도록 보내야 했고, 세르게이 이바노비치가 타고 간 한 대도 다시 돌아오게 해야 했다…… 요컨대 아주 어수선하고 까다로운 일이 많이 남아 있었던 것이다. 단 하나 틀림없는 사실은 벌써 여섯시 반이 되었기에 우물우물하고 있을 시간이 없다는 것뿐이었다.

성상으로 축복하는 의식은 아무 문제 없이 끝났다. 스테판 아르카디치는 희극적일 만큼 장중한 태도로 아내와 나란히 서서 성상을 잡았다. 그는 레빈한테 땅바닥까지 이마가 닿도록 절을 하라고 일러놓은 뒤, 부드러우면서도 비아냥거리는 듯한 미소로 그를 축복하고 세 차례 그에게 키스했다. 다리야 알렉산드로브나도 그와 똑같이 하고 곧 마차를 타려고 서둘렀으나 마차의 행선지를 미리 정하는 일로 또다시 혼란이 일고 말았다.

"자, 그럼 이렇게 하세. 자네는 우리 마차로 그애를 데리러 가고, 세르게이 이바노비치는 귀찮겠지만 거기에 들르거든 바로 마차를 돌려보내줘."

"귀찮기는, 알겠어."

"그럼 우리는 이제 이 친구와 가지. 짐은 보냈나?" 스테판 아르카디치가 말했다.

"보냈어." 레빈은 대답하고는 쿠지마한테 옷 갈아입는 것을 거들어달라고 지시했다.

3

많은 사람들, 특히 아낙네들이 결혼식을 위해 휘황하게 불이 켜진 교회를 둘러싸고 있었다. 안으로 들어가지 못한 사람들은 창문께에 모여서 밀치락달치락 다투기도 하고 창살 너머로 넘겨다보기도 했다.

벌써 스무 대 이상의 마차가 헌병의 지휘로 행길을 따라 세워져 있었다. 경위는 혹한에도 아랑곳하지 않고 제복을 빛내면서 입구에 서 있었다. 아직도 그칠 새 없이 승용 마차가 들이닥쳤고, 머리에 꽃장식을 하고 치맛자락을 치켜든 부녀자들과 군모며 검은 모자를 벗어든 남자들이 교회 안으로 들어갔다. 교회 안에서는 이미 한 쌍의 샹들리에와 여기저기 성상 앞에 세워진 초들이 모두 환히 켜져 있었다. 성장聖障*의 붉은 바탕색 위에서 반짝이는 황금빛 광휘, 이콘의 금박을 씌운 조각, 대형 샹들리에와 촛대의 은, 바닥의 석판, 양탄자, 성가대석 위쪽 교회의 기旗, 설교대의 디딤널, 거무튀튀한 낡은 책들, 제의 안에 받쳐 입는 옷, 그리고 제의 등등…… 모든 것이 빛을 받아 반짝였다. 훈훈한 교회 오른쪽에는 연미복에 하얀 넥타이, 정복과 단자緞子, 벨벳, 새틴, 머리털, 꽃, 살갗이 드러난 어깨, 팔, 목이 긴 장갑의 무리 속에서 조심스러우면서도 활발한 이야기가 오가며 높고 둥근 천장에 야릇한 반향을 일

---

* 성소(聖所)와 지성소 사이의 칸막이. 이콘(그리스도 성모 성인의 상이며 행적 복음서 등을 주제로 한, 널빤지에 그려진 종교회화)이 끼워져 있다.

으켰다. 문이 열려 삐걱거리는 소리가 들릴 때마다 사람들의 이야기 소리는 뚝 멎고, 모두들 들어오는 신랑 신부를 보려고 돌아다보았다. 문은 벌써 열 차례 이상이나 열렸지만, 매번 늦게 온 손님이거나 오른쪽 초대석으로 가는 손님이거나 또는 경위를 속이거나 동정을 사거나 해서 왼쪽의 일반 하객석 틈에 끼어드는 구경꾼이었다. 그리고 집안사람들도 일반 구경꾼들도 이제 기다림의 한계를 넘어서고 있었다.

처음에는 신랑과 신부가 곧 올 거라 여기고 이렇게 늦는데도 별로 신경을 쓰지 않았으나, 마침내 사람들은 자꾸만 문 쪽을 기웃거리며 무슨 일이 일어난 건 아닌가 하고 수군거렸다. 그러는 동안 식이 늦어지는 것이 어쩐지 거북스러워져서 집안사람들과 내빈들은 신랑에 대해 생각하는 것이 아니라 자기들의 이야기에 열중하고 있는 것처럼 보이려고 애썼다.

부제장副祭長은 자기 시간의 가치를 알아달라는 듯이 창문의 유리가 떨릴 만큼 마른기침을 했다. 성가대에서는 기다리다못한 대원들이 목청을 가다듬기도 하고 코를 풀기도 하는 소리가 들렸다. 사제는 줄곧 교무자를 보내거나 부제를 보내어 신랑이 도착했는지 알아보게 했고, 자신도 보랏빛 제의와 수가 놓인 띠를 두른 모습으로 신랑을 기다리다못해 자꾸만 옆쪽의 문간으로 나가보곤 했다. 마침내 부인들 가운데 한 사람이 시계를 들여다보고 이렇게 말했다. "아무래도 너무 이상해요!" 그러자 내빈들도 모두 불안한 기분에 휩싸여 각자의 놀라움과 불만을 떠들썩하게 토로하기 시작했다. 신부 들러리 한 사람이 사정을 알아볼 양으로 마차를 몰았다. 키티는 이때 벌써 오래전에 말끔히 준비가 돼 있었고, 하얀 의상에 긴 베일과 오렌지꽃 화관을 쓰고 혼례식 대모인 언니 리보바와 함께 셰르바츠키가의 홀에 서서 벌써 반시간 이상이나 헛되이 신랑이 교회에 도착했다는 신부 들러리의 보고를 기다리면서 우두커니 창문을 바라보고 있었다.

레빈은 그때 바지만 끼우고 조끼도 연미복도 입지 않은 채 줄곧 창문으로 고개를 내밀고 복도를 둘러보면서 자신의 방 안을 이리저리 왔다갔다했다. 그러나 복도에 그가 기다리는 사람의 모습은 보이지 않았고, 그는 실망하고 되돌아와서는 두 손을 마구 내두르면서, 태연하게 담배를 피우고 있는 스테판 아르카디치에게 말을 건넸다.

"정말 이렇게 엄청나게 어리석은 꼴을 당한 사람이 또 있었을까!" 그가 말했다.

"그래, 어리석어." 스테판 아르카디치는 위로하는 듯한 미소를 띠면서 맞장구를 쳤다. "그러나 좀 진정해, 곧 올 테니까."

"물론이지!" 레빈은 치밀어오르는 화를 억누르면서 말했다. "그리고 이 멍청하게 가슴이 드러난 조끼! 참을 수가 없어!" 그는 자기 루바시카의 가슴 부분이 구겨져 있는 것을 보면서 말했다. "그런데 내 짐이 이미 기차역으로 실려나갔으면 어떻게 한담!" 그는 절망적으로 외쳤다.

"그때는 내 걸 입어."

"진작 그렇게 했어야 했어."

"그러나 우스꽝스럽게 보여선 안 되니까…… 좀더 기다려봐! 다 잘될 거야."

일은 이렇게 된 것이었다. 레빈이 옷을 갈아입겠다고 말했을 때 레빈의 늙은 하인 쿠지마는 연미복이며 조끼며 그 밖의 필요한 것을 갖춰서 가지고 왔다.

"루바시카는!" 레빈이 외쳤다.

"루바시카는 입고 계시잖습니까." 쿠지마는 침착하게 미소를 지으며 대답했다.

쿠지마는 새 루바시카를 남겨둘 생각을 미처 하지 못했다. 그래서 그는 짐을 꾸려서 오늘밤에 신혼부부가 거기에서 시골로 떠나기로 돼 있던 셰르바츠키가로 실어다놓으라는 명령을 받았을 때 연미복 한 벌만 남기고 나머지는 모두 짐을 꾸려 명령을 받은 대로 한 것이다. 그러나 레빈이 아침부터 입고 있던 루바시카는 이미 구겨져서 가슴이 넓게 트인 유행하는 조끼를 입을 수가 없었다. 셰르바츠키가로 사람을 보내기에는 길이 멀었다. 그래서 새 루바시카를 사오라고 사람을 보냈다. 하인은 되돌아왔다. 어디를 가나 문이 닫혀 있다는 것이었다. 일요일이었다. 이번에는 스테판 아르카디치의 집으로 사람을 보내어 루바시카를 가져오게 했다. 그러나 그것도 입을 수 없을 만큼 품이 크고 짧았다. 그래서 결국 셰르바츠키가로 사람을 보내어 짐을 풀게 하기로 했다. 교회에서는 사람들이 신랑을 기다리고 있었지만, 그는 우리 안의 짐승처럼 복도를 내다보기도 하고 자기가 키티에게 지껄였던 것과 그녀가 지금 어떻게 생각하고 있을까를 상상하면서 공포와 절망에 사로잡혀 격정스레 방안을 서성거리고 있었던 것이다.

마침내 죄인 쿠지마가 셔츠를 가지고 헐레벌떡 방으로 뛰어들어왔다.

"하마터면 못 만날 뻔했어요. 벌써 짐마차 위에 올리고 있더라고요." 쿠지마가 말했다.

삼 분 후 레빈은 더이상 상처를 건드리지 않기 위해 시계도 보지 않고 허둥지둥 복도를 뛰어갔다.

"이거 정말 못 봐주겠군." 스테판 아르카디치는 그의 뒤에서 여유 있게 따라가면서 미소를 띠고 말했다.

"잘될 거야, 잘될 거야……"

4

"왔어요!" "저기, 저 사람입니다!" "어느 분이라고요?" "더 젊은 사람이겠죠?" "어머, 신부가 살아는 있는지 어떤지 모르겠군요!" 레빈이 입구에서 신부와 만나 같이 회당 안으로 들어가자 군중 속에서는 이렇게 수군거리기 시작했다.

스테판 아르카디치는 늦은 까닭을 아내한테 이야기하자, 내객들은 미소 지으면서 자기들끼리 서로 속삭거렸다. 레빈은 아무것도, 그 누구도 눈에 들어오지 않았다. 그는 눈도 떼지 않고 자신의 신부만 바라보았다.

모두들 그녀가 요즈음 얼굴이 쭉 빠졌다며, 화관을 얹은 모습이 평상시보다도 못하다고 이야기했지만, 레빈의 눈에는 그렇게 보이지 않았다. 그는 길고 하얀 베일 아래 흰 꽃으로 장식하여 높이 빗어올린 머리며, 특히 처녀답게 양쪽은 감추고 긴 목의 앞부분만 드러나는 주름 잡아 높이 세운 깃이며 유난히 가느다란 허리를 바라보았다. 그에게는 그녀가 어느 때보다도 아름답게 여겨졌는데, 그것은 꽃이며 베일이며 파리에서 주문해 온 의상이 그녀의 아름다움에 무엇인가를 더해주어서가 아니라, 이처럼 인공적이고 화사한 복장에도 불구하고 그녀의 예쁘장한 얼굴이며 눈동자며 입술이 예나 다름없이 그녀 특유의 순결하고 진실된 표정을 띠고 있기 때문이었다.

"나는 그만 당신이 도망치려는 줄 알았어." 그녀는 이렇게 말하며 그에게 방긋이 웃어 보였다.

"아니! 정말 웃지 못할 일이 있었어. 이야기하기도 부끄러워!" 그는 얼굴을 붉히며 말하고 마침 옆으로 온 세르게이 이바노비치 쪽을 돌아보았다.

"네 루바시카 이야기는 정말 걸작이야!" 세르게이 이바노비치는 고개를 내젓고 싱글벙글하면서 말했다.

"응, 응." 레빈은 그가 자기에게 무슨 말을 하고 있는지도 모른 채 대답했다.

"그런데 코스탸, 당장 어떻게든 결정해야 할 일이 있는데 말야." 스테판 아르카디치는 짐짓 난처한 얼굴을 하고 말했다. "중요한 문제야. 지금 이런 상태에 있으니 자네는 이 문제의 중대성을 충분히 이해할 수 있겠지. 그런데 말야, 모두들 나한테 쓰다 남은 양초를 켤 것인지 아니면 새 것을 켤 것인지를 묻는데 말야, 차이는 십 루블이야." 그는 금방이라도 웃음을 터뜨릴 것만 같은 입술로 이렇게 덧붙였다. "나는 결정했지만, 자네가 동의해주지 않으면 곤란하니까 말이지."

레빈은 그 말이 농담이란 것을 알았지만 웃을 수가 없었다.

"그래 어떻게 하겠어? 쓰지 않은 것으로 할 것인가 쓰다 남은 것으로 할 것인가, 이것이 문제야."

"그래, 그렇지! 쓰지 않은 거라야지."

"그래, 정말 기쁘군! 문제는 해결됐어!" 스테판 아르카디치는 웃으면서 말했다. "이런 경우에 사람들은 정말 얼간이가 되고 말거든." 그는 레빈이 멀거니 치리코프의 얼굴을 쳐다보고 신부 쪽으로 가버렸을 때 치리코프에게 말했다.

"알겠어, 키티? 네가 먼저 양탄자 위에 서는 거야."* 노르드스톤 백작 부인이 키티 옆으로 와서 말했다. "당신도 훌륭하군요!" 그녀는 레빈에게 얼굴을 돌리며 말했다.

"어때, 무섭진 않아?" 연로한 고모 마리야 드미트리예브나가 말했다.

"춥니? 얼굴이 파리하군. 잠깐만, 머리를 숙여봐!" 키티의 언니 리보바가 말했다. 그러고는 포동포동한 아름다운 팔을 들어 미소를 머금은 얼굴로 그녀 머리 위의 꽃을 매만져주었다.

돌리는 옆으로 와서 무엇인가를 얘기하려고 했으나, 말을 하지 못하고 어색하게 울먹이다 웃다 할 뿐이었다.

키티는 레빈과 마찬가지로 넋이 나간 눈동자로 모두를 바라보았다. 그녀는 사람들이 건네는 모든 말에, 그녀에게 그렇게도 자연스러운 행복의 미소로만 답할 수 있었다.

그러는 동안 교무자들은 제의를 입고 사제는 부제를 거느리고 교회 정면에 있는 성서대 쪽으로 나왔다. 사제는 무엇인가를 얘기하고 레빈을 돌아다보았다. 레빈은 사제가 이야기한 것을 잘 알아듣지 못했다.

"신부의 손을 잡고 데려가십시오." 들러리가 레빈한테 속삭였다.

한참 동안 레빈은 어떻게 하라는 것인지 이해할 수 없었다. 한참동

---

* 신랑과 신부가 조그만 양탄자 위에 서는 의식 때, 먼저 선 쪽이 가정의 실권을 쥔다고 믿었다.

안 사람들은 그를 바로잡아주려고 하다가 결국엔 그냥 내버려둘 생각까지 했다. 왜냐하면 그는 아무리 일러주어도 다른 쪽 손으로 신부를 잡거나 신부의 다른 쪽 손을 잡거나 했기 때문이었다. 마침내 그는 오른손으로 위치를 바꾸지 않고 신부의 오른손을 잡아야 한다는 것을 겨우 이해했다. 이렇게 해서 그가 드디어 신부의 손을 바르게 잡자 사제는 그들 앞으로 몇 걸음 걸어나가서 성서대 옆에 멈춰 섰다. 친척과 친지 한떼가 왁자그르한 이야기 소리와 치맛자락이 스치는 소리를 내면서 두 사람의 뒤를 따랐다. 누군가 허리를 구부리고 신부의 치맛자락을 바로잡아주었다. 교회 안은 촛농이 떨어지는 소리까지 들릴 만큼 조용해졌다.

노사제는 법모法帽 아래 귀 뒤로 빗어넘긴 은백의 고수머리를 반짝이면서 등에 황금빛 십자가가 달린 무거운 은빛 제의 밑으로 늙은이다운 조그마한 손을 내어 성서대 옆에서 무엇인가를 뒤척거렸다.

스테판 아르카디치는 조심스럽게 사제 곁으로 다가가서 뭔가를 속삭이고는 레빈에게 눈짓을 하고 다시 제자리로 돌아왔다.

사제는 꽃으로 장식된 두 자루의 초에 불을 붙이고 촛농이 천천히 똑똑 떨어지도록 초를 옆으로 돌려서 오른손에 들고 신랑 신부 쪽을 돌아보았다. 사제는 레빈의 고해를 들었던 바로 그 사람이었다. 그는 슬픔에 잠긴 듯한 눈동자로 신랑 신부를 바라보면서 긴 한숨을 짓고는 오른손을 제의 밑에서 꺼내어 먼저 신랑을 축복하고, 또 마찬가지로 그러나 좀더 공손하게 깍지 낀 손가락을 고개를 숙이고 있는 키티의 머리 위에 얹었다. 그런 다음 그는 초를 그들에게 건네고 향로를 들어올리더니 서서히 그들에게서 물러났다.

'이게 정말 현실일까?' 레빈은 생각하면서 신부를 돌아보았다. 그녀의 옆얼굴이 약간 아래쪽으로 내려다보였다. 그는 그녀의 입술과 속눈썹의 보일 듯 말 듯한 움직임을 보고 그녀가 자신의 시선을 느끼고 있다는 것을 알았다. 그녀는 돌아보지는 않았지만, 주름 잡힌 높은 깃이 장밋빛의 예쁘장한 귀 쪽으로 치켜들리면서 가냘프게 떨렸다. 그는 한숨이 그녀의 가슴 가운데에서 꽉 멎고 촛불을 든, 긴 장갑을 낀 조그마한 손이 가늘게 떨리는 것을 보았다.

루바시카, 지각, 얼떨떨했던 소란, 친지와 친척들과의 대화, 그들의 불만, 자신의 우스꽝스러운 처지, 이 모든 것들이 갑자기 사라져버리고 그는 기쁜 것도 같고 무서운 것도 같은 기분이 되었다.

은빛 제의를 입고 고수머리를 양쪽으로 갈라 빗어붙인, 잘생기고 후리후리한 부제장은 활발하게 앞으로 걸어나와 익숙한 몸짓으로 두 손가락으로 성대聖帶를 치켜올리더니 사제와 마주보고 발을 멈췄다.

"주 – 여, 축복을 – 주시옵소서!" 느릿느릿한 한마디 한마디에 공기의 진동을 일으키며 사제의 장엄하고도 느린 목소리가 울렸다.

"우리의 하느님은 언제나 찬송을 받으시도다, 지금도, 언제나, 영원히." 연신 성서대 위에서 무언가를 뒤적이면서 부드럽게 노래하는 듯한 어조로 노사제가 대답했다. 그러자 모습도 보이지 않는 성가대의 합창이 창문에서 둥근 천장까지 교회 가득히 조화롭고 넓게 울려퍼졌고, 차츰 높아졌다가는 잠깐 멎더니 조용히 사라져버렸다.

그들은 언제나처럼 하늘로부터의 평화와 구원을 위해, 종무원을 위해, 그리고 황제를 위해 기도하고 또 오늘 결혼하는 하느님의 종 콘스탄틴과 예카테리나를 위해 기도했다.

"오 하느님, 이들에게 보다 나은, 보다 평화로운 사랑을 내려주시고 이들을 도와주시기를 기도하나이다." 마치 온 교회가 부제장의 목소리로 호흡하는 것 같았다.

그 말을 듣고 있던 레빈은 깜짝 놀랐다. '도와주시기를, 이 사람들은 이것을 어떻게 알아챈 것일까?' 그는 요즈음 자신이 느낀 의혹과 공포를 돌이켜보며 생각했다. '내가 무엇을 알 수 있단 말인가. 이런 무서운 일 가운데에서 내가 무엇을 할 수 있겠는가?' 그는 생각했다. '도움이라는 것이 없다면? 그렇다, 지금의 나에게는 도움이야말로 가장 절실한 것이다.'

부제가 기도문을 다 읽고 나자 사제는 책을 손에 들고 신랑과 신부 쪽으로 돌아섰다.

"떨어져 있는 두 사람을 하나로 묶어주시는 영원하신 하느님!" 그는 부드럽게 노래하는 듯한 목소리로 읽었다. "부수어버릴 수 없는 거룩한 사랑의 결합을 그들에게 놓아주시고 이삭과 레베카를 축복하시고 당신의 성약의 상속자로서 보여주신 하느님이시여. 바라옵건대 당신의 종 콘스탄틴과 예카테리나에게 축복을 주시고 행복한 길로 이끌어주시옵소서. 당신은 자비롭고 사람을 사랑해주시니, 아버지이신 하느님, 성자이신 하느님, 거룩한 성령이신 하느님, 당신에게 영광이 있으시기를, 지금도, 언제나, 영원히."―"아-멘." 또다시 모습이 보이지 않는 성가대의 합창이 공중에 넘쳐흘렀다.

'떨어져 있는 두 사람을 하나로 묶어주시고 사랑의 결합을 놓아주신다. 정말 의미 깊은 말이다. 이런 순간에 인간이 느끼는 감정에 정말 딱 들어맞는다!' 레빈은 생각했다. '그녀도 나와 같은 생각을 하고 있을까?'

그리고 돌아다본 순간 그는 그녀의 시선과 딱 마주쳤다.

그는 그 눈빛에서 그녀도 자기와 같은 생각을 하고 있다는 걸 알았다. 그러나 그것은 잘못된 생각이었다. 그녀는 기도의 말을 거의 대부분 이해하지 못했다. 심지어 약혼의 기도를 할 때는 그것을 듣고 있지도 않았다. 그녀는 그것에 귀를 기울이거나 이해할 수가 없었다. 그녀의 가슴을 채우고 있던 하나의 감정, 끊임없이 더욱더 커져가는 감정이 그만큼 강했기 때문이었다. 그 감정은 벌써 한 달 반 전부터 그녀의 마음속에 이루어져 있었던 것, 이 육 주 동안 끊임없이 그녀를 기쁘게 하기도 하고 괴롭게도 했던 것이 지금 완전히 이루어졌다는 것에 대한 기쁨이었다. 그녀의 마음속에서는 그 갈색 옷을 입고 아르바트 거리의 집 홀에서 묵묵히 그에게로 다가가서 손을 내밀었던 그날 그 순간에 이전의 모든 생활로부터의 완전한 이탈이 이루어지고 전혀 다른 미지의 새 생활이 시작되었던 것이지만, 실제로는 이전의 생활이 계속되고 있었다. 이 육 주 동안이 그녀에게는 가장 행복하고도 가장 괴로운 시기였다. 그녀의 모든 생활, 모든 욕구, 모든 희망은 아직 잘 알지도 못하는 한 사내에게 집중돼 있었다. 그 사내에게 그녀를 묶어놓고 있는 것은 그 사내 자체보다도 한층 더 알 수 없는, 어떤 때는 서로를 접근시키고 어떤 때는 서로를 밀어젖히는 것 같은 감정이었다. 그와 동시에 그녀는 예전의 생활조건 속에서 계속 살아가고 있었던 것이다. 전과 같은 생활을 계속하면서 그녀는 자신의 모든 과거, 물건이며 습관이며 자기를 사랑해주었고 또 사랑해주고 있는 사람들이며 자기가 냉담해진 것을 슬퍼하는 어머니며 지금까지는 이 세상의 무엇보다도 좋아했던 정답고 상냥한 아버지에 대해 어쩔 수 없이 냉담해져버린 자신의 마음이 두렵게 느껴졌다. 그녀는 어떤 때는 이 냉담을 두렵게 여기기도 하고, 또 어떤 때는 자기를 이 냉담으로 이끈 것을 기뻐하기도 했다. 그 사람과의 생활 외에 그녀는 아무것도 생각할 수도 바랄 수도 없었다. 그러나 그 새로운 생활은 실제로는 아직 존재하지 않았기에 그녀는 구체적으로 상상할 수조차 없었다. 존재하는 것은 그저 기대감, 미지의 새로운 것에 대한 공포와 환희뿐이었다. 이제야 그 기대도 미지도 예전의 생활을 버린다는 회한도, 모든 것이 끝나고 새로운 생활이 시작되려 하고 있는 것이다. 이 새로운 생활도 그 불분명함 때문에 무섭지 않을 수 없었다. 그러나 무섭든 무섭지 않든, 그것은 이미 육 주 전에 그녀의 마음속에서 모두 완성되었기에, 지금은 그저 한참 전에 이루어진 것을 신성화할 뿐이었다.

사제는 다시 성서대 쪽으로 돌아와서 간신히 키티의 조그마한 반지를 빼낸 다음 레빈에게 손을 달라고 하더니 그의 약지 첫번째 마디에 끼워주었다. "하느님의 종 콘스탄틴과 하느님의 종 예카테리나의 혼약이 맺어지도다." 그리고 이번에는 큼직한 반지를 키티의 장밋빛 나는, 지나칠 정도로 가냘파 안타깝기만 한 손가락에 끼우고 다시 같은 말을 되풀이했다.

신랑 신부는 여러 차례 자기들이 해야 할 일을 추측하려고 했으나 그럴 때마다 틀렸으므로 사제는 귓속말로 두 사람을 바로잡아주었다. 마침내 해야 할 일을 하고 나자 그는 반지로 성호를 긋고 나서 다시 키티에게는 큰 반지를, 레빈에게는 작은 반지를 건넸다. 두 사람은 또다시 어찌할 바를 몰랐다. 반지는 두 차례나 손에서 손으로 건네졌으나 역시 좀처럼 절차에 맞게 진행되지 않았다.

돌리와 치리코프와 스테판 아르카디치가 바로잡아주기 위해 앞으로 나아갔다. 혼잡과 귓속말과 웃음이 일었지만, 결혼하는 두 사람의 감동에 찬 엄숙한 표정은 변하지 않았다. 아니, 그러기는커녕 계속 손을 엇갈리면서도 두 사람은 전보다도 한층 더 진지하고 엄숙한 눈빛을 해서, 스테판 아르카디치가 이제 각자 자신의 반지를 끼라고 속삭이면서 지었던 미소는 저도 모르게 입술 위에 그대로 얼어붙어버렸다. 어떤 미소라도 두 사람을 모욕하는 것이 될 것 같았기 때문이다.

"하느님이시여! 당신은 태초에 남자와 여자를 창조하셨나이다." 사제는 반지의 교환에 이어 송독했다. "당신의 손으로 아내는 남자를 돕도록, 또 자식을 낳도록 지아비에게 주어졌나이다. 우리 주 하느님, 그러므로 당신의 후예와 당신의 성약에 진실한 축복을 주시옵고, 선택된 당신의 종인 우리의 조상에게, 그리고 대대의 후손에게 변함없는 축복을 내려주신 하느님이시여, 당신의 종 콘스탄틴과 예카테리나에게 보살핌을 내려주시옵고 그들의 결혼을 신앙으로, 마음의 일치로, 진리로, 사랑으로 굳어지게 하시옵소서……"

레빈은 결혼에 대한 자신의 온갖 생각, 자신의 생활을 어떻게 세울 것인가에 대한 자신의 공상, 이 모든 것이 어린아이 장난 같은 것이었으며, 그것이 그가 오늘날까지 풀지 못하고 있고 지금은 자기를 위해 수행되고 있는데도 오히려 알 수가 없는 그 무엇이라는 것을 차츰 느꼈다. 그의 가슴에는 더욱더 강하게 전율이 일고, 억누를 수 없는 눈물이 두 눈에 넘쳤다.

5

교회에는 모스크바의 친척들과 지인들이 모두 모여 있었다. 그리고 결혼식을 올리는 동안 불빛이 비쳐 반짝이는 회당 안에서는 성장을 한 부인들과 처녀들, 하얀 넥타이에 연미복 혹은 제복 차림의 남자들이 무리 지어 있는 가운데 주로 남자들이 나누는 예의바르고 조용한 이야기가 끊이지 않았다. 한편 부인들은 언제 보아도 그녀들의 마음을 강하게 움직이는 의식을 세밀히 관찰하는 데 온통 마음을 빼앗기고 있었다.

신부와 가장 가까운 사람들 가운데에는 그녀의 두 언니가 있었다. 돌리와, 외국에서 돌아온 차분한 미인인 큰언니 리보바였다.

"도대체 마리는 어째서 결혼식에 꼭 검정처럼 보이는 보랏빛 옷을 입었을까요?" 코르순스카야 부인이 말했다.

"저 얼굴빛을 봐요. 저 차림이 유일한 구원이에요……" 드루베츠카야 부인이 대답했다. "그건 그렇고, 난 놀랐어요, 결혼식을 저녁에 하다니 말예요. 영락없는 장사치예요……"

"저녁에 하는 게 더 아름답게 보여요. 나도 저녁에 했어요." 코르순스카야 부인이 대답했다. 그리고 그날 자기가 얼마나 예뻤는지, 남편이 얼마나 우스꽝스러울 만큼 자기에게 홀딱 반해 있었는지를 떠올리고, 또 지금은 모든 게 변해버렸다는 사실을 생각하며 긴 한숨을 쉬었다.

"결혼식 들러리를 열 번 이상 한 사람은 결혼할 수 없다고들 하더군요. 그래서 나도 확실히 하려고 열번째를 서보려고 했습니다만, 어디 자리가 나야 말이죠." 시냐빈 백작은 자기한테 마음을 두고 있는 아름다운 차르스카야 공작영애에게 말했다.

차르스카야는 그저 미소로만 그의 말에 답했다. 그녀는 자기가 시냐빈 백작과 함께 지금의 키티 자리에 서게 될 때의 일이며, 그리고 그때 자기가 그에게 지금의 농담을 상기시켜줄 일을 생각하면서 키티를 바라보았다.

셰르바츠키는 노여관老女官인 니콜라예바에게 자기는 키티가 행복해지도록 그녀의 시뇽 위에 관을 씌워줄 작정이라고 말했다.*

"시뇽을 달 것까진 없었는데." 만약 자기가 찾아낸 나이 많은 홀아비와 결혼하게 된다면 식은 아주 간단하게 해야겠다고 오래전부터 마음먹고 있던 니콜라예바는 대답했다. "나는 그런 야단스러운 것은 좋아하지 않아요."

세르게이 이바노비치는 다리야 드미트리예브나에게 결혼 후 여행을 가는 풍습이 퍼지고 있는 것은, 신혼부부는 으레 약간은 부끄러워하기 때문일 것이라고 농담조로 주장했다.

"당신의 동생분은 아마 영광으로 생각할 거예요. 신부가 정말 아름다워요. 당신도 부러우실 것 같은데요?"

"나는 이제 그런 시절은 다 지나가버렸습니다, 다리야 드미트리예브나." 그가 대답했고, 그러자 그의 얼굴은 뜻밖에도 쓸쓸한 듯 진지한 표정이 되었다.

스테판 아르카디치는 처형에게 이혼을 주제로 뭔가 농담을 지껄이고 있었다.

"화관을 바로해줘야 하는데." 그녀는 그가 하는 말은 듣지도 않고 대

---

* 신랑 신부의 머리 위에 관을 받쳐드는 의식을 할 때 실제로 관을 씌우면 행운이 찾아온다고 믿었다.

구했다.

 "정말 안됐어요, 저렇게 얼굴에 살이 빠져서." 노르드스톤 백작부인은 리보바에게 말했다. "그래도 저 사람은 신부의 발뒤꿈치도 못 따라가요, 그렇지 않아요?"

 "아녜요, 나는 저 사람이 아주 마음에 들어요. 저 사람이 앞으로 내 *제부*가 되기 때문에 하는 말은 아녜요." 리보바는 대답했다. "태도가 정말 훌륭하잖아요. 이런 상황에서 훌륭한 태도를 취한다는 것은, 우스꽝스럽게 보이지 않기란 무척 어려운 일이에요. 그런데 저 사람은 우스꽝스럽지도 않고 얼어 있지도 않아요. 감동하고 있는 것은 틀림없지만."

 "그럼 당신은 이렇게 되기를 기다리고 있었나보군요?"

 "어머, 그럼요. 저애는 언제나 저 사람을 마음에 두고 있었는걸요."

 "자, 누가 먼저 양탄자 위에 서는가 봅시다. 키티한테는 가르쳐주었습니다만."

 "아무래도 상관없어요." 리보바는 대답했다. "우리는 모두 얌전한 아내예요. 그것이 우리 가풍이에요."

 "어머나, 나는 일부러 바실리보다 먼저 올라섰었어요. 당신은요, 돌리?"

 돌리는 그들 옆에 서서 이야기를 듣고 있었지만, 아무 대답도 하지 않았다. 그녀는 깊이 감동했다. 눈에는 눈물이 글썽거렸고, 울지 않고는 한마디도 할 수 없을 것 같았다. 돌리는 키티와 레빈이 결혼하는 것을 기뻐했다. 그녀는 마음속으로 자신의 결혼식 때로 돌아가 스테판 아르카디치의 빛나는 모습을 보았고, 현재의 일은 모두 다 잊은 채 그저 자신의 순진한 첫사랑만을 생각했다. 그녀는 자신의 경우만이 아니라 모든 여자 친구들이며 지기들의 경우를 떠올려보았다. 그녀는 그 모든 사람들이 오늘의 키티처럼 마음에 사랑과 희망과 공포를 품고 과거에서 떨어져나와 신비한 미래에 발을 들여놓으려 하면서 화관을 쓰고 섰을 때의, 일생에 한 번밖에 없는 그 엄숙한 순간의 모습을 상기했다. 이렇게 기억에 떠오른 많은 신부들 가운데에서 그녀는 이혼 얘기가 나오고 있다는 것을 요즘에야 자세히 듣게 된 사랑스러운 안나의 모습을 떠올렸다. 그녀도 그때엔 지금의 키티처럼 오렌지꽃과 베일에 싸인 순결한 모습으로 서 있었다. 그런데 지금은 어떤가?

"정말 이상야릇한 일이다!" 그녀는 중얼거렸다.

이렇게 세세하게 의식의 하나하나까지 주시하고 있던 이들은 신부의 언니들이며 친구들이며 친척들만이 아니었다. 전혀 상관이 없는 여자들이며 구경하는 아낙네들까지도 신랑 신부의 거동과 표정을 하나라도 놓칠세라 설레는 마음으로 숨을 죽인 채 그들 쪽을 주시했고, 농담을 하거나 아무 상관 없는 말들을 지껄이는 무관심한 남자들의 말에는 아니꼬운 듯이 대꾸도 하지 않고 귀에 담지도 않았다.

"어째서 저렇게 눈이 부어 있을까요? 내키지 않는 결혼인 걸까요?"

"저렇게 훌륭한 사람한테 가는데 어찌 싫어할 리가 있겠어요? 게다가 또 공작이라죠, 안 그래요?"

"저 하얀 새틴 옷을 입은 사람이 언니죠? 글쎄, 좀 들어봐요, 부제가 굵은 목소리로 '그리고 지아비를 두려워할지어다' 하고 소리지르고 있어요."

"추도프 수도원의 사람들인가요?"

"종무원 사람들이에요."

"내가 하인에게 물어봤죠. 그랬더니 곧 신부를 시골의 자기 영지로 데려간다나요. 굉장히 부자라나봐요. 그러니까 시집을 보내는 거지요."

"하지만 잘 어울리는 부부예요."

"봐요, 마리야 블라시예브나. 당신은 언젠가 크리놀린*을 따로 떼어 입는 거라고 우겨댄 적이 있었죠? 그렇지만 저기 짙은 보랏빛 옷을 입은 분을 봐요. 공사 부인인 모양이에요…… 저분 스커트는 양쪽으로 저렇게 빳빳이 올라가 있잖아요."

"어쩌면 저리도 귀여운 신부가 다 있담, 꼭 꽃으로 꾸며진 어린 양 같군요! 뭐니 뭐니 해도 우리는 역시 여자 쪽에 동정이 가는 거예요."

교회 문으로 슬쩍 들어올 수 있었던 구경꾼 아낙네들 사이에서는 이런 이야기가 오갔다.

6

결혼식이 끝나자 한 교무자가 회당 정면 중앙의 성서대 앞에 장밋빛 양탄자를 깔았다. 성가대는 베이스와 테너의 숙련된 합창으로 복잡한 시편을 부르기 시작했다. 그러자 사제는 신혼의 두 사람을 돌아다보고 장밋빛 양탄자를 가리켰다. 두 사람 다 먼저 양탄자를 밟는 쪽이 집안의 주도권을 쥐게 된다는 말을 귀에 못이 박힐 만큼 들어왔지만 레빈도 키티도 그쪽으로 서너 걸음 내디뎠을 때에는 그런 말을 기억하고

---

* 19세기 중엽 치마를 부풀리기 위해 착용한, 말총 따위로 짠 빳빳한 페티코트.

있을 여유가 없었다. 사람들은 한쪽에서는 남자가 먼저였다고 하고 다른 쪽에서는 두 사람이 함께였다고 하며 왁자한 비평과 입씨름을 벌였지만 두 사람은 귀담아듣지 않았다.

두 사람은 결혼하기를 바라고 있는가, 따로 약속한 사람은 없는가라는 통상적인 질문과 거기에 대한, 그들 자신에게도 야릇하게 들린 대답이 끝나자 새로운 미사가 시작됐다. 키티는 기도문의 의미를 이해하려고 귀를 기울였으나 끝내 이해할 수 없었다. 식이 진행됨에 따라 의기양양한 느낌과 밝은 환희의 감정이 더욱더 강하게 그녀의 마음을 채우고 그녀의 주의력을 빼앗아버렸다.

그들은 기도했다. "저들에게 절조와 모태의 열매를 주시옵소서. 저들로 하여금 아들과 딸을 보는 것으로 즐거움을 누리게 해주시옵소서." 그리고 하느님이 아담의 갈비뼈로 아내를 만들었다는 말에 이어, "그러므로 사람은 부모에게서 떨어져 그 아내를 만나고 이인일체二人一體가 되느니라" 하고, "이것이야말로 하나의 위대한 신비이니라" 하고 말했다. 이어서 그들은 하느님이 그들에게 이삭과 리브가, 요셉, 모세와 시뽀라처럼 다산과 축복을 주시도록, 그리고 그들이 아들의 아들도 볼 수 있도록 해주시길 빌었다. '정말 모두 좋은 말이다.' 키티는 이런 말들을 들으면서 생각했다. '정말 모두 이대로 되지 않을 리 없어.' 그러자 환희의 미소가 그녀의 얼굴에 빛났고, 그녀를 보고 있던 모든 사람에게도 어느 틈에 번져나갔다.

"잘 씌워주세요!" 사제가 그들에게 관을 씌워주었을 때 이런 소리가 들렸다. 셰르바츠키는 단추 세 개가 달린 장갑을 낀 손을 떨면서 그녀의 머리 위로 높이 관을 받들었다.

416

"씌워주세요!" 그녀는 방그레 웃으면서 속삭였다.

그녀를 돌아본 레빈은 그녀의 얼굴에 어린 기쁨의 빛을 보고 깊은 감동을 받았다. 그녀의 그러한 감정은 어느 틈에 그에게도 옮겨졌다. 그도 그녀와 마찬가지로 밝고 즐거운 기분이 되었다.

두 사람은 「사도행전」의 낭독을 듣는 것도, 바깥에서 구경꾼들이 마음을 졸이며 기다리고 있던 마지막의 「시편」을 낭독하는 부제장의 굵은 목소리를 듣는 것도 즐거웠다. 딱바라진 잔에 담긴 물을 탄 따뜻한 붉은 포도주를 마시는 것도 즐거웠다. 그러나 무엇보다도 가장 즐거웠던 것은 사제가 제의의 앞자락을 벌려 두 사람의 손을 잡고 〈이사야여, 환호하라〉를 노래하는 베이스의 빠른 리듬에 맞춰 성서대 주위를 돌게 했을 때였다. 관을 받쳐든 셰르바츠키와 치리코프 역시 벙실거리며 몹시 기뻐하는 모습으로 이따금 신부의 치맛자락에 걸려 휘청거리면서 사제가 발을 멈출 때마다 뒤로 물러서기도 하고 신혼부부와 부딪치기도 했다. 키티의 얼굴에 타오르는 기쁨의 불길은 회당 안의 모든 사람에게 옮아간 듯했다. 레빈에게는 사제와 부제도 자기와 마찬가지로 벙실거리고 싶어하는 듯 보였다.

사제는 두 사람의 머리 위에서 관을 벗긴 후 마지막 기도를 올리고 나서 젊은 두 사람을 축복했다. 레빈은 키티를 힐끔 쳐다보았다. 그는 지금까지 한 번도 이때와 같은 그녀를 본 적이 없었다. 새로운 행복의 빛으로 빛나는 그녀의 얼굴은 어느 때보다도 아름다웠다. 그는 그녀에게 무엇인가를 이야기하고 싶었으나 이제 식이 끝났는지 어떤지를 알 수 없었다. 그러자 사제가 그를 이 당혹에서 구해주었다. 그는 선량한 입가에 웃음을 머금고 조용히 말했다. "아내에게 키스하시오, 남편에게 키스하시오." 그러고는 두 사람의 손에서 초를 건네받았다.

레빈은 조심스러운 태도로 그녀의 미소 띤 입술에 입을 맞춘 다음 그녀에게 손을 주었고, 새롭고 이상야릇한 정다움을 느끼면서 교회 밖으로 나갔다. 그는 이것이 현실이라는 게 믿어지지 않았고, 믿을 수도 없었다. 이윽고 두 사람의 놀란 듯한 수줍은 눈동자가 마주쳤을 때에야 그는 비로소 믿게 되었는데, 이제 일심동체가 되었음을 느꼈기 때문이었다.

그날 밤 만찬이 끝나자 젊은 두 사람은 시골로 떠났다.

7

브론스키와 안나는 벌써 석 달 남짓 함께 유럽을 여행하고 있었다. 두 사람은 베네치아, 로마, 나폴리를 돌아본 후 얼마 동안 거기 머무를 생각으로 이탈리아의 어느 조그만 도시에 막 당도한 참이었다.

포마드를 바른 친친한 머리털을 목에서부터 가리마를 타고 폭넓은 하얀 무명 셔츠의 흉부가 드러나게 입은 연미복 차림에, 둥그렇게 된 불룩한 배 위로 시곗줄을 늘어뜨린 미남 급사장은 두 손을 호주머니에 넣고 얕잡듯이 눈살을 찌푸리고 옆에 서 있는 신사에게 엄숙하게 무엇인가를 대꾸하고 있었다. 급사장은 현관 앞 차도의 다른 쪽에서 층계를 올라오는 발소리를 듣고 힐끔 돌아보았는데, 그 호텔에서 최고급 방을 차지한 러시아 백작을 보자 호주머니에서 두 손을 빼고 공손히 허리를 굽혀 인사한 뒤 급사가 돌아왔고, 팔라초를 빌리는 문제가 해결되었다는 것을 보고했다. 지배인은 그 계약에 서명할 채비가 되어 있었다.

"아! 거참 잘됐군." 브론스키는 말했다. "마님은 계시나, 아니면 나가셨나?"

"산책을 나가셨다가 방금 돌아오셨습니다." 급사장이 대답했다.

브론스키는 챙이 넓은 부드러운 모자를 벗고, 땀에 젖은 이마와 머리가 빠진 부분을 가리기 위해 귀 중간께까지 덮일 만큼 길러서 뒤로 빗어넘긴 머리칼을 손수건으로 닦았다. 그리고 아직도 멀거니 선 채 그를 찬찬히 바라보던 신사 쪽으로 막연한 시선을 던져놓고 그대로 지나치려고 했다.

"이 러시아 손님이 나리를 뵈었으면 한다는데요." 급사장이 말했다.

어디를 가나 지인들의 눈을 벗어날 수 없다는 불만과 무엇이든 자기 생활의 단조로움을 풀 만한 것을 찾아내야겠다는 희망이 뒤섞인 감정으로 브론스키는 다시 한번 가려던 발길을 멈추고 그 신사 쪽을 돌아보았다.

그와 동시에 두 사람의 눈이 환하게 빛났다.

"골레니셰프!"

"브론스키!"

그는 브론스키의 귀족 견습사관학교 시절의 친구인 골레니셰프였다. 골레니셰프는 학창 시절에는 자유파에 속해 있었는데, 문관의 자격으로 학교를 졸업했으나 어디에서도 근무는 하지 않았다. 두 친구는 졸업과 동시에 완전히 소식이 끊겼다가 그뒤 단 한 번 만난 적이 있을 뿐이었다.

당시의 만남에서 브론스키는 골레니셰프가 무언가 그럴듯한 자유주의 사업을 찾아냈으며, 그 때문에 브론스키의 사업과 지위를 얕보려 한다는 것을 알았다. 그래서 브론스키는 그때 골레니셰프에 대해서도 자신의 몸에 배어 있던 그 매정하고 오만한 태도를 취했다. 그 의미는 이러했다. '내 생활양식이 너희들 마음에 들건 말건 나는 전혀 아랑곳하지 않는다. 만일 나를 알고 싶다면 너희들은 나를 존경하지 않으면 안 된다.' 그러자 골레니셰프 쪽에서도 브론스키의 이러한 태도를 얕보는 듯한 냉정함을 보였으니 그 만남은 어떻게 생각하면 두 사람 사이를 한층 더 서먹하게 만들 수밖에 없었다. 그런데도 지금 두 사람은 서로 알아보자 갑자기 기뻐서 고함을 질렀을 정도였다. 브론스키는 골레니셰프를 만나는 것이 이렇게 기쁘리라고는 전혀 예상하지 못했다. 그것은 아마 그가 지금 얼마나 답답해하고 있는지를 스스로도 모르고 있기 때문이었을 것이다. 그는 지난번에 만났을 때의 불쾌한 인상을 잊어버리고 허심탄회하게 기뻐하는 얼굴로 옛친구에게 손을 내밀자, 그때까지 골레니셰프의 얼굴에 있었던 불안한 표정이 똑같은 환희의 표정으로 바뀌었다.

"자네를 만나다니 정말 반가워!" 브론스키는 정다운 미소를 머금고 튼튼해 보이는 하얀 이를 드러내면서 말했다.

"나도 브론스키라고는 들었지만 자넨지 형님인지는 몰랐지. 참으로, 참으로 반가워!"

"자, 들어가지. 그래, 자네는 요즘 무슨 일을 하고 있나?"

"나는 여기 온 지 벌써 이 년째야. 사업을 하고 있지."

"아!" 브론스키는 동정하듯이 말했다. "자, 들어가지."

그리고 러시아 귀족의 공통적인 습관에 따라 하인들에게 숨기고 싶은 것은 러시아어로 이야기하지 않고 일부러 프랑스어로 이야기하기 시작했다.

"자네는 카레니나를 알고 있나? 우리는 같이 여행을 하고 있어. 지금 그녀한테 가는 길이야." 그는 조심스럽게 골레니셰프의 얼굴을 살펴보면서 프랑스어로 말했다.

"아! 난 또 전혀 몰랐지(사실은 알고 있었지만)." 골레니셰프는 태연스레 대답했다. "자네는 여기 온 지 오래됐나?" 그는 덧붙였다.

"나? 오늘이 나흘째야." 브론스키는 다시 한번 조심스럽게 친구의 얼굴을 살피며 대답했다.

'그래, 이 친구는 점잖은 사람이다. 일을 올바르게 볼 줄 아는 인간이다.' 브론스키는 골레니셰프의 얼굴 표정과 화제를 바꾼 의미를 이해하고 이렇게 속으로 혼잣말을 했다. '이 친구 같으면 안나한테 소개해도 되겠지. 당연하게 봐주겠지.'

브론스키는 안나와 함께 외국에서 지낸 이 석 달 동안, 새로운 사람을 만날 때면 언제나 그 사람이 자기와 안나의 관계를 어떻게 볼 것인가를 자문해보았고, 남자인 경우에는 대부분 그렇게 될 수밖에 없었다고 이해한다는 것을 알았다. 그러나 만일 그와 '그렇게 될 수밖에 없었다'고 하는 사람들에게 어째서 그렇게 생각하느냐고 묻는다면 그도 그들도 대단히 난처했을 것이다.

사실 브론스키의 생각으로는 '그렇게 될 수밖에 없었다'고 했던 사람들도 실은 정말로 이해했던 것은 아니고, 이른바 훌륭한 교양을 가진 사람들이 사방팔방으로 인생을 둘러싸고 있는 온갖 복잡하고 해결될 수 없는 문제에 대해 취하는 것과 같은 예의바른 태도로 어떤 암시나 불쾌한 질문을 회피하고 있는 것에 불과했다. 그들은 그런 상황의 의미와 필연성을 잘 이해하고 있고 그것을 인정할 뿐만 아니라 지지하기까지 하지만, 그것을 말한다는 것은 때와 장소에 맞지 않는 쓸데없는 짓이라고 여기는 듯한 얼굴을 하고 있었다.

브론스키는 곧 골레니셰프도 이런 사람들 가운데 하나라는 것을 헤아려 알았으므로 그를 만난 것이 두 배로 기뻤다. 실제로 골레니셰프는 카레니나에게 소개되었을 때 그녀에 대해 브론스키가 바랄 수 있었던 만큼의 태도를 취해주었다. 그는 분명 전혀 애쓰지 않으면서도 거북스러운 분위기로 이끌 염려가 있는 이야기는 모두 피했다.

그는 전에는 안나를 알지 못했으나 그녀의 아름다움과 더욱이 그녀가 자신의 처지에 대해 솔직한 태도를 보이는 것에 큰 감동을 받았다. 그녀는 브론스키가 골레니셰프를 데리고 들어온 것을 보자 빨갛게 얼굴을 붉혔고, 그녀의 솔직하고 아름다운 얼굴을 덮어버린 이 어린애 같은 홍조는 몹시 그의 마음에 들었다. 그러나 특히 그의 마음에 든 것은 그녀가 곧 다른 사람 앞에서 오해를 받지 않으려고 일부러 그러기라도 하듯 브론스키를 솔직하게 알렉세이라고 부르기도 하고, 자기들은 이제 여기서 팔라초라고 부르는 새로 세낸 집으로 함께 옮기기로 했다고 이야기한 것이었다. 자신의 상황에 대한 이 솔직하고 깔끔한 태도는 몹시 골레니셰프의 마음에 들었다. 안나의 마음씨 착하고 쾌활하며 정력적인 모습을 보고 있노라니, 알렉세이 알렉산드로비치도 브론스키도 알고 있던 골레니셰프로서는 그녀라는 사람을 완전히 알 수 있을 것 같은 느낌이 들었다. 그녀 자신도 전혀 모르고 있는 것, 말하자면 남편을 불행하게 하고 그와 아들을 버리고 명예고 뭐고 다 잃었으면서도 어떻게 이토록 발랄하고 쾌활하고 행복한 기분으로 지낼 수 있는지를 그는 알 수 있을 것 같았다.

"그곳은 관광 안내서에도 있어." 골레니셰프는 브론스키가 빌렸다는 그 팔라초에 대해 말했다. "거기에는 홀륭한 틴토레토가 걸려 있어, 그의 만년 작품이."*

"저, 어때요? 날씨도 아주 좋으니 거기 가서 다시 한번 봅시다." 브론스키는 안나에게 얼굴을 돌리고 말했다.

"아이 좋아라. 그럼 곧 모자를 쓰고 오겠어요. 날이 덥다고 하셨죠?" 그녀는 문가에서 발을 멈추고 의아하게 브론스키를 쳐다보면서 물었다. 그러자 또다시 발그레한 홍조가 그녀의 얼굴을 덮어버렸다.

브론스키는 그녀의 눈빛을 보고 그녀는 그가 어떤 태도로 골레니셰프를 대하고 싶어하는지 모르고 있다는 것, 따라서 그녀의 태도가 그가 바라는 바에 어긋나는 것은 아닌지 조마조마해하고 있다는 것을 알았다.

그는 내내 부드러운 시선으로 그녀를 바라보았다.

"아니, 아주 덥지는 않아요." 그가 말했다.

그러자 그녀는 모든 것이 똑똑히 이해되는 것 같았고, 무엇보다도 그가 자기한테 만족하고 있다는 것을 분명히 이해한 것 같았다. 그녀는 생긋 웃어 보이고 총총걸음으로 방을 나갔다.

두 친구는 서로 얼굴을 마주보았고, 두 사람의 얼굴에는 주저의 빛이 나타났다. 골레니셰프는 분명 그녀에게 감탄한 듯 그녀에 대해 뭔가

---

* 야코포 로부스티, 일명 틴토레토는 이탈리아의 베네치아파 화가.

이야기하고 싶은데 뭐라고 해야 좋을지 모르는 것 같았고, 브론스키도 무슨 말인가 해주기를 바라면서도 한편으론 두려워하는 것 같았다.

"그러니까 뭐야." 브론스키는 뭔가 이야기하기 위해 말을 시작했다. "자넨 쭉 여기서 살고 있었나? 여전히 같은 일을 하고 있는 거야?" 그는 골레니셰프가 무엇인가를 쓰고 있다는 풍문을 들었던 것을 생각해내고 말을 계속했다.

"응, 『두 원리』의 제2편을 쓰고 있지."* 이 질문을 받은 것이 기쁜 양 골레니셰프는 얼굴을 붉히고 말했다. "정확히 말하면, 내용을 정밀하게 하려고 아직 펜을 잡지는 않았어. 준비중이고 자료를 모으고 있는 참이야. 예정보다 훨씬 광범위한, 거의 모든 문제를 다루게 될 거야. 본디 러시아에서는 우리가 비잔틴의 후계자임을 받아들이려고 하지 않지만 말야." 그는 장황하게 열띤 설명을 하기 시작했다.

브론스키는 저자 자신이 누구나 다 알고 있으리라 간주하고 이야기하는 『두 원리』의 제1편을 몰라서 처음에는 거북스러웠다. 그러나 이내 골레니셰프가 자신의 사상을 설명하기 시작하고 그 내용을 더듬을 수 있게 되자 브론스키는 『두 원리』를 모르더라도 골레니셰프의 이야기가 훌륭한데다 전혀 흥미가 없지도 않아 그의 말에 귀를 기울였다. 그러나 브론스키는 골레니셰프가 열중하는 문제에 대해 이야기할 때의 안절부절못하는 흥분에 놀라기도 하고 괴로움을 느끼기도 했다. 얘

---

* 러시아는 '비잔틴의 후계자다'라는 전제에 대한 골레니셰프의 기본 사상은 슬라브주의 철학과 연관되어 있다. '두 원리(가톨릭과 정교, 합리적인 것과 정신적인 것, 서방적인 것과 동방적인 것)'에 대해서는 I. V. 키레옙스키, A. S. 호먀코프도 쓰고 있다. 1870년대에 이 테마는 첨예한 논쟁의 대상이 되었다. 『안나 카레니나』 끝부분에서 톨스토이는 레빈이 '교회에 대한 호먀코프의 가르침에 실망한 것'을 지적하고 있다.

기가 진행됨에 따라 점점 더 그의 눈은 빨갛게 달아오르고, 가공의 반대자에 대한 반박은 급해지고, 얼굴에는 불안하고 노기를 띤 표정이 나타났다. 명문가 태생으로 귀족 견습사관학교에서 늘 수석을 차지했으며 활발하고 선량하며 수척한 소년이던 골레니셰프를 떠올리자 브론스키는 도무지 그가 흥분하는 이유를 이해할 수 없었고 또 그것을 시인할 생각도 없었다. 유달리 그에게 실망스러웠던 것은 골레니셰프가 훌륭한 계급의 사람이면서도 그를 노하게 한 건달 문사들과 똑같은 수준으로 내려가서 그들에게 화를 내는 점이었다. 도대체 그럴 만한 가치가 있을까? 그렇다 하더라도 그런 행동은 브론스키의 마음에 들지 않았다. 그럼에도 불구하고 그는 골레니셰프가 불행하게 느껴졌고 그가 가엾게만 보여서 견딜 수 없었다. 불행이, 거의 정신착란에 가까운 그 무엇이 안나가 나온 것조차도 알아채지 못하고 성급하게 열을 띠며 자신의 의견을 계속 이야기하는 그의 불안정하지만 꽤 예쁘장한 얼굴에 나타나 있었다.

안나가 모자에 반외투를 걸치고 나와서 아름다운 손으로 양산을 만지작거리면서 사뿐히 자기 옆에 와 섰을 때 브론스키는 가뿐한 마음으로 내내 자기에게 쏠리던 골레니셰프의 하소연하는 듯한 눈을 피하면서 새로운 애정으로 아름답고 사랑스러운, 생기에 넘치는 자신의 동반자를 힐끔 쳐다보았다. 골레니셰프는 간신히 제정신으로 돌아왔으나 아직 침통하고 어두운 얼굴이었다. 그러나 누구에게나 상냥하게 대할 수 있었던 안나는(이 무렵의 안나는 그런 여자가 되어 있었다) 곧 자신의 단순하고 쾌활한 태도로 그의 마음을 시원스럽게 해주었다. 여러 화제를 꺼낸 뒤 그녀가 이야기를 그림 쪽으로 이끌어가자 그가 도도히 지껄여댔으므로, 그녀는 열심히 그의 말을 귀담아들었다. 그들은 걸어서 새로 빌린 집에 이르러 그곳을 둘러보았다.

"나는요, 한 가지 정말 기쁜 것이 있어요." 안나는 다시 돌아오는 길에 골레니셰프를 보고 말했다. "알렉세이에게 좋은 *아틀리에*가 될 방이 있어요. 당신 꼭 그 방을 쓰도록 해." 그녀는 브론스키를 러시아어로 정답게 당신이라고 부르며 말했다. 이미 골레니셰프가 자기들의 은거 생활 동안 가까운 사람이 되리라는 것, 그러니 그의 앞에서는 아무것도 감출 필요가 없다는 것을 알아차렸기 때문이었다.

"그럼, 자넨 그림을 그리나?" 골레니셰프는 냉큼 브론스키 쪽을 돌아보면서 말했다.

"응, 그전에 좀 그린 적이 있었어. 요즘 들어 조금씩 다시 시작해보았지." 브론스키는 얼굴을 붉히면서 말했다.

"이분한테는 굉장한 솜씨가 있어요." 안나는 기쁜 듯이 미소를 띠며 말했다. "물론 나는 비평가는 아니에요! 하지만 훌륭한 비평가들도 그렇게 얘기하고 있어요."

8

안나는 몸이 자유로워지고 빠르게 건강이 회복되던 그 첫 시기에는 스스로도 미안하다고 여길 만큼 행복한 삶의 환희에 넘치는 자신을 느꼈다. 남편의 불행에 대한 회상도 그녀의 행복을 손상시키지는 못했다. 이 회상은 한편으론 생각하기에도 너무나 끔찍한 것이었고, 다른 한편으론 남편의 불행은 후회하기에는 너무나 큰 행복을 그녀에게 가져다 주었다. 앓고 난 뒤 그녀에게 일어난 온갖 사건에 대한 회상─남편과 의 화해, 결렬, 브론스키가 상처를 입었다는 소식, 그의 내방, 이혼 준 비, 가출, 아들과의 이별 등─은 모두 그녀에게는 브론스키와 함께 외 국에 와서야 비로소 깬 괴로운 꿈처럼 여겨졌다. 남편에게 입힌 재액災 厄에 대한 회상은 물에 빠진 사람이 자기에게 매달리는 것을 뿌리쳐버 릴 때 경험하는 것 같은, 뭐라고 표현할 수 없는 지긋지긋한 느낌을 그 녀에게 불러일으켰다. 그 사람은 빠져 죽었다. 물론 그것은 나쁜 짓이 지만, 자기가 구출되는 유일한 방법이었으니까, 그런 끔찍한 일은 자질 구레하게 떠올리지 않는 것이 좋다.

　남편과의 결렬의 첫 순간에 그녀의 마음에는 자신의 행위에 하나의 위안을 주는 생각이 떠올랐다. 그래서 지금 과거의 온갖 일들을 돌이 켜 생각하면서도 그녀는 그 위안을 주는 말을 떠올렸다. '나는 달리 어 떻게 할 수가 없어서 그 사람을 불행하게 만든 거야.' 그녀는 생각했다. '그렇지만 그 불행을 이용하고 싶지는 않다. 나 역시 괴로워하고 있고 앞으로도 괴로워할 것이다. 나는 무엇보다도 귀하게 여기던 것을 잃었 다. 명예로운 이름과 아들을 잃었다. 나는 나쁜 짓을 했으니까 행복도 바라지 않으며 이혼 같은 것도 바라지 않는다. 나는 치욕과 아들과의 이별로 인해 언제나 괴로워하며 살아갈 것이다.' 그러나 아무리 진정으 로 괴로워하려고 해도 안나는 괴로워할 수가 없었다. 치욕도 전혀 느낄 수 없었다. 두 사람 다 타고난 수완으로 외국에서 러시아의 부인들을 피해다니며 자기들을 결코 허위의 위치에 놓지는 않았고, 그들 자신이 이해하는 것보다도 훨씬 더 잘 두 사람의 처지를 이해하는, 적어도 그렇게 가장한 사람들을 도처에서 만났다. 그녀가 그렇게도 사랑하는 아들과의 이별마저도 처음에는 그녀를 괴롭히지 않았다. 브론스키에게서 낳은 딸이 어쩐지 귀여웠고, 이 아이가 자기에게 남은 유일한 것이되고부터는 온통 그쪽으로 마음이 끌려버렸기 때문에 아들에 대해서는 좀처럼 생각하지 않았던 것이다.

건강이 회복되면서 더욱 증대된 삶의 욕구가 매우 강렬했던 데다가생활여건도 아주 새롭고 즐거웠으므로 안나는 자기도 미안하게 여겨질 만큼 행복했다. 그녀는 브론스키를 알면 알수록 그를 더욱 사랑하게되었다. 그녀는 그 자신과 그녀에 대한 그의 사랑 때문에 그를 사랑했다. 그를 완전히 자기 것으로 만들었다는 사실이 그녀에게는 더없는 기쁨이었다. 그가 가까이 있다는 것이 그녀는 언제나 즐거웠고, 날이 갈수록 점점 더 많이 알게 되는 그의 성격상의 특징들이 그녀에게는 말할 수 없이 소중했다. 평복으로 갈아입어 한결 달라 보이는 그의 용모에 그녀는 사랑에 빠진 젊은 여자처럼 매혹되었다. 그가 이야기하고 생각하고 행동하는 모든 것에서 그녀는 무엇인가 유달리 고귀하고 우아한 점이 있는 것을 보았다. 그에 대한 그녀의 미칠 듯한 열광은 자주 그녀 자신을 놀라게 했다. 그녀가 아무리 찾아보아도 그한테서는 아름답지 않은 것이라곤 찾아낼 수가 없었다. 그녀는 그에 대한 자신의 열등의식을 감히 그에게 드러낼 수가 없었다. 만일 그가 그것을 알게 되면당장에 자기를 사랑하지 않을 것 같았기 때문이다. 그녀에게는 지금으로서는 딱히 그것을 두려워할 아무런 이유도 없었지만, 그의 사랑을 잃는 것보다 두려운 일은 없었던 것이다. 그러나 그녀는 자신에 대한 그의 태도에 감사하지 않을 수 없었고, 자기가 그것을 얼마나 고맙게 여기고 있는지 나타내지 않을 수 없었다. 브론스키가, 그녀의 생각으로는 국가적인 일에 대해 훌륭한 사명을 가지고 있으며 그 속에서 현저한 역할을 하지 않으면 안 될 그 남자가 그녀를 위해 자신의 명예심을 희생하고도 조금의 미련도 보이지 않고 있는 것이다. 그는 그녀에 대해 이전보다 한층 더 은근하게 애정이 깊어졌고, 그녀가 지금 상황의 거북스러움을 조금도 느끼지 않게끔 하려는 생각이 한시도 그의 머리에서 떠나지 않았다. 그렇게도 남성적인 사나이인 그가 그녀에 대해서는 결코 반대하지 않았을 뿐만 아니라, 자신의 의지도 갖지 않고 그저 어떻게든 그녀의 욕구를 헤아려야겠다는 생각에만 정신이 쏠려 있는 것 같았다. 그녀는 자기에 대한 그의 이런 세심한 주의와 그녀를 둘러싼 보살핌의 분위기에 때로는 압박감을 느끼기도 했지만, 그것에 감사하지 않을 수 없었다.

한편 브론스키는 그가 그토록 오랫동안 바라던 것이 완전히 실현됐음에도 불구하고 충분히 행복하지는 않았다. 그는 곧 그 욕망의 실현이 자기가 기대했던 행복의 산에서 겨우 한 알의 모래를 가져온 것에 지나지 않는다는 느낌을 받았다. 이 실현은 행복이란 욕망의 실현이라느니 하며 사람들이 흔히 저지르는 그 영원한 착오를 그에게 드러내 보였다. 그녀와 한몸이 되어 평복으로 갈아입은 직후에는 그때까지 모르고 있었던 모든 종류의 자유, 연애의 자유라는 것의 모든 매력을 대체로 느끼고 만족했지만 그것도 오래가지는 않았다. 그는 곧 마음속에 욕망을 구하는 욕망이, 우수가 머리를 쳐들고 올라오는 것을 느꼈다. 그는 자신의 의지와는 아랑곳없이 그때그때 일어나는 변덕을 욕망과 목적으로 알고 붙잡게 되었다. 하루의 열여섯 시간을 무엇으로든 소일

하지 않으면 안 되었다. 페테르부르크에서는 대부분의 시간을 차지하고 있던 사회생활의 온갖 약속에서 벗어나 외국에서 아주 자유로운 생활을 하고 있었기 때문이었다. 이제까지의 외국 여행에서 브론스키가 즐겼던 독신으로서의 향락 같은 것은 생각할 수도 없었다. 그런 말을 입에 담기만 해도 안나가 갑자기 지기들과의 밤늦은 만찬 좌석에 어울리지 않는 우울한 얼굴이 되기 때문이었다. 이 고장의 토박이나 러시아인과의 교제도 두 사람의 위치가 분명하지 않았기 때문에 역시 맺을 수가 없었다. 명승고적의 구경도 벌써 다 끝내버렸다. 러시아인이며 총명한 사람인 그로서는 영국인이라면 이런 일에 얼마든지 갖다붙였을 거창한 의미를 찾을 수가 없었다.

그래서 마치 굶주린 짐승이 먹을 것을 찾아내려고 여기저기 닥치는 대로 아무것에나 손을 대듯이 브론스키 역시 전혀 무의식적으로 혹은 정론政論을, 혹은 신간서적을, 혹은 그림을, 하며 모든 일에 손을 대보았다.

어릴 때부터 그림 솜씨가 좋았고 게다가 지금은 돈을 어디에 써야 할지 몰라서 판화 수집을 시작했으므로 그는 그림을 그리는 것에 흥미를 갖게 되었고, 만족을 요구하는 그 채워지지 않는 욕망의 축적을 거기에 집중했다.

그에게는 예술을 이해하는 능력과 취미뿐 아니라 정확하고 훌륭한 취향으로 예술을 묘사하는 재능이 있었으므로, 그는 스스로 화가에게 필요한 소질이 있다고 생각하고 어떤 종류의 회화를 선택할 것인가, 즉 종교화로 할 것인가, 역사화로 할 것인가, 그렇지 않으면 사실화로 할 것인가를 잠시 망설인 끝에 무조건 그려보기 시작했다. 그는 모든 종류의 회화도 이해했고, 어떠한 회화에서도 영감을 받을 수 있었다. 그러나 그는 회화에 어떤 종류들이 있는지 모른 채 자기가 그리는 것이 기존의 어떤 유파에 속하는지 전혀 신경쓰지 않으면서 자기 영혼에 있는 것으로부터 직접 영감을 받을 수 있다는 것은 전혀 생각도 할 수 없었다. 그는 이런 것을 모르고 직접적인 인생에서가 아니라 이미 미술작품으로 구체화된 간접적인 인생에서 영감을 받는 것이었으므로, 그 영향도 굉장히 빨랐고 지극히 용이했으며, 그처럼 빠르고 용이하게 그가 그린 것은 그가 흉내내고 싶어했던 유파의 것과 흡사한 경지에까지 도달했다.

다른 어떤 유파보다도 우아하고 인상적인 프랑스 미술이 마음에 든 그는 그 화법에 따라 이탈리아 옷을 입은 안나의 초상을 그리기 시작했고, 그 초상화는 그에게도 그것을 본 다른 사람들에게도 크게 성공한 것처럼 여겨졌다.

9

낡고 황폐한 팔라초—조각물로 장식된 회칠을 한 높은 천장, 벽화, 모자이크 마루, 높은 창문에 걸린 묵직한 노란 다마스크 커튼, 경대와 벽난로 위의 꽃병, 조각이 새겨진 문, 온갖 그림이 걸린 음침한 홀이 있는 이 팔라초는 그 외관으로 인해, 두 사람이 이리 옮겨온 후로 브론스키의 마음속에 자기는 러시아의 지주나 퇴직한 시종무관이 아니라 교양 있는 미술 애호가이자 후원자이며 사랑하는 여자를 위해 사회도 부모형제도 명예도 버린 겸허한 화가라는 유쾌한 환상을 불러일으켰다.

팔라초로 옮겨오면서 브론스키가 선택한 역할은 완전히 성공적이었다. 게다가 골레니셰프의 중개로 두서너 명의 흥미 있는 사람들과 알게 되어 처음 얼마 동안은 안정이 되었다. 그는 어느 이탈리아인 회화 교수의 지도로 자연을 모델로 한 습작화를 그리기도 하고, 중세 이탈리아인의 생활을 연구하기도 했다. 최근에 그는 중세 이탈리아인의 생활에 굉장히 마음이 끌려 중세식으로 모자며 어깨에 가로질러 걸치는 담요를 입을 정도였는데, 그 차림은 그에게 썩 잘 어울렸다.

"이렇게 살면서도 우리는 아무것도 모르고 있으니 말야." 어느 날 아침 브론스키는 그들을 찾아온 골레니셰프에게 말했다. "자넨 미하일로프의 그림을 보았나?" 그는 그날 아침에 막 받은 러시아 신문을 골레니셰프에게 건네고 같은 도시에 살고 있으며 전부터 평판이 오가고 있던, 구입자가 미리 정해져 있던 작품을 완성했다는 러시아 화가에 대한 논평을 가리키면서 말했다. 그 논평은 이런 탁월한 화가가 아무런 장려와 보조도 받지 못하고 있는 데 대해 정부와 아카데미를 공격한 것이었다.

"봤어." 골레니셰프는 대답했다. "물론, 그가 재능이 없는 것은 아니지만, 완전히 그릇된 길로 가고 있더군. 그의 그리스도와 종교화에 대한 태도는 이바노프 – 슈트라우스 – 르낭식이라고 할 수 있어."[*]

***

[*] 1858년 페테르부르크에서 A. A. 이바노프의 그림 〈민중에게 나타난 그리스도〉가 전시되었다. 이때부터 '역사적 인물로서' 그리스도를 그리려는 시도가 시작되었다. I. N. 크람스코이가 〈황야의 그리스도〉, M. M. 안토콜스키가 〈그리스도〉로 이바노프의 뒤를 따랐다. 이렇게 하여 전통적인 종교적 슈제트를 새롭게 보며, 천상의 그리스도보다는 오히려 인간으로서의 그리스도의 이데아를 최초로 제공했던 '역사파'가 생겨났다. 톨스토이는 또한 『예술의 생애』의 저자인 독일의 신학자 다비트 슈트라우스와 『그리스도교 기원

"그 그림은 무엇을 주제로 하고 있나요?" 안나가 물었다.

"빌라도 앞의 그리스도**라는 건데 말이죠, 어디까지나 새로운 유파의 사실주의를 통해 그리스도가 일개 유대인으로 그려져 있죠."

이렇게 작품의 내용에 대한 질문으로 인해 자기가 아주 좋아하는 주제에 이르자 골레니셰프는 신바람이 나서 떠들기 시작했다.

"그들은 도대체 어째서 그런 난폭한 실수를 저지를 수 있는지 모르겠어. 그리스도는 위대한 거장들의 예술작품 속에서 이미 훌륭하고 일정한 표현을 가지고 있어. 그러니까 만일 그들이 신이 아닌 혁명가나 성현을 그려보고 싶다면 역사 속에서 소크라테스나 프랭클린이나 샤를로트 코르데*** 같은 사람들을 택하면 된단 말야, 말하자면 그리스도만 아니면 된단 말이지. 그들은 정말 미술을 위해서 택해서는 안 될 바로 그 인물을 선택하고 있어, 그리고 그들은……"

"그건 그렇고 그 미하일로프라는 사내가 그렇게 형편이 어렵다는 건

사』의 저자인 프랑스의 철학자 에르네스트 르낭도 철학과 역사에서 '역사파'의 사람들로 보았다. 1870년대에 톨스토이는 '이바노프-슈트라우스-르낭식 경향'을 부정적으로 대했다.

** 1872년 크람스코이의 그림 〈황야의 그리스도〉가 최초로 전시되었다. 1873년 야스나야 폴랴나에서 톨스토이와 크람스코이의 만남이 이루어졌다. 크람스코이는 그때 새로운 구상─〈너털웃음〉(일명 〈그리스도의 조소〉)─을 진지하게 생각하고 있었다. 그는 그것을 톨스토이에게도 이야기했을 것이다. 미하일로프의 그림 〈빌라도의 심문을 받는 그리스도〉의 슈제트는 크람스코이의 구상에 매우 가깝다. 새로운 유파의 사실주의는 무엇보다도 먼저 주로 '성자들, 마돈나, 신으로서의 그리스도'를 그리고 있던 낡은 거장들의 전통을 거부하는 것을 의미했다. 톨스토이는 그러한 방법을 잘못된 것으로 여겼다. 톨스토이는 N. N. 게의 그림 〈진실이란 무엇인가〉(1890)를 높이 평가했는데, 그것 역시 〈빌라도의 심문을 받는 그리스도〉의 주제를 변형한 것이다. 그러나 이 그림에서 그가 발견한 것은 교회적이라든가 역사적이라든가 하는 것이 아니라 슈제트의 도덕적인 해석이었다.

*** 프랑스 지롱드당의 영향을 받은 여성 혁명가로, 마라를 암살하여 처형되었다.

사실이야?" 브론스키는 그 작품이 좋거나 나쁘거나 하는 것과는 별개로 자기는 러시아의 예술 후원자로서 화가를 도와줄 필요가 있다고 생각하면서 이렇게 물었다.

"설마. 그 사람은 훌륭한 초상화가야. 자넨 그 사람이 그린 바실치코바의 초상화를 보았나? 그러나 그는 이제 초상화 그리는 것을 싫어하는 모양이니까, 어쩌면 형편이 어렵다는 게 사실일지도 모르지. 그래, 얘기하자면, 그······"

"어때, 그 사람한테 안나 아르카디예브나의 초상을 그려달라고 얘기해볼 수는 없을까?" 브론스키가 말했다.

"뭐하려고 내 걸요?" 안나는 말했다. "당신이 그린 것이 있는걸요. 이제 다른 것은 필요 없어요. 아니(그녀는 자기 딸을 이렇게 불렀다)를 그려달라고 하는 게 더 나아요. 저기 봐요, 저기 그애가 있어요." 그녀는 이렇게 덧붙이고 뜰로 어린애를 데리고 나온 아름다운 이탈리아인 유모를 창 너머로 얼른 바라보고는 동시에 브론스키를 슬쩍 돌아보았다. 브론스키가 자기 그림을 위해 그녀의 머리를 모델로 했던 미모의 유모는 안나의 생활에서 오직 하나의 숨은 슬픔이었다. 브론스키는 그녀를 모델로 하고 나서 그 아름다움과 중세풍의 분위기를 칭찬했고, 안나는 감히 자기가 이 유모에게 질투할까봐 두렵다고 자인할 만큼의 용기는 없어서 유난히 그녀와 그녀의 어린 아들을 보살피며 귀여워하고 있었다.

브론스키도 창 쪽을 보고 나서 안나의 눈을 보았으나, 곧 골레니셰프 쪽을 향해 말했다.

"자넨 그 미하일로프라는 사람을 알고 있나?"

"만난 적은 있어. 그런데, 아무래도 기인이고 전혀 교양이 없어. 말하자면, 요즘 흔히 눈에 띄는 그 새로운 야만인 중 하나야. 말하자면, 무신앙이니 부정이니 유물론이니 하는 사상에 빠져 *단숨에* 교육을 받은 자유사상가 중 하나지. 그전에는," 골레니셰프는 안나와 브론스키가 뭔가 말하고 싶어하는 것에는 주의하지 않고, 또 주의하려고도 하지 않고 말을 계속했다. "그전에는 자유사상가란 종교니 법률이니 도덕이니 하는 가치관에 의해 길러지고 투쟁과 노고에 의해 스스로 자유사상에까지 도달한 사람이었지만, 오늘날에는 날 때부터의 자유사상가라는 새로운 유형이 등장하기 시작했고, 그런 무리들은 심지어 도덕이니 종교니 하는 법칙이 있다거나 권위자라는 존재가 있다는 것에도 아예 귀를 기울이지 않고, 머릿속에서 모든 것을 부정한다는 가치관 속에서 자란, 말하자면 야만인으로 자란 인간이란 말야. 그 사람이 바로 그런 사례야. 그 사람은 틀림없이 모스크바의 어느 궁정 하인의 아들로 태어나서 교육이라고는 전혀 받지 않은 것 같고, 아카데미에 들어가서 이름을 내게 되자 바보가 아닌 이상 그도 스스로 교양을 쌓고 싶어졌어. 그래서 자기가 교양의 근원이라고 여겼던 것, 말하자면 잡지들에 의지했지. 그전에는 교양을 쌓길 원하는 사람은 가령 프랑스인들이 그랬던 것처럼 온갖 고전에서 신학자건 비극작가건 역사가건 철학자건 자기 앞에 있는 모든 정신적인 노작을 연구하려 들었지만. 그러나 요즘의 작자들은 머리로 부정주의 문학에 가까워지고 부정주의 학문의 개략을 굉장히 빨리 소화하고 말지. 그리고 그것으로 끝이야. 게다가 한 이십 년 전만 해도 인간은 그 문학 속에서 권위며 시대사조와의 투쟁의 자취를 찾아내고 그 투쟁 속에서 다른 무엇인가의 존재를 깨달았어. 그러나 지금은 곧장 낡은 시대사조 같은 것은 논하려고도 하지 않는 학문 쪽으로 줄달음질쳐서는 대뜸 아무것도 없다느니, *진화*와 선택과 생존경쟁이 전부이지 않냐느니 하고 있어. 나는 내 논문에서……"

"그럼 말이에요." 안나는 벌써 오래전부터 조심스럽게 브론스키와 시선을 교환하면서 그 화가의 교양 같은 것은 브론스키에게 조금도 흥미가 없으며, 오직 그를 돕기 위해 그에게 초상을 의뢰하려는 생각만이 그의 마음을 차지하고 있음을 알아채고 말했다. "그럼 말이에요." 그녀는 결연한 어조로 한창 지껄이고 있는 골레니셰프를 가로막았다. "그 사람한테 가보기로 하죠!"

골레니셰프는 정신을 차리고 기꺼이 동의했다. 그러나 그 화가는 먼 곳에 살고 있었으므로 그들은 마차를 타고 가기로 했다.

한 시간 뒤, 안나는 골레니셰프와 나란히 앉고 브론스키는 그 앞자리에 앉아 교외의 신축건물이지만 그다지 아름답지 않은 어떤 집에 도착했다. 그들을 맞으러 나온 청소부의 아내한테서 미하일로프는 항상 화실에서 손님을 맞지만 지금은 거기서 몇 걸음 안 되는 안채에 있다는 말을 듣고, 그들은 그녀에게 자신들의 명함을 들려보내 그의 그림을 보여주었으면 한다는 뜻을 청했다.

10

화가 미하일로프는 자기에게 브론스키 백작과 골레니셰프의 명함이 전해졌을 때 여느 때처럼 일을 하고 있었다. 아침나절에 그는 화실에서 대형화를 제작하고 있었다. 집으로 돌아와서는 돈을 청구하러 온 집주인 여자를 적당히 구슬려 돌려보내지 않았다고 아내에게 몹시 화를 냈다.

"내가 스무 번이나 말하지 않았어, 까다로운 일에 끼어들지 말라고. 당신은 본디 바보지만 이탈리아어로 지껄이는 날이면 세 배나 더 바보가 돼버려." 그는 오랜 입씨름 끝에 그녀에게 말했다.

"당신 쪽에서 내버려두지를 말았어야지, 내 탓은 아니야. 나도 돈만 있으면······"

"내 맘을 들쑤시지 말아줘, 제발!" 미하일로프는 눈물 섞인 목소리로 바락 소리를 지르고는 귀를 틀어막고 칸막이 뒤의 작업실로 들어가 안에서 문을 잠가버렸다. '얼빠진 년 같으니!' 그는 혼잣말을 하고는 탁자 앞에 앉아 판지를 펴고 곧바로 굉장한 열의로 그리다 만 그림을 그리기 시작했다.

그는 자신의 생활여건이 나쁠 때, 특히 아내와 언쟁을 했을 때처럼 열심히, 그리고 능률적으로 일이 잘된 적이 없었다. '에이! 아무데로나 꺼져버리기라도 하면!' 그는 일을 계속하면서 생각했다. 그는 분노의 발작상태에 있는 인물의 모습을 그리고 있었다. 그 그림은 전에도 하나 그렸지만 만족스럽지 않았다. '아냐, 그게 더 좋았어······ 그건 어디에다 두었더라?' 그는 아내에게로 가서 찌푸린 얼굴을 하고 그녀 쪽은 쳐다보지도 않은 채 자기가 주었던 그 종이를 어디에 두었느냐고 맏딸에게 물었다. 그림을 그리다가 버린 종이를 찾기는 했으나 더럽혀지고 스테아린으로 얼룩투성이가 돼 있었다. 그는 그것을 가지고 가서 자기 탁자 위에 놓고 조금 떨어져서 눈을 가늘게 뜨고 바라보기 시작했다. 갑자기 그는 싱글벙글하면서 기쁜 듯이 두 손을 내흔들었다.

"그래! 그래!" 그는 말하고 나서 바로 연필을 들어 재빨리 그리기 시작했다. 스테아린 얼룩이 그 인물에 새로운 포즈를 만들어준 것이었다.

이 새로운 포즈를 그리던 그는 갑자기 시가를 샀던 상인의 쑥 나온 턱과 정력적인 얼굴을 생각해내고는 그 얼굴을, 그 턱을 그림 속의 인물에 그려넣었다. 그는 기뻐서 웃어댔다. 생명이 없는, 머릿속에서 만들어졌던 그 인물은 갑자기 더이상 손을 댈 수 없는 생생한 것으로 바뀌어버렸다. 그 인물은 살아 있었고 분명 의심의 여지도 없이 결정된 것이다. 이제 그림은 이 인물의 요구에 따라 수정할 수 있었고, 심지어 두 다리의 배치를 바꾸거나 왼손의 상태를 아주 변경시키거나 머리칼을 쓸어올리게 하는 것까지 가능했으며, 그럴 필요가 있었다. 그러나 이렇게 수정을 하면서도 그는 결코 그 인물은 바꾸지 않았고, 그저 그 인물을 덮고 있던 것을 제거했을 뿐이었다. 말하자면 그는 그 인물의 전체가 보이지 않게 가리고 있던 덮개를 벗겨내는 작업을 한 것이었다. 새로 그린 선 하나하나가 그 인물의 자태를 스테아린이 만든 얼룩에서 문득 그의 머리에 떠올랐던 그 정력적인 인물로 힘이 미치는 한까지 한층 더 부각시켰다. 명함이 그에게 전달된 것은 그가 마침 조심스럽게 그 그림의 마지막 손질을 하고 있을 즈음이었다.

"곧 끝나, 곧 끝난다고!"

그는 아내한테로 갔다.

"이제 그만해, 사샤, 화내지 말아줘!" 그는 멋쩍은 듯 부드럽게 미소 지으면서 그녀에게 말했다. "너도 나빴어. 나도 나빴고. 그러나 모든 것을 내가 잘 처리해주지." 이렇게 해서 아내와 화해를 해놓고 그는 벨벳 깃이 달린 올리브빛 외투에 모자를 쓰고 화실로 들어갔다. 성공한 인물화의 형상 같은 것은 벌써 말끔히 잊고 있었다. 지금은 그저 마차를 타고 왔다는 신분 높은 러시아인의 화실 방문이 그의 마음을 기쁘게 하고 들뜨게 했다.

지금 화가畫架 위에 얹혀 있는 자기 작품에 대해 그의 마음속에는 하나의 신념이 있었는데, 이런 그림은 지금까지 어느 누구도 그린 적이 없다는 신념이었다. 그 그림이 라파엘로의 것보다 뛰어나다고는 생각하지 않았지만.* 그는 자기가 그 그림에서 표현하려고 했고 또 표현한 것은 지금까지 어느 누구도 표현한 적이 없다는 것을 알고 있었다. 그 점을 그는 확실히 알고 있었다. 벌써 오래전, 그것을 그리기 시작할 때부터 그는 분명히 알고 있었던 것이다. 그러나 세인의 비판은 그것이 어떤 내용이라 할지라도 그에게는 큰 의미가 있었고, 마음 깊이 그를 뒤흔들었다. 아무리 쓸모없는 비평이라 해도, 그것이 그가 그림 속에서 본 것의 작은 한 부분일지언정 비평가가 본 것을 나타내는 것이라면 모두 그의 마음 깊은 곳까지 동요시켰다. 그는 항상 자기 작품의 비평가는 그 자신보다도 훨씬 깊은 이해력을 가지고 있다고 생각했으며, 언제나 자신의 작품 속에서 자기 자신이 보지 못했던 무언가를 그들에게서 기대했다. 그리고 그는 단순한 관람자의 비평 속에서 자기가 그러한 것을 찾아내는 일이 자주 있다는 느낌이 들었다.

---

* 라파엘로 산티는 이탈리아 르네상스기의 위대한 미술가. '역사파'는 라파엘로 교회화의 전통을 극복하려고 노력했다. "……그는 그리스도를 신화적 측면에서 그리고 있기 때문에 그가 그리스도를 그린 작품들은 모두 아무런 쓸모가 없다"고 크람스코이는 말했다. 반대로 미술가로서 라파엘로 숭배자였던 이바노프는 다음과 같이 말했다. "라파엘로의 기법을 새로운 문명의 이념과 하나로 묶는다는 것, 그것이야말로 오늘날 예술의 과제다."

그는 총총걸음으로 자기 화실의 문 쪽으로 다가갔고, 흥분 상태였음에도 불구하고, 입구의 그늘진 곳에 서서 그녀에게 뭔가 열심히 말하는 골레니셰프의 이야기를 들으면서도 다가오는 화가 쪽을 돌아다보려는 듯한 안나의 부드럽고 환한 모습에 감동했다. 그는 그들 쪽으로 가까이 가면서, 시가를 팔던 상인의 턱과 마찬가지로 자신이 어느 틈에 그들의 인상을 붙들어 꿀꺽 삼키고 훗날 필요할 때 꺼내올 수 있도록 어딘가에 넣어두었다는 것을 자기 스스로도 알아채지 못했다. 화가에 대한 골레니셰프의 이야기를 듣고 지레 환멸을 느낀 방문객들은 그의 외모를 보고 한층 더 심한 환멸을 느꼈다. 건장한 중키에 불안정한 걸음걸이, 갈색 모자와 올리브빛 외투에 이미 오래전부터 통 넓은 바지가 유행하고 있는데도 통이 좁은 홀태바지를 입은 미하일로프는 무엇보다도 그 너부데데한 얼굴의 비속함과 수줍어하면서도 위엄을 지니고픈 욕구가 한데 섞인 표정으로 불쾌한 인상을 주었다.

"자, 들어오시죠." 그는 무심한 태도를 취하려고 애쓰면서 말했고, 현관으로 들어가면서 호주머니에서 열쇠를 꺼내어 문을 열었다.

11

화실로 들어가면서 미하일로프는 다시 한번 방문객들을 힐끔 쳐다보고는 자기 상상 속에서 브론스키의 얼굴 표정을, 그중에서도 광대뼈를 그려보았다. 그의 예술적 감각은 자기를 위해 끊임없이 재료를 모으면서 일을 하고 있었음에도 불구하고, 또한 자신의 노작에 대한 비평의

순간이 가까워옴에 따라 더욱더 거세어지는 흥분을 느끼고 있었음에
도 불구하고 마음속으로 눈에도 띄지 않을 만큼 재빠르고 섬세하게 이
세 사람에 대한 견해를 구성하고 있었다. 저 사람(골레니셰프)은 이 마
을에 살고 있는 러시아 사람이다. 미하일로프는 그 사내의 성도, 또 어
디서 만나서 어떤 이야기를 했는지도 기억하지 못했다. 그저 한 번이
라도 본 적이 있는 얼굴은 모두 기억하고 있었기에 그의 얼굴만 기억
할 뿐이었고, 그 얼굴은 자기의 상상에서 중요하지 않은 것, 표정이 빈
약하다는 이유로 무더기로 한옆에 쌓아놓은 얼굴 가운데 하나라는 것
도 기억했다. 좁다란 미간 위로 집중된 숱이 많은 머리털과 굉장히 넓
은 이마가 빈약한 어린애 같은 불안스러운 표정을 가진 얼굴에 외면적
인 특징을 부여하고 있었다. 브론스키와 카레니나는 미하일로프의 생
각에 의하면 지체 높고 부유한 러시아 사람이고, 그런 부유한 러시아
사람들 누구나 그렇듯이 예술을 전혀 이해하지 못하는 주제에 으레 그
애호가, 감식가로 자처하고 다니는 사람들이 틀림없었다. '틀림없이 옛
것은 모두 돌아보고 나서 이제는 신인들이며 독일의 엉터리 환쟁이며
영국의 라파엘전파前派* 얼간이들의 화실을 돌아보고 다닐 것이다. 지
금 나한테 온 것도 그저 견문을 풍부히 하기 위해서일 터이다.' 그는 생
각했다. 그는 미술은 타락했다, 새로운 작품을 보면 볼수록 위대한 옛
날의 명장이 얼마나 모방하기 어려운 것인가를 알 수 있다, 이런 말을
할 권리를 갖기 위한 목적으로만 현대 미술가의 아틀리에를 구경하고

---

* 1848년 영국에서 일단의 화가들이 실물의 모방이라는 고전주의적 전통에 맞서 예술
에서의 조건성을 옹호하고 나섰던 예술혁신운동의 한 유파. '역사파' 미술가들은 라파엘
전파에 지극히 부정적으로 대했다.

다니는 것에 불과한 아마추어들(그들이 똑똑하면 똑똑할수록 더욱더 견디기 어렵다)의 투를 아주 잘 알고 있었다. 그는 그들도 틀림없이 그런 치들이라고 생각했다. 그들의 얼굴에서, 그들이 서로 이야기를 주고받기도 하고 마네킹과 흉상을 보기도 하고 그가 그림의 덮개를 걷어내길 기다리면서 자유롭게 이리저리 거닐기도 하는 그 덤덤하고 조심성 없는 태도에서 알 수 있었다. 하지만 그럼에도 불구하고 자신의 습작을 한 장 한 장 들추기도 하고 커튼을 들어올리기도 하고 덮개를 걷어내기도 하는 동안 그는 가슴이 세차게 울렁거리는 것을 느꼈으며, 이 느낌은 그가 평소 지체가 높고 부유한 러시아인이라는 것은 모두 짐승과 다름없는 얼간이일 뿐이라고 확신하고 있었음에도 불구하고 브론스키가, 특히 안나가 마음에 들었기 때문에 더욱더 강해졌다.

"자, 이것은 어떻습니까?" 그는 불안정한 걸음걸이로 비껴서서 자기 작품을 가리키면서 말했다. "이것은 빌라도의 훈계입니다. 「마태복음」 이십칠장이지요." 그는 흥분으로 자신의 입술이 떨리고 있음을 느끼면서 말했다. 그는 물러서서 그들의 등뒤에 섰다.

방문객들이 묵묵히 그림을 보고 있던 몇 초 동안 미하일로프 또한 무심한 방관자의 눈으로 그것을 보았다. 그 몇 초 동안 그는 최대한 준엄하고 정당한 비평이 그들에 의해, 즉 자기가 일 분 전까지 그렇게 경멸하고 있던 이 방문객들에 의해 내려지리라는 것을 지레 믿고 있었다. 그는 그 그림을 그려온 지난 삼 년 동안 생각하고 있던 것을 완전히 잊어버렸다. 그는 자기로서는 의심의 여지가 없었던 그 그림의 가치를 완전히 잊어버렸다. 그는 무관심한 방관자의 눈으로 새롭게 그림을 보았고 그 속에서 아무런 아름다움도 보지 못했다. 그는 그 전경에서는 빌라도의 노기를 띤 얼굴과 그리스도의 조용한 얼굴을, 그 배경에서는 빌라도의 부하들의 모습과 무슨 일이 일어났나 내다보는 요한의 얼굴을 보았다. 심오한 탐색과 실패와 그리고 수정을 거듭하여 그의 마음에 간신히 각자의 개성을 갖추고 떠올랐던 모든 얼굴, 그에게 굉장한 고뇌와 환희를 주었던 하나하나의 얼굴, 그리고 전체의 조화를 위해 몇 차례나 고쳐 그렸던 이 모든 얼굴, 더욱이 비상한 노력에 의해 겨우 이 정도까지 이루어진 색채와 조화의 온갖 음영, 그러한 것들 모두가 지금 새로운 눈으로 바라보니 여지껏 천 번이나 되풀이됐던 지극히 쓸데없는 것인 듯 여겨졌다. 그에게는 가장 귀중한 얼굴, 그림의 중심이며 그것을 발견했을 때에는 엄청난 환희를 가져왔던 그리스도의 얼굴도 지금 새로운 눈으로 보자 모든 가치를 잃어버렸다. 그는 거기에서 티치아노와 라파엘로와 루벤스 등이 헤아릴 수 없이 그려왔던 그리스도며 병사들이며 빌라도의, 잘 그려진 복사품을 보았다(아니, 잘 그려졌다고 할 수도 없었다. 지금 그는 그 속에서 무수한 불만의 덩어리를 선명히 보고 있었다). 그러한 것들은 모두 쓸데없고 빈약하며 낡은, 미숙하기까지 한 솜씨였다. 색채에 조화가 없고 힘이 약했다. 이 손님들이 화가 앞에서는 점잖은 체 말을 번지르르하게 늘어놓다가 자기들끼리만 남게 되면 그를 가엾게 여기고 조소하게 된다 해도 무리는 아닐 것이었다.

그는 이 침묵이 너무나 고통스러웠다(사실은 일 분도 채 계속되지 않았지만). 그는 침묵을 깨뜨려 자기가 흥분하지 않았음을 보이려 의식적으로 골레니셰프 쪽으로 얼굴을 돌렸다.

"당신을 한 번 뵌 적이 있는 것 같습니다." 그는 그들의 얼굴 표정에서 점 하나 획 하나도 놓치지 않으려고 브론스키와 안나를 불안한 눈빛으로 번갈아 돌아보면서 그에게 말했다.

"있죠! 로시 댁에서 뵈었습니다. 왜, 기억하실 겁니다. 그 이탈리아 아가씨, 새로운 라셸*이 낭독을 했던 야회 때." 골레니셰프는 조금의 미련도 없이 그림에서 시선을 떼고 화가에게로 돌아서면서 분방한 어조로 말했다.

그러나 미하일로프가 그림에 대한 비평을 기다리고 있다는 것을 알아채고 이렇게 말했다.

"당신 그림은 요전에 내가 보았을 때보다 아주 많이 진척되었습니다. 특히 나를 움직이는 것은, 그때도 그랬습니다만, 지금도 역시 저 빌라도의 모습이에요. 사람들은 누구나 이 인물을 착하고 훌륭하기는 하지만 자기가 하고 있는 일을 이해하지 못하는, 영혼 속속들이까지 관료적인 인간이라고 해석하고 있어요. 그러나 내 생각에는……"

불안정한 미하일로프의 얼굴이 갑자기 빛나기 시작했다. 두 눈은 생생히 번쩍였다. 그는 뭔가 이야기하려고 했지만, 흥분한 나머지 말을 할 수가 없었으므로 기침을 하는 체했다. 그가 골레니셰프의 미술에 대한 이해력을 아무리 낮게 평가했다 해도, 관리로서 빌라도의 표정의 적확함을 지적한 그 공정한 비평이 아무리 쓸모없는 것이었다 해도, 또 중요한 것은 제쳐놓고 이런 쓸데없는 것을 맨 먼저 이야기한 상대방의 비평이 아무리 불만스러운 것일지라도 어쨌든 미하일로프는 이 비평을 듣고 완전히 황홀경에 빠져버렸다. 빌라도의 형상에 대해서는 그도 골레니셰프가 이야기했던 것과 똑같은 생각을 하고 있었다. 이 생각은

---

* 프랑스의 유명한 여배우.

미하일로프가 모두 아주 옳은 말이라고 굳게 믿고 있었던 다른 무수한 비평들 중 하나에 지나지 않는다는 사실도 골레니셰프의 말이 가진 의미를 덜어내지는 않았다. 그는 이 말 때문에 골레니셰프가 좋아졌고, 의기소침한 기분에서 별안간 환희의 상태로 옮겨갔다. 그러자 곧 그 그림 전체가 표현할 수 없는 온갖 복잡한 생기를 띠고 그의 앞에서 약동했다. 미하일로프는 다시 자신도 빌라도를 그렇게 이해하고 있다고 이야기하려 했으나, 어쩐지 입술이 덜덜 떨려서 입을 열 수가 없었다. 브론스키와 안나도 역시 낮은 목소리로 뭔가 이야기하고 있었는데, 한편으로는 화가의 감정을 상하게 하지 않기 위해, 한편으로는 전람회 같은 데서 미술에 대해 이야기할 때 흔히 가볍게 입 밖에 내는 예사로운 말들을 큰 소리로 이야기하지 않으려고 했기 때문이었다. 미하일로프에게는 자신의 그림이 그들에게도 뭔가 인상을 준 것같이 보였다. 그는 그들 곁으로 다가갔다.

"정말 그리스도의 이 표정은 놀랍군요!" 안나가 말했다. 그녀는 자기가 본 것 중에서 이 표정이 가장 마음에 들었던 것이다. 또한 이것이 그림의 중심이니까 이 찬사는 화가에게도 틀림없이 유쾌하리라고 생각했다. "빌라도를 가여워하는 걸 한눈에 알 수 있어요."

이것 또한 그의 그림에서, 그리스도의 모습에서 수없이 찾아낼 수 있는 확실한 비평 중 하나였다. 그녀는 말했다, 그리스도는 빌라도를 가여워한다고. 그리스도의 표정에는 연민의 표정이 없어서는 안 되었다. 그에게는 사랑과, 이승의 것이 아닌 고요함과, 죽음에 대한 각오와, 언어의 공허함을 의식하는 표정이 있기 때문이다. 물론 한쪽은 관능적 삶의 화신이고 다른 쪽은 정신적 삶의 화신이기 때문에 빌라도에게는 관료적인 표정이 있고 그리스도에게는 연민의 표정이 있는 것은 당연한 일이다. 이러한 모든 생각과 그 밖의 갖가지 상념이 미하일로프의 마음속에서 번쩍였다. 그리고 그의 얼굴은 또다시 환희로 빛나기 시작했다.

"그렇습니다, 게다가 인물의 형상이 얼마나 잘 묘사되었습니까, 깊이 감도 좋고요! 깜박 속겠습니다." 골레니셰프는 이 말로 분명 자기는 그 인물의 내용과 사상에 찬성하지 않는다는 것을 나타내면서 말했다.

"아니, 정말 놀라운 솜씨야!" 브론스키가 말했다. "저 인물은 꼭 배경에서 튀어나오는 것 같잖아! 이게 바로 기교라는 거야." 그는 골레니셰프 쪽으로 돌아서면서 이 말로 아마 둘이서 나누었던 대화, 자기는 이제 이런 기교를 얻는 것을 포기했다고 이야기했던 것을 넌지시 일깨워주면서 말했다.

"네, 네, 놀랍습니다!" 골레니셰프와 안나가 맞장구를 쳤다. 미하일로프는 완전히 흥분하고 있었음에도 불구하고 기교 운운하는 비평은 그의 마음을 아프게 했고, 그는 화가 난 듯 브론스키의 얼굴을 쳐다보고는 갑자기 시무룩해졌다. 그는 자주 이 기교라는 말을 들었지만, 어떤 의미로 그 말을 하는 것인지는 전혀 이해가 가지 않았다. 그는 사람들이 이 말을 할 때 내용과는 전혀 무관한 것을 쓰거나 묘사하는 기계적인 능력을 의미한다는 것을 알고 있었다. 그는 지금의 찬사와 마찬가지로 사람들이 종종 기교를, 마치 나쁜 것을 잘 그릴 수 있는 능력이나 내적인 가치에 반하는 무언가로 생각한다는 것을 알고 있었다. 그는 덮개를 벗길 때, 작품을 손상시키지 않기 위해서는 그리고 덮개를 완전히 벗겨내기 위해서는 많은 주의력과 세심함이 필요하다는 것을 알고 있었다. 그러나 그림이라는 예술, 거기에는 아무런 기교도 없다. 만일 조그마한 어린애나 그의 집 식모에게 그가 본 것과 똑같은 것이 계시된다면 그들도 자기가 본 것의 껍질을 벗겼을 것이다. 그러나 그와 반대로 가장 노련하고 능란한 전업화가라 할지라도 그려야 할 내용의 범위가 미리 계시되지 않는다면, 단지 기계적인 재능만으로는 아무것도 그려낼 수 없다. 그뿐만 아니라 만일 기교라는 것을 굳이 문제삼아야 한다면, 자신이 그 점에서는 도저히 칭찬받을 자격이 없다는 것을 그는 알고 있었다. 그는 자기가 과거에 그렸고 현재 그리고 있는 모든 것에서 덮개를 벗길 때의 부주의에서 생긴, 그리고 지금에 와서는 이미 작품 전체를 망치지 않고는 수정할 수 없는 눈에 띄는 결점을 분명히 보고 있었다. 그리고 거의 모든 형상, 모든 얼굴에서 그는 아직도 충분히 벗겨지지 않은 덮개의 흔적이 남아 그 그림을 손상시키는 것을 보고 있었다.

"한마디 더 말씀드리고 싶은 게 있는데요, 만일 당신이 허락해주신다면……" 골레니셰프가 말했다.

"아아, 정말 기쁩니다. 부탁합니다." 미하일로프는 억지웃음을 웃으면서 말했다.

"다름이 아니라, 당신의 그리스도는 신인神人이 아니고 인신人神이라는 겁니다. 그것이 당신의 의도라고 알고 있습니다만."

"그렇지만 나로서도 내 마음에 없는 그리스도를 그릴 수는 없죠." 미하일로프는 음울한 어조로 대꾸했다.

"그렇습니다, 그러나 만일 내게 의견을 말씀드릴 기회를 주신다면 여쭙겠습니다만…… 당신의 그림은 나 같은 사람의 비평으로는 좀처럼 손상시킬 수 없을 만큼 훌륭한 것입니다. 게다가 또 이것은 내 개인 의견입니다. 당신에게는 또 당신의 의견이 있으시겠죠. 말하자면 모티프가 다르니까요. 이바노프를 놓고 보더라도 말입니다. 만일 그리스도를 역사적 인물의 수준으로까지 끌어내릴 작정이라면 이바노프에게는 도리어 뭔가 다른, 아무도 손대지 않는 역사상의 새로운 주제를 선택하는 것이 낫지 않았을까 생각합니다만."

"그러나 만일 이것이 예술에 주어진 가장 큰 주제라고 한다면요?"

"만약 찾으려고만 하신다면 다른 주제도 발견될 겁니다. 그러나 중요한 점은 예술이란 논의와 비평을 초월한다는 데 있습니다. 그런데 이바노프의 그림 앞에 서면 신자건 아니건 간에 이것은 신일까, 신이 아닐까 하는 의문을 갖게 됩니다.* 그리하여 인상의 통일이 깨지고 맙니다."

"어떻게 그럴 수가 있을까요? 제가 생각하기에 교양 있는 사람들에게는," 미하일로프는 말했다. "논쟁은 없을 것 같은데요."

골레니셰프는 그 말에는 동의하지 않았다. 그는 예술에 필수적인 인상의 통일에 대한 자신의 본래 의견을 고집하면서 미하일로프를 논박했다.

미하일로프는 흥분했지만, 자신의 사상을 옹호하기 위해 한마디도 할 수가 없었다.

---

* 이바노프가 1837~1857년에 걸쳐 제작한 그림 〈민중에게 나타난 그리스도〉를 염두에 둔 말이다. 톨스토이는 이 그림에서 '신에 대한 사상'과 '역사적 인물'의 형태 사이의 내적 모순을 발견했다.

12

안나와 브론스키는 동행자의 똑똑한 체하는 요설을 언짢게 여기면서 벌써 아까부터 서로 눈짓을 하고 있었다. 이윽고 브론스키는 주인의 안내를 기다리지 않고 그다지 크지 않은 다른 그림 쪽으로 옮겨갔다.

"아아, 아름답다, 정말 아름다워! 놀랍군! 정말 아름다워!" 두 사람은 소리를 맞춰 외쳤다.

'무엇이 저렇게 마음에 들었을까?' 미하일로프는 생각했다. 그는 삼 년 전에 그렸던 그 그림에 대해서는 말끔히 잊고 있었던 것이다. 몇 달 동안 밤낮을 가리지 않고 그것에만 매달려 있으면서 맛보았던 온갖 고민과 환희를 말끔히 잊었던 것이다. 완성한 그림에 대해서는 언제나 그랬던 것처럼. 그는 그 그림을 보는 것도 싫었고, 다만 그것을 사고 싶어 하는 영국인이 오기로 돼 있었으므로 내놓은 것뿐이었다.

"그것은 말이죠, 낡은 습작이에요." 그가 말했다.

"정말 좋군요!" 골레니셰프 또한 분명 진심으로 그 그림의 아름다움에 끌린 듯이 말했다.

사내아이 둘이 버드나무 그늘에서 낚시질을 하고 있었다. 나이가 많은 아이 쪽은 지금 막 낚싯줄을 던지고 온 정신을 그것에 쏟으면서 덤불 뒤에서 한창 낚시찌를 끌어당기고 있었다. 조금 어린 쪽은 풀 위에 누워 헝클어진 금발 머리를 팔꿈치로 괴고 깊은 생각에 잠긴 듯한 하늘빛 눈으로 수면을 찬찬히 바라보고 있었다. 그는 무슨 생각을 하고 있는 걸까?

이 작품에 대한 탄성이 미하일로프의 마음에 지난날의 흥분을 다시 불러일으켰지만, 그는 지나가버린 것에 대한 이런 감정적 낭비가 무섭기도 하고 달갑지도 않았으므로, 이러한 찬사가 기뻤지만 세번째 그림 쪽으로 방문객들을 데려가려 했다.

그런데 브론스키가 그 그림을 팔지 않겠느냐고 물었다. 방문객들 때문에 흥분해 있던 지금의 미하일로프에게 금전상의 이야기는 몹시 불쾌했다.

"팔려고 내놓은 것입니다." 그는 음울하게 얼굴을 찌푸리고 대답했다.

방문객들이 돌아가자 미하일로프는 빌라도와 그리스도의 그림 앞에 앉아 마음속으로 방금 방문객들이 이야기했던 것과, 비록 이야기하지는 않았지만 넌지시 암시했던 것을 되짚어보았다. 그러자 이상하게도 그들이 여기에 있었고 자기가 심리적으로 그들의 관점에 옮겨가 있었을 때에는 그처럼 중대한 의미를 지녔던 것들이 갑자기 모든 의미를 잃어버렸다. 그는 자신의 그림을 완전한 화가의 눈으로 보기 시작했고 자신의 그림이 완전한 것임을, 따라서 훌륭한 의미를 갖고 있음을 믿게 되었다. 그것은 다른 모든 흥미를 배제하는 긴장을 위해 그에게 필요한 것이었고, 그것 하나로 그는 일을 할 수 있었던 것이다.

그러나 원근법에 따라 그려진 그리스도의 한쪽 발은 역시 만족스럽지 않았다. 그는 팔레트를 들고 작업에 착수했다. 그 발을 고치면서도 그는 줄곧 배경에 있는 요한의 모습을 자세히 눈여겨보았다. 방문객들은 그다지 주의하지 않았지만, 그는 그것이 완벽 그 이상임을 알고 있었다. 발을 다 고치고 나서 그는 요한 쪽으로 달려들려고 했으나, 그 작업을 하기에는 자기가 너무 흥분해 있다는 느낌이 들었다. 그는 마음이 차분해졌을 때에도, 또 감수성이 너무나 예민해져 만사가 지나칠 만큼 또렷해질 때에도 일을 할 수 없었다. 그가 일을 할 수 있는 순간은 다만 냉정에서 영감으로 옮아가는 한 단계뿐이었다. 그러나 지금의 그는 너무나 흥분해 있었다. 그래서 그는 그 그림에 덮개를 씌워버리려고 했다. 그러나 발을 멈추고 한쪽 손에 덮개를 든 채 행복한 미소를 띠고서 한참 동안 뚫어지게 요한의 모습을 바라보았다. 마침내 떨어지기 서운한 듯한 태도로 덮개를 씌우고 피곤하긴 하지만 매우 행복한 기분이 되어 안채로 돌아갔다.

브론스키와 안나와 골레니셰프는 집으로 돌아오는 길에 유난히 발랄하고 유쾌한 기분이었다. 그들은 미하일로프와 그의 그림에 대해 이야기를 주고받았다. 재능이라는 말, 그들에게는 이성이나 감정에서 독립된 거의 육체적이라고도 할 수 있는 타고난 능력을 의미하는 것이며 또한 화가가 경험한 온갖 것을 나타내기도 하는 그 말이 특히 자주 그들의 이야기 속에 등장했다. 그 말이 그들에게는 전혀 이해하지 못하는 주제에 뭔가 이야기는 해보고 싶은 것을 형용하는 데 꼭 필요했기 때문이었다. 그들은 그에게 재능이 있다는 것을 부정할 수 없지만, 그의 재능은 우리 러시아의 화가에게 공통된 교양의 부족 때문에 충분히 성장할 수 없으니 불행한 일이라고 말했다. 그러나 두 소년을 그린 그림은 그들의 뇌리에 깊이 파고들어 그들은 이따금 화제를 그쪽으로 돌리곤 했다.

"굉장한 아름다움이었어! 그토록 성공적이다니, 게다가 그 단순함! 그 사람은 그게 얼마나 좋은 작품인지 모르고 있어. 그렇지, 그걸 남의 손에 넘겨서는 안 돼. 꼭 사들여야지." 브론스키가 말했다.

13

미하일로프는 브론스키에게 자신의 그림을 팔았고 안나의 초상을 그리는 것도 승낙했다. 정해진 날 그는 찾아와서 작업에 들어갔다.

다섯번째 방문부터 그 초상은 모든 사람을, 특히 브론스키를 놀라게 했다. 그 초상은 안나와 꼭 닮았을 뿐만 아니라 독특한 아름다움으로 빛났다. 미하일로프가 그녀의 독특한 아름다움을 발견할 수 있었다는 건 참으로 불가사의한 일이었다. '그녀의 지극히 사랑스럽고 내면적인 표정을 찾아내기 위해서는 나만큼 그녀를 알고 또 사랑하지 않으면 안 될 텐데.' 브론스키는 자기도 이 초상화로 인해 비로소 그녀의 지극히 사랑스럽고 내적인 표정을 발견했으면서 이렇게 생각했다. 그러나 이 표정은 그에게도 다른 사람들에게도 그들이 진작부터 알고 있는 것처럼 여겨졌을 만큼 매우 사실적이었다.

"나는 무척 오래 고심했지만 아무것도 되지 않던데." 그는 자신의 초상화에 관해 말했다. "그 사람은 안나를 보기가 무섭게 그려버렸어. 말하자면 그게 바로 기교라는 거겠지."

"차차 되겠지." 골레니셰프는 그를 달랬다. 그가 알기로 브론스키는 재능도 있고, 특히 예술에 대한 식견을 높이는 훌륭한 교양도 갖추고 있었다. 그러나 브론스키의 재능에 대한 골레니셰프의 증언은 무엇보다도 그의 논문이며 사상에 대한 브론스키의 공명과 찬사가 그에게 필요했다는 점에 의해 더욱 뒷받침되었다. 그는 상찬이나 지지는 상호적인 것이어야 한다고 느끼고 있었으므로.

남의 집, 특히 브론스키의 팔라초에서 미하일로프는 자신의 화실에 있을 때와는 전혀 다른 사람이 되었다. 그는 자기가 존경하지 않는 사람들과 가까워질까봐 두려워하기라도 하는 듯 어색한 공손함을 보였다. 그는 브론스키를 각하라고 불렀고, 안나와 브론스키가 아무리 청해도 결코 저녁식사에는 남지 않았으며, 그림을 그릴 때 이외에는 한 번도 얼굴을 보이지 않았다. 안나는 어느 누구를 대할 때보다 그에게 친절한 태도를 보였고 자신의 초상화에 대해 고마워했다. 브론스키는 그에게 차츰 예의바르게 행동했는데, 분명 자신의 그림에 대한 이 화가의 비평을 듣고 싶어하는 것 같았다. 골레니셰프는 예술에 대한 참된 이해를 미하일로프의 마음에 주입할 기회를 놓치지 않았다. 그러나 미하일로프는 누구에게나 한결같이 냉담한 태도를 취했다. 안나는 그의 눈빛에서 그가 자기를 바라보길 좋아한다는 것을 느꼈다. 그러나 그는 그녀와 이야기하는 것은 피했다. 브론스키가 그의 그림에 대해 이야기할 때에도 그는 완강히 침묵을 지켰고, 브론스키의 그림을 보면서도 역시 침묵을 지켰다. 그는 골레니셰프의 이야기에는 분명 압박을 느꼈으나 반박하지는 않았다.

요컨대 미하일로프는 그 억눌려 있는 듯하고 불쾌한, 마치 뭔가 적의라도 품은 것 같은 태도 때문에 보면 볼수록 더욱 그들의 마음에 들지 않는 인물이 되어버렸다. 그래서 그들은 작업이 끝나 그들의 손에 훌륭한 초상화가 남게 되고 그가 오지 않게 되었을 때 몹시 기뻐했다.

골레니셰프가 맨 먼저 모두가 가슴에 품고 있던 생각, 즉 미하일로프는 그저 브론스키를 부러워하고 있을 뿐이라는 생각을 토로했다.

"가령 그가 지니고 있는 재능을 부러워하는 건 아니라고 하더라도 말야. 아무튼 그 사람에게는 궁신宮臣이자 부자이며 게다가 백작인 사람이(그들은 이런 것을 모두 미워하고 있지) 딱히 이렇다 할 노고도 치르지 않고 생애를 그것에 바치고 있는 자기보다 뛰어난 것은 아닐지언정 똑같은 일을 하고 있다는 것 자체가 배가 아프기는 할 거야. 무엇보다도 중요한 것은 교양인데, 그에겐 그게 없다는 거지.”

브론스키는 미하일로프를 변호했지만, 자기도 마음속으로는 그 말을 믿고 있었다. 그의 견해에 따르면, 계급이 낮은 인간이 남을 부러워하는 것은 당연했기 때문이었다.

안나의 초상화—똑같이 실제 인물을 놓고 그와 미하일로프 두 사람이 그린 초상화—는 브론스키의 눈에 그와 미하일로프 사이에 존재하는 차이를 드러냈어야 마땅했을 것이다. 그러나 브론스키는 그것을 보지 못했다. 그는 그저 미하일로프 것이 완성되고 나자 더이상 그리는 것은 쓸데없는 일이라고 생각하고 안나의 초상화 그리기를 그만두었다. 그후로는 중세의 풍속을 소재로 한 것만을 그렸다. 그 그림은 그 자신에게도 골레니셰프에게도, 특히 안나에게는 아주 훌륭해 보였는데, 그것이 미하일로프의 그림보다도 훨씬 더 옛 명화와 비슷했기 때문이었다.

미하일로프는 또 미하일로프대로 안나의 초상화에 몹시 마음이 끌렸음에도 불구하고, 그 일이 끝나 예술에 관한 골레니셰프의 설교를 더이상 들을 필요가 없어지고 브론스키의 그림을 잊을 수 있게 되자 그들 이상으로 기뻐했다. 그는 브론스키가 그림을 장난처럼 생각하는 것을 말릴 수 없다는 것을 알고 있었다. 그는 또 그를 비롯한 모든 아마추어들이 자기들이 좋아하는 것을 멋대로 그려낼 충분한 권리를 갖고 있다는 걸 알았지만, 그것이 불쾌했다. 누군가가 밀랍으로 큼직한 인형을 만들어 그 인형에 키스하는 것을 말릴 수는 없다. 그렇지만 만일 그 사람이 인형을 가지고 와서 사랑에 빠진 남자 앞에 앉아 그 남자가 사랑하는 여자를 애무하는 것처럼 그 인형을 애무하기 시작한다면, 그 남자는 틀림없이 불쾌감을 느낄 것이다. 이와 똑같은 불쾌한 감정을 미하일로프는 브론스키의 그림을 볼 때마다 경험했다. 그는 우스꽝스럽기도 하고, 얄밉기도 하고, 안타깝기도 하고, 화가 나기도 했다.

그림과 중세시대에 대한 브론스키의 심취도 오래 계속되지는 않았다. 그는 그림에 대한 특정한 취향을 갖고 있었기 때문에 오히려 자신의 그림을 완성할 수가 없었다. 그림은 그렇게 중단됐다. 초반에는 그다지 눈에 띄지 않았던 결점이 이대로 그리기를 계속한다면 마침내 치명적인 결점이 되리라는 것을 그는 막연하게나마 느꼈다. 자기에게는 아무것도 이야기할 게 없다고 느끼면서도, 아직 사상이 여물지 않은 것이다, 그래서 지금 자기는 사상을 단련하면서 자료를 모으고 있다고 생각함으로써 끊임없이 자기를 속이고 있는 골레니셰프와 똑같은 감정이 그의 마음에도 일었다. 이 감정에 의해 골레니셰프는 자신의 마음을 격분시키기도 괴롭히기도 했으나, 브론스키는 자기를 속일 수도 괴롭힐 수도 격분시킬 수도 없었다. 그래서 그는 특유의 결단력으로 한마디의 변명이나 설명 없이 과감히 그림 그리기를 그만두었다.

그러나 그 일이 없어지자 이탈리아 시골에서의 브론스키와 안나의 생활은 몹시 지루해졌다. 안나는 그의 갑작스러운 환멸에 놀랄 정도였다. 팔라초는 갑자기 아주 눈에 띄게 해묵고 지저분해 보였고, 커튼의 얼룩이며 마루의 벌어진 틈새며 처마의 떨어진 회반죽이 아주 불쾌하게 느껴졌고, 늘 똑같은 골레니셰프며 이탈리아인 교수며 독일인 여행가가 못 견디게 지루해졌으므로 마침내 생활을 바꾸지 않으면 안 될 정도가 되었다. 그들은 러시아의 시골로 돌아가야겠다고 결심했다. 브론스키는 페테르부르크에서 형과 재산 분배를 해야겠다고 생각했고, 안나는 아들을 만나봐야겠다고 생각했다. 그리고 여름은 브론스키가의 광대한 영지에서 지내기로 했다.

14

레빈은 결혼한 지 석 달째가 되었다. 그는 행복했지만, 그가 기대했던 것과는 전혀 달랐다. 그는 한 걸음마다 예전에 했던 공상에 대한 환멸과 뜻밖의 새로운 매혹을 찾아냈다. 레빈은 행복했지만, 가정생활에 발을 들여놓자마자 매 순간 그는 자기가 상상했던 것과는 전혀 다르다는 점을 알게 되었다. 한 걸음마다 그는 호수 위를 미끄러져가는 작은 배의 매끄럽고 행복한 진행을 넋을 놓고 바라보던 사람이 자기가 직접 그 작은 배에 탔을 때 느끼는 것과 같은 기분을 경험했다. 말하자면 몸이 흔들리지 않게 하고 가만히 타고 있는 것만으로는 부족하다는 것, 어느 쪽을 향해 갈 것인지를 한순간도 잊지 말아야 한다는 것, 발밑에는 물이 있고 그 위를 노저어 가지 않으면 안 된다는 것, 익숙하지 않은 손에는 그 일이 몹시 아프리라는 것, 그저 보고만 있을 때에는 쉬워 보이나 막상 자기가 해보니까 즐겁기는 해도 무척 어렵다는 것을 알게 되었다.

독신 시절에는 남의 결혼생활, 그 자질구레한 걱정과 입씨름, 질투를 보면 마음속으로 그저 얕잡듯이 미소 지을 뿐이었다. 그는 장차 자신의 결혼생활에는 그와 같은 일들은 결코 있을 수 없을 뿐만 아니라 모든 외적인 형식까지도 남들의 생활과는 전혀 다를 거라고 확신했지만, 놀랍게도 그와는 반대로 자기와 아내의 생활은 남다르게 짜이기는커녕 오히려 모든 면에서 그가 이전에 그렇게도 경멸했던 아주 하찮고 자질구레한 일들로 짜여 있었다. 게다가 그 하찮은 일들이 지금은 그의 의지에 반해 부정할 수 없는 범상치 않은 의의를 지녔다. 그리고 레빈은 이 같은 온갖 자질구레한 일들의 정돈이 자기가 전에 생각했던 것처럼 결코 쉬운 일이 아님을 알았다. 레빈은 자기 자신이 가정생활에 대해 아주 정확한 견해를 갖고 있다고 여겼음에도 불구하고, 그 또한 다른 남자들처럼 무의식중에 가정생활이라는 것을 아무런 장애도 있을 수 없고 자질구레한 걱정에 마음을 빼앗기는 일도 있을 수 없는 사랑의 향락으로만 상상하고 있었다. 그의 견해에 따르면, 그는 자신의 일에 온 힘을 다하고 그 휴식을 사랑의 행복 속에서 찾아야 했다. 그녀는 사랑받아야 하는 존재, 오직 그뿐이어야 했다. 그러나 이 대목에서도 그는 다른 남자들처럼, 그녀 또한 일을 하지 않으면 안 된다는 것을 잊고 있었다. 그래서 그는 그녀가, 이 시처럼 아름다운 키티가 가정생활의 처음 한 주는커녕 첫날부터 식탁보, 가구, 내객용 침구, 쟁반, 요리사와 식사에 대해서는 물론 그 밖의 것에 대해서도 생각하고 머릿속에 넣어 두기도 하고 돌보기도 하는 데 적잖이 놀랐다. 둘이 아직 약혼만 한 사이였을 때에도 그는 그녀가 외국 여행을 거절하고 그것보다 더 중요한 일이 있음을 알고 있다는 듯, 또 사랑 이외의 일도 생각할 수 있다는 듯 시골로 가자고 했던 결단성에 많이 놀랐었다. 그 일은 당시 그를 모욕했고, 지금도 그녀의 쓸데없는 근심과 걱정이 몇 번이나 그를 언짢게 했다. 그러나 그는 그런 근심들이 그녀에게는 아주 필요하다는 걸 알았다. 그리고 그도 그녀를 사랑하고 있었으므로 어째서 걱정하는지 이유는 모르지만 또 그러한 걱정에 코웃음치고는 있었지만, 역시 그녀에게 감탄하지 않을 수 없었다. 그는 그녀가 모스크바에서 가져온 가구를 배치하고, 자기와 그의 방을 새로 꾸미고, 커튼을 치기도 하고, 손님과 돌리를 위해 미리 방을 준비하기도 하고, 자신의 새 하녀가 쓸 방을 정해주기도 하고, 요리사 영감에게 식사를 지시하기도 하고, 아가피야 미하일로브나를 주방에서 물러나게 하여 그녀와 입씨름을 하는 등의 행동을 비웃었다. 그는 요리사 영감이 그녀에게 감탄해서 그녀의 서툴고 실현 불가능한 명령을 들으면서도 싱글벙글 웃는 모습이라든가, 아가피야 미하일로브나가 젊은 마님의 새로운 음식물 저장 방법에 대해 숙고하며 부드럽게 고개를 젓는 모습 등을 보았다. 그는 또 키티가 웃기도 하고 울기도 하면서 하녀 마샤가 아직도 자기를 귀족 아가씨로 여기고 아무도 자기가 이야기하는 것을 듣지 않아 곤란하다고 하소연하러 왔을 때에는 그녀가 전에 없이 귀엽게 보였다. 사랑스럽기는 하지만 이상스럽게 여겨져서, 그는 이런 일은 차라리 없는 편이 좋았을 거라고 생각했다.

그는 그녀가 결혼 후에 경험하고 있는 감정의 변화를 알지 못했다. 친정에 있었을 때는 이따금 크바스와 양배추나 사탕이 아쉬워도 마음대로 손에 넣을 수 없었지만, 지금 그녀는 욕심나는 것은 무엇이건 지시할 수 있고 사탕 같은 것은 산더미처럼 사들일 수 있으며, 돈도 얼마든지 쓸 수 있고 케이크 같은 것도 원하는 대로 만들게 할 수 있었다.

그녀는 이제 돌리가 아이들을 데리고 오기를 즐거운 마음으로 기대하고 있었는데, 아이들에게는 저마다 좋아하는 케이크를 만들어주라고 해야겠다, 돌리는 틀림없이 자신의 신혼집을 칭찬해줄 것이다, 하고 생각하자 이 즐거움은 더욱 커졌다. 그녀 자신은 어떤 이유에서인지 또 무엇 때문인지 몰랐으나, 어쨌든 살림을 꾸려나간다는 것은 억누를 수 없는 힘으로 그녀의 마음을 끌었다. 그녀는 본능적으로 봄이 다가오고 있음을 느끼고, 또 날씨가 좋지 않은 날도 있을 거라는 걸 알고 부지런히 보금자리를 만들었으며, 아울러 그 만드는 법을 배우려고 몹시 허둥거렸다.

자질구레한 키티의 걱정은 레빈이 갖고 있던 드높은 행복의 이상에 상반되는 것으로, 그에게는 환멸스러운 것 중 하나였다. 그는 이 귀여운 걱정의 의미를 알지 못했지만, 사랑하지 않을 수 없는 새로운 매혹 가운데 하나였다.

또하나의 환멸이자 매혹은 입씨름이었다. 레빈은 자기와 아내 사이에 부드러움과 존경과 애정 이외의 다른 감정에 의한 관계가 있을 수 있으리라고는 결코 상상하지 못했다. 그런데 결혼 초기부터 둘은 벌써 싸움을 벌이고 말았다. 그녀가 그를 보고 그는 그녀를 사랑하고 있는 게 아니다, 다만 자기 자신을 사랑하고 있는 것이다라고 말하며 울음을 터뜨리고 두 손을 내둘렀던 것이다.

이 최초의 입씨름은 레빈이 새로운 농장을 보러 나왔다가 지름길로 가려다 길을 잃고 반시간쯤 늦게 돌아온 데서 비롯되었다. 그는 그저 그녀와 그녀의 사랑과 자기의 행복만을 생각하면서 집으로 돌아오고 있었는데, 집에 가까워짐에 따라 그의 마음속에는 그녀에 대한 부드러운 애정이 더욱더 강하게 샘솟아올랐다. 그는 언젠가 청혼을 하러 셰르바츠키가를 찾아갔을 때와 같은, 아니 그때보다도 더 강한 애정을 가슴에 안고 방안으로 뛰어들어갔다. 그러나 별안간 그를 맞이한 것은 아직까지 한 번도 그녀의 얼굴에서 본 적이 없는 어둡디어두운 표정이었다. 그는 그녀에게 키스하려고 했으나, 그녀는 그를 밀어젖혔다.

"왜 그래?"

"당신은 즐거운가봐……" 그녀는 애써 차분하면서도 표독스러운 태도로 말하기 시작했다.

그러나 그녀가 입을 열자마자 근거 없는 질투와, 창가에 앉아 꼼짝도 하지 않고 지낸 반시간 동안 그녀를 괴롭혔던 온갖 당치도 않은 비난의 말이 그녀의 가슴속에서 솟구쳐나왔다. 그때 그는 식이 끝나고 그녀를 교회에서 데리고 나왔을 때 도무지 이해되지 않았던 것이 비로소 똑똑히 이해가 되는 것 같았다. 그는 그녀가 자기에게 가까운 사람일 뿐만 아니라, 이제는 어디까지가 그녀이고 어디서부터가 자기인지 모르게 되었다는 것을 이해했다. 그는 이것을 자기가 그 순간 경험한 둘로 갈라진다는 것의 괴로운 감정에 의해 이해한 것이었다. 그도 처음에는 화를 냈지만, 금세 자기는 그녀로 하여금 모욕을 느끼게 할 수는 없다는 것, 그녀는 곧 자기 자신이라는 것을 알았다. 그러자 그는 무엇보다도 먼저, 느닷없이 뒤에서 강한 타격을 받은 사람이 괘씸해서 복수를 하려는 마음으로 상대방을 찾아 뒤를 돌아다보고는, 그것은 어쩌다가 자기가 자기 자신을 친 것이므로 누구한테 화풀이할 수도 없어 그저 꾹 참고 아픔을 달랠 수밖에 없다는 것을 알았을 때 경험하는 것과 똑같은 느낌을 경험했다.

그뒤로 그는 한 번도 이때처럼 강력하게 그런 느낌을 경험한 적은 없었으나, 이 첫번째 경험에서 그는 오랫동안 제정신을 차릴 수 없었다. 자연스러운 감정은 그에게 자신을 변호하고 그녀의 잘못을 입증하라고 요구했다. 그러나 그녀의 잘못을 입증한다면 한층 더 그녀의 화를 돋워 온갖 슬픔의 근원인 불화를 차츰 크게 할 것이었다. 한편 습관적인 감정은 그를 다그쳐 잘못을 자신에게서 그녀에게로 떠넘기려고 했다. 그러나 또하나의 보다 강력한 감정은 지금 일어나고 있는 불화가 커지기 전에 빨리, 될 수 있는 대로 빨리 그것을 비벼끄려고 했다. 이런 부당한 비난을 받고도 그냥 이대로 얼버무려버린다는 것은 아무래도 쓰라린 일이었지만, 자기를 정당화하고자 그녀를 가슴 아프게 한다는 것은 더욱 나쁜 일이었다. 선잠 속에서 육체의 아픔으로 괴로워하는 사람처럼 그는 자신의 몸에서 그 아픈 곳을 도려내버리고만 싶었다. 그러나 정신을 차리고 보니 그 아픈 곳은 바로 자기 자신이었다. 그저 애써 그 아픈 부분을 견디기 쉽게 단련할밖에 별다른 도리가 없었고, 그는 한참 동안 그렇게 하려고 노력했다.

그들은 화해했다. 그녀는 자기의 잘못을 깨달았고, 그것을 입 밖에 내지는 않았지만 그에게 한층 더 부드러워졌고, 두 사람은 새로이 증대된 사랑의 행복을 경험했다. 그러나 이 일은 이러한 충돌이 지극히 하찮고 예상치 못한 원인에 의해 그뒤로도 또다시, 심지어 자주 되풀이되는 것을 막아주지는 못했다. 이러한 충돌은 두 사람이 아직 상대방에게 뭐가 중요한가를 몰랐기 때문에, 또 결혼 초기에는 둘 다 자주 나쁜 기분이 되곤 했기 때문에 곧잘 일어났다. 한 사람이 기분이 나쁘더라도 다른 사람의 기분이 좋으면 평화가 깨지는 일은 없었지만, 둘 다 좋지 않을 때는 나중에 돌이켜보면 무엇 때문에 그렇게 다투었던 것인지 도무지 생각해낼 수 없을 만큼 너무나도 하찮아서 이해가 되지 않는 이유로 충돌이 일곤 했다. 실제로 둘 다 좋은 기분일 때면 그들 생활의 즐거움은 언제나 배가되었다. 아무튼 이 초기는 그들에게 힘든 시기였다.

이 초기 내내 그들은 두 사람이 서로 묶여 있는 쇠사슬을 양쪽에서 잡아당기는 것 같은 긴장을 줄곧 생생하게 느꼈다. 요컨대 세상에 전해오는 말을 좇아 레빈이 아주 많은 것을 기대했던 그 밀월, 즉 결혼 후의 일 개월은 꿀 같지 않았을뿐더러 그들의 기억에 한평생을 통해 가장 괴롭고 굴욕스러운 시기로 남았던 것이다. 오히려 그들은 그뒤로 살아가면서 둘 다 한결같이 정상적인 기분이었던 적이 드물었던, 자기 자신으로 있었던 적이 드물었던 이 불건전한 기간의 추악하고 부끄러운 온갖 사태를 자신들의 기억에서 지워버리느라 무척 노력했다.

결혼한 지 꼭 석 달째가 되어 한 달 동안 모스크바에 머물다 돌아온 후에야 그들의 생활은 비로소 좀더 부드러워졌다.

15

모스크바에서 막 돌아온 그들은 자기들끼리만 있게 된 것을 기뻐했다. 그는 서재의 책상에 앉아 글을 썼다. 그녀는 결혼 직후 며칠 동안 몸에 걸쳤던 짙은 라일락빛 드레스, 특히 그의 회상을 파고드는 귀중한 그 옷을 다시금 입고 레빈의 아버지며 할아버지 때부터 언제나 서재에 놓여 있던 가죽을 댄 고풍스러운 소파에 앉아 영국자수를 놓았다.

그는 그녀가 옆에 있는 것에 내내 기쁨을 느끼면서 생각을 하기도 하고 글을 쓰기도 했다. 그는 농사일도, 새로운 농사의 기초를 제시하고자 하는 저술 일도 그만두지 않았다. 그러나 전에는 이러한 일과 사상이 전 생애를 덮고 있던 어두운 그림자에 비하면 쓸데없고 자질구레한 것으로 여겨졌던 것처럼, 지금은 또 눈부실 만큼 행복의 빛으로 충만한 눈앞의 생활에 비해 어쩐지 쓸모없고 시시하게 여겨졌다. 그는 자신의 일을 계속하고 있었지만, 이제 그의 관심의 초점은 다른 것으로 옮겨졌고, 그 결과 그는 자기가 전혀 다른, 보다 현명한 눈으로 자신의 일을 보게 되었음을 느꼈다. 예전에 이 일은 그에게 생활로부터의 도피였다. 만일 이 일이 없다면 자신의 생활은 너무나 침울해질 것만 같았다. 그런데 지금 이 일들은 생활을 지나치게 단조롭고 밝게 하지 않기 위해 필요한 것이 되었다. 다시 원고를 집어들고 적어둔 내용을 읽어가면서 그는 만족했다. 이 일이 마음과 힘을 다해 할 만한 충분한 가치가 있음을 새삼 발견했다. 이전 사상의 많은 부분이 그에게는 불필요하고 극단적인 것처럼 여겨졌지만, 자신의 기억 속에서 전체를 새로이 펼쳐보자 많은 결함들이 뚜렷해졌다. 그는 지금 러시아에서 농업이 부진한 원인에 대해 새로운 장章을 쓰고 있는 중이었다. 그는 러시아의 빈곤은 다만 토지 소유권의 부당한 분배와 잘못된 개혁만이 아니라 최근에 무턱대고 러시아에 들여온 외국 문명, 특히 도시로의 집중을 촉진하고 사치의 폐풍을 조장하여 농업을 황폐케 한 교통기관, 철도의 보급, 제조업, 신용 대부, 그리고 그 동반자인 투기업의 발달에도 기인하고 있음을 입증했다. 그가 생각하기에 한 나라의 부가 올바르게 발달해나가고 있을 경우 이러한 모든 현상은 이미 농업에 대해 주요한 노력이 경주된 이

후에만, 말하자면 그것이 올바른 상태, 적어도 일정한 상태로 안정되었을 때에만 일어나야 했다. 그리고 한 나라의 부는 일정한 비율로, 특히 농업 이외의 부원富源이 농업을 앞지르지 않는 정도로 증가해야 했고, 교통기관도 농업의 일정한 상태에 준해서 그에 적합한 것이어야 했으며, 현재와 같이 잘못된 토지 이용법이 행해지고 있는 때에 경제적인 필요에 의해서가 아니라 정치적인 필요에 의해 부설된 철도 같은 것은 시기상조여서, 기대했던 대로 농업을 진보시키고 육성하는 대신에 농업을 앞질러 제조업과 신용 대부의 발달을 불러온 것이었다. 따라서 그것은 마치 동물의 어느 한 기관의 지나치게 빠른 발달이 동물 전반의 발달을 방해하는 것과 마찬가지로, 러시아의 부가 전체적으로 발달하기 위해서는 신용 대부며 교통기관이며 제조업의 발달이니 하는 것은―그것이 시기적으로 알맞은 유럽에서는 의심의 여지도 없이 필요한 것이지만―최우선으로 결정해야 할 농업의 정리 문제를 뒤로 돌려놓고 그저 해를 끼칠 뿐이었다.

그가 이런 것을 생각하며 쓰고 있는 동안, 그녀는 그들이 모스크바를 떠나기 전날 밤 지극히 어색한 수법으로 그녀한테 은근히 호감을 표시했던 젊은 공작 차르스키에게 남편이 얼마나 부자연스럽게 관심을 보였던가를 생각하고 있었다. '정말 이이는 질투하고 있었어.' 그녀는 생각했다. '아아! 이이는 정말 귀여운 바보야. 나를 두고 질투하다니! 만약 이이가 내게 그런 사람들은 모두 요리사 표트르와 마찬가지라는 것을 안다면.' 그녀는 자기도 야릇하게 느껴질 만큼 소유욕을 품고 그의 뒤통수와 빨간 목덜미를 바라보면서 생각했다. '일을 방해하는 건 좀 미안하지만(이이는 제때 꼭 해낼 거야!), 난 꼭 한번 이이의 얼굴을 봐야겠어. 이이는 내가 자기를 보고 있는 걸 느낄까? 정말 이쪽으로 얼굴을 돌려주면 좀 좋으련만…… 정말 어쩌면!' 그녀는 한참 눈을 둥그렇게 부릅떠보았다. 그렇게 하여 시선이 강하게 느껴지기를 바라면서.

"그래, 그들은 모두 나라의 단물을 자기한테로만 뽑아내고 허위의 빛을 내뿜고 있는 것이다." 그는 쓰기를 멈추고 중얼거렸다. 그러다 그녀가 자기 쪽을 보며 미소 짓고 있는 것을 느끼고 돌아보았다.

"뭐?" 그는 미소를 띠고 일어서면서 물었다.

'아, 돌아보았다.' 그녀는 생각했다.

"아무것도 아냐. 그저 이쪽을 돌아봐주었으면 했을 뿐이야." 그녀는 그의 얼굴을 찬찬히 바라보며 자기가 일을 방해한 것을 그가 노여워하는지를 살피려 애쓰면서 말했다.

"아아, 정말, 단둘이 있다는 건 정말 좋아! 적어도 나는 그래." 그는 그녀에게 다가가 행복의 미소를 빛내면서 말했다.

"나도 좋아! 이젠 아무데도 가지 않겠어. 특히 모스크바 같은 덴."

"그래 당신은 무슨 생각을 하고 있었어?"

"나? 난 말이야, 그러니까…… 아니, 아냐. 그보다 저리 가서 계속 쓰기나 해, 딴 일에 정신을 팔지 말고." 그녀는 입술을 오므리면서 말했다. "나도 이제 이 구멍을 오려내야 하니까, 응?"

그녀는 가위를 들고 천을 자르기 시작했다.

"아니, 자, 얘기해봐, 뭔데?" 그는 그녀의 옆에 붙어앉아 작은 가위가 둥그렇게 움직이는 것을 보면서 말했다.

"어머나, 내가 무슨 생각을 하고 있었담? 나는 모스크바에 대해서 생각했어, 그리고 당신의 목덜미에 대해서."

"도대체 어떻게 나한테 이런 행복이 왔을까? 지나치게 부자연스러워. 너무나 좋아서." 그는 그녀의 손에 키스하면서 말했다.

"어머나, 나는 그 반대야. 좋으면 좋을수록 더 자연스러워지는걸."

"아, 당신의 머리칼이," 그는 조심스레 그녀의 머리를 돌리면서 말했다. "땋아올렸던 머리칼이, 이렇게 흘러내렸군, 아니, 아니, 우리 일이나 합시다."

그러나 일은 더이상 계속할 수 없었고, 쿠지마가 차가 준비되었다고 알리러 들어왔을 때 그들은 무슨 나쁜 짓이라도 하고 있었던 사람들처럼 깜짝 놀라 서로에게서 급히 물러섰다.

"모두들 시내에서 돌아왔나?" 레빈은 쿠지마에게 물었다.

"지금 막 돌아왔습니다. 저쪽에서 짐들을 풀고 있습니다."

"빨리 오세요, 네?" 그녀는 서재에서 나가면서 그에게 말했다. "그러지 않으면 나 혼자서 편지를 읽어버리겠어요. 그리고 같이 피아노를 쳐요."

그는 혼자 남자 그녀가 새로 사다준 서류철에 자신의 노트를 넣고 역시 그녀와 함께 이 집에 들어온 세간인 우아한 부속품이 달린 세면대에서 손을 씻기 시작했다. 레빈은 혼자 생각으로 빙그레 웃었다. 그리고 그 생각을 한 자기를 나무라듯이 고개를 설레설레 흔들었다. 회한 비슷한 느낌이 그를 괴롭혔다. 지금 그의 생활에는 무언가 부끄러운 것 같고 유약한, 이른바 카푸아적*인 데가 있었던 것이다. '언제까지나 이

---

* 카푸아는 나폴리 인근의 도시다. 티투스 리비우스는 『로마사』에서 제2차 포에니전쟁 때 한니발의 겨울 야영지가 전사들을 육체적으로나 정신적으로 나약하게 했다고 썼다.

런 식의 생활을 하고 있어서는 안 된다.' 그는 생각했다. '이제 곧 결혼한 지 석 달이 된다. 그런데 나는 한 일이 거의 아무것도 없다. 오늘 거의 처음으로 진지하게 일을 붙들기는 했지만, 도대체 이게 뭔가? 시작하기가 무섭게 내팽개쳤다. 날마다 해왔던 일마저 거의 내던져버렸다. 게다가 영지만 해도 걸어서든 마차로든 한동안 거의 나가본 적이 없다. 그녀를 혼자 남겨두고 나가는 것이 안쓰럽기도 하고 적적해하리라는 생각도 들었기 때문이다. 나는 결혼 전의 생활이란 제멋대로 들떠 지내는 것이고, 결혼한 후에야 참된 생활이 시작되는 것이라고 여겼다. 그런데 어떤가, 벌써 석 달이 다 되었는데도 나는 지금껏 한 번도 그런 적이 없었을 정도로 무위하고 무익한 시간을 보내고 있다. 아니다, 이래서는 안 된다. 일을 시작하지 않으면 안 된다. 물론 그녀 잘못은 아니다. 그녀를 탓할 일은 하나도 없다. 나 자신이 더욱 군건하게 사내로서의 독립성을 지켜야 했던 것이다. 그렇지 않으면 이렇게 나도 길들어버리고 그녀도 길들어버리고 만다…… 물론 그녀 잘못은 아니지만.' 그는 자기에게 말했다.

그러나 불만을 느끼고 있는 사람이 그 불만의 원인에 대해 누군가 다른 사람을, 그중에서도 자기와 가장 가까운 사람을 탓하지 않기란 어려운 일이다. 그래서 레빈의 머릿속에도 어렴풋이나마 다음과 같은 생각이 떠올랐다. 그녀 자신에게는 죄가 없지만(어떤 점으로도 그녀한테 죄를 뒤집어씌울 수는 없다), 그러나 그녀가 받은 너무나 피상적이

카푸아에서 군대는 전력을 소모했고 적에게 섬멸당했다. 1870년대 파리의 시사평론에서는 나폴레옹 3세를 카푸아라고 일컬었으며, 자신의 일기에서 톨스토이는 무위와 나태의 시기를 '카푸아적'이라고 말했다.

고 경박한 교육이 좋지 않은 것이다('그 얼간이 같은 차르스키! 나는 다 알고 있다. 그녀는 그자의 그 이상한 태도를 그만두게 하려고 했지만, 성공하진 못했다'). '그렇다, 살림에 대한 취미(이 취미는 예전에도 있었다) 외에, 자신의 화장이며 영국자수에 대한 흥미 외에 진지한 취미랄 게 없다. 나의 일에도, 농사에도, 농부들에게도, 꽤 솜씨가 있는 음악에도, 독서에도 전혀 취미가 없다. 그녀는 아무것도 하지 않으면서도 완전히 만족하고 있다.' 레빈은 마음속으로 이렇게 꾸짖었지만, 그녀가 미래의 활동 시기, 남편의 아내이자 한 집안의 안주인이 되고 뒤이어 아이들을 거느려 기르며 교육시키지 않으면 안 될, 그녀에게 필연적으로 닥치고 말 활동 시기를 위해 준비하고 있다는 것을 아직 모르고 있었다. 그는 그녀가 본능적으로 그것을 헤아리고 그 무서운 노고를 준비하면서, 지금은 즐거운 마음으로 앞날의 보금자리를 만드는 한편 게으름과 사랑의 행복한 순간들을 마음껏 향락하는 자신을 꾸짖지 않고 있다는 것을 미처 생각하지 못했다.

16

레빈이 위층으로 올라갔을 때 그의 아내는 새 찻잔 세트를 앞에 놓고 새 은제 사모바르 옆에 앉아서, 차가 가득 든 찻잔을 손에 받쳐든 늙은 하녀 아가피야 미하일로브나를 작은 탁자 옆에 앉힌 채 자신과 줄곧 서신 교환을 하고 있는 돌리에게서 온 편지를 읽고 있었다.

"이것 보세요, 마님이 나를 여기에 앉히셨어요, 같이 앉자고 하시면서 말이에요." 아가피야 미하일로브나는 키티를 향해 정답게 미소 지으면서 말했다.

아가피야 미하일로브나의 이러한 말 속에서 레빈은 요즈음 아가피야 미하일로브나와 키티 사이에 벌어졌던 복잡한 갈등이 해소되었음을 알았다. 아가피야 미하일로브나는 자기한테서 한 집안의 지배권을 빼앗아버린 새로운 안주인에게 그다지 탐탁지 않은 감정을 품고 있었는데도 키티가 어쨌든 그녀를 정복하여 자기를 좋아하도록 만든 것이다.

"이봐요, 난 당신한테 온 편지도 뜯어버렸어요." 키티는 글을 잘 모르는 사람이 쓴 듯한 편지를 그에게 건네면서 말했다. "아마 그 여자한테서 온 모양이에요, 당신 형님의……" 그녀는 말했다. "난 정말 읽지는 않았어요. 그리고 이건 우리집, 그리고 돌리한테서 온 거예요. 상상해봐요! 돌리는 사르맛스키가에서 열린 어린이 무도회에 그리샤와 타냐를 데리고 갔었대요. 타냐가 후작부인으로 분장했었대요."

그러나 레빈은 그녀의 이야기를 듣고 있지 않았다. 그는 얼굴을 붉히고 니콜라이 형의 정부였던 마리야 니콜라예브나한테서 온 편지를 들고 읽기 시작했다. 벌써 마리야 니콜라예브나한테서 두번째로 온 편지였다. 첫번째 편지에서 마리야 니콜라예브나는 그의 형이 아무 잘못도 없는 자기를 내쫓아버렸다고 써보냈다. 그리고 가슴을 찌르는 솔직한 투로 자기는 다시 거지와 같은 처지가 되긴 했으나 무엇을 구걸하거나 바라지는 않는다, 그러나 니콜라이 드미트리예비치는 자기가 옆에 없으면 쇠약한 건강 때문에 쓰러지고 말 거라는 생각을 하니 못 견디게 슬프다, 이렇게 덧붙이고는 형에게 주의를 기울여달라고 부탁했다. 그러나 이번에는 전혀 다른 내용이었다. 그녀는 니콜라이 드미트리 예비치를 찾아내어 다시 모스크바에서 그와 함께 살다가 어떤 도청 소재지에서 일자리를 찾자 함께 그곳으로 갔었다. 그러나 그는 상관과 말다툼을 하고 다시 모스크바로 올라오는 도중에 병이 몹시 심해져서 이제는 다시 일어날 수 있을지 어떨지 모르겠다는 것이었다. '줄곧 당신 이야기만 하고 계십니다. 게다가 이제는 돈도 한푼 없고.'

"이거 좀 읽어보세요. 돌리가 당신 얘길 쓰고 있어요." 키티는 웃으면서 막 말을 꺼냈으나, 남편의 표정이 변한 것을 알아채고 순간 미소를 거두었다.

"왜 그래요? 무슨 일이 생겼어요?"

"니콜라이가, 형이 위독하다고 쓰여 있어. 갔다와야겠소."

키티의 안색이 갑자기 변했다. 후작부인으로 분장한 타냐나 돌리에 대한 생각은 모두 어딘가로 사라져버렸다.

"그럼 언제 떠나시겠어요?" 그녀가 말했다.

"내일."

"그럼 나도 같이 가겠어요, 괜찮죠?" 그녀가 말했다.

"키티! 아니, 그게 무슨 소리요?" 그는 꾸짖는 듯한 어조로 말했다.

"무슨 소리냐고요?" 그녀는 그가 자신의 제의를 내키지 않는 언짢은 태도로 받아들이는 것 같아 모욕을 느끼며 말했다. "어째서 내가 가서는 안 돼요? 난 당신을 방해하거나 하지는 않아요. 나는……"

"내가 가는 것은 말이오, 형이 다 죽어가고 있기 때문이오." 레빈은 말했다. "그런데 당신은 무엇 때문에……"

"무엇 때문이라뇨? 당신이 가는 이유와 같죠."

'나에겐 이렇게 중대한 일인데도, 저 사람은 그저 혼자 있으면 지루할 거라는 생각만 하고 있다.' 레빈은 생각했다. 그리고 이처럼 중대한 상황에서 그런 핑계는 그를 더욱 화나게 했다.

"그건 안 돼." 그는 딱 잘라 말했다.

아가피야 미하일로브나는 상황이 싸움으로까지 이어질 것 같자 조용히 찻잔을 놓고 나가버렸다. 키티는 그것을 알아채지도 못했다. 남편의 방금 전 말투가, 특히 그가 그녀의 말을 믿지 않는 것처럼 들렸기 때문에 그녀를 더욱 화나게 했다.

"아시겠어요? 당신이 가면 나도 같이 가겠어요, 반드시 가겠다고요." 그녀는 잔뜩 약이 올라 잽싸게 말을 꺼냈다. "어째서 안 된다는 거예요? 뭣 때문에 안 된다고 하는 거예요?"

"왜냐하면 당치도 않은 곳으로, 당치도 않은 길을 거쳐서 당치도 않은 곳에 묵으면서 가야 하기 때문이오. 당신이 같이 가면 번거로울 뿐이야." 레빈은 냉정해지려고 애쓰면서 말했다.

"아녜요, 조금도. 나는 아무것도 필요 없어요. 당신이 갈 수 있는 곳이면 나 역시 전혀……"

"아니, 그러나 말이오, 거기에는 당신이 가까이할 수 없는 그 여자가 있다는 사실 한 가지만으로도."

"거기에 어떤 분이 있고 무엇이 있는지 나는 아무것도 몰라요, 또 알고 싶지도 않고요. 내가 알고 있는 것은 다만 내 남편의 형님이 죽어가고 있고, 남편이 그곳에 가려고 한다는 것뿐이에요. 그래서 나도 남편하고 같이 가고, 그리고……"

"키티! 화를 내서는 안 돼요. 그러나 당신도 좀 생각해봐, 응? 이건 매우 중대한 일이야. 그래서 나는 당신이 이 일을 혼자서 집을 지키기 싫다는 약한 마음과 뒤섞어버린다고 생각하는 것이 가슴 아파. 하지만 당신이 정 혼자서 적적할 것 같으면 모스크바에라도 가 있어."

"거봐요, 당신은 언제나 나한테 못되고 천한 의미를 덮어씌우기 일쑤예요." 그녀는 굴욕과 분노로 눈물을 글썽이면서 대꾸했다. "그런 게 아녜요, 마음을 약하게 먹는다거나 하는 일은 결코 없어요…… 다만 나는 남편한테 슬픈 일이 있을 때에는 남편 옆에 있는 것이 내 의무라고 생각할 뿐이에요. 그런데 당신은 일부러 나를 괴롭히려고 하잖아요. 일부러 모르는 체하려는 거예요……"

"아아, 이건 정말 끔찍한 일이야. 이렇게 노예처럼 얽매이다니!" 레빈은 더이상 자신의 분노를 억누를 수가 없어 일어서면서 이렇게 고함을 질렀다. 그러나 다음 순간 그는 자기가 자기를 치고 있는 것 같은 기분을 느꼈다.

"그럼 어째서 당신은 결혼 같은 것을 했어요? 자유로운 몸으로 지내시지, 어째서 결혼을 했어요. 이제 와서 후회할 바에야?" 그녀는 이렇게 말하고 벌떡 일어나서 객실 쪽으로 뛰어나갔다.

그가 뒤를 쫓아가보니 그녀는 훌쩍훌쩍 울고 있었다.

그는 그녀를 설득하기보다 그저 그녀를 진정시킬 수 있는 말을 찾아내려고 애쓰면서 입을 열었다. 그러나 그녀는 그의 말을 듣지 않았고, 무슨 말을 해도 듣지 않으려 했다. 그는 그녀한테로 몸을 구부리고 잡히지 않으려는 그녀의 손을 잡았다. 그는 그녀의 손에 키스하고, 그녀의 머리에 키스하고, 또 손에 키스했다. 그녀는 줄곧 잠자코 있었다. 그러나 그가 두 손으로 그녀의 얼굴을 감싸고 "키티!" 하고 부르자 갑자기 그녀는 제정신을 차리고 조금 울다가 마음이 풀어졌다.

둘은 다음날 같이 떠나기로 결정했다. 레빈은 아내에게 그녀가 그저 뭔가 도움이 되어주기 위해 가려고 한다는 것을 믿는다고 말했다. 그리고 마리야 니콜라예브나가 형 옆에 있건 말건 조금도 거북스러울 것이 없다는 데 동의했다. 그러나 그는 내심 그녀에게도 그리고 자기 자신에게도 불만을 품으면서 여정에 올랐다. 그녀에게는 자기 혼자 가게 해주어야 마땅한 때에 그녀가 그렇게 해주지 않은 것이 불만이었다. (요 얼마 전까지만 해도 자기가 그녀한테서 사랑을 받을 수 있다는 행복을 감히 믿을 수가 없었는데, 지금은 그녀에게서 너무나 지나칠 만큼 사랑을 받고 있기 때문에 스스로를 불행하다고 느끼고 있으니 참으로 묘하다는 생각이 들었다!) 또 자기 자신에게는 자신의 의지를 고수하지 못한 것이 불만이었다. 더욱이 그는 형과 같이 있는 그 여자는 그녀에게 아무런 문제도 되지 않는다는 것에 마음속 깊이 더욱 불만을 느꼈다. 그는 일어날 수 있는 온갖 충돌에 대해 생각해보며 두려워했다. 그러자 그의 아내, 그의 키티가 그런 여자와 한방에 있게 된다는 사실 한 가지만으로도 그는 혐오와 공포에 쫓겨 전율하지 않을 수 없었다.

17

니콜라이 레빈이 몸져누워 있던 도청 소재지의 호텔은 깨끗하고 편안하며, 게다가 화려하게 꾸미려는 최상의 설계로 최신 건축법에 의해 지어진 시골 호텔 중 하나였다. 그러나 이러한 호텔들은 그곳을 찾아드는 손님들로 인해 별안간 현대식 건축을 자처하는 불결한 선술집으로 변해갔고, 그러한 의도 때문에 오히려 지저분하기만 한 재래의 여인숙보다도 더욱 흉물스러워졌다. 이 호텔도 이미 그런 상태에 이르렀다. 지저분한 군복을 입고 문지기라도 되는 양 입구에서 담배를 피우고 있던 병졸, 주물의 모서리가 닳아빠진 음침하고 불쾌한 층계, 꾀죄죄한 연미복을 입은 느릿느릿한 급사, 먼지투성이인 밀랍 세공의 꽃다발이 탁자를 장식하고 있는 큰 홀, 그리고 여기저기 널려 있는 쓰레기, 티끌, 더러움, 또 동시에 이 호텔의 그 어떤 새로운 현대 철도식의 자기 만족적인 서비스, 이러한 것들이 레빈 부부의 마음에 새살림을 차린 후로 가장 괴로운 느낌을 안겨주었다. 이 느낌은 이 호텔이 주는 허식적인 인상이 그들을 기다리고 있던 일과는 도무지 어울리지 않는다는 점으로 인해 더 강하게 느껴졌다.

관례에 따라 어느 정도의 방이 좋으냐고 물어본 뒤 그들은 좋은 방은 하나도 남아 있지 않다는 것을 알았다. 좋은 방 하나는 철도 검찰관이, 또하나는 모스크바에서 온 변호사가, 세번째 방은 시골에서 온 아스타피예바 공작부인이 각각 차지하고 있었다. 남아 있는 것은 좀 지저분한 방 하나밖에 없고, 그와 나란히 있는 또하나의 방은 저녁까지는 빈다는 것이었다. 그가 예상하고 있었던 일, 말하자면 형이 어떤 상태일까 하는 생각으로 가슴이 두근거리는 상황에서 곧바로 형한테 뛰어가는 대신 도착하자마자 아내에 대해 걱정하지 않으면 안 되는 일이 일어난 것을 언짢게 생각하면서 레빈은 정해진 방 쪽으로 아내를 데리고 갔다.

"가보세요, 가보세요!" 그녀는 애처롭고 미안해하는 눈으로 그의 얼굴을 쳐다보면서 말했다.

그는 묵묵히 방을 나섰고, 그가 왔다는 소식을 듣고 거기까지 왔지만 방안에는 들어오지 못하고 있던 마리야 니콜라예브나와 딱 마주쳤다. 그녀는 그가 모스크바에서 보았을 때와 조금도 다름이 없었다. 똑같은 모직 옷과 노출된 팔과 목, 선량하지만 미련해 보이는 약간 살찌고 얽은 얼굴.

"그래, 어때요? 형은 어떻습니까? 어때요?"

"아주 나빠요. 이제 일어나시지 못할 거예요. 당신만 기다리고 계셨어요. 그분은…… 당신은…… 마님하고."

처음에 레빈은 무엇 때문에 그녀가 당황하고 있는지 몰랐다. 그러나 그녀가 곧 상황을 분명하게 했다.

"나는 저리 가 있겠어요, 부엌에 가 있겠어요." 그녀는 말했다. "그분은 틀림없이 기뻐하실 거예요. 그분은 벌써 다 들어서 알고 계세요. 예전에 외국에서 만났던 것도 기억하세요."

레빈은 그녀가 자기 아내 이야기를 하고 있다는 것은 알았으나 뭐라고 대답해야 좋을지 몰랐다.

"가봅시다, 가봅시다!" 그가 말했다.

그러나 그가 막 한 걸음 내딛자마자 방문이 열리고 키티가 얼굴을 내밀었다. 레빈은 그녀 자신과 남편을 이런 곤란한 입장에 빠뜨린 아내에 대한 부끄러움과 분노로 얼굴이 붉어졌다. 그러나 마리야 니콜라예브나는 레빈 이상으로 얼굴이 빨개졌다. 그녀는 온몸을 움츠리고 눈물까지 머금고 있었다. 그녀는 두 손으로 옷자락을 붙잡고 뭐라고 말해야 할지, 어떻게 해야 할지를 모른 채 빨간 손가락으로 옷자락만 구기적거리고 있었다.

한순간 레빈은 이 불가해하고 끔찍한 여자를 본 키티의 눈 속에 탐욕스러운 호기심이 어려 있는 것을 보았다. 그러나 그것은 그저 잠시 동안일 뿐이었다.

"그래 어때요? 형님은 어떠세요?" 키티는 남편한테로, 그리고 그녀한테로 얼굴을 돌렸다.

"복도에서 이야기할 수는 없지 않소!" 레빈은 마치 무슨 볼일이라도 있는 것처럼 발을 휘뚝거리면서 복도를 지나고 있던 신사를 아니꼽게 훑어보면서 말했다.

"참 그렇군요, 그럼 들어오세요." 키티는 겨우 마음이 가라앉은 것 같은 마리야 니콜라예브나에게로 얼굴을 돌리고 말했다. 그러나 경악한 듯한 남편의 얼굴을 알아채고는 "아니면 가보세요, 그리고 나중에 나도 불러주세요"라고 한 후 방으로 돌아갔다. 레빈은 형에게로 갔다.

그가 형의 방에서 보고 느낀 것은 그가 전혀 예기치 못한 것이었다. 그는 폐병 환자에게 흔히 있는 증상이라고 들었던, 그리고 가을에 형이 왔을 때 그를 몹시 놀라게 했던 것과 같은 자기기만의 상태를 발견하리라고 생각했다. 그는 또 가깝게 닥쳐온 죽음의 육체적인 징후가 한층 더 뚜렷하게 드러나고 좀더 심한 쇠약과 초췌가 눈에 띄기는 할 테지만, 그래도 이전과 거의 비슷한 상태일 거라고 예상했었다. 그는 또 자기가 사랑하는 형을 잃는 연민의 정과 죽음에 대한 공포, 이전에도 한 차례 경험한 적은 있지만 그것보다도 한층 더 높은 정도의 공포를 경험하게 될 거라고 예상했다. 그리고 그에 대해 마음의 준비를 갖추고 있었다. 하지만 그가 발견한 것은 전혀 다른 것이었다.

조그맣고 더러운 방 안의 페인트칠을 한 벽에는 침이 뱉어져 있고, 얇은 칸막이 뒤편에서는 사람의 말소리가 그대로 들려왔고, 숨이 콱콱 막힐 것 같은 악취가 밴 불결한 공기 속, 벽에서 조금 떨어진 침대 위에 담요에 싸인 육체 하나가 누워 있었다. 이 육체의 한쪽 손은 담요 위로 나와 있었고, 갈퀴처럼 큼직한 그 손은 시작부터 가운데까지 굵기가 똑같은 가느다랗고 긴 요골에 이상스럽게 달라붙어 있었다. 머리는 베개 위에 옆으로 얹혀 있었다. 관자놀이 위의 땀에 젖은 성긴 머리칼과 살 갗이 켕겨 흡사 투명한 듯 보이는 이마가 레빈의 눈에 들어왔다.

'이 무서운 육체가 니콜라이 형이라니, 그럴 리가 없다.' 레빈은 생각 했다. 그러나 다시 가까이 가서 그 얼굴을 보자 더이상 의심의 여지가 없었다. 얼굴의 무서운 변화에도 불구하고 이 송장 같은 육체가 살아 있는 형이라는 이 끔찍한 진실을 레빈이 이해하는 데는 방에 들어선 자기를 보고 치떠진 그 생기 있는 눈을 보는 것만으로도, 들러붙은 콧수염 아래 입술의 가벼운 움직임을 알아차리는 것만으로도, 그저 그것 만으로도 충분했다.

유난히 반짝이는 두 눈은 엄중하게 나무라듯이 아우를 찬찬히 보았다. 그러자 곧 그 시선으로 살아 있는 사람들끼리의 살아 있는 관계가 맺어졌다. 레빈은 곧 자기에게 고정된 얼어붙은 눈동자에서 꾸짖음을 읽고, 자신의 행복에 대해 회한을 느꼈다.

콘스탄틴이 손을 잡자 니콜라이는 미소 지었다. 그러나 그 미소는 간신히 눈에 띌 만큼 가냘픈 것이었다. 게다가 미소에도 불구하고 엄중 한 눈의 표정은 의연히 변하지 않았다.

"너도 내가 이렇게 되어 있으리라고는 생각지 않았겠지." 그는 겨우 말했다.

"응…… 아니." 레빈은 우물우물하면서 말했다. "그런데 어째서 좀더 일찍 알려주지 않았어? 이를테면 내 결혼 무렵에 말이야. 나는 여기저기 무척 알아보았는데."

침묵을 피하기 위해서는 이야기를 해야만 했으나, 그는 무슨 말을 해야 할지를 몰랐다. 특히 형이 아무 대답도 하지 않은 채 그저 찬찬히 눈을 떼지 않고 이쪽을 바라보며 한마디 한마디에서 그 의미를 캐고 있는 것이 분명해 보였기 때문에 더욱 그랬다. 레빈은 형에게 아내도 같이 왔다는 것을 알렸다. 니콜라이는 만족한 빛을 보였으나, 자기의 이런 꼬락서니를 보여 그녀를 놀라게 하는 것이 두렵다고 말했다. 침묵이 찾아왔다. 갑자기 니콜라이는 몸을 조금 꿈틀거리며 무슨 말을 시작했다. 레빈은 그의 얼굴 표정을 보고서 뭔가 특별히 의미심장하고 중대한 말을 기다렸지만, 니콜라이는 자신의 건강에 대한 이야기를 꺼냈다. 그는 한참 의사 흉을 보고 모스크바 같은 명의가 없는 것을 서운해했고, 그래서 레빈은 그가 아직 희망을 갖고 있다는 것을 알았다.

또다시 침묵이 찾아들자마자 레빈은 단 일 분이라도 괴로운 느낌에서 벗어나고자 아내를 데리러 갔다 오겠다며 일어섰다.

"그래, 좋아, 그럼 나는 여길 좀 깨끗이 치우게 하지. 여기는 더러워서 고약한 냄새가 날 거야. 마샤! 좀 치워줘." 병자는 가까스로 말했다. "그리고 다 치우거든 너는 저기 나가 있어." 그는 슬쩍 아우의 눈치를 보면서 덧붙였다.

레빈은 아무런 대답도 하지 않았다. 복도로 나오자 그는 걸음을 멈췄다. 그는 아내를 데리고 오겠다고 했지만, 지금 자기가 느끼고 있는 것을 되씹어보자 도리어 그녀가 병자한테 가지 않게끔 타일러야겠다고 결심했다. '무엇 때문에 그녀까지 나와 똑같은 괴로움을 맛볼 필요가 있는가?' 그는 생각했다.

"그래, 어때? 어떻대?" 키티는 겁먹은 얼굴로 물었다.

"아아, 이것은 무서운 일이야, 무서운 일이야! 당신은 무엇 때문에 따라왔어?" 레빈이 말했다.

키티는 호소하듯 조심스럽게 남편을 쳐다보면서 몇 초 동안 잠자코 있었다. 그러고는 그에게 다가가 두 손으로 그의 팔꿈치에 매달렸다.

"코스탸, 나를 그분한테 데려가줘, 둘이 같이 있으면 조금이라도 마음 편할 테니까. 나를 데려다만 줘, 제발. 데려다만 주고 당신은 나가 있어." 그녀는 말문을 열었다. "당신을 보면서 그분을 보지 않는다는 게 나에게 얼마나 괴로운 일인지 알아야 해. 거기에 가면 나는 당신에게도 그분께도 도움이 될 수 있을 거야. 제발, 가게 해줘!" 그녀는 마치 자기 한평생의 행복이 이 일에 달려 있기라도 한 듯이 남편에게 애원했다.

레빈은 승낙하지 않을 수 없었고, 마음을 돌이켜 마리야 니콜라예브나에 대해서는 말끔히 잊어버리고 키티와 함께 다시 형에게로 갔다.

가볍게 걸음을 옮기며 줄곧 남편을 바라보고 그에게 용기 있고 동정에 찬 얼굴을 보이면서 그녀는 병자의 방으로 들어가서는 천천히 몸을 돌려 소리가 나지 않게 문을 닫았다. 그녀는 발소리를 죽이고 얼른 병자의 침대로 다가가 병자가 고개를 돌리지 않아도 되는 쪽으로 돌아가서, 곧 자신의 젊고 싱싱한 손으로 뼈만 남은 큼직한 그의 손을 잡아 꽉 쥐고 여성만이 지니고 있는, 남의 마음을 다치게 하지 않는 동정어린 조용하고도 생기 있는 어조로 그와 이야기를 시작했다.

"우린 조덴에서 만난 적이 있어요, 서로 인사를 나누지는 않았습니다만." 그녀는 말했다. "내가 당신의 제수가 되리라고는 생각지도 못하셨을 거예요."

"당신은 나를 못 알아봤을 텐데요?" 그는 그녀가 왔기 때문에 빛나는 미소를 띠고 말했다.

"아뇨, 알아봤을 거예요. 그런데 정말 저희들에게 잘 알리셨어요! 코스탸는 당신을 생각하며 걱정하지 않은 날이 하루도 없었어요."

그러나 병자의 원기는 오래 지속되지 않았다.

그녀가 미처 이야기를 끝내기도 전에 그의 얼굴에는 다시 죽어가는 사람이 살아 있는 사람을 부러워하며 꾸짖는 것 같은 준엄한 표정이 나타났다.

"나는 말예요, 이 방은 그다지 좋지 않은 거 같아요." 그녀는 그의 응시로부터 얼굴을 돌리고 방안을 둘러보면서 말했다. "주인한테 얘기해서 다른 방을 빌려야겠어요." 그녀는 남편한테 말했다. "되도록이면 우리와 더 가까운 데로."

18

레빈은 차분히 형을 바라볼 수 없었고, 형 앞에서는 자연스럽고 침착한 태도를 유지할 수 없었다. 병자의 방으로 들어가면 그의 눈과 주의력은 무의식적으로 흐려져 형의 용태를 상세히 볼 수도 판단할 수도 없었다. 끔찍한 냄새를 맡고 불결과 무질서와 괴로워하는 모습을 보고 신음소리를 들으며 도저히 형을 구하기 어렵겠다는 느낌을 받았다. 그의 머릿속에는 병자의 상태를 자세히 살펴봐야겠다는 생각, 저 몸뚱이가 담요 밑에 어떻게 놓여 있는지, 저 바싹 야윈 다리며 허리며 등이 어떻게 구부러져 놓여 있는지, 어떻게든 조금이라도 더 편하게 눕혀줄 수는 없는 것인지, 지금보다 더 나아지진 않을지언정 하다못해 악화되지 않도록 어떻게든 방법을 강구해야겠다는 생각은 아예 떠오르지도 않았다. 그런 상세한 점에 대해 생각하기 시작하면 싸늘한 오한이 그의 등골을 줄달음질쳤다. 그에게는 이제 생명을 늘이거나 고통을 가볍게 하기 위한 아무런 수단이 없다는 확신이 굳게 뿌리박혀 있었던 것이다. 그러나 어떤 구조도 불가능하다는 걸 그가 인정하고 있다는 의식은 병자에게도 느껴져서 병자의 노여움을 샀다. 그 때문에 레빈은 더욱 괴로웠다. 병자의 방에 있는 것이 그에게는 무척 고통스러웠고, 거기 있지 않는 것은 더욱 고통스러웠다. 그래서 그는 끊임없이 갖은 핑계를 대고 병실을 나왔다가, 혼자 있지 못하고 또다시 들어가곤 했다.

그러나 키티는 전혀 다르게 생각하고 느끼고 행동했다. 병자를 보자 그녀는 그가 가엾게 여겨졌다. 연민의 정은 그녀의 여심女心에 그녀 남편의 마음에 불러일으켰던 공포며 혐오의 감정과는 전혀 다른, 병자의 용태를 자세히 알고 그에게 도움이 되는 일을 해주어야겠다는 생각을 불러일으켰다. 그녀의 마음에는 자기가 그를 돕지 않으면 안 된다는 것에 티끌만한 의심도 없었기 때문에, 그녀는 그 가능성도 의심하지 않았다. 그리고 곧 일에 착수했다. 생각하는 것만으로도 그녀의 남편이 소름 끼쳐 했던 바로 그 자질구레한 것들이 곧 그녀의 주의를 끌었다. 그녀는 의사를 데리러 보내기도 하고, 약방으로 사람을 보내기도 하고,

데리고 온 하녀와 마리야 니콜라예브나에게 방을 쓸고 먼지를 떨고 마루를 닦게 하기도 하고, 자신도 무엇인가를 씻거나 빨래를 하거나 담요 밑에다 뭔가를 넣어주기도 했다. 그녀의 지시에 따라 병자의 방에서는 무언가가 들어내지기도 하고 들여놓아지기도 했다. 그리고 그녀 자신도 복도에서 온갖 사람과 마주치는 것에도 아랑곳하지 않고 몇 차례나 자기 방으로 돌아가서 시트니 베갯잇이니 수건이니 루바시카 등을 꺼내 가지고 왔다.

홀에서 기사技師들에게 식사를 내느라 바빴던 급사는 성난 얼굴을 하면서도 그녀가 부르는 대로 몇 차례나 왔는데, 그녀가 도무지 물리칠 수 없을 만큼 은근하고 집요하게 지시를 내려 그것을 따르지 않을 수 없었기 때문이었다. 레빈은 이 모든 것이 마뜩잖았다. 이런 것들은 병자에게 도움이 되지 않을 것 같았다. 더욱이 그가 무엇보다도 두려워한 것은 병자가 노하지나 않을까 하는 점이었다. 그러나 병자는 그런 일에 무관심한 것 같기는 했지만 별로 노하는 기색은 없고, 다소 거북하게 여기면서도 대체로 그녀가 자기에게 해주는 일들에 흥미를 가지는 듯했다. 키티가 부탁한 대로 의사를 데려와서 문을 열었을 때, 레빈은 마침 키티의 지시에 따라 병자의 속옷을 갈아입히는 것을 보았다. 툭 튀어나온 큼직한 어깨뼈와 앙상하게 드러난 갈비뼈와 등골뼈를 가진 길쭉한 하얀 등의 뼈대가 드러나 보이고, 마리야 니콜라예브나와 급사가 축 늘어진 긴 팔을 루바시카의 소매에 끼우지 못해 어찌할 바를 모르고 있었다. 키티는 병자 쪽은 보지 않고 레빈이 들어온 문을 얼른 닫았다. 그러나 병자가 끙끙 앓는 소리를 내자 그녀는 급히 그쪽으로 갔다.

"빨리 해드려요." 그녀가 말했다.

"아, 오지 마세요." 병자는 불퉁스럽게 말했다. "내가 알아서……"

"네, 뭐라고요?" 마리야 니콜라예브나가 되받아 물었다.

그러나 키티는 그 말을 알아듣고, 병자가 그녀 앞에서 발가벗겨진 것을 부끄럽고 불유쾌하게 생각한다는 것을 알았다.

"보지 않아요, 보지 않을게요!" 그녀는 손을 바로잡아주면서 말했다. "마리야 니콜라예브나, 당신은 저리 돌아가서 바로잡아드려요." 그녀가 덧붙였다.

"저, 당신 말예요, 내 조그마한 손가방에 들어 있는 작은 유리병 좀 가져다주겠어요." 그녀는 남편을 보고 말했다. "옆주머니일 거예요, 좀 가져다줘요, 그동안 여기를 말끔히 치울 테니까."

레빈이 유리병을 가지고 돌아왔을 때, 병자는 다시 잘 눕혀져 있고 그의 주변은 완전히 달라져 있었다. 텁텁한 냄새는 향내 나는 식초 냄새로 바뀌어 있었다. 키티가 입술을 뾰족이 내밀고 빨간 볼을 불룩하게 하고 조그마한 대롱으로 그것을 내뿜고 있었다. 먼지 같은 것은 어디에도 보이지 않았고, 침대 밑에는 양탄자가 깔려 있었다. 탁자 위에는 약병이며 물병이 가지런히 세워져 있었고, 필요한 속옷이며 키티가 수놓은 영국자수가 차곡차곡 개어져 있었다. 병상 옆 또하나의 탁자에는 음료며 초며 가루약이 올려져 있었다. 병자 자신은 몸뚱이가 씻겨지고 머리는 빗겨져 부자연스러울 만큼 가느다란 목에 하얀 깃이 달린 새 루바시카가 입혀진 채 산뜻한 시트 위에 높은 베개를 베고 누워 있었다. 그는 새로운 희망의 빛을 띤 채 눈도 떼지 않고 키티 쪽을 찬찬히 바라보았다.

레빈이 클럽에서 찾아내어 데려온 의사는 지금까지 니콜라이 레빈이 치료를 받으면서 영 불만스러워했던 그 의사가 아니었다. 새 의사는 청진기를 꺼내어 병자를 청진하고 살짝 고개를 갸우뚱거리더니 처방을 쓰고 매우 자세히 약의 복용법에서부터 식이요법까지를 설명했다. 그는 날계란이나 반숙을 먹이고 일정한 온도로 데워진 우유와 젤터 탄산수를 마시게 하라고 권했다. 의사가 돌아가자 병자는 아우에게 뭐라고 이야기했으나 레빈은 그저 "너의, 카탸*"라는 마지막 말만 알아들었다. 그러나 그가 그녀를 바라보는 눈빛으로 레빈은 그녀를 칭찬한 것이었음을 알았다. 그는 자기 식대로 카탸라고 부르며 그녀를 옆으로 오라고 했다.

"나는 이제 아주 좋아진 것 같아요." 그는 말했다. "당신이 진작 수고해주었더라면 나는 벌써 나았을 겁니다. 정말 기분이 좋아요!" 그는 그녀의 손을 잡고 자기 입술 쪽으로 가져갔지만, 그녀가 불쾌해할까봐 두려워 고쳐 생각한 듯 손을 내리고 그저 어루만지기만 했다. 키티는 두 손으로 그의 손을 잡고 꼭 쥐었다.

"이제 나를 왼쪽으로 돌려눕혀주고 가서 주무시오." 그가 말했다.

아무도 그가 한 말을 알아듣지 못했지만, 오직 한 사람 키티만이 알아들었다. 그녀가 그 말을 알아들을 수 있었던 건 끊임없이 마음으로 그에게 필요한 것이 무엇일까를 생각하고 있었기 때문이다.

"저쪽으로 돌아눕겠대요." 그녀는 남편에게 말했다. "언제나 저쪽을 보고 주무신대요. 돌려눕혀드려요, 급사를 부르는 것은 불쾌해요. 나는 할 수가 없는데, 당신은 할 수 있겠어요?" 그녀는 마리야 니콜라예브나

---

* 카테리나의 애칭.

를 돌아보며 말했다.

"나도 도무지." 마리야 니콜라예브나가 대답했다.

이 무서운 육체를 두 손으로 안고 그가 알고 싶지 않은 담요 속의 부위들을 만지는 것이 정말 무서웠지만, 아내의 기세에 눌린 레빈은 그녀가 잘 알고 있는 그 결연한 얼굴빛을 하고 두 손을 담요 밑으로 집어넣어 들어올리려 했다. 그러나 그는 자기 힘이 꽤 셌음에도 불구하고 이 수척한 지체肢體의 이상할 정도의 무게에 놀랐다. 그가 자신의 목에 큼직한 야윈 손이 감겨 있는 것을 느끼면서 병자를 돌려눕히는 사이에, 키티는 소리가 나지 않게 재빨리 베개를 엎어놓고 탁탁 두드려 병자의 머리 밑에 받친 다음 관자놀이에 들러붙은 성긴 머리털을 바로잡아주었다.

병자는 자기 손 안에 아우의 손을 꼭 움켜쥐었다. 레빈은 그가 그 손으로 무엇인가를 하려 한다는 것을, 어딘가로 가지고 가려 한다는 것을 느꼈다. 레빈은 얼어붙은 듯이 그가 하는 대로 내맡겼다. 그러자 형은 그 손을 자기 입으로 가져가 입을 맞추었다. 레빈은 복받쳐 오르는 흐느낌에 몸을 들썩거렸고, 아무 말도 할 수가 없어 방에서 나와버렸다.

19

'지혜로운 자에게는 숨기고 어린아이와 무지한 자 앞에 드러내셨도다.' 레빈은 그날 밤 아내와 이야기하면서 그녀에 대해 이렇게 생각했다.

레빈이 성서의 잠언에 대해 생각한 것은 결코 자기를 지혜로운 자라고 생각했기 때문은 아니었다. 그는 자신을 지혜로운 자라고는 생각하지 않았지만, 아내나 아가피야 미하일로브나보다는 자기가 더 현명하다고 생각하지 않을 수 없었다. 또한 자기가 죽음에 대해 생각할 때 영혼의 온 힘을 다해 생각했다는 것을 인정하지 않을 수 없었다. 그는 뛰어난 많은 남자 사상가들의 죽음에 대한 생각을 책에서 읽었지만, 그들역시 지금 자신의 아내와 아가피야 미하일로브나가 알고 있는 것의 백분의 일만큼도 모른다는 것을 깨달았다. 아가피야 미하일로브나와 카탸(니콜라이 형이 키티를 부르고 있는 이름이었으나 지금은 레빈도 그녀를 이렇게 부르는 것이 무척 즐거웠다), 이 두 여자는 서로 많은 차이가 있었지만 이 점에서는 아주 닮아 있었다. 두 사람은 인생이란 어떤 것인지, 죽음이란 어떤 것인지 확연히 알고 있었다. 그들은 레빈이마주한 문제들에는 대답은커녕 아예 그 의미를 이해조차 할 수 없었을테지만, 둘 다 그런 현상의 의의에 대해서는 의심을 품지 않았으며 자기들뿐 아니라 몇백만의 사람들과 견해를 같이하면서 완전히 같은 시각으로 죽음을 보고 있었다. 그들이 죽음이 무엇인지를 확실히 알고 있다는 증거는 한순간도 의심하는 일 없이 빈사의 상태에 있는 사람에게어떻게 해야 하는지를 알고, 그 사람을 두려워하지 않는다는 데 있었다. 레빈이나 그 밖의 사람들은 죽음에 대해 온갖 말들을 입에 담으면서도 죽음이 무엇인지는 명백하게 알지 못했다. 그들은 죽음을 두려워할 뿐만 아니라, 사람이 죽어갈 때에는 어떻게 해야 하는지 전혀 모르고 있었기 때문이다. 만일 레빈이 지금 니콜라이 형과 단둘이 있었다면그는 다만 공포로 형을 바라보며 더 큰 공포를 품고 죽음을 기다릴 뿐, 그 이상 아무것도 할 수 없었을 것이다.

그뿐만 아니라 그는 형 앞에서 무슨 이야기를 해야 할지, 무엇을 보아야 할지, 어떻게 걸어야 할지 몰랐다. 관계없는 얘기를 입에 담는 것은 형을 모욕하는 것 같아서 그는 도무지 할 수 없었다. 죽음이나 음울한 이야기 또한 할 수 없었다. 그렇다고 잠자코 있을 수도 없었다. '보고 있으면, 형은 내가 그의 모습을 살피고 있다, 두려워하고 있다고 생각할 것이다. 그러나 보지 않으면, 형은 내가 무슨 다른 생각을 하고 있다고 여길 것이다. 발끝으로 걸으면, 그는 불만스러워할 것이다. 그렇다고 발을 다 대고 걷는 것은, 나로서는 양심에 찔리는 일이다.' 그러나 키티는 분명 자기에 대해서는 생각하지도 않고 또 생각할 틈도 없는 것 같았다. 그녀는 어떻게 해야 하는지 알고 있었고 그에 따라서 모든 것이 잘되어나갔으므로 오직 환자에 대해서만 생각하고 있었다. 그녀는 자신에 대해, 또 자신의 결혼에 대해 이야기했고, 미소를 짓고 동정을 표하고 그를 어르기도 하고 완쾌할 경우에 대해 이야기하기도 했는데, 그러한 행동들은 모두 적절했다. 말하자면 그녀는 자신이 할 바를 터득하고 있었다. 그녀와 아가피야 미하일로브나의 행동이 본능적이고 동물적이며 무분별한 것이 아니라는 증거는, 아가피야 미하일로브나도 키티도 다만 육체적인 간호나 고통을 덜어주는 것 외에 빈사 상태에 있는 사람을 위해서 육체적인 간호보다도 더 중요한 그 무엇을 요구하고 있었다는 사실이었다. 아가피야 미하일로브나는 얼마 전에 죽은 늙은이의 이야기를 하면서 이렇게 말했었다. "아아, 다행히도 그 사람은 성체성사와 종부성사도 받았죠. 아무쪼록 하느님, 누구나 그렇게 죽을 수 있게 해주시옵소서." 카탸도 마찬가지로 속옷이며 욕창이며 음료를 챙기는 데 그치지 않고 여기에 온 첫날, 이미 병자에게 성체성사와 종부성사의 필요성을 설득하고 납득시켰다.

밤이 되어 병자의 방 옆에 있는 자기들 방으로 돌아오자 레빈은 무엇을 해야 할지 몰라 고개를 떨구고 앉아 있었다. 저녁을 먹는다든지 잠자리에 든다든지 자기들이 이제부터 무엇을 해야 할지 생각하는 것은 고사하고 아내와 대화조차 할 수 없었다. 그는 부끄러웠다. 그러나 키티는 그와 반대로 어느 때보다도 활동적이었다. 어느 때보다도 생기 있어 보이기까지 했다. 그녀는 저녁을 가져오라고 일러놓고, 손수 짐을 풀기도 하고, 잠자리 펴는 것을 거들기도 하고, 살충제 뿌리는 것도 잊지 않았다. 그녀의 마음에는 전투나 경기처럼 인생에서 위험하고 결정적인 순간을 앞두고, 말하자면 남자가 일생에 한 번 자신의 진가를 나타냄으로써 자신의 모든 과거가 헛수고가 아니라 이 순간을 위한 준비였음을 드러낼 수 있는 그러한 순간에 경험할 법한 흥분과 사고의 민첩함이 있었다.

모든 일이 그녀의 손으로 잘되어갔다. 열두시도 되기 전에 모든 짐이 말끔하고 가지런하게 그녀 특유의 취미대로 정돈되었으므로 호텔 방은 자택의 그녀 방을 닮아갔다. 침대가 정돈되고 솔이며 빗이며 거울이 꺼내지고 냅킨도 펴졌다.

레빈은 아직도 식사를 한다든가 잠을 잔다든가 이야기를 한다는 건 용서될 수 없는 일처럼 생각되었다. 또한 자신의 일거일동이 도무지 그 자리에 어울리지 않는 것처럼 여겨졌다. 그녀는 브러시를 고르고 있었지만, 그러한 행위에 남의 비위를 거스르는 점은 전혀 없다는 듯한 태도를 취했다.

그렇지만 그들은 아무것도 입에 댈 수 없었고, 오랫동안 잠을 이룰 수도 없었다. 심지어 오랫동안 잠자리에 들 수도 없었다.

"난 정말 기뻐. 내일 성유식을 받으시게끔 그분을 잘 설득해서 말이야." 그녀는 접이식 경대 앞에 잠옷 바람으로 앉아 살이 가는 빗으로 향기 좋고 부드러운 머리칼을 빗으면서 말했다. "나는 아직 한 번도 본 적은 없지만 회복을 위한 기도가 있다는 것은 엄마에게 들어서 알고 있어."

"그럼 뭐야, 당신은 정말 형이 좋아질 거라고 생각하는 거야?" 레빈은 그녀가 앞쪽으로 빗질을 할 때마다 사라지는, 둥그스름하고 자그마한 머리통 뒤쪽의 가느다란 가르마를 보면서 말했다.

"내가 의사에게 물어보았어. 그랬더니 이제 사흘 이상은 살 수 없을 거라고 했어. 그렇지만 의사들이라고 그런 것을 다 알 수 있을라고? 하여간 나는 그분을 설득한 것이 아주 기뻐." 그녀는 머리카락 사이로 남편을 곁눈질하면서 말했다. "무슨 일이든 일어나지 않는다고 단정할 수는 없으니까." 그녀는 종교에 관한 이야기를 할 때면 언제나 나타나곤 하는 그 다소 교활한 데가 엿보이는 표정으로 덧붙였다.

약혼 무렵에 그들은 종교에 대해 한 번 이야기를 나눈 적이 있었는데, 그 뒤로는 그도 그녀도 그 문제에 대해서는 입에 담지 않았지만, 그녀는 늘 그것이 굉장히 필요한 일이라는 듯 한결같이 조용한 의식으로 교회에 나가고 기도도 올리며 나름의 의례를 행하고 있었다. 그의 신념이 그녀와 반대되는 것이었음에도 불구하고 그녀는 그 역시 자기와 마찬가지로 아니 자기보다도 한층 더 훌륭한 기독교인이라고, 그가 종교에 대해 하는 말은 말하자면 그가 그녀의 *영국자수*에 대해 선량한 사람들은 구멍을 꿰매고 있는데 그녀는 일부러 잘라내버리고 있다고 이야기하는 것과 같은 남자로서의 우스꽝스러운 폭언 중 하나에 불과하다고 굳게 믿고 있었다.

"그래, 이런 일을 저 마리야 니콜라예브나라는 여자가 해내기란 어렵지." 레빈은 말했다. "그래서…… 나는 고백하지만 당신이 와준 것이 몹시, 몹시 기뻐. 당신은 정말 순수해서…… 그래서……" 그는 그녀의 손을 잡더니 키스는 하지 않고(이렇게 죽음이 눈앞에 닥쳤을 때 그녀의 손에 키스한다는 것은 어쩐지 뻔뻔스럽게 여겨졌다) 겸연쩍은 표정으로 그녀의 빛나는 눈을 들여다보면서 그저 꼭 쥐었다.

"당신 혼자 있었더라면 곤란했을 거야." 그녀는 이렇게 말하고는 만족스러운 듯 불그레하게 상기된 양볼을 덮고 있던 두 손을 높이 치켜 올리더니 뒤통수에 늘어진 머리채를 말아올려 핀으로 꽂았다. "그래," 그녀는 계속했다. "그분은 잘 몰라…… 나는 다행히도 조덴에 있을 때 여러 가지를 배워뒀었지."

"그럼 그곳에도 저런 병자가 있었나?"

"그럼, 더 나쁜 경우도 있었어."

"내가 두려운 것은, 젊은 시절 형의 모습을 떠올리지 않을 수 없다는 거야…… 당신에겐 믿어지지 않을 테지만 형은 아주 훌륭한 청년이었어. 그러나 그 시절에 나는 형의 마음을 모르고 있었지."

"아니. 믿어, 정말 믿고 있어. 나도 저분하고라면 얼마나 다정한 벗이 되었을까 하는 생각이 들 정도야." 그녀는 말하고는 자기가 한 말에 깜짝 놀라며 남편을 돌아보았다. 그녀의 눈에는 눈물이 글썽거렸다.

"아아, 그랬을 거야." 그는 서글픈 어조로 말했다. "형이야말로 세상에서 흔히 말하는, 이 세상 사람이 아닌 것 같은 사람 중 하나니까."

"그건 그렇고, 우리는 또 이제부터 여러 날을 보내야 하니까, 좀 자두지 않으면 안 돼." 키티는 소형 시계를 꺼내 보고 말했다.

20 죽음

이튿날 병자는 성체성사와 종부성사를 받았다. 식을 치르는 동안 니콜라이 레빈은 열심히 기도했다. 꽃무늬가 있는 냅킨으로 덮인 카드놀이용 탁자 위의 성상에 얼어붙은 듯 고정된 그의 퀭한 눈에는 레빈은 차마 바라보기가 무서울 만큼 열렬한 기원과 희망의 빛이 나타나 있었다. 이 열렬한 기원과 희망은 그가 그렇게도 사랑하는 생명과의 이별을 한층 더 고통스럽게 할 뿐임을 레빈은 알고 있었다. 레빈은 형을, 그의 사상의 경로를 알고 있었다. 그는 형의 무신앙은 무신앙으로 사는 것이 편했기 때문에 생긴 것이 아니라 세계의 모든 현상에 대한 근대의 과학적인 해설이 한 걸음 한 걸음 신앙을 밀어젖히고 나아간 결과일 뿐이라는 것을 알고 있었다. 따라서 그는 형이 지금 신앙으로 되돌아온 것은 똑같은 사상의 경로를 밟고 완성된 합리적인 것이 아니라 병을 고치고 싶다는 부조리한 희망에 의한 그저 일시적이고 이기적인 것임을 알고 있었다. 레빈은 또 키티가 그녀 자신이 들은 희한한 치병에 관한 이야기로 그 희망을 한층 더 강하게 했다는 것도 알고 있었다. 이러한 사실들을 레빈은 모두 알고 있었다. 그래서 그는 형의 이 기구하는 듯한 희망에 가득찬 눈동자며 팽팽히 모아진 눈썹 위로 간신히 치켜들고 성호를 긋는 그 바싹 야윈 손목이며 병자가 간구하는 생명을 이제 더이상 수용할 수 없어진 앙상한 어깨며 할딱할딱 가쁜 숨을 쉬고 있는 텅 빈 가슴을 보고 있기가 어쩐지 괴롭고 쓰라렸다. 성례가 행해지는 동안 레빈은 무신앙자로서 그가 이미 천 번이나 했던 짓을 또다시 되풀이했다. 그는 하느님을 향해 말했다. '당신께서 참으로 존재하신다면 형을 낫게 해주소서(이것이야말로 그가 가장 많이 되풀이했던 말이었다). 그러면 당신께서는 그와 저를 구해주는 것이 되옵니다.'

종부성사가 끝나자 병자는 갑자기 용태가 좋아졌다. 그는 한 시간 동안 한 번도 기침을 하지 않았고 싱글벙글하며 눈물을 글썽이는가 하면 키티에게 감사를 표하면서 그녀의 손에 키스를 하기도 하고 자기는 아주 좋아졌다, 아픈 곳이 하나도 없다, 식욕도 힘도 솟는 것 같다고 말했다. 수프를 가져왔을 때 그는 스스로 일어나기까지 했고, 커틀릿을 달라고도 했다. 그가 아무리 절망적인 상태에 있었다고 하더라도, 그리고 그를 얼핏 보기만 해도 도저히 회복될 가망이 없다는 것이 아무리 분명해 보였다 하더라도 레빈과 키티는 이 한 시간 동안 똑같이 행복하게, 그러나 혹시라도 잘못 생각한 것이 아닐까 두려워하며 흥분해 있었다.

"좋아졌네." "응, 아주 좋아." "놀라운걸." "조금도 놀라울 것은 없어." "어쨌든 좋아졌군." 그들은 서로 미소 지으면서 속삭였다.

그러나 이 눈속임도 오래 계속되지는 않았다. 병자는 단잠을 잤지만, 반시간쯤 지나자 기침이 그의 잠을 깨웠다. 그러자 별안간 주위 사람들의 가슴에서도 그 자신의 가슴에서도 모든 희망이 사라져버렸다. 의심의 여지도 없고 지금까지 품었던 희망의 흔적마저 없을 만큼 괴로운 현실이 레빈과 키티와 병자 자신의 마음속에서 희망을 완전히 파괴해버렸다.

병자는 자기가 반시간 전에 믿었던 것을 잊어버린 듯, 또 그것에 대해 회상하는 것도 수치스럽다는 듯, 종이로 싸서 흡입 구멍을 뚫어놓은 흡입용 요오드 병을 달라고 청했다. 레빈이 그에게 병을 집어주자, 종부성사를 받았을 때와 마찬가지로 열렬한 희망에 찬 눈동자가 이번에는 요오드의 흡입이 기적적인 효과를 가져올 수 있다고 했던 의사의 말에 대한 동의를 구하면서 아우의 얼굴 위에 얼어붙었다.

"아아, 카챠는 없군?" 그는 레빈이 하는 수 없이 의사의 말에 동의해주자 주위를 둘러보면서 목쉰 소리로 말했다. "없군, 그럼 얘기해도 괜찮지만…… 나는 실은 그녀를 위해 이 희극을 연출한 거야. 그녀는 정말 착한 여자야. 그러나 너와 나 사이에는 이제 속일 필요가 없다. 나는 바로 이것을 믿고 있다." 그는 이렇게 말하더니 뼈만 앙상한 손으로 병을 움켜쥐고 내용물을 흡입하기 시작했다.

밤 일곱시가 지나서 레빈이 아내와 함께 자기들 방에서 차를 마시고 있을 때, 마리야 니콜라예브나가 헐레벌떡 뛰어들어왔다. 그녀는 창백한 얼굴로 입술을 달달 떨고 있었다.

"큰일났습니다!" 그녀는 속삭이듯 말했다. "곧 돌아가실 것 같아요."

두 사람은 그의 방으로 뛰어갔다. 그는 침대에서 일어나 한쪽 팔꿈치를 짚고 긴 등을 구부린 채 고개를 푹 숙이고 앉아 있었다.

"기분은 어떻습니까?" 침묵 뒤에 레빈은 나지막한 목소리로 물었다.

"영영 떠나가는 느낌이야." 니콜라이는 가까스로, 그러나 지극히 분명하게, 자기 속에서 겨우 말을 짜내듯이 느릿느릿 말했다. 그는 고개는 들지 않고 그저 눈만 위로 치떴으나 아우의 얼굴에는 이르지 못했다. "카탸, 나가 있어요!" 그가 덧붙였다.

레빈은 벌떡 일어나서 나직하지만 단호한 목소리로 그녀를 방에서 내보냈다.

"나는 이제 떠나나보다." 그는 다시 말했다.

"어째서 그런 생각을 하십니까?" 레빈은 무슨 얘기라도 해야 할 것 같아서 말했다.

"왜냐하면, 떠나가고 있으니까." 그는 자못 이 말이 마음에 드는지 되풀이했다. "이제 끝이야."

마리야 니콜라예브나가 그의 옆으로 다가갔다.

"좀 누우시는 게 나아요, 그러는 게 더 편하세요." 그녀가 말했다.

"곧 조용히 눕겠지." 그는 말했다. "송장이 돼서 말이지." 그는 자조적이고 성난 듯한 어조로 말했다. "그럼 눕혀줘, 그렇게 하고 싶다면."

레빈은 형을 반듯이 눕히고 그 옆에 앉아 숨을 죽이며 그 얼굴을 노려보았다. 죽어가는 사람은 조용히 눈을 감고 누워 있었지만, 그 이마의 근육은 무엇인가를 깊이 생각하고 있는 사람의 그것처럼 이따금 씰룩씰룩 움직였다. 레빈은 어느새 지금 형의 마음속에서 이루어지는 무언가에 대해 그와 함께 생각하고 있었다. 그러나 형과 함께 나아가기 위해 온갖 사고력을 기울였음에도 불구하고, 이 조용하고 엄숙한 얼굴 표정과 눈썹 위 근육의 움직임을 보면서 레빈은 자기에게는 여전히 캄캄한 채로 남아 있는 것이 죽어가는 사람에게는 점점 더 뚜렷해지고 있다는 것을 알았다.

"그래, 그래, 그렇지." 죽어가는 사람은 띄엄띄엄 천천히 말했다. "잠깐만." 그는 다시 입을 다물었다. "그렇지!" 별안간 안심한 듯한 어조로 목소리를 길게 끌며 그는 말했다. 모든 것의 해결이 그 말로 지어지기라도 한 듯. "오 주여!" 이렇게 말하고 그는 무겁게 한숨을 내쉬었다.

마리야 니콜라예브나는 그의 발을 만져보았다.

"차가워졌어요." 그녀가 속삭였다.

오랫동안, 아주 오랫동안(레빈에게는 그렇게 여겨졌다), 병자는 꼼짝도 하지 않고 반듯이 누워 있었다. 그러나 그는 아직 살아 있었고 이따금 휴우 하고 한숨을 돌렸다. 한참 신경을 곤두세우고 있던 레빈은 이제 지쳐버렸다. 그는 아무리 신경을 집중해도 그렇지가 무엇을 의미하는지 자기로서는 알 수 없을 것만 같았다. 그는 이미 오래전에 죽어가는 사람한테서 떨어져버렸다는 느낌이 들었다. 그는 이제 죽음이라는 문제 자체에 대해 생각할 수 없었다. 그러나 무의식중에 그의 머릿속에는 지금 곧 자기가 해야 할 일들, 죽은 사람의 눈을 감기고 옷을 갈아입히고 관을 맞추는 일들이 떠올랐다. 그러자 이상하게도 그는 자기가 완전히 냉담한 인간이 돼버렸다는 것을 느꼈다. 슬픔도 상실감도 느껴지지 않았다. 형에 대한 연민 같은 것은 더더욱 없었다. 만일 지금 그의 마음에 무언가 형에 대한 감정이 있다면, 그것은 바로 죽어가는 형이 자기는 가질 수 없는 지식을 갖고 있다는 데 대한 선망이랄 수 있었다.

그는 또 오랫동안 형의 최후를 기다리면서 거기에 앉아 있었다. 그러나 형의 종언은 좀처럼 오지 않았다. 문이 열리고 키티의 모습이 나타났다. 레빈은 그녀를 만류하려고 일어섰다. 그러나 그가 일어섬과 동시에 죽어가는 사람이 꿈틀거리는 기적이 느껴졌다.

"가지 마." 니콜라이는 이렇게 말하고 손을 뻗쳤다. 레빈은 그에게 자신의 손을 주고, 아내에게는 나가라고 성난 듯이 손을 저었다.

자신의 손 안에 죽어가는 사람의 손을 쥔 채 그는 반시간, 한 시간, 또 한 시간을 앉아 있었다. 그는 이미 죽음에 대해서는 전혀 생각하지 않았다. 그는 키티가 무엇을 하고 있을까, 옆방에는 어떤 사람이 머물까, 의사가 사는 곳은 자신의 집일까 하는 생각을 했다. 그는 식사를 하고 자고 싶었다. 그는 조심스럽게 손을 놓고 형의 다리를 만져보았다. 다리는 차가웠지만, 병자는 아직 호흡하고 있었다. 레빈은 다시 발뒤꿈치를 들고 나가려고 했다. 그러자 병자는 다시 몸을 꿈틀하고 말했다.

"가지 마."

....

먼동이 텄다. 병자의 상태는 매한가지였다. 레빈은 살며시 손을 떼고 죽어가는 사람 쪽을 외면하며 자기 방으로 가서 잤다. 잠을 깼을 때 그는 기대하고 있던 형의 죽음에 대한 보고 대신 병자가 다시 이전 상태로 돌아왔다는 말을 들었다. 병자는 다시 앉기도 하고 기침을 하고 먹고 이야기했으나, 죽음에 대해 이야기하지 않았고 다시 쾌차의 희망을 보이는가 하면 전보다도 한층 더 극성스럽고 음울한 사람이 돼버렸다. 그 누구도, 아우도 키티도 그를 달랠 수는 없었다. 그는 모든 사람에게 화를 내고 모든 사람에게 불쾌한 이야기를 했다. 자신의 괴로움에 대해 모든 사람을 꾸짖고, 모스크바에서 유명한 의사를 불러다달라고 요구했다. 또한 그는 그의 기분에 대해 묻는 사람에게도 일종의 증오와 비난이 어린 표정으로 이렇게 대답했다.

"몹시 괴롭군, 정말 견딜 수 없어!"

병자의 괴로움은 시시각각으로 더해갈 뿐이었고, 특히 이제는 어떻게 손쓸 수도 없는 욕창 때문에 괴로워했다. 그리고 어떤 일로든, 특히 모스크바에서 명의를 불러오지 않았다며 주위 사람들에게 더욱 자주 화를 냈다. 키티는 그를 달래고 위로하기 위해 온갖 수단을 써보았으나 모두 헛일이었다. 그리고 레빈은 그녀 자신이 비록 입 밖에 내지는 않는다 해도 그녀가 육체적으로도 정신적으로도 지쳤다는 것을 알았다. 니콜라이가 아우를 불러온 밤, 이승에 대한 그의 하직이 모든 사람의 마음에 불러일으켰던 죽음의 신비로운 느낌은 이제 송두리째 사라져버렸다. 모두들 그가 이제 곧 틀림없이 죽으리라는 것, 이미 반은 죽은 거나 마찬가지임을 알고 있었다. 모두들 그저 그가 한시라도 빨리 죽기만을 바랐지만, 그러한 바람을 숨기고 그에게 병에 든 약을 주기도 하고 약이나 의사를 찾아 돌아다니기도 했다. 그도 그들 자신도, 서로가 서로를 속이고 있었다. 이 모든 것은 허위, 추악하고 모욕스럽고 모독적인 허위였다. 레빈은 자기 특유의 성격 때문에, 또 이 병자를 누구보다도 깊이 사랑하기 때문에 이러한 허위로 특히 괴로워했다.

이미 오래전부터, 설사 죽음을 앞두고라도 두 형을 화해시키려는 마음을 먹고 있던 레빈은 세르게이 이바노비치한테 편지를 보내고 답장을 받자 그것을 병자에게 읽어주었다. 세르게이 이바노비치는 자기가 찾아올 수 없는 사정을 쓰고, 진심이 느껴지는 표현으로 아우에게 용서를 빌었다.

병자는 아무 말도 하지 않았다.

"형한테 뭐라고 써보낼까?" 레빈이 물었다. "형도 이제는 큰형에게 화를 내진 않겠지?"

"암, 조금도!" 니콜라이는 이런 질문을 받은 것이 언짢은 듯 대답했다. "형에게 의사 좀 보내달라고 써보내다오."

다시 또 괴로운 사흘이 지났다. 병자는 여전히 똑같은 상태를 유지했다. 이제는 그를 본 사람이면 누구나, 호텔 급사도 호텔 주인도 묵고 있는 손님들도 의사도 마리야 니콜라예브나도 레빈도 키티도 모두 그의 죽음을 바라는 마음이었다. 다만 한 사람, 병자만이 이러한 느낌을 나타내지 않았을 뿐 아니라 오히려 의사를 불러주지 않는다며 화를 내기도 하고 약을 계속 복용하기도 하고 삶에 대해 이야기하기도 했다. 그리고 아편 주사가 그 끊임없는 고통을 잊게 하는 한순간에만, 드문드문 그는 누구보다도 강하게 그의 마음에 있는 소리를 비몽사몽 중얼거렸다. "아아, 빨리 끝장나버렸으면!"이라든가 "도대체 언제 끝난담!"이라든가.

고통은 일정한 속도로 그 도를 더하면서 착착 자신의 일을 행하여 그를 죽음으로 이끌고 갔다. 그가 괴로워하지 않는 때는 한순간도 없었고, 그가 고통을 잊는 시간은 단 일 분도 없었고, 그의 손발과 몸뚱이에서 통증으로 그를 괴롭히지 않는 데라곤 한 군데도 없었다. 이 몸뚱이에 대한 회상과 인상, 생각까지도 이제는 그의 마음에 그 몸뚱이 자체와 마찬가지로 혐오감을 일으켰다. 다른 사람들의 모습도 그들의 말도 자기 자신의 회상도, 그에게는 모두 그저 괴로울 뿐이었다. 주위 사람들은 그것을 알아챘기에 그의 앞에서는 자유로운 동작도 이야기를 하는 것도 자신의 뜻을 밝히는 것도 무의식적으로 억제했다. 지금 그의 온 삶은 고통과, 그것에서 벗어나야겠다는 간절한 소망에 집중되고 있었다.

그의 마음에는 분명 죽음을 욕망의 만족으로, 또 행복으로 보게 만드는 예의 그 변화가 일어나고 있는 것 같았다. 지금까지 고통이나 상실감에 의해 그에게 환기되었던 개개의 욕망은 모두 굶주림, 피로, 목마름과 같이 쾌락을 주는 육체의 기능에 의해 채워지는 것이었다. 그러나 지금은 그러한 상실감과 고통이 채워진다는 것이 없어지고, 채우려는 시도 자체가 단지 새로운 고통을 불러일으키는 것에 지나지 않게 되었다. 그래서 모든 욕망은 오직 하나, 모든 고통과 그 원천인 육체에서 벗어나야겠다는 욕망에 집중되었다. 그러나 이러한 해탈의 욕망을 표현하기에 알맞은 말이 그에게는 없었기에 그는 그런 이야기를 하지 않고, 이제는 도저히 실현될 가망이 없는 욕망의 만족을 지금까지의 습관에 따라 구할 뿐이었다. "돌려눕혀다오"라고 말하고는 곧바로 다시 아까처럼 눕혀달라고 청한다든지 "수프를 달라"고 하고선 "수프 같은 건 저리 가지고 가"라고 한다든지 "무슨 이야기를 해다오, 왜 잠자코 있는 거야"라고 했다가는 사람들이 이야기를 시작하자마자 이내 눈을 감고 피로와 무관심과 혐오의 빛을 나타내는 것이었다.

이 도시로 온 뒤 열흘째 되는 날 키티는 병이 났다. 그녀는 두통과 구토증으로 아침나절 내내 잠자리에서 일어날 수 없었다.

의사는 피로와 흥분에서 온 병이라고 설명하며 그녀에게 정신적인 안정을 권했다.

그러나 점심을 들고 나서 키티는 잠자리에서 일어나 여느 때처럼 일거리를 가지고 병자의 방으로 갔다. 그녀가 들어가자 그는 냉엄한 얼굴을 하고 그녀를 바라보았다. 그녀가 병이 났다고 말하자 그는 얕잡는 듯 엷은 웃음을 머금었다. 이날 그는 줄곧 코를 풀었고 원망스러운 듯 신음소리를 내며 끙끙 앓았다.

"오늘은 기분이 좀 어떠세요?" 그녀가 물었다.

"더 나빠요." 그는 간신히 말했다. "아파요!"

"어디가 아프세요?"

"여기저기."

"오늘 끝나려나봐요, 보세요." 마리야 니콜라예브나가 말했다. 나지막한 속삭임이긴 했으나 병자는 몹시 날카로워져 있었으므로(레빈에게는 그렇게 여겨졌다) 틀림없이 그 말을 알아들었을 것 같았다. 레빈은 쉿 하고 그녀를 제지하고 병자를 돌아다보았다. 니콜라이는 그 말을 들었지만, 이러한 말도 이미 그에게는 아무런 느낌을 주지 않았다. 그의 눈동자는 여전히 남들을 꾸짖는 듯 긴장되어 있었다.

"왜 그렇게 생각하십니까?" 그녀가 자기를 뒤따라 복도로 나왔을 때 레빈이 물었다.

"자기 몸을 움켜잡기 시작했어요." 마리야 니콜라예브나가 말했다.

"움켜잡다니요?"

"이렇게요." 그녀는 자신의 모직 옷 주름을 잡아당기면서 말했다. 이날 온종일, 레빈은 병자가 자신의 몸뚱이를 움켜잡았다가는 마치 무엇인가를 잡아벗기려는 듯 움직이는 것을 알아챘다.

마리야 니콜라예브나의 예언은 적중했다. 밤이 되기 전에 병자는 이미 손을 들어올릴 힘도 없어졌고, 다만 주의를 집중한 것 같은 시선을 바꾸지 않고 정면을 물끄러미 응시했다. 아우나 키티가 그에게 잘 보이게 하려고 그의 위로 엉거주춤 몸을 굽혀 보여도 그는 멍하니 같은 곳만 바라볼 뿐이었다. 키티는 임종기도를 해줄 사제를 데리러 사람을 보냈다.

사제가 임종기도를 하는 동안, 죽어가는 사람은 조금도 살아 있는 것 같은 빛을 보이지 않았다. 눈은 조용히 감겨 있었다. 레빈과 키티와 마리야 니콜라예브나는 침대 옆에 서 있었다. 사제가 기도를 미처 끝마치기도 전에 죽어가는 사람은 몸뚱이를 쭉 펴고 한숨을 몰아쉬더니 눈을 떴다. 사제는 기도를 끝내자 그 싸늘한 이마에 십자가를 얹었다. 이윽고 서서히 그것을 성대^{聖帶} 속에 감아넣고, 다시 한 이 분쯤 잠자코 서 있다가 이제 싸늘해진 핏기 없는 커다란 손을 만져보았다.

　"임종하셨습니다." 사제가 이렇게 말하고 나가려 했으나 갑자기 착 달라붙어 있는 것 같던 죽은 사람의 콧수염이 약간 움직이고, 정적 속으로 가슴속에서 짜낸 것 같은 분명하고 날카로운 목소리가 또렷이 울렸다.

　"아니 아직은…… 이제 곧."

　그리고 일 분쯤 지나자 그 얼굴은 별안간 밝아지고 콧수염 밑에 미소가 떠올랐으므로, 모여 있던 여자들은 수선을 떨며 시신을 수습할 준비를 하기 시작했다.

　형의 모습과 눈앞에 나타난 죽음은 레빈의 마음에 그 가을 저녁 형이 자기를 찾아왔을 때 그의 마음을 사로잡았던 불가해한 무언가에 대한, 동시에 죽음의 접근과 불가피함에 대한 공포의 감정을 불러일으켰다. 이 느낌은 전보다 한층 더 강했다. 그는 그때보다도 더 강하게 자신에게는 죽음의 의미를 이해할 힘이 없음을 통감했고, 그 불가피함으로 인해 죽음이 더욱 두렵게 느껴졌다. 그러나 지금은 아내가 옆에 있는 덕분에 이 느낌도 그를 절망으로 이끌지는 않았다. 그는 죽음이라는 것이 있음에도 불구하고 살고 또한 사랑하지 않으면 안 된다는 것을 통감했다. 그는 사랑이 자기를 절망에서 구해주었다는 것, 그리고 절망의 위협 아래서 이 사랑이 더욱더 강하고 순결해졌다는 것을 통감했다.

죽음이라는 불가해한 하나의 신비가 눈앞에서 이루어지기도 전에, 그에게는 사랑과 삶으로 손짓하는 역시 불가해한 또하나의 신비가 나타났다.

의사는 키티에 대한 자신의 추정을 확인해주었다. 그녀의 병은 임신 때문이었던 것이다.

21

알렉세이 알렉산드로비치는 벳시와 스테판 아르카디치와의 대화를 통해 자기에게 요구되는 것은 자기가 아내를 놓아주고 자신의 존재로 그녀를 괴롭히지 않도록 하는 것이며, 그녀 자신 또한 그것을 바라고 있다는 사실을 깨달은 순간부터 완전히 정신이 나간 것처럼 스스로 무엇 하나 결정할 수도 없고, 자기가 지금 무엇을 바라고 있는지도 모를 정도였다. 그래서 그는 모든 것을 이 사건에 비상한 만족을 보이며 관여하고 있는 사람들의 손에 내맡겨버리고 무슨 일에든 동의하는 답변을 했다. 다만 안나가 이미 집을 나가고 나서 영국인 여자 가정교사가 같이 식사를 해야 하는지, 아니면 따로 해야 하는지를 사람을 시켜 물어왔을 때에야 그는 비로소 자신의 처지를 명백히 깨닫고 아연실색하지 않을 수 없었다.

이런 경우에 가장 곤란한 것은, 그는 도저히 자신의 과거와 현재에 있었던 일들을 결합시키고 융화시킬 수 없다는 점이었다. 그의 마음을 어지럽게 한 것은 아내와 함께 행복하게 지냈던 과거가 아니었다. 그 과거로부터 아내의 부정을 알게 되기까지의 격동기를 그는 이미 괴로워하면서 지나온 터였다. 그 상태는 괴로웠지만 적어도 그가 이해할 수 있는 것이었다. 만일 그때 아내가 그에게 자신의 부정을 밝히고 그의 곁에서 떠나버렸다면 그는 역시 슬픔에 잠겨 불행한 처지가 되었을 테지만, 지금처럼 자기 스스로도 막막하고 불가해한 처지에 이르지는 않았을 것이다. 그는 지금 도저히 지난날 병을 앓던 아내와 남의 자식에 대한 자신의 사랑, 감동, 관용을 현재의 상황, 즉 이러한 모든 행위에 대한 응보이기라도 한 듯이 고독하고 불명예스러운 세상의 웃음거리이자 누구에게도 필요하지 않으며 모든 사람들에게서 경멸을 받는 사람이 됐다는 사실과 융화시킬 수 없었던 것이다.

아내가 집을 나가고 첫 이틀 동안 알렉세이 알렉산드로비치는 청원자와 서기장도 만나고, 회의에도 나가고, 여느 때처럼 식당에 가서 식사도 했다. 무엇 때문에 자기가 이런 짓을 하고 있는가 하는 것은 별로 생각해보지도 않고 그는 그 이틀 동안 다만 침착하고 태연하기까지 한 외양을 갖추기 위해 모든 정신력을 집중시켰다. 안나 아르카디예브나의 세간이며 방을 어떻게 처분해야 할 것인가 하는 물음에 대답할 때도 그는 자신에게 막대한 노력을 가해 그 사건은 전혀 예기치 못했던 것이 아니며 흔히 일어날 수 있는 일이라고 여기는 사람처럼 외양을 갖추려 했고, 그는 그 목적을 이루었다. 아무도 그에게서 절망의 빛을 감지할 수 없었다. 그러나 아내가 집을 나간 뒤 이틀째 되던 날, 코르네이가 안나가 지불하는 것을 잊고 간, 유행품을 취급하는 가게의 계산서를 그에게로 가져와서 점원이 직접 찾아왔다고 알렸을 때, 알렉세이 알렉산드로비치는 점원을 그에게 불러오라고 일렀다.

"각하, 감히 걱정을 끼쳐드리게 됨을 용서해주십쇼. 그런데 저어, 만약 마님께 가보라는 분부시오면, 죄송합니다만 마님께서 계신 곳을 좀 가르쳐주셨으면 합니다."

점원이 보기에 알렉세이 알렉산드로비치는 생각에 잠겼는데, 갑자기 몸을 돌리고 탁자 앞에 앉았다. 두 손으로 머리를 감싸고 오랫동안 그대로 앉아, 그는 몇 번이고 말을 꺼내려다가 그만두었다.

코르네이는 주인의 감정을 눈치채고 점원에게 나중에 다시 한번 찾아오라고 부탁했다. 다시 혼자 남게 되자 알렉세이 알렉산드로비치는 자기에게는 이제 더이상 확고하고 침착한 태도를 유지해나갈 힘이 없다는 것을 깨달았다. 그는 대기하고 있던 마차의 말을 풀고 누가 오더라도 맞아들이지 말라고 이르더니, 식사하러 내려가지도 않았다.

그는 그 점원의 얼굴에서도, 코르네이의 얼굴에서도, 이 이틀 동안 만났던 모든 사람의 얼굴에서도 예외없이 똑똑히 보았던 그 모멸과 냉혹의 전반적인 압박을 이제는 견딜 수 없을 것 같았다. 자기에 대한 사람들의 증오를 피할 수 없으리라는 느낌이 들었다. 왜냐하면 그 증오는 그에게 죄가 있어서가 아니라(만일 그런 것이라면 풀어보려고 애쓸 수도 있었지만) 그가 수치스럽고 꺼림칙하며 불행한 인간이라는 사실에서 생긴 것이기 때문이었다. 그는 이 사실 때문에, 자신의 심장을 갈가리 찢어놓은 이 사실 때문에 그들이 자기에게 매정하리라는 것을 알았다. 많은 개들이 달려들어 상처를 입고 울부짖는 한 마리의 개를 물어 죽이는 것처럼, 사람들이 자기를 멸망시킬 거라고 느꼈다. 그는 이 사람들한테서 빠져나가는 유일한 수단은 그들에게 자신의 상처를 숨기는 것이라고 생각해서 이 이틀 동안 무의식중에 그렇게 해보았지만, 이제야 이 중과부적의 싸움을 계속할 힘이 자기에게 없음을 통감했다.

그의 절망은 자신이 슬픔의 상황에서도 완전히 고독하다는 의식으로 인해 한층 더 깊어졌다. 그가 겪는 괴로움을 모두 털어놓을 수 있는 사람, 그를 고관으로서가 아니라, 또 사회의 일원으로서가 아니라, 단순히 괴로워하는 한 사람으로 가여워해줄 사람은 페테르부르크뿐 아니라 그 어디에도 없었다.

알렉세이 알렉산드로비치는 고아로 자라온 사람이었다. 그에게는 단 한 명의 형제가 있었다. 그들은 아버지를 기억하지 못했고, 어머니는 알렉세이 알렉산드로비치가 열 살 때 죽었다. 유산은 적었다. 정부 고관으로 이전에는 선제先帝의 총신이던 숙부 카레닌이 그들을 양육했다.

뛰어난 성적으로 김나지움과 대학교 과정을 마치자 알렉세이 알렉산드로비치는 숙부의 원조를 얻어 곧 훌륭한 관리가 되었다. 그때부터 그는 오로지 정치적인 야심에만 몸을 맡겼다. 김나지움에서도, 대학교에서도, 그뒤 관리가 되고 나서도 알렉세이 알렉산드로비치는 누구와도 친근한 관계를 맺지 않았다. 하나뿐인 형이 가장 마음에 가까운 사람이었으나, 그는 외무성에 근무하고 있어서 항상 외국에 살았고, 알렉세이 알렉산드로비치가 결혼한 후 오래지 않아 외국에서 사망했다.

그가 현지사로 있던 시절에 안나의 고모뻘 되는 그 지방의 부유한 귀부인이 이제는 젊다고 할 수도 없지만 그래도 지사로서는 젊은이였던 그에게 자신의 조카딸을 소개하고, 그가 청혼을 하든지 그 도시에서 떠나든지 하지 않으면 안 될 궁지에 빠뜨려버렸다. 알렉세이 알렉산드로비치는 오랫동안 망설였다. 당시의 그에게는 이 한 걸음을 내디디는 것에 대해 찬성할 이유와 반대할 이유가 똑같은 정도로 있었고, 게다가 또 의심스러운 경우에는 삼간다*는 그의 신조를 변경시킬 만한 뚜렷한 이유도 없었다. 그러나 안나의 고모는 친지를 통해 그는 이제 처녀를 더럽힌 것이나 다름없기 때문에 명예를 생각한다면 의무로라도 청혼을 하지 않으면 안 될 것이라고 그에게 넌지시 일깨워주었다. 그는 청혼을 했고, 약혼자이자 이후의 아내에게 할 수 있는 한 모든 정을 쏟았다.

그가 안나에게 느꼈던 애착은 그의 마음속에서 사람들과 마음으로 관계를 맺으려는 마지막 요구를 제거해버렸다. 그래서 지금은 많은 친지들 가운데에서도 가깝다고 할 만한 사람은 아무도 없었다. 교제라고 불릴 만한 것은 많았으나 우정이랄 것은 없었다. 알렉세이 알렉산드로비치에게는 식사에 초대할 수 있을 만한 사람, 자기가 흥미를 가지고 있는 일에 조력을 청할 수 있을 만한 사람, 다른 사람의 일이며 정부의 사업에 대해 기탄없이 의논할 수 있을 만한 사람은 많았으나, 이러한 사람들에 대한 관계는 관습과 예절에 의해 정확히 한정된 범위에 속한 것이어서 그 경계 밖으로는 나아갈 수 없었다. 대학 시절의 친구로 졸업 후에 더 가까워지고 개인적인 슬픔도 피력할 수 있을 만한 사이가 된 사람이 한 명 있기는 했으나, 그 친구는 먼 시골에서 장학관을 하고 있었다. 그렇기 때문에 페테르부르크에 있는 사람들 가운데 가장 가깝고 의지가 될 수 있을 만한 이는 사무국장과 의사뿐이었다.

---

* 프랑스 속담을 문자 그대로 옮겨놓은 것으로 톨스토이가 좋아하는 격언이다.

사무국장인 미하일 바실리예비치 슬류딘은 단순하고 총명하고 선량하며 도덕적인 사내였다. 알렉세이 알렉산드로비치는 그가 내심 자기에게 개인적인 호의가 있음을 느꼈다. 그러나 오 년간의 근무로 인해 그들 사이에는 마음과 마음의 접촉을 방해하는 장벽이 쌓여 있었다.

알렉세이 알렉산드로비치는 서류에 서명을 끝내고 나서 미하일 바실리예비치의 얼굴을 바라보면서 오랫동안 침묵을 지켰다. 그는 몇 번이고 말을 꺼내려 했으나, 도무지 입을 열 수 없었다. 그는 이미 '자네는 벌써 내 불운에 대해 들었겠지'라는 말까지 준비해둔 터였다. 그러나 결국 여느 때처럼 "그럼 어디, 이것을 좀 해주게"라고만 말한 후 그를 물러가게 했다.

또 한 사람인 의사 역시 그에게 호감을 가지고 있었다. 그러나 그들 사이에는 벌써 오래전부터 둘 다 일에 바쁜 몸이니 우물우물하고 있어서는 안 된다는 동의가 은연중에 이루어져 있었다.

여자 친구들에 대해서는, 그중 가장 친근한 리디야 이바노브나 백작부인에 대해서도 알렉세이 알렉산드로비치는 생각조차 하지 않았다. 모든 여자는 단지 여자라는 이유만으로 그에게는 두렵고 징그러운 존재였다.

22

알렉세이 알렉산드로비치는 백작부인 리디야 이바노브나에 대해서는 잊고 있었지만, 그녀는 그를 잊지 않았다. 그의 고독한 절망이 가장 격심해진 순간에 그녀는 그를 찾아와서 대뜸 그의 서재로 들어섰다. 그때 그는 두 손으로 머리를 쥐고 가만히 앉아 있었다.

"분부를 어기고 들어왔어요." 그녀는 총총걸음으로 방에 들어와서 흥분과 급격한 운동으로 인해 가쁜 숨을 몰아쉬며 프랑스어로 말했다. "나는 벌써 다 들었어요! 알렉세이 알렉산드로비치! 나의 친구!" 그녀는 두 손으로 그의 손을 굳게 쥐고, 아름답고 생각에 잠긴 듯한 눈으로 찬찬히 그의 눈을 들여다보면서 말을 이었다.

알렉세이 알렉산드로비치는 얼굴을 찌푸리면서 일어나 그녀에게서 손을 빼내고 의자를 권했다.

"앉으세요, 백작부인. 난 기분이 좀 좋지 않아서 어느 분도 만나지 않고 있어요." 그는 말했고, 그의 입술이 떨리기 시작했다.

"나의 친구!" 백작부인 리디야 이바노브나는 그에게서 눈을 떼지 않고 되풀이했다. 갑자기 그녀의 눈썹 안쪽이 치켜올라가서 이마에 세모꼴을 이루었다. 그녀의 예쁘지 않은 누런 얼굴은 더욱 못생겨 보였다. 그러나 알렉세이 알렉산드로비치는 그녀가 자기를 가엾게 여기며 금방이라도 울음을 터뜨릴 것 같은 심정이라는 것을 느꼈다. 그러자 그에게도 감동의 빛이 나타났다. 그는 그녀의 통통한 손을 움켜잡고 입을 맞췄다.

"나의 친구!" 그녀는 흥분하여 목멘 소리로 말했다. "슬픔에 져서는 안 돼요. 당신의 슬픔은 크겠지만, 위안을 찾아야만 해요."

"나는 꺾여버렸습니다. 나는 살해당했습니다, 나는 이제 인간이 아닙니다!" 알렉세이 알렉산드로비치는 그녀의 손을 놓으면서, 그러나 눈물이 글썽거리는 그녀의 눈을 계속 들여다보면서 말했다. "나는 어디에서도, 심지어 나 자신의 마음속에서도 중심을 발견할 수 없기 때문에 내 처지가 정말 두렵습니다."

"당신은 중심을 발견하게 될 거예요. 내가 아닌 것에서 그것을 찾아 보세요. 그야 나도 내 우정을 믿어주실 것을 바라고는 있습니다만." 그녀는 한숨을 쉬며 말했다. "우리의 중심은 사랑이에요. 하느님께서 우리에게 약속해주셨던 사랑이에요. 그분이 주신 짐은 무겁지 않아요." 그녀는 알렉세이 알렉산드로비치가 잘 알고 있는 그 환희에 가득찬 눈동자로 말했다. "그분은 틀림없이 당신을 지켜주시고 당신을 도와주실 겁니다."

이런 말 속에서는 자신의 높은 감정에 도취된 듯한 감동과 요즈음 페테르부르크에서 퍼지고 있는, 알렉세이 알렉산드로비치 같은 사람에겐 지나친 짓이라고 여겨지는 열광적이고 신비로운 새로운 경향이 느껴졌지만, 지금의 알렉세이 알렉산드로비치는 그런 말을 듣는 것이 즐거웠다.

"나는 나약합니다. 나는 파멸당했습니다. 전혀 앞일이 보이지 않고, 여전히 아무것도 모르겠습니다."

"나의 친구." 리디야 이바노브나가 되풀이했다.

"지금 여기에 없는 뭔가를 잃었다는 말이 아닙니다, 그런 것은 아닙니다." 알렉세이 알렉산드로비치는 계속했다. "아까워하지는 않습니다. 그러나 나는 현재 내가 처한 상황 때문에 세상 사람들 앞에 부끄러워하지 않을 수 없습니다. 나쁜 일이죠, 그러나 나는 어쩔 수 없습니다, 어쩔 수 없습니다."

"나뿐만 아니라 세상 사람들 모두가 감탄하고 있는 그 고매한 관용의 행위, 그것은 당신이 한 일이 아니에요. 당신의 마음에 계시는 그분이 하신 일이에요." 리디야 이바노브나 백작부인은 자못 감격에 겨운 듯 눈을 치뜨며 말했다. "그러니까 당신은 자신이 한 일을 부끄러워할 수 없는 겁니다."

알렉세이 알렉산드로비치는 눈살을 찌푸렸고, 두 손을 구부려 손가락으로 똑똑 소리를 내기 시작했다.

"정말이지 모든 사정을 충분히 알아주셔야 합니다." 그는 가느다란 목소리로 말했다. "사람의 힘에는 한계가 있습니다, 백작부인, 나는 그 극한에 이르렀습니다. 이제 나는 온종일 이 새롭고 고독한 상황에서 흘러나오는(그는 흘러나오는이라는 말에 힘을 주어 말했다) 여러 가지 지시를, 가사에 대한 지시를 해야만 합니다. 하인들, 가정교사, 온갖 청구서…… 이런 하찮은 것들이 나를 소진시키고 말았습니다. 나는 이제 인내력이 바닥났습니다. 식사 때만 하더라도…… 어제 같은 날…… 하마터면 나는 식탁에서 일어날 뻔했습니다. 나를 바라보는 내 아들의 눈빛을 도무지 참을 수 없었습니다. 그애는 나에게 지금의 상태가 무엇을 의미하는지 아무것도 묻지 않았지만, 묻고 싶은 눈치였습니다. 나는 그 시선을 도무지 참을 수 없었습니다. 그애는 나를 보는 것을 두려워했습니다. 그러나 그 일은 차라리 나은 편입니다……"

알렉세이 알렉산드로비치는 점원이 가져왔던 그 청구서에 관해 이야기하고 싶었지만, 목소리가 떨리기 시작해서 입을 다물었다. 그 푸른 종이에 쓰인 모자와 리본의 청구서를 그는 자기 자신에 대한 연민 없이는 생각해낼 수가 없었다.

"나도 잘 알고 있어요, 나의 친구." 리디야 이바노브나 백작부인은 말

했다. "나는 잘 알고 있어요. 내게서 도움과 위안을 구할 수 있으리라고
는 여기지 않지만, 그래도 할 수만 있다면 조금이라도 당신에게 도움
이 되어드리려고, 오직 그 이유 때문에 일부러 이렇게 찾아온 거예요.
아아, 정말 내가 그런 쓸데없는 걱정을 당신한테서 덜어드릴 수 있다
면…… 정말이지, 이런 경우에는 여자의 조언과 지시가 필요하다는 걸
알아요. 나한테 맡겨주시겠어요?"

알렉세이 알렉산드로비치는 고맙다는 듯이 잠자코 그녀의 손을 쥐
었다.

"우리 함께 세료자의 뒷바라지를 해주기로 해요. 나는 실제적인 일
에는 소질이 없지만 하여튼 한번 해보겠어요. 댁의 가정부가 돼보겠어
요. 그렇지만 나에게 고마워하실 건 없어요. 이것은 나 자신이 하는 일
이 아니니까요……"

"나는 고마워하지 않을 수 없습니다."

"그렇지만 말이에요, 나의 친구, 지금 말씀하신 것과 같은 그런 감정
에 져서는 안 돼요. 기독교인의 최고 덕목인 스스로를 낮추는 자는 높아
지리라는 것을 부끄럽게 여기시다니. 그리고 나한테 고마워하시면 안
돼요. 그분께 감사하고 그분께 도움과 구원을 청하세요. 우리는 그분
안에서만 평화와 위로와 구원과 사랑을 찾을 수 있어요." 그녀는 말하
고 나서 눈을 들어 하늘 쪽을 바라보며 기도하기 시작했는데, 알렉세이
알렉산드로비치는 그녀의 침묵으로 그 사실을 알아챘다.

알렉세이 알렉산드로비치도 이젠 그녀의 말에 귀를 기울여 듣고 있
었다. 그러자 전에는 불쾌할 정도는 아니었을지언정 어딘지 과장되게
여겨졌던 그러한 표현들이 지금은 몹시 자연스럽고 위로가 되는 것처

럼 느껴졌다. 알렉세이 알렉산드로비치는 이 낯설고 열광적인 기분이 탐탁치 않았다. 그는 단지 정치적인 관점에서만 흥미를 지닌 종교인이 었기에, 뭔가 새로운 해석을 허용하는 새로운 교의는 그것이 곧 논쟁과 분석을 초래한다는 이유에서 그에게는 원칙적으로 불유쾌했다. 그는 지금까지 이 새로운 교의에 대해서는 냉담한, 나아가 적대적인 태도까지 취하고 있었으나 이 교의에 완전히 열중해 있는 리디야 이바노브나 백작부인과는 아직 한 번도 다툰 적이 없었고 침묵으로 애써 그녀의 도전을 피하고 있었다. 그러나 지금 그는 처음으로 만족스럽게 그녀의 말을 경청했으며 속으로도 전혀 반감을 느끼지 않았다.

"나는 대단히, 대단히 당신에게 감사하고 있습니다. 도움에 대해서도 조언에 대해서도." 그는 그녀가 기도를 끝내자 말했다.

백작부인 리디야 이바노브나는 다시 한번 두 손으로 자기 벗의 손을 쥐었다.

"그럼 나는 바로 일을 시작하겠어요." 그녀는 한동안 잠자코 있다가 얼굴에서 눈물자국을 닦으면서 미소를 띠고 말했다. "나는 세료자한테 가겠어요. 어쩔 수 없는 경우에만 당신과 상의할게요." 그리고 그녀는 일어서서 나갔다.

백작부인 리디야 이바노브나는 세료자의 방으로 들어가서는 깜짝 놀란 어린아이의 뺨을 눈물로 적시며, 그의 아버지는 성인聖人이고 그의 어머니는 죽었다고 말해주었다.

백작부인 리디야 이바노브나는 자신의 약속을 이행했다. 그녀는 실제로 알렉세이 알렉산드로비치의 가사 정리며 지시 등 모든 일거리를 떠맡았다. 그러나 그녀가 실제적인 일에는 소질이 없다고 자기 스스로 말했던 것은 결코 과장이 아니었다. 그녀의 지시는 하나같이 실행이 불가능했으므로 수정되지 않으면 안 되었고, 그러한 일들은 알렉세이 알렉산드로비치의 시종인 코르네이에 의해 착착 수정되어갔다. 그는 지금 누구의 눈에도 띄지 않게 카레닌가의 모든 일을 다스렸고, 주인이 옷을 갈아입을 때마다 침착하고 조심스럽게 필요한 것을 알려주었다. 그러나 리디야 이바노브나의 조력은 역시 대단히 효과가 있었다. 그녀는 알렉세이 알렉산드로비치에 대한 자신의 사랑과 존경을 의식하게 하여 그를 거의 기독교로 끌어들였으며(이것에 대한 생각은 그녀에게 얼마나 위안이 되었는지 모른다), 즉 그를 냉담하고 나태한 신자에서 최근 페테르부르크에 퍼져 있는 기독교 교의의 새로운 해석에 대한 열렬하고 견실한 동료로 전향시켜 정신적인 지주를 제공해주었다. 알렉세이 알렉산드로비치로서는 이 새로운 해석을 믿는 것은 쉬웠다.

알렉세이 알렉산드로비치에게는 리디야 이바노브나며 그녀와 견해를 같이하는 다른 사람들과 마찬가지로 깊은 상상력, 즉 상상에 의해 환기된 관념이 다른 관념이나 실재와의 조화를 요구할 만큼 현실성을 갖게 하는 정신적인 능력이 완전히 결여되어 있었다. 그는 신앙을 갖지 않은 자에게 존재하는 죽음이 자기에게는 존재하지 않으며, 자기는 완전한 신앙을 갖고 있고 스스로 신앙을 판정할 권능이 있으므로 자신의 정신에는 이미 죄라는 것은 있을 수 없고, 자기는 이미 이 지상에서 완전한 구원을 경험하고 있다고 믿었으며, 이러한 관념에 대해 어떠한 불가능이나 불합리를 인식하지 못했다.

신앙에 대한 자신의 이러한 관념이 참으로 천박하고 잘못된 것이라는 것은 알렉세이 알렉산드로비치도 어렴풋이나마 느끼고 있었다. 그는 자신의 관용이 하느님의 작용이라는 생각은 조금도 하지 않고 직접적인 감정에 몸을 맡겼을 때가 지금처럼 일 분마다 자신의 정신에는 그리스도가 도사리고 있다, 서류에 서명을 하면서도 그의 의지를 수행하고 있는 것이라고 생각할 때보다 훨씬 행복했었다는 것을 알고 있었다. 그러나 알렉세이 알렉산드로비치에게는 그렇게 생각하는 것이 꼭 필요했다. 이처럼 굴욕적인 처지에 놓인 그에게는 설사 그것이 꾸며진 것이라고 할지라도 모든 사람들에게서 멸시를 당하고 있는 자기가 거꾸로 다른 사람들을 멸시할 수 있을 만큼 높은 경지에 설 수 있는 발판이 꼭 필요했다. 그래서 그는 마치 참된 구원에 매달리기라도 하듯 자신의 상상 속 구원에 매달렸던 것이다.

23

백작부인 리디야 이바노브나는 마음이 들떠 있던 소녀 시절에 어느 부유한 명문가의 매우 선량하지만 지극히 방탕하며 쾌활한 사내에게 시집을 갔다. 두 달째에 남편은 그녀를 버렸고, 남편의 부드러움에 그녀는 열렬한 사랑의 맹세로 호소했으나 그는 다만 싸늘한 조소로, 뿐만 아니라 백작의 선량한 마음도 알고 열정적인 리디야에게서 아무런 결점도 찾아내지 못한 사람들에게는 도무지 납득이 가지 않을 적의로 답했다. 그때부터 그들은 비록 이혼은 하지 않았지만 떨어져 살았고, 남편은 아내와 만날 때에는 언제나 예외없이 이유도 뚜렷하지 않은 독살스러운 조소로 그녀를 대했다.

백작부인 리디야 이바노브나는 벌써 오래전에 남편을 사랑하는 것을 그쳐버렸지만, 그후로도 누군가를 사랑하는 일은 결코 그치지 않았다. 그녀는 동시에 몇 사람을, 남녀를 가리지 않고 갑자기 사랑하기도 했다. 그녀는 무언가 특별히 뛰어난 데가 있는 사람이라면 무조건 반해버렸다. 그녀는 황족과 새로 척분을 맺은 모든 공녀나 공자들을 사랑했다. 대주교를, 주교를, 사제를 사랑했다. 또 기자를, 세 사람의 슬라브주의자를, 코미사로프*를, 장관을, 의사를, 영국인 선교사를, 카레닌을 사랑했다. 이러한 모든 사랑은 때로는 약해지고 때로는 강해졌으나 그녀가 궁정과 사교계에서 지극히 넓고 복잡한 관계를 지속해나가는 데 방해가 되진 않았다. 그러나 카레닌에게 불행이 닥치고 그녀가 그를 자신의 특별한 보호 아래 잡아두고 나서부터, 그의 행복을 염려하며 카레닌의 가사를 돌보게 되면서부터 그녀는 다른 사랑은 모두 진실한 것이 아니며 자기는 지금 카레닌 한 사람에게만 진실한 사랑을 쏟고 있다고 느꼈다. 그녀가 지금 그에게 느끼는 감정은 이전의 그 어떤 감정보다도 강한 것처럼 생각되었다. 그녀는 지금의 자기 감정을 여러 가지로 분석하고 그것을 이전의 감정들과 비교해보면서 다음과 같은 사실을 분명히 알게 되었다. 그녀는 만약 황제의 생명을 구하지 않았다면 코미사로프에게 반하지 않았을 것이고, 만약 슬라브 문제**가 없었다면 리스

---

* O. I. 코미사로프는 농부이자 코스트로마 출신의 모자 공원이었다. 1866년 4월 그는 우연히 페테르부르크 여름정원의 철책 근처에 있다가 알렉산드르 2세를 저격하려 했던 카라코조프를 저지했다. 그 공으로 그는 귀족 칭호를 받았고 유명 인사가 되었다.

** 오스만제국의 굴레로부터 슬라브 민족을 해방시킨다는 문제는 1870년대에 가장 절실한 정치문제 중 하나였다. 1875년 보스니아와 헤르체고비나에서 봉기가 시작되었고,

티치-쿠드지즈키***를 사랑하지 않았을 것이다. 그러나 카레닌에게 반한 것은 그 사람 자체, 그의 고매하고 불가해한 영혼, 그녀에게는 특히 사랑스럽게 느껴지는 길게 잡아늘이는 듯 가느다랗게 울리는 그의 목소리, 그의 지친 듯한 눈동자, 그의 성격과 핏줄이 도드라진 부드럽고 하얀 손 때문이었다. 그녀는 그와 만나는 것이 기뻤을 뿐 아니라 자신이 그에게 준 인상을 그의 얼굴에서 읽으려 했다. 그저 말로만이 아니라 자신의 온몸으로도 그의 마음에 들고 싶었던 그녀는 이제 그를 위해 전에 없이 화장에 정성을 들였다. 만약 자기가 남의 아내가 아니고 그 역시 자유로운 몸이라면 어땠을까 하는 공상에 빠지기도 했다. 그녀는 그가 방으로 들어오면 마음의 동요 때문에 홍당무가 되었고, 그에게서 유쾌한 말을 들으면 환희의 미소를 금할 수가 없었다.

벌써 며칠 동안 백작부인 리디야 이바노브나는 극심한 흥분에 사로잡혀 있었다. 안나와 브론스키가 페테르부르크에 있다는 것을 알게 되었던 것이다. 어떻게 해서든 알렉세이 알렉산드로비치가 그녀와 만나지 못하게 해야만 했을 뿐만 아니라, 그 끔찍한 여자가 그와 한 도시에 있다는 것, 언제 어디서 그녀와 마주칠지 모른다는 것을 그가 알고서 괴로워하지 않도록 조치해야 했다.

1876년 몬테네그로인들이 봉기했다. 같은 해 세르비아는 터키에 선전포고를 했다. 불가리아는 러시아에 기대를 걸었고, 이듬해인 1877년 러시아는 터키에 반기를 들었다. 지배층에서는 1850년대 크림전쟁에서의 패배를 설욕하기 위해 콘스탄티노플 점령 가능성을 검토했다. 크림전쟁에 참가했던 톨스토이는 외국의 지배권에 반대하는 슬라브 민족의 역사적 투쟁의 의의를 이해하고 있었다.
*** 이오반 리스티치. 터키와 오스트리아의 영향력에 맞서 싸운 세르비아 정치가. 당시 그의 이름은 러시아에 잘 알려져 있었다.

리디야 이바노브나는 자신의 지인들을 통해 이 밀살스러운 사람들―그녀는 안나와 브론스키를 이렇게 불렀다―이 무엇을 하려는지 알아보았고, 요 며칠 동안 자신의 벗이 그들과 마주치는 일이 없도록 그의 일거일동을 조종하려고 애썼다. 브론스키의 친구인 젊은 부관―이 사내를 통해 그녀는 보고를 받았고, 이 사내 쪽에서는 또 리디야 이바노브나 백작부인을 통해 이권을 얻으려 했다―이 그녀에게 그들은 이제 일을 다 보았으므로 내일 떠나기로 돼 있다고 알려왔다. 리디야 이바노브나는 겨우 안도의 한숨을 쉬었는데, 이튿날 아침 한 통의 편지가 그녀에게 날아들었고, 그 필적을 보고 그녀는 깜짝 놀랐다. 안나 카레니나의 필적이었다. 보리수 껍질처럼 두꺼운 종이로 만들어진 장방형의 노란 봉투 위에는 안나의 머리글자가 커다랗게 쓰어 있었고, 편지에서는 향기로운 냄새가 풍겼다.

"누가 가져왔지?"

"호텔의 급사입니다."

백작부인 리디야 이바노브나는 그 편지를 읽으려 했지만, 한참 동안 앉을 수조차 없었다. 흥분으로 인해 고질인 천식 발작을 일으켰던 것이다. 겨우 발작이 가라앉자 그녀는 프랑스어로 다음과 같이 적힌 편지를 읽었다.

백작부인, 당신의 마음에 충만해 있는 기독교인의 인정으로 당신에게 이런 편지를 올리는 나의 대담함을 용서해주시리라고 여깁니다. 나는 아들과 헤어져 있는 까닭으로 몹시 불행한 몸이 되었습니다. 진심으로 간원합니다. 여기를 떠나기 전에 꼭 한 번만 그애를 만

나게 해주십시오. 부인에게 이런 간원을 하는 죄를 아무쪼록 용서
해주십시오. 그 관대한 마음의 소유자를 나 같은 것에 대한 기억으
로 더욱더 괴롭혀드리고 싶지 않아서, 다만 그 이유 때문에 나는 알
렉세이 알렉산드로비치 대신 부인에게 매달리는 것입니다. 부인께
서는 그분에 대한 평소의 우정으로 이 내 마음도 살펴주시리라 믿습
니다. 세료자를 나에게 보내주실 것인지, 아니면 지정된 시각에 내가
그리 가야 하는지, 그렇지 않으면 집 이외의 다른 장소라도 좋으니
언제 어디서 만나게 해주시려는지요? 나는 나의 이 간원을 받고 있
는 분의 관대한 마음을 잘 알고 있기에, 이 간원이 반드시 이루어지
게 해주시리라고 믿습니다. 외람되오나 부인께서도 내가 지금 느끼
고 있는 그애에 대한 그리움이 얼마나 뜨거운 것인지, 따라서 부인
의 도움이 내 마음에 얼마나 큰 감명을 불러일으킬 것인지 짐작하고
도 남음이 있으리라 생각합니다.

안나

편지의 모든 것이 백작부인 리디야 이바노브나를 발끈하게 했다. 내
용도, 관대함에 대한 암시도, 유달리 거리낌없는(그녀는 그렇게 느꼈
다) 어투도.
"답장은 없다고 전해줘." 백작부인 리디야 이바노브나는 이렇게 말
하고, 곧 압지철을 열고 알렉세이 알렉산드로비치에게 궁정의 축하연
에서 열두시 넘어 뵈었으면 한다고 써보냈다.
'중대하고 슬픈 일에 대해 당신과 상의하지 않으면 안 되겠어요. 상
의할 장소는 뵙고 나서 정합시다. 가장 좋은 것은 당신과 차를 들면서

내 집에서 하는 거예요. 정말 꼭 그렇게 하기로 해요. 그분께서는 십자
가를 주시지만, 힘도 함께 주십니다.' 그녀는 다소나마 그가 마음의 준
비를 할 수 있도록 덧붙였다.

백작부인 리디야 이바노브나는 대개 하루에 두세 통의 쪽지를 알렉
세이 알렉산드로비치에게 써보냈다. 그녀는 직접 만나서 이야기할 때
는 느낄 수 없는 우아함과 신비함을 지닌 이러한 방법으로 그와 연락
하는 것을 좋아했기 때문이다.

24

축하연은 끝났다. 떠나는 사람들은 서로 마주칠 때마다 그날의 새로
운 사건들, 새로 내려진 포상이나 고관의 지위 이동에 대해 이야기를
주고받았다.

"그런데 저어, 백작부인 마리야 보리소브나가 육군 장관이고 밧콥스
카야 공작부인이 참모총장이라면 어떨까요." 금몰로 장식된 제복을 입
은 백발의 노인이 이번의 경질에 대해 무언가를 그에게 물은 훤칠한
키의 아름다운 여관女官을 보고 말했다.

"그리고 나를 부관으로 하고요." 여관은 미소를 띠고 대답했다.

"당신은 벌써 정해져 있죠. 당신은 종교국 쪽이에요. 그리고 당신의
보좌역에는 카레닌이 있습니다."

"안녕하세요, 공작!" 노인은 옆으로 다가온 사람의 손을 잡으면서 말
했다.

"카레닌에 관해 무슨 말씀을 하고 계셨습니까?" 공작이 물었다.

"저 사람과 푸탸토프가 알렉산드르 넵스키 훈장을 받았어요."

"저 사람은 벌써 전에 받았다고 알고 있었는데."

"아뇨. 저것 좀 봐요." 노인은 정복에 새로운 붉은 리본을 어깨에 걸치고 법제심의회의 유력한 위원 한 사람과 홀 입구에 서 있는 카레닌을 가장자리에 금실로 수가 놓인 모자로 가리키면서 말했다. "새 동전처럼 값싼 만족과 행복에 어찌할 바를 모르는군요." 그는 멈춰 서서 건장하고 잘생긴 상급시종의 손을 잡으면서 덧붙였다.

"아니, 저 사람도 늙었군요." 상급시종이 말했다.

"과로하니까요. 저 사람은 지금 여러 가지 법안을 세우고 있어요. 저 사람은 요즘 무슨 일이든 조목조목 설명을 늘어놓기 전에는 불쌍한 상대방을 놓아주지를 않지요."

"어째서 늙었냐고요? 정열이 그렇게 만든 겁니다. 리디야 이바노브나 백작부인은 지금 저 사람의 부인을 질투하고 있는 게 아닌가 싶습니다."

"어머, 뭐라고요! 리디야 이바노브나 백작부인에 대해서는 제발 나쁘게 말씀하지 마세요."

"그럼, 그분이 카레닌에게 반했다는 것이 나쁘다는 건가요?"

"그런데 카레니나가 여기 와 있다는 게 정말이에요?"

"네, 여기라고 해서 궁정에 와 있다는 건 아니지만, 페테르부르크에 와 있는 것은 사실입니다. 나는 어제 그분이 알렉세이 브론스키하고 모르스카야 거리에서 *팔짱*을 끼고 걷는 것을 보았죠."

"*그야 그분은……*" 상급시종은 막 말을 시작하려다 말고, 그때 마침 지나가던 황족의 부인에게 길을 비켜주며 절을 했다.

이처럼 사람들이 끊임없이 알렉세이 알렉산드로비치의 이야기를 하며 그를 비난하기도 하고 조소하기도 하는 동안, 그는 지나가던 법제심의회 위원의 길을 가로막고 그 사내를 놓치지 않을 양으로 한순간도 말을 끊지 않고 조목조목 자신의 재정계획을 설명했다.

알렉세이 알렉산드로비치 곁에서 아내가 자취를 감춘 것과 거의 동시에 그에게는 관직에 있는 사람에게는 가장 괴로운 사건, 즉 승진의 정지라는 일이 벌어졌다. 이 정지는 이제 확정된 것이었고, 모든 사람이 그 사실을 분명히 알고 있었지만, 알렉세이 알렉산드로비치 자신은 그의 출세가도가 끝났다는 것을 아직 자각하지 못했다. 스트레모프와의 충돌 때문인지, 아내와의 불화 때문인지, 그렇지 않으면 그저 알렉세이 알렉산드로비치가 이미 규정상의 극한에까지 이르러버렸기 때문인지, 어찌되었거나 올해 들어 그의 관리로서의 행보가 끝났다는 것이 모든 사람에게 뚜렷해졌다. 그는 아직 중요한 지위를 차지하고 있었고 많은 위원회며 회의의 일원이었다. 그러나 그는 이제 모든 것이 드러나버린 인간으로, 세상은 그에게서 이제 아무것도 기대하지 않았다. 그가 무슨 말을 하건, 무엇을 제의하건 사람들은 이미 오래전에 주지되어 있는 전혀 불필요한 얘기라는 듯 한쪽 귀로 흘려버리는 것이었다.

그러나 알렉세이 알렉산드로비치는 그것을 느끼지 못했고, 오히려 그와는 반대로 자기가 정치활동에 직접적인 관계를 하지 않게 되고 보니 이전보다도 더욱 뚜렷하게 남들의 활동에서 불만과 오류를 발견했으며, 그러한 것들을 고칠 방법을 가르쳐주는 것이 자신의 의무라고 여겼다. 아내와 갈라지고 나서 이내 그는 앞으로 행정상의 모든 부분에 걸쳐 계속해서 작성할 예정이었던, 누구에게도 필요하지 않은 무수한 보고서 중 하나인 새로운 재판 수속에 대한 보고서 제1부의 기초작업에 착수했다.

알렉세이 알렉산드로비치는 관리로서의 자기 지위가 절망적이라는 것을 알아채지 못했기에 그것을 슬퍼하지도 않았을 뿐만 아니라, 도리어 그 어느 때보다도 지금 자신의 활동에 만족하고 있었다.

'결혼한 남자는 어떻게 하면 자기 아내를 기쁘게 할 수 있을까 하고 세상일에 마음을 쓰게 되지만, 결혼하지 않은 남자는 어떻게 하면 주님을 기쁘게 해드릴 수 있을까 하고 주님의 일에 마음을 씁니다'라고 사도 바울은 말했다. 이제 모든 일에 성서의 인도를 받게 된 알렉세이 알렉산드로비치는 자주 이 구절을 떠올렸다. 그는 아내 없이 혼자 남은 뒤로 자기가 이러한 계획에 의해 이전보다도 더 많이 하느님에게 봉사하고 있는 것 같았다.

빨리 도망가고 싶어 안절부절못하고 있는 게 분명한 법제심의회 위원의 태도도 알렉세이 알렉산드로비치의 마음을 어지럽히지는 못했다. 그는 위원이 황족이 지나가는 틈을 타서 그의 옆을 슬쩍 빠져나갔을 때에야 겨우 설명을 그쳤다.

혼자 남은 알렉세이 알렉산드로비치는 생각을 가다듬기 위해 고개를 숙였다. 이윽고 멍하니 자기 주위를 둘러보며 문 쪽으로 걸어갔다. 거기서 백작부인 리디야 이바노브나를 만나리라고 생각하며.

'정말이지 모두 씩씩하고 건강한 사람들이다.' 알렉세이 알렉산드로비치는 곱게 다듬은 좋은 냄새가 나는 구레나룻을 가진, 위력이 있어 보이는 상급시종과, 말쑥한 제복 차림인 공작의 빨간 목덜미를 쳐다보

522

면서 생각했다. 그는 그 사람들 곁을 지나가야만 했다. '세상의 모든 것은 사악하다는 말은 진정 사실이다.' 그는 상급시종의 장딴지를 다시 한번 곁눈질하면서 생각했다.

알렉세이 알렉산드로비치는 천천히 걸음을 옮기면서 그 지친 듯한 얼굴빛으로 자기 이야기를 수군거리고 있던 신사들에게 인사하고는 문 쪽을 보면서 백작부인 리디야 이바노브나를 눈으로 찾았다.

"아! 알렉세이 알렉산드로비치!" 노인은 카레닌이 옆을 지나치며 쌀쌀한 태도로 머리를 숙였을 때, 심술궂게 눈을 반짝이면서 말했다. "나는 아직 당신에게 축하를 드리지 못했군요." 노인은 그가 새로 받은 수장綬章을 가리키면서 말했다.

"감사합니다." 알렉세이 알렉산드로비치는 대답했다. "오늘은 정말 좋은 날입니다." 그는 평소의 버릇대로 '좋은'이란 말에 특히 힘을 주면서 덧붙였다.

그들이 자기를 비웃고 있다는 것을 알았지만, 그는 애초에 그들에게서 적의 이외엔 아무것도 기대하지 않았다. 그는 이미 그런 일에는 익숙해져 있었다.

문으로 들어온 백작부인 리디야 이바노브나의 코르셋 위로 올라와 있는 노란 어깨와 자기를 부르는 아름답고 생각에 잠긴 듯한 눈을 찾아내자, 알렉세이 알렉산드로비치는 깨끗하고 하얀 이를 드러내며 미소 짓고는 그쪽으로 걸어갔다.

리디야 이바노브나의 화장은 요즘 그녀가 줄곧 그랬듯 많은 노력을 들인 것이었다. 지금 그녀가 하는 화장의 목적은 그녀가 삼십 년 전에 추구했던 것과는 전혀 상반된 것이었다. 그 무렵의 그녀는 어떻게든 화려하게 꾸미려고만 했고 그러면 그럴수록 아름다워진다고 생각했다. 그러나 지금은 거꾸로 무리하게 자신의 나이나 모습에 어울리지 않는 치장을 하지 않으면 안 되었기 때문에, 그러한 몸치장과 자신의 외모가 너무나 심하게 대조되지나 않을까 하는 것만을 걱정했다. 그러나 알렉세이 알렉산드로비치에게는 그것이 성공적이었나. 그에세는 그녀가 꽤 매혹적으로 여겨졌다. 그에게 그녀는 그를 둘러싼 적의와 조소의 바다 한가운데에서 유일하게 호의적인 섬이었을 뿐만 아니라, 실제로 사랑의 섬이기도 했다.

비웃는 시선의 전열 속을 지나가면서 그는 식물이 햇빛 쪽으로 향하는 것처럼 저절로 그녀의 사랑에 찬 눈동자 쪽으로 끌려갔다.

"축하합니다." 그녀는 눈짓으로 수장을 가리키면서 말했다.

그는 만족스러운 미소를 억누르면서, 이런 것은 자기를 기쁘게 하기에는 모자란다고 말하기라도 하듯 두 눈을 감고 어깨를 으쓱했다. 그러나 백작부인 리디야 이바노브나는 설혹 그가 아무리 인정하지 않고 있더라도 그것이 그에겐 커다란 기쁨 중 하나라는 것을 잘 알고 있었다.

"우리 천사는 잘 있나요?" 백작부인 리디야 이바노브나는 세료자에 대해 물었다.

"솔직히 아주 만족스럽다고는 할 수 없어요." 눈썹을 치켜올리고 눈을 크게 뜨면서 알렉세이 알렉산드로비치는 말했다. "시트니코프도 그 애에게는 불만입니다. (시트니코프는 세료자의 교육 전반을 맡고 있는 교사였다.) 당신에게도 말씀드렸던 것처럼, 어쩐지 그애에게는 모든 사람, 특히 모든 어린아이의 마음을 감동시키기 마련인 가장 중요한 문제에 대해 어딘지 냉담한 데가 있어요." 알렉세이 알렉산드로비치는 근무

이외에 유일하게 흥미 있는 문제, 즉 아들의 교육에 대해 자신의 의견을 늘어놓기 시작했다.

리디야 이바노브나의 도움으로 다시 일상생활로 돌아왔을 때, 알렉세이 알렉산드로비치는 자신의 손에 떨어진 아들의 교육에 종사하는 것이 자신의 의무라고 느꼈다. 여태까지 한 번도 교육 문제에 관계한 적이 없었던 알렉세이 알렉산드로비치는 우선 이 문제의 논리적 연구에 한동안 시간을 바쳤다. 인류학이며 교육학이며 교수법 서적을 몇 권인가 통독하는 동안 알렉세이 알렉산드로비치는 직접 교육계획을 세웠고, 그것을 맡길 페테르부르크의 훌륭한 교사를 초빙하여 실행에 착수했다. 이 문제는 끊임없이 그의 마음을 점령하고 있었다.

"그래요, 하지만 마음이 중요하죠. 나는 아드님에게도 아버지의 마음이 있다고 봐요. 그런 마음을 가진 어린아이는 나쁘게 될 리가 없어요." 리디야 이바노브나는 열성적으로 말했다.

"그래요, 그럴지도 모르죠…… 그러나 아무튼 나로서는 나의 의무를 수행하고 있는 것입니다. 이것이 내가 할 수 있는 전부입니다."

"제 집에 좀 와주셔야겠어요." 백작부인 리디야 이바노브나는 잠시 잠자코 있다가 말했다. "당신에게는 좀 슬픈 일에 대해 상의해야 해서요. 그 기억에서 당신을 구하기 위해서라면 나는 어떤 희생도 무릅쓰겠어요. 그렇지만 남들은 그렇게 생각하지 않으니 말예요. 나는 그분에게서 편지를 받았어요. 그분은 여기, 페테르부르크에 있어요."

알렉세이 알렉산드로비치는 아내에 대한 이야기를 듣자 부르르 몸을 떨었지만, 이내 그의 얼굴에는 이 사건에 대한 완전한 무력함을 나타내는 죽음과 같은 부동不動의 표정이 굳어졌다.

"그럴 거라고 예상했습니다." 그가 말했다.

백작부인 리디야 이바노브나는 감동에 찬 시선으로 찬찬히 그를 바라보았다. 그의 너그러운 마음에 대한 감동의 눈물이 그녀의 눈에 샘솟아올랐다.

25

알렉세이 알렉산드로비치가 옛 도자기들이 놓여 있고 몇 폭의 초상화가 걸려 있는 백작부인 리디야 이바노브나의 조그마하고 편안한 서재로 들어갔을 때 여주인은 아직 거기에 없었다. 그녀는 옷을 갈아입고 있었다.

둥근 탁자에는 천이 씌워져 있고 중국 도자기 찻잔 한 벌과 알코올 램프가 달린 은제 찻주전자가 놓여 있었다. 알렉세이 알렉산드로비치는 서재를 장식하고 있는 무수한 낯익은 초상화를 멍하니 둘러보았고, 탁자 옆에 앉아 그 위에 놓여 있던 복음서를 폈다. 백작부인의 비단옷 스치는 소리가 그의 주의를 끌었다.

"자, 이제 마음놓고 앉아 있을 수 있겠군요." 백작부인 리디야 이바노브나는 들뜬 듯한 미소를 띠고 탁자와 소파 사이를 총총걸음으로 걸어나오면서 말했다. "차를 마시면서 천천히 이야기해요."

두서너 마디 미리 마련해둔 말을 늘어놓은 뒤, 백작부인 리디야 이바노브나는 무거운 한숨을 추스르고 얼굴을 붉히며 알렉세이 알렉산드로비치의 손에 자기가 받았던 편지를 건넸다.

편지를 읽고 나서 그는 오랫동안 잠자코 있었다.

"나에게 그녀의 부탁을 거절할 권리가 있다곤 생각지 않습니다." 그는 눈을 치켜올리고 조심스럽게 말했다.

"나의 친구! 당신은 어떤 사람에게서도 사악함을 보지 않는군요!"

"천만에요, 난 이 세상의 것은 모두 사악하다고 여기고 있습니다. 그러나 그러는 게 정당할까요?……"

그의 얼굴에는 망설임과 자기로서는 불가해한 이 사건에 대해 충고와 조력과 지시를 구하는 듯한 빛이 있었다.

"아녜요." 백작부인 리디야 이바노브나는 그의 말을 가로막았다. "무슨 일에나 한도라는 것이 있어요. 그야 나도 부정의 문제만이라면 이해하겠어요." 그녀는 여자를 부정으로 이끄는 것이 무엇인가를 도무지 이해할 수 없었으므로 약간 분명하지 않은 어조로 말했다. "그렇지만 이 잔인함만은 이해할 수 없어요! 그것도 누구에게요? 당신에게요! 어떻게 당신이 계시는 이 도시에 아무렇지도 않게 머물 수가 있을까요? 아녜요, 사람은 오래 살면 산 만큼 여러 가지를 배워야 해요. 나는 이 일로 당신의 고결함과 그녀의 저열함을 잘 알겠어요."

"그렇지만 누가 돌을 던질 수 있을까요?" 알렉세이 알렉산드로비치는 자기가 맡은 역할에 도취한 듯한 표정으로 말했다. "난 모든 것을 용서했습니다. 따라서 그녀의 사랑이 요구하는 것, 아들에 대한 사랑으로 요구하는 것을 그녀에게서 빼앗아버릴 수는 없습니다."

"그렇지만 이것이 사랑일까요, 나의 친구? 이것이 진심일까요? 설사 당신이 용서하셨다고, 또 지금도 용서하고 계시더라도…… 우리에게 그 천사의 마음을 뒤흔들어놓을 권리가 있을까요? 그애는 그녀가 죽었

다고 알고 있습니다. 그애는 그녀를 위해서 하느님께 기도하고 그녀의
죄에 대해 용서를 구하고 있습니다. 그리고…… 그러는 것이 얼마나
좋은지 몰라요. 만일 이 상황에서 서툰 짓을 한다면 그애는 어떤 생각
을 하게 될까요?"

"거기까지는 생각하지 못했습니다." 알렉세이 알렉산드로비치는 분
명히 수긍하는 듯이 말했다.

백작부인 리디야 이바노브나는 두 손으로 얼굴을 가리고 한동안 잠
자코 있었다. 기도하는 것이었다.

"만일 내 의견을 물으신다면," 그녀는 잠시 기도한 뒤 얼굴에서 손을
떼면서 말했다. "나는 그렇게 하시라고 권하지는 않겠어요. 도대체 내
가 당신이 괴로워하고 있다는 것을, 이 일이 당신의 상처를 헤집고 있
다는 것을 모르는 줄 아세요? 그렇지만 가령 당신이, 언제나처럼 자기
에 대해서는 잊는다고 쳐요. 그러나 그런다고 대체 무슨 이익이 있을까
요? 당신에게는 새로운 괴로움을 주고 아드님에게도 고통을 줄 뿐이지
않나요? 만일 그녀에게 얼마쯤이라도 인간다운 데가 남아 있다면 자기
스스로가 이런 것을 바라서는 안 되는 거예요. 그래요, 나는 조금도 망
설이지 않고 그런 것은 권하지 않겠어요. 그리고 만일 당신이 허락해주
신다면 내가 그분에게 편지를 쓰겠어요."

알렉세이 알렉산드로비치는 그녀의 말에 동의했고, 백작부인 리디
야 이바노브나는 프랑스어로 다음과 같은 편지를 썼다.

친애하는 부인,
당신에 대한 회상은 어린아이의 마음에 어디까지나 신성한 것으

로 남아야 할 것에 대해 비난의 정신을 심지 않고는 대답할 수 없는 물음으로 당신의 아드님을 이끌지도 모릅니다. 따라서 당신의 남편이 거절하신 것은 기독교적 사랑의 정신에 따른 것이라고 이해해주시기 바랍니다. 전능하신 하느님의 자비가 당신과 함께하시기를 빌면서.

백작부인 리디야

이 편지는 백작부인 리디야 이바노브나가 자기 자신에게도 숨기고 있던 비밀스러운 목적을 이룬 것이었다. 말하자면 이 편지는 마음속 깊이까지 안나를 모욕한 것이었다.

알렉세이 알렉산드로비치는 이날 리디야 이바노브나의 집에서 돌아온 후 평소처럼 자신의 일에 열중할 수도 없었고, 거기서 전부터 느꼈던 구원과 신앙을 얻은 사람으로서의 마음의 안정을 찾을 수도 없었다.

그에게 그토록 많은 죄를 지은 아내, 그리고 백작부인 리디야 이바노브나가 정당하게 평한 것처럼 그를 신성하게 여겼던 아내, 그 아내에 대한 회상이 그의 마음을 어지럽혀서는 안 되었다. 그러나 그는 차분한 마음으로 있을 수 없었다. 그는 자기가 읽고 있는 책을 이해할 수도 없었고, 그녀에게 자기가 취한 태도와 그녀에게 자기가 행한 잘못(지금에 와서는 그렇게 여겨지는)에 대한 온갖 괴로운 회상을 쫓아낼 수도 없었다. 경마장에서 돌아오는 길에 그녀가 자신의 부정을 고백했을 때 자기가 어떻게 받아들였는지에 대한 회상(특히 자기가 그녀에게 표면상의 체면만을 요구하고 상대에게 결투를 신청하지 않았다는 것)은 회한이 되어 그를 짓씹었다. 마찬가지로 그가 그녀에게 썼던 편지에 대한 회상 역시 그를 괴롭혔다. 특히 아무에게도 필요하지 않았던 자신의 용서며, 남의 자식을 자기가 보살폈다는 사실은 부끄러움과 가책으로 그의 심장을 불태웠다.

그리고 이제 그는 그녀와 함께 보냈던 자신의 과거 전부를 뒤적거리면서, 또 오랜 망설임 뒤 그녀에게 청혼했을 때 자신의 서툴렀던 말을 생각해내면서도 똑같은 부끄러움과 가책을 느꼈다.

'그러나 도대체 나에게 무슨 죄가 있는 것일까?' 그는 자문해보았다. 그리고 이 물음은 언제나 그에게 다른 물음을, 도대체 세상 사람들, 브론스키나 오블론스키 같은 사람들…… 그 통통한 장딴지를 가진 시종 같은 사람들이 느끼는 것과 자기가 느끼는 것은 무엇이 다른 것일까, 사랑하는 법이 다른 것일까, 결혼하는 방법이 다른 것일까 하는 물음을 불러일으켰다. 그러자 그의 눈앞에는 늘 여기저기에서 무의식중에 그의 호기심을 끌었던 혈기왕성하고 굳세며 자기 자신에 대해 의혹이란 것을 갖지 않은 사람들이 줄지어 떠올랐다. 그는 이러한 생각을 자신의 마음속에서 몰아내려고 했다. 그는 자신은 이 세상의 일시적인 삶이 아니라 영원한 삶을 위해 살고 있다고, 자신의 마음속에는 평화와 사랑이 있다고 스스로 믿으려고 애썼다. 그러나 자신이 이 일시적이고 하찮은 삶 속에서 저질렀던 두서너 가지 사소한 잘못으로 인해 그가 믿고 있던 영원한 구원이라는 것이 실제로는 없을 것만 같아 괴로웠다. 그러나 이러한 유혹은 오래 계속되지 않았다. 이내 알렉세이 알렉산드로비치의 마음에는 다시 예의 평온하고 숭고한 감정이 부활했으며, 그 덕택에 그는 기억하고 싶지 않은 것들을 잊어버릴 수 있었다.

26

"그래 어떻게 됐어, 카피토니치?" 자기 생일 전날, 빨간 볼을 하고 쾌활하게 산책에서 돌아온 세료자는 아이를 내려다보며 싱글벙글하고 있는 키 크고 나이든 문지기에게 외투를 넘겨주면서 말했다. "그 붕대를 맨 남자는 오늘도 왔었어? 아버지하고 만났어?"

"만나셨습니다. 사무국장님이 막 돌아가셨을 때 알려드렸습죠." 유쾌하게 눈짓을 하며 문지기는 말했다. "자, 벗겨드리죠."

"세료자!" 슬라브인 가정교사가 안쪽 방으로 통하는 문간에 서서 말했다. "혼자 벗으세요."

그러나 세료자는 교사의 가냘픈 목소리를 듣고도 그것에는 주의를 돌리지 않았다. 그는 한쪽 손으로 문지기의 허리띠를 붙들고 서서 찬찬히 그의 얼굴을 올려다보았다.

"그래서 뭐야, 아빠는 그 사람의 말을 들어주셨어?"

문지기는 그렇다는 듯이 고개를 끄덕여 보였다.

붕대를 매고 벌써 일곱 차례나 알렉세이 알렉산드로비치에게 무엇인가를 청원하러 왔던 관리는 세료자에게도 문지기에게도 흥미로웠다. 세료자는 언젠가 한번 현관에서 그 사람을 보았고, 그가 가련한 목소리로 자기도 아이들도 죽게 될 지경이라고 말하며 문지기에게 아버지와의 면담을 간청하는 것을 들은 적이 있었다.

그후 세료자는 두번째로 현관에서 그를 또 만나게 되어 그에게 흥미를 갖게 됐던 것이다.

"그래서 그 사람은 아주 기뻐했어?" 그가 물었다.

"어찌 기뻐하지 않겠어요! 금방 뛰어오르기라도 할 것처럼 신이 나서 나갔죠."

"그리고 뭐 온 건 없어?" 세료자는 잠시 잠자코 있다가 물었다.

"네, 도련님." 문지기는 고개를 끄덕이면서 나지막한 목소리로 말했다. "백작부인한테서 온 것이 있습니다."

세료자는 문지기가 말하는 것이 백작부인 리디야 이바노브나가 보낸 자기 생일선물이라는 걸 이내 알아챘다.

"뭐라고? 어디에?"

"코르네이가 아버님께 가져갔습니다. 틀림없이 좋은 걸 겁니다!"

"얼마나 크지? 이만해?"

"더 작긴 하지만, 좋은 겁니다."

"책일까?"

"아뇨, 조그마한 뭉치예요. 자, 가보세요, 가보세요. 바실리 루키치가 부르고 계십니다." 문지기는 가까이 오는 교사의 발소리를 듣고, 여전히 자신의 허리띠를 붙들고 있는 장갑이 반쯤 벗겨진 고사리손을 조심스럽게 떼어내며 부니치 쪽으로 끄덕 고갯짓을 하면서 말했다.

"바실리 루키치, 지금 곧 갈게요!" 세료자는 실천가인 바실리 루키치마저 언제나 홀리고 마는 쾌활하고 사랑스러운 미소를 띠고 말했다.

세료자는 너무나 즐거웠고 모든 게 너무나 행복해서, 레트니 사트* 를 산책하면서 백작부인 리디야 이바노브나의 조카딸에게서 들은 기쁜 소식을 친구인 문지기와 나누지 않을 수 없었다. 이 기쁨이 그 관리

---

* 공원 이름. '여름정원'이란 뜻.

의 기쁨이며 장난감을 받았다는 기쁨과 합쳐져 그에게는 특히 중요하게 여겨졌다. 세료자에게는 오늘은 누구나 다 유쾌하고 즐겁게 지내야 하는 날인 것만 같았다.

"그거 알아? 아빠가 알렉산드르 넵스키 훈장을 타셨대."

"어찌 모를 수가 있겠어요! 벌써 모두들 축하하러 오셨는걸요."

"어때, 아빠는 기뻐하셔?"

"폐하의 두터운 은총을 어찌 기뻐하시지 않을 수 있겠어요! 나리께서 공적이 많다는 증거인걸요." 문지기는 엄중하게 정색을 하고 말했다.

세료자는 지극히 세세한 점까지 잘 알고 있는 문지기의 얼굴, 특히 그의 얼굴을 언제나 아래에서만 쳐다본 자기 이외에는 아무도 본 사람이 없을 희끗희끗한 구레나룻 사이로 축 처져 있는 턱을 찬찬히 바라보면서 생각에 잠겼다.

"그래, 할아범 딸은 이제 할아범한테 와 있어?"

문지기의 딸은 발레리나였다.

"평일에 어찌 올 수 있겠어요? 그애도 역시 공부가 있으니까요. 자, 도련님, 도련님도 어서 공부하러 가셔야죠."

자기 방으로 들어가서도 세료자는 공부를 시작하는 대신 자기에게 온 선물은 틀림없이 기계 장난감일 거라고 교사에게 이야기했다. "선생님은 어떻게 생각하세요?" 그가 물었다.

그러나 바실리 루키치는 두시에 올 교사를 위해 문법 예습을 해둬야 한다는 것만 생각하고 있었다.

"알았어요, 네, 그럼 이것만 이야기해줘요, 바실리 루키치." 세료자는 이제 공부하는 책상머리에 앉아 두 손으로 책을 들면서 불쑥 물었다.

"알렉산드르 넵스키 훈장보다 높은 훈장은 뭐예요? 선생님은 우리 아빠가 알렉산드르 넵스키 훈장을 타신 것을 알고 계시죠?"

바실리 루키치는 알렉산드르 넵스키보다 높은 훈장은 블라디미르라고 대답했다.

"그 위는요?"

"가장 높은 것은 안드레이 페르보즈반니 훈장이에요."

"그럼 안드레이보다 높은 것은요?"

"모르겠는걸요."

"어째서 선생님도 모르세요?" 세료자는 두 손으로 턱을 괴고 생각에 잠겼다.

그의 생각은 몹시 복잡하고도 다양했다. 그는 아버지가 조만간 블라디미르 훈장과 안드레이 훈장을 타게 될 거라고, 훈장 덕분에 오늘의 공부 시간에는 아버지가 훨씬 부드러울 거라고, 자기도 크면 모든 훈장을 탈 거라고, 안드레이 위의 훈장이 고안되면 그것도 타버릴 거라고 생각했다. 그런 훈장이 고안되기만 하면 자기는 그만큼의 일을 할 것이고, 그 위의 것이 고안되면 또 그만큼의 일을 할 것이었다.

이러한 공상 속에 시간이 지나갔다. 그래서 교사가 왔을 때에는 시간과 장소와 행동방식을 가리키는 상황어에 대한 공부가 준비되어 있지 않았다. 그러자 교사는 불만스럽게 여겼을 뿐만 아니라 적잖이 열을 냈다. 교사의 이 비탄은 세료자의 마음을 움직였다. 그는 부사를 외우지 않은 것이 자신의 잘못이라고는 여기지 않았다. 아무리 노력해보아도 그는 전혀 그것을 할 수가 없었던 것이다. 교사의 설명을 듣고 있는 동안에는 모두 이해했다고 믿었다. 그러나 혼자가 되자마자 그는 '갑자기' 같은 아주 간단하고 알기 쉬운 말이 행동방식을 가리키는 상황어라는 것을 기억할 수도, 이해할 수도 없었다. 그러나 역시 그는 자기가 교사를 슬프게 했다는 사실이 유감스러웠고, 그를 달래고 싶었다.

그는 교사가 잠자코 책을 보고 있는 순간을 포착했다.

"미하일 이바니치 선생님의 명명일은 언제예요?" 그는 불쑥 물었다.

"도련님은 자기 일이나 생각하고 있는 게 나을 겁니다. 명명일은 이성적인 사람에게는 아무런 의미도 없는 거예요. 그날도 일을 하지 않으면 안 되는, 다른 날과 마찬가지입니다."

세료자는 주의깊게 교사의 얼굴을, 그의 성긴 수염을, 코 위에 낮게 내려온 안경을 바라보았고, 어느 틈에 생각에 잠겨서 교사의 설명이 귀에 들어오지 않았다. 그는 교사가 마음에도 없는 말을 입에 담고 있다는 걸 알았고, 교사의 말투에서 그렇게 느꼈다. '무엇 때문에 모두들 하나같이 똑같은 방법으로 똑같이 지루하고 쓸데없는 것만 이야기하려는 걸까? 무엇 때문에 이 사람은 나와 가까워지지 않으려고 할까? 어째서 나를 귀여워하지 않을까?' 그는 서글프게 자문해보았지만, 그 답을 알아낼 수는 없었다.

27

교사 다음에 아버지와의 공부가 있었다. 아버지를 기다리는 동안 세료자는 탁자 앞에 앉아 주머니칼을 만지작거리면서 생각에 잠겼다. 세료자가 좋아하는 일 중에는 산책 때 어머니를 찾는 것도 있었다. 그는 본래 죽음이라는 것을 믿지 않았으나, 특히 어머니의 죽음은 리디야 이바노브나가 그렇게 이야기했고 아버지가 확인해주었음에도 불구하고 믿을 수가 없었다. 그래서 어머니가 죽었다는 말을 들은 뒤에도 그는 산책을 나가면 항상 어머니를 찾았다. 통통하고 우아하며 머리칼이 검은 부인은 모두 어머니 같았다. 그런 부인만 보면 그의 마음에는 말할 수 없는 부드러운 감정이 복받쳐 숨이 막히고 두 눈엔 눈물이 가득 괴었다. 그는 당장이라도 어머니가 자기 옆으로 다가와서 베일을 올려주기를 기다리곤 했다. 그러면 그 얼굴이 훤히 보이겠지, 어머니는 방그레 웃고 나를 끌어안아주겠지, 나는 그 냄새를 맡고 어머니 손의 부드러움을 느끼며 행복해서 홀쩍홀쩍 울기 시작할 테지. 언젠가 한번 저녁에 어머니 무릎에 누워 있다가 어머니가 간지럼을 태우는 바람에 낄낄거리면서 반지가 여러 개 끼워져 있는 하얀 손을 문 적이 있었던 때와 마찬가지로. 그뒤 유모 입에서 언뜻 어머니가 죽은 것이 아니라는 말을 듣고 나서, 그리고 아버지와 리디야 이바노브나에게서 그분은 나쁜 사람이니까(그는 도저히 그 말을 믿을 수 없었는데, 왜냐하면 어머니를 사랑하고 있었기 때문이다) 그에게는 이미 죽어버린 것이나 다름없다는 말을 듣고 나서도 그는 여전히 어머니를 찾았고 어머니를 기다렸다. 오늘도 그는 레트니 사트에서 보랏빛 베일을 쓴 부인을 보자 그 사람이야말로 어머니일 거라 여기고, 심장이 얼어붙는 것 같은 기분으로 혼자서 오솔길을 걸어 자기 쪽으로 다가오고 있는 그 부인을 지켜보았다. 그러나 그 부인은 그들 옆까지는 오지 않고 어딘가로 자취를 감춰버렸다. 그래서 오늘 세료자는 그 어느 때보다도 어머니에 대한 그리움을 절실히 느꼈다. 지금도 그는 아버지를 기다리면서 모든 것을 다 잊어버린 채 반짝이는 눈으로 찬찬히 앞을 쳐다보고 어머니 생각만 하면서 주머니칼로 탁자의 모서리를 쪼아댔다.

"아버님께서 오십니다!" 바실리 루키치가 그의 공상을 깨뜨렸다.

세료자는 훌쩍 일어나서 아버지에게 가까이 갔다. 그는 아버지의 손에 입을 맞추고 나서, 알렉산드르 넵스키 훈장을 탄 기쁨의 흔적을 찾으면서 주의깊게 아버지의 얼굴을 바라보았다.

"산책은 재미있었니?" 알렉세이 알렉산드로비치는 안락의자에 앉아 구약성서를 자기 앞으로 끌어당겨 펼치면서 말했다. 알렉세이 알렉산드로비치는 세료자에게 기독교인은 모두 성스러운 역사를 잘 알고 있어야 한다고 여러 번 이야기했지만, 정작 자신도 구약성서를 가르치기 위해 자주 그 책을 들여다보아야 했고, 세료자도 이를 눈치채고 있었다.

"네, 참 재미있었어요, 아빠." 세료자는 의자에서 옆으로 돌아앉아, 그런 짓은 금지돼 있었는데도 달가닥달가닥 의자를 흔들면서 말했다. "나, 나덴카를 만났어요(나덴카는 리디야 이바노브나의 집에서 자란 그녀의 조카딸이었다). 나덴카가 나에게 아버지가 새 훈장을 타셨다고 이야기해주었어요. 아빠는 기쁘시죠, 네, 아빠?"

"첫째, 그렇게 의자를 흔들면 안 돼." 알렉세이 알렉산드로비치는 말했다. "둘째, 중요한 것은 상을 타는 것이 아니라 일을 한다는 거야. 그 점을 잘 알아야만 해. 네가 만일 상을 타기 위해서 공부하거나 일을 한다면 무척 괴롭게 느껴질 거야. 그렇지만 네가 무언가를 할 때(이렇게 말하면서 알렉세이 알렉산드로비치는 그날 아침 지루하게 백팔십 장의 서류에 서명하며 오직 의무감만으로 가까스로 자기를 지탱했던 것을 떠올렸다) 그 일을 즐겁게 하기만 하면 자연히 그 속에서 상을 찾아내게 되는 거야."

부드러움과 즐거움으로 반짝이던 세료자의 눈은 빛을 잃고 아버지의 시선 밑으로 떨어져버렸다. 이것은 아버지가 늘 그에게 취하는, 이미 오래전부터 알고 있던 태도였다. 그래서 세료자는 그럴 때 어떻게 비위를 맞춰야 하는지도 알고 있었다. 아버지는 늘 그와 이야기하면서 실제의 세료자와 전혀 닮지 않았고 책 속에나 있을 것 같은, 그가 멋대로 상상한 어린이를 대하는 듯한 태도를 취했다. 세료자에게는 그렇게 느껴졌다. 그래서 세료자도 아버지에게는 늘 그런 책 속에 있는 어린이처럼 꾸며 보이려고 애썼다.

"너도 알고 있겠지, 응?" 아버지가 말했다.

"네, 아빠." 세료자는 가상의 어린이처럼 꾸민 태도로 말했다.

이날의 공부는 복음서 중 몇 편의 시를 외우는 것, 구약성서의 처음 부분을 복습하는 것이었다. 복음서의 시는 세료자도 꽤 잘 알고 있었다. 그러나 그는 한참 시를 외우는 동안 아버지의 관자놀이께에서 가파르게 꺾인 이마뼈에 정신이 팔려 별안간 연결을 잊고 어떤 시구의 끝 구절을 다른 시의 첫 구절과 혼동해버렸다. 알렉세이 알렉산드로비치로서는 아들이 자기가 이야기하고 있는 것의 의미를 이해하지 못했다고 생각할 수밖에 없었고, 이것은 그의 마음을 몹시 애타게 했다.

그는 눈살을 찌푸리고는 세료자가 벌써 귀 아프게 들었던, 그리고 '갑자기'라는 말이 행동방식을 가리키는 상황어라는 것과 마찬가지로 너무나 잘 알고 있기 때문에 오히려 언제나 외울 수 없었던 사실들을 찬찬히 설명하기 시작했다. 세료자는 깜짝 놀란 듯한 눈으로 아버지를 바라보면서 그저 한 가지만을, 지금까지도 이따금 그랬듯이 아버지가 지금 이야기하는 내용을 되풀이하게 하지나 않을까 하는 것만을 생각했다. 이 생각이 세료자의 마음을 심하게 위협했으므로 그는 이제 아무것도 이해할 수 없었다. 그러나 아버지는 자기 설명을 되풀이하게 하지는 않고 구약성서 공부 쪽으로 옮겨갔다. 세료자도 사건 자체는 잘 이야기했으나, 그 사건이 무엇을 나타내고 있는가 하는 문제에 대답해야 할 차례가 되자, 이 공부 때문에 이미 벌을 받은 적이 있었음에도 불구하고 도무지 아무것도 알 수가 없었다. 그가 아무것도 이야기할 수 없어서 어물어물하며 탁자를 칼로 깎기도 하고 의자 위에서 몸을 꼼질거리기 시작한 것은 노아의 홍수 이전의 족장들에 대한 부분에 이르러서였다. 그중에서 그는 살아서 승천했다는 에녹 이외에는 아무도 몰랐다. 이전에는 그 이름들을 외웠으나 지금은 완전히 잊어버리고 말았다. 에녹은 구약성서 중에서 그가 가장 좋아하는 인물이었고 그 에녹이 살아서 승천했다는 것은 그의 머릿속에서 긴 사고의 실마리, 그가 지금 아버지의 시곗줄이며 반만 잠겨 있는 조끼 단추에 눈을 고정시키고 찬찬히 처다보면서 골몰하던 사고의 실마리와 엮여 있기 때문이었다.

사람들이 그에게 자주 이야기하는 죽음이라는 것을 세료자는 전혀 믿지 않았다. 그는 자기가 사랑하는 사람들이 죽는다는 사실을, 특히 자기 자신이 죽는다는 사실을 믿지 않았다. 그에게 그것은 전혀 불가능하고 불가해한 것이었다. 그러나 그는 모든 사람은 죽는다는 말을 들었다. 그래서 그는 자기가 신뢰하는 사람들에게 그것에 대해 물어보기까지 했고, 그들은 그것을 확인해주었다. 유모도 망설이긴 했지만 똑같은 말을 했다. 그러나 에녹은 죽지 않았다. 그러고 보면 누구나 다 죽는 것은 아니다. '그런데 어째서 모든 인간은 하느님에게 인정을 받고 살아서 승천할 수 없는 것일까?' 세료자는 생각했다. 나쁜 인간, 말하자면 세료자가 사랑하지 않는 사람들은 죽어도 상관없지만, 좋은 사람들은 모두 에녹처럼 되어야 할 것이다.

"자, 어떤 족장들이 있었지?"

"에녹, 에노스."

"아냐, 그 사람들은 아까 이야기했어. 좋지 않아, 세료자, 아주 좋지 않아. 만약 네가 기독교인에게 무엇보다도 필요한 것을 외우려고 하지 않는다면," 아버지는 일어서면서 말했다. "넌 도대체 무엇을 할 수 있겠니? 난 너에게 실망했다. 표도르 이그나티치(이 사람은 주임교사였다)도 너에게 실망하고 있어. 난…… 네게 벌을 줘야겠다."

아버지와 교사 둘 다 세료자에게 불만이었고, 실제로 그는 암기에 서툴렀다. 그러나 도저히 그를 저능아라고 말할 수는 없었다. 오히려 교사가 본보기로 내세웠던 아이들보다 훨씬 더 재능이 있었다. 아버지가 보기에 그는 단지 가르쳐준 것을 배우려는 마음이 없는 듯했다. 실제로 그는 그것들을 배울 수가 없었다. 그는 자신의 마음속에 아버지와 교사가 가르치려는 것보다 훨씬 중요한 요구가 있었으므로 그럴 수가 없었던 것이다. 그러한 요구들은 상반된 것이었기에, 그는 정면으로 자신의 교육자들과 충돌하지 않을 수 없었다.

그는 아홉 살, 아직 어린애였다. 그러나 그는 자신의 영혼을 인식하고 있었고, 그것은 그에게 소중해서 그는 마치 눈꺼풀이 눈을 보호하듯이 그것을 지켰고, 사랑이라는 열쇠 없이는 아무도 자신의 영혼 속에 들여놓지 않았다. 그의 교육자들은 그가 배우고 싶어하지 않는다고 투덜거렸지만, 그의 영혼에는 지식욕이 가득차 있었다. 그래서 그는 카피토니치, 유모, 나덴카, 바실리 루키치에게서 배웠지만, 교사들에게서는 배우지 않았다. 아버지와 교사가 자신들의 물레방아를 돌리기 위해 기다리던 물은 이미 오래전에 새어나가 다른 수로에 흐르고 있었던 것이다.

아버지는 벌로 세료자를 리디야 이바노브나의 조카딸인 나덴카한테 놀러가지 못하게 했다. 그러나 이 징벌은 세료자에게는 오히려 잘된 일이었다. 바실리 루키치는 기분이 좋아서 그에게 풍차 만드는 법을 가르쳐주었다. 그날 저녁 내내 그는 풍차 만드는 일과 어떻게 하면 자기가 올라타고 뱅뱅 돌 풍차를 만들 수 있을까, 두 손으로 날개를 붙들어야 할 것인가, 아니면 자신의 몸을 풍차에 꽁꽁 동여매고 돌아야 할 것인가 하는 공상 속에서 지냈다. 세료자는 그날 저녁 내내 어머니에 대해서는 생각하지 않았지만, 잠자리에 들자 갑자기 그녀가 떠올랐고, 어머니가 내일 자기 생일에는 숨는 것을 그만두고 자기에게로 와달라고 빌었다.

"바실리 루키치, 오늘밤 내가 평소에 비는 것 외에 무엇을 더 빌었는지 아세요?"

"공부를 더 잘하게 해달라고겠죠?"

"아니요."

"그럼 장난감?"

"아뇨. 아마 모르실 거예요. 아주 좋은 일이지만, 비밀이에요! 그것이 이루어지면, 그때 이야기할게요. 그래도 모르시겠어요?"

"네, 모르겠군요. 나중에 말해주시죠." 바실리 루키치는 좀처럼 보인 적이 없는 미소를 띠고 말했다. "자, 주무세요, 촛불을 끄겠습니다."

"그렇지만 촛불이 없어도 내가 보는 것이며 기도하고 있는 것이 난 잘 보이는걸요. 아아, 하마터면 비밀을 말할 뻔했네!" 세료자는 쾌활하게 웃으며 말했다.

촛불을 가지고 나가자 세료자는 어머니의 목소리를 듣고 어머니의 모습을 느꼈다. 그녀는 그의 베개맡에 서서 사랑에 찬 눈으로 그를 어루만져주었다. 그러나 풍차며 주머니칼이 나타나더니 모든 것이 뒤범벅돼버렸고, 그는 잠이 들었다.

28

페테르부르크에 오자 브론스키와 안나는 일류 호텔 가운데 하나에 묵었다. 브론스키는 혼자 아래층에, 안나는 어린애며 유모와 하녀와 함께 네 칸으로 돼 있는 위층의 큼직한 방에.

도착한 그날 브론스키는 곧바로 형을 찾아갔다. 거기서 그는 볼일이 있어 모스크바에서 와 있던 어머니를 만났다. 어머니와 형수는 여느 때처럼 그를 맞았다. 그들은 그에게 외국여행에 대해 묻기도 하고, 지인에 대해 이야기하기도 했다. 그러나 그와 안나의 관계에 대해서는 한마디도 하지 않았다. 그러나 형은 이튿날 아침 브론스키를 찾아와 자기쪽에서 먼저 그녀에 대해 물었다. 알렉세이 브론스키는 솔직히 자기는 카레니나와의 관계를 결혼과 마찬가지로 보고 있다, 자기는 이혼이 성사되기를 바라고 있으며 그때에는 그녀와 결혼할 것이다, 그러나 그때까지도 다른 모든 아내와 마찬가지로 버젓한 자신의 아내로 여기고 있다, 그러니 어머니에게도 형수에게도 그렇게 전해주었으면 한다고 말했다.

"설사 세상에서 이러쿵저러쿵한다 해도 전혀 개의치 않아." 브론스키는 말했다. "그러나 집안사람들이 나와 친척관계를 유지하고 싶다면, 내 아내와도 같은 관계를 맺어야 할 거야."

언제나 아우의 판단을 존중했던 형도 세상이 이 문제를 해결하기 전에는 그가 옳은지 어떤지를 잘 알 수 없었지만, 자기 개인으로서는 그에게 반대할 아무런 이유도 없었으므로 알렉세이와 함께 안나에게로 갔다.

브론스키는 형 앞에서도 다른 사람들 앞에서와 마찬가지로 안나를 당신이라고 부르며 다정한 친지를 대하는 태도를 취함으로써, 형이 두 사람의 관계를 알고 있다는 것을 넌지시 알렸고, 안나가 브론스키의 영지로 갈 거라는 이야기도 언급했다.

브론스키는 사교계에서 쌓은 충분한 경험에도 불구하고 자기가 현재 처해 있는 새로운 상황 때문에 기묘한 착각에 빠져 있었다. 그는 자기와 안나에게 사교계의 문이 닫혀 있다는 사실을 알았어야 했지만, 지금 그의 머릿속에는 그런 것은 옛날에 한한 얘기다, 지금처럼 급격히 진보하는 시대에는(그는 이제 자신을 위해 무의식중에 모든 진보의 편이 돼 있었다) 사회의 견해도 완전히 일변하고 있다, 자신들이 사교계에 받아들여질지 어떨지는 아직 결정된 문제가 아니다, 라는 다소 애매한 생각이 떠올랐다. '물론,' 그는 생각했다. '궁정사회는 받아주지 않겠

지. 그러나 가까운 사람들은 당연히 이해해줄 것이고 또 이해하지 않으면 안 될 것이다.'

사람은 언제든 원할 때 자세를 바꿀 수 있다는 것을 알고 있을 경우에는 똑같은 자세로 다리를 꼰 채 몇 시간이고 앉아 있을 수 있다. 그러나 만일 다리를 꼰 상태로 언제까지나 앉아 있어야 한다는 사실을 알았을 때에는 경련이 일어나고 발에 쥐가 나고 다리를 뻗고 싶은 쪽으로 마음이 온통 쏠리게 될 것이다. 이와 똑같은 감정을 브론스키는 사회에 대해 느꼈다. 그는 마음속으로 사회의 문이 자기들 앞에서 닫혀 있다는 것을 알고 있었지만 정말 사회가 변하지 않았는지 어떤지, 자기들을 받아들여주지 않을지 어떤지를 시험해보지 않을 수 없었다. 그러나 그는 금세 사회의 문이 자기에게는 열려 있지만, 안나에게는 닫혀 있다는 것을 알았다. 쥐와 고양이 놀이처럼, 그를 위해 올려졌던 손이 안나 앞에서는 곧바로 내려지고 마는 것이었다.

페테르부르크 사교계의 부인들 가운데 브론스키가 맨 먼저 만난 사람은 사촌누이 벳시였다.

"마침내 돌아왔군요!" 그녀는 기쁜 듯이 그를 맞았다. "안나는요? 정말 반가워요! 어디 머물고 있어요? 재미있는 여행을 하고 난 뒤라 이 페테르부르크가 몸서리나게 여겨지겠죠. 로마에서 보낸 당신네 신혼여행이 얼마나 멋졌을지 눈에 선해요. 이혼은 어떻게 됐나요? 이제 완전히 끝난 건가요?"

브론스키는 이혼이 아직 이루어지지 않았다는 말을 듣자마자 벳시의 태도가 미지근해진 것을 알아챘다.

"세상은 나에게 돌을 던지겠죠, 그건 나도 알고 있어요." 그녀는 말했다. "그러나 난 안나를 만나러 가겠어요. 그래요, 꼭 가겠어요. 당신들은 여기에 그리 오래 있지는 않겠죠?"

그리고 정말로 그녀는 그날 바로 안나를 방문했다. 그러나 그녀의 태도는 이미 전과 같지 않았다. 그녀는 분명 자신의 대담함을 자랑하고 있었고, 안나가 그녀의 우정이 얼마나 두터운지 알아주기를 바라고 있었다. 그녀는 사교계의 새로운 사건들을 이야기해주었지만, 겨우 십 분 남짓밖에 머물지 않고는 떠나면서 이렇게 말했다.

"당신은 나에게 언제 이혼할 건지 말해주지 않았어요. 물론 나 같은 사람은 전혀 신경쓰지 않지만 말이에요. 세상의 완고한 사람들은 당신들이 결혼하기 전에는 당신들한테 냉담하게 대할 거예요. 게다가 그런 일은 이젠 아주 간단히 처리되니까 말이에요. 문제없어요. 그럼 당신은 금요일에 떠나시겠군요? 이제 한번 더 만나긴 어려울 테니 유감이군요."

벳시의 어조를 통해 브론스키는 사회에 무엇을 기대해야 할지 짐작할 수 있었을 것이다. 그러나 그는 자신의 가족을 상대로 또다시 시험을 해보았다. 어머니에게는 그도 기대를 걸지 않았다. 그는 처음 안나와 알게 되었을 때에는 그처럼 기뻐 어찌할 바를 모르던 어머니가 지금에 와서는 자기 아들의 출세에 장애가 됐다는 이유로 안나에게 완전히 가차없는 마음이 돼 있다는 것을 알고 있었다. 그러나 그는 형수인 바랴에게는 큰 기대를 걸고 있었다. 그녀만은 돌을 던지지 않고 순수하고 과단성 있는 태도로 안나를 찾아오기도 하고 그녀를 받아들여주기도 하리라고 여겼다.

도착한 이튿날 그녀를 찾아간 브론스키는 그녀가 마침 혼자 있는 것을 발견하고 솔직히 자신의 희망을 밝혔다.

"이봐, 알렉세이." 그녀는 그의 말을 다 듣고 나서 말했다. "당신도 내가 당신을 얼마나 사랑하는지, 당신을 위해선 무슨 짓이든 할 생각이라는 것을 알 거야. 그렇지만 난 내가 당신에게도 안나 아르카디예브나에게도 아무런 도움이 되지 못하리라는 걸 알기 때문에 잠자코 있었어." 그녀는 특히 힘을 주어 '안나 아르카디예브나'를 발음했다. "정말 내가 당신네를 비난한다고는 생각하지 마. 결코 그런 일은 없을 테니까. 아마 나도 그녀와 같은 입장이라면 똑같이 행동했을 거야. 난 일일이 간섭하지도 않을 것이고 또 간섭할 수도 없어." 그녀는 그의 어두운 얼굴을 조심스럽게 살피면서 말했다. "하지만 모든 일에는 저마다 그에 합당한 태도가 있는 거야. 당신은 내가 그녀를 찾아가고, 또 그녀를 집으로 초청하도록, 그래서 그녀가 사교계에서 부활하도록 해주길 바랄 테지만 나로서는 그렇게 할 수 없다는 것을 알아줘야 해. 내 딸들도 점점 커가고 있고. 게다가 또 나는 사교계에서는 남편을 위해 활동하지 않으면 안 될 몸이니까. 난 아무튼 안나 아르카디예브나에게 가기는 하겠어. 그러면 그녀도 내가 집으로 부를 수 없는 까닭을 이해할 거야. 또 그렇게 하는 것은 그녀를 이상한 눈으로 보는 사람들과 만나지 않도록 하기 위해서라는 것도 알아줄 거야. 그런 일을 하는 것은 오히려 그녀를 모욕하는 것이니까. 그러니까 나는 도저히 그녀를 맞아들일 수는 없어……"

"그래, 그러나 나는 당신이 지금 맞아들이고 있는 몇백 명의 부인들보다 그녀가 더 타락했다고는 생각하지 않아!" 브론스키는 더 어두워진 얼굴을 하며 그녀의 말을 가로막았고, 형수의 결심이 바뀌지 않으리라는 것을 알고 묵묵히 일어섰다.

"알렉세이! 부디 나한테 화를 내지는 말아줘. 내겐 잘못이 없다는 것을 이해해줘." 바랴는 조심스럽게 미소를 띠고 그의 얼굴을 쳐다보면서 말했다.

"난 당신에게 화를 내진 않아." 그는 여전히 침울한 어조로 말했다. "그러나 이 일은 내게 이중의 쓰라림을 느끼게 하는군. 이 일이 우리의 우정에 금이 가게 하리라는 사실이 또하나의 쓰라림이지. 설사 깨져버리는 일은 없을지라도, 약해질 것은 분명하니까. 나로서도 이에 대해선 달리 어떻게 할 수 없다는 것을 당신도 잘 알겠지."

이 말과 함께 그는 그녀의 집에서 떠났다.

브론스키는 더이상의 시도는 무익하다는 것과 앞으로 남은 며칠간 견디기 어려운 불쾌와 굴욕을 받지 않기 위해서는 이전 사교계와의 모든 관계를 피하면서 마치 낯선 도시에 있는 것처럼 지내야 한다는 것을 깨달았다. 페테르부르크에 머물면서 가장 불쾌한 일 중 하나는 어디에나 있는 것처럼 느껴지는 알렉세이 알렉산드로비치와 그의 이름이었다. 이야기가 알렉세이 알렉산드로비치에게 이르지 않도록 하려면 무슨 일에 대해서도 이야기를 시작할 수 없었고, 또 그와 마주치지 않으려면 아무데도 갈 수 없었다. 적어도 브론스키에게는 그렇게 여겨졌다. 마치 손가락을 앓고 있는 사람이 일부러 그러기라도 하는 양 그 아픈 손가락만 무엇인가에 자꾸 부딪히는 것 같은 기분이 들었다.

페테르부르크 체류가 브론스키에게 더욱 괴롭게 여겨진 것은, 그동안 내내 안나가 무언가 그로서는 이해할 수 없는 새로운 기분에 젖어 있다는 느낌이 들었기 때문이다. 그녀는 어떤 때는 그에게 홀딱 반해

있는 것처럼 보이기도 하고, 또 어떤 때는 갑자기 냉담하고 까다로워
져서 짐작할 수 없는 사람이 돼버렸다. 그녀는 무언가로 괴로워하면서
무언가를 그에게 숨겼으며, 그의 생활을 해치고 있고, 미묘한 이해력을
가진 그녀에게는 더욱 괴로웠을 그런 굴욕에도 전혀 신경쓰지 않는 것
처럼 보였다.

29

안나가 러시아에 돌아온 목적 가운데 하나는 아들을 만나는 것이었
다. 이탈리아를 떠났던 그날부터 아들을 만난다는 생각은 한순간도 그
녀의 마음을 떠나지 않았다. 그리고 페테르부르크에 가까워질수록 아
들과 만나는 일의 기쁨과 중대성이 더욱더 크게 다가왔다. 그녀는 어떤
방법으로 만날 것인가 하는 문제에 대해서는 전혀 마음을 쓰지도 않았
다. 자기가 아들이 있는 도시로 가면 아주 자연스럽고 당연하게 아들을
만날 수 있을 거라고 여겼던 것이다. 그러나 페테르부르크에 도착하고
나자 그녀에게는 갑자기 현재 자신의 사회적 처지가 또렷이 드러났고,
아들을 만나는 것도 그리 쉬운 일이 아님을 알게 되었다.

그녀는 벌써 이틀을 페테르부르크에서 지냈다. 아들에 대한 생각은
한순간도 그녀의 머리에서 떠나지 않았지만, 그녀는 아직 아들을 만나
지 못했다. 알렉세이 알렉산드로비치와 마주칠지도 모를 집으로 곧장
가자니 자기에게는 그럴 권리가 없는 것 같은 느낌이 들었다. 아예 들
여보내주지도 않는 모욕을 당할지도 몰랐다. 편지를 써서 남편과 어떤

교섭을 갖는다는 것은 생각만 해도 괴로운 일이었다. 그녀는 남편에 대해 생각하지 않을 때에만 겨우 조용한 마음으로 있을 수 있었다. 아들이 언제 어디로 산책하러 나가는지를 알아내서 살짝 보고 온다는 것은 그녀에겐 너무나 아쉽게 느껴졌다. 그만큼 그녀는 그 만남을 기대했으며, 그만큼 이야기할 것이 많았고, 그만큼 그를 끌어안아 키스해주고 싶은 생각이 간절했다. 세료자의 나이 많은 유모가 있었다면 그녀에게 도움을 주고 어떻게든 방법을 찾아주었을 테지만, 이제 그 유모는 알렉세이 알렉산드로비치의 집에 없었다. 이처럼 망설이고 유모를 찾아다니는 사이에 벌써 이틀이 지나버렸다.

알렉세이 알렉산드로비치와 백작부인 리디야 이바노브나가 친근한 관계라는 말을 듣고 사흘째에 안나는 자기로서는 굉장히 고통스러운 편지를 그녀에게 쓰기로 결심했고, 편지에 자기가 아들을 만나게 되는 것은 오직 남편의 관대한 마음에 달려 있다는 내용을 일부러 적어넣었다. 남편이 편지를 보게 된다면, 그는 관대한 사람의 역할을 계속할 양으로 그녀의 요구를 물리치지는 않으리라는 걸 알고 있었기 때문이다.

편지를 가지고 갔던 호텔 급사는 답장이 없었다는 지극히 참혹하고 예기치 않았던 답을 그녀에게 가져다주었다. 그래서 그 급사를 방으로 불러 그가 오랫동안 기다린 끝에 '답장은 없을 것'이라는 말을 들었을 때의 상황을 상세히 들은 순간처럼 그녀가 심한 굴욕을 느낀 적은 없었다. 안나는 콧대가 꺾이고 짓밟힌 자신을 느꼈지만, 백작부인 리디야 이바노브나의 입장에서는 정당한 행동임을 알고 있었다. 그녀의 슬픔은 그것을 혼자서 견뎌나가지 않으면 안 된다는 점에서 더욱 강렬한 것이었다. 그녀는 그 슬픔을 브론스키와 나누어 가질 수 없었고 나누어 갖고 싶지도 않았다. 그가 자기 불행의 주요한 원인이었음에도 불구하고 그에게는 자기가 아들을 만나는 문제 같은 것은 지극히 사소하게 여겨지리라는 것을 알고 있었다. 그는 절대 그녀가 겪는 고통의 깊이를 완전하게 이해할 수 없다는 것을 알고 있었다. 또한 이것을 문제삼으면 그때 그가 보일 냉담한 태도로 인해 자기가 틀림없이 그를 미워하게 되리라는 것도 알고 있었다. 그녀는 그렇게 되는 것을 세상의 무엇보다도 가장 두려워해서 아들에 관해서는 모든 것을 그에게 숨겼다.

온종일 방에 들어박혀 아들과 만날 방법을 생각해낸 나머지 그녀는 드디어 남편에게 편지를 쓰기로 결심했다. 그녀가 막 그 편지를 다 썼을 때 리디야 이바노브나가 편지를 보내왔다. 백작부인의 침묵은 그녀의 마음을 가라앉히고 유순하게 했지만, 그 편지는 행간에서 읽을 수 있는 모든 구절이 그녀를 너무나 화나게 했고, 거기에 담긴 악의가 그녀의 아들에 대한 치열하고 정당한 부드러운 정에 비해 너무나 모질게 여겨졌으므로, 그녀는 자연히 타인에 대한 반항에 몸을 맡기고 자기를 책망하는 것을 그쳐버렸다.

'이러한 매정함은, 감정을 위장한 것이다.' 그녀는 자기에게 말했다. '그 사람들은 그저 나를 모욕하고 어린애를 괴롭히기만 하면 그만이다! 그런데도 나는 그 사람들에게 복종하지 않으면 안 된다! 어림도 없다! 그녀는 나보다 나쁜 사람이다. 난 적어도 거짓말은 하지 않는다.' 그래서 그녀는 내일, 바로 세료자의 생일에 직접 남편 집으로 찾아가 하인들을 매수하든 속이든 무슨 수를 써서라도 아들을 만나고 이 불행한 아이를 둘러싼 그 가증스러운 허위를 깨뜨려버리겠다고 결심했다.

그녀는 장난감가게로 마차를 몰아 장난감을 많이 산 다음, 자신이 취할 수단에 대해 궁리했다. 아침 일찍, 알렉세이 알렉산드로비치가 아직 일어나지 않았을 시간인 여덟시에 그곳에 도착할 것이다. 문지기나 하인들이 자기를 안으로 들여보내게끔 그들에게 쥐여줄 돈을 미리 수중에 준비할 것이다. 베일은 벗지 않은 채 세료자의 대부代父에게 부탁을 받고 축하하러 왔으며, 그 아이의 침대 옆에 장난감을 놓고 오도록 의뢰를 받았노라고 이야기할 것이다. 그녀는 아들에게 이야기할 말만은 따로 준비하지 않았다. 아무리 생각해도, 그것만은 전혀 떠오르지 않았던 것이다.

이튿날 아침 여덟시에 안나는 혼자 삯마차에서 내려 한때는 자기 집이었던 저택의 커다란 현관에서 벨을 울렸다.

"빨리 가서 무슨 일인가 알아봐. 어느 댁 부인 같으니까." 아직 옷도 걸치지 않고 외투에 슬리퍼 바람이던 카피토니치는 문 바로 옆에 서 있는 베일을 쓴 귀부인을 창문으로 내다보면서 말했다.

안나에게는 낯선 젊고 귀여운 문지기 조수가 문을 열어주자마자, 그녀는 얼른 안으로 들어서면서 머프 속에서 삼 루블 지폐를 꺼내 그의 손에 살짝 쥐여주었다.

"세료자…… 세르게이 알렉세이치."* 그녀는 이렇게 말하고 안으로 들어가려고 했다. 지폐를 살펴보던 문지기 조수는 두번째 유리문께에서 그녀를 멈춰 세웠다.

"어느 분께 볼일이 있으십니까?" 그가 물었다.

그녀는 그의 말을 듣지 못했고, 그래서 아무 대꾸도 하지 않았다.

---

* 세료자는 애칭이고 세르게이가 본명. 일부러 점잖게 고쳐 부른 것이다.

낯선 부인의 당황한 태도를 보고 카피토니치가 직접 그녀에게로 다가왔다. 그는 그녀를 두번째 문 안으로 들어오게 하고 무슨 볼일인가를 물었다.

"스코로두모프 공작의 부탁으로 세르게이 알렉세이치를 보러 왔습니다." 그녀가 말했다.

"아직 일어나시지 않았습니다." 주의깊게 그녀를 바라보면서 문지기는 대답했다.

안나는 자기가 구 년 동안 살았던 이 집의 조금도 변하지 않은 현관의 모습이 이렇게까지 강렬하게 자신의 마음을 움직이리라고는 전혀 예상치 못했다. 기쁘고도 괴로운 회상이 꼬리를 물고 그녀의 마음속에 끓어올랐다. 순간 그녀는 자기가 무엇 때문에 여기에 왔는지마저 잊어버렸다.

"잠시 기다려주시겠습니까?" 카피토니치는 그녀가 털외투를 벗는 것을 거들면서 말했다.

외투를 받아들고 나서 힐끔 그녀의 얼굴을 들여다본 카피토니치는 그녀가 안나라는 것을 알아보았다. 그는 묵묵히 허리를 굽혀 절을 했다.

"들어가시죠, 마님." 그는 그녀에게 말했다.

그녀는 무언가 이야기하고 싶었지만, 목소리가 그 어떤 울림을 내는 것도 거부했다. 겸연쩍고 애원하는 듯한 시선을 힐끔 노인에게로 던지고 그녀는 민첩하고 가벼운 걸음걸이로 층계를 올라갔다. 카피토니치는 그녀를 앞지르려고 애쓰면서, 몸뚱이를 앞으로 구부리고 슬리퍼를 층계에 부딪히면서 그녀의 뒤를 쫓아왔다.

"거기에는 선생님이 계십니다. 아직 옷을 입지 않으셨을 겁니다. 제가 여쭙겠습니다."

안나는 노인의 말을 듣는 둥 마는 둥 낯익은 층계를 계속해서 올라갔다.

"이쪽입니다, 왼편이에요. 어질러져 있어서 정말 죄송합니다. 도련님은 지금은 예전에 소파가 있던 방에 계십니다." 문지기는 헐떡거리면서 말했다. "죄송합니다만 마님, 잠깐만 기다려주시죠, 제가 좀 들여다보고 오겠습니다." 그는 말하더니 그녀를 앞질러 높다란 문을 조금 열고 그 속으로 숨어버렸다. 안나는 발을 멈추고 기다렸다. "막 잠을 깨셨습니다." 문지기는 되짚어 나오면서 말했다.

문지기가 이렇게 이야기한 바로 그때, 안나는 아이의 하품소리를 들었다. 그 하품소리만으로도 그녀는 자기 아들이라는 것을 알았고, 눈앞에 생생하게 아들의 모습이 보이는 듯했다.

"들어가게 해줘, 들어가게 해줘, 저리 가!" 그녀는 외치고서 높다란 문 안으로 들어갔다. 문에서 오른쪽에 침대가 놓여 있었고, 침대 위에는 단추를 풀어헤친 루바시카 바람의 사내아이가 일어나 앉아 작은 몸을 앞으로 구부리고 기지개를 켜면서 하품을 하고 있었다. 그 입술이 다물어진 순간 아이는 행복하고 졸린 듯한 미소를 띠었고, 그 미소와 더불어 다시 천천히 즐겁게 벌렁 드러누워버렸다.

"세료자!" 그녀는 소리 나지 않게 아들 옆으로 다가가며 속삭였다.

그와 헤어져 있는 동안, 그리고 더욱 강하게 사랑의 충만을 느끼는 최근까지도, 그녀는 자기가 가장 좋아했던 네살배기 어린애로 아들을 마음속에 그리고 있었다. 그러나 지금 그는 그녀가 떼놓고 집을 나갔던 때와는 모습이 완전히 달라져 있었다. 적어도 네 살 무렵의 그와 비교해보면 키만 훌쩍 크고 좀더 야위었다. 아니, 이게 뭐람! 어쩌면 저렇게 얼굴이 핼쑥하담! 왜 저리 머리는 짧고! 어쩌면 저렇게 손은 길담! 내가 떼놓고 간 뒤로 어쩜 이리 달라졌담! 그러나 분명 세료자였다. 독특한 두상, 입술, 부드러운 목, 넓은 어깨.

"세료자!" 그녀는 아이의 귓전에다 입을 대고 되풀이했다.

그는 다시 팔꿈치를 짚고 일어나 무언가를 찾기라도 하는 듯 머리칼이 엉클어진 머리를 두리번거리다가 겨우 눈을 떴다. 몇 초 동안 그는 조용히 자기 앞에 꼼짝 않고 서 있는 어머니를 의아한 듯 찬찬히 쳐다보다가 별안간 자못 행복한 듯 빵긋 웃고, 다시 졸린 눈을 감으며 쓰러졌다. 그러나 이번에는 뒤쪽이 아니라 그녀 쪽으로, 그녀의 손 쪽으로 쓰러졌다.

"세료자, 내 귀염둥이!" 그녀는 숨을 가쁘게 내쉬며 두 손으로 그의 통통한 몸을 껴안으면서 말했다.

"엄마!" 그는 자신의 온몸을 그녀의 손에 갖다붙이려는 듯 그녀의 손 안에서 꼼지락대면서 말했다.

여전히 눈은 감은 채 졸린 듯 미소 지으면서 그는 포동포동하고 귀여운 손을 침대의 등에서 떼어 그녀의 어깨에 걸치고, 아이들 특유의 달콤하고 나른한 냄새와 온기로 그녀를 감싸면서 그녀에게로 굴러와 그 목이며 어깨에 얼굴을 문질러댔다.

"난 알고 있었어." 눈을 뜨면서 그는 말했다. "오늘은 내 생일이잖아. 난 엄마가 올 줄 알았어. 나 곧 일어날게."

이렇게 말하고 그는 또 잠이 들었다.

안나는 정신없이 그를 바라보았다. 그녀는 자기가 없는 동안 그가 얼마나 컸으며 얼마나 변했는지를 깨달았다. 그녀는 담요 밖으로 나와 있는, 지금은 이토록 커버린 그의 맨다리를 알아볼 수 있을 것도 같고 없을 것도 같았지만, 약간 야윈 듯한 볼이며 그토록 자주 입을 맞추었던 목덜미 위로 짧게 깎인 고수머리는 분명히 기억이 났다. 그녀는 그 모든 것들에 손을 대보았고 아무 말도 할 수 없었다. 눈물로 목이 메었다.

"왜 울어, 엄마?" 완전히 잠이 깨자 그는 물었다. "엄마, 왜 울어?" 그는 목멘 소리로 외쳤다.

"내가? 이제 안 울게…… 엄마는 너무 기뻐서 우는 거야. 정말 오랫동안 만나지 못했잖니. 이제 안 울어." 그녀는 눈물을 삼키고 얼굴을 돌리면서 말했다. "자, 이제 옷 갈아입을 시간이야." 그녀는 정신을 차리고 잠시 잠자코 있다가 덧붙였고, 그의 손은 놓지 않고 그의 옷이 준비돼 있던 침대 옆 의자에 앉았다.

"엄마가 없을 때는 어떻게 옷을 입지? 어떻게……" 그녀는 단순하고 쾌활하게 이야기를 시작하려고 했으나 그럴 수 없었다. 그녀는 다시 얼굴을 돌려버렸다.

"난 찬물로 씻지 않아, 아빠가 그러지 말라고 했으니까. 엄마는 바실리 루키치 모르지? 이제 곧 올 거야. 아아, 엄마는 내 옷 위에 앉았어!" 세료자는 소리 내어 웃었다.

그녀는 그의 얼굴을 바라보고 있다가 저도 모르게 미소를 지었다.

"엄마, 사랑하는 엄마!" 그는 또다시 그녀에게 몸을 던져 그녀를 껴안으면서 외쳤다. 그는 지금에야 그녀의 미소를 보고 무슨 일이 일어난 것인지 분명히 안 것 같았다. "이런 건 필요 없어." 그는 그녀의 머리에서 모자를 벗기면서 말했다. 모자가 벗겨지자 그는 새로이 그녀를 보기라도 한 것처럼 또다시 그녀에게 키스하려고 달려들었다.

"그런데 세료자, 넌 엄마에 대해 어떻게 생각하고 있었지? 엄마가 죽어버렸다고는 생각하지 않았니?"

"난 그런 건 믿지 않았어."

"믿지 않았다고, 아가?"

"난 알고 있었어, 난 알고 있었어!" 그는 자기가 좋아하는 말을 되풀이했다. 그리고 그의 머리를 쓰다듬는 그녀의 손을 움켜잡아 손바닥을 자기 입에다 갖다대고 입을 맞췄다.

30

한편 바실리 루키치는 처음에는 이 귀부인이 누군지 몰랐으나 세료자와 이야기하는 투로 보아 남편을 버리고 집을 나간, 자기는 그녀가 떠난 뒤 이 집에 들어왔기 때문에 알 수 없었던 어린애의 어머니가 틀림없다는 것을 알고 나서 안으로 들어가야 할지 기다려야 할지, 아니면 알렉세이 알렉산드로비치에게 알려야 할지 망설였다. 그러나 마침내 자신의 의무는 일정한 시간에 세료자를 일어나게 하는 것이다, 그러므로 거기에 누가 있든, 어머니든 남이든 자기로서는 전혀 가릴 것이 없다, 자기는 그저 자신의 의무를 수행하면 그만이다, 이렇게 생각하고옷을 갈아입은 후 문 쪽으로 다가가서 문을 열었다.

그러나 어머니와 아들의 애무, 그들의 목소리의 울림, 그들이 이야기하는 내용, 이 모두가 그로 하여금 마음을 돌릴 수밖에 없게 했다. 그는 고개를 젓고 한숨을 토하며 문을 닫았다. '십 분만 더 기다려야겠다.' 그는 기침을 하고 눈물을 닦으면서 속으로 생각했다.

하인들 사이에서도 그동안 격렬한 동요가 일어났다. 모두들 부인이 왔다는 것, 카피토니치가 그녀를 들여보냈다는 것, 그리고 그녀가 지금 아이방에 있다는 것을 알고 있었다. 그러나 한편 주인은 언제나 여덟 시 넘어서 몸소 아이방에 들른다는 걸 알고 있었기 때문에 모두들 이 부부를 만나게 해서는 안 된다는 것, 어떻게든 막지 않으면 안 된다는 것을 알고 있었다. 시종 코르네이는 문지기방으로 내려가서 누가 어떻게 그녀를 들여보냈는지 물었다. 카피토니치가 응대하고 그녀를 안내했다는 것을 알고 그는 이 노인을 나무랐다. 문지기는 끈질기게 침묵을 지켰으나 코르네이가 이 일로 그를 쫓아내겠다고 말하자, 카피토니치는 코르네이에게 달려들어 그의 눈앞에서 두 손을 내두르면서 고함을 질렀다.

"그래, 너 같으면 들여보내지 않았을 거야! 그렇지만 십 년이나 섬기면서 난 온정밖에 받은 게 없어. 너 같으면 지금이라도 끄덕끄덕 올라가서 자, 나가주십쇼 하고 말하겠지! 넌 세상을 살아가는 것이 아주 능란하니까! 암, 그럴 거야! 너도 조금은 자기 꼴을 생각해보는 게 좋을 거야. 주인을 속이고 너구리털 외투를 훔쳐내는 주제에!"

"이 졸병놈아!" 코르네이는 얕잡듯이 말하고 나서 마침 그곳에 들어온 유모를 돌아보았다. "자, 한번 생각해보세요, 마리야 예피모브나. 이 녀석이 글쎄 마님을 들여놓고도 모두에게 입을 딱 다물고 있었단 말이오." 코르네이는 그녀를 보고 말했다. "그런데, 알렉세이 알렉산드로비치는 이제 곧 방을 나와서 아이방으로 가실 게 아니냔 말이오!"

"큰일났군, 큰일났어!" 유모가 말했다. "당신은 말예요, 코르네이 바실리예비치, 어떻게든 주인어른을 붙잡아둬요. 난 뛰어가서 마님을 돌려보낼 테니. 큰일났군, 큰일났어!"

유모가 아이방으로 들어갔을 때 세료자는 어머니에게 나덴카와 함께 썰매로 언덕을 미끄러져 내려오다가 넘어져서 세 차례나 곤두박질했던 이야기를 하고 있었다. 그녀는 그의 목소리의 울림을 듣고 그의 얼굴과 표정의 변화를 바라보고 그 손을 만져보기도 했으나, 그가 이야기하는 것은 조금도 머리에 들어오지 않았다. 자기는 이제 나가야 한다는 것, 이 아이를 두고 가지 않으면 안 된다는 것, 그녀는 오직 그것만을 생각하고 느끼고 있었던 것이다. 그녀는 문으로 다가온 바실리 루키치의 발소리와 헛기침소리도 들었고, 다가오는 유모의 발소리도 들었다. 그러나 그녀는 무슨 말을 꺼낼 기운도 없고 일어설 기운도 없어서 그저 가만히 화석이 된 사람처럼 앉아 있었다.

"마님, 우리 마님!" 유모는 안나에게 다가가서 그 손과 어깨에 키스하면서 말을 꺼냈다. "하느님께서 도련님 생일에 정말 기쁜 선물을 주셨습니다. 마님은 조금도 변하지 않으셨군요."

"아아, 유모, 아직 집에 있는 줄은 몰랐어요." 안나는 순간 정신을 차리고 말했다.

"여기 살진 않아요, 딸하고 같이 살아요. 오늘은 축하하러 왔습니다, 안나 아르카디예브나, 우리 마님!"

유모는 갑자기 울음을 터뜨리고 또다시 그녀의 손에 키스했다.

세료자는 눈을 빛내면서 미소를 띤 채 한 손으로는 어머니를, 다른 한 손으로는 유모를 붙잡고 맨살이 드러난 통통한 귀여운 발로 양탄자 위를 쿵쿵 굴렀다. 좋아하는 유모가 어머니에게 다정히 대하는 모습을 보고 기뻐서 어쩔할 바를 몰랐던 것이다.

"엄마! 유모는 나한테 곧잘 와줘, 그리고 오면 말이야……" 그는 말을 꺼내려다가, 유모가 귓속말로 어머니에게 뭔가 이야기하는 것과 어머니의 얼굴에 놀라움과 어머니에게는 별로 어울리지 않는 부끄러움 비슷한 표정이 나타난 것을 보고 말을 멈췄다.

그녀는 그에게로 다가갔다.

"아가!" 그녀가 말했다.

그녀는 안녕이라고 말할 수 없었지만, 그녀의 얼굴은 말하고 있었고, 그도 그것을 깨달았다. "귀여운, 귀여운 쿠티크!" 그녀는 어렸을 때 불렀던 이름으로 그를 불렀다. "넌 날 잊지 않겠지? 넌……" 그러나 그녀는 더이상 말을 잇지 못했다.

나중에야 그녀는 그때 아들에게 할 수 있었던 말을 얼마나 많이 생각해냈는지 모른다! 그러나 지금 그녀는 무슨 말을 해야 좋을지 몰랐고 또 아무 말도 할 수가 없었다. 하지만 세료자는 그녀가 자기에게 말하고 싶어하던 것을 모조리 알아차렸다. 그는 그녀가 불행하다는 것, 자기를 사랑하고 있다는 것을 알았다. 그는 유모가 귓속말로 이야기했던 것까지도 이해했다. 그는 '언제나 여덟시 넘어서'라는 말을 들었다. 그리고 그것이 아버지에 관한 얘기라는 것도, 어머니는 아버지와 만나서는 안 된다는 것도 알았다. 그런 일은 모두 알 수 있었다. 그러나 단 한 가지만은 그도 알 수 없었다. 무엇 때문에 어머니의 얼굴에 놀라움과 부끄러움의 빛이 나타났던 것일까?…… 어머니는 아무것도 잘못한

게 없는데도 아버지를 두려워하고 또 무엇인가를 부끄러워하는 것 같았다. 그는 자신의 이 의심을 풀어줄 만한 질문을 던지고 싶었지만, 아무래도 그것만은 할 수 없었다. 그는 어머니가 괴로워하는 것을 보았으므로, 그리고 어머니가 가여웠으므로. 그는 잠자코 그녀에게 안겨 귓속말로 이렇게 속삭였다.

"아직 가지 마. 금방 오시지 않아."

어머니는 그가 정말 방금 말한 그대로 생각하고 있는지 어떤지를 알아보기 위해 그의 몸을 떼어냈다. 그의 깜짝 놀란 듯한 표정에서 그녀는 그가 아버지 이야기를 하고 있을 뿐만 아니라, 아버지에 대해 어떻게 생각해야 하는지 그녀에게 묻고 있다는 것을 알았다.

"세료자, 아가." 그녀는 말했다. "아빠를 사랑해야 해. 아빠는 나보다 훌륭하고 좋은 분이니까. 엄만 아빠에게 죄를 지었어. 너도 크면 알게 될 거야."

"엄마보다 좋은 사람은 없어!……" 그는 눈물을 흘리며 절망적으로 외쳤다. 그러고는 그녀의 어깨를 움켜쥐고 흥분해서 떨리는 두 손으로 힘껏 끌어안았다.

"아아, 귀여운 내 아가!" 안나는 말하고 세료자와 마찬가지로 어린애처럼 소리 죽여 울기 시작했다.

그때 마침 문이 열리고 바실리 루키치가 들어왔다. 다른 쪽 문에서도 발소리가 들리자, 유모는 깜짝 놀라 귓속말로 속삭였다.

"오셨습니다." 그리고 안나에게 모자를 건넸다.

세료자는 침대에 엎드려 두 손으로 얼굴을 가리고 흐느껴 울기 시작했다. 안나는 그의 손을 떼어내고 다시 한번 그 젖은 얼굴에 키스한 다음 총총걸음으로 문 쪽으로 나갔다. 알렉세이 알렉산드로비치는 그녀와 딱 마주쳤다. 그녀를 보자, 그는 발을 멈추고 고개를 숙였다.

그녀는 이제 막 그가 자기보다 훌륭하고 좋은 사람이라고 말했음에도 불구하고, 그에게 힐끔 재빠른 시선을 던져 그의 모습을 세세히 구석구석까지 훑어보고 나자 갑자기 그에 대한 혐오와 증오, 아들에 대한 질투가 마음을 사로잡아버렸다. 그녀는 재빠른 동작으로 베일을 내리고 걸음을 재촉해서 거의 뛰다시피 방을 나갔다.

그녀는 어제 그토록 넘치는 사랑과 슬픔으로 가게에서 골라 왔던 장난감을 꺼내지도 못한 채 그대로 숙소로 가져오고 말았다.

31

안나는 아들과의 만남을 아무리 간절히 바랐다 하더라도, 그리고 아무리 오랫동안 그것에 대해 생각하고 마음의 준비를 갖추고 있었다 하더라도 이 만남이 이렇게까지 강하게 자신의 마음을 움직이리라고는 전혀 예상하지 못했다. 그녀는 호텔의 쓸쓸한 방에 돌아와서도 한참 동안 어째서 자기가 이런 곳에 있는지 이해할 수 없었다. '그렇다, 모든 게 다 끝났다. 그리고 난 또 혼자다.' 이렇게 그녀는 자신에게 말했고, 모자도 벗지 않고 난로 옆에 있던 안락의자에 앉았다. 그리고 두 창 사이의 탁자 위에 놓인 청동 시계만 멀거니 바라보다가 생각에 잠겼다.

외국에서 데려온 프랑스인 하녀가 그녀가 옷 갈아입는 것을 거들러 들어왔다. 그녀는 흠칫 놀라며 하녀를 바라보고 말했다.

"나중에."

급사가 커피를 권하러 왔다.

"나중에." 그녀가 말했다.

이탈리아인 유모가 딸아이를 곱게 꾸며 입혀서 안아들고 안나에게 데려왔다. 오동포동하게 영양상태가 좋은 아기는 언제나처럼 어머니를 보자 실로 세게 졸라맨 듯 볼록하게 드러난 귀여운 조막손을 손바닥을 밑으로 해서 내밀고, 이가 없는 입으로 웃으면서 고기가 낚시찌를 잡아당기는 것처럼 그 조막손으로 그녀의 수놓인 스커트의 풀 먹인 주름을 와삭와삭 소리를 내면서 움켜쥐기 시작했다. 그 모습을 보면 누구든 웃지 않을 수 없었고, 입 맞추지 않을 수 없었다. 아기 앞에다 손가락을 내밀고 아기가 소리를 지르며 온몸으로 뛰어올라 매달리게 하지 않을 수 없었다. 또 아기에게 입술을 내밀어 아기가 거기에 키스라도 하려는 듯한 시늉을 하고 자기 입으로 가져가게 해주지 않을 수도 없었다. 그래서 안나도 그 모든 것을 해주었다. 그녀를 안아올려주고 뛰게 해주고, 싱싱한 볼이며 드러나 있는 팔꿈치에 키스해주기도 했다. 그러나 이 아이를 보고 있자니 그녀에게는 자기가 이 여자아이에게 느끼는 감정은 세료자에게 느끼는 것에 비하면 도저히 사랑이라고 할 수 없다는 것이 더욱 뚜렷해졌다. 이 아이에게 있는 것은 모두 다 귀여웠지만, 그 어느 것도 어째선지 그녀의 마음을 움직이지는 않았다. 첫아이에게는 사랑하지 않는 남자의 아들이었음에도 불구하고 보상받지 못하는 사랑이 온통 아이에게 쏠려 있었다. 반면 더할 나위 없이 슬픈 사정 아래서 태어난 이 아기에 대해서는 그녀가 첫아이에게 기울였던 애정의 백분의 일도 기울여지지 않았다. 더욱이 이 아이는 아직 모든 것이 기대일 뿐이었지만 세료자는 벌써 어엿한 인간이, 사랑스럽고 의젓한 인간이 돼 있었다. 그애에게는 벌써 사상이며 감정이 꿈틀거리고 있었다. 그는 이 해도 하고 사랑도 하고 그녀에 대해 판단도 했다. 그녀는 그의 말과 눈 빛을 상기하면서 생각했다. 그녀는 영원히, 육체적으로뿐 아니라 정신 적으로도 세료자와 갈라져버렸고, 이제는 돌이킬 수 없었다.

그녀는 젖먹이를 유모에게 넘겨주고 그녀를 내보낸 다음 목걸이를 열었는데, 그 안에는 세료자가 꼭 지금의 젖먹이 또래였을 때의 사진이 들어 있었다. 그녀는 일어나서 모자를 벗고 작은 탁자 위에 있는 사진 첩을 집어들었다. 그 속에는 다양한 나잇대의 아들 사진이 여러 장 끼워져 있었다. 그녀는 사진들을 견주어보고 싶어 사진첩에서 한 장씩 떼어내기 시작했다. 사진을 모두 떼어내고 단 한 장, 가장 좋은 최근의 것만 남겨놓았다. 그 사진은 그가 하얀 루바시카를 입고 의자에 걸터앉아 눈을 찌푸린 채 입 언저리에 웃음을 띠고 있는 사진이었다. 그것은 그의 가장 독특하고 매력적인 표정이었다. 조그마하고 날렵한 손으로, 오늘은 특히 격렬하게 움직였던 그 하얗고 가느다란 손가락으로 그녀는 몇 번이나 사진의 한 귀퉁이를 잡아 꺼내려고 했지만, 사진이 어디 걸리기라도 한 듯 도무지 꺼내지지 않았다. 공교롭게도 페이퍼나이프가 탁자 위에 없어서 그녀는 그 사진과 나란히 있던 다른 사진을 뽑아내어(로마에서 둥근 모자를 쓰고 머리를 길게 늘어뜨린 브론스키의 사진이었다) 그것으로 아들의 사진을 꺼냈다. '아, 여기에 그이가 있구나!' 그녀는 브론스키의 사진을 스쳐보고 말했다. 그러자 갑자기 지금 자신이 겪고 있는 슬픔의 원인이 누구였던가를 생각해냈다. 그녀는 이날 아침 내내 한 번도 그에 대해 생각하지 않았다. 그러나 지금 갑자기 이 사내답고 훌륭한, 그녀에게는 더할 나위 없이 정답고 그리운 얼굴을 보자 그녀는 갑자기 그에 대한 사랑이 흘러넘치는 것을 느꼈다.

'그런데 그이는 도대체 어디에 있을까? 어째서 그이는 나 혼자만 이런 괴로움 속에 남겨두고 있는 것일까?' 그녀는 갑자기 자기 자신이 아들에 관한 모든 것을 숨기고 있었던 것은 잊어버리고, 그에게 비난의 감정을 품으면서 이렇게 생각했다. 그녀는 바로 와달라고 그에게 사람을 보낸 후 심장이 얼어붙는 기분으로 자기가 그에게 할 말과 자신을 위로해줄 그의 사랑스러운 표정을 상상하면서 그가 오기를 기다렸다. 심부름꾼은 그에게는 손님이 있지만 곧 이리로 올 것이라며, 지금 페테르부르크에 와 있는 야시빈 공작을 데리고 가도 좋은지 그녀에게 묻는 답장을 가지고 돌아왔다. '혼자선 와주지 않는군. 어제 낮부터 쭉 만나지 않았는데도.' 그녀는 생각했다. '내가 어떤 말이든 편히 이야기할 수 있게끔 혼자 오지 않고서 야시빈을 데려오다니.' 그러자 그녀의 머리에는 갑자기 이상한 생각이 떠올랐다. 만일 그의 사랑이 식은 거라면?

그리고 이즈막의 사건들을 하나하나 되새겨보자 그녀는 그 모든 일들이 이 무서운 상념의 확증을 눈앞에 드러내는 것처럼 여겨졌다. 어제 그가 집에서 식사를 하지 않았던 것도, 페테르부르크에 있는 동안은 방을 따로 쓰자고 고집을 부렸던 것도, 지금 또 그녀와 둘이서만 마주 대하는 것을 피하기라도 하는 듯 혼자서 그녀에게 오지 않겠다는 것까지도.

'그렇다면 그이는 나에게 이야기해야만 한다. 난 그것을 알고 있지 않으면 안 된다. 그것만 알게 된다면, 그때 내가 어떻게 해야 할지 나는 잘 알고 있다.' 그녀는 혼잣말을 했다. 그러나 그녀는 그의 마음이 식은 것을 확인할 경우에 자신이 처하게 될 상황을 상상해볼 기력이 없었다. 그녀는 그가 이제 자기를 싫어하게 된 것이라고 여겼다. 그녀는 자신이 절망에 가까이 가고 있다고 느꼈고, 그 결과 몹시 흥분한 그녀는 벨을 울려 하녀를 부르고 화장실로 들어갔다. 옷을 갈아입으면서 그녀는 요즘 들어 볼 수 없을 만큼 치장에 신경을 썼다. 마치 더 잘 어울리는 옷과 머리 모양을 갖추면 이미 그녀를 사랑하지 않게 된 그가 다시 사랑해주리라고 믿는 것처럼.

그녀가 아직 충분히 준비되기도 전에 벨이 울렸다.

객실로 들어가자 그가 아니라 야시빈이 눈으로 그녀를 맞았다. 그는 그녀가 탁자 위에 깜박 잊고 놓아두었던 그녀의 아들 사진을 한참 눈여겨보느라고 좀처럼 그녀 쪽을 보려고 하지 않았다.

"우리는 구면이죠." 그녀는 자신의 조그마한 손을 잔뜩 수줍어서 얼떨떨해하는(그의 거창한 키와 거친 얼굴에 비하면 아주 어울리지 않는 태도였다) 야시빈의 큼직한 손 안에 놓으면서 말했다. "그러니까 작년에 경마에서 뵈었죠. 이리 주세요." 그녀는 브론스키가 손에 들고 보고 있던 아들 사진을 재빨리 잡아채고 의미심장하게 반짝이는 눈으로 그의 얼굴을 쳐다보면서 말했다. "올해 경마는 좋았나요? 그 대신 나는 로마 코르소의 경마를 보고 왔어요. 그렇지만 당신은 외국 생활을 싫어하시죠?" 그녀는 상냥하게 웃으면서 말했다. "아직 몇 차례 뵙지는 않았지만 난 당신에 대해, 당신의 취미에 대해 잘 알고 있어요."

"이거 정말 유감입니다, 내 취미라야 모두 워낙 나쁜 것뿐이어서요." 야시빈은 왼쪽 콧수염을 씹으면서 말했다.

얼마 동안 이야기하는 사이에 브론스키가 시계를 힐끔 들여다본 것을 알아채고 야시빈은 그녀에게 페테르부르크에 얼마나 더 머무를 계획인지 묻고는 그 커다란 몸을 펴고 모자를 집어들었다.

"글쎄요, 그리 오래 있지는 않을 것 같아요." 그녀는 브론스키의 얼굴을 흘끗 쳐다보고 망설이면서 대답했다.

"그럼 이제 뵙지 못하겠군요?" 야시빈은 브론스키를 돌아보고 일어서면서 말했다. "자네는 어디서 식사를 하려나?"

"식사는 여기 오셔서 하세요." 안나는 자신이 당황하고 있는 것에 대해 스스로에게 화를 내기라도 하듯 단호한 어조로 말했지만, 새로운 사람 앞에 자신의 위치를 드러낼 때면 언제나 그렇듯 얼굴이 붉어졌다. "여기 식사가 좋지는 않지만, 그래도 이이를 만나실 수 있을 테니까요. 알렉세이가 연대의 옛친구들 중에서 당신만큼 사랑하는 분은 없어요."

"감사합니다." 야시빈은 미소를 띠고 말했다. 그 미소를 보고 브론스키는 안나가 무척 그의 마음에 들었다는 것을 알아챘다.

야시빈은 인사를 하고 나갔고, 브론스키는 뒤에 남았다.

"당신도 갈 건가?" 그녀는 그에게 말했다.

"난 이미 늦었어." 그는 대꾸했다. "먼저 가! 난 곧 뒤쫓아갈 테니까." 그는 야시빈에게 외쳤다.

그녀는 그의 손을 잡은 채 눈을 떼지 않고 찬찬히 그를 쳐다보았다. 무슨 이야기를 해서 그를 붙잡아야 할지 구실을 찾으면서.

"저, 잠깐만. 당신에게 이야기할 게 좀 있어." 그녀는 그의 넓적한 손을 잡아 자신의 목덜미에 갖다댔다. "참, 내가 저분을 식사에 초대한 게 잘못한 일은 아니지?"

"아니, 정말 잘했어." 그는 고른 이를 드러내고 차분한 미소를 띠며 말하고는 그녀의 손에 키스했다.

"알렉세이, 당신 나에 대한 마음이 변한 거 아니지?" 그녀는 두 손으로 그의 손을 꼭 쥐면서 말했다. "알렉세이, 나는 이제 여기 있는 것이 괴로워. 우리는 언제 여기를 떠나게 될까?"

"곧, 곧. 여기 생활이 내게도 얼마나 괴로운지 당신은 좀처럼 믿지 못할 거야." 그는 이렇게 말하고 자기 손을 빼냈다.

"그럼, 가, 어서 가!" 그녀는 뾰로통하게 쏘아붙이고는 재빨리 그의 곁을 떠났다.

32

브론스키가 돌아왔을 때 안나는 이미 숙소에 없었다. 그에게 전해진 말에 따르면, 그가 나간 뒤 이내 어떤 부인이 찾아와서 그녀와 함께 나갔다는 것이었다. 그녀가 행방도 이야기하지 않고 나갔다는 것, 그녀가 여태까지 돌아오지 않았다는 것, 아침에도 그에게 한마디도 하지 않고 어딘가 나갔다 왔다는 것, 이러한 모든 일들이 오늘 아침 야릇할 만큼 흥분했던 그녀의 얼굴빛이며 야시빈 앞에서 거의 억지로 빼앗다시피 하며 그의 손에서 자신의 아들 사진을 잡아챘을 때의 적의를 품은 듯한 태도에 대한 회상과 함께 그를 깊은 생각에 잠기게 했다. 그는 이 문제는 반드시 그녀와 서로 이야기해야겠다고 생각했다. 그래서 그는 그녀의 객실에서 그녀를 기다렸지만, 안나는 혼자 돌아오지 않고 자신의 고모뻘 되는 노처녀 오블론스카야 공작영애와 함께 돌아왔다. 이 사람이

바로 오늘 아침에 안나를 찾아와서 함께 물건을 사러 나갔다는 그 부인이었다. 안나는 브론스키의 수심에 찬, 지극히 의아해하는 표정을 모른 체하며 유쾌한 어조로 그날 아침의 장보기에 관한 이야기를 구구절절 늘어놓았다. 그는 그녀의 마음속에 무언가 특별한 일이 일어나고 있다는 걸 알았다. 번뜩 그의 얼굴에 멎은 그녀의 반짝이는 눈에는 잔뜩 긴장한 기색이 있었으며, 그녀의 언행에서는 신경질적인 재빠름과 우아함이 느껴졌다. 이것들은 그들이 가까워졌던 초기에는 굉장히 그를 매혹한 것이었으나, 지금에 와서는 그의 마음을 어지럽히고 놀라게 했다.

식사는 네 명분이 차려졌다. 모두 모여 조그마한 식당으로 가려고 할 때 투시케비치가 벳시 공작부인이 안나에게 보내온 전언을 가지고 들어왔다. 벳시 공작부인은 자기가 작별인사를 하러 오지 못하는 것에 대한 사과의 말을 보낸 것이었다. 그녀는 몸이 편찮으나 안나가 여섯시 반에서 아홉시 사이에 자기에게 오면 만날 수 있다고 했다. 브론스키는 안나가 다른 사람과 만나지 못하게 하기 위한 수단이 분명한 시간 제한을 듣고 안나의 얼굴빛을 엿보았다. 그러나 안나는 그것을 전혀 알아채지 못하는 듯했다.

"아니, 정말 유감스럽군요. 나도 여섯시 반에서 아홉시 사이엔 갈 수 없어요." 그녀는 엷은 웃음을 띠면서 말했다.

"부인께서 몹시 섭섭해하시겠군요."

"나도 마찬가지예요."

"당신은 틀림없이 파티*를 들으러 가시는 거죠?" 투시케비치가 말

---

* 카를로타 파티. 이탈리아의 오페라 가수로, 1872년부터 1875년까지 러시아에서 순회 공연을 했다.

했다.

"파티? 아아, 정말 좋은 생각을 일러주셨어요. 난 가겠어요, 만일 칸막이 좌석을 얻을 수만 있다면요."

"내가 얻어드리죠." 투시케비치가 제안했다.

"어머나, 정말, 정말 고마워요." 안나는 말했다. "그건 그렇고 같이 식사나 하시지 않겠어요?"

브론스키는 거의 눈에 띄지 않을 만큼 살짝 어깨를 움츠렸다. 그는 안나의 행동이 전혀 이해되지 않았다. 무엇 때문에 그녀는 나이 많은 공작영애를 데리고 왔는지, 무엇 때문에 투시케비치 따위를 만찬에 남게 했는지, 그중에서도 가장 놀라운 것은 무엇 때문에 그에게 좌석을 얻어달라는 것인지. 도대체 그녀와 같은 처지에 있는 사람이 안면 있는 사교계의 사람들이 모두 올 게 분명한 파티의 공연 같은 데를 간다는 생각을 어떻게 할 수 있는지? 그는 진지한 눈으로 그녀를 바라보았다. 그러나 그녀는 여전히 도전적이고, 즐거운 것도 절망적인 것도 아닌, 도무지 그로서는 그 의미를 알 수 없는 눈으로 그를 마주보았다. 식사를 하는 동안 안나는 이상할 정도로 유쾌한 기분이었다. 그녀는 투시케비치나 야시빈에게 일부러 비위를 맞추고 있는 것 같았다. 식사가 끝나고 모두 일어섰다. 투시케비치는 좌석을 얻으러 가고 야시빈이 담배를 피우러 방을 나서자 브론스키도 그와 함께 일단 자기 방으로 내려갔다. 그러나 잠깐 앉아 있다가 그는 다시 위층으로 뛰어올라갔다. 안나는 벌써 파리에서 맞춘, 가슴이 넓게 파이고 벨벳으로 가장자리를 장식한 엷은 빛깔의 비단옷을 입고 값진 하얀 레이스 머리장식을 달고 있었다. 그 레이스는 그녀의 얼굴 윤곽을 뚜렷하게 하여 그 산뜻한 아름다움을 특히 효과적으로 돋보이게 했다.

"당신 정말 극장에 갈 작정이오?" 그는 그녀를 보지 않으려고 애쓰면서 말했다.

"어째서 당신은 그렇게 깜짝 놀란 것처럼 묻는 거죠?" 그녀는 그가 자기 얼굴을 보지 않는 것에 약이 올라서 말했다. "그래, 어째서 내가 가면 안 된다는 거예요?"

그녀는 그의 말뜻을 이해하지 못하는 것 같았다.

"그야 물론 특별한 이유가 있는 것은 아니지만." 그는 눈살을 찌푸리고 말했다.

"그렇죠, 내 말이 바로 그거예요." 그녀는 일부러 그의 비꼬는 어조를 눈치채지 못한 체하며 좋은 향기가 나는 긴 장갑을 조용히 팔에 끼었다.

"안나, 맙소사! 도대체 왜 이러는 거요?" 그는 언젠가 그녀의 남편이 그랬던 것과 똑같은 말투로 그녀를 설득하려고 하면서 말했다.

"당신이 도대체 무엇을 묻고 싶어하는지 난 모르겠어요."

"그런 데 갈 수 없다는 것은 당신도 알고 있잖소."

"어째서요? 난 혼자서 가는 게 아니에요. 바르바라 공작영애는 옷을 갈아입으러 가셨어요. 그분과 같이 갈 거예요."

그는 주저와 절망의 태도로 어깨를 움츠렸다.

"아니, 그럼 당신은 정말 모른다는 거요⋯⋯" 그는 말을 꺼내려고 했다.

"그래요, 난 알고 싶지 않아요!" 그녀는 거의 외치듯이 말했다. "알고 싶지 않아요. 그럼, 내가 한 일을 후회하고 있냐고요? 아뇨, 아녜요, 아네요. 만일 한번 더 처음부터 다시 해본다고 하더라도 어차피 똑같은 것이 될 거예요. 우리에게, 나에게도 당신에게도 중요한 것은 오직 하나, 서로 사랑하고 있는가 하는 것뿐이에요. 그 외에는 아무것도 생각할 게 없어요. 도대체 무엇 때문에 우리는 여기서 따로따로 살면서 만나지 않는 거예요? 어째서 난 갈 수가 없다는 거예요? 난 당신을 사랑하고 있어, 그 밖의 것은 어떻게 되든 좋아." 그녀는 그로서는 이해할 수 없는 특별한 눈빛을 띠고 그의 얼굴을 쳐다보면서 러시아어로 말했다. "만약 당신의 마음이 변하지 않았다면. 어째서 당신은 내 얼굴을 보지 않는 거야?"

그는 그녀를 바라보았다. 그는 그녀 얼굴의 온갖 아름다움과 언제 보아도 잘 어울리는 옷치장을 보았다. 그러나 지금은 그 아름다움과 우아함이 오히려 그의 마음을 노엽게 했다.

"내 마음은 변할 턱이 없소. 그것은 당신도 알고 있을 거요. 그러나 난 당신이 가지 않기를 원하오, 제발." 그는 또다시 프랑스어로 목소리에 부드러운 애원을 담아, 그러나 눈에는 싸늘한 빛을 띠고 말했다.

그녀는 그의 말을 듣지 않았지만, 그 싸늘한 눈빛은 보았기에 흥분한 어조로 대꾸했다.

"그런데 난, 왜 내가 가면 안 되는지, 그 까닭을 말해주면 좋겠어요."

"그것은, 자칫하면 이 일이 당신에게……" 그는 얼버무려버렸다.

"무슨 말인지 전혀 모르겠어요. 야시빈이 *상대로 어울리지 않는 사람도 아니고*, 바르바라 공작영애 역시 다른 사람들보다 나쁠 건 전혀 없고. 아, 저기 공작영애가 오셨어요."

33

브론스키는 자신의 처지를 일부러 이해하려 들지 않는 안나의 태도로 인해 안나에 대해 처음으로 거의 증오에 가까운 꺼림칙한 감정을 느꼈다. 이 감정은 그가 그녀에게 못마땅한 이유를 표현할 수 없어 더욱 고조되었다. 만약 그가 그녀에게 자기 생각을 솔직하게 밝혔다면, 그는 이렇게 이야기했을 것이다. '그렇게 눈에 띄는 차림을 하고, 모르는 사람이 없는 공작영애와 함께 극장에 나타난다는 것은 곧 타락한 여자로서의 당신 위치를 승인하는 것이 될 뿐만 아니라 사교계를 향해 도전장을 던지는 것이 된다, 말하자면 영원히 사교계와 절연하는 것이 된다.'

그는 그녀에게 그렇게 이야기할 수 없었다. '그러나 어째서 그녀는 이 사실을 알지 못하는 것일까. 도대체 그녀의 마음속에서는 무슨 일이 일어나고 있는 것일까?' 그는 혼잣말을 했다. 그러자 그는 그녀에 대한 자신의 경의가 엷어졌다는 것과 그녀를 아름답다고 생각하는 마음이 강해졌다는 것을 동시에 느꼈다.

그는 시무룩한 얼굴을 하고 자기 방으로 돌아와, 의자 위에 긴 다리를 뻗고 코냑에 젤터 탄산수를 섞어 마시고 있던 야시빈 옆에 앉아 자기에게도 그것을 가져오라고 일렀다.

"자네, 란콥스키의 모구치* 이야기를 했었지? 참으로 좋은 말이야. 자네 같은 사람은 사둘 만해." 야시빈은 친구의 시무룩한 얼굴을 보고 말

---

* '위력 있는'이라는 뜻의 러시아어 형용사로, 여기서는 말의 이름.

했다. "방둥이는 좀 처진 듯하지만, 다리하고 머리는 정말 더이상 바랄 게 없어."

"나도 살 생각이야." 브론스키가 대꾸했다.

말 이야기는 그의 흥미를 끌었지만, 그는 한순간도 안나에 대한 생각을 잊지 않았다. 그래서 어느 틈에 저도 모르게 복도의 발소리에 귀를 기울이기도 하고, 난로 위의 시계를 쳐다보기도 했다.

"안나 아르카디예브나는 극장에 가셨다고 여쭈라는 분부셨습니다."

야시빈은 거품이 이는 탄산수에 다시 코냑을 한 잔 부어 쭉 들이켜고 외투 단추를 잠그면서 일어섰다.

"어때? 우리도 가지." 그는 콧수염 밑에 살짝 미소를 띠고, 그 미소로 자기는 브론스키가 시무룩해하는 까닭을 알고 있지만 개의치 않는다는 뜻을 나타내면서 말했다.

"난 안 가." 브론스키는 침울하게 대꾸했다.

"난 가야 해, 약속이 있어서. 그럼 실례하겠어. 하지만 오려거든 아래 층으로 와. 크라신스키의 자리가 있으니까 말이야." 야시빈은 나가면서 덧붙였다.

"아냐, 난 일이 있어."

'아내 때문에 걱정하고 있군. 정당한 아내가 아니니까 더욱 곤란한 거야.' 야시빈은 호텔을 나서면서 생각했다.

혼자 남게 되자 브론스키는 의자에서 일어나 방안을 거닐기 시작했다.

'그런데 오늘은? 네번째 공연…… 예고르 형도 형수를 데리고 갔을 것이다. 어머니도 틀림없이 가 계실 것이다. 말하자면 온 페테르부르크가 거기에 있는 셈이다. 지금쯤 그녀는 들어가서 털외투를 벗고 훤히 모습을 드러냈을 게다. 투시케비치, 야시빈, 바르바라 공작영애……' 그는 머릿속에 그려보았다. '그게 어떻다는 거야? 나는 두려워하고 있는 건가? 아니면 그녀의 보호를 투시케비치한테 떠넘겨버린 것인가? 아무리 생각해봐도 어리석다, 어리석어…… 도대체 무엇 때문에 그녀는 날 이런 궁지에 몰아넣는 것일까?' 그는 손을 내두르며 혼잣말을 했다.

그러다가 그는 젤터 탄산수며 코냑 병이 놓인 탁자에 부딪혀 하마터면 탁자를 뒤집어엎을 뻔했다. 그는 병을 붙잡으려고 했으나 떨어뜨려서 홧김에 탁자를 발로 걸어차고 벨을 울렸다.

"만약 계속해서 내 밑에서 일하고 싶은 생각이 있다면," 그는 들어온 시종에게 말했다. "자기가 할 일을 잘 기억해둬. 이런 일이 없도록. 바로 치웠어야 되잖아."

시종은 자기에겐 죄가 없다고 생각하면서 변명할까 하다가, 주인의 얼굴을 힐끔 쳐다보고 그 얼굴빛으로 미루어 아무 말도 하지 않는 것이 상책이라 생각하고, 얼른 사죄하면서 융단 위에 무릎을 꿇고 컵이며 병의 깨진 조각을 치우기 시작했다.

"그것은 네가 할 일이 아냐, 급사를 불러서 시키고 넌 내 연미복이나 준비해."

브론스키는 여덟시 반에 극장에 들어갔다. 공연은 마침 절정에 이르러 있었다. 늙은 좌석계원은 브론스키의 털외투를 벗기고 그를 알아보자 "각하" 하고 부르며 번호표를 받지 말고 그저 표도르를 부르는 것이 좋다고 일러주었다. 등불이 환한 복도에는 좌석계원 한 사람과 팔에다 털외투를 걸치고 문가에 서서 듣고 있는 두 하인 외에는 아무도 없었다. 닫힌 문 안에서는 오케스트라의 조심스러운 스타카토 반주 소리와 또렷하게 악구樂句를 부르는 여자의 독창 소리가 들려왔다. 문이 열리고 한 좌석계원이 슬며시 들어가자, 그 순간 끝나가는 악구가 또렷하게 브론스키의 귓전을 쳤다. 그러나 문은 곧 닫혔고, 브론스키는 그 악구와 카덴차는 듣지 못했다. 문안에서 울리는 우레와 같은 박수소리로 카덴차가 끝났음을 알 수 있었다. 그가 샹들리에며 청동 가스등이 환하게 밝혀진 홀로 들어갔을 때까지도 술렁거림은 아직 계속되고 있었다. 무대 위의 여가수는 드러난 어깨와 다이아몬드를 반짝이면서 가는 허리를 구부리고 미소를 띤 채 그녀의 손을 잡고 있는 테너의 도움을 받아 풋라이트 너머로 너저분하게 흩어져 있는 꽃다발을 주워모으더니, 향유를 발라 번쩍이는 머리칼을 한가운데에서 곱게 가르마 탄 한 신사가 풋라이트 너머로 손을 길게 뻗쳐 무언가를 내밀고 있는 쪽으로 갔다. 그러자 아래층 정면 좌석의 관객도 위층 칸막이 좌석의 관객도 온통 술렁거리며 앞쪽으로 몸을 내밀고 박수치기도 하고 환호성을 올리기도 했다. 한 단 높은 자리에 있던 악장은 그것을 거들어 받아주고 자신의 흰 넥타이를 고쳤다. 브론스키는 아래층 정면 좌석의 한가운데로 들어가 발을 멈추고 둘러보기 시작했다. 그는 언제나처럼 낯익은 극장 설비와 무대, 술렁거림으로 장내를 꽉 채운 따분하고 잡다한 관객의 무리에는 주의를 기울이지 않았다.

칸막이 좌석 뒤쪽에는 언제나처럼 특정 부류의 부인들이 특정 부류의 장교들과 함께 있었다. 하느님만이 누구인지 알아볼, 언제나 똑같은 갖은 빛깔의 옷치장을 한 여자들, 제복 차림의 사람들, 연미복 차림의 사람들, 맨 위층 일반석의 언제나 똑같은 지저분한 군중, 그리고 이러한 모든 군중 속에, 칸막이 좌석과 일층 첫째 줄에 진정한 남녀가 마흔 명쯤 있었다. 그래서 브론스키는 얼른 이 오아시스 쪽으로 주의를 돌렸고, 곧 그들 속에 끼었다.

그가 들어갔을 때 그 막이 막 끝나서, 그는 형의 칸막이 좌석에는 들르지 않고 맨 앞줄에까지 가서 세르푸홉스코이와 함께 풋라이트 옆에 멈췄다. 세르푸홉스코이는 한쪽 무릎을 구부리고 구두 뒤축으로 풋라이트를 툭툭 차면서 멀리서 그를 발견하고 웃는 얼굴로 그를 불렀던 것이다.

브론스키는 아직 안나의 모습을 보지 못했고, 일부러 안나 쪽을 보지 않았다. 그러나 그는 사람들의 시선 방향으로 그녀가 있는 곳을 알고 있었다. 그는 슬쩍 사방을 둘러보았으나, 그녀를 찾은 것은 아니었다. 그는 혹시나 하면서 알렉세이 알렉산드로비치를 눈으로 찾았다. 그러나 다행히도 알렉세이 알렉산드로비치는 극장에 오지 않았다.

"자넨 군인티가 거의 없어져버렸군그래!" 세르푸홉스코이는 그에게 말했다. "외교관이나 예술가나 뭐 그런 품인걸."

"그래, 나는 제대하자마자 곧 연미복을 입었으니까." 브론스키는 웃는 낯으로 조용히 오페라글라스를 꺼내면서 대꾸했다.

"아니, 실은 그 점에서 나는 자네를 부러워하고 있는 거야. 나도 외국에서 돌아와 이것을 입었을 때는," 그는 견식에 손을 대보였다. "정말 자유가 아까웠어."

세르푸홉스코이는 벌써 오래전부터 브론스키의 직무상의 출세에 대해서는 완전히 손을 내젓고 있었지만, 여전히 그를 사랑했고 지금도 그에게는 특히 친절했다.

"자네가 서막에 늦었다는 것은 유감이야."

브론스키는 한쪽 귀로 이야기를 흘려들으며 아래층 좌석에서 이층 정면의 칸막이 좌석으로 오페라글라스를 움직여 칸막이 좌석 쪽을 자세히 둘러보았다. 움직이는 오페라글라스의 렌즈 속에서 머리장식을 단 부인과 노엽게 눈을 깜빡거리고 있는 대머리 노인 옆에서, 브론스키는 돌연 레이스의 테두리 속에서 오만하고 눈이 부실 만큼 아름답게 웃고 있는 안나의 머리를 찾아냈다. 그녀는 그로부터 스무 걸음쯤 떨어진 아래층 좌석의 다섯째 줄에 앉아 있었다. 그녀는 가볍게 몸을 틀어 야시빈에게 무언가 이야기하고 있었다. 아름답고 널따란 어깨 위에 놓인 머리 모양과 그 눈이며 얼굴 전체의 억지로 마음을 억누르고 있는 듯 상기된 빛이 그에게 모스크바의 무도회에서 그녀를 만났을 때를 상기시켰다. 그러나 그 아름다움은 지금 그에게 전혀 다르게 느껴졌다. 그녀에 대한 그의 느낌에는 이제 신비감 같은 것은 털끝만큼도 없었다. 그녀의 아름다움은 이전보다도 강하게 그의 마음을 끌었으나, 동시에 지금은 그를 노엽게 했다. 그녀는 그가 있는 쪽을 보지 않고 있었지만, 브론스키는 그녀가 이미 자기를 보았다고 느꼈다.

브론스키가 다시 그쪽으로 오페라글라스를 돌렸을 때, 그는 공작 영애 바르바라가 새빨간 얼굴로 부자연스럽게 웃으면서 끊임없이 옆의 칸막이 좌석 쪽을 보고 있는 것을 알아챘다! 그러나 안나는 부채를 접어 붉은 벨벳 칸막이 위를 두들기면서 어딘지 딴 데로 눈을 돌리고 옆의 칸막이 좌석에서 일어나는 일은 보지 않았다. 분명 보고 싶어하지 않는 것 같았다. 야시빈의 얼굴에는 그가 카드에 졌을 때 보이는 표정이 나타나 있었다. 그는 잔뜩 얼굴을 찌푸리고 왼쪽 콧수염을 더욱 더 깊이 입속으로 밀어넣으면서 곁눈질로 옆의 칸막이 좌석을 보고 있었다.

왼쪽으로 이웃한 그 칸막이 좌석에는 카르타소프 부부가 있었다. 브론스키는 그들을 알고 있었고 또 안나가 그들과 아는 사이라는 것도 알고 있었다. 몸이 작고 수척한 카르타소바는 칸막이 좌석 가운데 서 있었다. 그녀는 안나 쪽으로 등을 돌리고 남편이 입혀주는 외투에 팔을 끼우고 있었다. 그녀의 얼굴은 파리하고 성이 난 듯했고, 흥분해서 무엇인가를 한참 중얼거리고 있었다. 몸집이 큰 대머리 신사 카르타소프는 줄곧 안나 쪽을 돌아보면서 아내를 달래려고 진땀을 빼고 있었다. 아내가 나가고 나서도 남편은 분명 안나에게 인사를 했으면 하는 태도로 그녀의 시선을 구하면서 오랫동안 어물어물하고 있었다. 그러나 안나는 노골적으로 그를 무시하면서 등을 돌리고 짧게 깎은 머리를 그녀 쪽으로 기울이고 있는 야시빈에게 무엇인가를 이야기하고 있었다. 카르타소프는 인사 없이 나갔고, 칸막이 좌석은 텅 비었다.

브론스키는 카르타소프 부부와 안나 사이에 무슨 일이 일어났었는지 알지 못했지만, 안나에게 뭔가 굴욕적인 일이 일어났었다는 것을 알았다. 그는 자신이 목격한 사실에서, 또 무엇보다도 그녀의 얼굴빛에서 그것을 알 수 있었다. 그녀가 자기에게 주어진 역할을 견뎌내기 위해 마지막 힘을 모으고 있다는 걸 그는 알 수 있었다. 그리고 표면상의 침착이라는 이 역할에 그녀는 충분히 성공했다. 그녀와 그녀의 지인들을 모르는 사람들, 그녀가 뻔뻔스럽게도 사교계에, 더구나 눈에 띄기 쉬운 레이스 장식까지 하고서 타고난 아름다움을 빛내며 나타났다는 것에 대한 부인들의 동정과 노여움과 놀라움의 소리를 듣지 못한 사람들은 이 부인의 아름다움과 침착함에 넋을 잃고, 그녀가 목에 칼이 씌워진 사람의 심정을 경험하고 있으리라고는 생각지도 못했던 것이다.

무슨 일이 벌어졌다는 것을 알면서도 정작 그것이 무슨 일인지 몰랐던 브론스키는 참을 수 없는 불안을 느끼고 뭔가 알게 될지도 모른다고 기대하며 칸막이 좌석 쪽으로 갔다. 그는 일부러 안나의 좌석과 반대쪽의 아래층 정면 좌석의 통로 쪽으로 나가려고 했다. 그는 거기에서 두 명의 지인과 이야기하고 있던 자신의 예전 연대장과 딱 마주쳤다. 브론스키는 카레닌 부부의 이름이 불리는 것을 들었고, 연대장이 의미심장하게 말상대를 힐끔 쳐다보고 나서 얼른 자기를 큰 소리로 불렀다는 것을 알아챘다.

"아, 브론스키! 언제 부대에 와주겠나? 우린 대접 한 번 하지 않고 자네를 보낼 수는 없어. 자넨 우리 연대에서 가장 고참이니까 말이야." 연대장이 말했다.

"좀처럼 틈이 나지 않는군요, 정말 죄송합니다만, 다음에 한번." 브론스키는 말하고는 형이 있는 칸막이 좌석을 향해 층계를 뛰어올라갔다.

브론스키의 어머니인 쇠빛 고수머리의 백작부인도 형의 칸막이 좌석에 함께 있었다. 바랴는 공작영애 소로키나와 같이 이층 복도에 있다가 그와 마주쳤다.

공작영애 소로키나를 어머니한테 데려다드린 후 바랴는 시동생에게 손을 내밀고 이내 그가 알고 싶어하는 것에 대해 이야기하기 시작했다. 그녀는 그가 지금껏 한 번도 본 적이 없을 정도로 흥분해 있었다.

"그런 짓을 한다는 것은 정말 비열하고 괘씸하다고 생각해요. *마담 카르타소바*에게 어떻게 그럴 권리가 있어요? *마담 카레니나는……*" 그녀는 말을 꺼냈다.

"도대체 무슨 일입니까? 난 아무것도 모릅니다."

"아니, 당신은 아직 듣지 못했어요?"

"그런 문제는 내 귀엔 맨 나중에 들어오기 마련이니까요."

"그래, 그 카르타소바처럼 심술 사나운 분이 또 있을까요?"

"도대체 그분이 어쨌다는 거예요?"

"나도 남편한테서 들었지만…… 그분이 카레니나를 모욕했대요. 그분의 남편이 칸막이 좌석 사이에서 카레니나와 이야기를 시작하자 카르타소바가 대뜸 남편에게 달려들었다나봐요. 아무튼 큰 소리로 뭔가 실례되는 말을 하고 핑 나가버렸다는 거예요."

"백작, 어머니께서 부르십니다." 공작영애 소로키나가 칸막이 좌석 입구에서 얼굴을 내밀고 말했다.

"난 줄곧 널 기다리고 있었다." 어머니는 얕잡는 듯한 미소를 띠고 그에게 말했다. "네가 전혀 보이지 않아서 말이야."

아들은 그녀가 기쁨의 미소를 억누르지 못하고 있는 것을 보았다.

"안녕하세요, *어머니.* 지금 이렇게 왔습니다." 그는 차갑게 말했다.

"넌 어째서 *마담 카레닌*을 위로하러 가지 않았니?" 그녀는 공작영애 소르키나가 옆에서 떨어지기를 기다렸다가 프랑스어로 덧붙였다. "*그녀는 평판이 자자해. 그녀 때문에 모두들 파티도 잊어버렸어.*"

"어머니, 그 얘긴 이제 그만하시라고 말씀드렸잖아요." 그는 눈살을 찌푸리면서 말했다.

"난 그저 사람들이 하는 말을 얘기했을 뿐이야."

브론스키는 아무런 대꾸도 하지 않았고, 공작영애 소로키나에게 뭐라고 두서너 마디 하고 나갔다. 문에서 그는 형을 만났다.

"아, 알렉세이!" 형이 말했다. "정말 추잡한 일이야! 어리석은 여자야. 그 이상은 아무것도 아니야…… 나는 지금 그녀에게 가려던 참이야. 같이 가자."

브론스키는 그의 말을 듣고 있지 않았다. 그는 빠른 걸음으로 아래로 내려갔다. 그는 자기가 뭔가 하지 않으면 안 될 일이 있는 것 같은 느낌이 들었지만, 그것이 무엇인지는 알지 못했다. 그녀가 자기 자신과 그를 이런 끔찍한 상황에 빠뜨린 것에 대한 괘씸함이 그녀의 고뇌에 대해 그녀를 가여워하는 마음과 뒤섞여 그의 마음을 쥐어뜯었다. 그는 아래층 정면의 좌석으로 내려가 곧장 안나가 있는 아래층 칸막이 좌석 쪽으로 갔다. 거기에는 스트레모프가 서서 그녀와 이야기하고 있었다.

"더 이상의 테너는 없어요. 천하일품이에요."

브론스키는 그녀에게 고개를 끄덕여 보이고 멈춰 서서 스트레모프와 인사를 나누었다.

"늦게 오셔서 가장 좋은 아리아를 듣지 못하신 것 같군요." 안나는 브론스키를 비웃는 듯이(그에게는 그렇게 여겨졌다) 쳐다보고 말했다.

"난 음악에는 어두우니까요." 그는 매섭게 그녀를 쏘아보면서 말했다.

"야시빈 공작처럼 말씀이죠." 그녀는 생긋 웃으면서 말했다. "그분은 말예요, 파티가 너무 큰 목소리로 노래를 부른다는 거예요."

"고마워요." 그녀는 긴 장갑을 낀 조그마한 손으로 브론스키가 주워

준 프로그램을 받아들고 말했다. 그 순간 그녀의 아름다운 얼굴이 바르르 떨렸다. 그녀는 일어서서 칸막이 좌석의 안쪽으로 갔다.

다음 막이 되어 그녀의 좌석이 비어 있는 것을 보고 브론스키는 카바티나*가 시작되어 쥐죽은듯이 조용해진 장내에 '쉿' 하는 비난의 소리를 불러일으키면서 아래층 정면의 좌석에서 나와 숙소로 돌아갔다.

안나는 벌써 돌아와 있었다. 브론스키가 그녀의 방에 들어갔을 때 그녀는 아직 극장에 갔던 옷차림 그대로 벽에 가장 가까운 안락의자에 혼자 앉아 찬찬히 앞을 바라보고 있었다. 그녀는 그를 흘끗 보고는 곧 본래의 자세로 돌아갔다.

"안나." 그가 말했다.

"당신이, 당신이 다 나쁜 거야!" 그녀는 일어서서 절망과 분노에 찬 목소리로 울먹이면서 외쳤다.

"그러니까 내가 사정한 거야, 가지 말라고. 나는 당신이 불쾌한 꼴을 당하리라는 것을 알고 있었던 거야……"

"불쾌해!" 그녀는 외쳤다. "끔찍해! 난 살아 있는 한 이 일을 잊지 않을 거야. 그 여자는 나하고 나란히 앉아 있는 게 창피하다고 했어요."

"어리석은 여자의 말일 뿐이야." 그는 말했다. "그러나 무엇 때문에 그런 모험을, 도전을……"

"난 당신이 태연하게 있는 것이 얄미웠어. 당신은 내가 이런 망신을 당하게 해서는 안 되는 거였어. 당신이 만약 날 사랑한다면……"

"안나! 어쨌다고 이런 데다 사랑이니 하는 문제를……"

---

* 오페라 중의 서정적 독창곡.

"그래, 만약 당신이 내가 당신을 사랑하는 만큼 나를 사랑한다면, 내가 괴로워하는 만큼 당신이 괴로워한다면……" 그녀는 고통스러운 표정으로 그를 쳐다보면서 말했다.

그는 그녀가 가여웠으나 역시 괘씸하기도 했다. 그는 그녀에게 자신의 사랑을 맹세했다. 오직 그것 하나만이 지금 그녀의 마음을 가라앉힐 수 있을 것 같았기 때문에. 그는 말로는 꾸짖지 않았지만, 마음속으로는 그녀를 꾸짖고 있었다.

그에게는 말하기조차 부끄러울 만큼 몹시 저속한 것으로 여겨졌던 사랑의 맹세를 그녀는 목마른 듯 들이마시고 차차 가라앉았다. 이 일이 있은 다음날 그들은 완전히 화해하고 시골로 떠났다.

(3권으로 이어집니다)

문학동네 세계문학전집 발간에 부쳐

세계문학은 국민문학 혹은 지역문학을 떠나 존재하는 문학이 아니지만 그것들의 총합도 아니다. 세계문학이라는 용어에는 그 나름의 언어와 전통을 갖고 있는 국민문학이나 지역문학의 존재를 인정하면서 그것을 넘어서는 문학의 보편적 질서에 대한 관념이 새겨져 있다. 그 용어를 처음 고안한 19세기 유럽인들은 유럽문학을 중심으로 그 질서를 구축했지만 풍부한 국민문학의 전통을 가지고 있는 현대의 문학 강국들은 나름의 방식으로 세계문학을 이해하면서 정전(正典)의 목록을 작성하고 또 수정한다.

한국에서도 세계문학 관념은 우리 사회와 문화의 변화 속에서 거듭 수정돼왔다. 어느 시기에는 제국 일본의 교양주의를 반영한 세계문학 관념이, 어느 시기에는 제3세계 민족주의에 동조한 세계문학 관념이 출현했고, 그러한 관념을 실천한 전집물이 출판됐다. 21세기 한국에 새로운 세계문학전집이 필요하다는 것은 명백하다. 우리의 지성과 감성의 기준에 부합하는 세계문학을 다시 구상할 때가 되었다.

문학동네 세계문학전집은 범세계적으로 통용되는 고전에 대한 상식을 존중하면서도 지난 반세기 동안 해외 주요 언어권에서 창작과 연구의 진전에 따라 일어난 정전의 변동을 고려하여 편성되었다. 그래서 불멸의 명작은 물론 동시대 세계의 중요한 정치·문화적 실천에 영감을 준 새로운 작품들을 두루 포함시켰다.

창립 이후 지금까지 한국문학 및 번역문학 출판에서 가장 전문적이고 생산적인 그룹을 대표해온 문학동네가 그간 축적한 문학 출판 경험을 바탕으로 새로운 세계문학전집을 펴낸다. 인류가 무지와 몽매의 어둠 속을 방황하면서도 끝내 길을 잃지 않은 것은 세계문학사의 하늘에 떠 있는 빛나는 별들이 길잡이가 되어주었기 때문이다. 우리가 자부심과 사명감 속에서 그리게 될 이 새로운 별자리가 독자들의 관심과 애정에 힘입어 우리 모두의 뿌듯한 자산이 되기를 소망한다.

문학동네 세계문학전집 편집위원
민은경, 박유하, 변현태, 송병선, 이재룡, 홍길표, 남진우, 황종연

세계문학전집 002

안나 카레니나 2

1판 1쇄 2009년 12월 15일
1판 38쇄 2024년 6월 28일

지은이 레프 톨스토이 | 옮긴이 박형규

편집 김현정 신소희 이종현 김수현 김경은 오동규 | 독자모니터 전혜진 한진미
디자인 랄랄라디자인 송윤형 최미영 | 저작권 박지영 형소진 최은진 서연주 오서영
마케팅 정민호 서지화 한민아 이민경 안남영 왕지경 정경주 김수인 김혜원 김하연 김예진
브랜딩 함유지 함근아 고보미 박민재 김희숙 박다솔 조다현 정승민 배진성
제작 강신은 김동욱 이순호 | 제작처 영신사

펴낸곳 (주)문학동네 | 펴낸이 김소영
출판등록 1993년 10월 22일 제2003-000045호
주소 10881 경기도 파주시 회동길 210
전자우편 editor@munhak.com | 대표전화 031)955-8888 | 팩스 031)955-8855
문의전화 031)955-1927(마케팅), 031)955-1916(편집)
문학동네카페 http://cafe.naver.com/mhdn
인스타그램 @munhakdongne | 트위터 @munhakdongne
북클럽문학동네 http://bookclubmunhak.com

ISBN 978-89-546-0903-6 04890
      978-89-546-0901-2 (세트)

www.munhak.com

● 문학동네 세계문학전집은 계속 출간됩니다